GOLDMANN

Wilbur Smith entstammt einer alten Siedlerfamilie aus Rhodesien, dem heutigen Simbabwe, und ist einer der erfolgreichsten Autoren der Gegenwart. Seine Bücher, die eine Weltauflage von über 50 Millionen Exemplaren erreicht haben, sind in 14 Sprachen übersetzt und zum Teil verfilmt worden.

»Glühender Himmel« wurde mit John Savage, Ernest Borgnine und Valéric Perrine in den Hauptrollen als Fernsehserie erfolgreich verfilmt.
Die Geschichte der Courtneys aus »Glühender Himmel« ist fortgesetzt in »Wer aber Gewalt sät« (Goldmann-Taschenbuch 41139)

Ferner sind von Wilbur Smith
als Goldmann-Taschenbücher erschienen:

Goldmine. Roman (9312)
Schwarze Sonne. Roman (9332)
Der Stolz des Löwen. Roman (9316)
Der Sturz des Sperlings. Roman (9319)
Wenn Engel weinen. Roman (9317)

WILBUR SMITH

GLÜHENDER HIMMEL

ROMAN

Aus dem Englischen von
Grit Zoller

GOLDMANN VERLAG

Ungekürzte Ausgabe
Titel der Originalausgabe: The Burning Shore
Originalverlag: William Heinemann Ltd., London

Umwelthinweis:
Alle bedruckten Materialien
dieses Taschenbuches
sind chlorfrei und umweltfreundlich

Der Goldmann Verlag
ist ein Unternehmen der Verlagsgruppe Bertelsmann

Made in Germany · Jubiläumsausgabe · 9/92

Lizenzausgabe mit freundlicher Genehmigung
des Paul Zsolnay Verlags, Wien und Hamburg
Umschlagentwurf: Design Team München
Druck: Elsnerdruck, Berlin
Verlagsnummer: 42123
GR · Herstellung: Klaus Voigt
ISBN 3-442-42123-3

Für Danielle Antoinette,
mit all meiner Liebe, für immer

Michael erwachte vom wütenden Donnern der Kanonen. Es war ein widerliches Ritual, mit dem die Artillerieverbände zu beiden Seiten der Hügelketten vor der Dämmerung den Kriegsgöttern ihre wilde Huldigung darbrachten.

Michael lag unter dem Gewicht von sechs Wolldecken in der Dunkelheit und sah das Artilleriefeuer wie ein schreckliches Nordlicht durch das Zeltdach flackern. Die Decken fühlten sich so kalt und klamm an wie die Haut eines Toten, und leichter Regen trommelte auf die Zeltleinwand. Die Kälte drang durch das Bettzeug, und dennoch empfand er einen Funken Hoffnung. Bei diesem Wetter konnten sie nicht fliegen.

Doch diese falsche Hoffnung verflüchtigte sich rasch, denn als Michael abermals und diesmal aufmerksamer den Geschützen lauschte, erkannte er am Klang des Sperrfeuers, aus welcher Richtung der Wind kam. Der Wind hatte sich wieder nach Südwesten gedreht, so daß er den Kanonendonner verstärkte; Michael schauderte und zog die Decken bis unter das Kinn. Wie um seine Vermutung zu bestätigen, ließ die leichte Brise plötzlich nach. Das Trommeln der Regentropfen auf dem Zeltdach wurde leiser und verstummte schließlich ganz. In der Stille hörte er die Tropfen von den Bäumen im Obstgarten fallen — dann kam ein plötzlicher Windstoß, so daß sich die Äste schüttelten wie ein Hund, der aus dem Wasser kommt, und schwere Tropfen auf das Zeltdach fallen ließen.

Er beschloß, nicht nach seiner goldenen Taschenuhr zu greifen, die auf der als Nachttisch dienenden Packkiste lag. Es würde nur allzu bald Zeit sein. Also vergrub er sich in die Dekken und dachte über seine Angst nach. Alle litten unter dieser

Angst, doch die strengen Regeln, unter denen sie lebten, flogen und starben, verboten es ihnen, darüber zu sprechen; verboten es ihnen, auch nur mit verstecktesten Andeutungen darauf hinzuweisen.

Michael überlegte, ob es ein Trost gewesen wäre, wenn er am vorangegangenen Abend, als er zusammen mit Andrew eine Flasche Whisky leerte und den Auftrag für diesen Morgen besprach, imstande gewesen wäre zu sagen: »Andrew, ich habe ein entsetzlich flaues Gefühl bei dem Gedanken an das, was wir vorhaben.«

Er grinste in die Dunkelheit, als er sich Andrews Verlegenheit vorstellte, doch er wußte, daß Andrew ebenso empfand. Das zeigte sich in seinen Augen und in der Art, wie ein kleiner Muskel in seiner Wange zuckte und hüpfte, so daß er ihn fortwährend mit den Fingerspitzen berühren mußte, um ihn zu beruhigen. Alle altgedienten Piloten hatten ihre Schrullen; bei Andrew waren es der zuckende Wangenmuskel und die leere Zigarettenspitze, an der er saugte wie an einem Schnuller. Dafür knirschte Michael im Schlaf so laut mit den Zähnen, daß er selbst davon aufwachte; außerdem zerkaute er den Nagel seines linken Daumens bis aufs Fleisch und blies alle paar Minuten über die Finger seiner rechten Hand, als hätte er heiße Kohlen berührt.

Die Angst machte sie alle ein wenig verrückt und trieb sie dazu, viel zuviel zu trinken — jedenfalls genug, um die normalen Reflexe normaler Männer zu zerstören. Aber sie waren keine normalen Männer, und der Alkohol schien sie nicht zu beeinträchtigen, er trübte weder ihre Sehkraft noch hemmte er die Reaktionsgeschwindigkeit ihrer Füße auf den Seitenrudern. Normale Männer starben in den ersten drei Wochen, ihre Maschinen stürzten brennend ab, wie Tannenbäume bei einem Waldbrand, oder sie zerschellten auf dem weichen, zerwühlten Boden, und zwar mit einer Wucht, die ihre Knochen total zerschmetterte und ihnen die Splitter durch das Fleisch trieb.

Andrew hatte vierzehn Monate überlebt, und Michael elf, und da war ein Vielfaches der Lebensdauer, die die Kriegsgötter vielen Männern zuerkannten, die diese zerbrechlichen Apparate aus Draht, Holz und Segeltuch flogen. Und so zappelten und zuckten sie, zwinkerten und tranken zu viel Whisky, lachten in schrillen, lauten Tönen und scharrten verlegen mit den Füßen, und bei Tagesanbruch lagen sie starr vor Angst auf ihren Feldbetten und lauschten den Schritten.

Michael hörte die Schritte nun; es mußte später sein, als er angenommen hatte. Draußen vor dem Zelt stieß Biggs einen unterdrückten Fluch aus, als er unversehens in eine Pfütze trat, und seine Stiefel gaben bei jedem Schritt im Schlamm ein leises, unanständiges Geräusch von sich. Seine Blendlaterne leuchtete durch die Zeltleinwand, als er nach der Klappe tastete, und dann trat er gebückt ins Zelt.

»Guten Morgen, Sir —« Seine Stimme klang fröhlich, aber gedämpft, aus Rücksicht auf die Offiziere in den benachbarten Zelten, die an diesem Morgen nicht fliegen mußten, »— der Wind hat auf Süd-Süd-West gedreht, Sir, und es klart ganz wunderhübsch auf, wirklich. Über Cambrai leuchten noch Sterne —« Biggs stellte das Tablett, das er mitgebrach hatte, auf die Packkiste und machte sich eifrig daran, Michaels Kleidung aufzusammeln, die dieser am Vorabend einfach zu Boden hatte fallen lassen.

»Wie spät ist es?« Michael gab sich den Anschein, aus tiefem Schlaf zu erwachen, streckte sich und gähnte; Biggs sollte nichts von der angstvollen Stunde bemerken, die Legende nichts von ihrem Glanz einbüßen.

»Halb sechs, Sir.« Biggs faltete die Kleidungsstücke zusammen und kam dann zurück, um ihm den dicken Porzellanbecher mit Kakao zu reichen. »Und Lord Killigerran ist auf und befindet sich bereits im Kasino.«

»Der verdammte Kerl ist aus Eisen«, knurrte Michael. Biggs hob die leere Whiskyflasche auf, die unter dem Feldbett auf dem Boden lag, und stellte sie auf das Tablett.

Michael schlürfte den Kakao, während Biggs im Rasierkrug Schaum anrührte, und dann hielt Biggs den polierten Stahlspiegel und die Laterne, während sich Michael, die Decken um die Schultern gelegt und aufrecht auf dem Bett sitzend, mit dem Messer rasierte.

»Wie stehen die Wetten?« fragte Michael mit nasaler Stimme, da er sich gerade die Nasenlöcher zuhielt und die Nasenspitze hob, um sich über der Oberlippe zu rasieren.
»Drei zu eins, daß Sie und der Major die beiden ohne Gemetzel nehmen.«

Michael wischte das Rasiermesser ab, während er die Gewinnchancen überdachte. Der Sergeant, der die Wetten veranstaltete, hatte vor dem Krieg in Ascot und Aintree eigene Wettbüros betrieben. Er hatte sich ausgerechnet, daß die Chancen eins zu drei standen, daß entweder Andrew oder Michael oder beide zu Mittag bereits tot sein würden — kein Gemetzel, keine Verluste.

»Recht unverschämt, meinen Sie nicht auch, Biggs?« fragte Michael. »Ich meine, warum gleich beide, verdammt nochmal?«

»Habe einen Halben auf Sie gesetzt, Sir«, murmelte Biggs.

»Nett von Ihnen, Biggs, setzen Sie einen Fünfer für mich.« Er deutete auf die Geldbörse, die neben der Uhr lag, und Biggs nahm fünf Goldmünzen heraus und steckte sie in die Tasche. Michael setzte immer auf sich selbst. Es war eine sichere Sache: Wenn er die Wette verlor, würde ihn das auf keinen Fall schmerzen.

Biggs wärmte Michaels Kniehose über der Laterne an und hielt sie ihm hin, während Michael sich aus den Decken schälte. Er stopfte das Nachthemd in die Hose; Biggs fuhr mit der komplizierten Prozedur fort, die das Ankleiden eines Mannes darstellte, der bei dieser tödlichen Kälte in einem offenen Cockpit flog. Über das Nachthemd kamen eine seidene Weste, zwei gesteppte, wollene Strickjacken, dann eine Lederweste und zum Schluß ein Offiziersmantel, dessen Ärmel abgeschnitten waren, damit sie nicht an den Steuerungsvorrichtungen des Flugzeuges hängenblieben.

Nun war Michael so dick gepolstert, daß er sich nicht mehr bücken konnte, um in Socken und Stiefel zu schlüpfen. Biggs kniete vor ihm nieder und zog ihm seidene Untersocken über die bloßen Füße, darüber zwei Paar wollene Jägersocken, und schließlich die hohen Stiefel aus gegerbter Kuduhaut, die sich

Michael in Afrika hatte anfertigen lassen. Durch ihre weichen, geschmeidigen Sohlen konnte Michael das Seitensteuer ausgezeichnet ertasten und fühlen. Als er aufstand, wirkte sein schlanker, muskulöser Körper unter der Last der Kleidung plump und unförmig, und seine Arme standen ab wie die Flügel eines Pinguins. Biggs hielt die Zeltklappe auf und ging mit der Laterne vor ihm her auf den Laufbrettern durch den Obstgarten zum Kasino.

Als sie an den anderen dunklen Zelten unter den Apfelbäumen vorbeikamen, hörte Michael hin und wieder leises Husten und Scharren. Sie waren alle wach, lauschten seinen Schritten, fürchteten sich mit ihm, und manche empfanden vielleicht Erleichterung darüber, daß nicht sie es waren, die an diesem Morgen aufsteigen mußten.

Als sie den Obstgarten verließen, blieb Michael einen Augenblick stehen und betrachtete den Himmel. Die dunklen Wolken trieben zurück nach Norden, und die Sterne, in der beginnenden Morgendämmerung schon ein wenig blaß, schimmerten durch. Diese Sterne waren Michael noch immer fremd; mittlerweile kannte er zwar endlich ihre Konstellationen, doch sie waren nicht wie seine geliebten Sterne des Südens — Alpha, Argus, das Kreuz des Südens, und all die anderen — er senkte den Blick und marschierte schwerfällig hinter Biggs und der schwankenden Laterne her.

Als Kasino der Fliegerstaffel diente eine Hütte, die sie requiriert und frisch gestrichen hatten und deren zerfetztes Strohdach mit Leinwand abgedeckt worden war, so daß es drinnen nun recht gemütlich und warm war.

Vor der Tür trat Biggs zur Seite. »Werde Ihren Gewinn von fünfzehn Pfund bereithalten, wenn Sie zurück sind, Sir«, murmelte er. Niemals hätte er Michael »viel Glück« gewünscht, denn das war das Schlimmste, was er ihm wünschen hätte können.

Im Herd prasselte ein Feuer, und Major Lord Andrew Killigerran saß, die Beine, in den hohen Stiefeln gekreuzt, auf dem Herdrand gelagert, auf einem Stuhl davor, während ein Offiziersbursche die schmutzigen Teller spülte.

»Porridge, mein Junge«, er nahm die Bernsteinzigarettenspitze aus dem Mund, als er Michael begrüßte, seine Zähne waren weiß und ebenmäßig. »Mit heißer Butter und goldenem Sirup. Kipper, in Milch eingelegt —«

Michael schauderte. »Ich esse, wenn wir zurück sind.« Sein vor Spannung bereits überempfindlicher Magen zog sich bei dem starken Duft der Kipper zusammen. In Zusammenarbeit mit einem Onkel im Generalsstab, der einen Sondertransport arrangiert hatte, ließ Andrew die Staffel mit den besten Nahrungsmitteln versorgen, die seine Familiengüter im schottischen Hochland hervorbrachten — Rindfleisch, Hühner und Lachs, Eier, Käse und Marmeladen, eingemachtes Obst und ein ausgezeichneter, köstlicher goldgelber Whisky mit einem unaussprechlichen Namen, der aus der familieneigenen Brennerei stammte.

»Kaffee für Captain Courtney«, rief Andrew der Ordonnanz zu, und als das Gewünschte gebracht wurde, griff er in die tiefe Tasche seiner pelzbesetzten Fliegerjacke und brachte eine silberne Flasche mit einem großen, gelben Rauchquarz auf dem Verschluß zum Vorschein und goß flink einen kräftigen Schluck in den dampfenden Becher.

Michael behielt den ersten Schluck im Mund, gurgelte damit, ließ den angenehmen Geschmack auf der Zunge zergehen und schluckte erst dann; das heiße Getränk verteilte sich in seinem leeren Magen, und er fühlte fast augenblicklich die Wirkung des Alkohols in den Adern.

Er lächelte Andrew über den Tisch hinweg zu. »Wunderbar«, flüsterte er heiser und blies sich über die Fingerspitzen.

»Lebenssaft, mein Junge.«

Michael liebte diesen hübschen Kerl, wie er nie zuvor einen anderen Mann geliebt hatte — mehr als seinen Vater, und sogar mehr als seinen Onkel Sean, der früher einmal die Stütze seines Lebens gewesen war.

Das war allerdings nicht immer so gewesen. Als sie sich kennengelernt hatten, waren Michael Andrews extravagante, ziemlich unmännlich-schöne Erscheinung, seine langen, geschwungenen Wimpern, die weichen, vollen Lippen, der gepflegte, schlanke Körper, die zierlichen Hände und Füße und sein stolzes Gehabe nicht geheuer gewesen.

Eines Abends, schon bald nach seiner Ankunft in dieser Staffel, brachte Michael anderen Neuankömmlingen bei, wie man Bok-Bok spielt. Unter seiner Leitung formte die eine Mannschaft an der Wand des Kasinos eine menschliche Pyramide, während die andere Mannschaft versuchen mußte, die Pyramide zu stürzen, indem sie einen Anlauf nahm und zur Spitze der Pyramide hochsprang. Andrews hatte gewartet, bis das Spiel in einem lärmenden Chaos endete, und hatte Michael dann beiseite genommen und ihm erklärt: »Wir haben Verständnis dafür, daß Sie von irgendwo da unten jenseits des Äquators stammen, und wir versuchen wirklich mit euch Kolonisten Nachsicht zu üben. Aber —«

Ihre Beziehung war von da an recht kühl und distanziert gewesen, während sie einander beim Schießen und Fliegen beobachteten.

Andrew hatte bereits als Junge gelernt, ein Moorhuhn zu treffen, auch wenn es, vom Wind vorangetrieben, nur wenige Zentimeter über der Heide flog. Michael hatte sich die gleiche Geschicklichkeit bei der Jagd auf die blitzschnellen äthiopischen Schnepfen und Sandhühner angeeignet, die mit eiligem Flügelschlag in den afrikanischen Himmel stiegen. Sie waren beide imstande gewesen, ihre Geschicklichkeit dem Problem anzupassen, ein Vickers-Maschinengewehr von einer schwankenden Sopwith Pup aus abzufeuern, die durch den Raum brauste.

Dann beobachteten sie einander beim Fliegen. Fliegen ist eine Begabung. Jene, die diese Begabung nicht besaßen, gingen während der ersten drei Wochen zugrunde; und jene, die das Talent hatten, hielten etwas länger durch. Nach einem Monat war Michael noch immer am Leben, und Andrew sprach ihn das erstemal nach jenem Abend mit dem Bok-Bok-Spiel im Kasino wieder an.

»Courtney, Sie fliegen heute mit mir«, war alles, was er sagte.

Es sollte ein Routineflug entlang der Linien werden. Zwei

Neuankömmlinge, die mit der Flugerfahrung von insgesamt vierzehn Flugstunden erst am Vortag aus England zu dieser Staffel gestoßen waren, mußen »eingeflogen« werden. Andrew bezeichnete sie als »Focker-Futter«; sie waren beide erst achtzehn Jahre alt, rosig im Gesicht und ungeduldig.

»Habt Ihr Kunstfliegen gelernt?« wollte Andrew wissen.

»Ja, Sir«, kam es wie aus einem Mund. »Wir sind beide den Looping geflogen.«

»Wie oft?«

Beschämt senkten sie den Blick. »Einmal«, gaben sie verlegen zu.

»O Gott!« murmelte Andrew und saugte laut an seiner Zigarettenspitze. »Sackflüge?«

Sie sahen beide verständnislos drein, und Andrew griff sich an die Stirn und stöhnte.

»Sackflüge?« warf Michael mit freundlicher Stimme ein. »Ihr kennt das doch, wenn man die Fluggeschwindigkeit drosselt und die Kiste fällt plötzlich aus dem Himmel.«

Wieder schüttelten beide einhellig den Kopf. »Nein, Sir, das hat uns niemand gezeigt.«

»Die Deutschen werden ihre Freude mit euch beiden haben«, murmelte Andrew, und dann fuhr er energisch fort: »Erstens, vergeßt alles über die Kunstfliegerei, vergeßt den Looping und all den Quatsch, sonst werden euch die Deutschen das Hinterteil durch die Nasenlöcher schießen, während ihr da oben verkehrt in der Luft hängt, verstanden?«

Sie nickten eifrig.

»Zweitens, fliegt hinter mir her, macht mir alles nach, seht auf meine Handzeichen und befolgt sie augenblicklich, verstanden?« Andrew setzte sich seine runde Wollmütze auf den Kopf und band sie mit dem grünen Schal, der sein Markenzeichen war, fest. »Vorwärts, Kinder.«

Mit den beiden Neulingen im Schlepptau flogen sie in zehntausend Fuß Höhe bis hinter Arras, die Le-Rhône-Motoren ihrer Sopwith Pups dröhnten mit ihren vollen achtzig Pferdestärken, ganz die Königinnen der Lüfte, die perfektesten Flugkampfmaschinen, die der Mensch jemals erfunden hatte, jene

Maschinen, die Max Immelmann und seine berühmten Fokker-Eindecker abgeschossen hatten.

Es war ein strahlender Tag, und am Himmel standen nur ein paar Schönwetterwolken, viel zu hoch, um eine Jagdstaffel der Deutschen zu verbergen, und die Luft war so klar und rein, daß Michael den alten Rumpler-Doppeldecker schon auf eine Entfernung von fünfzehn Kilometern erspähte. Der Aufklärer kreiste tief über den französischen Linien, um das Geschützfeuer der deutschen Artillerie auf das Gebiet hinter den Linien zu leiten.

Andrew entdeckte den Doppeldecker nur einen Augenblick später als Michael und machte ihm rasch ein Zeichen. Er wollte den neuen Kameraden die Gelegenheit zu einem ersten Versuch geben. Michael hatte noch nie erlebt, daß ein Kommandant auf einen so leichten Sieg verzichtete, da eine hohe Trefferanzahl die sicherste Art und Weise war, um zu einer Beförderung und den begehrten Orden zu kommen. Aber er nickte zustimmend, und sie trieben die jungen Piloten hinunter und machten sie nachsichtig auf den schwerfälligen deutschen Zweisitzer unter ihnen aufmerksam, aber mit ihren ungeübten Augen konnte ihn keiner von den beiden ausmachen. Sie warfen den beiden älteren Piloten immer wieder verständnislose Blicke zu.

Die Deutschen waren so sehr mit den detonierenden Geschossen beschäftigt, daß sie die tödliche Formation, die rasch näher kam, nicht bemerkten. Plötzlich grinste der junge Pilot neben Michael erleichtert und deutete nach vorne. Er hatte die Rumpler endlich entdeckt.

Andrew stieß mit dem alten Kavallieriebefehl für »Angriff!« die Faust nach vorn, und der Junge drückte die Nase seiner Maschine nach unten, ohne die Geschwindigkeit zu drosseln. Die Sopwith ging so abrupt in den Sturzflug über, daß Michael erschrak. Der zweite Neuling folgte ihm ebenso überstürzt.

Die beiden jungen Poloten eröffneten das Feuer aus einer Entfernung von tausend Metern, und der deutsche Pilot wurde auf diese Weise rechtzeitig gewarnt; er wartete den richtigen Augenblick ab und legte sich unter den Nasen der herabstoßenden Aufklärer in die Kurve, wodurch sie blindlings an ihrem Ziel vorbeischossen, und, immer noch wild drauflosfeuernd, plötzlich achthundert Meter von ihrem Opfer entfernt waren. Michael sah, wie sie in den offenen Cockpits verzweifelt die Köpfe drehten, als sie sich bemühten, die Rumpler wiederzufinden.

Andrew schüttelte traurig den Kopf und stieß vor Michael hinunter. Sie ließen sich geschickt bis unter das Höhenruder der Rumpler fallen, und der deutsche Pilot zog sein Flugzeug steil nach oben, um es in eine Linkskurve zu legen, damit sein Schütze die Gegner anvisieren konnte. Andrew und Michael drehten gemeinsam in die entgegengesetzte Richtung ab, um ihn zu täuschen, aber sobald der deutsche Pilot erkannte, daß sein Manöver mißlungen war, und seine Flugrichtung korrigierte, rissen sie die Sopwiths hart nach oben und kreuzten sein Heck.

Andrew führte. Er feuerte aus dreißig Meter Entfernung eine kurze Salve aus dem Vickers ab, der deutsche Schütze bäumte sich auf und riß die Arme hoch, das Spandau-Geschütz pendelte ziellos in seiner Halterung, und die 3-mm-Geschosse rissen ihn in Stücke. Der deutsche Pilot versuchte wegzutauchen, und Andrews Sopwith wäre fast mit seiner oberen Tragfläche zusammengestoßen, als er über ihn hinwegflog.

Nun war Michael an der Reihe. Er schätzte die Abdrift der im Sturzflug befindlichen Doppeldecker, berührte das linke Ruderpedal, so daß seine Maschine leicht abschwenkte, so als würde er mit dem Gewehr auf eine fligende Schnepfe zielen, und feuerte eine kurze Serie ab — ein Hagel von 3-mm-Geschossen folgte. Er sah, wie der Stoff des Flugzeugrumpfes direkt unterhalb des Cockpitrandes, etwa dort, wo sich der Oberkörper des Piloten befinden mußte, zerfetzt wurde.

Der Deutsche hatte sich umgedreht und starrte Michael aus einer Entfernung von ungefähr fünfzehn Metern an. Michael konnte erkennen, daß seine Augen hinter den Linsen der Schutzbrille von einem auffallenden Blau waren und daß er sich an diesem Morgen nicht rasiert hatte, denn sein Kinn war mit einem kurzen, goldenen Flaum bedeckt. Als die Kugeln trafen, riß er den Mund auf, das Blut aus seinen zerfetzten Lungen schoß zwischen den Lippen hervor, dann war Michael vorbei und stieg hoch. Der Doppeldecker drehte sich träge auf den Rücken und raste, mit dem toten Piloten in den Gurten, auf die Erde zu. Er schlug inmitten eines offenen Feldes auf und zerschellte in einem traurigen Haufen von Stoff und Splittern.

Als Michael seine Sopwith wieder neben Andrews Flügelspitze setzte, blickte Andrew zu ihm hinüber, nickte kurz und bat ihn durch Handzeichen, ihm dabei zu helfen, die beiden Neulinge wieder aufzulesen, die noch immer in verzweifelten Kreisen nach der verschwundenen Rumpler suchten. Das dauerte länger, als sie erwartet hatten, und als sich die beiden endlich wieder sicher unter ihren Fittichen befanden, war die ganze Formation weiter nach Westen abgetrieben, als Andrew oder Michael je zuvor gekommen waren. Am Horizont zeichnete sich das dicke, glitzernde Band der Sonne ab, die sich auf ihrem Weg zum Meer durch die grüne Küstenlandschaft schlängelte.

Sie drehten ab und flogen in östlicher Richtung zurück nach Arras, stetig höher steigend, um die Möglichkeit eines Angriffes durch eine Fokker-Jagdstaffel zu vermeiden.

Als sie an Höhe gewannen, öffnete sich unter ihnen das Panorama von Nordfrankreich und Südbelgien; die Felder waren ein Flickwerk aus verschiedensten Grünschattierungen, durchsetzt mit dem dunklen Braun gepflügter Äcker. Die eigentlichen Kampflinien waren schwer auszumachen; aus dieser Höhe wirkte das schmale Band aufgewühlter Erde bedeutungslos, und das Elend, der Schlamm und das Sterben dort unten erschienen illusorisch.

Die beiden erfahrenen Piloten ließen den Himmel und den Luftraum unter ihnen keinen Augenblick aus den Augen. Sie drehten die Köpfe in einem regelmäßigen Rhythmus, um alles zu überblicken, und ihre Augen standen niemals still, blieben niemals auf einen Punkt fixiert und vermieden es, sich von dem rotierenden Propeller vor ihnen hypnotisieren zu lassen. Die beiden Neulinge hingegen waren sorglos und übermütig.

Jedesmal, wenn Michael zu ihnen hinüberschaute, grinsten sie und winkten fröhlich. Schließlich gab er es auf, ihnen durch Handzeichen begreiflich zu machen, daß sie den Himmel um sie herum im Augen behalten sollten; sie verstanden seine Zeichen nicht.

Sie blieben auf fünfzehntausend Fuß Höhe, und das Unbehagen, das Michael beschlichen hatte, als sie so niedrig über unbekanntem Territorium geflogen waren, verschwand, als er die Stadt Arras unter sich auftauchen sah. Er wußte, daß in diesen hübschen Kumuluswolken über ihnen keine Fokker lauern konnten, weil sie ganz einfach nicht imstande war, so hoch zu fliegen.

Er ließ seinen Blick abermals prüfend über die Linien schweifen. Direkt südlich von Mons standen zwei deutsche Beobachtungsballons, und etwas weiter unten flogen Kameraden — ein Schwarm von DH2-Einsitzern auf dem Weg zurück nach Amiens.

In zehn Minuten würden sie landen. Michael konnte diesen Gedanken nicht mehr zu Ende denken, denn plötzlich war der Himmel um ihn herum wie durch Zauberei mit buntgestrichenen Flugzeugen und dem Knattern von Spandau-Maschinengewehren erfüllt.

Trotz seiner hochgradigen Verwirrung reagierte Michael instinktiv. Als er die Sopwith mit höchstem Einschlag in die Kurve legte, raste eine haifischförmige, rotschwarz-gewürfelte Maschine mit einem grinsenden weißen Totenschädel auf dem schwarzen Malteserkreuz direkt an seiner Nase vorbei. Eine Hundertstelsekunde später hätten ihre Spandaus Michael erwischt. Die feindlichen Flugzeuge waren von oben gekommen, erkannte Michael; es erschien ihm zwar unmöglich, aber sie waren über den Sopwiths gewesen, sie waren aus der Wolkenbank gekommen.

Eine dieser Maschinen, blutrot gestrichen, jagte hinter Andrew her, ihre MGs knatterten, zerfetzten bereits den äußeren Rand der unteren Tragfläche und schwenkten unerbittlich auf das offene Cockpit zu, in dem Andrew kauerte — sein Gesicht ein weißer Fleck zwischen der Wollmütze und dem grünen

Schal. Instinktiv steuerte Michael auf ihn zu, und der Deutsche drehte ab, um eine Kollision zu vermeiden.

»Ngi dla!« Michael stieß den Kriegsruf der Zulu aus, als er bis auf Schußweite an die rote Maschine herankam, doch dann mußte er ungläubig zuschauen, wie sie davonraste, bevor er das MG in Stellung bringen konnte. Die Sopwith bebte unter dem Rückstoß, und über seinem Kopf riß singend wie eine Bogensehne ein Verspannungsdraht, als eine dieser schrecklichen Maschinen von hinten angriff.

Er drehte ab, und unter ihm versuchte Andrew einer anderen deutschen Maschine auszuweichen, die sich ihm rasend schnell näherte und schon bald in Schußweite sein mußte. Michael flog frontal auf den Deutschen zu, und die rotschwarzen Tragflächen zuckten an seinem Kopf vorbei — aber schon war die nächste deutsche Maschine da, um die andere zu ersetzen, und diesmal konnte Michael den Gegner nicht abschütteln, die helle Maschine war zu schnell, zu stark, und Michael wußte, er war ein toter Mann.

Plötzlich brach der Feuerstoß aus dem Spandau ab, und Andrew tauchte hinter Michaels Flügelspitze auf und vertrieb den Deutschen. Tollkühn legte sich Michael hinter Andrew in die Kurve, und sie bildeten eine Art Verteidigungsring, so daß einer des anderen Rumpf und Hinterteil deckte, während der Schwarm von deutschen Flugzeugen in mörderischem Tempo um sie herumkreiste.

Nur im Unterbewußtsein registrierte Michael, daß die beiden Neulinge abgeschossen worden waren, schon in den ersten Sekunden des Angriffs; der eine war mit Vollgas in den Sturzflug übergegangen, so daß sich die verstümmelten Flügel der Sopwith unter dem Druck verzogen und schließlich gänzlich abbrachen, während sich der andere in eine brennende Fackel verwandelt hatte, die in einer dichten Wolke schwarzen Rauchs auf die Erde zuraste.

Ebenso plötzlich, wie sie gekommen waren, verschwanden die Deutschen wieder — unversehrt und unangreifbar flogen sie zurück zu den eigenen Linien und ließen zwei arg mitgenommene, durchlöcherte Sopwiths zurück.

Andrew landete vor Michael, und sie hielten ihre Flugzeuge Seite an Seite am Rand des Obstgartens an. Beide kletterten aus dem Cockpit und gingen langsam um ihre Maschinen herum, um den Schaden zu begutachten. Und schließlich standen sie einander gegenüber, mit vom Schock versteinerten Gesichtern.

Andrew griff in seine Tasche und brachte eine silberne Flasche zum Vorschein. Er schraubte den Verschluß ab und wischte den Hals der Flasche mit dem Ende seines grünen Schales ab, dann reichte er sie Michael.

»Hier, mein Junge«, sagte er besorgt, »nimm einen Schluck. Ich denke, den hast du verdient — ja, wahrhaftig, das hast du.«

So waren sie an dem Tag, als die alliierte Übermacht im Luftraum über Frankreich durch die haifischförmigen Albatros-D-Aufklärer der Deutschen zerschlagen worden war, gezwungenermaßen Kampfgefährten geworden, und flogen von da an Seite an Seite. Anfangs gaben sie sich damit zufrieden, sich zu verteidigen, doch dann untersuchten sie gemeinsam die Fähigkeiten dieses neuen tödlichen Gegners, indem sie sich abends in die Berichte des Nachrichtendienstes vertieften, die etwas verspätet angekommen waren — so erfuhren sie, daß sie, was Motorleistung und die Geschütze betraf, der Albatros technisch hoffnungslos unterlegen waren. Die Albatros war außerdem wesentlich schwerer als die Pup und konnte einem ungeheuren Beschuß standhalten, bevor sie flugunfähig wurde.

»Also, alter Junge, da bleibt uns wohl nichts anderes übrig, als zu lernen, wie wir sie am besten abschütteln können«, erklärte Andrew, und sie flogen gegen die Jagdstaffeln und fanden schließlich ihre Schwachstellen. Es gab nur zwei Schwachstellen. Die Sopwith hatte einen kleineren Radius, und der Kühler der Albatros befand sich direkt über dem Cockpit in der oberen Tragfläche. Ein Schuß in den Tank, und ein Schwall kochendheißer Kühlerflüssigkeit würde sich über den Piloten ergießen und ihn tödlich verbrühen.

Diese Erkenntnisse nützend, gelangen ihnen ihre ersten Abschüsse, und sie stellten fest, daß sie sich beim Testen der Albatros auch gegenseitig auf die Probe gestellt und keinen Fehler gefunden hatten. Aus der Kameradschaft wurde eine Freundschaft, die sich zu einer Zuneigung und Wertschätzung vertiefte, wie sie zwischen zwei Brüdern kaum je vorkam. So saßen sie nun ruhig bei Tagesanbruch im Kasino, tranken Kaffee mit Whisky und warteten darauf, daß es Zeit zum Aufbrechen wurde. Ohne viel Worte gaben sie einander Mut und Kraft.

»Losen wir?« Michael unterbrach das Schweigen, es war fast schon Zeit zu gehen.

Andrew warf eine Goldmünze in die Luft, und bedeckte sie beim Aufprall auf der Tischplatte mit der Hand.

»Kopf«, sagte Michael und Andrew hob die Hand.

»Schwein gehabt!« brummte er, als sie beide auf das strenge, bärtige Profil Georges V. blickten.

»Ich nehme die zweite Spur«, sagte Michael, und Andrew öffnete den Mund, um zu protestieren.

»Ich habe gewonnen, also bestimme ich.« Michael stand auf, um den Streit zu beenden, bevor er richtig angefangen hatte.

Gegen die Ballons zu fliegen, war etwa so, als träte man auf eine schlafende Hakennatter, jene riesige, träge Schlange des afrikanischen Busches; sobald sie der erste Mann geweckt hatte, bog sie sich zu dem charakteristischen S und bohrte dem zweiten Mann die langen, gekrümmten Giftzähne in die Wade. Die Ballons mußten sie hintereinander in einer Linie angreifen; der erste alarmierte die Verteidigung, und der zweite zog die volle Ladung auf sich. Michael hatte freiwillig die zweite Position gewählt. Wäre Andrew der Gewinner gewesen, hätte er nicht anders gehandelt.

Sie blieben Seite an Seite vor der Tür des Kasinos stehen, zogen die Handschuhe über, knöpften die Mäntel zu, spähten in den Himmel, lauschten dem Donnern der Kanonen und begutachteten die Wetterlage.

»Der Nebel bleibt in den Tälern hängen«, murmelte Michael. »Der Wind wird ihn nicht auflösen können, noch nicht.«

»Hoffen wir's, mein Junge«, erwiderte Andrew, und dann trampelten sie, durch die dicke Kleidung behindert, über die Laufplanken zum Standplatz der Sopwiths hinter den Bäumen.

Wie edel waren Michael diese Maschinen einst erschienen, und wie häßlich kamen ihm nun der riesige Radialmotor und das winzige Aussichtsfenster vor im Vergleich zur Albatros mit ihrer eleganten haiförmigen Nase und ihrem Mercedes-Reihenmotor. Wie zerbrechlich wirkten sie im Gegensatz zu den robusten Flugzeugen der Deutschen.

»Himmel, wann geben sie uns endlich richtige Flugzeuge«, brummte er, und Andrew erwiderte nichts. Zu oft hatten sie das endlose Warten auf die neue SE5a, die ihnen versprochen worden war, bereits beklagt — ein Flugzeug, das den Jagdstaffeln vielleicht gewachsen gewesen wäre.

Andrews Sopwith war passend zu seinem Schal hellgrün gestrichen, und am Rumpf hinter dem Cockpit prangten vierzehn weiße Ringe, einer für jeden gelungenen Abschuß, ähnlich den Kerben auf dem Gewehr eines Scharfschützen. Der Name des Flugzeuges stand auf dem Motorgehäuse: »The Flying Haggis.«

Michael hatte ein helles Gelb gewählt, und unterhalb seines Cockpits prangte eine Schildkröte mit Flügeln und besorgtem Gesichtsausdruck, sowie der Satz: »Frag mich nicht — ich tue nur meine Arbeit.« Den Rumpf zierten sechs weiße Ringe.

Mit Hilfe der Bodentruppe kletterten sie auf die untere Tragfläche und zwängten sich in das enge Cockpit. Michael stellte die Füße auf die Ruderpedale und prüfte sie auf ihre Funktionstüchtigkeit. Zufrieden gab er seinem Mechaniker mit dem erhobenen Daumen ein Zeichen. Der Mechaniker grinste und lief vor die Maschine.

»Schalter aus?« rief er.

»Schalter aus!« bestätigte Michael und lehnte sich aus dem Cockpit, um an der unförmigen Nase vorbeisehen zu können.

»Ansaugen!«

»Ansaugen!« wiederholte Michael und zog am Griff der handbetriebenen Treibstoffpumpe. Als der Mechaniker den

Propeller anwarf, hörte er, wie der Treibstoff unter der Motorhaube in den Vergaser strömte, und der Motor zündete.

»Schalter an! Kontakt!«

»Schalter an!«

Bei der nächsten Umdrehung des Propellers sprang knatternd der Motor an. Blauer Rauch wirbelte aus den Abzugsöffnungen, und es roch nach verbranntem Rizinusöl. Die Maschine heulte auf, stotterte kurz, fing sich wieder und lief schließlich in gleichmäßigem Rhythmus.

Als Michael die letzten Kontrollgriffe vor dem Start ausführte, knurrte sein Magen und zog sich schmerzhaft zusammen. Als Schmiermittel für die Präzisionsmaschinen wurde Rizinusöl verwendet, und die Auspuffgase, die die Flieger einatmeten, verursachten allen einen ständigen leichten Durchfall. Die alten Hasen unter den Piloten lernten rasch, damit fertig zu werden; Whisky wirkte ausgezeichnet, wenn man ihn in ausreichender Menge genoß.

Michael setzte die Schutzbrille auf und blickte zu Andrew hinüber. Sie nickten einander zu, Andrew öffnete die Drosselklappe und rollte auf die sumpfige Wiese hinaus. Michael folgte ihm, und sein Mechaniker lief neben der rechten Tragfläche her, um ihm auf der schmalen, schlammigen Startbahn zwischen den Apfelbäumen beim Wenden zu helfen.

Als Andrews Maschine abhob, öffnete Michael die Drosselklappe. Die Sopwith hob fast augenblicklich ihr Hinterteil, wodurch der Blick nach vorne frei wurde, und Michael hatte seiner treulosen Gedanken von vorhin wegen ein schlechtes Gewissen. Die Sopwith war ein hübsches Flugzeug, und es war eine Freude, sie zu fliegen. In einer Höhe von hundert Fuß setzte sich Michael hinter Andrews grüner Maschine in Position. Es war gerade hell genug, daß er zu seiner Rechten den grünen, mit Kupferblech gedeckten Turm der Kirche des Dörfchens Mort Homme ausmachen konnte; vor ihm befand sich das T-förmige Wäldchen aus Eichen und Buchen, dessen lange Seite genau parallel zur Landebahn des Geschwaders verlief, eine sehr bequeme Navigationshilfe, wenn man bei schlechtem Wetter landen mußte. Jenseits der Bäume lag inmitten von

Rasenflächen und Gärten das Landgut mit dem rosa Dach, und hinter dem Gut der kleine Hügel.

Andrew drehte ein wenig nach rechts ab, um über den Hügel hinwegzufliegen. Michael folgte ihm und spähte über den Rand des Cockpits nach vorn. Ob sie schon da sein würde? Es war zu früh — der Hügel war leer. Er fühlte einen leichten Stich der Enttäuschung und der Angst. Dann sah er sie — sie galoppierte den Weg hinauf zum Hügelkamm. Der große weiße Hengst holte unter ihrem schlanken, mädchenhaften Körper kräftig aus.

Das Mädchen auf dem weißen Pferd war Andrews und Michaels Talisman. Wenn sie dort auf dem Hügel wartete, um ihnen zuzuwinken, würde alles gutgehen. Gerade heute, da sie im Begriff waren, die Ballons anzugreifen, brauchten sie sie — Gott, wie nötig sie diesmal ihren Segenswunsch brauchten!

Sie erreichte den Hügelkamm und zügelte den Hengst. Nur wenige Sekunden, bevor sie an ihr vorüberflogen, riß sie den Hut vom Kopf, und das volle, dunkle Haar fiel ihr auf die Schultern. Sie schwenkte den Hut, und Andrew wackelte mit den Flügeln, als er vorbeiraste.

Michael schob sich näher an den Hügelkamm heran. Der weiße Hengst bäumte sich auf und nickte nervös, als die gelbe Maschine dröhnend auf ihn zukam, aber das Mädchen konnte ihn mühelos beruhigen und winkte übermütig. Michael wollte ihr Gesicht sehen. Er war fast auf gleicher Höhe wie die Hügelkuppe und kam dem Mädchen sehr nahe. Für einen Moment blickte er ihr in die Augen. Sie waren groß und dunkel, und Michael fühlte, wie sein Herz pochte. Er legte grüßend die Hand an die Mütze, und nun wußte er, tief drinnen, daß an diesem Tag alles gutgehen würde — dann verbannte er die Erinnerung an diese Augen und konzentrierte sich auf die bevorstehende Aufgabe.

Fünfzehn Kilometer weiter, über den niedrigen Anhöhen aus Kalkstein, stellte er erleichtert fest, daß er recht behielt; der Wind hatte den Morgennebel, der in den Tälern lag, noch nicht vertreiben können. Das Granatfeuer hatte auf diesen Hügeln seine schrecklichen Spuren hinterlassen, es gab keine Vegetation mehr, keiner der Baumstümpfe der zerschossenen Eichen war höher als eineinhalb Meter, und die ineinander übergehenden Granattrichter waren bis zum Rand mit brackigem Wasser gefüllt. Um diese Hügel war monatelang gekämpft worden, aber im Augenblick befanden sie sich in den Händen der Alliierten, nachdem sie zu Beginn des vorangegangenen Winters unter unglaublich hohen Verlusten erobert worden waren. Legionen von Toten vermoderten in der feuchten Erde. Der Leichengeruch, den der Wind mit sich trug, erreichte auch die Männer in den tieffliegenden Maschinen — ein widerlicher Gestank, der sich hinten in ihren Kehlen festsetzte und ihnen Übelkeit verursachte.

Hinter der Hügelkette legten die alliierten Truppen — Südafrikaner und Neuseeländer der 3. Armee — Ausweichstellungen an, und während sie auf die Front zuflogen, sah Michael den gelben Dunstschleier der explodierenden Haubitzengeschosse wie eine Giftwolke zwischen den Hügeln hängen, und er konnte sich die Angst der Männer vorstellen, die sich, zermürbt vom unaufhörlichen Hagel der Granaten, durch den Schlamm arbeiteten.

Als Michael auf die Hügelkette zuflog, übertönte das Sperrfeuer sogar das Dröhnen seines Le-Rhône-Motors und den ohrenbetäubenden Lärm des Luftschraubenstrahls. Das Sperrfeuer klang wie die Brandung an einer Felsenküste bei Sturm, wie das Wüten eines wahnsinnigen Trommlers, wie der fiebernde Puls dieser kranken, verrückten Welt, und Michaels heftiger Unwille gegenüber den Männern, die ihnen den Befehl zum Angriff auf die Ballons gegeben hatten, verschwand, je lauter das Donnern der Kanonen wurde. Es mußte getan werden.

Die Ballons waren die am meisten gefürchteten und gehaßten Angriffsziele jedes Piloten — und gerade deshalb wollte Andrew Killigerran niemand anderen mit dieser Aufgabe beauftragen. Nun konnte Michael sie sehen, sie hingen wie dicke silberne Kugeln im dämmrigen Himmel über der Hügelkette. Ein Ballon befand sich direkt vor ihnen, der andere ein paar Kilometer weiter östlich. Aus dieser Entfernung waren die

Taue, die sie mit der Erde verbanden, nicht erkennbar, und der Weidenkorb, aus dem die Beobachter einen hervorragenden Ausblick über das Hinterland der Alliierten hatten, war nur ein dunkler Fleck, der unter der glänzenden, wasserstoffgefüllten seidenen Hülle hing.

In diesem Augenblick ertönte ein ohrenbetäubender Knall, eine Druckwelle traf die beiden Sopwiths und zerrte an ihren Tragflächen. Fast gleichzeitig schoß vor ihnen eine Rauch- und Flammensäule in den Himmel, die sich, schwarz und hell orangefarben hoch über den tieffliegenden Sopwiths amboßförmig ausbreitete, so daß sie gezwungen waren, in einer sehr steilen Schräglage zu fliegen, um der Feuersäule zu entgehen. Eine deutsche Granate, die von einem der Ballons abgefeuert worden war, hatte ein Munitionsdepot der Alliierten getroffen, und Michael fühlte, wie seine Angst und sein Unwille verrauchten und einem tiefen Haß auf die Kanoniere Platz machten und auf die Männer, die mit Geieraugen hoch oben in der Luft lauerten und mit eiskalter Ruhe Tod ausstreuten.

Andrew drehte ab und flog zurück auf die Hügelkette zu, ließ die hohe Rauchsäule rechts liegen und ging tiefer und tiefer, bis das Fahrgestell seiner Maschine über die mit Sandsäcken befestigten Wälle hinwegfegte und er die Kolonnen südafrikanischer Soldaten in den Schützengräben sehen konnte — dunkle Lasttiere, die kaum noch etwas Menschliches an sich hatten und unter dem Gewicht ihrer Tornister und Waffen schwankten. Nur wenige machten sich die Mühe aufzuschauen, als die hellgestrichenen Maschinen über sie hinweg auf einem schmalen Paß in den Kalkhügeln zudonnerten. Sie hatten graue, schlammbedeckte Gesichter; ihr Blick war teilnahmslos und leer.

Dicht vor Michael ertönte das Knattern eines Vickers-Maschinengewehres. Andrew testete seine Waffe. Michael mußte ein wenig seitwärts schwenken, um sein Schußfeld freizumachen, und feuerte seinerseits eine kurze Salve ab. Die phosphoreszierenden Feuerkugeln legten hübsche weiße Spuren in die klare Luft.

Michael nahm seine Position hinter Andrew wieder ein, und

sie stießen in den Nebel vor, wodurch sie in eine neue Dimension von Licht und gedämpftem Schall eintraten. Das diffuse Licht spann regenbogenfarbige Ringe um die beiden Flugzeuge, und die feuchte Luft beschlug Michaels Schutzbrille. Er schob sie auf die Stirn und spähte nach vorne.

Andrew und Michael hatten den schmalen Einschnitt zwischen den Hügelketten am vorangegangenen Nachmittag gemeinsam sorgfältig erkundet, um sich davon zu überzeugen, daß es keine Hindernisse oder Behinderungen gab, und um sich den Verlauf des Hohlwegs genau einzuprägen — trotzdem war es noch immer ein gefährlicher Flug, mit einer Bodensicht von kaum sechshundert Fuß und den steilen Wänden, die zu beiden Seiten der Tragflächen aufragten.

Michael hängte sich an den grünen Schwanz des Flugzeugs vor ihm im Vertrauen darauf, daß ihn Andrew hindurchlotste, während sich die eisige Kälte des Nebels durch seine Kleider bohrte und seine Fingerspitzen trotz der Lederhandschuhe starr wurden.

Andrew zog eine steile Schleife, und als Michael ihm folgte, sah er kurz auf den Stacheldraht, rostbraun und verwickelt wie der Farn unter seinen Rädern.

»Ein unmenschliches Land«, murmelte er, und dann tauchten die deutschen Linien unter ihnen auf — es war nur ein flüchtiger Blick auf die Befestigungen, hinter denen Männer in feldgrauen Uniformen und häßlichen, topfförmigen Helmen kauerten.

Sekunden später stießen sie aus der Nebelbank hervor in eine Welt, die von den ersten Strahlen der tief stehenden Sonne beleuchtet wurde, in einen Himmel, dessen Helligkeit sie blendete — und Michael stellte fest, daß ihnen die Überraschung gelungen war. Der Nebel hatte sie den Blicken der Beobachter in den Ballons verborgen und das Geräusch ihrer Motoren gedämpft.

Unmittelbar vor ihnen hing in einer Höhe von tausendfünfhundert Fuß der erste Ballon. Seine stählernen Ankertaue, fein wie die Spinnweben des Altweibersommers, reichten hinunter zu der häßlichen schwarzen Dampfwinde, die halb von Sandsäcken verdeckt war. All das wirkte sehr verletzlich, bis Michaels Blick auf die scheinbar friedlichen Felder unter dem Ballon fiel, und dort waren die Geschütze. Die Maschinengewehrstellungen ähnelten den Höhlen von Ameisenlöwen im afrikanischen Busch, es waren winzige, von Sandsäcken umgebene Gruben. Michael konnte sie in den wenigen Sekunden nicht zählen, es waren zu viele. Er entdeckte die Flakgeschütze, die groß und ungelenk wie Giraffen auf ihren kreisförmigen Grundplatten standen, die langen Rohre in den Himmel gerichtet und bereit, ihre in der Luft explodierenden Schrapnells sechstausend Meter hoch zu katapultieren. Sie warteten. Sie wußten, daß die Flugzeuge früher oder später kommen würden, und sie waren bereit. Michael erkannte, daß ihnen der Nebel nur eine Frist von wenigen Sekunden gewährt hatte, denn er konnte die Schützen zu ihren Waffen rennen sehen. Eines der langen Flakrohre begann sich zu bewegen und schwenkte in ihre Richtung. Als Michael den Hebel für die Drosselklappen hochdrückte und die Sopwith losraste, sah er eine weiße Dampfwolke von der Winde aufsteigen, als die Bodenmannschaft verzweifelt versuchte, den Ballon in das schützende Deckungsfeuer der Maschinengewehre zu ziehen. Die glänzende Kugel aus Seide sank rasch auf die Erde zu, und Andrew hob die Nase seiner Maschine an und raste aufwärts.

Mit Vollgas und so weit geöffneter Dieselklappe, daß der große Radialmotor aufheulte, folgte ihm Michael und flog auf die Mitte des Kabels zu, der Stelle, wo sich der Ballon befinden würde, wenn er dort ankam, und das war nur fünfhundert Fuß über den Köpfen der Schützen.

Andrew befand sich etwa vierhundert Meter vor Michael, und noch hatten die Kanonen das Feuer nicht eröffnet. Nun war er mit dem Ballon auf gleicher Höhe und griff an. Michael hörte deutlich das Knattern seines Vickers und sah die dünnen Phosphorspuren der Geschosse in der eisigen Morgenluft, die den Ballon und das schnelle grüne Flugzeug für Sekunden miteinander verbanden. Dann schwenkte Andrew ab, das Ende seiner Tragfläche streifte die gebauschte Seide, und der Ballon schwankte sanft in seinem Luftschraubenstrahl.

Nun war Michael an der Reihe, und als er den Ballon anvisierte, eröffneten die Schützen unter ihm das Feuer. Er hörte das Platzen der Schrapnells, und die Sopwith trudelte gefährlich im Sog der vorbeifliegenden Geschosse, aber die Zündung der Granaten war zu hoch eingestellt. Sie explodierten drei oder vierhundert Fuß über Michael zu hellen, silbernen Rauchbällen.

Die Maschinengewehrschützen trafen besser, weil er sich schon fast in Schußweite befand. Michael fühlte, wie die Kugeln hart in den Flugzeugrumpf einschlugen, und dicke, weiße Leuchtspurgeschosse umschwirrten ihn wie Hagelkörner. Er trat in das Seitenruderpedal und zog gleichzeitig den Steuerknüppel an, wodurch er ein tollkühnes, seitliches Abschmieren einleitete, um dem Kugelhagel für einen Augenblick zu entgehen, während er auf den Ballon zusteuerte.

Dieser schien auf ihn zuzurasen; die Seide hatte den ekelhaften, weichen Schimmer einer Made, die mit silbernem Schleim überzogen war. Michael sah die beiden deutschen Beobachter in ihrem offenen Weidenkorb baumeln, beide dick eingehüllt wegen der Kälte. Der eine starrte ihn ausdruckslos an, während das Gesicht des anderen vor Wut und Angst verzerrt war, als er ihm einen Fluch oder eine Herausforderung zuschrie, die sich im Dröhnen der Motoren und im ohrenbetäubenden Knattern der MGs verlor.

Es war kaum notwendig, genau zu zielen, denn der Ballon füllte sein ganzes Blickfeld aus. Michael öffnete den Sicherheitsbügel und drückte den Abzugshebel nieder; das Gewehr hämmerte, so daß das ganze Flugzeug zu zittern begann, und der Qualm vom brennenden Phosphor der Brandkugeln stieg ihm ins Gesicht und benahm ihm den Atem.

Da er nun geradeaus und in gleichbleibender Höhe flog, fanden ihn die Schützen am Boden wieder und schossen die Sopwith in Fetzen — aber Michael blieb oben, trat abwechselnd rechts und links auf die Seitenruderpedale, so daß die Flugzeugnase leicht hin und herschwankte, und schoß die Kugeln in den Ballon, als wäre seine Vickers ein zuckender Gartenschlauch.

»Brenn'!« brüllte er. »Brenn'! Verdammt noch mal, brenn' doch endlich!«

Reiner Wasserstoff ist nicht leicht entzündbar. Er muß in einem Verhältnis von eins zu zwei mit Sauerstoff vermischt sein, bevor es zur Explosion kommt. Der Ballon schluckte die Kugeln ohne sichtbare Wirkung.

»Brenn'!« brüllte Michael. Seine Hand war um den Abzugsbügel gekrallt, das MG hämmerte, und das Verschlußstück spie die leeren Messinghülsen aus. Aus den Hunderten Einschußlöchern, die er und Andrew in die Seide geschossen hatten, mußte der Wasserstoff entweichen und sich mit der Luft vermischen.

»Warum brennst du nicht?« Er hörte selbst die Qual und Verzweiflung in seinem wilden Schrei. Er hatte den Ballon erreicht — nun mußte er abschwenken, er mußte abdrehen, um einen Zusammenstoß zu verhindern, und alles war umsonst. Und plötzlich wußte er, daß er niemals aufgeben würde. Er wußte, daß er, wenn es sein mußte, in den Ballon hineinfliegen würde.

Während er das noch dachte, explodierte der Ballon vor seinen Augen. Er schien zu einem Hundertfachen seiner Größe anzuschwellen, füllte den ganzen Himmel aus und ging gleichzeitig in Flammen auf. Wie der betäubende, feurige Atem eines Drachen leckte die Hitze über Michael und die Sopwith hinweg, versengte die bloße Haut an seinen Wangen, blendete ihn und wirbelte das Flugzeug hoch in die Luft. Michael hatte alle Hände voll zu tun, um es wieder unter Kontrolle zu bringen. Er fing es kurz vor dem Erdboden ab, und als er wieder aufstieg, blickte er zurück.

Der Wasserstoff war in dieser einen, teuflischen Explosion verbrannt, und die leere, lichterloh brennende Seidenhaut des Ballons sackte zusammen und breitete sich wie ein feuriger Schirm über den Korb und seine menschliche Fracht.

Einer der deutschen Beobachter sprang aus dem Korb, stürzte, verzweifelt um sich schlagend, mit flatterndem Mantel, hundert Meter in die Tiefe und verschwand geräuschlos und spurlos im kurzen grünen Gras der Wiese. Der zweite blieb im

Korb und wurde von den Wogen brennender Seide eingehüllt.

Die Bodenmannschaft kroch von der Windenstellung fort, wie Insekten aus einem zerstörten Nest, aber die brennende Seide fiel zu schnell und fing sie in ihren tödlichen Falten. Michael wurde von einem wilden Triumphgefühl überwältigt — eine instinktive Reaktion auf seine eigene Angst. Er öffnete den Mund, um sein Kriegsgeschrei auszustoßen, doch in diesem Augenblick zerbarst ein Schrapnell, das von einem der Geschütze am Nordrand des Feldes abgefeuert worden war, direkt unter der Sopwith.

Wieder wurde das Flugzeug hochgeworfen, und pfeifende, zischende Granatsplitter aus Stahl bohrten sich in den Bauch des Flugzeugrumpfes. Während Michael sich bemühte, die außer Kontrolle geratene Maschine wieder abzufangen, riß der Boden des Cockpits auf, so daß er die Erde unter sich sehen konnte und ein eisiger Wind von unten in seinen Mantel blies.

Schließlich hielt er das Flugzeug auf ebenem Kiel, aber es war schwer angeschlagen. Unter dem Rumpf der Sopwith war irgend etwas abgebrochen, sie schwankte und wippte im Wind, und außerdem flog die Maschine seitenlastig, so daß er sie nur mit roher Gewalt gerade halten konnte — aber wenigstens befand er sich endlich außer der Reichweite der Geschütze.

Dann erschien Andrew an seiner Flügelspitze und starrte besorgt zu ihm herüber, und Michael grinste und brüllte triumphierend. Andrew versuchte durch Zeichen seine Aufmerksamkeit zu erregen und signalisierte ihm mit dem Daumen: »Zurück zur Flugbasis!«

Michael schaute sich um. Während er sich bemüht hatte, sein Flugzeug wieder unter Kontrolle zu bringen, waren sie weiter nach Norden geflogen, tiefer und tiefer in deutsches Gebiet. Sie jagten über eine Straßenkreuzung, auf der sich eine Nachschubkolonne drängte; erschrockene feldgraue Gestalten rannten auf die Straßengräben zu, um Deckung zu suchen. Michael schenkte ihnen keinerlei Beachtung und drehte sich im Cockpit um; etwa fünf Kilometer entfernt über den flachen und gleichmäßig grünen Feldern schwebte gelassen noch immer der zweite Ballon.

Michael gab Andrew ein abwehrendes Zeichen und deutete auf den zweiten Ballon. »Nein — Angriff fortsetzen.«

Andrew signalisierte nochmals, dringlicher: »Zurück zur Flugbasis!« Er deutete auf Michaels Maschine und gab das Zeichen für »Gefahr!«

Michael blickte durch das Loch zwischen seinen Füßen, dort, wo die Plane fortgerissen worden war, hinunter. Das knallende Geräusch wurde wahrscheinlich von einem der Räder des Fahrwerks verursacht, das an den Streben baumelte. Tragflächen und Rumpf des Flugzeuges waren mit Einschußlöchern übersät, und der zerfetzte Stoff flatterte in losen Streifen im Luftschraubenstrahl wie buddhistische Gebetsfahnen, aber die Le-Rhône-Maschine brummte leiser und ohne Stottern in ihrem kriegerischen Rhythmus weiter.

Andrew signalisierte abermals und drängte Michael umzukehren, aber dieser wehrte mit einer kurzen Handbewegung ab — »Mir nach!« — und brachte die Sopwith in Schräglage, so daß sie sich in eine steile Kurve legte, was an ihrem schwerbeschädigten Rumpf zerrte.

Michael hatte einen Anfall von Kampfeswut, der wilden Leidenschaft des Berserkers, die die drohende Verwundung oder den Tod bedeutungslos macht. Sein Blick war unnatürlich geschärft, und er flog die beschädigte Sopwith, als wäre sie ein Teils seines eigenen Körpers, ganz leicht glitt er über die Hecken und fegte über die Stoppeln auf den Feldern, und sein Blick war so starr und grausam wie der eines Falken, als er auf den schwerfällig sinkenden Ballon zuflog.

Natürlich hatten die Deutschen die feurige Zerstörung des ersten Ballons gesehen und zogen nun den zweiten ein. Sie würden ihn am Boden haben, bevor Michael die Stelle erreichen konnte. Die Schützen würden in voller Alarmbereitschaft warten, den Finger am Abzug. Also mußten Michael und Andrew im Tiefflug angreifen. Aber trotz seiner selbstmörderischen Wut hatte Michael nichts von seiner Geschicklichkeit eingebüßt. Er benützte jedes Bäumchen als Deckung.

Vor ihm wand sich eine schmale Landstraße, und die Reihen schlanker, gerader Pappeln, die sie flankierten, waren das einzige, was dieser trostlosen Öde unterhalb der Hügelkette Charakter gab. Michael benützte die Bäume als Deckung, ging tief hinunter, flog parallel zu der Baumreihe und brachte sie zwischen sich und den Ballon; dann warf er einen Blick in den Spiegel, der an der Tragfläche über seinem Kopf befestigt war. Andrews grüne Sopwith war so dicht hinter ihm, daß der Propeller fast sein Seitenruder berührte.

Michael grinste wie ein Hai, nahm den Steuerknüppel seiner Sopwith in beide Hände und zog das Flugzeug über die Pappeln, etwa so, wie ein Jagdpferd in vollem Galopp über eine Hecke setzt.

Die Ballonstellung war dreihundert Meter von ihm entfernt. Der Ballon selbst hatte gerade den Boden erreicht. Die Bodentruppe half den Beobachtern aus dem Korb, und dann lief die ganze Gruppe auf den nächsten Schützengraben zu, um Deckung zu suchen. Die Schützen hatten endlich freies Schußfeld und eröffneten gemeinsam das Feuer.

Michael flog direkt in den Feuerstoß. Er erfüllte die Luft um ihn herum, und die Schrapnells verursachten im Vorbeifliegen einen solchen Sog, daß sein Trommelfell schmerzte. Er sah die Gesichter der Schützen in den Stellungen zu ihm heraufblikken; sie wirkten wie helle Farbflecken hinter den verkürzten Geschützrohren, die herumschwenkten, um ihm zu folgen, und das Mündungsfeuer war so hell und hübsch wie Wunderkerzen. Doch die Sopwith brauste mit über hundertsechzig Stundenkilometern auf den Ballon zu und hatte kaum noch dreihundert Meter zurückzulegen. Selbst das beängstigende Knirschen der Kugeln, die in den schweren Motorblock eindrangen, konnte Michael nicht ablenken, als er seine Waffe vorsichtig auf das Ziel einstellte.

Die rennenden Männer befanden sich direkt vor ihm und versuchten, so schnell wie möglich den Schützengraben zu erreichen. Die beiden Beobachter in der Mitte kamen nur langsam und mühselig voran — noch steif von der Kälte in der Höhenluft und behindert durch ihre schwere Kleidung. Michael haßte sie, wie er eine Giftschlange gehaßt hätte, er drückte die Nase der Sopwith vorsichtig nach unten und berührte den Abzug des Vickers. Die Männer stoben auseinander wie grauer Rauch. Michael hob sofort das Visier des MGs.

Der Ballon war am Boden befestigt und sah aus wie ein Zirkuszelt. Michael feuerte hinein, und die Kugeln mit den silbrigen Spuren des Phosphorqualms durchschlugen wirkungslos den Seidenstoff.

In seiner Wut war Michaels Gehirn so klar und seine Überlegungen so scharf, daß die Zeit sehr viel langsamer zu verrinnen schien. Die Bruchteile von Sekunden, die vergingen, bis er bei dem gestrandeten seidenen Monstrum angekommen war, schienen eine Ewigkeit zu dauern, so daß er den Flug jeder einzelnen Kugel aus dem Lauf seines Vickers verfolgen konnte.

»Warum brennt er nicht?« brüllte er abermals, und fast gleichzeitig fiel ihm die Antwort ein.

Das Wasserstoffatom hat das leichteste spezifische Gewicht von allen. Das austretende Gas steig daher nach oben und vermischte sich über dem Ballon mit Sauerstoff. Es war also ganz logisch, daß er zu tief schoß. Warum war ihm das nicht schon früher eingefallen?

Er zog die Nase der Sopwith hoch und zielte auf die bauchige Kappe des Ballons, wobei er ständig höher stieg, bis er über die Ballonkuppe hinweg in die Luft schoß — und die Luft stand augenblicklich in Flammen. Als die riesige Feuerzunge auf ihn zuraste, stieg das Flugzeug fast senkrecht nach oben, und Michael steuerte in die entgegengesetzte Richtung, geradewegs fort von dem ungeheuren Flammeninferno, das er geschaffen hatte. Er sah nur einen gleißenden grünen Blitz unter sich, als Andrew unmittelbar hinter ihm eine volle Drehung vollführte.

Die Geschütze hatten das Feuer eingestellt, und Michael konnte hinter den Pappeln in Deckung gehen. Kaum war alles vorüber, verrauchte seine Wut so rasch, wie sie gekommen war, und als sein Blick den Himmel streifte, wurde ihm bewußt, daß die Rauchsäulen wie Signale auf die Albatros-Jagdstaffeln wirken würden. Bis auf den Rauch war der Himmel klar, und er empfand Erleichterung und suchte Andrew, während er im Tiefflug über die Hecken hinwegfegte. Und da sah er ihn, er flog etwas höher und steuerte wieder auf die Hügelkette zu, aber so, daß sich ihre Flugbahnen kreuzen würden.

Dann waren sie wieder vereint. Seite an Seite brausten sie tief über die deutschen Linien, ohne auf das knatternde Gewehrfeuer zu achten, und als sie höher stiegen, um die Hügel zu überfliegen, begann der Motor von Michaels Maschine zu stottern und setzte aus.

Die Sopwith raste auf das Kalkgestein zu, doch dann sprang der Motor wieder an, heulte auf, die Maschine gewann an Kraft und flog gerade noch über den Bergkamm, bevor der Motor abermals zu stottern und zu knallen begann. Michael öffnete und schloß die Drosselklappe, versuchte es mit der Zündung und flüsterte der beschädigten Sopwith zärtlich zu: »Komm schon, mein Liebling. Laß dich jetzt bloß nicht unterkriegen, altes Mädchen. Wir sind ja bald zu Hause, meine Süße.«

Dann fühlte er, wie in ihrem Rumpf etwas brach, eines der Hauptgestänge zerriß, die Instrumente gaben unter seinen Händen nach, und dann sackte die Maschine ab. »Halt durch«, ermunterte sie Michael — doch plötzlich stieg ihm der beißende Geruch von Treibstoff in die Nase, und er sah ein dünnes, durchsichtiges Rinnsal unter der Motorhaube hervortreten und im Luftschraubenstrahl als weißen Dampf an seinem Kopf vorbeiströmen.

»Feuer!« Das war der Alptraum jedes Piloten, aber Michael hatte sich noch immer nicht ganz in der Gewalt und murmelte störrisch: »Wir sind auf dem Heimweg, altes Mädchen. Nur noch ein paar Minuten.«

Sie hatten die Hügelkette hinter sich gelassen, und vor ihnen lag das flache Land; Michael konnte bereits den dunklen, T-förmigen Wald erkennen, der den Anflug auf die Landebahn markierte. »Komm schon, mein Liebling.«

Die Männer unter ihnen waren aus den Schützengräben geklettert, standen neben den Brustwehren und winkten und applaudierten, als die schwer beschädigte Sopwith knatternd und knallend, mit nur einem Rad am herabhängenden Fahrwerk, dicht über ihre Köpfe hinwegflog.

Michael ließ sie hinter sich, und vor ihm lagen all die vertrauten Landmarken — der Kirchturm, das rosafarbene Dach des Gutes, der kleine Hügel.

»Wir schaffen es, mein Liebling«, rief er der Sopwith zu, aber unter der Motorhaube berührte ein freiliegender Draht das Metall des Motorblocks, und ein winziger blauer Funken sprang über. Der Treibstoff entzündete sich explosionsartig. Die Hitze strich über das offene Cockpit wie die Feuerzunge einer Lötlampe, und Michael ließ die Sopwith instinktiv seitlich abschmieren, so daß die Flammen durch den Luftdruck von seinem Gesicht weggetrieben wurden und er nach vorne sehen konnte. Nun mußte er die Maschine hinunterbringen, irgendwie und irgendwo, nur schnell, sehr schnell, bevor er in dem brennenden Flugzeugrumpf gekocht und geröstet wurde. Er hielt auf das Feld zu, das vor ihm lag, und dann begann sein Mantel zu brennen, der rechte Ärmel stand plötzlich in Flammen.

Er landete die Sopwith auf dem Feld und hielt dabei ihre Nase hoch, um die Geschwindigkeit zu verringern, aber sie krachte mit solcher Gewalt auf dem Boden auf, daß seine Zähne aufeinanderschlugen, drehte sich auf dem übriggebliebenen Rad um die eigene Achse und kam auf dem Flügelende auf, wodurch die Tragfläche abgerissen wurde und der Flugzeugrumpf in die Hecke raste, die das Feld umgab.

Michael stieß mit dem Kopf gegen die Cockpitkante und war halb bewußtlos, doch überall um ihn herum knisterten die Flammen. Irgendwie hievte er sich aus dem Cockpit, ließ sich über die zerknitterte Tragfläche hinunterrollen und landete im Schlamm. Eiligst kroch er auf allen vieren von dem brennenden Flugzeugwrack weg. Die glimmende Wolle seines Mantels flammte auf, und mit einem Schrei war er auf den Beinen. Er riß an den Knöpfen und lief, wild mit den Armen um sich schlagend, weiter, wodurch er die Flammen noch mehr anfachte, und das Feuer noch heftiger und heißer wurde.

Durch das laute Prasseln des brennenden Fluzeugwracks überhörte er das herangaloppierende Pferd völlig.

Das Mädchen trieb den großen weißen Hengst auf die Hecke

zu und setzte mühelos hinüber. Roß und Reiterin landeten in vollendetem Gleichklang und stürmten unverzüglich weiter auf die brennende, schreiende Gestalt in der Mitte des Feldes zu. Das Mädchen hob ein Bein über den Sattelknopf des Damensattels, und als sie dicht hinter Michael war, zügelte sie den Hengst und sprang aus dem Sattel.

Sie riß sich den dicken Gabardinerock ihres Reitkleides vom Leib, um ihn über die brennende Gestalt zu werfen. Dann kniete sie neben Michael nieder und hüllte ihn fest in den bauschigen Rock ein, während sie mit bloßen Händen nach den kleinen Flammen schlug, die unter dem Rock hervorzüngelten.

Sobald die Flammen erstickt waren, zerrte sie den Rock fort und zog Michael von dem Schlammboden in eine sitzende Stellung hoch. Mit flinken Fingern knöpfte sie den qualmenden Mantel auf, streifte ihn von Michaels Schultern und warf ihn beiseite. Dann zog sie ihm die Strickjacke aus — die Flammen waren nur an einer Stelle bis zum Fleisch vorgedrungen. Sie hatten die Haut an der Schulter und am Arm verbrannt. Michael schrie vor Schmerz auf, als sie versuchte, ihm das Nachthemd auszuziehen. »Um Gottes willen!« Das Baumwollhemd klebte an den verbrannten Hautstellen.

Das Mädchen beugte sich vor, nahm den Stoff zwischen die Zähne und zerrte daran, bis er zerriß. Nachdem der Anfang gemacht war, riß sie das Hemd mit den Händen ganz auf, und ihre Miene verdunkelte sich. »Mon Dieu!« rief sie aus und sprang auf. Dann trampelte sie auf dem rauchenden Mantel herum, um das schwelende Feuer gänzlich zu ersticken.

Michael starrte sie an und vergaß seine Schmerzen. Ohne den langen Rock reichte ihr die Reitjacke nur bis knapp über die Hüften. An den Beinen trug sie schwarze Lacklederstiefel, die mit Haken und Ösen an den Seiten geschlossen wurden. Ihre Knie waren nackt, und die Kniescheiben vom Niederknien im Schlamm mit Schmutz überzogen, aber die Haut in ihren Kniekehlen war weich und makellos wie das Innere einer Muschel. Sie trug eine Hemdhose, die knapp über den Knien endete und aus einem so zarten Gewebe bestand, daß er deutlich ihre Haut hindurchschimmern sah. Die Hosenbeine waren mit rosa Bändern oberhalb dem Knie gebunden und saßen so fest um Hüften und Unterleib, daß es aussah, als wäre sie nackt — nein, die halbverborgenen Linien ihres Körpers waren sogar noch erregender, als es nacktes Fleisch hätte sein können.

Michael fühlte, wie sich seine Kehle verengte, so daß er kaum atmen konnte, als sie sich bückte, um seinen verkohlten Mantel aufzuheben, und er für einen flüchtigen Augenblick ihr festes, kleines Hinterteil bewundern durfte, das, wohlgeformt wie zwei Straußeneier, matt im Morgenlicht schimmerte. Er starrte sie so fasziniert an, daß seine Augen zu tränen begannen, und als sie sich zu ihm umdrehte, sah er in der Mitte ihrer jungen, festen Lenden einen dunklen, dreieckigen Schatten durch die dünne Seide schimmern. Dieser hypnotisierende Schatten war nur sechs Zentimeter von seinem Gesicht entfernt, als sie vor ihm stand und vorsichtig den Mantel über seine verbrannte Schulter legte, wobei sie im Tonfall einer Mutter, die ihr verletztes Kind tröstet, vor sich hin murmelte.

Michael versuchte zu sprechen, um ihr zu danken, aber der Schock und die Schmerzen ließen ihn erbeben. Seine Lippen zitterten, und er brachte nur ein undeutliches Nuscheln hervor.

»Mon pauvre«, sagte das Mädchen zärtlich. Ihre Stimme war heiser vor Anstrengung und Mitleid, und sie hatte das Gesicht einer Fee mit großen, dunklen Augen. Ihr dichtes, dunkles Haar war vom Wind zerzaust und ringelte sich in tausend winzigen Löckchen. Das keltische Blut in ihren Adern hatte ihrer Haut die Farbe von altem Elfenbein verliehen, und ihre Augenbrauen waren so dunkel und dicht wie ihr Haar.

Sie begann wieder zu sprechen, aber Michaels Blick fiel unwillkürlich auf diesen verführerischen Schatten unter der Seide. Sie sah die Bewegung seiner Augen, und ihre Wangen erglühten in einem dunklen Rot, als sie eilig nach ihrem schmutzigen Rock griff und ihn sich um die Hüften schlang — und Michael stöhnte mehr aus Verlegenheit über sein ungehöriges Benehmen als vor Schmerzen.

Das Dröhnen von Andrews Sopwith erlöste beide aus ihrer Befangenheit, und sie blickten dankbar nach oben, als Andrew über dem Feld kreiste. Während das Mädchen ihren Rock zuknöpfte, kam Michael mühsam und unsicher auf die Beine und winkte Andrew zu. Er sah, wie Andrew die Hand hob und ihn erleichtert begrüßte, dann legte sich die grüne Sopwith in die Kurve und brauste in einer Höhe von knapp fünfzehn Metern über ihre Köpfe hinweg — und der grüne Schal, in dessen Ende irgend etwas verknotet war, flatterte herunter und landete ein paar Meter entfernt im Schlamm.

Das Mädchen lief hin und brachte Michael den Schal. Er knotete das Schalende auf und grinste schmerzverzerrt, als die silberne Flasche zum Vorschein kam. Er schraubte den Verschluß ab und hielt die Flasche hoch. Er sah Andrews weiße Zähne in dem offenen Cockpit aufblitzen und die erhobene, behandschuhte Hand — dann drehte Andrew ab und flog in Richtung Landebahn davon.

Michael hob die Flasche an die Lippen und nahm zweimal einen großen Schluck. Seine Augen füllten sich mit Tränen, und er schnappte nach Luft, als die scharfe Flüssigkeit brennend durch seine Kehle rann. Als er die Flasche wieder absetzte, beobachtete sie ihn, und er hielt ihr die Flasche hin.

Sie schüttelte den Kopf und fragte ernst: »Anglais?«

»Qui — non — Sud Africain.« Seine Stimme bebte.

»Ah, vous parlez francais!« Sie lächelte zum erstenmal, und das war ein fast so überwältigender Anblick wie ihr schimmernder kleiner Hintern.

»A peine - kaum«, beeilte er sich zu versichern, um dem französischen Wortschwall zu entgehen, den, wie er aus Erfahrung wußte, eine Bejahung unweigerlich ausgelöst hätte.

»Sie haben Blut.« Ihr Englisch war schrecklich, und erst als sie auf seinen Kopf deutete, verstand er, was sie sagen wollte. Er hob die freie Hand und berührte den dünnen Blutstrom, der unter seinem Helm herauslief. Dann betrachtete er seine blutverschmierten Fingerspitzen.

»Ja«, stimmte er zu. »Eimerweise, fürchte ich.«

Der Helm hatte ihn vor einer schweren Verletzung bewahrt, als er mit dem Kopf gegen die Cockpitkante geprallt war.

»Pardon?« Sie sah ihn verständnislos an.

»J'en ai beaucoup«, übersetzte er.

»Oh, Sie sprechen doch französisch.« Sie klatschte mit einer reizend kindlichen Geste in die Hände und nahm seinen Arm.

»Kommen Sie«, befahl sie und schnalzte mit den Fingern, um den Hengst herbeizurufen. Der graste und tat so, als hätte er nichts gehört.

»Viens ici tout de suite, Nuage!« Sie stampfte mit dem Fuß auf. »Komm her, sofort, Wolke!«

Der Hengst nahm noch ein Maulvoll Gras, um seine Unabhängigkeit zu demonstrieren, und trabte dann gemächlich heran.

»Bitte«, bat sie, und Michael verschränkte die Hände und half ihr in den Sattel. Sie war sehr leicht und gelenkig.

»Kommen Sie herauf.« Sie half ihm beim Aufsteigen, und er setzte sich hinter sie auf den breiten Rücken des Hengstes. Sie nahm eine von Michaels Händen und legte sie an ihre Taille. Das Fleisch unter seinen Fingern war fest, und er konnte die Wärme durch den Stoff hindurch fühlen.

»Tenez, festhalten!« befahl sie, und der Hengst lief in leichtem Galopp auf das Gatter am Ende des Feldes zu.

Michael warf einen Blick zurück auf das rauchende Wrack seiner Sopwith. Nur der Motorblock war übriggeblieben, Holz und Leinwand waren verbrannt. Einen Augenblick lang empfand er eine tiefe Trauer über die Zerstörung dieses Flugzeugs — sie hatten einiges zusammen erlebt.

»Wie heißen Sie?« fragte ihn das Mädchen über die Schulter, und er wandte sich ihr wieder zu.

»Michael — Michael Courtney.«

Michel Courtney«, wiederholte sie versuchsweise, und dann: »Ich bin Centaine de Thiry.«

»Enchanté, Mademoiselle.« Michael hielt inne, um sich mit seinem schwerfälligen Schulfranzösisch das nächste Glanzstück der Konversation genau zu überlegen. »Centaine ist ein eigenartiger Name«, sagte er, und sie erstarrte unter seiner Hand. Er hatte das Wort »drôle« verwendet, was soviel wie »komisch« bedeutet. Er korrigierte sich rasch: »Ein außergewöhnlicher Name.«

»Ich bin genau eine Minute nach Mitternacht des ersten Tages im Jahr 1900, also des neuen Jahrhunderts, geboren — und ›centaine‹ das Hundert.« Sie war also siebzehn Jahre und drei Monate alt; gerade im Begriff, eine richtige Frau zu werden.

»Sie sind meine Retterin!« Das sollte fröhlich klingen, klang aber so übertrieben, daß er sich unwillkürlich darauf gefaßt machte, sie in spöttisches Gelächter ausbrechen zu hören. Statt dessen nickte sie ernsthaft. Die Sentimentalität stimmte mit Centaines eigenen rasch wechselnden Gefühlen überein.

Außer Nuage, dem Hengst, hatte sie bis vor kurzem noch ein zweites Lieblingstier gehabt, und zwar ein mageres Mischlingshündchen, das sie blutverschmiert und zitternd im Straßengraben gefunden hatte. Sie hatte das Hündchen gepflegt und verhätschelt und geliebt, bis es vor einem Monat unter den Rädern eines Armeetransporters, der an die Front fuhr, den Tod fand. Sein Tod hatte eine schmerzliche Lücke in ihrem Leben hinterlassen. Michael war mager, ja unter der schmutzigen und verkohlten Kleidung wirkte er fast verhungert. Und abgesehen von seinen körperlichen Wunden fühlte sie auch seine seelische Not. Seine Augen waren von einem wunderbar klaren Blau, aber sie las schreckliche Qualen darin, und er zitterte und bebte genauso, wie es ihr kleines Hündchen getan hatte.

»Ja«, sagte sie bestimmt. »Ich werde mich um Sie kümmern.«

Das Gut war größer, als es von oben ausgesehen hatte, und bei weitem nicht so schön. Die meisten Fenster waren zerbrochen und mit Brettern vernagelt. Die Mauern waren mit Granatsplittern übersät, aber in den Granattrichtern auf dem Rasen wuchs schon wieder das Gras — die Kämpfe des vergangenen Herbstes hatten in unmittelbarer Nähe des Landgutes stattgefunden, bevor die Alliierten die Deutschen in einer Großoffensive bis hinter die Bergkette zurückdrängten.

Das große Haus wirkte düster und verwahrlost, und Centaine entschuldigte sich. »Unsere Arbeiter wurden von der Armee eingezogen, und die meisten Frauen und Kinder sind nach Paris oder nach Amiens geflohen. Wir sind nur noch zu dritt.«

Sie richtete sich im Sattel auf und rief laut in einer fremden Sprache: »Anna! Komm und sieh, was ich gefunden habe.«

Die Frau, die daraufhin aus dem Gemüsegarten hinter der Küche herbeigeeilt kam, war breit und untersetzt, hatte ein Hinterteil wie ein Ackergaul und gewaltige, formlose Brüste unter der schlammbespritzten Bluse. Ihr dichtes, dunkles, graumeliertes Haar war straff zurückgekämmt und zu einem Knoten oben auf dem Kopf zusammengesteckt, das Gesicht war so rund und rot wie ein Radieschen, und die Arme, bis zu den Ellbogen nackt, waren dick und muskulös wie die eines Mannes und mit Schlamm bedeckt. In ihrer großen, schwieligen Hand hielt sie einen Bund Rüben.

»Was ist los, Kleinjie — Kleines?«

»Ich habe einen tapferen englischen Flieger gerettet, aber er ist schwer verletzt —«

»Der sieht mir aber recht munter aus.«

»Anna, sei doch nicht so eine alte Nörglerin! Komm her und hilf mir. Wir müssen ihn in die Küche bringen.«

Die beiden schwatzten miteinander, und zu Michaels Überraschung konnte er jedes Wort verstehen.

»Ich dulde keinen Soldaten im Haus, das weißt du doch, Kleinjie! Ich will keinen Kater zusammen mit meinem kleinen Kätzchen in einem Korb haben —«

»Er ist kein Soldat, Anna, er ist Flieger.«

»Und wahrscheinlich genauso geil wie ein Kater —«

Sie gebrauchte das Wort »fris«, und Centaine funkelte sie an: »Du bist ein abscheuliches altes Weib — komm jetzt und hilf mir.«

Anna betrachtete Michael eingehend und gab dann widerwillig zu: »Er hat gute Augen, aber ich traue ihm noch immer nicht — also gut, aber wenn er so viel —«

»Mevrou«, unterbrach sie Michael schließlich, »Eure Tugend ist sicher vor mir, darauf gebe ich Ihnen mein feierliches Ehrenwort. Entzückend, wie Sie sind, werde ich mich beherrschen.«

Centaine drehte sich im Sattel um und starrte ihn an, und Anna wich erschrocken zurück und brach dann in ein schallendes Gelächter aus.

»Er spricht flämisch!«

»Sie sprechen flämisch!« wiederholte Centaine.

»Das ist nicht Flämisch«, widersprach Michael. »Das ist Afrikaans. Das südafrikanische Holländisch.«

»Es ist Flämisch«, erklärte Anna und kam näher. »Und jeder, der flämisch spricht, ist in diesem Haus willkommen.« Sie streckte Michael die Hand hin.

»Sei vorsichtig«, mahnte Centaine besorgt, »seine Schulter.« Sie sprang vom Pferd, und gemeinsam halfen sie Michael herunter und führten ihn zur Küchentür.

In dieser Küche hätten zehn Köche für mindestens fünfhundert Gäste ein Bankett zubereiten können, aber nur in einem der Herde brannte ein kleines Holzfeuer, und vor diesem Herd mußte Michael auf einem Stuhl Platz nehmen.

»Hol mir deine berühmte Salbe«, befahl Centaine, und Anna eilte hinaus.

»Sie sind Flämin?« fragte Michael. Er war hoch erfreut, daß zwischen ihnen nun keine Sprachbarriere mehr bestand.

»Nein, nein.« Centaine entfernte mit einer riesigen Schere die verkohlten Überreste seines Hemdes von den Brandstellen. »Anna stammt aus dem Norden. Sie war mein Kindermädchen, als meine Mutter starb, und nun glaubt sie, sie sei meine Mutter und nicht bloß eine Bedienstete. Sie hat mir diese Sprache beigebracht, als ich noch in den Windeln lag. Aber Sie, wo haben Sie das gelernt?«

»Wo ich herkomme, spricht jeder diese Sprache.«

»Ich bin froh«, sagte sie, und er war nicht sicher, was sie damit meinte, denn ihre Augen waren immer noch starr auf die Wunde gerichtet.

»Ich halte jeden Morgen nach Ihnen Ausschau«, sagte er sanft. »Das tun wir alle, wenn wir fliegen.«

Sie sagte nichts, aber er sah, wie ihre Wangen diese hübsche dunkelrosa Farbe annahmen.

»Wir nennen Sie unseren Glücksengel, l'ange du bonheur«, und sie lachte.

»Ich nenne Sie: le petit jaune, den kleinen Gelben«, erwiderte sie. Die gelbe Sopwith — Michael fühlte, wie sein Herz höher schlug. Sie kannte ihn also als Einzelperson, und sie fuhr fort: »Ich warte immer, bis ihr zurückkommt, ihr alle, und ich zähle euch, wie meine Küken, aber es passiert so oft, daß einer nicht zurückkommt, besonders von den Neuen. Dann trauere ich um sie und bete. Aber Sie und der Grüne kommen immer zurück, und jedesmal freue ich mich für Sie.«

»Sie sind nett«, begann er, doch in diesem Augenblick erschien Anna mit einem irdenen Krug, der nach Terpentin roch, und die gute Stimmung war verdorben.

»Wo ist Papa?« fragte Centaine.

»Im Keller, um nach den Tieren zu sehen.«

»Wir müssen unser Vieh im Keller halten«, erklärte Centaine, während sie auf die Steintreppe zuging, »sonst stehlen uns die Soldaten die Hühner und Gänse und sogar die Milchkühe. Ich mußte hart kämpfen, um Nuage behalten zu können.«

Dann rief sie die Treppe hinunter: »Papa! Wo bist du?«

Von unten kam gedämpft die Antwort, und Centaine rief zurück: »Wir brauchen eine Flasche Cognac.« Dann wurde ihr Tonfall belehrend. »Ungeöffnet, Papa — aus medizinischen Gründen. Nicht für dich, sondern für einen Patienten — hier.«

Centaine warf einen Schlüsselbund die Treppe hinunter, einige Minuten später hörte man schwere Schritte, und ein großer, ungepflegter Mann mit einem dicken Bauch watschelte in die Küche, eine Cognacflasche wie ein Wickelkind an die Brust gedrückt.

Er hatte den gleichen dichten, lockigen Haarschopf wie Centaine, nur daß sein Haar mit grauen Strähnen durchwoben war und wirr in die Stirn hing. Sein Schnurrbart war breit und mit Hilfe von Bienenwachs zu eindrucksvollen Spitzen gedreht; er starrte Michael mit einem funkelnden Auge an. Das andere Auge war mit einer schwarzen Augenklappe verdeckt, wie sie Piraten tragen.

»Wer ist das?« fragte er.

»Ein englischer Flieger.«

Der finstere Blick verschwand. »Ein Kriegskamerad«, sagte er. »Ein Waffengefährte — ein Vernichter der verfluchten Deutschen wie ich!«

»Sie haben seit über vierzig Jahren keinen Deutschen mehr

vernichtet«, erwiderte Anna, ohne von Michaels Brandwunden aufzuschauen, aber er nahm keinerlei Notiz von ihr und tappte wie ein Bär mit ausgebreiteten Armen auf Michael zu, um ihn zu umarmen.

»Gib acht, Papa. Er ist verwundet.«

»Verwundet!« brüllte Papa. »Cognac!«, so als wären die beiden Worte untrennbar miteinander verbunden. Er holte zwei schwere Cognacschwenker und stellte sie auf den Küchentisch, hauchte einen nach dem anderen mit seinem nach Knoblauch riechenden Atem an und wischte sie an seinen Mantelschößen ab, dann brach er das rote Wachs vom Hals der Flasche.

»Papa, du bist nicht verwundet«, sagte Centaine streng, als er beide Gläser bis zum Rand vollschenkte.

»Ich würde es mir nie verzeihen, einen Mann von so offensichtlicher Kühnheit zu beleidigen, indem ich ihn allein trinken lasse.« Er reichte Michael einen Cognacschwenker.

»Graf Louis de Thiry, zu Ihren Diensten, Monsieur.«

»Captain Michael Courtney. Königlich Britisches Fliegerkorps.«

»A votre santé, Capitaine!«

»A la vôtre, Monsieur le Comte!« Der Graf trank mit sichtlichem Genuß, seufzte und wischte sich mit dem Handrücken über den prächtigen dunklen Schnurrbart, dann sagte er zu Anna:

»Behandlung fortsetzen, Frau.«

»Das wird ein bißchen brennen«, warnte Anna, und für einen Augenblick dachte Michael, sie meinte den Cognac, aber sie nahm eine Handvoll Salbe aus dem Krug und klatschte sie auf die offene Brandwunde.

Michael stieß ein gequältes Wimmern aus und versuchte aufzuspringen, aber Anna hielt ihn mit einer ihrer großen, roten, abgearbeiteten Hände fest.

»Verbinde ihn«, befahl sie Centaine, und als das Mädchen den Verband anlegte, klang der Schmerz ab und wich einer wohltuenden Wärme.

»Es wird schon besser«, meinte Michael anerkennend.

»Natürlich wird es besser«, erklärte Anna. »Meine Salbe ist berühmt dafür, daß sie von Pocken bis Hämorrhoiden alles heilt.«

»Ebenso wie mein Cognac«, murmelte der Graf und schenkte beide Gläser noch einmal voll.

Centaine trat zu dem Wäschekorb, der auf dem Küchentisch stand, und kehrte mit einem der frisch gebügelten Hemden des Grafen zurück. Sie half Michael, trotz der Proteste ihres Vaters, das Hemd anzuziehen. Als sie eine Schlinge für seinen verletzten Arm anfertigte, ertönte das Knattern eines Motors vor den Küchenfenstern, und Michael sah eine vertraute Gestalt auf einem ebenso vertrauten Motorrad schwungvoll in einer Staubwolke vor dem Haus anhalten.

Der Motor spuckte und verstummte stotternd, und eine klangvolle Stimme rief aufgeregt: »Michael, mein Junge, wo bist du?«

Die Tür sprang auf, und Lord Andrew Killigerran trat ein, dicht gefolgt von einem jungen Offizier in der Uniform des Königlich Britischen Sanitätskorps. »Gott sei Dank, da bist du ja. Nicht verzweifeln, ich habe dir einen Knochenbrecher mitgebracht —« Andrew führte den Arzt zu Michaels Stuhl und fuhr dann, erleichtert und mit einer Spur von Ärger in der Stimme, fort: »Dir scheint es ja auch ohne uns verdammt gut zu gehen, das muß ich schon sagen. Ich überfalle das Lazarett des Ortes, entführe mit vorgehaltener Pistole diesen Medizinmann hier — verzehre mich vor Kummer nach dir, und da sitzt du mit einem Glas in der Hand und —«

Erst jetzt fiel Andrews Blick auf Centaine. Er brach ab, und Michaels Zustand war augenblicklich vergessen. Er riß sich die runde Mütze vom Kopf. »Es stimmt also doch!« deklamierte er in perfektem, klangvollem Französisch mit rollenden Rs. »Die Engel wandeln tatsächlich auf Erden.«

»Geh sofort in dein Zimmer, Kind«, fauchte Anna, und ihr Gesicht verzog sich wie eines dieser schrecklichen geschnitzten Drachen, die die Eingänge chinesischer Tempel bewachen.

»Ich bin kein Kind mehr!« Centaine warf ihr einen ebenso grimmigen Blick zu, bevor sie sich wieder an Michael wandte.

»Warum nennt er Sie einen Jungen? Sie sind doch viel älter als er!«

»Er ist Schotte«, erklärte Michael, bereits von Eifersucht geplagt, »und die Schotten sind alle verrückt — außerdem hat er eine Frau und vier Kinder.«

»Das ist eine dreckige Lüge«, protestierte Andrew. »Die Kinder, ja, die lasse ich gelten, die armen kleinen Dinger! Aber keine Frau, bestimmt keine Frau.«

»Ecossais«, murmelte der Graf, »große Krieger und große Trinker.« Und fügte in annehmbarem Englisch hinzu: »Darf ich Ihnen einen kleinen Cognac anbieten, Monsieur?« Sie verfielen in ein Gemisch aus verschiedenen Sprachen und wechselten mitten im Satz von einer Sprache zur anderen.

»Würde mich freundlicherweise jemand mit diesem Bild von einem Mann bekanntmachen, damit ich sein geschmackloses Angebot annehmen kann?«

»Monsieur le Comte de Thiry, ich habe die Ehre, Ihnen Lord Andrew Killigerran vorzustellen«, sagte Michael, und sie schüttelten einander die Hand.

»Tiens! Ein echter englischer Lord.«

»Schotte, mein Guter — das ist ein großer Unterschied.« Er trank dem Grafen zu. »Ich bin entzückt. Und diese schöne junge Dame ist Ihre Tochter — diese Ähnlichkeit —«

»Centaine«, mischte sich Anna ein, »bring dein Pferd in den Stall und füttere es.«

Centaine nahm keinerlei Notiz von ihr und lächelte Andrew zu. Dieses Lächeln brachte sogar Andrew aus der Fassung, und er starrte sie an, denn das Lächeln verwandelte sie völlig. Es schien durch ihre Haut zu leuchten wie eine Lampe durch Alabaster, und es ließ ihre Zähne erstrahlen und funkelte in ihren Augen wie Sonnenlicht in einem Kristallkrug voll dunklem Honig.

»Ich glaube, ich sollte mir jetzt unseren Patienten ansehen.« Der junge Armeearzt brach den Bann und trat auf Michael zu, um den Verband zu entfernen. Anna verstand, wenn auch nicht die Worte, so doch die Geste, und baute sich in voller Größe vor Michael auf.

»Sagen Sie ihm, wenn er meinen Verband berührt, dann breche ich ihm den Arm.«

»Ich fürchte, Ihre Dienste sind nicht erwünscht«, erklärte Michael dem Arzt.

»Trinken Sie einen Cognac«, tröstete ihn Andrew. »Nicht schlecht, das Zeug — wirklich nicht schlecht.«

»Sie sind natürlich Grundbesitzer, Milord?« fragte der Graf Andrew listig.

»Bien sûr —« Andrew machte eine weit ausholende Geste, die Tausende Morgen Land umfassen sollte, und brachte gleichzeitig sein Glas in Reichweite der Flasche, als der Graf dem Doktor einschenkte. Der Graf schenkte ihm nach, und Andrew fuhr fort: »Natürlich, die Familiengüter — Sie verstehen?«

»Aha.« Das Auge des Grafen funkelte, als sein Blick seine Tochter streifte. »Und Ihre verstorbene Frau hat Sie mit vier Kindern zurückgelassen?« Er hatte dem vorangegangenen Wortwechsel nicht ganz folgen können.

»Weder Frau noch Kinder — mein humorvoller Freund«, und damit wies Andrew auf Michael, »liebt es, solche Scherze zu machen. Sehr schlechte englische Scherze.«

»Ha, ha! Englische Scherze.« Der Graf lachte schallend und hätte Michael wohl auf die Schulter geklopft, wenn Centaine nicht rechtzeitig vorgestürmt wäre, um ihn vor dem Schlag zu schützen.

»Papa, gib acht. Er ist verwundet.«

»Sie bleiben zum Lunch — Sie alle«, erklärte der Graf. »Sie werden sehen, Milord, meine Tochter ist eine der besten Köchinnen der Gegend.«

»Mit ein wenig Unterstützung«, murmelte Anna angewidert.

»Hören Sie, ich glaube, ich sollte mich besser auf den Rückweg machen«, murmelte der junge Arzt schüchtern. »Ich fühle mich reichlich überflüssig.«

»Wir sind zum Lunch eingeladen«, erklärte ihm Andrew. »Trinken Sie noch einen Cognac.«

»Ich habe nichts dagegen.« Der Arzt ergab sich kampflos.

Der Graf verkündete: »Es wird Zeit, in den Keller zu gehen.«

»Papa —«, begann Centaine drohend.

»Wir haben Gäste!« Der Graf zeigte ihr die leere Cognacflasche, und sie zuckte hilflos die Schultern.

»Milord, würden Sie mir bei der Wahl der geeigneten Erfrischungen behilflich sein?«

»Mit Vergnügen, Monsieur le Comte.«

Als Centaine zusah, wie die beiden Männer Arm in Arm die Steintreppe hinunterstiegen, trat ein nachdenklicher Ausdruck in ihre Augen.

»Er ist ein drolliger Kerl, Ihr Freund — und sehr loyal. Bedenken Sie nur, wie schnell er herkam, um Ihnen zu helfen. Und wie charmant er zu meinem Papa ist.«

Michael war überrascht, wie sehr er Andrew in diesem Augenblick verabscheute. »Er hat den Cognac gerochen«, murmelte er. »Das ist der einzige Grund, warum er gekommen ist.«

»Aber was ist mit den vier Kindern?« fragte Anna. »Und mit ihrer Mutter?« Sie hatte der Unterhaltung ebensowenig folgen können wie der Graf.

»Vier Mütter«, erklärte Michael. »Vier Kinder und vier verschiedene Mütter.«

»Dann ist er ein Polygamist!« stieß Anna schockiert und angewidert hervor, und ihr Gesicht färbte sich noch eine Spur röter.

»Nein, nein«, versicherte ihr Michael. »Sie haben ja gehört, daß er das bestritten hat. Er ist ein Ehrenmann, so etwas würde er niemals tun. Er ist mit keiner von ihnen verheiratet.« Michael hatte keinerlei Skrupel. Er brauchte unbedingt einen Verbündeten innerhalb der Familie, aber in diesem Augenblick kehrten Andrew und der Graf mit einigen schwarzen Flaschen aus dem Keller zurück.

»Aladins Schatzkammer«, freute sich Andrew. »Der Graf hat den ganzen Keller voll solcher Schätze!« Er stellte ein halbes Dutzend Flaschen vor Michael auf den Küchentisch. »Sieh dir das an! Die sind dreißig Jahre alt, wenn das kein glücklicher Tag ist!« Dann betrachtete er Michael näher. »Du siehst schrecklich aus, alter Junge. Wie eine lebende Leiche.«

»Vielen Dank«, Michael brachte ein mattes Grinsen zustande. »Du bist so gut zu mir.«

»Ganz normale brüderliche Anteilnahme —« Andrew bemühte sich, eine der Flaschen zu entkorken, und senkte seine Stimme zu einem verschwörerischen Flüstern. »Himmel, die ist eine Wucht!« Er warf einen Blick auf die beiden Frauen, die am anderen Ende der Küche mit einem großen Kupfertopf beschäftigt waren. »Sie zu fühlen, wäre besser, als sich krank zu fühlen, was?« Michaels Abneigung gegen Andrew verwandelte sich in wütenden Haß.

»Ich finde diese Bemerkung höchst empörend«, sagte er. »So über ein junges Mädchen zu reden, das so unschuldig, so fein, so — so —« Michael begann zu stottern und schwieg. Und Andrew legte den Kopf zur Seite und betrachtete ihn verwundert.

»Michael, mein Junge, ich fürchte, du hast mehr abgekriegt als nur ein paar Verbrennungen und Beulen. Das erfordert eine intensive Behandlung.« Er füllte ein Glas. »Um sofort damit zu beginnen, verschreibe ich dir eine großzügige Dosis dieses ausgezeichneten Rotweins.«

Am oberen Ende des Tisches entkorkte der Graf eine andere Flasche und schenkte dem Arzt nach.

»Einen Toast!« rief er. »Nieder mit den verdammten Deutschen!«

»Nieder mit den Deutschen!« schrien alle, und als die Gläser geleert waren, legte der Graf seine Hand auf die schwarze Klappe, die seine leere Augenhöhle verdeckte.

»Das haben sie mir 1870 bei Sedan angetan. Sie haben mir mein Auge genommen, aber teuer dafür bezahlt, die Teufel — Sacré bleu, wie haben wir gekämpft! Wie Tiger! Wir waren Tiger —«

»Gefleckte Katzen!« rief Anna quer durch die Küche.

»Du hast keine Ahnung von Kampf und Krieg — diese tapferen jungen Männer hier, die kennen sich aus, die verstehen mich! Ich trinke auf sie!« Das tat er auch ausgiebig, und dann fragte er: »Nun, wo bleibt das Essen?«

Das Essen bestand aus einem schmackhaften Ragout aus

Wurst, Schinken und Markknochen. Anna brachte ganze Schüsseln mit der dampfenden Köstlichkeit, und Centaine schnitt dünne Scheiben von einem frischen, knusprigen Brot.

»Nun sagen Sie uns, wie steht die Schlacht?« fragte der Graf, während er ein Stück Brot abbrach und in die Schüssel tauchte. »Wann wird dieser Krieg zu Ende sein?«

»Wir wollen uns doch das gute Essen nicht verderben.« Andrew versuchte die Frage abzuwehren, aber der Graf, in dessen Bart Brotkrümel und Sauce klebten, blieb beharrlich.

»Wie denkt man über eine neuerliche Offensive der Alliierten?«

»Es wird eine geben, im Westen, wieder an der Somme. Dort müssen wir die deutschen Linien durchbrechen.« Michael war es, der die Frage beantwortete; er sprach mit ruhiger Bestimmtheit, so daß alle ihm fast augenblicklich ihre ganze Aufmerksamkeit schenkten. Auch die beiden Frauen kamen vom Herd herbei, und Centaine setzte sich auf die Bank neben Michael und sah zu ihm auf, während sie sich Mühe gab, der englischen Unterhaltung zu folgen.

»Woher wissen Sie das alles?« unterbrach ihn der Graf.

»Sein Onkel ist General«, erklärte Andrew.

»Ein General!« Augenblicklich betrachtete der Graf Michael mit neuem Interesse. »Centaine, siehst du denn nicht, daß unser Gast Schwierigkeiten hat?« Und während Anna die Stirn runzelte und vor sich hin brummte, beugte sich Centaine über Michaels Schüssel und schnitt das Fleisch in kleine Stükke, so daß er mit einer Hand essen konnte.

»Weiter! Fahren Sie fort!« drängte der Graf Michael. »Und dann?«

»General Haig wird von rechts vorstoßen. Diesmal muß es ihm gelingen, die deutsche Nachhut zu überrumpeln und ihre Linien von hinten aufzurollen.«

»Aha! Dann sind wir hier sicher.« Der Graf griff nach der Weinflasche, aber Michael schüttelte den Kopf.

»Ich fürchte nein, jedenfalls nicht ganz. Von diesem Frontabschnitt werden die Reserven abgezogen. Die Regimentsverbände hier werden auf Bataillonsstärke reduziert — jeder entbehrliche Mann wird versetzt, um an dem neuerlichen Vorstoß über die Somme teilzunehmen.«

Der Graf war bestürzt. »Das ist eine ungeheure Torheit — sicher werden die Deutschen hier einen Gegenangriff starten, um den Druck auf ihre Linien an der Somme abzuschwächen?«

»Und die Linien hier können sie nicht aufhalten?« fragte Centaine ängstlich und warf unwillkürlich einen Blick zum Küchenfenster hinaus. Vom Tisch aus konnten sie die Hügelkette am Horizont erkennen.

Michael zögerte. »Oh, ich bin sicher, daß wir imstande sein werden, sie lange genug aufzuhalten — besonders, wenn die Kämpfe an der Somme so rasch und erfolgreich ablaufen, wie wir erwarten. Denn sobald die Alliierten die Linien der Deutschen durchstoßen haben, wird hier der Druck nachlassen.«

»Und wenn sich die Fronten festfahren und die Schlacht noch einmal zum Stillstand kommt?« fragte Centaine leise auf flämisch.

Für ein Mädchen, das so wenig Englisch verstand, besaß sie ein sicheres Gespür für das Wesentliche. Michael behandelte ihre Frage mit Respekt und beantwortete sie in Afrikaans, und zwar so, als spräche er mit einem Mann.

»Dann kämen wir in arge Bedrängnis, vor allem, weil uns die Deutschen in der Luft überlegen sind. Wir würden die Hügelkette wieder verlieren.« Er hielt inne und runzelte die Stirn. »Sie würden auf schnellstem Weg Reservetruppen heranschaffen. Es könnte sogar sein, daß wir gezwungen wären, uns bis nach Arras zurückzuziehen —«

»Arras!« stieß Centaine hervor. »Das bedeutet —« Sie ließ den Satz unvollendet, blickte sich aber in ihrem Heim um, als müßte sie jetzt schon Abschied nehmen. Arras war weit im Hinterland.

Michael nickte. »Wenn die Offensive einmal begonnen hat, sind Sie hier in höchster Gefahr. Sie täten gut daran, das Landgut zu verlassen und weiter in den Süden nach Arras oder sogar nach Paris zu ziehen.«

»Niemals!« brüllte der Graf und fiel ins Französische zurück. »Ein de Thiry weicht niemals zurück.«

»Außer bei Sedan«, murmelte Anna, aber der Graf ließ sich nicht dazu herab, auf eine solche Bagatelle einzugehen.

»Ich werde hierbleiben, hier auf meinem Grund und Boden.« Er deutete auf den alten Hinterlader, der an der Küchenwand hing. »Das ist die Waffe, die ich in der Schlacht von Sedan getragen habe. Damals haben die Deutschen diese Waffe fürchten gelernt. Sie werden es wieder lernen. Louis de Thiry wird ihnen eine Lektion erteilen!«

»Courage!« brüllte Andrew. »Ich trinke auf Sie. Auf die Tapferkeit der Franzosen und den Sieg der französischen Armee!«

Der Graf antwortete natürlich mit einem Toast auf General Haig und die kühnen britischen Verbündeten.

»Captain Courtney ist Südafrikaner«, erklärte Andrew. »Auch auf sie sollten wir trinken.«

»Oh!« der Graf wechselte begeistert wieder ins Englische. »Auf General — wie heißt Ihr Onkel, der General? Auf General Sean Courtney und seine tapferen Südafrikaner.«

»Dieser Gentleman«, Andrew wies auf den Arzt, der bereits glasige Augen hatte und leicht schwankend auf der Bank neben ihm saß, »ist Offizier im Königlichen Britischen Sanitätskorps. Eine gute Truppe und wert, daß wir auf sie trinken!«

»Auf das Königlich Britische Sanitätskorps!« Der Graf folgte der Aufforderung, aber als er nach seinem Glas griff, begann es zu zittern, bevor er es berührte, und an der Oberfläche des Rotweins bildeten sich kleine, kreisförmige Wellen, die gegen das Kristallglas schwappten. Der Graf erstarrte, und alle hoben die Köpfe.

Die Scheiben der Küchenfenster klirrten in den Rahmen, und dann ertönte das Donnern der Geschütze im Norden. Die deutschen Kanonen entlang der Bergkette hatten wieder zu feuern begonnen und heulten und jaulten wie junge Hunde. Während sie alle so dasaßen und lauschten, dachten sie an die Männer in den schlammigen Schützengräben, die nur wenige Kilometer von der Stelle entfernt waren, wo sie mit vollen Bäuchen und einem guten Rotwein in der warmen Küche saßen.

Andrew hob sein Glas und sagte leise: »Ich trinke auf diese

armen Schweine dort draußen im Schlamm. Mögen sie durchhalten.« Und diesmal nippte sogar Centaine an Michaels Glas, und in ihren Augen standen Tränen.

»Ich hasse es, ein Spielverderber zu sein«, der junge Arzt stand unsicher auf, »aber dieser Artilleriebeschuß ist für mich das Signal, daß Arbeit auf mich wartet. Ich fürchte, die Schlachterwagen sind schon auf dem Rückweg.«

Michael versuchte gleichfalls, sich zu erheben, griff aber rasch nach der Tischkante, um sich zu stützen. »Ich möchte Ihnen danken, Monsieur le Comte«, begann er förmlich, »für Ihre Freundlichkeit —« das Wort klebte an seiner Zunge, und er wiederholte es, aber die Zunge wollte nicht so recht, und er verlor den Faden. »Ich grüße Ihre Tochter, Mademoiselle de Thiry, den rettenden Engel.« Plötzlich versagten seine Beine, und er sackte zusammen.

»Er ist verwundet!« schrie Centaine, während sie auf ihn zustürzte und ihn auffing, bevor er auf dem Boden aufschlug. »Helfen Sie mir«, bat sie. Andrew kam ihr schwankend zu Hilfe, und gemeinsam führten sie Michael, halb ziehend und halb tragend, vor die Tür.

»Vorsicht, sein verletzter Arm«, keuchte Centaine unter Michaels Gewicht, als sie ihn in den Beiwagen des Motorrades hievten. »Tun Sie ihm nicht weh!« Mit einem seligen Grinsen auf den blassen Zügen lehnte Michael auf dem gepolsterten Sitz.

»Seien Sie versichert, Mademoiselle, daß er im Augenblick nicht den geringsten Schmerz verspürt, der Glückliche.« Andrew wankte um die Maschine herum und setzte sich auf das Motorrad.

»Warten Sie auf mich!« rief der Arzt, als er und der Graf, einander gegenseitig stützend, über die Türschwelle torkelten und die Stufen herunterwankten.

»Steigen Sie auf«, forderte ihn Andrew freundlich auf, und beim dritten Versuch gelang es ihm, das Motorrad zu starten. Der Arzt kletterte auf den Sitz hinter ihm, und der Graf steckte eine der beiden Weinflaschen, die er mitgebracht hatte, in Andrews Seitentasche.

»Gegen die Kälte«, erklärte er.

»Sie sind ein wahrhaftiger Fürst.« Andrew ließ die Kupplung los, und das Motorrad fuhr eine enge Kurve.

»Kümmern Sie sich um Michael!« rief Centaine.

»Meine Kohlköpfe!« schrie Anna, als Andrew die Abkürzung durch den Gemüsegarten nahm.

»Nieder mit den Deutschen!« brüllte der Graf und nahm einen letzten heimlichen Schluck aus der zweiten Weinflasche, bevor Centaine sie beschlagnahmen konnte und ihm die Kellerschlüssel wieder abnahm.

Am Ende der langen Auffahrt zum Landgut bremste Andrew das Motorrad ab und schloß sich gesittet der kleinen, traurigen Prozession an, die sich, von der Bergkette zurückkommend, langsam auf der schlammigen, aufgewühlten Hauptstraße vorwärtsbewegte.

Die Schlachterwagen, wie die Lazarettwagen respektlos genannt wurden, waren schwer beladen mit den Opfern des neuerlichen Bombardements der Deutschen. Sie holperten durch die schlammigen Pfützen, und die Rahmen der leinenen Tragbahren auf den offenen Ladeflächen pendelten und schwankten bei jedem Stoß. Das Blut der Verwundeten in der oberen Reihe sickerte durch die Leinwand und tropfte auf die Männer darunter.

Am Straßenrand schleppten sich kleine Gruppen gehfähiger Verwundeter mühsam voran, ohne Gewehre, einander gegenseitig stützend, mit blutgetränkten Schnellverbänden über den Wunden, mit schmerzverzerrten Gesichtern und ausdruckslosen Augen, die Uniformen mit Schlamm verschmiert.

Der Arzt wurde allmählich wieder nüchtern und kletterte vom Soziussitz des Motorrads, um die schwerer verwundeten Männer der Kolonne auszuwählen. Zwei von ihnen setzte er auf den Rücksitz, einen rittlings auf den Benzintank vor Andrew und drei weitere zu Michael in den Beiwagen. Der Arzt lief hinter dem überladenen Motorrad her und schob es durch die tiefen Schlammlöcher. Als sie das Lazarett, das zwischen einigen kleinen Häusern am Eingang des Dorfes Mort Homme lag, nach zwei Kilometern endlich erreicht hatten, war der Doktor völlig nüchtern. Er half seinen neu hinzugekommenen Patienten aus dem Beiwagen und drehte sich dann zu Andrew um.

»Vielen Dank. Diese kurze Pause habe ich gebraucht.« Er sah auf Michael nieder, der bewußtlos im Beiwagen saß. »Sehen Sie sich nur den an. Es kann doch nicht immer so weitergehen.«

»Michael verträgt nicht viel Alkohol, das ist alles.«

Aber der Doktor schüttelte den Kopf. »Kriegsneurose«, sagte er. »Bombenneurose. Wir wissen noch nichts Genaues darüber, aber anscheinend hat das Durchhaltevermögen dieser armen Kerle Grenzen. Wie lange ist er ohne Unterbrechung geflogen — drei Monate?«

»Er wird schon wieder«, Andrews Stimme klang wütend, »er kommt schon wieder auf die Beine.« Er legte schützend die Hand auf Michaels verletzte Schulter, als ihm einfiel, daß Michaels letzter Urlaub sechs Monate zurücklag.

»Sehen Sie ihn sich nur genau an, er hat alle Symptome. Er ist mager wie das Opfer einer Hungersnot«, fuhr der Doktor fort, »zuckt und zittert. Diese Augen — ich wette, sein Verhalten ist unausgeglichen, vernunftwidrig, abwechselnd dumpf, schwermütig und dann wild und übermütig? Habe ich nicht recht?«

Andrew nickte widerwillig. »Einmal nennt er den Feind widerliches Geschmeiß und schießt die Überlebenden aus abgestürzten deutschen Flugzeugen nieder, und im nächsten Augenblick sind die Deutschen ein tapferer und würdiger Gegner — letzte Woche hat er einen neu angekommenen Piloten niedergeschlagen, weil er die Deutschen Hunnen nannte.«

»Verwegener Mut?«

Andrew dachte an die Ballons an diesem Morgen, aber er beantwortete die Frage nicht.

»Was können wir tun?« fragte er ratlos.

Der Arzt seufzte und zuckte die Achseln, dann reichte er ihm die Hand. »Auf Wiedersehen und viel Glück, Major.«

Und während er sich abwandte, zog er bereits seine Jacke aus und krempelte die Ärmel auf.

Am Engang zum Obstgarten, kurz bevor sie das Lager des Geschwaders erreichten, setzte sich Michael plötzlich auf und sagte mit der Würde eines Richters, der ein Todesurteil verkündet: »Mir wird schlecht.«

Andrew fuhr das Motorrad an den Straßenrand und hielt ihm den Kopf.

»Schade um diesen ausgezeichneten Rotwein«, jammerte er. »Ganz zu scheigen von dem Cognac — wenn es nur einen Weg gäbe, ihn zu retten!«

Nachdem sich Michael geräuschvoll erleichtert hatte, klappte er wieder zusammen und sagte ebenso würdevoll wie vorher: »Ich möchte, daß du weißt, daß ich verliebt bin«, dann fiel sein Kopf zurück, und er wurde abermals ohnmächtig.

Andrew, auf dem Motorrad sitzend, zog mit den Zähnen den Korken aus der Rotweinflasche. »Das verlangt eindeutig nach einem Toast. Trinken wir auf deine wahre Liebe.« Er hielt der bewußtlosen Gestalt neben sich die Flasche hin. »Kein Interesse?«

Er trank selbst, und als er die Flasche absetzte, begann er unerklärlicherweise und unkontrolliert zu schluchzen. Er versuchte die Tränen zurückzuhalten, denn er hatte seit seinem sechsten Lebensjahr nicht mehr geweint, doch dann fielen ihm die Worte des jungen Arztes wieder ein: »Unausgeglichen und vernunftwidrig«, und die Tränen überwältigten ihn. Sie liefen ihm über die Wange, und er machte nicht einmal den Versuch, sie wegzuwischen. Er saß auf dem Fahrersitz des Motorrades und wurde von Schluchzen geschüttelt.

»Michael, mein Junge«, flüsterte er. »Was wird nur aus uns werden? Wir sind verloren, für uns gibt es keine Hoffnung, Michael, für keinen von uns gibt es die geringste Hoffnung«, und er bedeckte sein Gesicht mit beiden Händen und weinte zum Herzerweichen.

Michael erwachte, als Biggs das Blechtablett neben seinem Feldbett abstellte, daß es dröhnte.

Er versuchte stöhnend, sich aufzurichten, sank aber wieder auf das Kissen. »Wie spät ist es, Biggs?«

»Halb acht, Sir, und es ist ein wunderschöner Frühlingsmorgen.«

»Biggs — um Gottes willen — warum haben Sie mich nicht geweckt? Ich hab' die Morgenpatrouille versäumt.«

»Nein, haben wir nicht, Sir«, murmelte Biggs beruhigend, »wir haben Startverbot.«

»Startverbot?«

»Befehl von Lord Killigerran, bis auf weiteres kein Start, Sir.« Biggs schaufelte Zucker in den Kakaobecher und rührte um. »War auch Zeit, wenn ich so sagen darf. Sind siebenunddreißig Tage ununterbrochen geflogen.«

»Biggs, warum fühle ich mich so saumäßig schlecht?«

»Laut Lord Killigerran sind wir schwer attackiert worden — von einer Flasche Cognac, Sir.«

»Und vorher habe ich mit der alten fliegenden Schildkröte Bruch gemacht —« Michael begann sich wieder zu erinnern.

»Haben sie über ganz Frankreich verteilt, Sir, wie Butter auf Toast«, nickte Biggs.

»Aber wir haben sie erwischt, Biggs!«

»Alle beiden Schweinehunde, Sir.«

»Ich hoffe, der Gewinn wurde ausbezahlt, Biggs? Sie haben Ihr Geld nicht verloren?«

»Haben einen hübschen Haufen Geld gewonnen, dank Ihnen, Mr. Michael«, und Biggs deutete auf die anderen Gegenstände auf dem Tablett. »Hier is' Ihre Beute.« Auf dem Tablett lag ein sauberes Bündel Fünf-Pfund-Noten. »Drei zu eins, Sir, plus Ihren Einsatz.«

»Sie haben Anspruch auf zehn Prozent Provision, Biggs.«

»Gott segne Sie, Sir.« Zwei Geldscheine verschwanden blitzgeschwind in Biggs' Tasche.

»Und nun, Biggs, was haben wir hier sonst noch alles?«

»Vier Aspirintabletten mit den besten Empfehlungen von Lord Killigerran.«

»Er fliegt natürlich, nicht wahr, Biggs?« Dankbar schluckte Michael die Tabletten.

»Natürlich, Sir. Sie sind bei Tagesanbruch aufgestiegen.«

»Wer ist sein Flügelmann?«

»Mr. Banner, Sir.«

»Ein Neuling«, stöhnte Michael unglücklich.

»Lord Andrew wird die Sache schon schaukeln, machen Sie sich keine Sorgen, Sir.«

»Ja, natürlich, er wird's schon schaffen — und was ist das hier?«

Michael setzte sich auf.

»Die Schlüssel für Lord Killigerrans Motorrad, Sir. Er hat gesagt, Sie sollen dem Grafen seinen Salem überbringen — was immer das sein mag, Sir — und der jungen Dame seine besten Empfehlungen —«

»Biggs —« Die Aspirintabletten hatten Wunder gewirkt — Michael fühlte sich plötzlich munter, frisch und sorgenfrei. Seine Wunden brannten nicht mehr, und sein Kopf schmerzte nicht mehr. »Biggs«, wiederholte er, »glauben Sie, daß Sie meine Ausgehuniform herauslegen, die Messingschnallen polieren und den Stiefeln eine Spur von Glanz geben könnten?«

Biggs grinste ihm liebevoll zu. »Wir machen einen Besuch, stimmt's, Sir?«

»Erraten, Biggs, erraten.«

Centaine erwachte in der Dämmerung und lauschte den Kanonen. Sie erschreckten sie.

Ihre ganze Lebensweise hatte sich drastisch geändert, seit die Wogen des Krieges über sie hinweggespült waren. Obgleich sie und ihre Familie auch vorher nie in großem Stil gelebt hatten, wie einige andere Gutsbesitzer dieser Gegend, hatte es immer Empfänge und Hausbälle gegeben und zwanzig Dienstboten, um diese auszurichten, aber nun war ihr Leben fast so einfach wie das der Dienstboten vor dem Krieg.

Mit der Bettdecke streifte Centaine auch ihre traurigen Gedanken ab und lief auf bloßen Füßen über den Steinboden des schmalen Korridors. Anna stand in der Küche am Herd und legte gerade Eichenholzscheiter nach.

»Ich wollte eben mit einem Krug voll mit kaltem Wasser zu dir kommen«, sagte sie mürrisch, und Centaine umarmte und küßte sie, bis sie lächelte, dann stellte sie sich vor den Herd, um sich zu wärmen.

Anna goß kochendheißes Wasser in eine Kupferwanne auf dem Boden und schüttete kaltes Wasser dazu. »Hinein mit dir, Mademoiselle«, befahl sie.

»Oh, Anna, muß ich wirklich?«

»Vorwärts!«

Widerstrebend zog Centaine das Nachthemd über den Kopf und zitterte, als ihr die Kälte eine feine Gänsehaut auf die Unterarme und auf ihr kleines, rundes Hinterteil zeichnete.

»Mach weiter.« Sie stieg in die Wanne, und Anna kniete neben ihr nieder und tauchte ein Flanelltuch ins Wasser. Ihre Bewegungen waren methodisch und sachlich, als sie Centaines Körper, von den Schultern bis zu den Fingerspitzen, einseifte, aber die Liebe und den Stolz, der in ihrem häßlichen, roten Gesicht leuchtete, konnte sie nicht verheimlichen.

Das Mädchen war wunderbar gebaut, obwohl ihre Brüste und ihre Hüften vielleicht ein wenig zu mager waren — Anna hoffte, das einmal mit einer guten, stärkehaltigen Diät ausgleichen zu können. Centaines Haut war von einer gleichmäßig milchweißen Farbe, dort wo die Sonne nicht hinkam, aber die Stellen, die der Sonne ausgesetzt waren, nahmen leicht einen dunklen Bronezton an, den Anna höchst unansehnlich fand.

»Diesen Sommer mußt du aber unbedingt lange Ärmel und Handschuhe tragen«, schalt sie. »Braun ist so häßlich.«

»Beeil dich, Anna.« Das Seifenwasser lief in langen, dünnen Bahnen an Centaines schlanken Seiten hinunter.

Anna betrachtete kritisch Centaines Gliedmaßen: sie waren lang und gerade gewachsen, wenn auch viel zu muskulös für eine Dame — das kam von diesem ewigen Reiten und Laufen und Wandern. Anna schüttelte den Kopf.

»Ach, was ist denn nun schon wieder?« fragte Centaine.

»Deine Muskeln sind so hart wie die eines Jungen, und dein

Bauch ist zu muskulös zum Kinderkriegen.« Anna rieb sie mit dem Flanelltuch ab.

»Aua!«

»Steh doch still — oder willst du etwa stinken wie eine Ziege?«

»Anna, wie gefallen dir blaue Augen?« Anna brummte, denn sie erkannte instinktiv, was diese Frage zu bedeuten hatte.

»Was für eine Augenfarbe würde ein Baby haben, dessen Mutter braune Augen und dessen Vater wunderschöne, glänzendblaue hat?«

Anna klatschte ihr das Flanelltuch auf das Hinterteil. »Genug davon. Deinem Vater würde es gar nicht gefallen, wenn er dich so reden hörte.«

Centaine nahm die Drohung nicht ernst und fuhr träumerisch fort: »Flieger sind wirklich mutig, meinst du nicht auch, Anna?« Dann hatte sie es plötzlich eilig. »Beeil dich, Anna, sonst komme ich noch zu spät, um meine Küken zu zählen.«

Sie sprang aus der Wanne und verspritzte Wasser auf den Fliesenboden, während Anna sie in ein Handtuch hüllte, das sie vorher vor dem Ofen angewärmt hatte.

»Anna, es ist schon fast hell.«

»Du kommst nachher sofort wieder zurück«, befahl Anna. »Wir haben heute eine Menge Arbeit. Dein Vater hat uns mit seiner unangebrachten Großzügigkeit an den Rand einer Hungersnot gebracht.«

»Wir mußten diesen tapferen jungen Fliegern eine Mahlzeit anbieten.«

Centaine zog sich an und setzte sich auf den Stuhl, um die Reitstiefel zuzuknöpfen.

»Daß du mir ja nicht durch die Wälder reitest.«

»Ach, scht, Anna.« Centaine sprang auf und lief geräuschvoll die Treppe hinunter.

»Du kommst sofort zurück!« rief Anna hinter ihr her.

Nuage hörte sie kommen und wieherte leise. Centaine schlang beide Arme um seinen Hals und küßte ihn auf die samtigen grauen Nüstern.

»Bonjour, chéri.« Sie hatte vor Annas Nase zwei Stückchen Zucker gestohlen, und Nuages Speichel troff auf ihre Hand, als sie sie ihm gab. Sie wischte die Hand an seinem Hals ab, und als sie sich umdrehte, um den Sattel von der Halterung zu nehmen, puffte er sie in den Rücken, weil er mehr wollte.

Draußen war es dunkel und kalt; sie zwang den Hengst in einen leichten Galopp und genoß es, wie die eisige Luft über ihr Gesicht strich, Nase und Ohren wurden hellrosa, und ihre Augen begannen zu tränen. Oben auf dem kleinen Hügel zügelte sie Nuage, schaute in das weiche, graublaue Licht der Morgendämmerung und beobachtete, wie der Himmel über dem langen Horizont die Farbe reifer Orangen annahm. Hinter ihr flackerte das grelle, künstliche Licht des Mündungsfeuers, der Geschütze, aber Centaine drehte ihm unverwandt den Rücken zu und wartete auf die Flugzeuge.

Sie hörte das ferne Dröhnen der Motoren auch durch das Donnern der Kanonen hindurch, und dann sah sie sie in das gelbe Licht der Morgendämmerung eintauchen, stürmisch und schnell und schön wie Falken, so daß ihr Herz höher schlug, und sie erhob sich im Sattel, um sie zu grüßen.

Die vordere Maschine war die grüne mit den Tigerstreifen — die des verrückten Schotten. Sie winkte mit beiden Händen.

»Gott mit euch — und kommt gesund zurück!« rief sie ihren Segen hinauf und sah die weißen Zähne unter der lächerlichen Schottenmütze aufblitzen, die grüne Maschine wackelte mit den Flügeln, und dann war sie vorbei und verschwand in der düsteren, dunklen Wolkenbank, die über den deutschen Linien hing.

Sie schaute ihnen nach, bis sie verschwanden, dann lenkte sie Nuage den Hügel hinunter.

»Sie werden alle sterben«, dachte sie. »All diese starken und schönen jungen Männer — und wir werden mit den Alten und Verkrüppelten und Häßlichen zurückbleiben.« Das ferne Donnern der Geschütze unterstrich ihre Befürchtungen. »Ich wünschte, oh, wie ich wünschte —« sagte sie laut, und der Hengst wandte die Ohren, um ihr zuzuhören, aber sie beendete den Satz nicht, weil sie nicht wußte, was sie sich eigentlich wünschte. Sie wußte nur, daß eine Leere in ihr war, die sich danach sehnte, ausgefüllt zu werden, eine ungeheure Sehnsucht nach etwas, das sie nicht kannte, und eine schreckliche Sorge um die ganze Welt. Sie führte Nuage auf die kleine Wiese hinter dem Gut und trug den Sattel auf der Schulter zurück.

Ihr Vater saß am Küchentisch, und sie gab ihm einen flüchtigen Kuß. Die Augenklappe verlieh ihm, ungeachtet der Tatsache, daß sein gesundes Auge blutunterlaufen war, einen Anstrich von Verwegenheit; sein Gesicht war so runzlig wie das eines Bluthundes, und er roch nach Knoblauch und schalem Rotwein.

Wie gewöhnlich hackten er und Anna in kameradschaftlicher Weise aufeinander herum, und als Centaine mit ihrem großen runden Kaffeetopf ihm gegenüber Platz nahm, fragte sie sich plötzlich, ob Anna und ihr Vater miteinander schliefen, und unmittelbar darauf wunderte sie sich, warum ihr dieser Gedanke vorher nie gekommen war.

Als Mädchen vom Lande war ihr der Zeugungsakt kein Geheimnis. Trotz Annas anfänglicher Proteste war sie immer dabei, wenn Stuten aus der Umgebung gebracht wurden, um Nuage zu besuchen. Sie war die einzige, die den großen weißen Hengst im Zaum halten konnte, wenn er eine Stute roch; nur sie war imstande, ihn wenigstens so weit zu beruhigen, daß er seine Aufgabe ausführte, ohne sich oder das Objekt seiner Zuneigung zu verletzen.

Nach logischen Überlegungen war Centaine zu dem Schluß gekommen, daß Mann und Frau in ähnlicher Weise verfahren mußten. Als sie Anna danach fragte, hatte diese ihr anfangs damit gedroht, Centaine ihrem Vater zu verraten und ihr den Mund mit Seife auszuwaschen. Centaine hatte beharrlich weitergebohrt, bis Anna ihre Vermutungen schließlich, heiser flüsternd, bestätigte. Diese Entdeckung verstärkte Centaines Niedergeschlagenheit und Gefühl der Leere. Sie fühlte sich nun wirklich einsam, isoliert und überflüssig, leer und traurig.

»Ich geh' nach draußen.« Sie sprang schnell vom Küchentisch auf.

»O nein.« Anna versperrte ihr den Weg. »Da dein Vater alles, was wir besitzen, verschenkt hat, müssen wir etwas zu essen herbeischaffen, und du, Mademoiselle, wirst mir dabei helfen!«

Centaine mußte den beiden entkommen, um allein zu sein, um mit diesem schrecklichen neuen Gefühl der Niedergeschlagenheit fertig zu werden. Rasch tauchte sie unter Annas ausgestrecktem Arm hindurch und riß die Küchentür auf.

Auf der Schwelle stand der schönste Mensch, den sie je in ihrem Leben gesehen hatte.

Er hatte glänzende Stiefel an und eine makellose Reithose, die heller war als seine Khakiuniformjacke. Um die schmalen Hüften trug er einen glänzenden Ledergürtel mit polierter Messingschnalle, und der Sam-Browne-Gurt quer über der Brust betonte die breiten Schultern. An der linken Brustseite befanden sich die Pilotenabzeichen und eine Reihe farbiger Bänder, an den Schulterstücken funkelten seine Rangabzeichen und eine Reihe farbiger Bänder, und die Mütze war ganz wie bei den alten Jagdfliegern sorgfältig eingedrückt und saß keck über den unheimlich blauen Augen.

»Mademoiselle de Thiry«, sagte dieses Bild militärischen Glanzes und berührte grüßend den Mützenrand. Die Stimme war ihr vertraut, und sie erkannte auch die Augen wieder, diese himmelblauen Augen, und der linke Arm des Mannes lag in einer schmalen Lederschlinge —

»Michel —« ihre Stimme klang unsicher, und sie korrigierte sich sofort: »Captain Courtney«, und dann wechselte sie die Sprache: »Mijnheer Courtney?«

Der junge Gott lächelte ihr zu. Unmöglich, daß dieser Mann derselbe war, den sie zerzaust, blutbeschmiert und schmutzig, in zu große, verkohlte Mantelfetzen gehüllt, zitternd, bebend und bemitleidenswert, in einer durch Schmerz, Erschöpfung und Trunkenheit ausgelösten Erstarrung, am vorangegangenen Nachmittag in den Beiwagen des Motorrads bugsiert hatte.

Als er ihr zulächelte, fühlte Centaine die Welt unter ihrem Füßen schwanken. Dann aber erkannte sie, daß die Welt ihre Umlaufbahn geändert hatte und sich auf einem neuen Kurs zwischen den Sternen befand. Nichts würde je wieder so sein wie vorher.

»Entrez, Monsieur.« Sie wich zurück, und als er über die Schwelle trat, erhob sich der Graf und eilte ihm entgegen.

»Wie geht es Ihnen, Captain?« Er nahm Michaels Hand. »Und Ihre Verwundung?«

»Schon viel besser.«

»Ein kleiner Cognac würde Ihnen guttun«, schlug der Graf vor und warf seiner Tochter verstohlen einen Blick zu. Schon die Vorstellung weckte in Michael Übelkeit, und er schüttelte heftig den Kopf.

»Nein«, sagte Centaine entschlossen und wandte sich an Anna: »Wir müssen den Verband des Captains erneuern.«

Michael protestierte nur schwach, als sie ihn zu dem Stuhl vor dem Ofen führten und Anna ihm den Gürtel abnahm, während Centaine ihm das Jackett auszog.

Anna wickelte den Verband ab und brummte zufrieden.

»Heißes Wasser, Kind«, befahl sie.

Dann wusch und trocknete sie die Brandwunden sorgfältig ab, bestrich sie mit frischer Salbe und verband sie wieder mit sauberen Leinenstreifen.

»Heilt ausgezeichnet«, nickte Anna, während Centaine ihm ins Hemd half.

Sie hatte nicht gewußt, wie glatt die Haut eines Mannes sein konnte, hier an den Seiten und am Rücken. Das dunkle Haar fiel Michael lockig bis in den Nacken, und er war so mager, daß jedes Knöchelchen seiner Wirbelsäule so deutlich hervorstand wie die Perlen eines Rosenkranzes, und zu beiden Seiten verliefen schmale Muskelstränge.

Sie ging um den Stuhl herum, um ihm das Hemd zuzuknöpfen.

»Sie sind sehr liebenswürdig«, sagte er leise, und sie wagte nicht, ihm in die Augen zu sehen, aus Furcht, sich vor Anna zu verraten.

Sie fühlte, daß sein Brusthaar dicht und lockig und fest war, als sie fast unabsichtlich mit den Fingerspitzen darüberstrich, und die Brustwarzen auf dem flachen, harten Brustkorb waren dunkelrosa und winzig, doch unter ihrem Blick wurden sie hart und traten hervor. Nie hätte sie gedacht, daß das bei Männern auch vorkam.

»Komm, Centaine«, schimpfte Anna, und Centaine erschrak, als sie merkte, daß sie seinen Körper angestarrt hatte.

»Ich bin gekommen, um Ihnen zu danken«, sagte Michael. »Ich hatte nicht die Absicht, Ihnen Arbeit zu machen.«

»Das ist nicht so schlimm.« Centaine wagte noch immer nicht, ihm in die Augen zu schauen.

»Ohne Ihre Hilfe wäre ich wahrscheinlich verbrannt.«

»Nein!« sagte Centaine mit unnötiger Betonung. Sie wollte nicht an Tod denken in Verbindung mit diesem wunderbaren Geschöpf.

Nun blickte sie ihm schließlich doch ins Gesicht, und seine Augen schienen ihr so blau wie der Sommerhimmel.

»Centaine, wir haben viel zu tun.« Annas Stimme klang diesmal noch schärfer.

»Lassen Sie mich helfen«, warf Michael lebhaft ein. »Ich wurde am Starten verhindert. Man gestattet mir nicht zu fliegen.«

Anna betrachtete ihn argwöhnisch, aber der Graf zuckte die Schultern.

»Zwei Hände mehr könnten wir schon gebrauchen.«

»Als kleine Wiedergutmachung«, bat Michael beharrlich.

»Und Ihre schöne Uniform?« Anna suchte nun verzweifelt nach Ausflüchten und warf einen Blick auf seine glänzenden Stiefel.

»Wir haben doch Gummistiefel und Overalls«, warf Centaine eilig ein, und Anna gab sich geschlagen.

Centaine meinte, daß selbst der blaue Baumwoll- oder Drillichanzug, wie er landläufig genannt wurde, und die schwarzen Gummistiefel an Michaels großem, schlankem Körper elegant wirkten, als sie ihm zusah, wie er in den Keller ging, um dem Grafen beim Ausmisten der Ställe zu helfen.

Sie nahmen das Mittagessen zu viert in der Küche ein — Omeletts mit Zwiebeln und Trüffeln, Käse und Schwarzbrot und eine Flasche Rotwein, die Centaine genehmigt hatte, ohne ihrem Vater die Kellerschlüssel auszuhändigen — sie hatte die Flasche selbst geholt.

Der Wein lockerte die Stimmung etwas auf, denn auch Anna und Centaine tranken ein Gläschen, und die Unterhaltung wurde zwanglos und leicht, unterbrochen durch lautes Gelächter.

»Nun, Captain —«, wandte sich der Graf schließlich mit einem berechnenden Funkeln in seinem Auge an Michael »— was tun Sie in Afrika, Sie und Ihre Familie?«

»Wir sind Farmer«, erwiderte Michael.

»Gutspächter?« forschte der Graf vorsichtig weiter.

»Nein, nein —« Michael lachte. »Wir bebauen unser eigenes Land.«

»Gutsbesitzer?« Der Tonfall des Grafen änderte sich; Landbesitz war bekanntlich die einzig wahre Form von Reichtum. »Wie groß sind Ihre Familiengüter?«

»Nun —« Michael war verlegen »— ganz schön groß. Sehen Sie, in Afrika wird das Land größtenteils im Familienverband gehalten — mein Vater und mein Onkel —«

»Ihr Onkel, der General?« unterbrach ihn der Graf.

»Ja, mein Onkel Sean —«

»An die hundert Hektar?« beharrte der Graf.

»Etwas mehr.« Michael war äußerst verlegen und spielte nervös mit einem Brotkrümel.

»Zweihundert?« Der Graf sah ihn so erwartungsvoll an, daß Michael nicht länger ausweichen konnte.

»Wenn man alles zusammennimmt, die Plantagen, die Rinderfarmen und ein wenig Land, das wir im Norden besitzen, sind es ungefähr vierzigtausend Hektar.«

»Vierzigtausend?« Der Graf starrte ihn an und wiederholte die Frage in englisch, so daß es kein Mißverständnis geben konnte. »Vierzigtausend?«

Michael nickte betreten. Vor kurzem erst war der Fall eingetreten, daß er sich angesichts der Größe seines Familienbesitzes höchst unbehaglich gefühlt hatte.

»Vierzigtausend Hektar!« hauchte der Graf ehrfurchtsvoll. Und dann: »Und natürlich haben Sie viele Brüder?«

Michael schüttelte den Kopf. »Nein, leider bin ich der einzige Sohn.«

»Aha!« sagte der Graf mit sichtbarer Erleichterung. »Nun, darüber brauchen Sie nicht allzu traurig zu sein!« und klopfte ihm mit einer väterlichen Geste auf den Arm.

Der Graf warf seiner Tochter einen flüchtigen Blick zu und bemerkte erstmals den Ausdruck auf ihrem Gesicht, als sie den Flieger ansah.

»Auch gut«, dachte er zufrieden. »Vierzigtausend Hektar und ein einziger Sohn!« Seine Tochter war eine richtige Französin und kannte den Wert des Geldes, sacré bleu, sie kannte den Wert des Geldes besser als er selbst. Er lächelte ihr liebevoll über den Tisch hinweg zu. In vielen Dingen war sie noch ein richtiges Kind, aber andererseits auch durch und durch die kluge Französin. Als der Verwalter des Grafen nach Paris geflohen war, alles in einem Chaos zurückgelassen hatte, war Centaine es gewesen, die seine Aufgaben übernahm. Der Graf hatte sich sowieso nie mit Geld abgegeben, für ihn würde Landbesitz immer der einzig wahre Reichtum bleiben, aber seine Tochter war die klügere. Sie zählte sogar die Flaschen im Keller und die Schinken in der Räucherkammer. Er trank einen Schluck Wein und schmunzelte vergnügt vor sich hin. Nach diesem Gemetzel, dieser Schlächterei würden ohnehin nur sehr wenige akzeptable junge Männer übrigbleiben . . . und vierzigtausend Hektar!

»Chérie«, sagte er. »Wenn der Captain das Gewehr nehmen und ein paar fette Tauben schießen möchte und du würdest einen Korb voll Trüffeln bringen — könnte ja sein, daß du noch welche findest —, dann hätten wir heute abend ein ausgezeichnetes Essen!« Centaine klatschte freudig in die Hände, doch Anna, tiefrot im Gesicht, funkelte ihn empört über den Tisch hinweg an.

»Anna wird euch als Anstandsdame begleiten«, sagte er hastig. »Denn wir wollen doch jetzt keinen häßlichen Skandal heraufbeschwören, nicht wahr?« Damit wäre der Samen gelegt, dachte er, wenn es nicht schon gehörig keimte. Vierzigtausend Hektar, merde!

Das Schwein hieß Kaiser Wilhelm, kurz Klein Willie genannt. Es war ein geschickter Eber, so groß, daß er Michael an einen Nilpferdbullen erinnerte, als er träge in den Eichenwald watschelte. Die spitzen Ohren kippten über die Augen nach vorn, der Schwanz ringelte sich wie eine Drahtrolle über dem Hinterteil und enthüllte den stattlichen Beweis seines Geschlechts, nämlich einen großen, rosafarbenen Sack, der aussah, als wäre er in Öl gekocht.

»Vas-y, Willie! Cherche!« riefen Centaine und Anna einstimmig; gleichzeitig hatten beide alle Hände voll zu tun, um das riesige Tier an seiner Leine zurückzuhalten.

»Cherche! Such!« Und der Eber beschnüffelte eifrig die feuchte, schokoladenbraune Erde unter den Eichen und zog die beiden Frauen hinter sich her. Michael folgte ihnen, den Spaten über der Schulter, und lachte amüsiert über diese neue Art des Jagens, wobei er Mühe hatte, mit ihnen Schritt zu halten.

Tiefer im Wald überquerten sie einen schmalen Fluß, der nach dem Regen gestern viel schlammiges Wasser führte, und gingen an seinem Ufer entlang weiter. Die beiden Frauen spornten den schnaubenden Eber immer wieder mit Rufen an. Plötzlich stieß das Schwein ein fröhliches Quieken aus und begann mit seinem flachen, nassen Rüssel die weiche Erde aufzuwühlen.

»Er hat etwas gefunden!« rief Centaine aufgeregt, und dann zogen sie und Anna ziemlich vergeblich an der Leine.

»Michel!« rief Centaine keuchend über die Schulter. »Sobald wir ihn weg haben, müssen Sie sehr schnell sein mit dem Spaten. Sind Sie bereit?«

»Ich bin bereit!«

Centaine nahm aus ihrer Rocktasche einen runzligen, kleinen Trüffelklumpen, der vor Alter bereits schimmelig war. Sie schnitt mit einem Taschenmesser eine Scheibe davon ab und hielt sie dem Eber so nahe wie möglich vor die Nase. Eine Zeitlang nahm das Schwein überhaupt keine Notiz davon, doch dann stieg ihm der Geruch der frisch geschnittenen Trüffel in die Nase, und es grunzte gierig und versuchte nach Centaines

Hand zu schnappen. Das Mädchen sprang zurück und lockte den Eber, rückwärts gehend, hinter sich her.

»Schnell, Michel!« rief sie, und er stach den Spaten in die Erde. Mit fünf Spatenstichen hatte er den Pilz freigelegt, und Anna kniete nieder und grub ihn mit bloßen Händen aus. Dann hielt sie ihn hoch, einen dunklen, knotigen Klumpen von der Größe einer Faust, der mit einer schokoladefarbenen Erdkruste überzogen war.

»Seht nur, was für ein Prachtstück!«

Jetzt erst gab Centaine dem Eber die Trüffelscheibe, und nachdem er sie geschluckt hatte, ließ sie ihn zu der leeren Grube zurücklaufen und die lockere Erde beschnüffeln, damit er sich davon überzeugen konnte, daß die Trüffel verschwunden war, dann ermunterte sie ihn abermals mit einem »Cherche!« und die Jagd begann von neuem. Nach einer Stunde war der kleine Korb mit den unappetitlich aussehenden Gebilden gefüllt, und Anna brach die Suche ab.

»Mehr Trüffeln würden nur verderben. Jetzt sind die Tauben an der Reihe. Mal sehen, ob unser afrikanischer Captain schießen kann!«

Sie liefen lachend und keuchend hinter dem Eber her durch die Wiesen zurück zum Gut, wo Centaine die Trüffeln in der Vorratskammer einschloß, während Anna den Eber in seinen Stall im Keller brachte; dann nahm sie das Gewehr von dem Haken an der Küchenwand. Sie reichte Michael die Waffe und sah zu, wie er das Verschlußstück öffnete, den Lauf inspizierte, das Verschlußstück wieder schloß und das Gewehr probeweise anlegte. Anna erkannte einen guten Arbeiter an der Art, wie er sein Werkzeug handhabte, und ihre Miene hellte sich auf.

Er nickte Anna zu. »Ausgezeichnet!« und sie gab ihm den Leinenbeutel mit den Patronen.

»Ich zeige Ihnen eine gute Stelle.« Centaine nahm seine Hand, um ihn zu führen, doch dann sah sie Annas Gesichtsausdruck und ließ sie eiligst wieder los. »Am Nachmittag kommen die Tauben in die Wälder zurück«, erklärte sie.

Centaine ging voran am Waldrand entlang und hob bei jeder

Pfütze den Rock, so daß Michael gelegentlich einen Blick auf ihre glatten, weißen Waden erhaschen konnte. Anna konnte mit ihren kurzen, stämmigen Beinen nicht Schritt halten; doch die beiden ignorierten ihr »Wartet, wartet doch auf mich!«

An der Stelle des Waldes, wo sich der Winkel des T befand, an dem sich die Piloten beim Rückflug zur Landebahn orientierten, gab es einen verwachsenen Pfad mit hohen Hecken zu beiden Seiten.

»Von dort kommen die Tauben her«, sagte Centaine und wies auf die Felder und Weingärten, die völlig überwuchert und verwahrlost waren. »Hier sollten wir warten.«

Die Hecken boten eine ausgezeichnete Deckung, und nachdem Anna herangekommen war, versteckten sich alle drei und begannen den Himmel abzusuchen. Schwere, tiefhängende Wolken, die Regen verkündeten, wälzten sich vom Norden heran und bildeten einen ausgezeichneten Hintergrund, gegen den sich die winzigen Flecken eines Taubenschwarmes für Michaels geschultes Auge deutlich abzeichneten.

»Da«, sagte er, »sie kommen schon.«

»Ich seh' sie nicht.« Centaine hielt angestrengt Ausschau. »Wo - o ja, jetzt sehe ich sie.«

Obwohl die Tauben sehr schnell waren, flogen sie in gerader Linie und gingen gegen den Wald hin nur leicht tiefer, für einen Meisterschützen von Michaels Kaliber war das leichtes Spiel. Er wartete, bis zwei Vögel übereinander flogen, und traf beide mit seinem ersten Schuß. Sie überschlugen sich im Flug, und als der Rest der Schar auseinanderflatterte und sich zerstreute, holte er mit der zweiten Patrone eine dritte Taube herunter.

Die beiden Frauen liefen auf das Feld hinaus, um die Vögel zu holen.

»Drei mit zwei Schüssen.« Centaine kam zurück, stellte sich dicht neben ihn und schaute bewundernd zu ihm auf.

»Das war Zufall«, sagte Anna schroff. »Niemand kann absichtlich zwei Tauben auf einmal treffen — nicht, wenn sie fliegen.«

Der nächste Schwarm war größer, und die Tauben flogen

dichter beisammen. Michael traf beim ersten Schuß drei und eine vierte mit der zweiten Patrone, und Centaine wandte sich triumphierend an Anna.

»Wieder Zufall«, freute sie sich. »Was für ein Glück der Captain heute hat.«

Innerhalb der nächsten halben Stunde kamen noch weitere Taubenschwärme in Schußweite, und Centaine fragte ernst: »Schießen Sie nie daneben, Mijnheer?«

»Dort oben«, Michael schaute in den Himmel, »darf man nicht daneben schießen, sonst ist man tot. Bisher habe ich mein Ziel nie verfehlt.«

Centaine erschauerte. Tot — schon wieder dieses Wort. Der Tod war überall um sie herum, auf den Hügelketten dort, wo der Kanonendonner herkam, der im Augenblick nur ein dumpfes Grollen war, und am Himmel über ihnen. Sie schaute zu Michael auf und dachte: »Ich will nicht, daß er stirbt — niemals! Niemals!«

Dann schüttelte sie die düstere Stimmung ab, lächelte und sagte: »Bringen Sie mir das Schießen bei.« Ein Vorschlag, der es Michael erlaubte, sie selbst unter Annas eifersüchtigen Blikken zu berühren. Er stellte sie vor sich hin und zeigte ihr die klassische Schußstellung, bei der der linke Fuß vor dem rechten aufgesetzt wird.

»Diese Schulter ein wenig senken.« Beide spürten die elektrisierende Wirkung jeder Berührung. »Drehen Sie Ihre Hüften leicht auf diese Seite.« Er legte die Hände an ihre Hüften, und seine Stimme klang erstickt, als sie sich mit einer ganz natürlichen, aber äußerst wirkungsvollen Bewegung ihres Hinterteils an ihn drängte.

Der Rückstoß ihres ersten Schusses drückte sie gegen seine Brust, und er fing sie schützend auf, während die Tauben unversehrt auf den Horizont zuflogen.

»Sie schauen auf die Gewehrmündung, nicht auf den Vogel«, erklärte Michael, ohne sie loszulassen. »Schauen Sie auf den Vogel, und das Gewehr folgt von selbst.«

Bei ihrem nächsten Schuß fiel eine fette Taube vom Himmel, was die beiden Frauen zu entzückten Jubelrufen veranlaßte, aber als Anna auf das Feld hinauslief, um die Taube zu holen, begann es plötzlich heftig zu regnen.

»In die Scheune!« rief Centaine und lief ihnen voran den Pfad entlang. Der Regen peitschte die Baumwipfel und klatschte in winzigen Fontänen auf ihre Haut, so daß sie unter seinen eisigen Stichen nach Luft rangen. Centaine erreichte als erste die Scheune, und die Bluse klebte an ihr, so daß Michael deutlich die Umrisse ihrer Brüste sehen konnte. Ein paar Strähnen ihres dunklen Haares ringelten sich an ihrer Stirn, sie schüttelte die Tropfen aus ihrem Rock und lachte ihn an, ohne zu versuchen, seinem Blick auszuweichen.

Die Scheune lag direkt neben dem Pfad. Sie war aus gelben Steinquadern erbaut, und das Strohdach war so löchrig und schäbig wie ein alter Teppich. Das Innere war halb mit Strohballen gefüllt, die bis unter das Dach aufgestapelt waren.

»Das wird nicht so schnell wieder aufhören«, brummte Anna verdrießlich, starrte in den strömenden Regen hinaus und schüttelte sich wie ein Wasserbüffel, der aus dem Sumpf auftaucht. »Und wir sitzen hier fest!«

»Komm, Anna, rupfen wir inzwischen die Vögel.«

Sie machten es sich auf den Strohballen bequem, Centaine und Michael so, daß sich ihre Schultern fast berührten, und sie plauderten, während sie die Tauben rupften.

»Erzählen Sie mir von Afrika«, bat Centaine. »Ist es wirklich so schwarz?«

»Es ist das sonnigste Land der Welt — sogar viel zu sonnig«, erklärte ihr Michael.

»Ich liebe die Sonne«, meinte Centaine kopfschüttelnd. »Ich hasse die Kälte und die Feuchtigkeit. Für mich könnte es nie genug Sonne geben.«

Er erzählte ihr von den Wüsten, wo es niemals regnete. »In einem Jahr regnet es dort nicht soviel wie hier an einem einzigen Tag.«

»Ich dachte, in Afrika gibt es nur schwarze Wilde.«

»Nein«, beteuerte er lachend. »Es gibt dort auch viele weiße Wilde — und schwarze Gentlemen.« Und dann erzählte er ihr von den kleinen gelben Pygmäen in den Ituriwäldern, die einem erwachsenen Mann nur bis zur Taille reichten, und von den riesenhaften Watussi, die jeden, der weniger als zwei Meter maß, für einen Pygmäen hielten, und von den edlen Kriegern der Zulu, die sich Kinder des Himmels nannten.

»Sie sagen das, als liebten Sie sie«, unterbrach ihn Centaine.

»Die Zulu?« fragte er und nickte dann. »Ja, ich glaube, das tue ich auch. Jedenfalls ein paar von ihnen. Mbejane —«

»Mbejane?« Sie sprach den Namen nicht richtig aus.

»Ein Zulu — er war von Kindesbeinen an mit meinem Onkel Sean zusammen.«

»Erzählen Sie mir von den Tieren.« Centaine wollte unbedingt, daß er weitersprach. Sie hätte seiner Stimme und seinen Erzählungen für immer lauschen mögen. »Erzählen Sie mir von den Löwen und den Tigern.«

»Tiger gibt es in Afrika keine«, erwiderte er lächelnd, »aber viele Löwen.« Und selbst Annas Hände, die bisher mit dem Rupfen der Vögel beschäftigt waren, ruhten, während sie Michael zuhörte, als er von einem Nachtlager bei einem Jagdausflug erzählte; wie er und sein Onkel Sean von einem Löwenrudel bedrängt worden waren und die ganze Nacht hindurch bei den Pferden bleiben mußten, um sie zu schützen und zu beruhigen, während die großen gelben Katzen fauchend und brüllend um den Feuerschein herumschlichen und versuchten, die Pferde in den dunklen Busch zu treiben, wo sie eine leichte Beute gewesen wären.

»Erzählen Sie uns etwas von den Elefanten.« Und er erzählte von diesen klugen Tieren. Er schilderte ihren trägen, schlafwandlerischen Gang, die riesigen Ohren, die sie hin und her bewegten, um ihr Blut zu kühlen, und wie sie mit ihrem Rüssel Staub aufnahmen, um ihn sich als Staubbad über den Kopf zu schütten.

Er erzählte von den komplizierten Gesellschaftsstrukturen der Elefantenherden und erwähnte, daß die alten Bullen die Ordnung in der Herde aufrechterhielten. Er erzählte, daß die unfruchtbaren alten Elefantenkühe die Pflichten von Kindermädchen und Geburtshelferinnen übernahmen und daß die großen grauen Tiere Beziehungen unterhielten, die den menschlichen Freundschaften ähnelten und ein Leben lang dauerten. Er erzählte von dem seltsamen Verhalten der Elefanten bei allem, was mit dem Tod zusammenhing; daß sie den Körper eines Jägers, der sie gequält und verwundet hatte, oft mit grünen Blättern bedeckten, nachdem sie ihn getötet hatten — fast so, als versuchten sie, auf diese Weise Buße zu tun. Oder daß sie ein verwundetes Mitglied der Herde schützten, indem sie es mit ihren Rüsseln auf den Beinen hielten und es mit ihren Leibern an den Flanken stützten, und daß es der Leitbulle, wenn es schließlich doch zusammenbrach (und es sich um eine Kuh handelte), bestieg, so als versuchte er, den Tod durch den Zeugungsakt zu vereiteln.

Diese letzte Schilderung weckte Anna aus ihrer Versunkenheit und erinnerte sie an ihre Rolle als Anstandsdame; sie warf Centaine einen scharfen Blick zu.

»Es hat aufgehört zu regnen«, verkündete sie laut und begann die gerupften Tauben einzusammeln.

Centaine starrte Michael mit großen, dunkel glänzenden Augen an.

»Eines Tages gehe ich nach Afrika«, sagte sie leise, und er erwiderte ihren Blick ernst und nickte.

»Ja«, sagte er. »Eines Tages.«

Das war so, als hätten sie einander ein Versprechen gegeben. Es war eine Sache zwischen ihnen beiden, feststehend und unabänderlich. In diesem Augenblick wurde sie seine Frau und er ihr Mann.

»Kommt«, rief Anna von der Scheunentür her. »Kommt schon, bevor es wieder zu regnen anfängt«, und es kostete beide viel Überwindung, aufzustehen und ihr in die nasse, tropfende Welt hinaus zu folgen.

Sie trotteten Seite an Seite mit bleiernen Füßen den Pfad entlang zum Gut, ohne einander zu berühren, aber beide waren sich der Gegenwart des anderen so deutlich bewußt, daß sie ebensogut Arm in Arm hätten gehen können.

In diesem Augenblick tauchten unerwartet im Tiefflug und sehr schnell die Flugzeuge aus der Dämmerung auf, und das Dröhnen ihrer Motoren schwoll zu einem Crescendo an, als sie über ihre Köpfe hinwegflogen. Die grüne Sopwith flog an der Spitze. Aus dieser Perspektive konnten sie Andrews Kopf nicht erkennen, aber sie sahen das Tageslicht durch die Risse in der Leinwand der Tragflächen und durch die Einschußlöcher schimmern, die die feindlichen Geschosse hinterlassen hatten.

Die fünf Flugzeuge, die Andrew folgten, waren genauso zerschossen. Flugzeugrumpf und Tragflächen waren mit Rissen und Einschußlöchern übersät.

»Muß ein harter Tag gewesen sein«, murmelte Michael.

Hinter den anderen folgte noch eine Sopwith, die eine Rauchfahne hinter sich herzog, eine Tragfläche hing dort, wo das Gestänge zerschossen worden war, leicht nach unten durch, und der Motor stotterte und setzte ab und zu aus. Centaine schauderte, als sie das sah, und lehnte sich an Michael.

»Ein paar von ihnen sind heute dort draußen umgekommen«, flüsterte sie, und er brauchte nichts zu erwidern.

»Morgen wirst du auch wieder dabei sein.«

»Morgen noch nicht.«

»Dann übermorgen — oder am Tag darauf.«

Auch darauf brauchte er nicht zu antworten.

»Michel, oh. Michel!« Ein körperlicher Schmerz klang in ihrer Stimme mit. »Ich muß dich allein sehen. Vielleicht haben wir niemals — niemals wieder die Gelegenheit dazu. Von nun an müssen wir jede kostbare Minute unseres Lebens so verleben, als wäre sie unsere letzte.«

Er empfand ihre Worte wie einen Schlag. Er konnte nicht sprechen, und ihre Stimme senkte sich.

»In der Scheune«, flüsterte sie.

»Wann?« Er hatte seine Stimme wiedergefunden und hörte selbst ihren heiseren Klang.

»Heute nacht, vor Mitternacht — ich komme so bald wie möglich. Es wird kalt sein.« Sie schaute ihm direkt ins Gesicht — alle gesellschaftlichen Konventionen waren im Feuersturm des Krieges untergegangen. »Du mußt eine Decke mitbringen.«

Dann drehte sie sich abrupt um und lief eilig hinter Anna her, während Michael wie in Trance stehenblieb und ihr in ungläubigem Staunen nachblickte.

Michael wusch sich unter der Pumpe vor der Küche und zog wieder seine Uniform an. Als er die Küche betrat, stand die Taubenpastete fertig und nach frischen Trüffeln duftend, mit einer knusprigen, braunen Kruste überzogen, auf dem Tisch, und Centaine füllte das Glas ihres Vaters immer wieder, ohne daß er sich dagegen wehrte. Dasselbe machte sie bei Anna, allerdings so geschickt, daß Anna es nicht zu bemerken schien, doch ihr Gesicht rötete sich noch mehr, und ihr Lachen wurde lauter.

Centaine betraute Michael mit der Bedienung des Grammophons, ihres wertvollsten Besitzes, und er mußte die Wachsplatten umdrehen und dafür sorgen, daß es immer aufgezogen war. Aus dem riesigen Messingtrichter des Plattenspielers dröhnte eine Aufnahme von Verdis Aida mit Toscanini und dem Orchester von der Mailänder Scala und erfüllte die Küche mit herrlichen Klängen. Als Centane Michael seinen Teller brachte, beladen mit Taubenpastete, berührte sie leicht seinen Nacken — diese dunklen, seidigen Locken —, und als sie sich über ihn beugte, hauchte sie ihm ins Ohr: »Ich liebe Aida, Sie auch, Captain?« Als ihn dann der Graf über die Erträge seiner Familiengüter ausfragte, hatte Michael Schwierigkeiten, sich auf seine Antworten zu konzentrieren.

»Wir haben eine Menge Akazien angepflanzt, aber mein Vater und mein Onkel sind davon überzeugt, daß nach dem Krieg das Automobil das Pferd völlig ersetzen wird, und daher wird der Bedarf an ledernem Pferdegeschirr drastisch zurückgegeben und folglich auch die Nachfrage nach Gerbstoff —«

»Was für eine Schande, daß das Pferd dieser lärmenden, stinkenden Erfindung des Teufels weichen muß«, seufzte der Graf, »aber Sie haben natürlich recht. Der Benzinmotor ist die Zukunft.«

»Nun pflanzen wir Pinien und australische Gummibäume. Das gibt Holzstützen für die Goldbergwerke und Rohmaterial für Papier.«

»Ganz richtig.«

»Und dann haben wir natürlich noch die Zuckerplantagen und die Viehfarmen. Mein Onkel glaubt, daß es bald Schiffe geben wird, die mit Kühlräumen ausgestattet sind, so daß sie unser Rindfleisch in die ganze Welt transportieren können —«

Je länger der Graf zuhörte, desto fröhlicher wurde er.

»Trinken Sie doch, mein Junge«, drängte er Michael, was seine Anerkennung bewies. »Sie haben kaum etwas getrunken. Ist der Wein nicht nach Ihrem Geschmack?«

»Er ist ausgezeichnet, wirklich, aber, le foie — meine Leber.« Michael klopfte sich auf den Bauch, und der Graf machte mitleidige und besorgte Bemerkungen. Als Franzose wußte er, daß die meisten Krankheiten und Sorgen der Welt auf die schlechte Funktion dieses Organs zurückgeführt werden konnten.

»Nichts Ernstes. Aber lassen Sie sich bitte durch meine kleine Unpäßlichkeit nicht stören«, sagte Michael mit einer entschuldigenden Geste, und der Graf schenkte sich gehorsam nach.

Nachdem sie die Männer bedient hatten, brachten die beiden Frauen ihre Teller an den Tisch und setzten sich zu ihnen. Centaine saß neben ihrem Vater und sprach wenig. Sie lauschte dem Gespräch der beiden Männer scheinbar mit respektvoller Aufmerksamkeit, bis Michael einen leichten Druck an seinem Knöchel spürte und mit klopfendem Herzen erkannte, daß ihr ausgestreckter Fuß den seinen berührte. Er wand sich schuldbewußt unter dem prüfenden Blick des Grafen und wagte nicht, Centaine anzusehen. Statt dessen blies er sich nervös die Fingerspitzen, als hätte er sich am Herd verbrannt, und blinzelte aufgeregt.

Centaine zog ihren Fuß ebenso heimlich wieder zurück, wie sie ihn vorgestreckt hatte, und Michael wartete zwei oder drei Minuten, bevor er seinerseits den Fuß ausstreckte. Er fand ihren Fuß und nahm ihn zwischen seine beiden Füße; aus den Augenwinkeln sah er, wie sie erschrak und wie sie von der Kehle über die Wangen bis hin zu den Ohren errötete. Er starrte sie an, sie sah so entzückend aus, daß er seinen Blick nicht von ihrem Gesicht losreißen konnte, bis der Graf die Stimme hob.

»Wieviel?« wiederholte der Graf seine Frage mit sanfter Ungeduld, und Michael zog seine Füße schuldbewußt zurück.

»Verzeihen Sie, ich habe Ihre Frage nicht —«

»Der Captain fühlt sich nicht wohl«, warf Centaine rasch und ein wenig atemlos ein. »Seine Brandwunden sind noch nicht verheilt, und außerdem hat er heute auch hart gearbeitet.«

»Wir sollten ihn nicht länger aufhalten«, stimmte Anna eifrig zu, »wenn er mit dem Abendessen fertig ist.«

»Ja, ja.« Centaine stand auf. »Wir müssen ihn gehen lassen, damit er sich ausruhen kann.«

Der Graf war wirklich traurig darüber, daß man ihn seines Trinkkumpanen beraubte, bis Centaine ihm versicherte: »Laß dich nicht stören, Papa. Bleib sitzen und trink in Ruhe deinen Wein aus.«

Anna begleitete das Paar bis in den dunklen Hof hinaus, blieb mit in die Seite gestemmten Armen dicht neben ihnen stehen und wachte mit Adleraugen, während sie sich schüchtern verabschiedeten. Sie hatte so viel von dem Rotwein genossen, daß sie ihre messerscharfen Instinkte im Stich ließen, sonst hätte sie sich wohl gewundert, warum Centaine so erpicht darauf war, Michael bis zu seinem Motorrad zu begleiten.

»Darf ich Sie wieder besuchen, Mademoiselle de Thiry?«

»Wenn Sie möchten, Captain.«

Annas Herz, durch den Wein erweicht, wandte sich ihnen zu. Und sie hatte Mühe, an ihrem Vorsatz festzuhalten.

»Auf Wiedersehen, Mijnheer«, sagte sie steif. »Das Kind wird sich noch einen Schnupfen holen. Komm zurück ins Haus, Centaine.«

Der Graf hielt es für eine unumgängliche Notwendigkeit, den Geschmack des Rotweins mit ein oder zwei Glas Champagner wegzuspülen. Das verdünne auch die Weinsäure, erklärte er Centaine ernsthaft. Aus diesem Grund war es schließlich auch notwendig, daß ihn die beiden Frauen zu Bett brachten. Und als sie ihn die Treppe hinaufführten, sang er, mit mehr Genuß als Talent, den Triumphmarsch aus Aida. Kaum hatte er sein Bett erreicht, fiel er wie eine gefällte Eiche flach auf den

Rücken. Centaine zog ihm, sich mit den Knien abstützend, die Stiefel aus.

»Gott segne dich, meine Kleine, dein Papa hat dich lieb.«

Gemeinsam setzten Centaine und Anna ihn auf und zogen ihm das Nachthemd über den Kopf, dann ließen sie ihn auf das Kissen zurücksinken. Nachdem seine Männlichkeit durch das Nachthemd geschützt war, zogen sie ihm die Hose aus und rollten ihn ins Bett.

»Mögen die Engel deinen Schlaf bewachen, meine Süße«, murmelte der Graf, als sie ihn mit der Daunendecke zudeckten, und Anna blies die Kerze aus.

Im Schutz der Dunkelheit streckte Anna die Hand aus und streichelte dem Grafen über das zerzauste Haar. Lautes Schnarchen antwortete ihr, und sie folgte Centaine aus dem Zimmer und schloß leise die Tür hinter sich.

Centaine lag im Bett und lauschte dem nächtlichen Knirschen und Knacken des alten Hauses.

Klugerweise hatte sie der Versuchung widerstanden, sich angezogen ins Bett zu legen, denn Anna machte einen ihrer unvorhersehbaren Besuche, als Centaine gerade im Begriff war, ihre Kerze auszulöschen. Sie setzte sich, durch den Wein gesprächig, an den Bettrand, war aber nicht so betrunken, daß sie es nicht gemerkt hätte, wenn Centaine angekleidet gewesen wäre. Mit Gähnen und Seufzen versuchte Centaine den Eindruck zu erwecken, sie sei ebenfalls müde, aber als das nicht funktionierte und sie die Kirchenuhr von Mort Homme zehn Uhr schlagen hörte, stellte sie sich schlafend. Es war qualvoll, still liegen zu müssen und regelmäßig zu atmen, während sie gleichzeitig vor Erregung glühte und zuckte.

Schließlich merkte Anna, daß ihr niemand mehr zuhörte, und dann ging sie in der winzigen Kammer herum, um Centaines Kleider aufzusammeln und zu falten, und endlich beugte sie sich über sie, küßte sie auf die Wange und löschte die Kerze.

Sobald sie allein war, setzte sich Centaine auf und umarmte sich in einer Anwandlung von Angst und Vorfreude. Obwohl sie sich im klaren darüber war, was bei diesem Treffen mit Michael geschehen mußte, waren die genauen Details noch etwas quälend Unbekanntes für sie. Ein logischer Gedankengang hatte sie darauf schließen lassen, daß sich das Wesentliche nicht allzu sehr von dem unterscheiden konnte, was sie unzählige Male auf Wiese und Scheunenhof gesehen hatte.

Ihre Vermutung war an einem schläfrigen Sommernachmittag bestätigt worden, als eine heftige Bewegung in einem der leeren Ställe ihre Aufmerksamkeit erregt hatte. Sie war auf den Heuboden geklettert und hatte Elsa, das Küchenmädchen, mit Jacques, dem Stallknecht, entdeckt; erstaunt beobachtete sie nun die beiden durch eine Ritze, bis ihr allmählich dämmerte, daß sie Hahn und Henne oder Hengst und Stute spielten. Sie hatte tagelang darüber nachgedacht und dem Geschwätz der weiblichen Dienstboten aufmerksamer gelauscht. Am Ende hatte sie all ihren Mut zusammengenommen und war mit ihrer Frage zu Anna gegangen.

All diese Nachforschungen hatten sie schließlich nur verwirrt und durcheinandergebracht, weil die Ergebnisse einander widersprachen. Laut Anna war der Vorgang extrem schmerzhaft, verbunden mit einer ausgiebigen Blutung und der entsetzlichen Gefahr von Schwangerschaft und Krankheit. Das stand allerdings im Widerspruch zu der zügellosen Fröhlichkeit, mit der die anderen weiblichen Dienstboten die Angelegenheit besprachen, und zu dem Gekicher und den leisen Lustschreien, die Elsa ausgestoßen hatte, als sie sich unter Jacques' Gewicht im Stroh gewälzt hatte.

Nein, Schmerz und Blut konnten sie nicht abschrecken. Ihre Angst hatte einen anderen Grund. Sie hatte entsetzliche Angst davor, daß Michael von ihr enttäuscht sein könne — auch darauf hatte Anna sie hingewiesen.

»Danach verlieren die Männer, diese Ferkel, immer das Interesse an der Frau.«

Wenn Michael das Interesse an mir verliert, dann würde ich sterben, dachte sie, und für einen Augenblick zauderte sie. Ich werde nicht hingehen — darauf will ich es nicht ankommen lassen. — »Oh, aber wie könnte ich hierbleiben?« flüsterte sie laut und fühlte, wie sie sich vor Liebe und Verlangen verkrampfte. »Ich muß gehen. Ich muß einfach.«

In quälender Ungeduld lauschte sie den Geräuschen aus der benachbarten Kammer, als Anna zu Bett ging. Auch nachdem es still geworden war, wartete sie noch eine Weile und hörte die Kirchenuhr erst die Viertelstunde und dann die halbe Stunde schlagen, bevor sie unter der warmen Daunendecke hervorkroch.

Sie fand ihre Unterröcke und ihre Hemdhose dort, wo Anna sie sorgfältig gefaltet hingelegt hatte, und dann hielt sie, ein Bein bereits in der Hemdhose, inne.

»Wozu denn?« fragte sie sich und unterdrückte ein Kichern, als sie die Hemdhose wieder beiseite warf.

Sie zog den dicken, wollenden Reitrock und die Jacke an und wickelte einen dunklen Schal um Kopf und Schultern. Die Stiefel in der Hand, huschte sie auf den Gang hinaus und lauschte an Annas Tür.

Anna schnarchte tief und regelmäßig, und Centaine schlich in die Küche. Auf dem Stuhl vor dem Ofen sitzend, zog sie die Stiefel an und zündete dann mit einem Holzscheit aus dem Herd die Laterne an. Sie schloß die Küchentür auf und trat hinaus. Der Mond war im letzten Viertel und leuchtete hell zwischen fliegenden Wolkenfetzen hervor.

Centaine hielt sich auf dem Grasstreifen, damit nicht der Kies unter ihren Stiefeln knirschte, und eilte, ohne den Laternenschieber zu öffnen, im schwachen, silbrigen Licht des Mondes den Pfad entlang. Im Norden, oben auf der Hügelkette, leuchtete es plötzlich auf, es war ein orangefarbenes Licht, das langsam wieder verglomm, und dann kam, durch den Wind gedämpft, das Donnern der Explosion.

»Eine Mine!« Centaine blieb einen Augenblick stehen und fragte sich, wie viele Menschen in dieser fürchterlichen Säule aus Erde und Feuer wohl gestorben waren. Dieser Gedanke festigte ihren Entschluß. Es gab so viel Haß und Tod und so wenig Liebe. Sie mußte nach jedem einzelnen Körnchen davon greifen.

Schließlich sah sie die Scheune vor sich und begann zu laufen. Es war weder ein Licht zu sehen noch irgendeine Spur von dem Motorrad.

»Er ist nicht gekommen.« Der Gedanke entfachte ein ungeheures Verlangen in ihr. Am liebsten hätte sie seinen Namen gerufen. Sie trat auf die Schwelle der Scheune und wäre fast hingefallen.

»Michel!« Sie konnte sich nicht länger zurückhalten und hörte die Panik in ihrer Stimme, als sie noch einmal: »Michel!« rief und den Schieber der Laterne öffnete.

Er trat aus der Dunkelheit der Scheune auf sie zu. Groß und breitschultrig, und sein blasses Gesicht sah im Laternenlicht wunderschön aus.

»Oh, ich dachte schon, du wärst nicht gekommen.«

Er blieb vor ihr stehen. »Nichts«, sagte er leise, »nichts auf dieser Welt hätte mich davon abhalten können.«

Sie standen einander gegenüber und starrten einander verlangend an, doch keiner wußte, was als nächstes zu tun war und wie die wenigen Zentimeter zwischen ihnen, die ihnen wie eine unheimliche Kluft erschienen, überbrückt werden konnten.

»Hat dich auch niemand gesehen?« stieß er hervor.

»Nein, nein, ich glaube nicht.«

»Gut.«

»Michel?«

»Ja, Centaine.«

»Vielleicht hätte ich nicht kommen sollen — vielleicht sollte ich zurückgehen?«

Das waren in diesem Augenblick genau die richtigen Worte, denn die versteckte Drohung weckte Michael aus seiner Erstarrung, er streckte die Arme aus und packte das Mädchen, fast ein wenig grob.

»Nein, niemals — ich würde dich niemals gehen lassen.«

Sie lachte, ein heiseres, atemloses Lachen, und er zog sie an sich und versuche sie zu küssen, aber es war ein ungeschickter Versuch. Sie stießen in der Eile zuerst mit den Nasen und dann auch noch mit den Zähnen zusammen, bevor sich ihre Lippen fanden. Doch dann waren Centaines Lippen weich und warm, und das Innere ihres Mundes war zart und schmeckte nach reifen Äpfeln. Als ihr Schal über den Kopf nach vorne rutschte, bekamen beide keine Luft mehr und mußten sich voneinander lösen, lachend und vor Erregung ganz außer Atem.

»Die Knöpfe«, flüsterte sie, »deine Knöpfe tun mir weh, und mir ist kalt.« Sie zitterte theatralisch.

»Verzeihung.« Er nahm ihr die Laterne ab und führte sie in den hinteren Teil der Scheune. Er half ihr über die Strohballen hinauf, und im Lampenschein sah sie, daß er zwischen den Ballen ein Nest aus weichem Stroh gebaut und mit grauen Armeedecken ausgelegt hatte.

»Ich bin zurückgefahren, um sie aus meinem Zelt zu holen«, erklärte er, als er vorsichtig die Lampe abstellte, und wandte sich ihr ungeduldig wieder zu.

»Attends, warte!« Sie gebrauchte das vertraute Du, um ihn zurückzuhalten, und nahm ihm den Gürtel ab. »Sonst habe ich überall blaue Flecke.«

Michael warf den Gürtel beiseite und packte sie wieder. Diesmal fanden sich ihre Lippen sofort, und sie klammerten sich aneinander. Centaine überkam ein so mächtiges Verlangen, daß ihr ganz schwindlig und schwach wurde. Ihre Beine gaben nach, aber Michael hielt sie fest, und sie versuchte der Flut von Küssen standzuhalten, die er auf ihren Mund, ihre Augen und ihren Hals verteilte — aber sie wollte, daß er sich mit ihr auf die Decken legte. Daher ließ sie sich absichtlich fallen und brachte ihn aus dem Gleichgewicht, so daß er auf sie zu liegen kam.

»Verzeih.« Er versuchte sich von ihr zu lösen, aber sie schlang die Arme um seinen Hals und hielt seinen Kopf fest. Dann griff sie mit dem anderen Arm über seine Schulter und zog an den Decken, um sie beide zuzudecken. Sie hörte sich selbst kleine wimmernde Laute ausstoßen, wie ein Kätzchen, das nach den Zitzen verlangt, und als sie ihn küßte, strich sie mit der Hand über sein Gesicht und sein Haar. Sein Körper, der voll auf ihr lag, fühlte sich so gut an, daß sie, als er versuchte, von ihr herunterzurollen, einen Unterschenkel über seine Kniekehlen legte, um ihn daran zu hindern.

»Das Licht«, krächzte er und griff nach der Laterne, um den Schieber zu schließen.

»Nicht. Ich möchte dein Gesicht sehen.« Sie griff nach seinem Handgelenk und zog seine Hand zurück, dann drückte sie sie gegen ihre Brust und schaute ihm in die Augen. Im Lampenschein waren sie so schön, daß sie dachte, ihr Herz würde zerbrechen — und dann spürte sie seine Hand auf ihren Brüsten und hielt sie dort fest, da ihre Brustwarzen vor Verlangen nach seiner Berührung schmerzten.

Ihr Begehren wurde zu einem Rausch von Lust, wurde immer mächtiger, bis es schließlich so unerträglich war, daß etwas geschehen mußte, bevor sie ohnmächtig wurde — aber es geschah nichts, und sie fühlte, wie ihre Ekstase nachließ, und das machte sie ungeduldig und fast wütend vor Enttäuschung.

Ihr kritisches Denkvermögen, das durch ihr Verlangen geschwächt worden war, kehrte zurück. Sie spürte, daß Michael unentschlossen war, und das machte sie wirklich wütend. Er hätte gebieterischer sein und sie dort hinführen sollen, wonach sie sich sehnte. Sie nahm sein Handgelenk, um seine Hand weiter nach unten zu drücken, und gleichzeitig bewegte sie sich unter ihm auf und ab, so daß sich ihr dicker Wollrock bis über ihre Taille nach oben schob.

»Centaine«, flüsterte er. »Ich will nichts tun, was du nicht möchtest.«

»Tais-toi!« erwiderte sie fast böse. »Sei still!« — und sie wußte, daß sie ihn auf jeden Fall führen mußte, sie würde ihn immer führen müssen, denn in ihm war eine Schüchternheit, die sie bisher nicht bemerkt hatte, die sie aber auch nicht störte. Irgendwie gab sie ihr sogar das Gefühl, sehr stark und sicher zu sein.

Beide stöhnten, als er sie berührte. Nach einer Minute ließ sie sein Handgelenk los und suchte, und als sie sein Glied fand, schrie sie auf, weil es so groß und so hart war, daß sie erschrak. Für einen kurzen Augenblick fragte sie sich, ob sie dem gewachsen war, was sie da auf sich genommen hatte — dann riß sie sich zusammen. Er stellte sich ungeschickt an, und sie mußte sich ein wenig krümmen und winden. Dann, ganz plötzlich, als sie es gar nicht erwartete, geschah es — und sie rang erschrocken nach Luft.

Aber Anna hatte Unrecht gehabt, es war kein Schmerz, es war nur ein atemberaubendes Gefühl der Spannung und der Fülle, und nachdem der Schock abgeklungen war, ein Gefühl großer Macht über ihn.

»Ja, Michel, ja, mein Liebster«, ermutigte sie ihn, als er, von ihr umklammert, stöhnend in ihr Inneres vorstieß, und in dem Bewußtsein, daß er in diesen Augenblicken ganz ihr gehörte, nahm sie seinen Ansturm mühelos auf und genoß dieses Wissen.

Als er schließlich den Höhepunkt erreichte, beobachtete sie sein Gesicht und sah, wie sich die Farbe seiner Augen im Schein der Lampe in Indigoblau verwandelte. Doch obwohl sie ihn in diesem Augenblick mit einer Intensität liebte, die sie körperlich schmerzte, hegte sie tief im Inneren den winzigen Verdacht, daß irgend etwas fehlte. Sie hatte nicht das Verlangen gehabt zu schreien wie Elsa, als sie mit Jacques im Stroh lag, und dieser Gedanke machte ihr augenblicklich Angst.

»Michel«, flüsterte sie drängend, »liebst du mich noch? Sag mir, daß du mich liebst.«

»Ich liebe dich mehr als mein Leben.« Seine Stimme klang gebrochen und erregt, so daß sie seine Aufrichtigkeit nicht für einen Augenblick bezweifeln konnte.

Sie lächelte erleichtert und hielt ihn fest an sich gepreßt, und als sie fühlte, wie er klein und weich in ihr wurde, überkam sie heißes Mitleid.

»Mein Liebster«, flüsterte sie, »na, na, Liebster«, und streichelte über die dichten Locken an seinem Hinterkopf.

Als sich ihre Gefühle weitgehend beruhigt hatten, mußte sie feststellen, daß in den wenigen Minuten, in denen sie diesen einfachen Akt vollzogen hatten, irgend etwas unwiderruflich anders geworden war. Der Mann in ihren Armen war körperlich stärker als sie, aber als er sich so an sie schmiegte, fühlte er sich an wie ein Kind, ein schläfriges Kind, während sie sich kraftvoller und weiser vorkam, so als wäre ihr Leben bis zu diesem Augenblick in einer Flaute dahingetrieben und als hätte sie nun den richtigen Wind und segelte erst jetzt wie ein großes Schiff zielbewußt davon.

»Michel, wach auf.« Sie schüttelte ihn sacht, und er seufzte und murmelte etwas. »Du kannst doch jetzt nicht schlafen — rede mit mir.«

»Worüber?«

»Über irgend etwas. Erzähle mir von Afrika. Erzähl mir, was wir gemeinsam in Afrika erleben werden.«

»Das habe ich doch schon erzählt.«

»Erzähl es mir noch einmal. Ich möchte alles noch einmal hören.«

Und sie schmiegte sich an ihn, hörte ihm aufmerksam zu und stellte Fragen, sobald er zögerte.

»Erzähl mir von deinem Vater. Du hast mir noch nicht gesagt, wie er aussieht.«

So redeten sie die ganze Nacht hindurch, eng aneinandergeschmiegt in ihrem Nest aus grauen Decken.

Und dann begannen, für beide viel zu früh, die Kanonen zu beiden Seiten der Bergkette ihr höllisches Spektakel, und Centaine drückte Michael in verzweifeltem Verlangen an sich. »Oh, Michel, ich möchte noch nicht gehen!« Dann löste sie sich von ihm, setzte sich auf und begann ihre Kleidung zu ordnen und die Knöpfe wieder zu schließen.

»Das war das Herrlichste, was ich je erlebt habe«, flüsterte Michael, als er sie beobachtete; im Licht der Laterne und im flackernden Schein der Explosionen wirkten ihre Augen groß und weich, als sie sich ihm wieder zuwandte.

»Wir gehen nach Afrika, nicht wahr, Michel?«

»Ich verspreche es dir.«

»Und ich werde deinen Sohn im Sonnenschein zur Welt bringen, und dann leben wir für immer so glücklich wie im Märchen, nicht wahr, Michel?«

Sie umklammerten einander unter Centaines Schal, während sie den Pfad entlangliefen, und küßten sich vor den Stallungen noch einmal leidenschaftlich. Dann riß sich Centaine von ihm los und eilte über den gepflasterten Hof davon.

Sie erreichte die Küchentür und verschwand, ohne sich noch

einmal umzudrehen, in dem großen, dunklen Haus, während Michael unsagbar traurig und allein zurückblieb, obwohl er eigentlich sehr glücklich hätte sein müssen.

Biggs beugte sich über das Feldbett und schaute liebevoll auf den schlafenden Michael hinunter. Biggs' ältester Sohn, der vor einem Jahr in den Schützengräben bei Ypres gefallen war, wäre so alt gewesen wie er. Michael sah so ausgelaugt, blaß und erschöpft aus, daß sich Biggs direkt dazu zwingen mußte, seine Schulter zu berühren, um ihn aufzuwecken.

»Wie spät ist es, Biggs?« Michael richtete sich schlaftrunken auf.

»Es ist schon spät, Sir, und die Sonne scheint — aber geflogen wird nicht, wir haben noch immer keine Starterlaubnis, Sir.«

Dann geschah etwas Seltsames. Michael grinste ihn an, es war ein albernes, leeres Grinsen, das Biggs noch nie zuvor an ihm gesehen hatte. Es erschreckte ihn.

»Himmel, Biggs, ich fühle mich wohl.«

»Freut mich, Sir.« Biggs überlegte besorgt, ob er Fieber hätte. »Wie geht's unserem Arm, Sir?«

»Unserem Arm geht's prächtig, wirklich prächtig, danke, Biggs.«

»Ich hätte Sie gerne schlafen lassen, aber der Major wünscht Sie zu sehen, Sir. Irgend etwas Wichtiges, das er Ihnen zeigen möchte.«

»Was ist es?«

»Ich darf es Ihnen nicht sagen, Mr. Michael, auf Lord Killigerrans ausdrücklichen Befehl.«

»Lieber Himmel, Biggs!« rief Michael ohne ersichtlichen Grund aus und sprang aus dem Bett. »Laß nie einen Lord Killigerran warten.«

Michael stürmte ins Kasino und war enttäuscht, niemanden vorzufinden. Er wollte seine gute Laune mit jemandem teilen, vorzugsweise mit Andrew, aber selbst die Ordonnanz hatte ihren Posten verlassen. Das Frühstücksgeschirr türmte sich noch auf den Tischen, und auf dem Boden lagen Zeitungen und Magazine, die offensichtlich in Eile fallen gelassen worden waren. Die Pfeife des Adjutanten, aus der sich noch eine stinkende Rauchfahne kräuselte, lag in einem der Aschenbecher — ein Beweis dafür, wie überstürzt das Kasino verlassen worden war.

Dann hörte Michael durch das offene Fenster zum Obstgarten den Klang entfernter, aber erregter Stimmen.

Er eilte nach draußen.

Die Einheit hatte ursprünglich aus vierundzwanzig Piloten bestanden, aber nach dem letzten Zusammenstoß waren sie insgesamt nur noch sechzehn. Und alle waren am Rand des Obstgartens versammelt. Außerdem standen dort auch noch die Mechaniker und das Bodenpersonal, die Besatzungen der Flakbatterien, die das Flugfeld bewachten, die Kasinobediensteten und die Offiziersburschen, kurz, jedes Lebewesen innerhalb der Staffel — und es schien, als redeten alle gleichzeitig.

Sie umstanden ein Flugzeug, das in Position Nr. 1 am oberen Ende des Obstgartens parkte. Über die Köpfe der Menge hinweg konnte Michael nur die oberen Tragflächen und die Motorhaube der Maschine erkennen, aber der Anblick elektrisierte ihn. Er hatte nie zuvor etwas Ähnliches gesehen.

Andrew bahnte sich einen Weg durch die aufgeregte Menge, die das Flugzeug umstand, und eilte, die bernsteinfarbene Zigarettenspitze im Mundwinkel, auf Michael zu.

»Heil der schlafenden Schönheit, die wie Venus den Wogen entsteigt.«

»Andrew, das ist die SE5a, nicht wahr?« überbrüllte Michael den Lärm, und Andrew faßte ihn am Arm und zog ihn zu der Maschine.

Die Menge öffnete sich vor ihnen, und Michael trat näher heran und starrte das Flugzeug ehrfürchtig an. Er sah auf den ersten Blick, daß die Maschine sogar noch schwerer und robuster war als die deutsche Albatros DIII — und dieser Motor! Er war riesig! Gigantisch!

»Zweihundert Sachen!« Andrew tätschelte liebevoll die Motorhaube.

»Zweihundert PS«, wiederholte Michael. »Stärker als die

deutschen Mercedes-Motoren.« Er trat vor und strich über das wunderschön gewalzte Holz des Propellers, dann warf er einen Blick auf die Geschütze und stieß den Kampfruf des Hochlandes aus, den Andrew ihm beigebracht hatte, und Andrew schraubte den Verschluß von seiner Whiskyflasche und sprengte ein paar Tropfen Whisky auf die Motorhaube.

»Gott segne diese Kiste und alle, die sie fliegen«, rezitierte er und nahm einen Schluck aus der Flasche, bevor er sie an Michael weiterreichte.

»Hast du sie schon geflogen?« fragte Michael, die Stimme heiser vom Whisky, und warf die Flasche dem zunächst stehenden Offizier zu.

»Wer, zum Teufel, glaubst du, hat sie von Arras hierhergebracht?« fragte Andrew.

»Wie fühlt sie sich an?«

»Genauso wie eine mir bekannte junge Dame aus Aberdeen — schnell oben, schnell unten und dazwischen weich und treu ergeben.«

Die versammelten Piloten stimmten ein Pfeifkonzert an, und jemand rief: »Wann haben wir Gelegenheit, sie zu fliegen, Sir?«

»Reihenfolge nach Dienstalter«, erklärte Andrew und warf Michael einen boshaften Blick zu. »Wenn Hauptmann Courtney nur flugtauglich wäre!« Er schüttelte scheinbar mitleidig den Kopf.

»Biggs!« brüllte Michael. »Wo ist meine Fliegerjacke, Mann?«

»Dachte mir schon, daß Sie sie brauchen würden, Sir.« Biggs trat hinter Michael aus der Menge hervor und hielt ihm die Jacke so hin, daß er nur noch hineinzuschlüpfen brauchte.

Der mächtige Wolseley-Viper-Motor trieb die SE5a die schmale, schlammige Startbahn entlang, und als sie abhob, stellte Michael fest, daß er über die Motorhaube nach vorne ein weites Blickfeld hatte. Es war, als säße er auf der Haupttribüne.

»Ich werde Mac dazu bringen, daß er diese lumpige, kleine Windschutzscheibe entfernt«, beschloß er, »dann kann ich jeden Deutschen im Umkreis von hundert Kilometern auf Anhieb erkennen.«

Er zog den Steuerknüppel der großen Maschine an und grinste, als er fühlte, wie sie zu steigen begann.

»Schnell oben«, hatte Andrew gesagt, und er spürte den Druck, der ihn auf den Sitz preßte, als er die Wolkendecke durchstieß, und die Maschine stieg auf wie ein Geier in guter Thermik.

»Nicht eine Albatros kann uns jetzt noch entwischen«, jubelte er und hielt die Maschine in einer Höhe von fünftausend Fuß, drehte hart rechts ab, beschrieb eine immer enger werdende Schleife und zog den Steuerknüppel an, um die Nase nach oben zu bringen, so daß die rechte Tragfläche senkrecht nach unten wies und die Fliehkraft ihm den Atem nahm; dann drehte er hart in die entgegengesetzte Richtung ab und brüllte in das Brausen des Windes und in das Dröhnen der riesigen Maschine:

»Kommt schon, ihr Hunde!« Er drehte sich um und warf einen Blick auf die deutschen Linien. »Kommt und seht, was wir euch jetzt zu bieten haben!«

Als er landete, umringten die anderen Piloten das Flugzeug in einem lärmenden Haufen.

»Wie ist sie denn, Mike?« — »Wie ist ihr Startvermögen?« — »Dreht sie gut?«

Und Michael stand auf der unteren Tragfläche, küßte seine verschränkten Finger und reckte sie gen Himmel.

An diesem Nachmittag führte Andrew die Staffel mit seinen durchlöcherten, geflickten und arg mitgenommenen alten Sopwith Pups in strenger Formation zum Hauptflugplatz bei Bertangles, und dann warteten alle vor dem Hangar Nr. 3 aufgeregt und ungeduldig darauf, daß die großen SE5a-Maschinen von der Bodentruppe herausgerollt und in einer langen Reihe nebeneinander auf dem Vorfeld aufgestellt wurden.

Mit Hilfe seines Onkels vom Divisionsstab war es Andrew gelungen, einen Fotografen aufzutreiben. Mit den neuen Jägern als Hintergrund formierten sich die Piloten wie eine Fußballmannschaft um Andrew. Alle waren anders gekleidet, nicht ein einziger trug die reguläre Uniform. Ihre Köpfe zierten Schiffchen, Schirmmützen oder Lederhelme, während Andrew wie immer seine runde Wollmütze trug. Unter den Jacken sah man Marinejacketts, Uniformröcke der Kavallerie und Fliegermäntel, aber alle hatten die gestickten RFC-Pilotenabzeichen an der Brust.

Der Fotograf stellte sein schweres, hölzernes Stativ auf und verschwand unter dem schwarzen Tuch, während sein Assistent mit den Klappen danebenstand. Nur einer der Piloten schloß sich der Gruppe nicht an. Hank Johnson war ein zäher, kleiner Texaner, noch keine zwanzig Jahre alt und der einzige Amerikaner im Geschwader; vor dem Krieg war er Pferdebändiger gewesen — Bereiter, wie er es nannte. Er hatte die Schiffspassage über den Atlantik aus eigener Tasche bezahlt, um sich dem Lafayette-Geschwader anzuschließen.

Hank stand mit einer dicken, schwarzen holländischen Zigarre im Mund hinter dem Stativ und gab dem gequälten Fotografen gute Ratschläge.

»Komm schon, Hank«, rief Michael ihm zu. »Wir brauchen deine liebliche Visage, um der Aufnahme ein wenig Stil zu verleihen.«

Hank rieb sich die gebrochene Nase, Andenken an eines seiner Wildpferde, und schüttelte den Kopf.

»Hat denn keiner von euch alten Knaben je davon gehört, daß es Unglück bringt, sich fotografieren zu lassen?«

Sie brüllten ihn mit Pfuirufen nieder, und er winkte ihnen mit der Zigarre freundlich zu. »Macht nur weiter«, meinte er, »mein Daddy wurde jedenfalls an dem Tag, an dem er sich zum erstenmal fotografieren ließ, von einer Klapperschlange gebissen.«

»Da oben gibt es keine Klapperschlangen«, spottete einer.

»Nein«, stimmte Hank zu. »Aber das, was es da oben gibt, ist noch um vieles schlimmer als ein ganzes Klapperschlangennest.«

Die spöttischen Rufe wurden leiser. Sie sahen einander an, und einer von ihnen machte Anstalten, die Gruppe zu verlassen.

»Bitte lächeln, meine Herren.« Der Fotograf tauchte hinter seinem schwarzen Tuch auf und versuchte die Soldaten zu erheitern, aber auf ihren Gesichtern lag nur der Schatten eines matten Lächelns, als sich der Verschluß öffnete und ihr Bild für die Nachwelt auf Silbernitrat festgehalten wurde.

Andrews mußte rasch handeln, um die düstere Stimmung, in der sie sich befanden, aufzulockern.

»Michael, such dir fünf Leute aus«, befahl er. »Wir geben dir zehn Minuten Vorsprung, und du mußt versuchen, uns abzuwehren und aufzuhalten, bevor wir Mort Homme erreichen.«

Michael führte seine Fünferformation gegen die Sonne, verborgen hinter Wolkenfetzen, in der klassischen Angriffsposition, um die Rückflugroute nach Mort Homme zu blockieren. Doch Andrew wäre ihnen fast entwischt; er flog mit seiner Gruppe sehr weit südlich und versuchte, sich im Tiefflug vorbeizuschleichen. Die Rechnung wäre aufgegangen, wenn Michael nicht so scharfe Augen gehabt hätte, aber so sah er aus zehn Kilometern Entfernung einen Sonnenstrahl auf dem Glas einer Windschutzscheibe aufblitzen und feuerte eine rote Leuchtkugel ab, um seiner Gruppe »Feind in Sicht« zu signalisieren. Als Andrew erkannte, daß sie entdeckt worden waren, stieg er auf, um sich dem anderen zu stellen, und die beiden Formationen trafen zusammen und bildeten sofort einen Strudel aus abdrehenden, abschwenkenden und abtauchenden Maschinen.

Andrew feuerte eine grüne Leuchtkugel ab, um die Kameraden zurückzurufen und Michaels Sieg anzuerkennen. Die Maschinen waren über den Himmel verstreut, aber nach dem Signal zur Rückkehr formierten sich alle wieder hinter Andrew, und er führte sie zurück nach Mort Homme.

Kaum waren sie gelandet, sprangen Andrew und Michael aus ihren Maschinen. Dann trat Mac, der Chefmechaniker, vor und tippte an seine Schirmmütze.

»Entschuldigen Sie, Sir, aber diese Farbe ist wie das Sonntagskleid meiner Schwiegermutter, Sir, stumpf und langweilig, zum Gotterbarmen.«

Die SE5a-Maschinen hatten noch den fabriksmäßig langweiligen Tarnanstrich.

»Grün«, sagte Andrew. Ein paar Piloten auf beiden Seiten, bei den Deutschen ebenso wie bei den Briten, legten keinen Wert auf Tarnung. Für sie war es Ehrensache, daß der Anstrich ihrer Maschinen hell genug leuchete, um den Gegner auf sich aufmerksam zu machen — also eine direkte Herausforderung.

»Hellgrün«, wiederholte Andrew. »Passend zu meinem Schal, und vergessen Sie den ›fliegenden Haggis‹ an der Nase nicht.«

»Meine bitte gelb, Mac«, bat Michael.

»Hab mir beinahe gedacht, daß Sie Gelb wählen würden, Mr. Michael«, erwiderte Mac grinsend.

»Ach, Mac, wenn Sie schon dabei sind, dann nehmen Sie doch auch gleich diese schreckliche kleine Windschutzscheibe heraus und ziehen die Verspannung nach, ja?«

Die alten Routiniers glaubten alle, daß sie durch das Spannen der Leinen und einen steileren Winkel der Flügel ein paar Knoten Geschwindigkeit mehr herausholen könnten.

»Ich kümmere mich darum«, versprach Mac.

»Das wär's im Augenblick, Mac«, erwiderte Michael grinsend, »aber ich finde bestimmt noch etwas.«

»Da bin ich ganz sicher, Sir.« Mac schüttelte resignierend den Kopf.

»Bei Tagesanbruch ist sie fertig.«

»Wenn das klappt, gibt es eine Flasche Rum«, versprach Michael.

»Na, mein Junge«, sagte Andrew und legte den Arm um Michaels Schulter, »wie wär's nun mit einem Drink?«

»Ich dachte schon, du würdest nie mehr daran denken«, sagte Michael.

Das Kasino war voll aufgeregter junger Männer, die laut und lebhaft über die neuen Flugzeuge diskutierten.

»Corporal!« rief Lord Killigerran der Kasinoordonnanz über ihre Köpfe hinweg zu. »Heute gehen alle Getränke auf meine Rechnung, bitte«, und seine Piloten jubelten ihm zu und kehrten wieder an die Bar zurück, um das Beste aus diesem Angebot zu machen.

Eine Stunde später, als alle Augen bereits fiebrig glänzten und das Gelächter den Lärmpegel erreicht hatte, den Andrew für angemessen hielt, klopfte er auf den Tisch, um ihre Aufmerksamkeit auf sich zu lenken, und verkündete würdevoll: »Als Bok-Bok-Großmeister von Aberdeen und ganz Schottland, die Hebriden nicht zu vergessen, geziemt es mir, jeden, der mitmachen will, zu einem Wettkampf in dieser alten und ehrwürdigen Sportart herauszufordern.«

»Geziemend, fürwahr!« Michael warf ihm einen spöttischen Blick zu. »Suchen Sie sich freundlicherweise Ihre Mannschaft aus, Sir.«

Michael verlor bei der Auslosung, und seine Mannschaft mußte die Menschenpyramide an der Seitenwand des Kasinos bilden, wäahrend die Kasinobediensteten eiligst alles Zerbrechliche in Sicherheit brachten. Dann nahmen Andrews Leute alle gleichzeitig Anlauf und warfen sich mit aller Kraft gegen die Pyramide, um sie möglichst schon beim ersten Versuch umzustürzen, falls dabei ein einziger Körperteil der Angreifer den Boden berührte, hätte das die sofortige Disqualifikation der Mannschaft zur Folge gehabt.

Michaels Pyramide hielt der Wucht des Angriffs stand, und am Ende kauerten alle acht Mann von Andrews Team wie eine Affenschar oben auf Michaels Pyramide und achteten darauf, daß keine Zehe und kein Finger den Boden berührte.

Vom obersten Punkt des Haufens stellte Andrew die schwierige Frage, die über ruhmreichen Sieg oder schmähliche Niederlage entscheiden würde.

»Bok-Bok, wie viele Finger halte ich hoch?«

Mit einer Stimme, die durch das Gewicht der Körper über ihm gedämpft war, riet Michael: »Drei.«

»Zwei!« Andrew beanspruchte den Sieg für sich und seine Mannschaft, und die Pyramide brach mit traurigem Gebrüll in sich zusammen. In dem darauffolgenden Chaos fand Michael Andrews Ohr plötzlich nur wenige Zentimter von seinem Mund entfernt.

Hör mal, glaubst du, daß ich mir heute dein Motorrad ausleihen könnte?« fragte er.

Andrew war so zwischen den Männern eingekeilt, daß er seinen Kopf nicht drehen konnte, aber er schielte mit den Augen in Michaels Richtung.

»Noch einmal kurz frische Luft schnappen, mein Junge?« Und als Michaels Gesicht einen einfältigen Ausdruck annahm und er keine passende Antwort finden konnte, fuhr er fort: »Alles, was mein ist, ist auch dein, geh hin mit meinem Segen und übermittle der glücklichen Dame meine tiefste Ehrerbietung, ja?«

Michael stellte das Motorrad im Wald hinter der Scheune ab und stapfte, das Bündel Armeedecken unter dem Arm, durch den Schlamm zur Scheunentür. Als er eintrat, wurde er von einem grellen Lichtstrahl geblendet, als Centaine die Klappe der Laterne öffnete und ihm ins Gesicht leuchtete.

»Bonsoir, Monsieur.«

Sie saß mit untergeschlagenen Beinen oben auf den Strohballen und lachte schelmisch zu ihm hinunter. »Was für eine Überraschung, Sie hier zu sehen.«

Er kletterte zu ihr hinauf und nahm sie in die Arme.

»Du bist früh dran heute«, meinte er.

»Papa ist früh zu Bett —« Sie konnte nicht weitersprechen, weil er ihren Mund mit Küssen verschloß.

»Ich habe die neuen Flugzeuge gesehen«, stieß sie hervor, als sie sich voneinander lösten, um Atem zu holen, »aber ich konnte nicht erkennen, welches du geflogen hast. Sie sehen alle gleich aus. Es hat mich beunruhigt, nicht zu wissen, welche Maschine du fliegst.«

»Morgen ist meine Maschine wieder gelb. Mac ist gerade dabei, sie zu lackieren.«

»Wir müssen Signale vereinbaren«, erklärte sie, als sie ihm die Decken abnahm und begann, ihr Nest zwischen den Strohballen zu bauen.

»Wenn ich so die Hand über den Kopf hebe, dann heißt das,

daß ich dich am Abend in der Scheune treffen will«, schlug er vor.

»Nach diesem Signal werde ich angestrengt Ausschau halten.« Sie lächelte zu ihm auf und klopfte auf die Decken. »Komm her«, befahl sie, und ihre Stimme klang heiser und belegt.

Lange Zeit danach, als sie mit dem Kopf auf seiner nackten Brust lag und seinem Herzklopfen lauschte, drehte er sich ein wenig herum und flüsterte: »Centaine, das ist gar nicht gut! Du kannst nicht mit mir nach Afrika reisen.«

Sie setzte sich ruckartig auf und starrte ihn an, ihr Mund verhärtete sich, und ihre Augen, dunkel wie Stahl, funkelten gefährlich.

»Ich meine, was würden die Leute dazu sagen? Mein guter Ruf wäre dahin, wenn ich mit einer Dame reise, die nicht meine Frau ist.«

Sie starrte ihn weiter unverwandt an, aber ihr Mund verzog sich allmählich zu einem Lächeln.

»Dafür muß es doch eine Lösung geben.« Er schien angestrengt nachzudenken. »Ich hab's!« Er schnippte mit den Fingern.

»Wie, wenn wir einfach heiraten?«

Sie legte ihre Wange wieder auf seine Brust. »Nur, um deinen guten Ruf zu wahren«, flüsterte sie.

»Du hast noch nicht ›ja‹ gesagt.«

»Oh, ja. Ja! Millionenmal ja!«

Ihre nächste Frage war, typisch für sie, sehr nüchtern.

»Wann, Michel?«

»Bald, so bald wie möglich. Ich habe deine Familie schon kennengelernt, aber morgen bringe ich dich zu meiner Familie.«

»Deine Familie?« Sie rückte auf Armeslänge von ihm ab. »Deine Familie ist doch in Afrika.«

»Nicht die ganze«, versicherte er. »Der Großteil meiner Familie ist hier. Wenn ich Großteil sage, meine ich nicht mehrere, sondern den wichtigsten Teil meiner Familie.«

»Das verstehe ich nicht.«

»Du wirst es bald verstehen, ma chérie, ganz gewiß!« versicherte er ihr.

Michael hatte Andrew erklärt, was er im Schilde führte.

»Wenn man dich erwischt, werde ich abstreiten, etwas von diesem schändlichen Plan gewußt zu haben. Außerdem werde ich mit großem Vergnügen deiner Gerichtsverhandlung beiwohnen und höchstpersönlich das Exekutionskommando befehligen«, warnte ihn Andrew.

Michael hatte den festen Boden am Rand der Nordweide, die noch zu de Thirys Gütern gehörte und von der Flugbasis am weitesten entfernt war, genau ausgemessen. Er ließ die hellgelbe SE5a im Tiefflug über das Eichenwäldchen gleiten, das das Flugfeld begrenzte, und als er über die zwei Meter hohe Steinmauer hinweg war, schloß er die Drosselklappe und setzte die Maschine sanft auf der weichen Erde auf. Er hielt rasch an und kletterte auf die Tragfläche hinaus, ohne den Motor abzustellen.

Centaine lief von der Ecke der Mauer, wo sie gewartet hatte, auf ihn zu. Er sah, daß sie seine Anweisungen befolgt hatte und warm angezogen war: pelzgefütterte Stiefel unter einem gelben Wollrock und einen gelben Seidenschal um den Hals. Darüber trug sie ein wunderschönes Silberfuchscape, dessen Kapuze in den Nacken rutschte, als sie losrannte. Außerdem trug sie eine Tasche aus weichem Leder an einem Riemen über der Schulter.

Michael sprang hinunter und riß sie in die Arme.

»Schau, ich bin ganz in Gelb — deine Lieblingsfarbe.«

»Kluges Mädchen.« Er ließ sie wieder los. »Hier!« Er zog einen geliehenen Fliegerhelm aus der Tasche seines weiten Mantels und zeigte ihr, wie sie ihn auf ihre dichten, dunklen Locken setzen sollte und wie man den Riemen unter dem Kinn festschnallte.

»Sehe ich jetzt tapfer und romantisch aus?« fragte sie.

»Du siehst wunderbar aus.« Und das stimmte. Ihre Wangen waren vor Aufregung gerötet, und ihre Augen funkelten.

»Komm.« Michael kletterte auf die Tragfläche und zwängte sich in das winzige Cockpit.

»Es ist so klein.« Centaine blieb zögernd auf der Tragfläche stehen.

»Das bist du auch, aber ich glaube, du hast Angst, nicht wahr?«

»Angst, ha!« Sie warf ihm einen verächtlichen Blick zu und begann, hinter ihm herzuklettern.

Das war eine äußerst komplizierte Angelegenheit, und sie mußte ihren Rock bis über die Knie hochheben. Unsicher balancierte sie über dem offenen Cockpit, wie ein schöner Vogel, der im Begriff ist, sich auf sein Gehege zu setzen. Als sie zu ihm hinunterstieg, konnte Michael der Versuchung nicht widerstehen, seine Hand unter ihren Rock gleiten zu lassen. Centaine kreischte wütend: »Sie gehen zu weit, Monsieur!« und plumpste auf seinen Schoß.

Michael legte den Sicherheitsgurt an und streichelte ihren Hals unter dem Rand des Helmes. »Jetzt bist du in meiner Gewalt. Du kannst nicht entkommen.«

»Ich bin nicht sicher, ob ich das überhaupt möchte«, kicherte sie.

Sie brauchten noch ein paar Minuten, um Centaines Pelzmantel und ihre Röcke und Unterröcke zu ordnen und sich zu überzeugen, daß Michael alle Instrumente bedienen konnte, obwohl Centaine auf seinem Schoß saß.

»Alles in Ordnung«, erklärte er dann und rollte an das Ende der Weide, um jeden Zentimter Startbahn auszunützen, denn die Erde war weich, und die Startbahn kurz. Er hatte Mac befohlen, die Munition zu entfernen und die Kühlflüssigkeit des MG abzulassen, was fast sechzig Pfund Gewicht einsparte, aber im Verhältnis zur Länge der Startbahn, die ihm zur Verfügung stand, war die Maschine noch immer überladen.

»Halt dich fest«, flüsterte er ihr ins Ohr und öffnete die Drosselklappe, worauf die große Maschine losraste.

»Gott sei Dank haben wir Südwind«, murmelte er, als er spürte, wie das Flugzeug abhob und sich mächtig anstrengte, um aufzusteigen.

Als sie über die Steinmauer hinwegfegten, legte Michael das Flugzeug leicht in Querlage, um die linke Tragfläche über eine der Eichen zu heben, und dann gewannen sie an Höhe. Er fühlte, wie steif Centaine auf seinem Schoß saß, und dachte, sie hätte tatsächlich Angst. Er war enttäuscht.

»Jetzt sind wir sicher«, brüllte er über den Motorenlärm, und als sie sich umdrehte, sah er in ihren Augen nicht Angst, sondern Entzücken.

»Es ist herrlich«, sagte sie und küßte ihn. Es freute ihn, daß sie seine Leidenschaft für das Fliegen teilte.

»Wir überfliegen das Gut«, erklärte er, legte die Maschine in eine steile Schräglage und ließ sie absinken.

Für Centaine war dies das zweitschönste Erlebnis in ihrem ganzen Leben, viel schöner als Reiten oder Musik und fast so schön wie Michaels Liebe. Sie fühlte sich wie ein Vogel, wie ein Adler; am liebsten hätte sie den Augenblick für immer festgehalten. Am liebsten wäre sie für immer hoch oben in der Luft geblieben, wo um sie herum der Wind heulte und der starke Arm des geliebten Mannes sie schützend festhiel.

Unter ihr lag eine neue Welt, vertraute Plätze, die sie von frühester Kindheit an kannte und nun aus einer anderen, reizvollen Perspektive sah. »So müssen die Engel die Welt sehen!« rief sie, und Michael lachte über diesen Einfall. Dann tauchte das Gut vor ihnen auf, und Centaine stellte fest, daß sie nicht gewußt hatte, wie groß es war und wie rosa und hübsch das Ziegeldach war. Nuage, der sich auf der Wiese hinter den Stallungen aufhielt, galoppierte vor ihnen her und jagte das dröhnende gelbe Flugzeug — und sie rief lachend in den Wind: »Lauf, mein Liebling!«

Centaine lachte hell und rief Michael zu: »Höher! Geh höher hinauf.«

Er erfüllte ihren Wunsch, und sie blieb nicht einen Augenblick still sitzen, sie hopste und drehte sich auf seinem Schoß, beugte sich einmal aus dieser Seite aus dem Cockpit und dann wieder auf der anderen.

»Schau! Schau nur! Das ist das Kloster — wenn mich die Nonnen jetzt nur sehen könnten. Da, das ist der Kanal — und dort ist die Kathedrale von Arras — oh, und da —« Ihre Aufregung und Begeisterung war ansteckend, und Michael lachte mit ihr. Als sie sich einmal zu ihm umdrehte, küßte er sie, aber sie riß sich los.

»O nein, ich möchte nichts versäumen!«

Michael konnte die Hauptflugbasis bei Bertangles bereits erkennen; die gemähten Rasenstreifen, die als Rollbahnen dienten, zogen sich kreuzförmig durch den dunklen Wald, und an den Schnittpunkten des Kreuzes lagen die Hangars und Nebengebäude.

»Hör zu«, brüllte er ihr ins Ohr. »Während wir landen, mußt du den Kopf unten halten.« Sie nickte. »Sobald ich es sage, springst du ab und rennst in den Wald. Auf der rechten Seite findest du eine Steinmauer. Folge ihr etwa dreihundert Meter, bis du zur Straße kommst. Warte dort.«

Michael näherte sich dem Flugfeld von Bertangles in vorschriftsmäßiger Weise und nutzte die vorgeschriebene Schleife, um in der Flugbasis nach Aktivitäten zu forschen, die auf die Anwesenheit von hochrangigen Offizieren oder anderen Unruhestiftern hindeuteten. Vor den Hangars stand ein halbes Dutzend Flugzeuge, und er sah ein oder zwei Mann daran arbeiten; einige spazierten zwischen den Gebäuden herum.

»Die Luft scheint rein zu sein«, murmelte er, drehte die Maschine gegen den Wind und näherte sich der Landebahn, während sich Centaine auf seinem Schoß zusammenkauerte, um vom Boden aus nicht gesehen zu werden.

Michael flog die Basis so hoch an wie ein Neuling; er befand sich noch in einer Höhe von fünfzig Fuß, als er die Hangars passierte, setzte weit draußen auf der Landebahn auf und ließ die Maschine fast bis zum Waldrand ausrollen, bevor er sie herumschwenkte und hart abbremste.

»Spring raus und lauf!« befahl er Centaine und schob sie aus dem Cockpit. Durch den Rumpf der SE5a vor den Hangars und Nebengebäuden verborgen, hob sie ihren Rock hoch, klemmte die Ledertasche unter den Arm und eilte in den Wald.

Michael fuhr die Maschine zurück zu den Hangars und ließ sie auf dem Vorfeld stehen.

»Sie müssen sich eintragen, Sir —« erklärte ihm ein Mechaniker, als er aus dem Cockpit kletterte.

»Eintragen?«

»Eine neue Vorschrift, Sir — alle Flüge müssen eingetragen werden.«

»Verdammter Papierkram«, murrte Michael. »Heutzutage geht wohl nichts mehr ohne ein Stück Papier.« Aber er ging, um den diensthabenden Offizier zu suchen.

»Ach ja, Courtney, ein Fahrer wartet auf Sie.«

Der Fahrer lehnte lässig an einem schwarzen Rolls-Royce, der hinter Hangar Nr. 1 parkte, aber sobald er Michael sah, richtete er sich auf und nahm Haltung an.

»Nkosana!« rief er fröhlich grinsend, so daß die Zähne in dem dunklen, mondförmigen Gesicht aufblitzten, und dann salutierte er so zackig, daß seine Mütze verrutschte. Es war ein hochgewachsener junger Zulu, noch größer als Michael, und er trug die Khakiuniform und die Wickelgamaschen des afrikanischen Versorgungskorps.

»Sangane!« Michael erwiderte den Gruß, grinste ebenso breit und umarmte ihn impulsiv.

»Dein Gesicht zu sehen ist wie nach Hause zu kommen.« Michael sprach fließend Zulu.

Die beiden waren zusammen aufgewachsen und hatten mit ihren Hunden gemeinsam die gelben, grasbedeckten Hügel von Zululand durchstreift. Gemeinsam waren sie nackt in den kühlen, grünen Tümpeln des Tugelaflusses geschwommen und hatten Aale gefischt, die so lang und dick waren wie ihre Arme. Sie hatten ihre Jagdbeute über demselben rauchenden Feuer gebraten und Seite an Seite in der Dunkelheit gelegen, um die Sterne zu betrachten und ernsthaft die Probleme kleiner Jungen zu besprechen.

»Was gibt es Neues in der Heimat, Sangane?« fragte Michael, als der Zulu den Wagenschlag des Rolls-Royce öffnete. »Wie geht es deinem Vater?«

Mbejane, Sanganes Vater, war Sean Courtneys alter Diener und Freund, ein Abkomme des königlichen Hauses der Zulu, der seinen Herrn in viele Kriege begleitet hatte, nun aber schon so alt und gebrechlich war, daß er einen Sohn an seiner Stelle schicken mußte.

Sie unterhielten sich angeregt, während Sangane den Rolls-Royce aus der Flugbasis fuhr und auf die Hauptstraße lenkte. Michael zog auf dem Rücksitz seinen Fliegeranzug aus, denn darunter trug er, komplett mit Rangabzeichen und Orden, seine Ausgehuniform.

»Halte bitte dort drüben am Waldrand an, Sangane.«

Er sprang aus dem Wagen und rief besorgt: »Centaine!«

Sie trat hinter einem Baumstamm hervor, und Michael starrte sie an. Sie hatte die Zeit seit der Landung genützt, und er begriff erst jetzt, warum sie die Ledertasche mitgenommen hatte. Michael sah sie zum erstenmal mit Make-up, aber sie hatte es so kunstvoll aufgetragen, daß er den Grund ihrer Veränderung anfangs nicht entdecken konnte. Das Make-up unterstrich all ihre Pluspunkte noch, ihre Augen waren strahlender und ihre Haut noch feiner und glatter.

»Du bist wunderschön«, flüsterte er.

»Glaubst du, daß mich dein Onkel mögen wird?« fragte sie.

»Er wird dich lieben — wie jeder andere Mann auch.«

Das gelbe Kleid war von einer eigenartigen Farbe, die ihre Haut golden schimmern ließ und sich in ihren dunklen Augen als goldene Punkte widerspiegelte. Die Krempe ihres Hutes war auf der einen Seite schmal und breit auf der anderen, wo sie mit einer Hutnadel aus grünen und gelben Federn befestigt war. Unter der Jacke trug sie eine Bluse aus feinem, crèmefarbigem Crêpe de Chine mit einem hochgeschlossenen Kragen, der die Linie ihres Halses und die edle Kopfhaltung betonte. An Stelle der Stiefel trug sie nun elegante Schuhe.

Er nahm ihre Hände und küßte sie ehrfurchtsvoll, dann half er ihr in den Wagen.

»Sangane, diese Dame wird bald meine Frau sein.«

Der Zulu nickte anerkennend und musterte sie wie ein Pferd oder eine junge Zuchtkuh.

»Möge sie dir viele Söhne gebären«, sagte er.

Als Michael seine Worte übersetzte, errötete Centaine und lachte.

»Danke ihm, Michel, aber sag ihm auch, daß ich mindestens eine Tochter möchte.« Sie sah sich im Inneren der Luxuslimousine um. »Haben alle englischen Generäle solche Fahrzeuge?«

»Diesen Wagen hat mein Onkel aus Afrika mitgebracht.« Michael strich mit der Hand über das feine Leder der Sitze. »Er war ein Geschenk meiner Tante.«

»Dein Onkel hat Stil, wenn er in einer solchen Kutsche in den Krieg zieht«, sagte sie und nickte anerkennend, »und deine Tante hat einen guten Geschmack. Ich hoffe, eines Tages imstande zu sein, dir ebenfalls ein solches Geschenk zu machen, Michel.«

»Dafür möchte ich dich küssen«, sagte er.

»Nicht in der Öffentlichkeit«, erklärte sie bestimmt, »aber soviel du willst, wenn wir allein sind. Nun sag mir, wie weit ist es?«

»Zehn Kilometer etwa, aber bei diesem Verkehr weiß nur Gott allein, wie lange wir brauchen werden.«

Sie befanden sich mittlerweile auf der Hauptstraße zwischen Arras und Amiens, und hier stauten sich Militärtransporter, Geschütze, Sanitätsfahrzeuge und schwere Lastwagen, Frachtkarren und Güterwagen, die von Pferden gezogen wurden, und an den Straßenrändern marschierten, gekrümmt unter ihren schweren Tornistern, Soldaten in langen Kolonnen.

Michael bemerkte böse und neidische Blicke, als Sangane den großen, glänzenden Rolls durch den langsamen Verkehr steuerte. Die Männer, die mühsam durch den Schlamm wateten, blickten in das Innere des Wagens und sahen einen eleganten Offizier mit einem hübschen Mädchen auf den weichen Ledersitzen.

Doch die meisten dieser finsteren Blicke erhellten sich, wenn Centaine ihnen zuwinkte.

»Erzähle mir von deinem Onkel«, bat sie, als sie sich wieder Michael zuwandte.

»Oh, er ist ein ganz gewöhnlicher Mann, eigentlich gibt es nicht viel über ihn zu erzählen. Er wurde von der Schule gejagt, weil er den Direktor verprügelt hat, kämpfte im Zulu-Krieg und tötete seinen ersten Mann, bevor er achtzehn war, machte die erste Million Pfund, bevor er fünfundzwanzig war, und verlor sie an einem einzigen Tag. Als professioneller Elfenbeinjäger erlegte er ein paar hundert Elefanten — und tötete mit bloßen Händen einen Leoparden. Dann, während der Burenkriege, nahm er, fast unbewaffnet, den Burengeneral Leroux gefangen, machte nach dem Krieg wieder eine Million Pfund und war dabei, als über die Verfassung der Südafrikanischen Union verhandelt wurde. Er war Kabinettsminister in Louis Bothas Regierung, trat aber zurück, um an diesem Krieg teilzunehmen. Nun kommandiert er das Regiment. Er ist über ein Meter achtzig groß und kann mit jeder Hand einen Hundert-Kilo-Sack voll Mais gleichzeitig hochheben.«

»Michel, ich habe Angst davor, einen solchen Mann kennenzulernen«, murmelte sie ernsthaft.

»Warum, um alles in der Welt —«

»Ich habe Angst, ich könnte mich in ihn verlieben.«

Michael lachte begeistert. »Ich hab' auch Angst. Angst, er könnte sich in dich verlieben!«

Das Hauptquartier war vorübergehend in einem verlassenen Kloster außerhalb von Amiens untergebracht. Die Klostergärten waren vernachlässigt und verwildert, und die Rhododendronsträucher hatten sich in einen Urwald verwandelt, da die Mönche das Kloster bereits während der Kämpfe des vergangenen Herbstes verlassen hatten. Die moosbewachsenen Mauern der Gebäude waren aus roten Ziegeln erbaut, und Glyzinien rankten sich bis unter das graue Dach. Die Mauern waren mit Granatsplittern übersät.

Ein junger Vizeleutnant empfing Michael und Centaine an der Eingangstür.

»Sie müssen Michael Courtney sein — ich bin John Pearce, der Adjutant des Generals.«

»Oh, hallo.« Michael schüttelte ihm die Hand. »Was ist denn aus Nick van der Heever geworden?«

Nick hatte mit Michael die Schule besucht und war General

Courtneys Adjutant gewesen, seit das Regiment nach Frankreich gekommen war.

»Oh, das wissen Sie noch nicht?« John Pearce wurde ernst, ein vertrauter Gesichtsausdruck, den man in diesen Tagen oft zu sehen bekam, wenn man nach einem Bekannten fragte. »Nick ist gefallen, leider.«

»O Gott, nein!«

»Leider. Er war mit Ihrem Onkel an der Front, als ihn ein Scharfschütze erwischte.«

Der Leutnant war nicht ganz bei der Sache. Er konnte seine Augen nicht von Centaine wenden. Zuvorkommend machte Michael die beiden miteinander bekannt und unterbrach den Leutnant dann in seinen Bewunderungsfloskeln.

»Wo ist mein Onkel?«

»Er bittet Sie zu warten.« Der junge Leutnant führte sie in einen kleinen, abgelegenen Garten. Die Steinmauern waren von Kletterrosen überwuchert, in der Mitte des kleinen, gepflegten Rasens erhob sich ein Steinsockel mit einer Sonnenuhr darauf.

In der Ecke des Gartens, dort wo die Sonne hinkam, stand ein Tisch, der für drei gedeckt war, mit Silberbesteck und Kristallgläsern.

Onkel Sean bewahrte auch hier seinen Stil, bemerkte Michael.

»Der General wird so bald wie möglich hier sein, aber er trug mir auf, Ihnen zu sagen, daß es ein sehr kurzes Essen werden wird. Die Frühjahrsoffensive, Sie wissen ja —« Der Leutnant deutete auf die Karaffe auf dem kleinen Serviertischchen. »Darf ich Ihnen in der Zwischenzeit einen Sherry anbieten oder vielleicht etwas Stärkeres?«

Centaine schüttelte den Kopf, aber Michael nickte. »Etwas Stärkeres, bitte«, sagte er. Obwohl er seinen Onkel liebte wie seinen eigenen Vater, machte ihn das unmittelbar bevorstehende Wiedersehen nervös. Er brauchte etwas, um seine Nerven zu beruhigen.

Der Adjutant schenkte Michael einen Whisky ein. »Wenn Sie mich bitte entschuldigen, aber ich habe sehr viel zu tun —«

Michael entließ ihn mit einer Handbewegung und nahm Centaines Arm.

»Schau, die Rosen treiben schon aus — und da die Narzissen —« Sie lehnte sich an ihn. »Alles beginnt wieder zu leben.«

»Nicht alles«, widersprach ihr Michael sanft. »Für Soldaten ist der Frühling die Zeit des Todes.«

»Oh, Michel«, begann sie, dann brach sie ab und starrte auf die Glastür hinter ihm, mit einem Gesichtsausdruck, der Michael herumwirbeln ließ.

Ein großer, stattlicher und breitschultriger Mann war in den Garten hinausgetreten. Als er Centaine sah, blieb er stehen und musterte sie mit einem durchdringenden Blick. Er hatte blaue Augen und einen Vollbart, der im selben Stil wie der Bart des Königs geschnitten war.

Das sind Michels Augen, dachte Centaine, als sie ihn anstarrte, nur viel leidenschaftlicher.

»Onkel Sean!« rief Michael aus und ließ ihren Arm los. Er trat vor, um ihm die Hand zu reichen, und die leidenschaftlichen Augen wandten sich ihm zu und wurden weich.

»Mein Junge.«

Er liebte ihn, begriff Centaine sofort. Sie lieben einander sehr. Dann studierte sie eingehend das Gesicht des Generals. Seine Haut war von der Sonne gebräunt und gegerbt wie Leder, mit tiefen Falten an den Mundwinkeln und rund um dise unwiderstehlichen Augen. Seine Nase war groß wie Michaels Nase, gebogen, er hatte eine breite, hohe Stirn und dichtes, dunkles Haar, das von Silberfäden durchzogen war, die in der Frühlingssonne schimmerten.

Sie unterhielten sich lebhaft und tauschten rasch die wichtigsten Neuigkeiten aus; und während Centaine die beiden beobachtete, kam ihr das volle Ausmaß ihrer Ähnlichkeit erst richtig zu Bewußtsein.

Sie ähneln einander wie ein Ei dem anderen, stellte sie fest, sie unterscheiden sich nur an Alter und Kraft. Mehr wie Vater und Sohn.

Die harten blauen Augen wandten sich wieder ihr zu. »Das ist also die junge Dame.«

»Darf ich vorstellen — Mademoiselle Centaine de Thiry. Centaine, das ist mein Onkel, General Sean Courtney.«

»Michel hat mir viel — eine Menge —« Centaine hatte Probleme mit der englischen Sprache.

»Sprich flämisch!« schaltete sich Michael rasch ein.

»Michel hat mir viel über Sie erzählt«, gehorchte sie, und der General lächelte erfreut.

»Sie sprechen Afrikaans«, erwiderte er. Wenn er lächelte, veränderte sich seine ganze Erscheinung. Dieser wilde, fast grausame Zug, den sie an ihm wahrgenommen hatte, war völlig verschwunden.

»Das ist nicht Afrikaans«, widersprach sie, worauf sich eine angeregte Diskussion entspann, und Centaine stellte innerhalb von wenigen Minuten fest, daß sie ihn mochte — vor allem wegen seiner Ähnlichkeit mit Michael, aber auch wegen der großen Unterschiede, die sie zwischen ihnen endeckte.

»Gehen wir zu Tisch!« rief Sean Courtney schließlich und nahm ihren Arm. »Wir haben so wenig Zeit —« er bat sie, Platz zu nehmen. »Michael, du sitzt hier — wir lassen ihn das Huhn zerteilen. Ich werde mich um den Wein kümmern.«

Sean brachte den Trinkspruch aus: »Auf das nächste Mal, wenn wir drei uns wiedersehen«, und sie tranken mit ernster Miene.

Sie plauderten ungezwungen, und der General überbrückte rasch und mühelos jede verlegene Gesprächspause. Dennoch war sich Centaine bewußt, daß er sie scharf beobachtete.

Nur zu, mon général, dachte sie trotzig, sehen Sie mich nur an, aber ich bin ich, und Michael gehört mir. Und sie hob das Kinn, hielt seinem Blick stand und antwortete ihm direkt und ohne Koketterie oder Zögern, bis sie ihn lächeln sah — und fast unmerklich nicken.

Das ist also das Mädchen, das Michael gewählt hat, dachte Sean, ich hätte mir ein Mädchen aus seinem eigenen Volk gewünscht, das seine Sprache spricht und demselben Glauben angehört. Ich hätte mir gewünscht, sie genauer unter die Lupe nehmen zu können, bevor ich meinen Segen gebe. Ich hätte den beiden geraten, sich Zeit zu lassen, um einander näher kennenzulernen und alles genau zu überdenken, aber die Zeit ist kostbar. Gott allein weiß, was morgen oder übermorgen sein wird. Wie kann ich ihnen das verderben, was möglicherweise ihre einzigen glücklichen Augenblicke sind?

Er suchte nach Anzeichen von Bosheit oder Niedertracht, von Schwäche oder Eitelkeit, aber er sah nur ihr kleines, entschlossenes Kinn, den Mund, der mühelos lächeln, aber ebenso mühelos hart werden konnte, und die dunklen intelligenten Augen. Sie ist zäh, und sie ist stolz, stellte er fest, aber ich glaube, sie wird treu sein und die Kraft haben, alles durchzustehen. Also lächelte er und nickte und sah, wie sie sich entspannte, und er sah auch die echte Zuneigung in ihren Augen aufblitzen, bevor sie sich an Michael wandte.

»Also, mein Junge, du bist bestimmt nicht den ganzen Weg hierhergekommen, nur um an diesem zähen, kleinen Huhn zu kauen. Sag mir, warum du gekommen bist, und dann wollen wir sehen, ob du mich überraschen kannst.«

»Onkel Sean, ich habe Centaine gebeten, meine Frau zu werden.«

Sean wischte sich sorgfältig den Schnurrbart ab und legte seine Serviette auf den Tisch.

Verdirb es ihnen nicht, ermahnte er sich. Wirf auch nicht den kleinsten Schatten auf ihr Glück.

Er sah die beiden an und lächelte.

»Du siehst mich nicht überrascht, sondern verblüfft! Ich hatte die Hoffnung schon aufgegeben, daß du irgend etwas Vernünftiges tun würdest!« Er wandte sich an Centaine. »Und Sie, junge Dame, Sie waren natürlich so klug, seinen Antrag nicht anzunehmen, nicht wahr?«

»Ich muß beschämt zugeben, daß dies nicht der Fall ist. Ich habe ihn angenommen.«

Sean sah Michael liebevoll an. »Glücklicher Bursche! Sie ist verdammt zu gut für dich, aber laß sie dir nicht wegnehmen.«

»Keine Angst, Sir.« Michael lachte erleichtert. Eine so rasche Zustimmung hatte er nicht erwartet. Der alte Knabe überraschte ihn immer wieder. Er streckte den Arm über den Tisch und nahm Centaines Hand, und Centaine sah Sean Courtley verlegen an. »Danke, mon général, aber Sie wissen doch überhaupt nichts von mir — oder meiner Familie.« Sie dachte an das Verhör, dem Michael von ihrem Vater unterzogen worden war.

»Ich bezweifle, daß Michael die Absicht hat, Ihre Familie zu heiraten«, erwiderte Sean trocken. »Und was Sie betrifft, meine Liebe — nun, immerhin bin ich einer der besten Pferdekenner von Afrika, und das ist keine falsche Bescheidenheit — ich kenne ein vielversprechendes Fohlen, wenn ich eines sehe.«

»Sie halten mich für ein Pferd, General?« fragte sie scheinbar beleidigt.

»Ich halte Sie für eine Vollblutstute, und es würde mich überraschen, wenn Sie nicht ein echtes Landmädchen und eine gute Reiterin sind und wenn Sie nicht einen ganz schön ausgefallenen Stammbaum hätten — sagen Sie mir, daß ich unrecht habe«, forderte er sie heraus.

»Ihr Vater ist ein Graf, sie selbst reitet wie eine Amazone, und ihre Familie besitzt ein Landgut, das zum Großteil aus Weingärten bestand, bevor es die Deutschen bombardiert haben.«

»Aha!« Sean sah sie triumphierend an, und Centaine gab sich geschlagen.

»Er weiß alles, dein Onkel.«

»Alles nicht —« Sean wandte sich wieder an Michael. »Für wann planst du die Hochzeit?«

»Ich hätte gern, daß Vater —« Michael brauchte den Satz nicht zu vollenden, »— aber wir haben so wenig Zeit.«

Sean, der wußte, wie wenig Zeit ihnen wirklich blieb, nickte. »Garry, dein Vater, wird Verständnis dafür haben.«

»Wir möchten heiraten, bevor die Frühjahrsoffensive beginnt«, fuhr Michael fort.

»Ja. Ich verstehe.« Sean runzelte die Stirn und seufzte. Ein paar von seinen Offizieren brachten es fertig, die jungen Männer in aller Gemütsruhe in dem Kampf zu schicken, aber er war nicht so wie sie. Er wußte, daß er niemals so hart werden würde, um die Männer ohne Schuldgefühle in den Tod schicken zu können. Er seufzte abermals und fuhr dann fort:

»Michael, was ich dir jetzt sage, ist nur für dich bestimmt. Obwohl du es ohnehin nur zu bald erfahren wirst. An alle Jagdgeschwader ist ein Befehl ergangen, wonach jede feindliche Luftaufklärung über unseren Linien zu verhindern ist. Wir werden alle Geschwader einsetzen, um die deutschen Aufklärer in den nächsten Wochen davon abzuhalten, unsere Vorbereitungen zu beobachten.«

Michael blieb ganz still sitzen und dachte über die Mitteilung seines Onkels nach. Es bedeutete offensichtlich, daß ein unaufhörlicher, harter Kampf gegen die deutschen Jagdstaffeln bevorstand. Sein Onkel wollte ihn darauf hinweisen, daß nur wenige der Jagdflieger erwarten konnten, diesen Kampf zu überleben. »Danke, Sir«, sagte er leise. »Centaine und ich werden bald heiraten — so bald wie möglich. Darf ich hoffen, daß du dabeisein wirst?«

»Ich kann dir nur versprechen, daß ich mein möglichstes tun werde, um dabeizusein.« Sean blickte auf, als John Pearce den Garten betrat. »Was ist los, John?«

»Verzeihung, Sir. Eine dringende Depesche von General Rawlinson.«

»Ich komme. Nur noch zwei Minuten.« Er wandte sich an seine jungen Gäste.

»Ein verdammt ungemütliches Mittagessen, tut mir leid.«

»Der Wein war ausgezeichnet und die Gesellschaft sogar noch besser«, widersprach Centaine.

»Michael, geh und such Sangane und den Rolls-Royce. Ich möchte mit dieser jungen Dame kurz allein sprechen.«

Er bot Centaine den Arm, und sie folgten Michael aus dem Garten und durch den Kreuzgang zum steinernen Portal des Klosters. Erst als sie neben ihm stand, bemerkte Centaine, wie groß er war und daß er leicht hinkte. Er sprach ruhig, aber bestimmt.

»Michael ist ein feiner Kerl — er ist gut, er ist aufmerksam und sensibel. Aber er besitzt nicht die Rücksichtslosigkeit, die ein Mann auf dieser Welt braucht, um an die Spitze zu kommen.« Sean hielt inne, und sie blickte aufmerksam zu ihm auf. »Ich glaube, Sie haben diese Kraft. Sie sind noch sehr jung, aber ich glaube, Sie werden noch stärker. Ich möchte, daß Sie für Michael stark sind.«

Centaine nickte und fand nicht die passenden Worte, um etwas zu erwidern.

»Seien Sie stark — für meinen Sohn«, sagte Sean sanft.

»Ihr Sohn?« Und dann sah sie die Bestürzung in seinen Augen, die er rasch zu verbergen trachtete, und er verbesserte sich:

»Verzeihen Sie, sein Vater ist mein Zwillingsbruder — und manchmal glaube ich wirklich, er ist mein Sohn.«

»Ich verstehe«, sagte sie, spürte aber irgendwie, daß es kein Irrtum gewesen war. Eines Tages werde ich der Sache nachgehen und die Wahrheit herausfinden, dachte sie.

Sean wiederholte: »Geben Sie gut auf ihn acht, Centaine, und ich werde bis in alle Ewigkeit Ihr Freund sein.«

»Ich verspreche es Ihnen.« Sie drückte seinen Arm, und dann hatten sie die Pforte erreicht, wo Sangane mit dem Rolls-Royce wartete.

»Au revoir, mon général«, sagte Centaine.

»Ja«, nickte Sean. »Bis zum nächsten Mal.« Er half ihr in den Rolls.

»Sobald der Termin feststeht, werde ich es Sie wissen lassen, Sir.« Michael schüttelte seinem Onkel die Hand.

»Auch wenn ich nicht dabeisein kann, werde glücklich, mein Junge«, sagte Sean Courtney und blickte dem Rolls-Royce nach, als er die Auffahrt geräuschlos hinunterglitt, dann wandte er sich mit einem ungeduldigen Schulterzucken um und ging mit langen, ungleichmäßigen Schritten durch den Kreuzgang zurück.

Centaine kauerte mit den pelzgefütterten Stiefeln an den Füßen und dem Fliegerhelm auf dem Kopf am Rande des Waldes; Hut, Schmuck und Schuhe hatte sie wieder in der weichen Ledertasche verstaut.

Als Michael die SE5a auf die Stelle, wo sie wartete, zurollen ließ und dann anhielt, kam sie aus ihrem Versteck gerannt, warf ihm die Tasche zu und kletterte auf die Tragfläche. Diesmal kroch sie ohne Zögern ins Cockpit.

»Kopf runter«, befahl Michael und brachte das Flugzeug in Startposition.

»Alles klar«, erklärte er, als sie in der Luft waren, und Centaine hob den Kopf, ebenso lebhaft und aufgeregt wie auf dem Hinflug. Sie stiegen höher und höher.

»Schau nur, die Wolken sehen aus wie Schneefelder — und die Sonne füllt sie mit Regenbögen.«

Sie bewegte sich auf seinem Schoß hin und her, um ja nichts zu versäumen. Doch plötzlich trat ein seltsamer Ausdruck in ihre Augen, und sie schien jedes Interesse an den Regenbögen zu verlieren.

»Michel?« Wieder drehte sie sich auf seinem Schoß, aber diesmal absichtlich.

»Michel!« Das war keine Frage mehr, und ihre festen, runden Hinterbacken vollführten eine geschickte kleine Bewegung, die ihn in Verlegenheit stürzte.

»Verzeihung!« Er versuchte verzweifelt, sich aus der Gefahrenzone zu bringen, aber ihr Hinterteil ließ ihn nicht los, und sie drehte den Oberkörper herum, so daß sie beide Arme um seinen Hals legen konnte, und flüsterte ihm etwas zu.

»Doch nicht am hellichten Tag — doch nicht in fünftausend Fuß Höhe!« Er war schockiert.

»Warum denn nicht, mon chéri?« Sie küßte ihn sehnsüchtig. »Niemand wird es je erfahren«, und Michael bemerkte, daß sich das Flugzeug in Schräglage befand und im Begriff stand, ins Trudeln zu geraten. Hastig korrigierte er, und sie umarmte ihn und begann sich in einem langsamen, wohllüstigen Rhythmus auf seinem Schoß zu winden.

»Möchtest du denn nicht?« fragte sie.

»Doch, aber — niemand hat das je zuvor versucht, nicht in einer SE5a. Ich weiß nicht, ob es möglich ist.«

»Das werden wir gleich feststellen«, sagte sie entschlossen. »Du fliegst die Maschine und kümmerst dich um nichts«, dann stand sie kurz auf und begann, ihren Pelzmantel und den gelben Rock aufzurollen.

»Centaine«, sagte er unsicher, und etwas später: »Centaine!«, und noch ein wenig später: »Oh, mein Gott, Centaine!«

»Es ist möglich!« rief sie triumphierend, und fast im selben Augenblick fühlte sie sich hochgehoben und weggetragen, als würde sich ihr Körper auflösen und als würde sie Michaels Seele mitreißen.

Sie hatte das Gefühl, herumzuwirbeln und abzustürzen, tiefer und tiefer, der Wind heulte um sie herum, und die regenbogenfarbigen Wolken wogten zu beiden Seiten — dann hörte sie sich schreien und steckte ihre Finger in den Mund, um die Schreie zu unterdrücken, aber es war zu stark, daher warf sie den Kopf zurück und schrie und schluchzte und lachte vor Wonne, als sie den Höhepunkt erreichte und wirbelnd in die Tiefe fiel, um weich wie eine Schneeflocke wieder in ihrem Körper zu landen; sie fühlte Michaels Arme und hörte ihn an ihrem Ohr keuchen und stöhnen, und sie drehte sich um, preßte ihn an sich und rief: »Ich liebe dich, Michel, ich werde dich immer lieben!«

Michael hatte eben den Motor abgestellt und kletterte gerade aus dem Cockpit, als Mac eilig auf ihn zugerannt kam.

»Sie kommen gerade noch rechtzeitig, Sir. Im Kasino findet eine Besprechung statt. Der Major hat schon nach Ihnen gefragt — besser, Sie beeilen sich, Sir«, und dann, als Michael bereits in Richtung Kasino lief, rief er hinter ihm her: »Wie fliegt sie, Sir?«

»Wie ein Vogel, Mac. Laden Sie mir nur die Geschütze nach.«

Das war das allererstemal, daß er kein Aufhebens um seine Maschine machte, dachte Mac verwundert, als er Michael nachsah.

Alle Piloten waren im Kasino versammelt, es gab keinen freien Stuhl mehr, und ein oder zwei Neulinge standen, gegen die Wand gelehnt. Andrew saß auf der Bartheke, ließ die Beine herunterbaumeln und saugte an seiner bernsteinfarbenen Zigarettenspitze. Er unterbrach seine Rede, als Michael eintrat.

»Gentlemen, wir dürfen uns geehrt fühlen. Captain Michael Courtney hat sich gütig herabgelassen, sich uns anzuschließen. Trotz anderer wichtiger und dringender Geschäfte war er so freundlich, ein oder zwei Stunden zu opfern, um uns bei der Beilegung unseres kleinen Streites mit Kaiser Wilhelm II. zu helfen. Ich meine, wir sollten ihm unsere Dankbarkeit zeigen.«

Dieser Ansprache folgten Pfiffe und Geheul, und einer stieß laute Buhrufe aus.

»Barbaren«, sagte Michael stolz und ließ sich auf den Stuhl fallen, den ein Neuling hastig für ihn geräumt hatte.

»Sitzt du bequem?« fragte ihn Andrew besorgt. »Macht es dir etwas aus, wenn ich fortfahre? Gut! Also, wie ich schon sagte, hat das Geschwader eine dringende Depesche erhalten.«

Er hielt die Depesche hoch und schwenkte sie, während er sich mit der anderen Hand die Nasenlöcher zuhielt, so daß seine Stimme nasal klang.

»Ihr könnt die Art des literarischen Stils und des Inhalts von euren Plätzen aus riechen —«

Hier und da gab es höfliches Gelächter, aber die Augen, die ihn beobachteten, blinzelten nervös; einige der Männer wetzten unruhig hin und her, Füße scharrten, einer der alten Piloten knackte mit den Fingerknöcheln, ein anderer kaute an seinem Daumennagel, und Michael blies sich unbewußt über die Finger — denn jeder von ihnen wußte, daß der gelbe Papierfetzen, den Andrew schwenkte, sein Todesurteil sein konnte.

Andrew las vor: »Vom Divisionshauptquartier, Arras. An den kommandierenden Offizier des 21. Geschwaders des Königlich Britischen Fliegerkorps, Mort Homme.

Ab 4. April 1917, null Uhr, werden Sie jede feindliche Luftaufklärung über ihrem festgelegten Sektor um jeden Preis verhindern, bis weitere Befehle eintreffen.«

»Das ist alles, meine Herren. Nur drei Zeilen, eine Kleinigkeit. Aber ich mache Sie auf den lakonischen Ausdruck ›um jeden Preis‹ aufmerksam, ohne näher darauf einzugehen.« Er hielt inne und ließ seinen Blick langsam durch das Kasino schweifen, um die Reaktionen von den mageren und gespannten Gesichtern abzulesen.

Mein Gott, wie alt sie geworden sind, dachte er zusammenhanglos. Hank sieht aus wie fünfzig und Michael — Er warf einen Blick in den Spiegel über dem Kaminsims, und als er sein eigenes Spiegelbild sah, faßte er sich nervös an die Stirn, wo in den letzten paar Wochen das sandfarbene Haar stark zurückgewichen war. Dann ließ er die Hand wieder sinken und fuhr fort:

»Ab morgen früh, fünf Uhr, fliegen alle Piloten bis auf weiteres vier Einsätze täglich«, erklärte er. »Es bleibt bei den üblichen Einsätzen bei Tagesanbruch und bei beginnender Dunkelheit, aber von nun an in voller Geschwaderstärke.« Er wartete etwaige Fragen ab, aber es gab keine.

»Dann fliegt also jede Gruppe zwei zusätzliche Einsätze — eine Stunde Einsatz, zwei Stunden frei. Auf diese Weise können wir eine ständige Überwachung der uns zugeordneten Region aufrechterhalten.«

Nun regten sie sich wieder, und einige Köpfe wandten sich Michael zu, weil er der Älteste und daher naturgemäß ihr Wortführer war. Michael blies sich über die Finger und betrachtete sie dann eingehend.

»Irgendwelche Fragen?«

Hank räusperte sich.

»Ja?« Andrew wandte sich ihm erwartungsvoll zu, aber Hank ließ sich auf seinem Stuhl zurücksinken.

»Nur um das klarzustellen«, sagte Michael schließlich. »Wir fliegen also alle die zweistündigen Patrouillen bei Tagesanbruch und bei beginnender Dämmerung, das macht vier Stunden — und dann noch zusätzlich jeden Tag vier Stunden? Habe ich richtig gerechnet, dann sind das täglich acht Stunden.«

»Captain Courtney scheint ein Rechengenie zu sein«, meinte Andrew nickend.

»Meiner Gewerkschaft wird das gar nicht gefallen.« Sie lachten, ein nervöses, mißtönendes Gelächter, das rasch erstarb. Acht Stunden Einsatz waren viel, viel zuviel, kein Mensch konnte die Reaktionsschnelligkeit und Wachsamkeit aufbringen, die notwendig war, um dieser Aufforderung auch nur einen einzigen Tag lang gewachsen zu sein. Und von ihnen wurde verlangt, daß sie das tagelang, ohne Aussicht auf eine Ruhepause, durchhielten.

»Noch irgendwelche Fragen?«

»Wie steht's mit der Wartung und Instandhaltung der Maschinen?«

»Mac hat mir versichert, daß er es schafft«, antwortete Andrew. »Sonst noch was? Nein? Gut, meine Herren, die Getränke gehen auf mich.«

Aber der Ansturm auf die Bar war nicht gerade überwältigend, und niemand sprach über den neuen Befehl. Die Männer tranken ruhig, aber entschlossen und sahen einander nicht in die Augen. Was gab es da noch viel zu reden?

Mit der Aussicht auf vierzigtausend Hektar üppiges Weideland vor Augen, gab der Graf de Thiry begeistert seine Einwilligung zur Heirat und schüttelte Michael die Hand.

Anna zog Centaine an die Brust. »Meine Kleine!« schluchzte sie, und dicke Tränen rollten ihr über die Wangen. »Du willst deine Anna also verlassen.«

»Sei keine Gans, Anna, ich brauche dich doch noch. Du kannst mit nach Afrika kommen!« Anna schluchzte laut auf. »Afrika!« heulte sie und noch schmerzlicher: »Was wird das nur für eine Hochzeit? Es gibt keine Leute mehr, die man einladen könnte, Raoul, der Küchenchef, liegt im Schützengraben und kämpft gegen die Deutschen — oh, mein Kleines, das wird eine skandalöse Hochzeit!«

»Der Priester wird kommen, und der General, Michaels Onkel, hat zugesagt — und die Piloten vom Geschwader. Es wird eine wunderschöne Hochzeit«, beruhigte sie Centaine.

»Keine Musik«, schluchzte Anna. »Keine Feier, kein Hochzeitskleid, keine Flitterwochen.«

»Papa wird singen, er hat eine wunderschöne Stimme, und wir beide backen den Kuchen und schlachten ein Spanferkel. Wir können Mamas Kleid ändern, und unsere Flitterwochen verbringen Michel und ich hier, genauso wie Papa und Mama es getan haben.«

»Oh, mein Kleines!« Wenn Annas Tränen einmal flossen, versiegten sie nicht so schnell wieder.

»Wann ist es soweit?« Der Graf hielt immer noch Michaels Hand. »Setzen wir den Tag fest.«

»Samstag — um acht Uhr abends.«

»Schon so bald!« jammerte Anna. »Warum so bald?«

Der Graf schlug sich die Oberschenkel, weil ihm plötzlich etwas eingefallen war.

»Darauf müssen wir eine Flasche vom allerbesten Champagner trinken — und vielleicht auch noch eine Flasche Napoleon! Centaine, mein Kleines, wo sind die Kellerschlüssel?«

Sie lagen in ihrem Nest aus Stroh und Armeedecken und hielten sich in den Armen, und Michael versuchte stockend, ihr die neuen Befehle zu erklären, die das Geschwader erhalten hatte. Sie verstand die schreckliche Bedeutung nicht ganz. Sie begriff nur, daß er sich in höchste Gefahr begab, und preßte ihn mit aller Kraft an sich.

»Aber an unserem Hochzeitstag wirst du doch kommen? Was auch geschieht, an unserem Hochzeitstag wirst du doch bei mir sein?«

»Ja, Centaine, ich werde da sein.«

»Schwöre es, Michel.«

»Ich schwöre es.«

»Nein! Nein! Schwöre den schrecklichsten Eid, den du dir vorstellen kannst.«

»Ich schwöre es bei meinem Leben und bei meiner Liebe zu dir.«

»Ach, Michel«, seufzte sie. »Ich werde jeden Tag in der Morgen- und Abenddämmerung nach dir Ausschau halten — und nachts treffen wir uns hier.«

Sie liebten sich mit einer wilden rasenden Leidenschaft, als wollten sie einander verschlingen, und waren danach so erschöpft, daß sie eng aneinander geschmiegt schliefen, bis Centaine aufwachte, und da war es schon sehr spät. Die Vögel im Wald zwitscherten, und das erste Licht drang in die Scheune.

»Michel! Michel! Es ist schon fast halb fünf.« Centaine sah im Licht der Laterne auf die goldene Uhr, die um ihren Hals hing.

»Oh, mein Gott«, Michael begann sich schlaftrunken anzuziehen, »ich komme zu spät zur Frühpatrouille —«

»Nein. Nicht wenn du gleich hingehst.«

»Ich kann dich doch nicht allein lassen.«

»Rede nicht! Lauf, Michel! Schnell.«

Centaine lief, durch den Morast rutschend und schlitternd, den ganzen Weg nach Hause, entschlossen, auf dem Hügel zu sein, wenn das Geschwader startete.

Hinter den Ställen blieb sie stehen und schlug sich keuchend an die Brust, um wieder zu Atem zu kommen. Das Haus war dunkel, lag wie ein schlafendes Tier in der Morgendämmerung. Sie war zutiefst erleichtert. Sie überquerte langsam den Hof, um sich von dem schnellen Lauf zu erholen, und lauschte eine Weile an der Tür, bevor sie in die Küche schlüpfte. Sie zog die schmutzigen Stiefel aus und stellte sie zum Trocknen auf den Schrank hinter dem Herd, dann ging sie dicht an der Wand entlang, damit die Stufen nicht unter ihren bloßen Füßen knarrten, die Treppe hinauf.

Erleichtert öffnete sie schließlich die Tür zu ihrer Kammer. Sie ging auf ihr Bett zu und blieb erschrocken stehen, als ein Streichholz aufflammte und an den Docht einer Laterne gehalten wurde, so daß der Raum plötzlich hell erleuchtet war.

Anna, die die Laterne angezündet hatte, saß mit einem Schal um die Schultern und einer bestickten Nachtmütze auf dem Kopf auf ihrem Bett. Ihr rotes Gesicht war starr und abweisend.

»Anna!« flüsterte Centaine. »Ich kann dir das erklären — du hast Papa doch nichts gesagt?«

Dann knarrte der Stuhl vor dem Fenster, und als sie sich umdrehte, sah sie ihren Vater dort sitzen und sie mit seinem einen Auge feindselig anstarren.

Sie hatte ihn noch nie zuvor so wütend gesehen.

Anna sprach zuerst. »Mein kleines Mädchen schleicht sich also nachts hinaus, um hinter den Soldaten herzulaufen.«

»Er ist kein Soldat«, protestierte kleinlaut Centaine. »Er ist Flieger.«

»Hure«, sagte der Graf. »Eine Tochter aus dem Hause de Thiry benimmt sich wie eine gewöhnliche Hure.«

»Papa, ich werde Michels Frau. Wir sind schon so gut wie verheiratet.«

»Erst Samstag abend, vorher nicht.« Der Graf erhob sich. Er hatte einen dunklen Ring unter dem Auge, und seine dichte Haarmähne war zerzaust.

»Bis Samstag«, seine Stimme wurde zu einem wütenden Brüllen, »wirst du dieses Zimmer nicht verlassen. Du bleibst hier bis kurz vor Beginn der Hochzeitszeremonie.«

»Aber, Papa, ich muß doch auf den Hügel —«

»Anna, nimm den Schlüssel. Ich vertraue sie deiner Obhut an. Sie hat das Haus nicht zu verlassen.«

Centaine stand in der Mitte des Zimmers und sah sich um, als suchte sie nach einer Fluchtmöglichkeit, aber Anna stand auf, griff mit ihrer starken, schwieligen Hand nach Centaines Handgelenk und führte sie zum Bett.

Die Piloten standen in Gruppen zu dritt und zu viert zwischen den Bäumen am Rand des Obstgartens, unterhielten sich leise und rauchten die letzte Zigarette vor dem Star, als Michael, noch im Laufen seinen Mantel zuknöpfend und die Fliegerhandschuhe anziehend, über die Laufplanken herangetrampelt kam. Er hatte die Einsatzbesprechung versäumt.

Andrew nickte ihm zu, als er die Gruppe erreichte, und machte weder eine Bemerkung über Michaels Verspätung noch über das schlechte Beispiel für die neuen Piloten, und Michael entschuldigte sich nicht.

Beide waren sich über seine Pflichtvergessenheit im klaren, und Andrew schraubte den Verschluß von seiner silbernen Flasche und trank, ohne sie Michael anzubieten; das war ein stummer Verweis.

»Start in fünf Minuten«, Andrew betrachtete den Himmel, »und es sieht nach einem guten Tag zum Sterben aus.« Das war sein üblicher Ausdruck für gutes Flugwetter, doch heute zerrte die Bemerkung an Michaels Nerven.

»Ich werde am Samstag heiraten«, sagte er, als hätte das eine etwas mit dem anderen zu tun, und Andrew hielt die Flasche auf halbem Weg zu seinen Lippen in der Luft und starrte ihn an.

»Die kleine Französin vom Gut?« fragte er und Michael nickte.

»Centaine — Centaine de Thiry.«

»Du schlauer alter Hund!« Andrew begann zu grinsen, und seine schlechte Laune war verflogen. »Das war also der Grund. Na, meinen Segen hast du, mein Junge.«

Er machte eine segnende Geste mit der Flasche. »Ich trinke auf euer langes und glückliches Leben zu zweit.«

Er reichte Michael die Flasche, doch Michael trank nicht gleich.

»Es wäre mir eine besondere Ehre, wenn du dich dazu entschließen könntest, als mein Brautführer zu fungieren.«

»Keine Sorge, mein Junge, ich werde an deiner Flügelspitze fliegen, wenn du ins Gefecht gehst, darauf gebe ich dir mein Wort.« Er klopfte Michael auf die Schulter, und sie grinsten einander an, dann marschierten sie Seite an Seite zu ihren Maschinen, an der Spitze des Geschwaders.

Die Wolseley-Viper-Motoren begannen nacheinander zu knattern und zu brummen, und blauer Qualm umhüllte die Bäume des Obstgartens. Dann rumpelten und holperten die Maschinen über den unebenen Boden und formierten sich zum Start.

Da der Einsatz in voller Geschwaderstärke erfolgte, flog Michael an diesem Tag nicht als Andrews Flügelmann, sondern als Befehlshaber des zweiten Schwarms. Sein Schwarm bestand aus fünf Maschinen, und zwei seiner Piloten waren Neulinge, die Schutz und Antrieb brauchen würden. Hank Johnson führte den dritten Schwarm an, er winkte Michael zu, als er an ihm vorbeirollte, und brachte dann seine Maschine hinter ihm in Position.

Sobald sie in der Luft waren, gab Michael seinem Schwarm

das Zeichen, sich zu einem schmalen V zu formieren, und folgte Andrew, indem er sich seiner leichten Linkskurve anpaßte, die sie zu dem kleinen Hügel hinter dem Landgut führen würde.

Er schob die Schutzbrille auf die Stirn und streifte seinen Schal von Mund und Nase, damit Centaine sein Gesicht sehen könnte, dann machte er sich bereit, ihr das vereinbarte Zeichen für das Rendezvous zu geben. Da war der Hügel, und er lächelte erwartungsvoll — doch bald verschwand sein Lächeln.

Er konnte Nuage, den weißen Hengst, nirgends entdecken. Er beugte sich weit aus dem Cockpit, und Andrew vor ihm tat dasselbe, beide verrenkten sich fast den Hals, als sie nach dem weißen Hengst und dem Mädchen Ausschau hielten.

Sie flogen über den Hügel, und Centaine war nicht da. Der Hügel war verlassen. Aus der Ferne blickte Michael noch einmal über die Schulter zurück. Er hatte ein dumpfes Gefühl im Magen, eine kalte, böse Vorahnung. Sie war nicht da, der Talisman hatte sie im Stich gelassen.

Er schob den Schal über seinen Mund und bedeckte die Augen mit der Schutzbrille, als die drei Flugzeugschwärme höher stiegen, um den lebenswichtigen Vorteil der Höhe auszunützen und die Hügelkette zu überfliegen, bevor sie in die klassische Patrouillenformation übergehen würden.

Seine Gedanken kehrten immer wieder zu Centaine zurück. Warum war sie nicht dagewesen? War etwas passiert?

Er hatte Mühe, sich auf das Fliegen zu konzentrieren. Sie hat uns Glück gebracht, dachte er. Sie weiß, was das für uns bedeutet, und hat uns im Stich gelassen. Er schüttelte den Kopf. Ich darf nicht darüber nachdenken, sagte er sich, ich muß den Himmel beobachten! Denk an nichts anderes, als an den Himmel und den Feind.

Allmählich wurde es heller, und die Luft war eiskalt und klar. Die Landschaft unter ihnen war eine geometrisch gegliederte Fläche, die von Dörfern und Städten unterbrochen wurde, aber direkt vor ihnen lag der schmutzigbraune Streifen aufgewühlter und zertrampelter Erde, der die Front markierte, und darüber trieben vereinzelt ein paar morgendliche Wolken, die auf der einen Seite dunkel waren und auf der anderen Seite, dort, wo sie von der aufgehenden Sonne angestrahlt wurden, golden leuchteten.

Im Westen lag das breite Becken der Somme, und dort lauerte sprungbereit die Bestie Krieg, und im Osten schleuderte die Sonne große brennende Feuerlanzen in den Himmel, so daß Michael geblendet den Blick abwenden mußte. Schau niemals direkt in die Sonne, erinnerte er sich verdrießlich. Infolge seiner Zerstreutheit machte er die Fehler eines Anfängers.

Sie überflogen die Hügel, hinter denen sich die feindlichen Schützengräben schlängelten.

Nichts fixieren! ermahnte sich Michael abermals. Niemals auf einen Punkt starren. Er musterte den Himmel vor und hinter sich, oben und unten, mit kritischen Blicken.

Trotz aller Anstrengungen drängte sich jedoch der Gedanke an Centaine und ihr Ausbleiben immer wieder heimtückisch in sein Bewußtsein, und plötzlich erkannte er, daß er fünf oder sechs Sekunden lang eine walfischförmige Wolke angestarrt hatte. Er war schon wieder zerstreut.

»Himmel, Mann, nimm dich zusammen!« brummte er laut.

Andrew, der das Geschwader führte, gab ihm ein Zeichen, und Michael schwenkte ab, um sein Ziel erkennen zu können.

Es waren drei Flugzeuge, sechs Kilometer südwestlich von ihrer Position und zweitausend Fuß tiefer als sie.

Eigene Truppen. Er erkannte, daß es De Havilland-Zweisitzer waren. Warum hatte er sie nicht zuerst entdeckt? Immerhin hatte er die schärfsten Augen des ganzen Geschwaders. Konzentrier dich, ermahnte er sich. Sein Blick streifte die Wälder südlich von Douai, jener Stadt östlich von Lens, die von den Deutschen gehalten wurde, und er bemerkte die neuen Geschützstellungen am Waldrand. Ungefähr sechs neue Batterien, schätzte er und machte eine Notiz für den Einsatzbericht.

Sie erreichten die westliche Grenze ihres vorgeschriebenen Patrouillenbereichs, und ein Schwarm nach dem anderen kehrte um. Sie flogen entlang der Linie zurück, diesmal allerdings gegen die Sonne und mit einem schmutziggrauen Wolkenband zu ihrer Linken.

Da baut sich eine Kaltfront auf, dachte Michael, und plötzlich waren seine Gedanken wieder bei Centaine. Warum war sie nicht da? fragte er sich. Vielleicht ist sie krank. Bei Nacht draußen im Regen und in der Kälte — Lungenentzündung ist tödlich. Der Gedanke schreckte ihn.

Eine rote Leuchtkugel zischte an der Nase seiner Maschine vorbei, und er schrak schuldbewußt zusammen. Während er in Gedanken versunken war, hatte Andrew das Signal für »Feind in Sicht« abgefeuert.

Michael sah sich verzweifelt um. »Ah!« murmelte er erleichtert. »Das ist es!« Links unter ihm.

Es war ein Zweisitzer, ein einzelner Artilleriebeobachter, der in Richtung Arras davonflog — eine veraltete, langsame Flugzeugtype, die für die schnelle und moderne SE5a eine leichte Beute war. Andrew drehte sich zu Michael um und gab ihm ein Zeichen, sein grüner Schal flatterte hinter ihm her, und auf seinen Lippen lag dieses verwegene Grinsen.

»Ich greife an! Gib mir Rückendeckung.«

Michael und Hank bestätigten seine Handzeichen und blieben oben, während Andrews im Sturzflug tiefer ging und die anderen fünf Maschinen seines Schwarmes in der Angriffsformation hinter ihm herflogen.

Was für ein großartiger Anblick! dachte Michael. Packend wie eine Hetzjagd war diese wilde Verfolgung am Himmel — die Kavallerie der Lüfte war im Einsatz und holte ihre langsame, schwerfällige Beute rasch ein.

Michael ließ den Rest des Geschwaders eine Reihe langsamer, S-förmiger Schleifen ziehen, und hielt sie in Position, um den Angriff zu decken. Er beugte sich aus dem Cockpit und erwartete den Abschuß, als ihn plötzlich ein leichtes Unbehagen beschlich — wieder lag die Vorahnung wie ein eiskalter Klumpen in seinem Magen, und er ließ den Blick über den Himmel schweifen.

Alles schien klar und friedlich zu sein, doch dann spähte er in den blendenden Schein der Sonne, er hob die Hand und legte sie über die Augen — und da sah er sie.

Sie stießen wie ein Schwarm buntglänzender, giftiger Insekten aus der Wolkenbank hervor. Es war ein klassischer Hinterhalt. Man verbarg sich hinter den Wolken, im blendenden Licht der Sonne, schickte einen schwachen und langsamen Köder vor, um den Feind abzulenken, und griff dann mit tödlicher Schnelligkeit an.

»Oh, du lieber Gott«, stöhnte Michael und riß die Leuchtpistole aus dem Halfter neben seinem Sitz.

Wie viele waren es? Unmöglich, diesen tückischen Schwarm abzuschätzen. Sechzig, vielleicht auch mehr — drei ganze Albatros-Jagdstaffeln stürzten sich wie Falken auf Andrews schwachen Schwarm.

Michael feuerte eine rote Leuchtkugel ab, um seine Piloten zu warnen, und ging dann abrupt in den Sturzflug über, um dem feindlichen Geschwader den Weg abzuschneiden, bevor es Andrew erreichte. Blitzschnell schätzte er Entfernung und Geschwindigkeit ab und mußte erkennen, daß es aussichtslos war; um Andrews Schwarm zu retten, fehlten ihm vier oder fünf Sekunden.

Diese vier oder fünf Sekunden, die er verschwendet hatte, als er vor sich hingeträumt hatte, diese entscheidenden Sekunden, in denen er seine Pflicht vernachlässigt hatte, lasteten wie Bleigewichte auf ihm, als er den Gashebel seiner SE5a bis zum Anschlag durchdrückte. Der Motor heulte auf, der Propeller rotierte wie verrückt, und Michael fühlte, wie sich die Tragflächen durch die Spannung bogen, als Geschwindigkeit und Druck dieses selbstmörderischen Sturzfluges größer wurden.

»Andrew!« brüllte er. »Schau dich um, Mann!« Seine Stimme verlor sich im Heulen des Windes und im Wimmern des geschundenen Motors.

Andrews Aufmerksamkeit konzentrierte sich voll und ganz auf seine Beute: Der deutsche Pilot hatte sie entdeckt, war ebenfalls in Sturzflug übergegangen und zog die SE5a hinter sich her, so daß die Jäger nichtsahnend zur Beute wurden.

Die deutschen Jagdstaffeln behielten ihre Angriffsrichtung bei, obwohl sie genau erkannt haben mußten, daß Michael verzweifelt versuchte, sie einzuholen. Sie wußten ebensogut wie Michael, daß sein Versuch sinnlos war, daß er zu spät kam.

Michael fühlte einen Adrenalinstoß wie eine Flamme durch seine Adern strömen. In diesen wie eine Ewigkeit anmutenden Sekundenbruchteilen schien die Zeit stillzustehen, und er sank langsam tiefer, so daß die Horde feindlicher Maschinen aussah, als wären ihre bunten Flügel starr, als schwebten sie wie Edelsteine am Himmel. Die Farben und Muster der Albatrosse waren bizarr, Feuerrot und Schwarz dominierten, einige waren bunt wie Harlekine, und andere hatten die Umrisse von Fledermausflügeln oder Vogelschwingen auf den Tragflächen und dem Rumpf aufgemalt.

Schließlich konnte Michael die Gesichter der deutschen Piloten erkennen, als sie sich zu ihm umdrehten und dann wieder ihre ursprüngliche Beute anvisierten.

»Andrew! Andrew!« jammerte Michael gepeinigt, als immer deutlicher wurde, wie aussichtslos sein Versuch war, den Angriff zu vereiteln.

Mit vor Kälte und Angst steifen Fingern lud Michael die Leuchtpistole nach und feuerte eine zweite Kugel nach vorn, um Andrews Aufmerksamkeit auf sich zu lenken, aber der rote Feuerball fiel zischend, eine armselige Rauchfahne hinter sich herziehend, zur Erde, während Andrew einen Kilometer weiter den unseligen deutschen Aufklärer einholte; und Michael hörte das Knattern seines Vickers, als er den Gegner von hinten angriff.

Im selben Augenblick stürzten sich die Albatrosse von oben auf Andrews Schwarm.

Michael sah, wie zwei der SE5a in den ersten Sekunden getroffen wurden, und eine Rauchfahne hinter sich herziehend, zerfetzt abstürzten; die anderen stoben sternförmig auseinander und wurden augenblicklich von zwei oder drei Albatrossen gejagt, die sich im Eifer des Gefechtes fast gegenseitig behinderten.

Nur Andrew überlebte. Er reagierte blitzschnell auf das erste Knattern der Maschinengewehre. Er riß die große grüne Maschine in einer flachen Drehung herum. Dann raste er direkt auf die angreifende Jagdstaffel zu, wodurch die Albatrosse zum Ausweichen gezwungen waren, und feuerte wild drauf los, um scheinbar unbeschädigt sofort wieder von hinten anzugreifen.

»Gut gemacht!« freute sich Michael laut, doch dann sah er die übrigen Maschinen von Andrews Schwarm brennend und qualmend abstürzen, und sein Schuldgefühl verwandelte sich in Wut.

Nachdem die deutschen Maschinen ihr schnelles Zerstörungswerk getan hatten, schwenkten sie ab, um sich dem Angriff von Michaels und Hanks Schwarm zu stellen. Die gegnerischen Maschinen stießen aufeinander los, die ordentlichen Angriffsformationen lösten sich auf und wurden zu einer wirbelnden Wolke von Flugzeugen, die sich drehten wie Schutt und Staub in einem Wirbelwind.

Michael näherte sich einer einfarbigen schwarzen Albatros mit feuerroten Flügeln, auf denen die aufgemalten schwarzen Malteserkreuze wie Grabsteine wirkten. Als er ihr den Weg abschnitt, zielte er über den Kopf des deutschen Piloten hinweg auf den Kühler im Mittelstück zwischen den roten Tragflächen, hoffend, ihn auf diese Weise bei lebendigem Leib in kochend heißer Kühlerflüssigkeit zu verbrühen.

Er sah, daß seine Kugeln genau ins Ziel trafen, und bemerkte gleichzeitig die kleine Veränderung in der Tragflächenstruktur der Albatros.

Die Deutschen hatten die Albatros umgebaut. Sie waren eindringlich auf den tödlichen Fehler in der Konstruktion aufmerksam gemacht worden und hatten den Kühler versetzt. Der Deutsche tauchte unter Michaels Feuerstößen hindurch, und Michael zog die Nase seiner Maschine hoch.

Einer von Michaels neuen Fliegerkameraden wurde von einer Albatros verfolgt, die sich wie ein Vampir an ihn heftete und schon fast in Schußweite war.

Michael stieß unter dem Rumpf der Albatros hervor und streckte den Arm aus, um das Lewis-Geschütz herumzuschwenken und nach oben zu richten. Er war der gegnerischen Maschine nun so nahe, daß der Lauf des Lewis-Gewehres den hellen, rosafarbenen Rumpf der Albatros fast berührte. Er feuerte die ganze Trommel auf den Gegner ab, und die Albatros stellte sich wie ein tödlich getroffener Hai auf den Schwanz, kippte um und stürzte ab.

Der neue Fliegerkamerad winkte Michael dankbar zu — sie flogen so dicht nebeneinander, daß ihre Flügelspitzen einander fast berührten — und Michael signalisierte ihm gebieterisch: »Zurück zum Stützpunkt!« und gab ihm mit der geballten Faust auch noch das Zeichen für: »Das ist ein Befehl!«

»Weg von hier, du verdammter Idiot!« brüllte er vergeblich, aber sein Gesichtsausdruck unterstrich das Handzeichen, und der Neuling drehte ab und floh.

Wieder raste eine Albatros auf Michael zu, und er drehte blitzschnell ab, stieg hoch und ließ sich wieder fallen, feuerte auf Augenblicksziele und kämpfte — kämpfte um sein Leben. Sie waren zahlenmäßig weit unterlegen — sechs oder sieben Deutsche gegen einen Briten —, und die gegnerischen Piloten waren alle altgediente Flieger, die reaktionsschnell, flink und furchtlos flogen. Hierbleiben und kämpfen war Wahnsinn. Michael schaffte es, die Leuchtpistole nachzuladen, und feuerte eine grüne Kugel für »Rückzug« ab. Unter diesen Umständen war das der Befehl für das Geschwader, den Kampf sofort abzubrechen und mit Höchstgeschwindigkeit zum Stützpunkt zurückzufliegen. Er sah, daß sich die übriggebliebenen Piloten seines Schwarmes bereits losgerissen hatten, drückte die Nase der gelben Maschine nach unten und raste hinter ihnen her auf Mort Homme und die Hügelkette zu.

Er wandte nur noch einmal den Kopf, um sich zu überzeugen, daß er nicht verfolgt wurde — und in diesem Augenblick sah er Andrew.

Andrew befand sich etwa tausend Meter weit entfernt rechts von Michael. Er war vom Hauptkampffeld getrennt und von drei Albatrossen gleichzeitig angegriffen worden, doch dann hatte er sie abschütteln können, und nun war er, ebenso wie der Rest der britischen Staffel, auf dem Rückflug.

Michael überprüfte den Luftraum oberhalb von Andrew und erkannte, daß sich nicht alle deutschen Albatrosse an diesem ersten Angriff beteiligt hatten. Sechs waren noch dort oben unter den Wolken geblieben, angeführt von der einzigen

Albatros, die von vorn bis hinten und von Flügelspitze zu Flügelspitze in reinem Scharlachrot gestrichen war. Die Feinde hatten die Entwicklung des Kampfes abgewartet, um sich nun auf Nachzügler zu stürzen. Sie bildeten die zweite Sicherung der Falle — und Michael wußte, wer die scharlachrote Albatros flog. Der Mann war zu beiden Seiten der Linien eine lebende Legende, denn er hatte bereits über dreißig alliierte Flugzeuge abgeschossen. Es war jener Mann, den sie den Roten Baron nannten.

Die Alliierten bekämpften diese Legende und versuchten das Bild des unbesiegbaren Baron Manfred von Richthofen zu besudeln, indem sie behaupteten, er sei eine Hyäne und ein Feigling, der seine hohe Trefferzahl nur erreicht hatte, weil er den Kampf unter gleichen Bedingungen mied und sich beschädigte Flugzeuge, Neulinge und Nachzügler aussuchte, bevor er angriff.

Und da lauerte er nun wie ein feuerroter Geier über dem Schlachtfeld und über Andrew, der allein und ungeschützt, tausend Meter von Michael, seinem nächsten Verbündeten, entfernt, zu entkommen versuchte — und diese neue Gefahr nicht zu sehen schien. Die haiförmige Nase direkt auf Andrew gerichtet, stieß die rote Maschine von oben herab. Die fünf anderen deutschen Kampfflieger folgten.

Michael setzte unwillkürlich zu einer Drehung an, die ihn zur Unterstützung an Andrews Seite gebracht hätte, doch seine Hände und Füße brachen ohne eine bewußte Willensentscheidung das Umkehrmanöver ab, und die gelbe SE5a raste im Tiefflug weiter auf die sicheren britischen Linien zu. Er sah, daß die deutschen Maschinen das einsame grüne Flugzeug umkreisten wie Schäferhunde ein verirrtes Mutterschaf. Er sah, wie Andrew sie mit großartigem Mut und technischem Geschick abwehrte, jeden Angriff zurückschlug und alle seine Gegner zum Abdrehen zwang, indem er sich ihnen frontal entgegenstellte, aber die anderen waren immer an seinen Flanken und Seiten und beschossen ihn.

Dann bemerkte Michael, daß Andrews Geschütze schwiegen. Die Trommel war leer, und er wußte, daß das Nachladen ein komplizierter Vorgang war. Das Vickers-Maschinengewehr auf der Motorhaube war offenbar überhitzt und klemmte. Andrew stand im Cockpit und hämmerte mit beiden Fäusten auf den Verschlußblock der Waffe, um sie wieder in Gang zu bringen, und von Richthofens rote Albatros kam auf Schußweite an Andrew heran.

»O Gott, nein!« hörte Michael sich stöhnen, ebenso erschrocken über seine eigene Feigheit wie über die Gefahr, in der Andrew schwebte; doch er drehte nicht um.

Dann geschah abermals ein Wunder, denn die rote Albatros schwenkte, ohne das Feuer zu eröffnen, leicht ab und flog für einen Augenblick in gleicher Höhe mit der grünen SE5a.

Von Richthofen mußte gesehen haben, daß Andrew unbewaffnet war, und offenbar lehnte er es ab, einen wehrlosen Mann zu töten. Als er nur wenige Meter neben dem Cockpit, in dem sich Andrew verzweifelt mit dem blockierten Vickers abmühte, vorbeiflog, hob er kurz die Hand zum Gruß — eine Ehrenbezeugung für einen mutigen Gegner —, und dann drehte er ab, um die fliehenden Briten zu verfolgen. Der Schwarm flog ihm nach — nein — eine hellblaue Albatros mit schwarzweiß karierten Tragflächen setzte sich hinter Andrew in die Schußposition, die von Richthofen freigemacht hatte, und Michael hörte das Stakkato des MGs.

Eine einzige riesige Flamme umloderte Andrews Kopf und Schultern, als sein Treibstofftank explodierte. Feuer hüllte ihn ein, und Michael sah Andrew wie ein verbranntes, schwarzes Insekt aus dem Cockpit kriechen und sich über den Cockpitrand stürzen, da er den schnellen Tod durch freien Fall dem Flammentod vorzog. Der grüne Schal um Andrews Hals stand in Flammen, und er zog eine Feuergirlande hinter sich her, bis sein Fall schneller wurde und der Wind die Flammen auslöschte. Andrew drehte sich, er fiel mit kreuzförmig ausgebreiteten Armen und Beinen und war bald außer Sichtweite. Michael verlor ihn aus den Augen. Andrew schlug dreitausend Meter tiefer auf dem Boden auf.

»Hätte uns denn, um Himmels willen, nicht irgend jemand wissen lassen können, daß von Richthofen wieder in diesem Sektor operiert?« brüllte Michael den Staffeladjutanten an. »Gibt es in dieser verdammten Armee keinen Nachrichtendienst? Diese Möchtegern-Agenten vom Divisionsstab sind für Andrews Tod verantwortlich!«

»Das ist wirklich ungerecht, alter Junge«, murmelte der Adjutant und paffte an seiner Pfeife. »Du weißt doch, wie dieser Richthofen vorgeht. Täuschungsmanöver, Irreführungen und so weiter.«

Von Richthofen hatte eine eigene Strategie entwickelt, er ließ seine Flugzeuge auf offene Transporter verladen und von Frontabschnitt zu Frontabschnitt bringen. Er tauchte mit seinen sechs Elitepiloten immer dort auf, wo man ihn am wenigsten erwartete, verbreitete unter den unvorbereiteten alliierten Fliegern ein paar Tage oder eine Woche lang Angst und Schrecken und zog dann wieder weiter.

»Ich habe im Divisionshauptquartier angerufen, als die erste unserer Maschinen gelandet war, und da hat man die Nachricht gerade erst erhalten. Sie glauben, daß von Richthofen und seine Truppe vorläufig auf dem alten Flughafen südlich von Douai stationiert ist —«

»Das nützt uns jetzt, da Andrew tot ist, auch nichts mehr.« Als Michael das sagte, kam ihm die Ungeheuerlichkeit des Geschehenen erst richtig zu Bewußtsein, und seine Hände begannen zu zittern. Er fühlte einen Muskel an seiner Wange zukken. Er mußte sich abwenden. Der Adjutant schwieg, um Michael Zeit zu geben, sich wieder zu fassen.

»Der alte Flugplatz bei Douai —« Michael steckte die Hände in die Taschen, um das Zittern zu verbergen, und zwang sich, nicht an Andrew zu denken. »Diese neuen Geschützstellungen sind also errichtet worden, um von Richthofens Jagdstaffel zu bewachen.«

»Michael, du bist jetzt Geschwaderkommandant — jedenfalls vorläufig, bis der Divisionsstab dich bestätigt oder einen anderen Kommandanten einsetzt.«

Michael drehte sich um, die Hände noch immer in den Taschen, und nickte sinnend; seiner Stimme traute er noch nicht recht.

»Du wirst eine neue Dienstliste erstellen müssen«, drängte ihn der Adjutant sanft, und Michael schüttelte leicht den Kopf, so als wollte er gewisse Gedanken verscheuchen.

»Wir können nichts anderes tun, als in voller Staffelstärke aufzusteigen«, sagte er. »Und das bedeutet, daß wir die ganztägige Überwachung des der Staffel zugeordneten Sektors nicht aufrechterhalten können.«

Der Adjutant nickte. Es war offensichtlich, daß Einzeleinsätze in dieser Situation selbstmörderisch gewesen wären.

»Wie viele sind im Augenblick einsatzfähig?« fragte Michael.

»Im Augenblick acht — vier Maschinen sind schwer beschädigt. Wenn das so weitergeht, wird es ein verdammt blutiger April, fürchte ich.«

»Ganz recht«, nickte Michael. »Weg mit der alten Dienstliste. Wir können heute nur zwei Einsätze fliegen. Alle acht Maschinen. Sag dem Divisionsstab, daß schätzungsweise sechs neue Artilleriebatterien in Position sind und daß ich an den Albatrossen der Richthofen-Truppe eine Konstruktionsänderung festgestellt habe.« Er erklärte, wie der Motorkühler versetzt wurde. »Sag ihnen, ich vermute, daß die Deutschen sechzig Albatrosse dieses neuen Typs in von Richthofens Jagdstaffel einsetzten. Wenn du das alles erledigt hast, dann ruf mich, und wir werden die neue Dienstliste ausarbeiten, aber laß die anderen bitte wissen, daß wir zu Mittag einen Einsatz fliegen. Was ich jetzt brauche, ist ein heißes Bad und eine Rasur.«

Glücklicherweise hatte Michael den ganzen Tag keine Zeit, über Andrews Tod nachzudenken. Er flog beide Einsätze mit der zusammengeschmolzenen Staffel, und obgleich das Wissen, daß sich Richthofens Truppe in diesem Sektor befand, an ihren Nerven zerrte, verliefen die Patrouillenflüge völlig ruhig. Sie sahen nicht eine einzige feindliche Maschine.

Nachdem sie bei Einbruch der Dämmerung wieder gelandet waren, nahm Michael eine Flasche Rum, ging zu Mac und seiner Mechanikermannschaft, die bei Laternenlicht an den beschädigten Maschinen arbeiteten, und blieb eine Stunde bei ihnen, um sie aufzumuntern, denn alle waren bekümmert und deprimiert über die hohen Verluste dieses Tages — besonders über Andrews Tod — Andrew, den sie alle verehrt und bewundert hatten.

»Er war ein guter Mann.« Mac richtete sich, bis zu den Ellbögen voll Wagenschmiere, von dem Motor auf, an dem er gerade arbeitete, und nahm den Zinnbecher voll Rum, den Michael ihm reichte. »Er war ein wirklich guter Mann, der Major.« Er sprach allen aus der Seele.

Michael trottete durch den Obstgarten; als er durch die Bäume zum Himmel aufblickte, konnte er die Sterne sehen. Morgen würde wieder gutes Flugwetter sein — und er hatte Angst.

»Es ist aus«, flüsterte er. »Ich bin mit den Nerven am Ende. Ich bin ein Feigling, und durch meine Feigheit ist Andrew umgekommen.« Dieses Wissen hatte er den ganzen Tag über verdrängt. Nun, da er dieser Tatsache ins Auge sah, war es, als verfolge ein Jäger im Busch einen verwundeten Leoparden. Man wußte, er war da, aber der tatsächliche Anblick, wenn man ihm Aug in Auge gegenüberstand, ließ jeden Mann erzittern.

»Ein Feigling«, sagte er laut, um sich mit diesem Wort selbst zu geißeln, und er dachte an Andrews Lächeln und seine keck auf dem Kopf sitzende Wollmütze. »Ein Feigling«, wiederholte er, und der Schmerz war zu groß, als daß er ihn allein hätte ertragen können, also eilte er ins Kasino.

Der Adjutant und die anderen Piloten, von denen einige noch in Fliegerkleidung waren, erwarteten Michael bereits. Es war die Pflicht des rangältesten Offiziers, den »Leichenschmaus«, ein Staffelritual, einzuleiten. Auf einem Tisch in der Mitte des Kasinos standen sieben Flaschen Whisky, Black Label, eine für jeden gefallenen Piloten.

Als Michael den Raum betrat, standen alle auf — nicht seinetwegen, sondern um den gefallenen Fliegern die letzte Ehre zu erweisen.

»Also dann, meine Herren«, sagte Michael. »Schicken wir sie los.«

Der jüngste Offizier, von den anderen bereits auf seine Pflichten hingewiesen, öffnete eine Flasche Whisky. Dann trat er zu Michael, füllte dessen Glas und ging dann, der Dienstrangordnung gemäß, von einem zum anderen. Sie hielten die vollen Gläser hoch und warteten, bis der Adjutant mit der Pfeife zwischen den Zähnen vor dem alten Piano in der Ecke des Kasinos Platz genommen hatte und die Anfangsakkorde von Chopins Trauermarsch anschlug. Die Offiziere der 21. Staffel nahmen Haltung an und klopften mit ihren Gläsern im Rhythmus der Klaviermusik auf die Tische und die Bartheke, und ein oder zwei summten die Melodie leise mit.

Auf der Theke waren die persönlichen Sachen der gefallenen Piloten ausgebreitet. Diese würden nach dem Essen versteigert werden, und die Staffelpiloten zahlten außergewöhnlich hohe Preise, um der Witwe oder der trauernden Mutter ein paar Guineen schicken zu können. Da lagen Andrews Golfschläger, die Michael noch nie gesehen hatte, und die Angelrute, und sein Kummer kehrte in voller Stärke zurück. Er knallte sein Glas mit solcher Wucht auf die Theke, daß der Whisky über den Rand schwappte und einige Spritzer in seinen Augen brannten. Michael wischte sie mit dem Ärmel ab.

Der Adjutant spielte die letzten Takte, dann stand er auf und nahm sein Glas. Schweigend hoben alle ihre Gläser, schalteten eine Gedenksekunde ein und tranken aus. Der junge Offizier schenkte sofort wieder nach. Alle sieben Flaschen mußten geleert werden, so verlangte es die Tradition. Michael verzichtete auf das Abendessen und blieb an der Bar stehen, um die sieben Flaschen leeren zu helfen. Dennoch schien der Alkohol keine Wirkung auf ihn zu haben.

Er bot fünf Guineen für Andrews Golfschläger und die Angelrute. Zu diesem Zeitpunkt waren alle sieben Flaschen bereits leer. Er bestellte noch eine Flasche und nahm sie mit in sein Zelt. Mit der Angelrute auf dem Schoß setzte er sich auf das Feldbett.

Ein paar Minuten später schaute Biggs herein. »Gratuliere zu Ihrem Erfolg, Sir.« Drei andere Piloten hatten gesehen, wie Michael die rosafarbene Albatros abgeschossen hatte.

»Würden Sie mir einen Gefallen tun, Biggs?«
»Natürlich, Sir.«
»Dann seien Sie so gut und hauen Sie ab.«

Die Whiskyflasche war noch zu drei Vierteln voll, als Michael aus dem Zelt schwankte und zu Andrews Motorrad taumelte. Die Fahrt in der kalten Nachtluft machte ihn zwar nüchtern, aber er hatte das Gefühl, so spröde und zerbrechlich zu sein wie altes Glas. Er stellte das Motorrad hinter der Scheune ab und setzte sich auf die Strohballen, um zu warten.

Die Stunden vergingen unheimlich langsam, und mit jeder Stunde, die die Kirchturmuhr schlug, wuchs seine Sehnsucht nach Centaine, bis sie fast unerträglich wurde. Jede halbe Stunde ging er zur Tür der Scheune und spähte den dunklen Pfad entlang, bevor er wieder zu seiner Flasche und dem Nest im Stroh zurückkehrte.

Er trank den Whisky in kleinen Schlucken, und in seinem Kopf rollten immer und immer wieder ein paar Sekunden ab, in denen Andrew gestorben war. Er versuchte diese Bilder zu verdrängen, aber es gelang ihm nicht. Er mußte Andrews Todeskampf unzählige Male noch einmal durchleben.

»Wo bist du, Centaine? Ich brauche dich so sehr.« Er sehnte sich nach ihr, aber sie kam nicht, und wieder sah er die himmelblaue Albatros mit den schwarz-weiß-karierten Flügeln im Sturzflug auf Andrews grüne Maschine zurasen, sah Andrews blasses Gesicht. Michael preßte die Finger an die Augen, bis der Schmerz die Bilder vertrieb.

»Centaine«, flüsterte er. »Bitte komm.«

Die Kirchturmuhr schlug drei Uhr früh, und die Whiskyflasche war leer.

Sie kommt nicht mehr, gestand er sich schließlich ein, und als er ins Freie taumelte und zum nächtlichen Himmel aufsah, wußte er, was er zu tun hatte, um seine Schuld, seinen Kummer und seine Schande zu sühnen.

Im grauen Halbdunkel der Morgendämmerung starteten die erschöpften Flieger zur Frühpatrouille. Hank Johnson war nun stellvertretender Kommandant und flog als Michaels Flügelmann.

Als sie über dem Wald waren, schwenkte Michael leicht ab, auf den kleinen Hügel hinter dem Gut zu. Obwohl er ahnte, daß sie auch an diesem Morgen nicht da sein würde, schob er die Schutzbrille hoch und hielt nach ihr Ausschau.

Die Hügelkuppe war verlassen, und er schaute nicht einmal zurück.

Heute ist mein Hochzeitstag, dachte er, während er den Himmel über der Hügelkette absuchte, und mein Brautführer ist tot, und meine Braut —. Er dachte den Gedanken nicht zu Ende.

Während der Nacht hatte sich wieder eine Wolkenbank gebildet. In viertausend Meter Höhe lag eine Wolkendecke, die sich dunkel und drohend über den ganzen Himmel spannte. Darunter war es klar bis zu einer Höhe von tausendsechshundert Metern, wo sich graue Wolken zu einer mächtigen Schicht auftürmten.

Michael flog der Staffel voran durch eines der Löcher in dieser Wolkenschicht und hielt die Maschine direkt unterhalb der oberen Wolkendecke auf gleicher Höhe. Der Luftraum unter ihnen war leer. Während sein Blick unablässig über den Himmel schweifte, griff er mit der freien Hand in die Tasche seines Mantels und überzeugte sich davon, daß das Paket, das er kurz vor dem Start vorbereitet hatte, noch da war.

Durch die Lücken in der Wolkendecke bestimmte er immer wieder die Position. Er kannte jeden Zentimeter des Gebietes, das seiner Einheit zugeordnet war, wie ein Bauer sein Land. Als sie die westliche Grenze ihres Abschnitts erreicht hatten, kehrte Michael um und warf einen Blick auf die Uhr. Elf Minuten später sah er die Krümmung des Flußlaufs und das sonderbar geformte Buchenwäldchen, das ihm eine genaue Bestimmung der Position erlaubte.

Er nahm ein wenig Gas weg, und die gelbe Maschine trieb ein paar Meter zurück, bis er sich neben Hank Johnsons Tragflächen befand. Er warf dem Texaner einen Blick zu und nickte. Er hatte seine Absicht vor dem Start mit Hank besprochen, und Hank hatte versucht, ihn davon abzubringen. Auch jetzt verzog Hank den Mund, als hätte er eine unreife Pflaume verschluckt, um sein Mißfallen kundzutun, dann schnitt er eine mißmutige Grimasse und winkte Michael einen Abschiedsgruß zu.

Michael verminderte das Tempo noch etwas und tauchte unter der Staffel weg. Hank führte sie weiter nach Osten, während Michael leicht nach Norden abschwenkte und tiefer ging.

Innerhalb weniger Minuten war die Staffel am Horizont verschwunden, und Michael war allein. Er ließ die Maschine sinken, bis sie die untere Wolkenschicht erreicht hatte, die er als Deckung benutzte. Er flog abwechselnd in der kalten Dunstschicht und in den klaren Zwischenräumen, überquerte einige Kilometer südlich von Douai die Linien und entdeckte dann die neuen deutschen Geschützstellungen am Rand des Waldes.

Der alte Flugplatz war in seiner Karte eingezeichnet. Er konnte ihn bereits aus einer Entfernung von mehr als acht Kilometern sehen, weil die Räder der deutschen Albatrosse beim Starten und Landen tiefe Spuren im weichen Boden hinterlassen hatten. Als er noch drei Kilometer entfernt war, entdeckte er die deutschen Maschinen am Waldrand und lange Reihen von Zelten und Unterständen unter den Bäumen dahinter.

Plötzlich ertönte das Krachen und Zischen einer Explosion, und etwas seitlich über ihm zerbarst eine Flakgranate. Sie sah aus wie eine reife Baumwollschote, als sie, trügerisch hübsch anzusehen, in dem gedämpften Licht unter den Wolken aufplatzte und weichen weißen Rauch versprühte. Unmittelbar darauf erfolgte das Krachen und Knattern einer vollen Salve. Die Luft um ihn herum war von Schrapnellgeschossen erfüllt.

Michael drückte die Nase seiner Maschine nach unten und beschleunigte, so daß die Nadel des Drehzahlmessers in die Höhe schnellte, bis sie sich im roten Bereich befand. Er griff in die Tasche, nahm das Paket heraus und legte es sich auf die Knie.

Die Erde und der Wald rasten auf ihn zu, und er zog einen

langen Schweif explodierender Schrapnells hinter sich her. Zweihundert Fuß über den Baumwipfeln fing er das Flugzeug ab, und der Flugplatz lag direkt vor ihm. Er sah die bunten Jagdmaschinen in einer langen Reihe auf dem Vorfeld stehen, die haiförmigen Nasen zu ihm emporgerichtet. Er suchte nach der himmelblauen Maschine mit den karierten Tragflächen, konnte sie aber nirgends entdecken.

Am Rand des Flugfeldes lief alles durcheinander. Deutsche Bodenmannschaften rannten in den Wald, während dienstfreie Piloten in aller Eile in ihre Fliegerjacken schlüpften und auf die abgestellten Flugzeuge zuliefen. Sie mußten wissen, daß es sinnlos war, jetzt aufzusteigen, um die britische Maschine einzuholen, aber sie versuchten es trotzdem.

Michael griff nach dem Abzugshebel. Die Flugzeuge standen ordentlich in einer Linie, und die Piloten dicht daneben — Michael lächelte grimmig, drückte die Nase nach unten und visierte sie mit dem Vickers an.

In hundert Fuß Höhe fing er die Maschine abermals ab, ließ den Abzugshebel der Vickers los und nahm das Paket von den Knien. Als er direkt über der deutschen Linie war, beugte er sich aus dem Cockpit und warf das Paket über Bord. Das Band, das er um das Paket gewickelt hatte, entrollte sich im Luftschraubenstrahl der SE5a und fiel am Rand des Flugplatzes zu Boden.

Als Michael die Drosselklappe öffnete und in Richtung Wolkenbank aufstieg, warf er einen Blick in den Spiegel über seinem Kopf und sah, daß sich einer der deutschen Piloten nach dem Paket bückte — dann begann die SE5a zu schaukeln und zu zucken, als die deutschen Flakgeschütze das Feuer wieder eröffneten und eine der Granaten direkt unter ihm explodierte. In Sekundenschnelle befand er sich wieder im Schutz der Wolkenbank.

Er nahm Kurs auf Mort Homme. Während er flog, dachte er an das Paket, das er gerade abgeworfen hatte. In der Nacht hatte er eines seiner alten Hemden zu einem langen Streifen zerschnitten, um ihn als Sichtzeichen zu benutzen, und hatte das Ende dieses Stoffstreifens mit einer Handvoll 303-Patronen beschwert. Dann hatte er in das andere Ende des Bandes eine handgeschriebene Mitteilung eingenäht.

Zuerst hatte er versucht, die Nachricht in deutscher Sprache abzufassen, mußte sich aber schließlich eingestehen, daß sein Deutsch hoffnungslos unzureichend war. In von Richthofens Jagdstaffel gab es ganz gewiß einen Offizier, der so viel Englisch verstand, um seine Mitteilung übersetzen zu können:

An den deutschen Piloten der blauen Albatros mit den schwarzweiß karierten Tragflächen.

Sir,

der unbewaffnete und hilflose britische Flieger, den Sie gestern ermordet haben, war mein Freund.

Heute zwischen sechzehn Uhr und sechzehn Uhr dreißig werde ich in einer Höhe von achttausend Fuß über den Dörfern Cantin und Aubigny-au-Bac patrouillieren.

Ich fliege einen gelb gestrichenen SE5a-Aufklärer.

Ich hoffe, Sie dort zu treffen.

Als Michael zum Stützpunkt zurückkehrte, waren die anderen bereits gelandet.

»Mac, mir scheint, ich hab' ein paar Kugeln abgekriegt.«

»Schon gesehen, Sir. Keine Sorge, das wird sofort erledigt.«

»Ich habe die Gewehre nicht abgefeuert, aber es wäre gut, wenn Sie das Visier noch einmal überprüfen.«

»Fünfzig Meter?« Mac fragte nach der Schußweite.

»Dreißig wären mir lieber, Mac.«

»Klingt nach einem Nahkampf, Sir«, meinte Mac und pfiff durch die Zähne.

»Ich hoffe es, Mac, und da wir gerade dabei sind — sie ist etwas schwanzlastig. Trimmen Sie sie so, daß ich freihändig fliegen kann.«

»Werde mich persönlich darum kümmern, Sir«, versprach Mac.

»Danke, Mac.«

»Verpassen Sie den Schweinekerlen eine Kugel für Mr. Andrew, Sir.«

Der Adjutant erwartete ihn. »Alle Maschinen sind wieder einsatzfähig, Michael. Zwölf auf der Dienstliste.«

»Gut. Hank übernimmt die Mittagspatrouille, und ich fliege um fünfzehn Uhr neununddreißig allein.«

»Allein?« Der Adjutant nahm überrascht seine Pfeife aus dem Mund.

»Allein«, bestätigte Michael. »Und bei Anbruch der Dämmerung Einsatz in voller Stärke, wie gewöhnlich.«

Der Adjutant machte sich Notizen. »Übrigens, hier ist eine Nachricht von General Courtney. Er will sein Bestes tun, um der Hochzeit heute abend beiwohnen zu können. Er ist fast sicher, daß er kommen kann.«

Michael lächelte zum erstenmal an diesem Tag.

»Ich hoffe, du kommst auch, Bob.«

»Darauf kannst du wetten. Die ganze Staffel wird da sein. Alle freuen sich schon sehr darauf.«

Michael sehnte sich nach einem Whisky. Er eilte auf das Kasino zu.

Himmel, es ist erst acht Uhr morgens, dachte er und blieb stehen. Er fühlte sich leer und ausgebrannt, der Whisky würde seinem Körper wieder Saft und Wärme geben, und er spürte, wie seine Hände vor unbändigem Verlangen zu zittern begannen.

Es kostete ihn sehr viel Überwindung, am Kasino vorbei zu seinem Zelt zu gehen. Dann fiel ihm ein, daß er letzte Nacht nicht geschlafen hatte.

Biggs saß vor dem Zelt auf einer Packkiste und polierte Michaels Stiefel, sprang aber sofort auf, als er ihn sah, und salutierte mit ausdruckslosem Gesicht.

»Schluß damit!« Michael lächelte ihm zu. »Tut mir leid, wegen gestern abend, Biggs. War verdammt unhöflich von mir. Ich hab's nicht so gemeint.«

»Weiß ich, Sir.« Biggs entspannte sich.

»Wecken Sie mich um drei, Biggs. Ich habe eine Menge Schlaf nachzuholen.«

Es war nicht Biggs, der ihn weckte, sondern die Rufe der Bodenmannschaft, die Schritte rennender Männer, der tiefe jammernde Ton der Flakgeschütze am Rand des Obstgartens und das Dröhnen einer Mercedes-Maschine in der Luft.

Michael taumelte mit zerzausten Haaren und blutunterlaufenen Augen im Halbschlaf aus dem Zelt.

»Was, zum Teufel, ist geschehen, Biggs?«

»Ein Deutscher, Sir — dieser unverschämte Kerl greift den Stützpunkt an.«

»Er hat sich wieder abgesetzt«, riefen andere Piloten und Männer der Bodenmannschaft unter den Bäumen, als sie auf den Rand des Flugplatzes zurannten.

»Hat nicht einen einzigen Schuß abgefeuert.«

»Habt Ihr ihn gesehen?«

»Eine Albatros — blau mit schwarzweißen Flügeln. Der Teufel hätte fast das Kasinodach mitgenommen.«

»Er hat etwas abgeworfen — Bob holt es gerade.«

Michael lief zurück in sein Zelt, um in seine Jacke zu schlüpfen und Tennisschuhe anzuziehen. Als er wieder aus dem Zelt stürzte, hörte er zwei oder drei Maschinen starten. Ein paar Piloten wollten den deutschen Eindringling verfolgen.

»Keiner startet!« brüllte Michael und hörte, noch bevor er das Büro des Adjutanten erreichte, wie die Maschinen wieder abgestellt wurden.

An der Tür standen ein paar neugierige Piloten, und Michael drängte sich durch, als der Adjutant gerade an dem Zugband nestelte, mit dem der Leinenbeutel verschlossen war, den die deutsche Maschine abgeworfen hatte. Die Fragen, Kommentare und Vermutungen verstummten augenblicklich, als alle sahen, was der Leinenbeutel enthielt. Der Adjutant ließ den schmalen Streifen grüner Seide durch seine Finger gleiten. Der Stoff war mit schwarz umrandeten Löchern übersät und mit schwarzem, getrocknetem Blut befleckt.

»Andrews Schal«, sagte er überflüssigerweise, »und seine Flasche.« Das Silber war stark verbeult, aber der Rauchquarz auf dem Verschluß glitzerte goldgelb, und der Inhalt gluckerte leise. Er stellte die Flasche weg und nahm die anderen Gegenstände aus dem Beutel. Andrews Ordensbänder, die bernsteinfarbene Zigarettenspitze, eine Geldbörse mit Schnappverschluß, in der noch drei Münzen waren, und seine schweinslederne Brieftasche. Als der Adjutant die Brieftasche umdrehte, fiel ein Foto von Andrews Eltern heraus.

»Was ist denn das?« Der Adjutant hielt ein gelbbraunes Kuvert aus dickem, glänzendem Papier in der Hand, das mit einem Wachsstempel versiegelt war. »Es ist adressiert an den Piloten der gelben SE5a.« Der Adjutant sah Michael erstaunt an. »Das bist du, Michael — wie, zum Teufel —?«

Michael nahm den Umschlag und brach das Siegel mit dem Daumennagel auf.

Das Kuvert enthielt ein einzelnes Blatt Papier von der gleichen erstklassigen Qualität. Der Brief war handgeschrieben, der Text in perfektem Englisch abgefaßt:

Sir,

Ihr Freund, Lord Andrew Killigerran, wurde heute morgen mit allen militärischen Ehren auf dem Friedhof der protestantischen Kirche von Douai beigesetzt.

Ich möchte Sie höflich darauf hinweisen, und Sie gleichzeitig warnen, daß das Töten im Krieg niemals Mord ist. Das Ziel des Krieges ist die Vernichtung des Feindes um jeden Preis.

Ich freue mich, Sie bald zu treffen.

Jagdstaffel 2 Otto von Greim Douai

Alle starrten Michael erwartungsvoll an, als er den Brief zusammenfaltete und in die Tasche steckte.

»Sie haben Andrews Leiche gefunden«, sagte er ruhig, »und ihn mit allen militärischen Ehren heute morgen in Douai begraben.«

»Verdammt anständig von ihnen«, murmelte einer der Piloten.

»Ja, wenn man bedenkt, daß sie Deutsche sind«, sagte Michael und wandte sich zum Gehen.

»Michael«, der Adjutant hielt ihn zurück, »ich glaube, Andrew hätte gewollt, daß du das hier bekommst.«

Er reichte Michael die silberne Hüftflasche. Michael drehte sie bedächtig in den Händen. Die Beule in dem Metall rührte wahrscheinlich vom Aufschlag her, dachte er und schauderte.

»Ja«, sagte er und nickte. »Ich werde sie in Ehren halten.«

Er drehte sich um und bahnte sich seinen Weg durch die schweigende Gruppe der Offiziere.

Biggs half ihm beim Ankleiden, wobei er den Einzelheiten noch mehr Aufmerksamkeit schenkte als gewöhnlich.

»Ich habe sie gut eingefettet, Sir«, betonte er, als er Michael in die weichen Stiefel aus Kuduleder half.

Michael tat so, als hätte er die Bemerkung nicht gehört. Obwohl er sich nach dem Trubel um das deutsche Flugzeug wieder hingelegt hatte, war es ihm nicht gelungen, noch einmal einzuschlafen. Trotzdem war er ruhig, sogar zu ruhig. »Was war das, Biggs?« fragte er vage.

»Ich hab' gesagt, daß Ihre Galauniform bereit liegen wird, wenn Sie zurückkommen — und der Koch hat mir gute zwanzig Liter heißes Wasser für Ihr Bad versprochen.«

»Danke, Biggs.«

»Es geschieht ja auch nicht jeden Tag, Mr. Michael.«

»Das stimmt, Biggs, einmal im Leben ist genug.«

»Ich bin sicher, Sie und die junge Dame werden sehr glücklich. Meine Frau und ich sind kommenden Juni schon zweiundzwanzig Jahre verheiratet, Sir.«

»Das ist eine lange Zeit, Biggs.«

»Ich hoffe, Sie brechen meinen Rekord, Mr. Michael.«

»Ich werd's versuchen.«

»Noch etwas, Sir.« Biggs war verlegen und schnürte die Stiefel, ohne aufzublicken. »Man sollte nicht allein fliegen, Sir. Zu unsicher, Sir, wenn Sie wenigstens Mr. Johnson mitnehmen würden, Verzeihung, Sir — ich weiß, ich hab' nicht das Recht, das zu sagen.«

Michael legte seine Hand für einen Augenblick auf Biggs Schulter. Das hatte er noch nie getan.

»Halten Sie das Bad für mich bereit, wenn ich zurückkomme«, sagte er und stand auf.

Als er gebückt aus dem Zelt trat, sah Biggs ihm nach, ohne ihm auf Wiedersehen zu sagen oder ihm viel Glück zu wünschen, obwohl er sich nur mit Mühe zurückhalten konnte, dann hob er Michaels Jacke auf und faltete sie mit übertriebener Sorgfalt zusammen.

Als der Wolseley-Motor ansprang und griff, gab Michael Gas, bis die Maschine tief und gleichmäßig dröhnte. Dann lauschte er dem Motorengeräusch für dreißig Sekunden kritisch, bevor er zufrieden zu Mac aufsah, der mit zerzausten Haaren und flatterndem Overall neben dem Cockpit auf der Tragfläche stand.

»Wunderbar, Mac!« überschrie er den Motorenlärm, und Mac grinste.

»Machen Sie ihnen die Hölle heiß, Sir«, erwiderte Mac und sprang zu Boden, um die Bremskeile von den Rädern des Fahrgestells zu entfernen.

Unwillkürlich holte Michael tief Luft, als wollte er in einen der kühlen grünen Tümpel des Tugelaflusses tauchen, dann öffnete er die Drosselklappe, und die große Maschine rollte los. Der kleine Hügel hinter dem Gut war wieder verlassen, aber er hatte nichts anderes erwartet. Nun lag das Gut direkt vor ihm, und er flog in Höhe des rotgedeckten Daches daran vorüber. Nichts rührte sich. Sobald er an dem Gut vorbei war, zog er eine Schleife, um noch einmal an dem Haus vorbeizufliegen.

Diesmal sah er etwas. Eines der Fenster in Bodennähe, nahe der Küche, wurde aufgestoßen. Und jemand winkte ihm mit einem gelben Tuch, aber er konnte nicht erkennen, wer es war. Er kam noch einmal zurück und ging diesmal so tief hinunter, daß das Fahrwerk fast die Steinmauer berührte, die Annas Gemüsegarten umschloß. Er erkannte Centaine am Fenster. Der dunkle Haarschopf und die großen Augen waren unverkennbar. Sie beugte sich weit heraus, rief ihm etwas zu und schwenkte den gelben Schal, den sie an jenem Tag getragen hatte, als sie zu Sean Courtney geflogen waren.

Als Michael die Maschine schließlich wieder hochzog, fühlte er sich wie neugeboren. Die Starrheit fiel von ihm ab und seine Teilnahmslosigkeit verschwand, nun fühlte er sich wieder stark und vital. Er hatte sie gesehen, nun würde alles gutgehen.

»Es war Michael«, rief Centaine glücklich, als sie sich vom Fenster abwandte und zu Anna umdrehte, die auf dem Bett saß. »Ich habe ihn gesehen, Anna, er war es ganz sicher. Oh, wie geschickt er das gemacht hat — er ist gekommen, um mich zu sehen, Papa zum Trotz!«

Annas Gesicht wurde faltig und rot vor Mißbilligung. »Es bringt dem Bräutigam kein Glück, wenn er die Braut am Hochzeitstag sieht.«

»Ach, Unsinn, Anna, du redest manchmal solchen Quatsch. Oh, Anna, er sieht so gut aus!«

»Was du heute abend gewiß nicht tun wirst, wenn wir jetzt nicht weitermachen.«

Centaine tanzte durch das Zimmer und setzte sich neben Anna auf das Bett. Sie nahm die alte, elfenbeinfarbene Spitze des Hochzeitskleides auf, hielt die Nadel gegen das Licht und fädelte mit zusammengekniffenen Augen den Faden ein.

»Ich habe mich entschieden«, erklärte sie. »Ich werde nur Söhne haben, mindestens sechs Söhne, und keine Töchter. Ein Mädchen zu sein, ist wirklich langweilig, das möchte ich keinem meiner Kinder antun.« Sie machte ein paar Stiche und hielt dann wieder inne. »Ich bin so glücklich, Anna, und so aufgeregt. Glaubst du, daß der General kommen wird? Wann, glaubst du, ist dieser dumme Krieg endlich aus, damit Michael und ich nach Afrika gehen können?«

Während Anna ihrem Geplapper zuhörte, wandte sie ein wenig den Kopf ab, um ihr liebevolles Lächeln zu verbergen.

Die gelbe SE5a stieg kraftvoll in das hellgraue Gewölbe des Himmels. Michael steuerte auf eine der Lücken in der Wolkenschicht zu, raste blitzschnell hindurch und kam in dem freien Korridor zwischen den Wolken hervor. Hoch über ihm lag immer noch die geschlossene Wolkendecke, aber die Luft darunter war so klar wie Kristall. Als der Höhenmesser achttausend Fuß anzeigte, brachte Michael die Maschine in die Horizontale. Er flog genau in der Mitte zwischen den Wolkenbänken über und unter ihm, konnte seine Landmarken aber durch die Löcher in der unteren Wolkenschicht erkennen.

Die Dörfer Cantin und Aubigny-au-Bac waren nichts als verlassene, von Granaten zerstörte Ruinen. Nur ein paar ragten wie Denkmäler aus der schlammigen, aufgewühlten Erde. Die beiden Dörfer waren acht Kilometer voneinander entfernt, und durch die braunen Felder dazwischen schlängelten sich die feindlichen Linien. Die Granattrichter, bis zum Rand mit brakkigen Wasser gefüllt, blinkten zu ihm herauf wie blinde Augen.

Michael sah auf die Uhr. Es war vier Minuten vor vier, und er begann den leeren Himmel abzusuchen. Dann und wann nahm er die Hände von den Instrumenten und bewegte die Finger, gleichzeitig krümmte er die Zehen in den Kudulederstiefeln — er machte Lockerungsübungen wie ein Rennläufer vor dem Start. Er faßte mit beiden Händen den Abzugshebel, um das Gleichgewicht der Maschine zu testen, und sie flog gleichmäßig geradeaus. Dann feuerte er aus jedem Gewehr zwei kurze Schußserien ab, nickte befriedigt und blies über die behandschuhten Finger seiner rechten Hand.

»Jetzt brauch' ich einen Drink«, sagte er und nahm Andrews silberne Flasche aus der Tasche. Der Alkohol rann warm durch seine Adern, doch er widerstand der Versuchung, noch einen Schluck zu nehmen. Er verschloß die Flasche und steckte sie wieder in die Tasche. Dann schwenkte er auf den für Patrouillenflüge festgesetzten Kurs ab, doch in diesem Augenblick entdeckte er in der Ferne den winzigen schwarzen Fleck vor dem grauen Hintergrund der Wolkendecke, unterbrach das Manöver und hielt die Maschine auf dem bisherigen Kurs.

Die andere Maschine befand sich ebenfalls in achttausend Fuß Höhe und näherte sich rasch; sie kam von Norden, also aus der Richtung von Douai, und Michael fühlte, wie sich das Adrenalin in seinem Blut mit dem Alkohol vermischte. Seine Wangen brannten, sein Magen verkrampfte sich. Er öffnete die Drosselklappe und flog genau auf die andere Maschine zu.

Da die beiden Flugzeuge mit unverminderter Geschwindigkeit aufeinander zurasten, wurde die andere Maschine vor Michaels Augen blitzschnell größer. Er sah das helle Blau der Nase und der Propellernabe, die von den Propellerflügeln verschleiert wurde, und die breiten, ausgestreckten schwarzen Falkenflügel. Er sah den behelmten Kopf des Piloten zwischen den beiden schwarzen Spandau-Maschinengewehren, die auf dem Motorgehäuse angebracht waren, und das Blitzen seiner Schutzbrille, als er sich vorbeugte, um durch das Visier zu spähen.

Michael stieß den Gashebel vor, und der Motor heulte auf. Er hielt den Steuerknüppel mit den Fingerspitzen der linken Hand wie ein Maler seinen Pinsel, während er seinerseits den Deutschen anvisierte und mit der rechten Hand nach dem Abzugshebel griff.

Sein Haß und seine Wut wuchsen ebenso rasch wie das Bild seines Feindes, und er beherrschte sich nur mühsam. Er sah die Mündungen der Spandau-Maschinengewehre in seine Richtung schwenken und helles Mündungsfeuer aufblitzen, rotflakkernd wie der Mars in mondlosen Nächten. Er zielte auf den Kopf des anderen Piloten, drückte auf den Abzug und fühlte, wie das Flugzeug bebte, als seine Gewehre zu knattern begannen.

Michael wäre nicht einmal auf den Gedanken gekommen, diesen Frontalangriff abzubrechen. Sein Ziel nahm ihn ganz in Anspruch, er versuchte das Gesicht des Deutschen zu treffen, um ihm die Augen aus den Höhlen und das Gehirn aus dem Schädel zu schießen. Er spürte, wie die Kugeln der Spandaus am Stoff und am Gestänge seiner Maschine zerrten, und hörte sie mit einem giftig zischenden Laut an seinem Kopf vorbeifliegen, ohne sie zu beachten.

Er sah, wie seine eigenen Kugeln weiße Splitter aus dem Propeller der deutschen Maschine rissen, und mußte wütend feststellen, daß sie ihr eigentliches Ziel verfehlten. Die beiden Flugzeuge waren auf direktem Kollosionskurs, und Michael machte sich auf den Aufprall gefaßt, ohne den Versuch zu unternehmen, seitlich abzuschwenken oder die Hand vom Abzug zu nehmen.

Doch im allerletzten Augenblick drehte die Albatros ab und brach ungestüm nach rechts aus. Dann gab es einen lauten Knall, und die SE5a erbebte. Im Vorbeifliegen hatten die Tragflächen der beiden Maschinen einander berührt. Michael sah einen Stoffetzen an seiner Flügelspitze flattern. Er trat voll auf das Seitenruderpedal, um zu wenden, fühlte, wie sich die Tragflächen durch den Druck verbogen, dann hatte er es geschafft. Die Albatros war vor ihm, aber noch außer Schußweite.

Michael drückte mit aller Kraft auf den Gashebel, der Motor heulte auf vollen Touren, und der Abstand zu der Albatros verringerte sich noch immer nicht.

Der Deutsche drehte leicht ab und stieg nach links auf, und Michael folgte ihm. Der Aufstieg war so steil, daß sie beide fast senkrecht flogen, und die Geschwindigkeit beider Maschinen begann sich zu verringern, die der SE5a allerdings viel schneller, so daß der Deutsche seinen Vorsprung ausbauen konnte.

»Das ist nicht dieselbe Albatros!« Michael stellte erschrocken fest, daß die Versetzung des Kühlers nicht die einzige Konstruktionsänderung gewesen war. Er kämpfte gegen einen neuen Flugzeugtyp, ein verbessertes Modell, das schneller und kraftvoller war als seine SE5a.

Er sah den breiten Bogen der schwarzweiß karierten Tragflächen und den Kopf des deutschen Piloten, der sich umdrehte, um ihn zu beobachten, und er versuchte seine Gewehre in Anschlag zu bringen, indem er das Visier herumschwenkte, während er die Nase der Maschine in die entgegengesetzte Richtung drehte.

Der Deutsche vollführte ein Ausweichmanöver, wendete und kam frontal geradewegs wieder auf Michael zu, so daß ihn die Spandaus mit ihren kleinen roten Augen anblitzten, und diesmal war Michael zum Abdrehen gezwungen, weil der Deutsche schneller und höher flog. Der Deutsche war gut, und Michaels Magen verkrampfte sich, als er das erkannte.

Er warf ihm einen Blick zu und mußte dazu das Kinn heben. Der Deutsche gab den Blick zurück, und seine Schutzbrille verlieh ihm das Aussehen eines Monsters; dann blickte Michael für einen Augenblick an dem hellblauen Flugzeugrumpf vorbei auf die hohe Wolkendecke darüber, und seine scharfen Augen entdeckten eine winzige Bewegung.

Sein Herzschlag setzte für einen Augenblick aus, und das Blut in seinen Adern schien sich zu verdicken und langsamer zu fließen — dann begannen seine Pulse zu rasen, während die Luft pfeifend aus seinen Lungen entwich.

»Ich möchte Sie höflich darauf hinweisen und gleichzeitig warnen«, hatte der Deutsche geschrieben, »das Ziel jedes Krieges ist die Vernichtung des Feindes um jeden Preis.«

Michael hatte die Warnung gelesen, begriff sie aber erst jetzt. Der Feind hatte seine naiv-romantische Vorstellung von einem Einzelduell in eine tödliche Falle verwandelt. Wie ein Kind hatte er sich selbst ausgeliefert. Er hatte Zeit und Ort, ja sogar die Flughöhe bekanntgegeben. Die blaue Maschine diente bloß als Köder. Er staunte über seine eigene Naivität, als er die feindlichen Flugzeuge aus der Wolkenbank hervorstoßen sah.

Wie viele sind es? fragte er sich. Er hatte keine Zeit, sie zu zählen, aber es sah nach einer ganzen Jagdstaffel dieses neuen Albatros-Modells aus; also waren es mindestens zwanzig, ein schneller und lautloser Schwarm, der sich juwelenbunt gegen den düsteren Himmel abhob.

Ich werde das Versprechen, das ich Centaine gegeben habe, nicht einhalten können, dachte er und warf einen Blick nach unten. Die Wolkenbank lag tief unter ihm, aber es gab keinen anderen Zufluchtsort. Er konnte nicht darauf hoffen, gegen zwanzig der geschicktesten Fliegerasse Deutschlands im Kampf zu bestehen; wenn sie ihn einmal erreicht hätten, würde er kaum noch länger als ein paar Sekunden leben, und sie näherten sich rasch, während ihn die blaue Maschine umkreiste und für den tödlichen Streich festhielt.

Und nun, da er sich dem Tod, den er freiwillig gesucht hatte, gegenübersah, wollte Michael plötzlich leben. Er drückte den

Steuerknüppel nach vorn, und die Maschine wurde wie ein Stein aus ihrer Schleife katapultiert. Aber Michael hatte die große Maschine fest in der Hand und nutzte ihr Schubkraft, um in einen steilen Sturzflug überzugehen und mit ungeheurer Geschwindigkeit auf die Wolkenschicht unter ihm zuzurasen. Das Manöver brachte seinen Gegner aus dem Gleichgewicht, der sich aber sofort wieder erholte. Die Albatros raste wie ein blauer Blitz hinter ihm her, während die vielfarbige Jagdstaffel von oben auf sie beide herabstürzte.

Michael beobachtete sie im Spiegel und mußte feststellen, daß dieses neue Albatros-Modell im Sturzflug noch schneller war. Er warf einen flüchtigen Blick auf die Wolkenbank. Die grauen Falten, die ihm noch vor wenigen Sekunden feucht und kalt und wenig einladend erschienen waren, bildeten nun seine einzige Hoffnung auf Rettung und Leben; jetzt, da er auf der Flucht war, kehrte die Angst zurück und packte ihn wie ein dunkler, fürchterlicher Dämon. Er hatte keine Chance, sie würden ihn einholen, bevor er die schützende Wolkendecke erreichte, und er klammerte sich, wie erstarrt von dieser neuen, lähmenden Angst, an den Steuerknüppel.

Das Knattern der MGs ließ ihn aufschrecken. Im Spiegel sah er die tanzenden roten Mündungsblitze dicht hinter sich, und etwas traf ihn mit betäubender Wucht in den unteren Teil des Rückens. Die Gewalt des Aufpralls trieb ihm die Luft aus den Lungen, und er wußte, daß er unbedingt aus der Schußlinie der blauen Albatros kommen mußte. Die Kugeln schlugen fortwährend in seine Maschine ein, und die SE5a ließ eine Tragfläche sinken und begann zu trudeln.

Himmel, Wolken und einzelne Fleckchen Erde, unterbrochen von buntfarbigen Albatrossen mit flackernden, knatternden Gewehren wirbelten vor Michaels Augen. Er fühlte den Schlag, als er wieder getroffen wurde, diesmal direkt unterhalb der Hüfte ins Bein. Er schaute nach unten und sah, daß das Geschoß durch den Boden eingedrungen war und seinen Oberschenkel aufgerissen hatte. Das Blut spritzte in hellen Fontänen aus der Arterie.

Die Feuerstöße aus den Maschinengewehren drangen aus allen Richtungen auf ihn ein, und er konnte sich nicht verteidigen, weil seine Maschine außer Kontrolle geraten war, sie drehte sich, warf in einem heftigen Rhythmus die Nase hoch und schmierte gleich darauf wieder ab.

Michael bemühte sich, sie wieder unter Kontrolle zu bringen, ihre Kreiselbewegungen zu stoppen, und bei dieser Anstrengung strömte das Blut noch stärker aus dem verletzten Oberschenkel, und er spürte die ersten Anzeichen von Schwäche und Schwindel. Er nahm eine Hand vom Steuerknüppel, preßte den Daumen in die Leistengegend und suchte nach dem Druckpunkt, und als er ihn fand, versiegte der dicke, rote Blutstrahl allmählich.

Dann versuchte er noch einmal, das schwer beschädigte Flugzeug unter Kontrolle zu bringen, indem er den Steuerknüppel vordrückte, um die Nase der Maschine zu senken, und Vollgas gab, um sie mit Gewalt aus der Kreisbewegung zu pressen. Sie reagierte widerwillig, und er versuchte das Maschinengewehrfeuer, das von allen Seiten auf ihn losprasselte, zu ignorieren.

Er warf einen Blick in den Spiegel und sah, daß ihn die blaue Albatros wieder gefunden hatte und dicht hinter ihm herraste, um ihm den Gnadenstoß zu versetzen.

Doch bevor noch das schreckliche Knattern des Spandau-Maschinengewehres wieder einsetzen konnte, fühlte Michael kalte Dunstschleier über sein Gesicht streifen, graue Wolkenfetzen fegten über das offene Cockpit, dann zerfloß das Licht, und er befand sich in einer düsteren, dämmrigen Welt, einer Welt, in der alles gedämpfter und ruhiger war, einer Welt, wo die Spandaus die Stille des Himmels nicht länger stören konnten. In den Wolken konnten sie ihn nicht finden.

Sein Blick klammerte sich automatisch an die kleinen, mit Glyzerin gefüllten Glasröhrchen am Armaturenbrett, und er richtete mit wenigen beherrschten Bewegungen die Blasen in den Röhrchen nach ihren Markierungen aus, so daß die SE5a in gleichbleibender Höhe geradeaus durch die Wolken flog. Dann drehte er sie sanft nach dem Kompaß in Richtung Mort Homme.

Am liebsten hätte er sich übergeben — das war die erste Reaktion nach der Angst und der Spannung des Kampfes. Er rang nach Luft und schluckte, um den Brechreiz zu unterdrükken, und dann fühlte er, daß ihn die Schwäche wieder zu übermannen drohte. Es war so, als wäre in seinem Schädel eine Fledermaus gefangen. Die schwarzen, weichen Flügel flatterten hinter seinen Augen, und sein Blick verdunkelte sich hin und wieder.

Er versuchte die Dunkelheit durch Blinzeln zu verscheuchen und sah hinunter. Er drückte noch immer mit dem Daumen auf die Stelle in seiner Leistengegend, aber noch nie zuvor hatte er so viel Blut gesehen. Seine Hand war über und über mit Blut verschmiert, und die Finger klebten. Der Ärmel der Jacke war bis über den Ellbogen durchnäßt. Das Blut hatte die Hose in eine rote, klebrige Masse verwandelt und war in den Stiefel geströmt. Auf dem Boden des Cockpits hatte das Blut Pfützen gebildet und gerann bereits zu Klumpen, die wie Johannisbeermarmelade aussahen.

Er ließ den Steuerknüppel für einen Augenblick los und beugte sich in den Schultergurten vor, um seinen Rücken abzutasten. Er entdeckte die andere Schußwunde drei Zentimeter neben der Wirbelsäule, direkt neben dem Beckenknochen. Es gab keine Austrittswunde. Die Kugel steckte also noch in seinem Körper, und er war sicher, daß er innerlich blutete. Der Bauch fühlte sich so gespannt und aufgedunsen an, weil sich die Bauchhöhle mit Blut füllte.

Die Maschine begann wieder zu trudeln, und er packte den Steuerknüppel, um sie abzufangen, aber er brauchte einige Sekunden dazu. In seinen Fingerspitzen kribbelte es, und ihm war kalt. Seine Reaktionen wurden immer langsamer, und auch die geringste Bewegung strengte ihn an.

Doch er fühlte keinen Schmerz, nur eine Taubheit, die sich vom Rücken bis zu den Knien ausbreitete. Er nahm den Daumen von der Druckstelle, um die Wunde am Oberschenkel abzutasten, und augenblicklich spritzte eine helle Blutfontäne hervor, und Michael preßte hastig den Daumen wieder auf die Stelle und konzentrierte sich auf die Fluginstrumente.

Wie lange war es noch bis Mort Homme? Er versuchte es auszurechnen, aber sein Gehirn arbeitete langsam und ungenau. Neun Minuten von Cantin, das wußte er, doch wie lange flog er schon? Er hatte keine Ahnung, daher schob er den Ärmel hoch, um auf die Uhr zu sehen. Zu seiner Verwunderung mußte er die Striche auf dem Ziffernblatt wie ein Kind abzählen.

Darf nicht zu früh aus den Wolken auftauchen, sie erwarten mich sicher schon, dachte er schwerfällig und sah plötzlich das Ziffernblatt der Armbanduhr doppelt.

»Centaine«, sagte er plötzlich, »wie spät ist es? Ich werde zu spät zur Hochzeit kommen.« Trotz seiner Schwäche wurde er plötzlich von Panik erfaßt, und die dunklen Fledermausschwingen hinter seinen Augen flatterten verzweifelt.

»Ich hab' es ihr versprochen. Ich hab es ihr geschworen!« schrie er. Er sah auf die Uhr.

»Sechs Minuten nach vier — das ist unmöglich«, dachte er verstört. »Die verdammte Uhr geht falsch.« Er verlor das Gefühl für die Wirklichkeit.

Die SE5a durchstieß die Wolkendecke und befand sich in einem hellen Loch.

»Ich muß mein Versprechen halten«, murmelte er. Der Verlust jeder Verbindung zur Erde verwirrte ihn. Er fühlte, wie ihn das Schwindelgefühl wieder übermannte. Er ließ die SE5a langsam durch die Wolkendecke nach unten sinken und kam in die Helligkeit. Unter ihm lag die vertraute Landschaft, die Hügel und die Frontlinien weit hinten, und vor ihm, idyllisch und friedlich, die Wälder und das Dorf mit dem Kirchturm.

Centaine, ich komme, dachte er, und dann befiel ihn eine entsetzliche Schwäche, die ihn zu erdrücken und zu ersticken schien.

Er drehte den Kopf und entdeckte das Gut. Das rosa Dach war wie ein Leuchtfeuer, das ihn unwiderstehlich anzog, und die Nase der Maschine schien sich ohne sein Zutun zu senken.

»Centaine«, flüsterte er. »Ich komme — wart auf mich, ich komme.« Und dann wurde es so dunkel in ihm, daß es ihm schien, als verschwinde er in einem langen Tunnel.

Er hörte ein Brausen in den Ohren, es klang wie das Geräusch der Brandung, das man in manchen Muschelschalen hören kann, und er konzentrierte sich mit aller Kraft und starrte durch die Dunkelheit des engen Tunnels, um ihr Gesicht zu sehen, lauschte durch das Tosen auf ihre Stimme.

»Centaine, wo bist du? O Gott, wo bist du, meine Liebste?«

Centaine stand vor dem hohen Spiegel in dem vergoldeten Rahmen und betrachtete mit dunklen, ernsten Augen ihr Spiegelbild.

»Morgen bin ich schon Madame Michel Courtney«, sagte sie feierlich, »nie wieder Centaine de Thiry. Ist das nicht ein schrecklicher Gedanke, Anna?« Sie berührte ihre Schläfen. »Glaubst du, daß ich mich dann anders fühle? So ein bedeutendes Ereignis muß mich verändern — ich kann danach doch nicht mehr dieselbe sein!«

»Wach auf, Kind«, trieb Anna sie wieder an. »Wir haben noch viel zu tun. Jetzt ist nicht der richtige Zeitpunkt zum Träumen.« Sie nahm das weite Kleid und zog es über Centaines Kopf.

»Ob uns Mama jetzt so sieht, Anna? Ob sie weiß, daß ich ihr Hochzeitskleid trage, und ob sie das wohl glücklich macht?«

Anna brummte etwas Unverständliches, als sie niederkniete, um den Rocksaum zu kontrollieren. Centaine strich die feinen alten Spitzen an den Hüften glatt und lauschte dem gedämpften Klang von Männerlachen aus dem Großen Salon in der Etage unter ihnen.

»Ich bin so glücklich, daß der General kommen konnte. Ist er nicht ebenso stattlich wie Michel, Anna? Diese Augen — sind sie dir aufgefallen?«

Anna brummte wieder, aber diesmal mit mehr Nachdruck, und ihre Hände zögerten einen Augenblick, als sie an den General dachte.

Na, das ist ein richtiger Mann, hatte sie gedacht, als sie Sean

Courtney aus dem Rolls-Royce steigen und die Freitreppe hinaufgehen sah.

»In seiner Uniform mit den Orden sieht er einfach großartig aus«, fuhr Centaine fort. »Wenn Michel älter ist, werde ich darauf bestehen, daß er sich auch so einen Bart wachsen läßt. Eine solche Erscheinung —«

Wieder drang schallendes Gelächter herauf. »Er und Papa verstehen sich gut, meinst du nicht auch, Anna? Hör dir das an!«

»Ich hoffe, sie lassen noch etwas von dem Cognac für die anderen Gäste übrig, brummte Anna und richtete sich mühsam auf, dann fiel ihr plötzlich etwas ein und sie blieb, eine Hand in die Seite gestemmt, regungslos stehen.

»Wir hätten das Meißner und nicht das Sèvres-Porzellan aufdecken sollen. Es hätte besser zu den rosa Rosen gepaßt.«

»Daran hättest du gestern denken sollen«, warf Centaine rasch ein. »Ich fange nicht noch einmal von vorn an.«

Die beiden Frauen hatten den ganzen vorangegangenen Tag und fast die ganze Nacht zu tun gehabt, um den Großen Salon vorzubereiten. Die Vorhänge waren grau vor Staub gewesen und die hohe Decke so dicht mit Spinnweben verhangen, daß die Szenen aus der Mythologie, die sie schmückten, fast nicht zu erkennen waren. Niesend und mit roten Augen hatten sie den Raum gesäubert, das Silber geputzt, das fleckig und stumpf geworden war, und jedes Stück des rotgoldenen Sèvres-Porzellans gewaschen und abgetrocknet.

Schließlich erstrahlte der Salon in neuem Glanz, der feine Parkettboden schimmerte vom Bohnerwachs, die Nymphen, Göttinnen und Faune tanzten und sprangen und jagten über die gewölbte Decke, das Silber funkelte, und die ersten von Annas wertvollen Rosen aus dem Gewächshaus schimmerten im Kerzenlicht.

»Wir hätten ein paar Torten mehr machen sollen«, meinte Anna besorgt, »diese Soldaten haben einen Appetit wie Ackergäule.«

»Das sind keine Soldaten, sondern Flieger«, wies Centaine sie zurecht, »außerdem haben wir genug, um die gesamten alliierten Truppen zu verköstigen —« Centaine unterbrach sich. »Hör doch, Anna!«

Anna watschelte zum Fenster und sah hinaus. »Da sind sie!« rief sie aus. »Und viel zu früh!« Der graubraune Laster, der spröde und altjüngferlich wirkte auf seinen hohen, schmalen Rädern, kam den langen Kiesweg heraufgetuckert, und auf der Ladefläche drängten sich alle dienstfreien Offiziere der Staffel, während der Adjutant mit der Pfeife zwischen den Lippen hinter dem Lenkrad saß und das Fahrzeug die breite Auffahrt hinaufsteuerte.

»Hast du die Vorratskammer abgeschlossen?« fragte Anna besorgt. »Wenn diese Bande das Essen findet, bevor wir soweit sind —«

Anna hatte ihre Busenfreundinnen aus dem Dorf, die nicht geflüchtet waren, zur Mitarbeit gewonnen, und nun bogen sich die Regale im Vorratsraum von kalten Pasteten, Torten, Schinken und Apfelkuchen, von Schweinsfüßen, Trüffeln in Aspik und vielen anderen Köstlichkeiten.

»Es ist nicht das Essen, das sie so früh hierhergelockt hat.« Centaine trat neben sie ans Fenster. »Papa hat die Kellerschlüssel. Sie sind also bestens versorgt!«

Der Graf eilte bereits die Marmortreppe hinunter, um sie zu begrüßen, und der Adjutant bremste den Laster so plötzlich ab, daß zwei der Flieger auf dem Vordersitz landeten.

»Na also«, rief er, offensichtlich erfreut darüber, endlich wieder festen Boden unter den Füßen zu haben, »Sie müssen der nette alte Graf sein, stimmt's? Wir sind die Vorhut, wie nennt man das auf Französisch, lávant-garde, nicht wahr?«

»Ja, gewiß!« Der Graf ergriff seine Hand. »Unsere tapferen Verbündeten. Sie sind herzlich willkommen! Willkommen! Darf ich Ihnen etwas zu trinken anbieten?«

»Siehst du, Anna«, sagte Centaine lächelnd, als sie sich vom Fenster abwandte, »es gibt keinen Grund zur Sorge. Sie verstehen einander. Das Essen ist vor ihnen sicher, wenigstens für eine Weile.«

Sie nahm den Brautschleier vom Bett und legte ihn sich lose über den Kopf, dann betrachtete sie sich im Spiegel.

»Heute muß der glücklichste Tag meines Lebens werden«, flüsterte sie. »Nichts darf geschehen, um ihn zu verderben.«

»Es wird auch nichts geschehen, mein Kind«, Anna trat hinter sie und drapierte die feine Spitze des Schleiers um ihre Schultern.

»Du wirst eine wunderschöne Braut sein. Wie schade, daß niemand aus der Gesellschaft hier ist, um dich zu sehen!«

»Still, Anna«, meinte Centaine sanft. »Keine Klagen. Alles ist tadellos. Ich möchte es gar nicht anders.«

Sie hob ein wenig den Kopf. »Anna!«

»Was ist denn?«

»Hörst du das?« Centaine wirbelte herum. »Das ist er. Das ist Michel. Er kommt.«

Sie lief ans Fenster und hopste, vor Freude ganz außer sich, wie ein kleines Mädchen vor dem Schaufenster eines Spielzeugladens.

»Hör nur! Er kommt hierher!« Sie erkannte das charakteristische Geräusch des Motors, auf das sie so oft gewartet hatte.

»Ich sehe ihn nicht.« Anna stand hinter ihr und verdrehte die Augen, um in die Wolken hinaufzustarren.

»Er muß sehr tief fliegen«, begann Centaine. »Ja! Ja! Da ist er, direkt über dem Wald.«

»Jetzt sehe ich ihn auch. Ist er auf dem Weg zum Flugplatz in dem Obstgarten?«

»Nein, nicht bei diesem Wind. Ich glaube, er kommt hierher.«

»Ist er es wirklich? Bist du sicher?«

»Natürlich bin ich sicher — erkennst du denn nicht die Farbe? Mon petit jaune!«

Die anderen hatten es auch gehört. Unter dem Fenster wurden Stimmen laut, und ein paar der Hochzeitsgäste traten durch die Flügeltüren des Salons auf die Terrasse — allen voran Sean Courtney in der eleganten Uniform eines britischen Generals, und der Graf, dessen blaugoldene Uniform eines Obersten der Infantrie Napoleons III. noch prunkvoller wirkte. Sie hatten alle Gläser in der Hand, und ihre Stimmen verrieten die fröhliche Stimmung und heitere Kameradschaft.

»Ganz recht, das ist Michael«, rief jemand aus. »Ich möchte wetten, daß er uns eine Kunstflugvorstellung geben wird. Er nimmt das Hausdach mit, ihr werdet schon sehen!«

Centaine stimmte in das Lachen ein und klatschte in die Hände, als die gelbe Maschine näherkam — dann hielt sie mitten in der Bewegung inne.

»Anna«, sagte sie, »da stimmt etwas nicht.«

Das Flugzeug war nun nahe genug, daß alle sehen konnten, wie unregelmäßig es flog — eine Tragfläche sank nach unten, und die Maschine trudelte auf die Baumwipfel zu, dann wurde sie wieder hart nach oben gerissen, so daß die Tragflächen wackelten, und dann fiel sie auf die andere Seite ab.

»Was hat er vor?« Der Klang der Stimmen auf der Terrasse veränderte sich.

»Mein Gott, er ist in Schwierigkeiten — ich glaube —«

Die SE5a zog eine ziellose, lange Schleife nach rechts, und da sahen sie den schwerbeschädigten Rumpf und die zerfetzte Oberfläche der Flügel. Die Maschine sah aus wie der Kadaver eines Fischs, der von einem Rudel Haie angegriffen worden war.

»Er ist schlimm zerschossen worden!« brüllte einer der Piloten.

»Ja, er ist schwer angeschlagen.«

Die SE5a streifte nun fast die Bäume.

»Er setzt zur Notlandung an!« Einige der Piloten sprangen über die Mauer der Terrasse und liefen auf den Rasen hinaus.

»Hierher, Michael!«

»Zieh die Nase hoch, Mann!«

»Zu langsam!« brüllte ein anderer. »Öffne die Drosselklappe. Gib Gas!«

Die laut gebrüllten Ratschläge waren vergeblich, das Flugzeug torkelte schwerfällig auf den Rasen zu.

»Michel«, hauchte Centaine, »komm zu mir, Michel.«

Das letzte Hindernis war eine Baumreihe, uralte Buchen, an deren Ästen die ersten neuen Blätter zu sprießen begannen. Sie standen am weitesten vom Gutshaus entfernt, am Rand der Rasenfläche.

Die gelbe SE5a verschwand hinter ihnen, und der Motor begann zu stottern.

»Zieh sie hoch, Michael!«

»Zieh sie hoch! Verdammt noch mal!«

»Bitte, Michel, flieg über die Bäume. Komm zu mir, mein Liebling.«

Der Motor heulte noch einmal auf, und sie sahen die Maschine wie einen großen gelben Fasan steil aus dem schützenden Gebüsch aufsteigen.

»Er schafft es.«

Alle sahen, daß die Maschine die Nase zu hoch hielt, sie schien über den kahlen, blattlosen Ästen zu zögern, und die Äste streckten sich wie Klauen eines Ungeheuers in die Höhe — dann sank die gelbe Nase nach vorn.

»Er hat's geschafft!« jubelte einer der Piloten, aber das Fahrgestell verfing sich in einem der dicken, gekrümmten Äste, und die SE5a machte einen Salto und stürzte zu Boden.

Ihre Nase bohrte sich in die weiche Erde am Rand des Rasens, der Propeller explodierte in einer Wolke von weißen Splittern, dann knickte krachend das hölzerne Gestänge ein, und der Rumpf sackte zusammen, zerquetscht wie ein Schmetterling, dessen hellgelbe Flügel sich um den gekrümmten Körper falteten — und Centaine sah Michael.

Er war über und über mit Blut beschmiert und hing, den Kopf zurückgelegt, in den Schultergurten aus dem offenen Cockpit.

Michaels Kameraden rannten über den Rasen. Centaine sah, daß der General sein Glas fallen ließ und über die Terrassenmauer hechtete. Das steife Bein hemmte ihn beim Laufen, und er hatte Schwierigkeiten, das Gleichgewicht zu halten, aber er holte die jüngeren Männer ein.

Der erste von ihnen hatte das zerschellte Flugzeug schon fast erreicht, als es plötzlich in Flammen aufging. Tosend und prasselnd loderten die fahlgelben Flammen empor — und die Männer blieben stehen, zögerten und wichen schließlich zurück; sie hoben die Hände, um ihre Gesichter vor der Hitze zu schützen.

Sean Courtney stürmte an ihnen vorbei und rannte, ungeachtet der atemberaubenden, erstickenden Hitzewelle direkt auf das Feuer zu, doch vier junge Offiziere sprangen vor, packten ihn an den Armen und den Schultern und rissen ihn zurück.

Sean wehrte sich so verzeifelt, daß drei andere herbeieilen mußten, um ihn zurückzuhalten. Sean brüllte, es war ein tiefer, kehliger, unmenschlicher Laut, der klang wie das Gebrüll eines Büffelbullen in der Falle, und er versuchte durch die Flammen nach dem Mann zu greifen, der in dem zerquetschten Rumpf des gelben Flugzeuges gefangen war.

Dann, ganz plötzlich verstummte der Laut, und Sean brach zusammen. Wenn ihn die Männer nicht gehalten hätten, wäre er in die Knie gesunken. Die Arme sanken kraftlos herab, aber er starrte weiterhin in die Feuerwand.

Centaine hörte, wie dicht neben ihr jemand zu schreien begann. Sie nahm an, daß es Anna war. Es waren Schreie höchster Qual, und sie spürte, wie sie zu zittern begann wie ein junger Baum im Sturmwind.

Es war ein Alptraum. Sie konnte den Blick nicht abwenden, als die Gestalt in dem Cockpit schwarz wurde und zu schrumpfen begann, während die Glieder krampfhaft zuckten und in der Hitze langsam zusammenklappten, und die Schreie erfüllten ihren Kopf und betäubten sie. Jetzt erst erkannte sie, daß es nicht Anna war, die schrie, sondern sie selbst. Die Schmerzensschreie kamen aus der Tiefe ihrer Brust, die ihr wie winzige Glasscherben die Kehle aufzuschlitzen schienen.

Sie fühlte, wie sich Annas Arme um sie legten und sie hochhoben, um sie vom Fenster fortzutragen. Sie wehrte sich mit aller Kraft, aber Anna war zu stark. Sie legte Centaine auf das Bett und drückte ihr Gesicht an ihren breiten, weichen Busen. Als Centaine schließlich verstummte, streichelte Anna ihr übers Haar und begann sie sanft zu wiegen, wobei sie leise vor sich hinsummte.

Michael Courtney wurde auf dem Friedhof von Mort Homme im Familiengrab der de Thiry bestattet.

Das Begräbnis fand bei Laternenlicht noch in derselben Nacht statt. Der Geistliche, der ihn trauen hätte sollen, las nun die Totenmesse.

»Ich bin die Auferstehung und das Leben, spricht der Herr —«

Centaine, das Gesicht hinter einem schwarzen Schleier verborgen, stützte sich auf den Arm ihres Vaters. Anna hielt ihren anderen Arm.

Centaine weinte nicht. Auch nachdem ihre Schreie verstummt waren, hatte sie nicht geweint. Es war so, als hätten die Flammen auch ihre Seele ausgedörrt und in eine Wüste verwandelt.

»Oh, vergib mir das Unrecht und die Sünden meiner Jugend —«

Sie hörte die Worte wie aus weiter Ferne, als wären sie jenseits der Friedhofsmauer gesprochen worden.

Michel hat kein Unrecht begangen, dachte sie. Er war ohne Sünde, aber, ja, er war jung — o Herr, viel zu jung. Warum mußte er sterben?

Sean Courtney stand gegenüber, auf der anderen Seite der hastig aufgeschaufelten Grabstelle, und einen Schritt hinter ihm sein Fahrer und Diener, der Zulu Sangane. Centaine hatte noch nie einen Neger weinen gesehen. Seine Tränen glänzten auf der samtig-dunklen Haut wie Tautropfen auf Blütenblättern. »Mensch, gedenke, daß du Staub bist und wieder zum Staub zurückkehrst, denn voll der Not —«

Centaine blickte in das tiefe, lehmige Loch und betrachtete den armseligen Sarg aus rohen Brettern, der hastig in der Werkstatt des Geschwaders gezimmert worden war, und sie dachte: Das ist nicht Michel. Das ist nicht wahr. Das alles ist ein schrecklicher Alptraum. Gleich werde ich aufwachen, und Michel wird zurückfliegen — und ich werde mit Nuage auf dem Hügel warten, um ihm zuzuwinken.

Ein unangenehmes, hartes Geräusch ließ sie aufschrecken. Der General war vorgetreten, und einer der jungen Offiziere hatte ihm einen Spaten gereicht. Die Erdklumpen fielen dumpf auf den Sarg, und Centaine wandte sich ab.

»Nicht, Michel«, flüsterte sie hinter dem dunklen Schleier. »Du gehörst nicht dort hinunter. Für mich wirst du immer ein Geschöpf des Himmels sein. Für mich wirst du immer dort oben im blauen Himmel sein —« Und dann: »Au revoir, Michel, bis zu unserem Wiedersehen, mein Liebster. Jedesmal, wenn ich zum Himmel aufblicke, werde ich an dich denken.«

Centaine saß am Fenster. Als sie sich den Hochzeitsschleier um die Schultern legte, wollte Anna protestieren, hielt sich aber zurück.

Anna saß auf dem Bett, und beide schwiegen.

Sie hörten die Männer unten im Salon. Kurz vorher hatte jemand Klavier gespielt, sehr schlecht, dennoch hatte Centaine den Trauermarsch von Chopin erkannt und gehört, wie die anderen mitsummten. Es war ihre Art, sich von einem der Ihren zu verabschieden — aber es hatte Centaine nicht weiter berührt. Später hatte sie dann gehört, wie der Klang ihrer Stimmen allmählich rauher wurde. Sie waren schwer betrunken, und Centaine wußte, daß auch dies ein Teil ihres Rituals war. Dann wurde gelacht — ein betrunkenes Lachen mit melancholischem Unterton — und gesungen, heiser und unmelodisch, und sie fühlte wieder nichts. Sie saß tränenlos im Kerzenlicht und lauschte dem Gesang und den Geräuschen des Krieges.

»Du mußt schlafen, Kind«, sagte Anna einmal zärtlich wie eine Mutter, aber Centaine schüttelte nur den Kopf, und Anna drang nicht weiter in sie. Statt dessen schraubte sie den Docht hinunter, breitete eine Steppdecke über Centaines Knie und ging hinunter, um einen Teller mit Schinken und kalter Pastete und ein Glas Wein zu holen.

»Du mußt etwas essen, Kind«, flüsterte Anna — und Centaine drehte sich langsam zu ihr um.

»Nein, Anna«, sagte sie. »Ich bin jetzt kein Kind mehr. Dieser Teil von mir ist heute gestorben — mit Michel. Du sollst mich nie wieder so nennen.«

»Ich verspreche dir, ich tu es nie wieder«, sagte Anna.

Die Kirchturmuhr schlug zwei, und etwas später hörten sie,

wie die Offiziere der Staffel das Haus verließen. Einige waren so betrunken, daß sie von ihren Kameraden getragen und wie Mehlsäcke auf die Ladefläche des Lasters geworfen wurden, und der Lastwagen ratterte hinaus in die Nacht.

Dann klopfte es leise, und Anna erhob sich, um die Tür zu öffnen.

»Ist sie noch wach?«

»Ja«, erwiderte Anna flüsternd.

»Darf ich mit ihr reden?«

»Treten Sie ein.«

Sean Courtney kam herein und blieb dicht neben Centaines Stuhl stehen. Sie konnte den Whisky riechen, aber er stand sicher wie ein Granitblock, und seine Stimme klang tief und beherrscht; trotzdem spürte sie, daß er seinen Kummer mit Gewalt zurückhielt.

»Ich muß jetzt gehen, meine Liebe«, sagte er in Afrikaans, und Centaine stand auf, ließ die Steppdecke von ihren Knien gleiten, blieb mit dem Hochzeitsschleier über den Schultern vor ihm stehen und sah ihm in die Augen.

»Sie waren sein Vater«, sagte sie, und mit seiner Selbstbeherrschung war es vorbei. Er wankte und stützte sich mit der Hand auf den Tisch, als er sie anstarrte.

»Wie haben Sie das herausgefunden?« flüsterte er, und Centaine spürte, daß ihn sein Kummer zu überwältigen drohte. Endlich ließ auch sie ihrem Kummer freien Lauf. Tränen quollen ihr aus den Augen, und ihre Schultern bebten lautlos. Er nahm sie in die Arme und drückte sie an die Brust, und sie ließ es geschehen. Beide schwiegen eine Zeitlang, bis ihr Schluchzen schwächer wurde und schließlich aufhörte. Dann sagte Sean: »Für mich sind Sie Michaels Frau, also meine Tochter. Wenn Sie mich brauchen, egal wo oder wann, dann lassen Sie es mich sofort wissen.«

Sie nickte, als er sie losließ.

»Sie sind so stark und tapfer«, sagte er. »Das habe ich schon bei unserer ersten Begegnung erkannt. Sie werden durchhalten.«

Er drehte sich um und hinkte aus dem Zimmer, und ein paar

Minuten später hörte Centaine den Kies unter den Rädern des Rolls-Royce knirschen, als der Wagen mit dem hochgewachsenen Zulu hinter dem Lenkrad abfuhr.

Bei Sonnenaufgang ritt Centaine auf den kleinen Hügel hinter dem Gut, und als die Staffel zur Frühpatrouille flog, richtete sie sich im Sattel auf und winkte ihnen zu.

Der kleine Amerikaner, den Michael Hank genannt hatte, flog an der Spitze, und er wackelte mit den Flügeln und winkte ihr zu, und sie winkte zurück und lachte, während ihr Tränen über die Wangen liefen, und sich im kalten Morgenwind wie Eiszapfen anfühlten.

Sie und Anna hatten den ganzen Vormittag zu tun, um den Salon aufzuräumen und das Geschirr und das Silber zu säubern und wegzuschließen. Zu dritt aßen sie zu Mittag in der Küche die übriggebliebenen Pasteten und Schinken. Centaine war sehr blaß und hatte dunkelblaue Ringe unter den Augen, aber obwohl sie das Essen und den Wein kaum anrührte, redete sie ganz normal, als die Arbeiten und Aufgaben besprochen wurden, die an diesem Nachmittag getan werden mußten. Der Graf und Anna beobachteten sie und wußten nicht, was sie von ihrer unnatürlichen Ruhe halten sollen, und gegen Ende der Mahlzeit konnte sich der Graf nicht mehr zurückhalten.

»Ist mit dir alles in Ordnung, mein Kleines?«

»Der General hat gesagt, ich würde durchhalten«, erwiderte sie. »Ich möchte beweisen, daß er recht hat.« Sie stand vom Tisch auf. »Ich bin in einer Stunde wieder zurück, um dir zu helfen, Anna.«

Sie nahm den Strauß Rosen aus dem Salon und ging zu den Ställen. Sie sattelte Nuage und ritt die Auffahrt hinunter bis zur Straße, und die langen Kolonnen von Männern in Khakiuniform, die gekrümmt unter dem Gewicht ihrer Waffen und Tornister vorbeimarschierten, riefen sie an, als sie vorüberritt, und als sie lächelte und ihnen zuwinkte, schauten sie sehnsüchtig hinter ihr her.

Sie band Nuage am Friedhofstor fest und ging mit den Blumen im Arm um die moosbedeckte Steinkapelle herum. Eine dunkelgrüne Eibe breitete ihre Äste über der Grabstelle der de Thiry aus, aber die Erde war schlammig und zertrampelt, und das Grab sah aus wie eines von Annas Gemüsebeeten, nur nicht so sauber eingeebnet.

Centaine holte einen Spaten aus dem Schuppen am anderen Ende des Friedhofs und machte sich an die Arbeit. Als sie fertig war, legte sie die Rosen auf das Grab und trat zurück. Ihr Rock war schmutzig, die Ränder unter ihren Fingernägeln waren schwarz.

»So«, sagte sie befriedigt. »Nun sieht es schon viel besser aus. Sobald ich einen Steinmetz gefunden habe, laß ich einen Grabstein machen, Michel, und morgen komme ich wieder mit frischen Blumen.«

Den ganzen Nachmittag über arbeitete sie mit Anna, ohne von ihrer Arbeit aufzusehen oder sich für einen Augenblick auszuruhen, und erst kurz vor Einbruch der Dunkelheit ritt sie auf den kleinen Hügel und wartete die Rückkehr der Flugzeuge ab. An diesem Abend fehlten wieder zwei, und die Trauer, die sie empfand, als sie heimritt, galt ihnen ebenso wie Michael.

Nach dem Abendessen zog sie sich in ihr Zimmer zurück, sobald sie und Anna das Geschirr gespült hatten. Sie war völlig erschöpft und sehnte sich nach Schlaf, aber all der Kummer, den sie den ganzen Tag über zurückgehalten hatte, ließ sich in der Dunkelheit nicht mehr unterdrücken, und sie zog das Kissen übers Gesicht, um das Schluchzen zu ersticken.

Bei Tagesanbruch war Centaine wieder auf dem Hügel, und die Tage und Wochen verliefen so eintönig, daß sie sich schließlich hoffnungslos in diesem verzweifelten Alltagstrott gefangen sah. Das tägliche Einerlei änderte sich kaum: ein Dutzend neue SE5a, die noch den graubraunen Anstrich der Fabrik trugen, waren dazugekommen und wurden von Piloten geflogen, an deren Flugkünsten selbst Centaine erkennen konnte, daß es Neulinge waren, während die Zahl der buntgestrichenen Maschinen, die sie kannte, mit jedem Einsatz abnahm. Die Kolonnen von Soldaten, Ausrüstung und Geschützen, die sich unterhalb des Gutes auf der Hauptstraße dahinwälzten, wurden jeden Tag dichter, und es herrschten eine Unruhe und eine Spannung, die auch die Bewohner des Gutshauses erfaßte.

»Nun kann es jeden Augenblick losgehen«, sagte der Graf immer wieder. »Ihr werdet sehen, ich habe recht.«

Und eines Morgens zog der kleine Amerikaner über der Hügelkuppe, wo Centaine wartete, eine Schleife und beugte sich weit aus dem offenen Cockpit, um etwas abzuwerfen. Es war ein kleines Paket mit einem langen Band, das als Markierung diente. Es fiel jenseits des Hügelkammes zu Boden, und Centaine trieb Nuage den Abhang hinunter und fand das Band in einer Hecke am Fuß des Hügels. Sie löste es aus den Dornen, und als Hank wieder über sie hinwegflog, hielt sie es hoch, um ihm zu zeigen, daß sie es gefunden hatte, und er hob grüßend die Hand und flog in Richtung der Hügelkette davon.

Centaine öffnete das Paket in der Stille ihres Zimmers. Es enthielt Fliegerabzeichen und einen Orden in einem roten Lederetui. Sie streichelte die glänzende Seide, auf der das silberne Kreuz befestigt war, und als sie es umdrehte, fand sie ein Datum, Michaels Namen und Dienstrang eingraviert. Der dritte Gegenstand war ein Foto in einem braungelben Umschlag. Es zeigte die Flugzeuge der Staffel Seite an Seite in einem Halbkreis vor den Hangars in Bertangles, und davor die Gruppe der Piloten, die selbstbewußt in die Kamera grinsten. Andrew, der verrückte Schotte, stand neben Michael, er reichte ihm kaum bis zur Schulter, und Michael hatte die Mütze in den Nacken geschoben und die Hände in den Taschen stecken. Er wirkte so heiter und sorglos, daß Centaine das Herz weh tat, daß sie meinte, sie müßte ersticken.

Sie steckte die Fotografie neben die ihrer Mutter in den silbernen Bilderrahmen neben ihrem Bett. Den Orden und die Fliegerabzeichen legte sie zu ihren anderen Schätzen in die Schmuckkassette.

Centaine verbrachte jeden Nachmittag eine Stunde auf dem Friedhof. Sie pflasterte das Grab mit roten Ziegeln, die sie hinter dem Werkzeugschuppen gefunden hatte.

»Nur bis wir einen Steinmetz gefunden haben, Michel«, erklärte sie, und sie durchstreifte die Felder und den Wald nach wilden Blumen, um sie ihm zu bringen.

An den Abenden spielte sie die Aida-Platte und studierte die Seite in ihrem Atlas, auf der der pferdekopfförmige afrikanische Kontinent abgebildet war; oder sie las laut aus den englischen Büchern von Kipling und Bernard Shaw vor, die sie im Zimmer ihrer Mutter aufgestöbert hatte, und der Graf hörte aufmerksam zu und korrigierte ihre Aussprache. Keiner von ihnen erwähnte Michael, doch er war gegenwärtig, er schien ein Bestandteil des Atlasses und der englischen Bücher und der wundervollen Klänge aus Aida zu sein.

Sobald Centaine endlich sicher war, völlig erschöpft zu sein, küßte sie ihren Vater und ging in ihr Zimmer. Doch sobald sie die Kerze auslöschte, übermannte sie wieder der Kummer, und meist öffnete sich nach ein paar Minuten leise die Tür und Anna kam herein, um sie in die Arme zu nehmen.

Eines Morgens noch vor Tagesanbruch, zu einer Zeit, da die Energie jedes Menschen auf dem Tiefpunkt angelangt ist, hämmerte der Graf an Centaines Schlafzimmertür.

»Was ist los?« rief Anna aus ihrer Kammer.

»Kommt!« rief der Graf zurück. »Kommt und seht euch das an.«

Sie schlüpften rasch in ihre Morgenmäntel und folgten ihm durch die Küche hinaus auf den gepflasterten Hof. Wie gebannt starrten sie in den Himmel im Osten, denn obwohl kein Mond schien, war alles in ein seltsam flackerndes, orangefarbenes Licht getaucht.

»Hört nur!« sagte der Graf, und während sie lauschten, schien die Erde unter ihren Füßen zu beben.

»Es hat begonnen«, sagte er, und die beiden Frauen begriffen erst jetzt, daß dies das einleitende Sperrfeuer der alliierten Großoffensive an der Westfront war.

Sie blieben auf und saßen in der Küche, tranken kannenweise schwarzen Kaffee und eilten immer wieder in den Hof hinaus, um das flammende Schauspiel zu betrachten.

Der Graf erklärte den beiden Frauen voller Begeisterung, was nun an der Front vorging. »Das ist das Sperrfeuer, das den Stacheldraht und die feindlichen Schützengräben zerstören soll. Der Deutsche wird aufgerieben«, er wies zum flammenden Himmel, »wer könnte dem schon Widerstand leisten!«

Tausende Artilleriestellungen feuerten alle auf eine Frontlinie von einigen hundert Metern, und das ohne Unterbrechung sieben Tage und sieben Nächte lang. Allein die Unmengen von Metall, die sie gegen die deutschen Linien schleuderten, vernichteten die Schützengräben und Unterstände und pflügten die Erde immer und immer wieder um.

Der Graf glühte vor kriegerisch-patriotischem Eifer. »Ihr wohnt einem historischen Ereignis bei. Ihr seid Zeugen einer der größten Schlachten des Jahrhunderts —« Aber bei Centaine und Anna verwandelte sich das anfängliche Staunen schon bald in Gleichgültigkeit und Desinteresse. Sie wandten sich wieder ihren täglichen Pflichten zu, ohne auf das entfernte Bombardement zu achten; und nachts schliefen sie trotz des Feuerwerkes und der Rufe des Grafen: »Kommt und seht euch das an!«

Dann, am siebenten Morgen, sie saßen gerade beim Frühstück, fiel selbst den Frauen auf, daß sich der Klang und die Stärke des Geschützfeuers verändert hatte.

Der Graf sprang auf und rannte, den Mund voll Brot und Käse, mit der Kaffeetasse in der Hand auf den Hof hinaus.

»Hört doch! Hört ihr das? Jetzt hat die Feuerwalze begonnen!«

Die Artilleriebatterien dehnten nun das Bombardement aus und bildeten eine bewegliche Mauer aus hochexplosiven Granaten, die kein lebendes Wesen überwinden konnte.

»Nun sind die tapferen Alliierten bereit für den entscheidenden Angriff —«

Die Soldaten in der britischen Hauptkampflinie warteten hinter den Brustwehren. Das Donnern der explodierenden Granaten entfernte sich allmählich und ließ sie mit summenden Ohren und halb betäubt zurück. Die Pfeifsignale der Zugsführer gellten durch den Schützengraben, und sie rafften sich auf und drängten sich am Fuß der Sturmleitern. Dann schwärmten sie aus ihren Löchern ins Freie und schauten sich benommen um.

Sie standen in einer völlig verwandelten und verwüsteten Landschaft, in der die Geschütze so gewütet hatten, daß kein einziger Grashalm oder Zweig mehr zu sehen war. Aus dem weichen, kotfarbigen Schlammbrei vor ihnen ragten nur noch die zerfetzten Baumstümpfe. Und über dieser wüsten Landschaft lag der dichte gelbliche Schleier vom Qualm der Granaten. »Vorwärts!« schallte es die Linie entlang, und wieder trillerten die Pfeifen und trieben sie an.

Von den feindlichen Schützengräben war nichts übriggeblieben, sie waren zerstört und eingeebnet. Das Sperrfeuer donnerte unaufhörlich über ihre Köpfe hinweg, und alle paar Sekunden fiel eine zu kurz gezündete Granate in die eigenen, dicht gedrängten Linien.

»In der Mitte aufschließen!« Die Lücken, die die Geschosse in ihre Reihen rissen, wurden augenblicklich von anderen khakifarbenen Körpern wieder ausgefüllt.

»Eine Linie bilden! Eine Linie bilden!« Die Befehle gingen im Lärm der Geschütze fast unter.

Dann sahen sie durch den Rauch ein metallisches Glitzern. Es war eine niedrige Mauer aus Metall, miteinander verzahnte Schuppen aus grauem Stahl, die aussahen wie die Schuppen auf dem Rücken eines Krokodils.

Die deutschen Maschinengewehrschützen hatten sich die siebentägige Vorwarnung zunutze gemacht und hatten, nachdem das britische Sperrfeuer über sie hinweggerollt war, ihre Waffen aus den Bunkern an die Oberfläche gebracht und am Rand des zerstörten Schützengrabens aufgestellt. Jedes dieser Maxim Maschinengewehre war mit einem Stahlschild ausgerüstet, der die Mannschaft vor dem Gewehrfeuer schützte, und die Maschinengewehrstellungen standen so dicht nebeneinander, daß sich die Ränder der Schilde deckten.

Und die britische Infanterie befand sich auf offenem Gelände und marschierte auf eine undurchdringliche Mauer von Maschinengewehren zu. Die Soldaten in den vordersten Reihen schrien gellend auf, als sie die Gewehre sahen, und stürmten los, um mit dem blanken Bajonett anzugreifen. Dann rannten sie in den Stacheldraht.

Man hatte ihnen versichert, daß das Sperrfeuer den Stacheldraht in Stücke reißen würde. Doch die Granaten hatten dem Stacheldraht nichts anhaben können, sie hatten ihn nur so verwickelt und verheddert, daß er einen noch besseren Schutzwall darstellte. Als die Infanteristen in den Stacheldraht stolperten, eröffneten die deutschen MGs das Feuer. Ein wahrer Kugelhagel deckte sie ein und mähte sie nieder; und das Gemetzel übertraf alles, was man im Lauf der Geschichte auf Schlachtfeldern je gesehen hatte.

Die Verluste wären gewiß noch höher gewesen, wenn die Soldaten nicht ihren gesunden Menschenverstand gebraucht und die Reihen aufgelöst hätten. An Stelle des schwerfälligen, umständlichen Frontalangriffs versuchten sie in kleinen Gruppen kriechend und robbend vorzustoßen, aber auch dieser Vorstoß wurde am Ende von den Maschinengewehren zurückgeschlagen.

Und nachdem diese Großoffensive an der Westfront bereits so gut wie gescheitert war, bevor sie noch richtig begonnen hatte, starteten die deutschen Truppen, die die Anhöhen jenseits von Mort Homme hielten, jubelnd den Gegenangriff.

Centaine kamen das plötzliche Verstummen des fernen Bombardements und die sonderbare Stille erst allmählich zu Bewußtsein.

»Was ist geschehen, Papa?«

»Die britischen Truppen haben die deutschen Artilleriestellungen überrannt«, erklärte der Graf aufgeregt. »Ich hätte Lust, hinüberzureiten und das Schlachtfeld zu besichtigen. Ich würde mir diesen Wendepunkt in der Geschichte gern mit eigenen Augen —«

»Sie werden nichts dergleichen tun«, erklärte Anna barsch.

»Du verstehst nicht, Frau, während wir hier stehen und

plaudern, stoßen die Alliierten vor und durchbrechen die deutschen Linien —«

»Was ich verstehe, ist, daß unsere Milchkuh gefüttert und der Stall ausgemistet werden muß.«

»Während die Geschichte an mir vorbeirollt«, kapitulierte der Graf verdrießlich und begab sich murrend in den Keller.

Dann begannen die Kanonen wieder zu donnern, diesmal aber so nahe, daß die Fensterscheiben in ihrem Rahmen klirrten. Der Graf raste die Treppe herauf und stürmte in den Hof.

»Was ist das, Papa?«

»Das ist der Todeskampf der deutschen Armee«, erklärte der Graf, »die letzten Zuckungen eines sterbenden Giganten. Aber mach dir keine Sorgen, Kleines, die britischen Truppen werden ihre Stellungen bald einnehmen. Wir haben nichts zu befürchten.«

Das Donnern der Kanonen schwoll allmählich an und wurde von den britischen Geschützen verstärkt, als sie versuchten, die deutschen Truppen, die sich zum Gegenangriff in den vorderen Schützengräben jenseits der Hügelkette formiert hatten, zurückzuschlagen.

»Es klingt genauso wie im letzten Sommer.« Centaine starrte ahnungsvoll auf die klaren Umrisse der Hügel am Horizont.

»Wir müssen sie unterstützen, wo wir können«, erklärte sie.

»Wir müssen an uns selbst denken«, wandte Anna ein. »Noch leben wir und können nicht —«

»Komm, Anna, verschwenden wir keine Zeit.«

Unter Centaines Anleitung kochten sie vier große Kupferkessel voll Suppe aus Rüben, getrockneten Erbsen, Kartoffeln und Schinkenknochen. Sie verbrauchten großzügig ihre Mehlvorräte, um haufenweise Brot zu backen, und dann beluden sie den kleinen Handwagen und schoben ihn die Auffahrt hinunter zur Hauptstraße.

Centaine konnte sich noch sehr gut an die Kämpfe des letzten Sommers erinnern, aber was sie nun zu sehen bekam, schockierte sie. Die Straße war verstopft, Menschenströme, die in beide Richtungen fluteten, stauten sich zwischen den Hekken. Von den Hügeln kamen die Überlebenden der Schlacht, blutig und zerfleischt, verstümmelt und blutend, auf langsam fahrenden Sanitätswagen kauernd, oder in Pferdewagen und Karren; auf behelfsmäßigen Krücken humpelnd, gestützt auf die Schulter eines stärkeren Kameraden, stolperten sie durch die tiefen, schlammigen Wagenspuren.

In die entgegengesetzte Richtung marschierten die Verstärkungen und die Reservetruppen — lange Kolonnen von Männern, die unter dem Gewicht ihrer Ausrüstung keuchten und die verstümmelten Überreste der Schlacht nicht einmal ansahen. Sie schleppten sich mit gesenktem Blick dahin, blieben geduldig wie Vieh stehen, wenn der Weg versperrt war, und trotteten erst wieder weiter, wenn sich der Vordermann in Bewegung setzte.

Nachdem Centaine den ersten Schock überwunden hatte, half sie Anna, den Handkarren an den Straßenrand zu schieben, und während Anna die dicke Suppe aus dem Kessel schöpfte, reichte sie die Becher und dicken Scheiben des frischgebackenen Brotes an die vorbeiwankenden, verwundeten Soldaten weiter.

»Gott segne Sie, Madam«, murmelten sie und wankten weiter.

»Sieh dir ihre Augen an, Anna«, flüsterte Centaine, als sie ihr die Becher zum Nachfüllen hinhielt. »Sie haben schon ins Jenseits geblickt.«

»Schluß mit diesem phantastischen Unsinn«, schalt Anna, »sonst hast du wieder deine Alpträume.«

»Kein Alptraum kann schlimmer sein als das hier«, erwiderte Centaine ruhig. »Schau dir den an!«

Die Augen des Mannes waren von Granatsplittern zerfetzt, die leeren Augenhöhlen mit einem blutigen Fetzen verbunden. Vor ihm ging ein anderer Soldat, dessen verstümmelte Arme über der Brust festgebunden waren.

Der Blinde hielt sich am Gürtel des Vordermannes fest und riß ihn beinahe zu Boden, wenn er auf der unebenen, glitschigen Straße ausglitt.

Centaine hielt dem verstümmelten Soldaten den Becher an die Lippen.

»Sie sind ein gutes Mädchen«, flüsterte er. »Haben Sie eine Zigarette?«

»Tut mir leid.« Sie schüttelte den Kopf und wandte sich ab, um den Verband über den Augen des Blinden in Ordnung zu bringen.

»Ihre Stimme klingt so, als ob Sie jung und hübsch wären —« Der Blinde war ungefähr im selben Alter wie Michael und hatte ebenfalls dichtes, dunkles Haar. Es war mit getrocknetem Blut verklebt.

»Ja, Fred, sie ist ein außergewöhnlich hübsches Mädchen.« Sein Kamerad half ihm wieder auf. »Wir sollten besser weiter, Miss.«

»Was ist da oben los?« fragte Centaine.

»Da oben ist die Hölle los.«

»Wird die Front halten?«

»Das weiß niemand, Miss«, und dann wurden die beiden von dem langsam dahinflutenden Strom des Elends weitergespült.

Suppe und Brot waren bald zu Ende, und sie schoben den Karren zum Gutshaus zurück, um noch mehr zu kochen. Centaine vergaß die Bitten der verwundeten Soldaten nicht und plünderte den Schrank im Gewehrraum, wo der Graf seinen Tabakvorrat aufbewahrte. Dann kehrten sie auf ihren Posten zurück.

»Wir können nur so wenig tun«, klagte sie.

»Wir tun, was wir können«, erklärte Anna. »Es hat keinen Sinn, sich über das Unmögliche zu grämen.«

Sie arbeiteten bis tief in die Nacht beim fahlgelben Schein der Sturmlaterne. Der Strom der Verwundeten wurde noch dichter, und die blassen, entstellten Gesichter verschwammen im Laternenlicht vor Centaines erschöpften Augen; schließlich konnte sie die einzelnen Gesichter nicht mehr voneinander unterscheiden, und die schwachen Worte des Trostes, die sie jedem sagte, erschienen ihr selbst monoton und bedeutungslos.

Lange nach Mitternacht führte Anna sie schließlich zum Gutshaus zurück, und sie schliefen beide in ihren schmutzigen, blutbefleckten Kleidern ein und erwachten bei Tagesanbruch, um von neuem riesige Kessel voll Suppe zu kochen und Brot zu backen.

Centaine stand über den Herd gebeugt und hob den Kopf, als sie fernen Motorenlärm hörte.

»Die Flugzeuge!« rief sie aus. »Ich hab' sie vergessen! Sie fliegen heute ohne mich — das bedeutet Unglück!«

»Heute wird es noch viel mehr Unglück und Leid geben«, brummte Anna, während sie eine Decke um einen der Suppenkessel hüllte, damit die Suppe nicht zu schnell abkühlte, und dann schleppte sie den Kessel zur Küchentür.

Auf halbem Weg zu ihrem Standplatz richete sich Centaine plötzlich auf.

»Schau, Anna, dort drüben am Rand der Weide!«

Auf den Wiesen wimmelte es von Männern. Sie hatten die schweren Tornister, Helme und Waffen abgelegt und rannten mit nackten Oberkörpern oder in dünnen Wollwesten in der Frühsommersonne hin und her.

»Was machen die da, Anna?«

Es waren ein paar tausend Mann, die unter der Anleitung ihrer Offiziere arbeiteten. Mit spitzen Schaufeln bewaffnet, gruben sie sich durch die gelbe Erde und häuften sie in langen Reihen auf; sie arbeiteten so rasch, daß manche von ihnen, noch während die Frauen zuschauten, knietief und hüfttief hinter den Erdhügeln verschwanden.

»Schützengräben.« Centaine fand selbst die Antwort auf ihre Frage. »Schützengräben, Anna, sie heben neue Gräben aus.«

»Aber warum, warum tun sie das?«

»Weil«, Centaine zögerte. Sie sprach es nicht gern laut aus. »Weil sie die Hügelkette nicht halten können«, sagte sie leise.

Als sie mit ihrem Karren das Ende der Auffahrt erreichten, stellten sie fest, daß die in entgegengesetzte Richtungen flutenden Kolonnen von Fahrzeugen und Männern hoffnungslos festsaßen, obwohl die Militärpolizei sich bemühte, den Stau aufzulösen und die Kolonnen wieder in Bewegung zu setzen. Zu allem Überfluß war auch noch eines der Sanitätsfahrzeuge von der Straße abgekommen und in den schlammigen Graben gerutscht; ein Arzt und der Fahrer waren gerade dabei, die Krankenbahren von der Ladefläche des umgekippten Wagens zu heben.

»Wir müssen ihnen helfen, Anna.«

Anna war so stark wie ein Mann, und Centaine so entschlossen. Gemeinsam packten sie eine der Bahren und schleppten sie die Böschung hinauf.

Der Arzt kletterte hinterher.

»Gut gemacht«, keuchte er. Er trug keine Kopfbedeckung, aber am Kragen waren die Schlange und das Abzeichen des Sanitätskorps angenäht, und am Arm trug er die weiße Armbinde mit dem roten Kreuz darauf.

»Oh, Mademoiselle de Thiry!« Er erkannte Centaine, die sich gerade über den Verwundeten auf der Bahre beugte. »Ich hätte eigentlich wissen müssen, daß Sie es sind.«

»Doktor, natürlich —« Es war derselbe Offizier, der an dem Tag, als Michael auf der Nordweide abgestürzt war, mit Lord Andrew auf dem Motorrad gekommen war und dem Grafen bei der Dezimierung des Cognacs geholfen hatte.

Sie stellten die Bahre vor der Hecke nieder, und der junge Arzt beugte sich über die regungslose Gestalt unter der grauen Decke.

»Er könnte durchkommen — wenn wir ihm bald helfen.« Er richtete sich wieder auf. »Aber im Wagen sind noch mehr. Wir müssen sie herausholen.«

Gemeinsam trugen sie die anderen Bahren von der Ladefläche des Sanitätsfahrzeuges und stellten sie in einer Reihe auf.

»Der hier hat es überstanden.« Mit Daumen und Zeigefinger schloß der Arzt die Lider über den starren Augen und deckte das Gesicht des Toten mit einem Zipfel der Decke zu.

»Die Straße ist blockiert — es ist hoffnungslos, da durchkommen zu wollen, und auch diese anderen hier werden sterben«, er deutete auf die Bahren, »wenn wir sie nicht irgendwo unterbringen, wo wir sie behandeln können.«

»Natürlich«, erwiderte Centaine rasch. »Sie müssen sie auf das Gut schaffen.«

Der Graf kam ihnen auf der Treppe entgegen, und als ihm Centaine die Notlage schilderte, erklärte er sich spontan dazu bereit, den Großen Salon in einen Krankensaal umzuwandeln.

Sie schoben die Möbel an die Wand, dann rissen sie die Matratzen aus den Betten in den oberen Schlafzimmern und schafften sie herunter. Unterstützt von dem Fahrer und drei Sanitätern, die der junge Arzt rekrutiert hatte, legten sie die Matratzen auf dem kostbaren Aubussonteppich auf.

Inzwischen leiteten die Militärpolizisten auf Befehl des Arztes die Sanitätsfahrzeuge von der Hauptstraße zum Gutshaus um. Der junge Arzt stand auf dem Trittbrett des ersten Wagens, und als er Centaine erblickte, sprang er ab und faßte sie heftig am Arm.

»Mademoiselle! Gibt es noch einen anderen Weg zum Lazarett in Mort Homme? Ich brauche Medikamente — Chloroform, Desinfektionsmittel, Verbandszeug — und einen zweiten Arzt.«

Sein Französisch war nicht schlecht, aber Centaine antwortete ihm auf englisch.

»Ich kann über die Felder reiten.«

»Sie sind ein Engel. Ich gebe Ihnen eine Nachricht mit.« Er zog den Notizblock aus der Brusttasche und schrieb ein paar Worte darauf. »Fragen Sie nach Major Sinclair«, er riß den Zettel ab und faltete ihn zusammen, »das Lazarett befindet sich in den Landarbeiterhütten.«

»Ja, ich weiß. Aber wie heißen Sie? Ich muß ihnen doch sagen können, wer mich schickt?«

»Verzeihen Sie, Mademoiselle, ich hatte noch keine Gelegenheit, mich vorzustellen. Ich heiße Clarke, Captain Robert Clarke, aber man nennt mich allgemein Bobby.«

Nuage schien die Dringlichkeit von Centaines Mission zu spüren, übersprang mühelos jedes Hindernis und wirbelte mit seinen Hufen dichte Staubwolken auf, als er quer durch die Felder und Weingärten galoppierte. Auch auf den Straßen im Dorf stauten sich Soldatenkolonnen und Fahrzeuge, und im Lazarett herrschte das Chaos.

Major Sinclair war ein hochgewachsener Mann mit bärenstarken Armen und dichten, leicht angegrauten Locken, die ihm in die Stirn fielen, als er sich über den Soldaten beugte, den er gerade operierte.

»Wo, zum Teufel, steckt Bobby?« fragte er, ohne zu Centaine aufzublicken, und konzentrierte sich auf die sauberen Stiche, mit denen er eine tiefe Wunde am Rücken des Soldaten zusammennähte. Als er den Faden schließlich anzog und verknotete, quoll das Fleisch in Wülsten hervor, und Centaine wurde übel, aber sie erklärte hastig das Nötigste.

»Gut, sagen Sie Bobby, daß ich ihm so viel wie möglich schicken werde, aber wir haben selbst kaum noch Verbandsmaterial. Ich kann ihm auch keine Verstärkung senden. Gehen Sie, und sagen Sie ihm das.«

»Wenn Sie mir die Medikamente geben, könnte ich sie gleich mitnehmen.« Centaine gab nicht nach, und Major Sinclair schaute auf; seine Miene zeigte den Schatten eines Lächelns.

»Sie geben wohl nicht so leicht auf«, murrte er. »Also gut, reden Sie mit dem da.« Er wies mit dem Skalpell in der rechten Hand quer durch den überfüllten Raum. »Sagen Sie ihm, daß ich Sie schicke, und viel Glück, junge Dame.«

»Ihnen auch, Doktor.«

»Weiß Gott, das brauchen wir alle«, stimmte er zu und machte sich wieder an die Arbeit.

Centaine trieb Nuage auch auf dem Rückweg hart an und führte ihn dann in den Stall. Als sie den Hof betrat, sah sie, daß drei weitere Sanitätsfahrzeuge angekommen waren, deren Fahrer verwundete und sterbende Männer ausluden. Sie eilte mit dem schweren Verbandskasten an ihnen vorbei ins Haus und blieb erstaunt in der Tür zum Salon stehen.

Alle Matratzen waren bereits belegt, und die Verwundeten lagen auch auf dem nackten Boden oder saßen da, an die getäfelten Wände gelehnt. Bobby Clarke hatte sämtliche Kerzen auf dem silbernen Kandelaber in der Mitte des großen Eßtischs angezündet und operierte bei Kerzenlicht.

Er schaute auf und sah Centaine. »Haben Sie Chloroform mitgebracht?« rief er ihr zu.

Sie konnte nicht gleich antworten; es herrschte ein schrecklicher Gestank in dem Salon: der ekelhafte Geruch von Blut, vermischt mit den Ausdünstungen der Körper und der Kleidung von Männern, die aus dem Schlamm der Schützengräben kamen — einem Schlamm, in dem die Toten begraben worden und verfault waren — und von Männern, die noch den beißenden Geruch des Angstschweißes verströmten.

»Haben Sie es?« wiederholte der Doktor ungeduldig, und Centaine zwang sich weiterzugehen.

»Ja. Aber sie konnten niemanden entbehren, der Ihnen helfen könnte.«

»Dann müssen eben Sie mir helfen. Hier«, befahl er. »Halten Sie das.«

Centaine versank in einen Alptraum von Grauen und Blut. Es blieb keine Zeit zum Rasten, kaum Zeit, um hastig einen Becher voll Kaffee und eines der Brote hinunterzuschlingen, die Anna gebracht hatte. Immer wenn Centaine glaubte, nun so viel gesehen und mitgemacht zu haben, daß sie nichts mehr schockieren konnte, kam etwas noch Schrecklicheres.

Sie stand neben Bobby Clarke, als er die Oberschenkelmuskeln eines Soldaten durchtrennte und die Blutgefäße abband. Während er den weißschimmernden Oberschenkelknochen freilegte und mit der glänzenden silbernen Knochensäge weiterarbeitete, glaubte sie, vor Entsetzen in Ohnmacht fallen zu müssen; es war, als sägte ein Tischler ein Hartholzbrett entzwei.

»Nehmen Sie's fort«, befahl Bobby, und sie mußte sich dazu zwingen, das abgeschnittene Bein anzufassen. Als es unter ihren Fingern zuckte, schrie sie auf.

»Nun machen Sie schon«, fauchte Bobby, und sie nahm das Bein in die Hände; es war noch warm und erstaunlich schwer.

»Jetzt gibt es nichts mehr, was mich noch erschrecken könnte«, stellte sie fest, als sie das Bein forttrug.

Schließlich sah selbst Bobby, daß sie sich nicht mehr auf den Beinen halten konnte.

»Gehen Sie und ruhen Sie sich aus«, befahl er, aber anstatt sich hinzulegen, setzte sie sich neben einen jungen Soldaten auf eine der Matratzen. Sie hielt seine Hand, und er nannte sie »Mutter« und redete wirr von einem längst vergangenen Tag am Meer. Am Ende mußte sie hilflos mitansehen, wie er krampfhaft nach Luft rang; und er klammerte sich an sie, als er die Dunkelheit kommen fühlte. Die Innenfläche seiner Hand wurde schweißnaß, er riß die Augen auf und rief aus: »O Mutter, hilf mir!« Dann erschlaffte er, und Centaine wollte weinen, hatte aber keine Tränen mehr. Sie drückte die starren Augen zu, stand auf und ging zum nächsten.

Es war ein Sergeant, ein großer, schwerer Kerl im Alter ihres Vaters, mit einem breiten, freundlichen Gesicht, das mit grauen Bartstoppeln bedeckt war; er hatte ein Loch in der Brust, aus dem bei jedem Atemzug rosafarbener, blasiger Schaum hervortrat. Um seine Bitte zu verstehen, mußte sie ihr Ohr dicht an seine Lippen halten, dann schaute sie sich rasch um und entdeckte die silberne Suppenterrine auf der Anrichte. Sie holte die Terrine, öffnete seine Hose und hielt ihm die Terrine, und er flüsterte: »Tut mir leid — verzeihen Sie mir bitte, eine junge Dame wie Sie. Es schickt sich nicht.«

So arbeiteten sie die ganze Nacht hindurch, und als Centaine hinunterging, um neue Kerzen für den Kandelaber zu holen, kam sie gerade noch bis zur Küchentür, als sie plötzlich Übelkeit befiel, und sie wankte zur Dienstbotentoilette und beugte sich über den ekelhaften Eimer. Danach ging sie blaß und zitternd in die Küche, um sich unter dem Wasserhahn das Gesicht zu waschen. Anna wartete auf sie.

»Du kannst nicht so weitermachen«, schalt sie. »Sieh dich nur an, du machst dich kaputt —« Fast hätte sie »Kind« hinzugefügt, konnte sich aber gerade noch zurückhalten. »Du mußt ausruhen. Iß einen Teller Suppe und setz dich eine Weile zu mir.«

»Es hört nie auf, Anna — es kommen immer mehr.«

Der Salon war mittlerweile bis zum Bersten gefüllt, und die Verwundeten lagen auf dem Treppenabsatz und in den Korridoren, so daß die Sanitäter über sie hinwegsteigen mußten, wenn sie die Toten auf den Tragbahren hinaustrugen. Sie legten die in graue Decken gewickelten Leichen auf das Pflaster neben den Ställen, und die Reihe wurde immer länger.

»Centaine!« rief Bobby Clarke vom Treppenabsatz herunter.

»Er wird vertraulich, er sollte Mademoiselle zur dir sagen«, schnaubte Anna empört, aber Centaine sprang auf und rannte an den Verwundeten vorbei die Treppe hinauf.

»Könnten Sie noch einmal ins Dorf reiten? Wir brauchen noch mehr Chloroform und Jod.« Bobby war unrasiert, seine Augen waren blutunterlaufen und rotgerändert, seine nackten Arme mit trocknendem Blut befleckt.

»Es wird schon hell draußen«, sagte Centaine und nickte.

»Reiten Sie an der Kreuzung vorbei«, sagte er. »Sehen Sie nach, ob die Straße bald frei wird, wir müssen anfangen, die Verwundeten fortzuschaffen.«

Zweimal mußten Centaine einem Stau auf der Straße ausweichen und quer über die Felder reiten, so daß es schon fast hell war, als sie das Lazarett in Mort Homme erreichte.

Sie sah sofort, daß man im Begriff war, das Lazarett zu räumen. Einrichtungsgegenstände und Patienten wurden auf Sanitätsfahrzeuge und Pferdewagen geladen, und die Verwundeten, die gehen konnten, wurden in Gruppen eingeteilt und auf die Straße geleitet.

Major Sinclair brüllte den Fahrern Anweisungen zu. »Himmel, Mann, seien Sie doch vorsichtig, dieser Junge hat einen Lungendurchschuß —« Aber als Centaine auf dem großen Hengst herangeritten kam, schaute er auf.

»Sie schon wieder! Verdammt noch mal, Sie hatte ich ganz vergessen. Wo ist Bobby Clarke?«

»Noch immer auf dem Gut, er schickt mich, um —«

»Wie viele Verwundete sind dort?« unterbrach sie der Major.

»Ich weiß es nicht.«

»Zum Kuckuck, Mädchen, sind es fünfzig oder hundert, oder mehr?«

»Vielleicht fünfzig oder auch mehr.«

»Wir müssen Sie fortschaffen — die Deutschen sind bei Haut Pommier durchgebrochen.« Er hielt inne und betrachtete sie forschend, als er die dunklen Ringe unter ihren Augen und das durchsichtige Schimmern ihrer Haut bemerkte. Sie ist am Ende ihrer Kraft, stellte er fest, doch dann sah er, daß sie den Kopf hochhielt und daß noch Feuer in ihren Augen war. Sie ist aus einem guten Stoff gemacht, dachte er. Die hält noch eine Weile durch.

»Wann werden die Deutschen hier sein?« fragte Centaine.

Er schüttelte den Kopf. »Ich weiß nicht, bald, denke ich. Wir verschanzen uns direkt hinter dem Dorf, aber möglicherweise können wir sie nicht einmal dort aufhalten. Wir müssen fort — und Sie auch, junge Dame. Sagen Sie Bobby Clarke, daß ich ihm jedes verfügbare Fahrzeug schicken werde. Er muß sich nach Arras zurückziehen. Und Sie können mitfahren.«

»Gut«. Sie wendete Nuage. »Ich werde an der Kreuzung auf die Wagen warten und sie zum Gut führen.«

»Gutes Mädchen«, rief er hinter ihr her, als sie aus dem Hof hinausgaloppierte und den Hengst östlich vom Dorf in die Weingärten lenkte.

Jenseits der Begrenzungsmauer der Weingärten erreichte sie den Pfad, der auf ihren kleinen Hügel über dem Wald führte. Dann ließ sie dem Hengst die Zügel schießen, und sie flogen den Abhang bis zur Hügelkuppe hinauf. Der kleine Hügel war ihr Lieblingsplatz, von dort hatte sie einen wunderbaren Ausblick auf die Anhöhen im Norden und auf die Wiesen und Wälder rund um das Dorf. Die Morgensonne schien, und die Luft war klar und rein.

Unwillkürlich galt ihr erster Blick dem Obstgarten am Fuß des T-förmigen Wäldchens. Die Zelte von Michaels Staffel waren verschwunden, und der Wiesenstreifen am Rand des Obstgartens, wo die bunt gestrichenen SE5a-Maschinen gestanden hatten, war verlassen. Die Staffel war über Nacht abgerückt, und Cenaines Mut begann zu sinken. Sie wandte sich ab und sah hinüber zu den Hügelketten. Auf den ersten Blick wirkte die Landschaft friedlich und unberührt. Das frühe sommerliche Wetter hatte das Gras hellgrün gefärbt, es schimmerte in der Morgensonne, und in den Himbeersträuchern in der Nähe zwitscherte eine Lerche.

Dann sah sie genauer hin und entdeckte die winzigen Gestalten, die wie Insekten von der Hügelkette fort durch die Wiesen eilten. Centaine fragte sich, was sie vorhätten.

Plötzlich sah sie inmitten einer der Gruppen rennender Männer eine winzige gelbblaue Rauchfahne emporschießen, und als sich der Rauch aufgelöst hatte, blieben vier oder fünf der ameisenähnlichen Gestalten liegen, während die anderen weiterliefen. Dann sah sie noch mehrere dieser Rauchfahnen überall auf dem grünen Teppich der Wiesen emporschießen, und der Wind trug ihr das Donnern zu.

»Granaten!« flüsterte sie und begriff. Soldaten, die von den deutschen Angreifern aus ihren Schützengräben und Feldschanzen herausgetrieben worden waren, wurden nun auf offenem Feld von Artilleriebatterien beschossen, die die Deutschen offenbar hinter ihrer vorrückenden Infanterie in Stellung gebracht hatten.

Eine Explosion in ihrer Nähe ließ sie zusammenzucken, und als sie sich umdrehte, sah sie von einer britischen Artilleriestellung am Fuß des Hügels eine dünne graue Rauchfahne aufsteigen. Die Geschütze waren so geschickt getarnt, daß sie sie bisher nicht bemerkt hatte.

Dann sah sie auch die anderen Geschütze, die im Wald und im Obstgarten verborgen waren, auf den unsichtbaren Feind feuern, und die deutschen Salven schlugen ziellos und wütend entlang der Linie frisch gegrabener Stellungen ein. Eine laute Stimme schreckte sie aus ihren ängstlichen Gedanken auf, und als sie sich umschaute, sah sie einen Zug Infanteristen im Laufschritt den Pfad zur Hügelkuppe heraufkommen. Sie wurden von einem Unteroffizier angeführt, der wild gestikulierte.

»Verschwinden Sie von hier, Sie verdammte Närrin! Sehen Sie denn nicht, daß Sie sich mitten im Kampfgebiet befinden?«

Centaine lenkte Nuage auf den Pfad und gab ihm die Sporen. Er galoppierte an der Soldatenkolonne vorbei, und als sie zurückblickte, waren sie bereits dabei, im steinigen Boden auf der Hügelkuppe Schützengräben auszuheben.

Centaine zügelte den Hengst erst wieder, als sie die Straßenkreuzung erreichte. Alle Fahrzeuge, außer jenen, die verlassen im Straßengraben lagen, waren verschwunden. Dafür wälzte sich nun ein Gewimmel von zurückweichenden Infanteristen, die unter ihren Lasten schwankten, auf der Straße vorwärts; sie schleppten zerlegte Maschinengewehre, Munitionskisten und andere Ausrüstungsgegenstände, die sie bergen hatten können, auf dem Rücken mit.

Plötzlich flog etwas mit einem giftig zischenden Laut über Centaines Kopf hinweg, und sie duckte sich ängstlich in den Sattel. Die Granate explodierte nur hundert Schritt von ihr entfernt, und Nuage bäumte sich auf. Sie hielt sich im Sattel und konnte den Hengst mit leiser Stimme und sanftem Streicheln beruhigen.

Dann sah sie einen Lastwagen vom Dorf auf die Kreuzung zurollen, und als sie sich in den Steigbügeln aufrichtete, sah sie an der Seitenwand das rote Kreuz im weißen Kreis. Sie ritt dem Wagen entgegen und sah, daß dem ersten noch sieben weitere Sanitätsfahrzeuge folgten. Sie hielt neben der Fahrerkabine des ersten Wagens an.

»Sind Sie zum Gut geschickt worden?«

»Was meinst du, Süße?«

Der Fahrer konnte ihr gebrochenes Englisch nicht verstehen, und sie ließ sich enttäuscht in den Sattel fallen.

»Captain Clarke?« versuchte sie noch einmal, und er verstand. »Sie suchen Captain Clarke?«

»Ja, genau. Wo ist er?«

»Kommen Sie!« rief sie und lenkte Nuage auf die Straße.

Sie galoppierte, den Sanitätskonvoi hinter sich, auf das Gut zu. Sie sah, wie eine Granate unmittelbar hinter den Ställen explodierte und eine andere in das Gewächshaus am Ende des Gemüsegartens einschlug. Im Sonnenschein wirkte das splitternde Glas wie ein Diamantregen.

Das Gut ist ein logisches Ziel, dachte sie und lenkte Nuage in den Hof.

Die Verwundeten wurden bereits aus dem Haus gebracht, und nachdem das erste Sanitätsfahrzeug vor der Freitreppe angehalten hatte, sprangen Fahrer und Sanitäter heraus, um die Tragbahren auf der Ladefläche des Lastwagens verstauen zu helfen.

Centaine führte Nuage auf die Koppel neben den Ställen und rannte zur Küchentür. Hinter ihr schlug eine Granate in das Ziegeldach des langen Stallgebäudes ein; das Dach und ein Teil der Steinmauer wurden beschädigt. Doch die Ställe waren ohnehin leer, und Centaine stürmte in die Küche.

»Wo bist du gewesen?« fragte Anna. »Ich hab, mir solche Sorgen gemacht —«

Centaine drängte sich an ihr vorbei und lief in ihr Zimmer. Sie riß die Reisetasche vom Schrank herunter und begann wahllos Kleider hineinzuwerfen.

In diesem Augenblick gab es über ihr einen ohrenbetäubenden Knall, und ein paar Gipsbrocken fielen zu Boden. Centaine warf den Silberrahmen mit den Fotografien in die Tasche, und öffnete die Schublade, um ihre Schmuckkassette und ihre Toilettentasche herauszunehmen. Die Luft war voll mit weißem Gipsstaub.

Die nächste Granate explodierte auf der Terrasse vor ihrem Zimmer, und das Fenster über ihrem Bett zerbarst. Glasscherben klirrten gegen die Wände, ein Splitter streifte ihren Unterarm und hinterließ einen blutigen Streifen. Sie leckte das Blut ab.

Dann kniete sie nieder, kroch halb unter das Bett und hob eine lockere Bohle des Fußbodens hoch.

In der Vertiefung darunter lag die Lederbörse mit ihrem gesamten Bargeld. Sie wog die Börse einen Augenblick in der Hand — es waren fast zweihundert Francs in Gold — dann steckte sie sie in die Tasche.

Die Reisetasche hinter sich herschleifend, lief sie die Treppe hinunter in die Küche.

»Wo ist Papa?« rief sie Anna zu.

»Er ist nach oben gegangen.« Anna stopfte gerade Zwiebel, Schinken und Brotlaibe in einen Mehlsack. Sie deutete mit dem Kinn auf die leeren Haken an der Wand. »Er hat sein Gewehr und eine Menge Cognac mitgenommen.«

»Ich hole ihn«, keuchte Centaine. »Paß auf meine Tasche auf.«

Sie hob die Röcke auf und lief die Treppe wieder hinauf.

»Centaine!« rief Bobby Clarke durch das Treppenhaus. »Sind Sie abmarschbereit?«

Er packte das eine Ende einer Tragbahre und mußte brüllen, um das Stöhnen der Verwundeten und das Geschrei der Sanitäter zu übertönen.

Centaine kämpfte sich durch die Menge, die die Treppe hinunterdrängte, und Bobby hielt sie am Ärmel fest, als sie mit ihm auf gleicher Höhe war.

»Wo wollen Sie hin? Wir müssen fort!«

»Mein Vater — ich muß meinen Vater finden.« Sie schüttelte seine Hand ab und rannte weiter.

Die oberste Etage des Hauses war verlassen, und Centaine lief durch die Räume und rief gellend: »Papa! Papa! Wo bist du?«

Sie rannte die lange Galerie hinunter, und die gemalten Gesichter ihrer Ahnen an den Wänden sahen hochmütig auf sie herab. Am Ende der Galerie warf sie sich mit ihrem ganzen Gewicht gegen die Doppeltüren, die in die Gemächer ihrer Mutter führten und die der Graf all die Jahre hindurch in ihrem ursprünglichen Zustand belassen hatte.

Er saß zusammengesunken auf dem Polstersessel vor dem Bild von Centaines Mutter und schaute auf, als Centaine hereinstürzte.

»Papa, wir müssen sofort weg.«

Er schien sie nicht zu erkennen. Zwischen seinen Füßen auf dem Boden standen drei ungeöffnete Flaschen Cognac; eine vierte hielt er in der Hand. Sie war halbleer, und er hob sie an die Lippen und nahm einen großen Schluck, ohne seinen Blick von dem Porträt abzuwenden.

»Bitte, Papa, wir müssen fort!«

Er zuckte mit keiner Wimper, als irgendwo im Ostflügel eine Granate einschlug.

Sie ergriff seinen Arm und versuchte ihn hochzuziehen, aber er war zu schwer.

Ein paar Tropfen Cognac liefen vorn über sein Hemd.

»Die Deutschen sind da, Papa! Bitte, komm jetzt mit.«

»Die Deutschen!« brüllte er plötzlich und stieß sie fort. »Ich werde noch einmal gegen sie kämpfen.«

Er riß den Hinterlader hoch, der quer über seinen Knien gelegen hatte, und feuerte gegen die Decke. Gipsstaub rieselte auf sein Haar und seinen Schnurrbart.

»Sie sollen nur kommen!« brüllte er. »Ich, Louis de Thiry, sage, sie sollen nur alle kommen! Ich bin bereit!«

Der Alkohol und die Verzweiflung hatten seine Sinne verwirrt, aber Centaine versuchte trotzdem, ihn hochzuziehen.

»Wir müssen fort.«

»Niemals!« brüllte er und stieß sie, heftiger als vorher, zurück. »Ich werde niemals von hier fortgehen. Das ist mein Land, mein Heim — das Heim meiner lieben Frau —« sein Auge funkelte irr, »— meiner lieben Frau.« Er streckte die Hand nach dem Bild aus. »Ich werde hier bei ihr bleiben, ich werde hier auf meinem Grund und Boden gegen die Deutschen kämpfen.«

Centaine packte ihn am Handgelenk, doch er schleuderte sie mit aller Kraft gegen die Wand und begann das Gewehr nachzuladen.

»Ich muß Anna zu Hilfe holen«, flüsterte Centaine.

Dann lief sie zur Tür, und im Nordflügel des Hauses schlug wieder eine Granate ein. Dem Krachen des berstenden Mauerwerks und dem Splittern von Glas folgte augenblicklich die Druckwelle. Centaine fiel auf die Knie, und in der Galerie wurden ein paar der schweren Bilder von der Wand gerissen.

Centaine rappelte sich wieder auf und rannte durch die Galerie zurück. Der Schwefelgestank des Sprengstoffes vermischte sich mit dem beißenden Geruch von Rauch und Feuer. Auf der Treppe war niemand mehr. Der letzte Verwundete wurde gerade hinausgetragen. Als Centaine unten ankam, rumpelten zwei der total überladenen Sanitätsfahrzeuge durch das Tor hinaus auf den Fahrweg.

»Anna!« schrie Centaine. Anna war gerade dabei, die Reisetasche und den Mehlsack auf dem Dach eines Wagens festzubinden, sprang aber sofort herunter und lief Centaine entgegen.

»Du mußt mir helfen«, stieß Centaine hervor. »Es geht um Papa.«

In diesem Augenblick schlugen drei Granaten hintereinander in das Haus ein, und im Garten und auf der Koppel noch einige mehr. Den deutschen Beobachtern mußte die Betriebsamkeit rund um das Gebäude aufgefallen sein. Sie schossen sich allmählich auf dieses Ziel ein.

»Wo ist er?« Anna ignorierte das Granatfeuer.

»Oben. In Mamas Ankleidezimmer. Er ist wahnsinnig, Anna. Und total betrunken. Allein schaffe ich es nicht.«

Die Galerie war so voller Qualm, daß sie kaum mehr als ein paar Meter sehen konnten, und durch den Rauch schimmerte ein orangeroter Schein — das Feuer hatte sich bis zu den vorderen Räumen ausgebreitet und leuchtete durch die Türen.

»Kehr um«, keuchte Anna, »ich finde ihn schon.«

Centaine schüttelte entschlossen den Kopf und rannte los. Wieder schlug eine Granate ein, und eine Wand der Galerie stürzte teilweise ein und versperrte den Weg; der Ziegelstaub, vermischt mit dichtem Rauch, nahm den beiden Frauen die Sicht, und sie kauerten sich auf dem Treppenabsatz nieder.

Kaum hatte sich der Staub ein wenig gelegt, liefen sie wieder weiter, aber das Loch in der Wand wirkte wie ein Blasebalg auf die Flammen. Sie loderten hoch, und die Hitze traf sie mit geballter Kraft. Es gab kein Durchkommen.

»Papa!« schrie Centaine, als sie vor der Hitze zurückweichen mußten. »Papa! Wo bist du?«

Der Boden unter ihnen zitterte, als die nächsten Granaten in das alte Gebäude einschlugen, und sie waren halb betäubt vom Krachen der einstürzenden Wände und Decken und vom Prasseln des Feuers.

»Papa!« Centaine versagte fast die Stimme, aber Anna konnte noch brüllen.

»Louis, viens, chéri — komm zu mir, Liebster.«

Selbst in diesem Inferno fiel es Centaine auf, daß sie Anna noch nie so zärtlich zu ihrem Vater sprechen gehört hatte. Jedenfalls schien ihn der Ruf erreicht zu haben.

Durch den Rauch und den Staub nur als schattenhafte Gestalt erkennbar, tauchte der Graf auf. Flammen loderten um ihn herum, leckten von den getäfelten Wänden nach ihm und züngelten unter seinen Füßen hervor, als auch die Bodenbretter Feuer fingen; der Rauch umhüllte ihn wie ein dunkler Mantel, so daß er aussah wie ein leibhaftiges Geschöpf der Hölle.

Sein Mund stand offen, und er gab wilde, angstvolle Töne von sich.

»Er singt«, flüsterte Anna. »Die Marseillaise.«

Als die Hitze den Grafen einhüllte, wurde seine Stimme schwächer, die Worte völlig unverständlich. Das Gewehr entglitt seiner Hand, er fiel zu Boden, richtete sich halb wieder auf und begann auf die beiden Frauen zuzukriechen. Centaine versuchte noch einmal, ihn zu erreichen, aber die Hitze versperrte ihr den Weg, und Anna zerrte sie zurück.

Auf dem Hemd ihres Vaters erschienen dunkelbraune Flekken, als sich das weiße Leinen durch die Hitze verfärbte, aber er kroch noch immer auf dem brennenden Boden der Galerie vorwärts. Plötzlich stand sein dichter, dunkler Haarschopf in Flammen, so daß es aussah, als trüge er eine goldene Krone. Centaine konnte ihren Blick nicht von ihm wenden und war ihrer Stimme nicht mehr mächtig. Sie klammerte sich hilflos an Anna und fühlte, daß der Körper der alten Frau vom Schluchzen geschüttelt wurde, und der Arm, der Centaines Schulter umspannte, drückte so fest zu, daß es schmerzte.

Dann gab der Boden der Galerie unter dem Gewicht ihres Vaters nach, und die brennenden Dielenbretter klafften auseinander und verschlangen ihn, wie ein dunkles Maul mit Feuerzähnen.

»Nein!« schrie Centaine gellend auf. Anna hob sie hoch und zerrte sie zur Treppe. Anna schluchzte noch immer und Tränen liefen über ihre runden, roten Wangen, aber sie blieb stark.

Ein Teil der Decke stürzte hinter ihnen ein und riß den Rest des Galeriebodens mit. Anna schleifte Centaine die Treppe hinunter. Endlich erreichten sie den Hof und atmeten gierig die frische Luft ein.

Das ganze Haus stand in Flammen, und noch immer schlugen die Granaten ein oder krepierten mit singenden, hohlen Geräuschen auf dem Rasen und den Wiesen ringsum.

Bobby Clarke überwachte das Beladen des letzten Wagens, aber als er Centaine sah, atmete er erleichtert auf und lief ihr entgegen. Die Flammen hatten ihre Wimpern und ihre Haarspitzen versengt, und ihre Wangen waren mit Ruß bedeckt.

»Wir müssen hier fort — wo ist Ihr Vater?« Bobby nahm ihren Arm.

Sie konnte ihm nicht antworten. Der Qualm brannte in ihrer Kehle, ihre Augen waren rot und tränten, und sie zitterte am ganzen Körper.

»Kommt er nach?«

Sie schüttelte den Kopf und sah das tiefe Mitleid in seinen Augen. Er blickte zu dem brennenden Gebäude auf.

Dann nahm er ihren Arm und führte sie zu einem der Lastautos.

»Nuage«, krächzte Centaine. »Mein Pferd.« Ihre Stimme war heiser vom Rauch und vom Schock.

»Nein —«, sagte Bobby Clarke schnell und versuchte sie festzuhalten, aber sie riß sich los und lief zur Koppel.

»Nuage!« Sie versuchte zu pfeifen, aber die aufgesprungenen Lippen versagten den Dienst, und Bobby Clarke holte sie am Gatter wieder ein.

»Gehen Sie nicht da hinein!« Seine Stimme klang verzweifelt, und er hielt sie zurück.

Bestürzt und verwirrt reckte sie den Hals, um über das Gatter zu spähen.

»Nein, Centaine!«

Er zog sie fort, aber sie hatte das Pferd schon entdeckt und schrie gellend auf.

»Nuage!« Ihr herzzerreißender Schrei ging im Donnern und Pfeifen der nächsten Salve unter, und sie versuchte, sich aus Bobbys Griff zu befreien.

»Nuage!« schrie sie wieder, und der Hengst hob den Kopf.

Er lag auf der Seite; eine Granate hatte ihm beide Hinterläufe zerfetzt und den Bauch aufgeschlitzt.

»Nuage!« Der Hengst hörte ihre Stimme und versuchte vergeblich aufzustehen; er fiel zurück, der Kopf schlug dumpf auf der Erde auf, und er atmete mit einem weichen, flatternden Laut durch die Nüstern aus.

Anna kam Bobby zu Hilfe, und gemeinsam zerrten sie Centaine zu dem wartenden Lastwagen.

»Ihr könnt ihn doch nicht so zurücklassen!« flehte sie und wehrte sich mit aller Kraft. »Bitte, bitte, laßt ihn nicht so liegen.«

Wieder sauste eine Salve mit ohrenbetäubendem Krachen über den Hof hinweg und füllte die Luft mit Steinsplittern und Stahlteilen. »Keine Zeit«, brummte Bobby, »wir müssen fort.«

Sie hoben Centaine auf die Ladefläche des Wagens, zwängten sie zwischen die übereinander gestapelten Tragbahren und drängten sich hinter ihr hinein. Der Fahrer legte unverzüglich den ersten Gang ein und fuhr los; der Lastwagen wendete auf engstem Raum, holperte über das Kopfsteinpflaster und raste dann durch das Tor auf den Fahrweg hinaus.

Centaine schaute zu dem Gut zurück. Die Flammen loderten, und tiefschwarzer Qualm lag über dem Haus und stieg senkrecht in den sonnenbeschienenen Himmel.

»Alles«, flüsterte Centaine. »Du hast mir alles genommen, was ich geliebt habe. Warum? O Gott, warum hast du mir das angetan?«

Wieder explodierten ganz in ihrer Nähe Granaten, denn die deutschen Beobachter hatten die Kreuzung bereits im Schußfeld. Der Konvoi bewegte sich im Zickzack von einer Straßenseite zur anderen, um Granattrichtern, toten Zugtieren, zurückgelassenen Geräten und den Überresten von zerstörten Fuhrwerken auszuweichen.

Als sie am Friedhof vorbeifuhren, sah Centaine, daß in dem grünen, kupferbedeckten Kirchturm bereits ein Einschußloch klaffte. Sie erspähte zwar die oberen Äste der Eibe, die das Familiengrab beschattete, aber Michaels Grab war von der Straße aus nicht zu sehen.

»Ob wir jemals zurückkommen werden, Anna?« flüsterte Centaine. »Ich habe Michel versprochen —« Ihre Stimme versagte.

»Natürlich kommen wir zurück. Wohin sonst sollten wir denn hingehen?« Annas Stimme war heiser und bebte unter dem Holpern des Wagens.

Beide starrten zurück auf den Kirchturm und die häßliche, schwarze Rauchsäule, die über dem Wald in den Himmel stieg.

Kurz vor dem Dorf stieß der Sanitätskonvoi auf die Nachhut der zurückweichenden britischen Truppen. Die Militärpolizei hatte eine Straßensperre errichtet. Alle diensttauglichen Soldaten wurden abgefangen und neue Truppen zusammengestellt, um eine zweite Verteidigungslinie aufzubauen; sämtliche Fahrzeuge wurden nach Deserteuren durchsucht.

»Wird die neue Linie halten, Sergeant?« fragte Bobby Clarke den Polizisten, der seine Papiere kontrollierte. »Können wir im Dorf anhalten? Einige meiner Patienten —«

Er wurde von der Explosion einer Granate unterbrochen, die eine der Hütten neben der Straße getroffen hatte. Sie befanden sich noch immer in Reichweite der deutschen Geschütze.

»Davon kann keine Rede sein, Sir«, erwiderte der Sergeant und gab Bobby die Papiere zurück. »Wenn ich Sie wäre, würde ich mich in das Militärlazarett in Arras zurückziehen. In dieser Gegend wird's bald ungemütlich.«

Und so begann der lange, zermürbende Rückzug. Sie waren Teil einer unabsehbar langen Kolonne, die sich auf der Straße dahinwälzte und nur im Schrittempo vorwärtskam. Als die Sonne höher stieg, wurde die Hitze unerträglich, und die Straßen, noch vor kurzem mit tiefem, winterlichen Schlamm bedeckt, waren nun staubtrocken. Von den umliegenden Bauernhöfen kamen, durch die blutigen Verbände angezogen, die Fliegen und krabbelten auf den Gesichtern der Verwundeten herum, und die Männer stöhnten und riefen nach Wasser.

Anna und Centaine wollten auf einem der Bauernhöfe darum bitten und fanden ihn bereits verlassen. Sie nahmen ein paar Milchkübel und füllten sie mit Wasser aus der Pumpe.

Dann gingen sie von einem Wagen zum anderen, verteilten das Wasser, kühlten die Gesichter der Fiebernden und halfen den Sanitätern, und die ganze Zeit über versuchten sie, zuversichtlich und heiter zu erscheinen und trotz ihres eigenen Kummers Trost zu spenden, wo immer sie konnten.

Bei Einbruch der Dunkelheit hatte der Konvoi kaum zehn Kilometer zurückgelegt, und noch immer war das Donnern der Kanonen zu hören.

»Es sieht so aus, als wären die Deutschen bei Mort Homme aufgehalten worden.« Bobby Clarke war neben Centaine stehengeblieben. »Hier sind wir sicher genug, um haltmachen zu können.« Er sah sich das Gesicht des Soldaten, den Centaine gerade versorgte, näher an. »Weiß Gott, diese armen Teufel halten ohnehin nicht mehr lange durch. Sie brauchen etwas zu essen und Ruhe. Hinter der nächsten Kurve ist ein Bauernhof mit einer großen Scheune. Bisher hat ihn noch niemand übernommen — also werden wir ihn belegen.«

Anna zog einen Bund Zwiebeln aus ihrem Sack und würzte damit den Eintopf aus Büchsenfleisch, den sie über einem offenen Feuer kochten. Dazu gab es trockenen Armeezwieback und schwarzen Tee, den sie sich von den Nachschublastern erbettelt hatten.

Centaine fütterte die Männer, die zu schwach waren, um sich selbst zu helfen, und machte sich dann mit den Sanitätern daran, die Verbände zu wechseln. Die Hitze und der Staub hatten Schlimmes angerichtet, viele Wunden waren entzündet und verschwollen und begannen bereits zu eitern.

Erst nach Mitternacht schlüpfte Centaine aus der Scheune und ging zur Wasserpumpe im Hof. Sie war verschwitzt und schmutzig und sehnte sich nach einem Bad und danach, saubere, frischgebügelte Wäsche anzuziehen. Doch dazu mußte man ungestört sein, und außerdem wußten sie, daß sie die wenigen Kleider, die sie in die Reisetasche gepackt hatte, später noch brauchen würde. Sie wusch Kniehose und Unterrock unter der Pumpe, wrang sie aus und hängte sie zum Trocknen über das

Gatter, während sie Gesicht und Arme mit kaltem Wasser abspülte.

Sie ließ sich vom Nachtwind trocknen und zog ihre Unterwäsche feucht wieder an. Dann kämmte sie ihr Haar und fühlte sich ein wenig besser, obwohl ihre Augen brannten, die Last ihres Kummers wie ein Stein auf ihrer Brust lag und ihre Arme und Beine vor Müdigkeit schwer wie Blei waren. Sie sah wieder den Vater vor sich, mitten im Rauch, und den weißen Hengst im grünen Gras, aber sie drängte diese Bilder gewaltsam zurück.

»Genug«, sagte sie laut und lehnte sich an das Gatter. »Genug für heute, ich werde morgen wieder weinen.«

»Ein Morgen gibt es nicht«, erwiderte eine Stimme in gebrochenem Französisch aus der Dunkelheit, und sie erschrak.

»Bobby?«

Dann sah sie die Glut seiner Zigarette, und er trat aus dem Schatten und lehnte sich neben ihr an das Gatter.

»Sie sind ein erstaunliches Mädchen«, fuhr er in englisch fort, »ich habe sechs Schwestern, aber ein Mädchen wie Sie habe ich noch nie kennengelernt. Eigentlich kenne ich auch nur verdammt wenig Männer, die es mit Ihnen aufnehmen könnten.«

Sie schwieg, aber als er an der Zigarette zog, betrachtete sie im Schein der Glut sein Gesicht. Er war ungefähr in Michaels Alter und sah gut aus. Er hatte einen vollen, sensiblen Mund und strahlte eine Güte aus, die sie bisher noch nicht bemerkt hatte.

»Hören Sie —« Ihr Schweigen machte ihn plötzlich verlegen — »es macht Ihnen doch nichts aus, daß ich Sie angesprochen habe? Wenn Sie wollen, lasse ich Sie allein.«

Sie schüttelte den Kopf. »Es macht mir nichts aus.« Und für eine Weile schwiegen beide, lauschten dem fernen Donnern der Kanonen und dem gelegentlichen Stöhnen der Verwundeten in der Scheune, und Bobby paffte an seiner Zigarette.

Dann wandte Centaine sich um und fragte: »Erinnern Sie sich noch an den jungen Flieger, dessentwegen Sie das erstemal auf das Gut kamen?«

»Ja. Der Flieger mit der Brandwunde am Arm. Wie war noch gleich sein Name — Andrew?«

»Nein, das war sein Freund.«

»Ja, natürlich — der wilde Schotte.«

»Er hieß Michel.«

»Ich erinnere mich an die beiden. Was ist aus ihnen geworden?«

»Michel und ich wollten heiraten, aber er ist tot —« Und da war es mit ihrer Beherrschung vorbei.

Er war ein Fremder und gütig, und es war so wohltuend, hier in der Dunkelheit mit ihm zu sprechen. Sie erzählte ihm in ihrem drolligen Englisch von Michael und daß sie in Afrika leben wollten, dann erzählte sie von ihrem Vater, der sich verändert hatte nach dem Tod ihrer Mutter, und wie sie versucht hatte, für ihn zu sorgen und ihn vom Trinken abzuhalten. Dann schilderte sie, was am Morgen in dem brennenden Haus vorgefallen war.

»Ich glaube, daß er das gewollt hat. Er war irgendwie lebensmüde. Ich glaube, er wollte sterben, um wieder bei Mama zu sein. Aber nun sind beide tot, er und Michel. Ich habe niemanden mehr.«

Als sie schließlich verstummte, fühlte sie sich ausgepumpt und müde, aber ruhiger.

»Sie haben wirklich einiges durchgemacht.« Bobby streckte die Hand aus und drückte ihren Arm. »Ich wünschte, ich könnte Ihnen helfen.«

»Sie haben mir schon geholfen. Ich danke Ihnen.«

»Ich könnte Ihnen etwas geben — ein wenig Laudanum, dann können Sie schlafen.«

Centaine fühlte einen heftigen Stich in der Brust — das Verlangen nach dem schnellen Vergessen war so stark, daß sie erschrak. »Nein«, lehnte sie mit unnötigem Nachdruck ab. »Es wird schon gehen.« Sie zitterte. »Mir ist kalt, und es ist spät geworden. Noch einmal vielen Dank, daß Sie mir zugehört haben.«

Anna hatte in einer Ecke der Scheune eine Decke aufgehängt, um sie vor den Blicken der anderen zu schützen, und einen Strohsack vorbereitet. Centaine fiel fast augenblicklich in einen totenähnlichen Schlaf, und als sie schwitzend bei Tagesanbruch erwachte, verspürte sie wieder Brechreiz.

Schlaftrunken stolperte sie aus der Scheune und schaffte es bis hinter die Hofmauer, bevor sie sich übergab. Als sie sich aufrichtete und sich, auf die Mauer gestützt, den Mund abwischte, entdeckte sie, daß Bobby Clarke mit betroffenem Gesicht neben ihr stand. Er faßte sie am Handgelenk, um ihren Puls zu fühlen.

»Ich glaube, ich hätte mich mehr um Sie kümmern müssen«, sagte er.

»Nein.« Sie war sehr empfindlich. Diese ungewohnte Übelkeit ängstigte sie, weil sie immer so gesund und stark gewesen war. Sie fürchtete, er könnte irgendeine schreckliche Krankheit entdecken.

»Mir geht es gut, wirklich.« Aber er nahm ihre Hand, führte sie zu einem Sanitätsfahrzeug und zog die Leinenblenden herunter, damit sie nicht gestört wurden.

»Legen Sie sich bitte hin.« Ohne ihre Proteste zu beachten, knöpfte er ihre Bluse auf, um ihre Brust abzuhorchen.

Sein Verhalten war so sachlich und professionell, daß sie sich nicht länger wehrte, seine Untersuchung ergeben über sich ergehen ließ und seine Anweisungen befolgte.

»Ich werde jetzt Ihren Unterleib untersuchen«, sagte er. »Möchten Sie, daß Ihr Dienstmädchen als Anstandsdame dabei ist?«

Sie schüttelte stumm den Kopf, und er sagte: »Ziehen Sie bitte Rock und Unterrock aus.«

Nachdem er mit der Untersuchung fertig war, packte er bewußt langsam seine Instrumente ein, während sie sich wieder anzog.

Dann sah er sie mit einem so eigenartigen Gesichtsausdruck an, daß sie erschrak. »Ist es etwas Ernstes?«

Er schüttelte den Kopf. »Ihr Verlobter ist tot, nicht wahr, Centaine? Das haben Sie mir letzte Nacht erzählt.«

Sie nickte.

»Es ist noch viel zu früh, um sicher zu sein, viel zu früh —

aber ich glaube, daß sie einen Vater für Ihr Kind brauchen werden.«

Unwillkürlich legte sie die Hände schützend auf ihren Bauch.

»Ich kenne Sie erst seit ein paar Tagen, aber das genügt mir, um zu erkennen, daß ich mich in Sie verliebt habe. Es wäre mir eine Ehre —« Er brach ab, denn sie hörte überhaupt nicht zu.

»Michel«, flüsterte sie, »ein Kind von Michel. Ich habe nicht alles verloren. Ich hab' noch einen Teil von ihm.«

Centaine aß das Brot mit Schinken und Käse, das Anna ihr gebracht hatte, mit solchem Appetit, daß Anna sie argwöhnisch musterte.

»Ich fühl' mich jetzt viel besser«, kam Centaine ihrer Frage zuvor.

Sie halfen bei der Versorgung der Verwundeten. Zwei der kritischen Fälle waren während der Nacht gestorben, und die Sanitäter begruben sie hastig in flachen Gräbern am Rand der Wiese. Dann fuhren die Lastautos wieder los und ordneten sich in die Kolonne auf der Straße ein.

Der Stau hatte sich aufgelöst, nachdem die Armee ihre anfängliche Bestürzung abgeschüttelt hatte und zumindest teilweise die Ordnung wieder hergestellt war. Die Kolonne bewegte sich noch immer sehr langsam vorwärts, aber fast ohne Stockung.

Als sie einmal in der Nähe eines kleinen Dorfes, halb verborgen zwischen Bäumen und Weinreben, haltmachten, entdeckte Centaine ein paar Flugzeuge, die am Rand des Weingartens standen. Sie kletterte auf das Trittbrett des Lastwagens, um besser sehen zu können, und in diesem Augenblick hob eine Gruppe von Flugzeugen von der Wiese ab und brauste im Tiefflug über die Straße.

Sie war tief enttäuscht, als sie erkannte, daß es nicht die hübschen SE5a von Michaels Staffel waren, sondern schwerfällige, zweisitzige De Havilland-Aufklärer. Sie winkte ihnen zu, und einer der Piloten schaute zu ihr herunter und winkte zurück.

Das ermutigte sie irgendwie, und als sie sich wieder ihren selbstauferlegten Pflichten zuwandte, fühlte sie sich stark und froh und scherzte in ihrem gebrochenen Englisch mit den Verwundeten, die freudig darauf eingingen. Einer von ihnen nannte sie »Sonnenschein«, und dieser Name machte rasch die Runde.

Bobby Clarke hielt sie auf, als sie an ihm vorbeiging. »Sie sind großartig — aber denken Sie daran, Sie dürfen sich nicht überanstrengen.«

»Es geht mir gut. Machen Sie sich um mich keine Sorgen.«

»Ich kann nicht anders.« Er senkte die Stimme. »Haben Sie über mein Angebot nachgedacht? Wann geben Sie mir eine Antwort?«

»Nicht jetzt, Bobby.« Wenn sie seinen Namen aussprach, betonte sie jede Silbe, so daß es klang wie »Bob-bie«, und jedesmal, wenn sie es sagte, hielt er den Atem an. »Wir werden später darüber reden — aber Sie sind sehr, sehr nett.«

Die Straße war nun wieder fast unpassierbar, weil die Reserven in aller Eile nach Mort Homme geschafft wurden, um die neue Verteidigungslinie zu halten. Endlose Marschkolonnen strömten vorbei, und zwischen den Reihen schwankender Stahlhelme bewegten sich Geschützbatterien und Nachschubkonvois. Das Vorwärtskommen wurde immer schwieriger, und die Sanitätsfahrzeuge wurden jedesmal, wenn neue Truppenverbände vorbeimarschierten, für Stunden auf ein Feld oder eine Seitenstraße umgeleitet.

»Ich werde die Wagen schon bald zurückschicken müssen«, erklärte Bobby Centaine während eines dieser Zwangsaufenthalte. »Sie werden dort dringend gebraucht. Sobald wir ein Feldlazarett finden, liefere ich diese Patienten ab.«

Centaine nickte und wollte zum nächsten Wagen, wo einer der Männer mit schwacher Stimme rief: »Kommen Sie her, Sonnenschein, ich brauche Ihre Hilfe.«

Bobby hielt sie am Handgelenk fest. »Centaine, wenn wir das Lazarett erreichen, da gibt es ganz gewiß einen Geistlichen. Es würde nur ein paar Minuten dauern —«

Sie lächelte zu ihm auf und streckte die Hand aus, um mit

den Fingerspitzen seine unrasierte Wange zu streicheln. »Sie sind sehr lieb, Bobby — aber Michel ist der Vater meines Sohnes. Ich habe darüber nachgedacht, ich brauche keinen anderen Vater.«

»Sie haben mich nicht verstanden, Centaine! Was werden die Leute denken? Ein Kind ohne Vater, eine junge Mutter ohne Ehemann — was werden sie da wohl sagen?«

»Solange ich mein Baby habe, Bobby, gebe ich — wie sagt man doch gleich — gebe ich keinen Deut auf das Gerede! Sie können reden, was sie wollen. Ich bin die Witwe von Michel Courtney.«

Am späten Nachmittag fanden sie das Lazarett, das sie suchten. Es lag auf einem Feld außerhalb von Arras. Es bestand aus zwei großen Zelten, auf denen das rote Kreuz prangte. In diesen Zelten wurde operiert. Ringsum waren in aller Eile provisorische Unterstände aus Wellblech, Holz und Planen aufgestellt worden, um Hunderte Verwundete unterzubringen, die auf ihre Operation warteten.

Anna und Centaine halfen beim Ausladen der Verwundeten, dann holten sie ihr Gepäck vom Dach des ersten Wagens. Einem der Patienten fielen die Reisevorbereitungen auf.

»Sie verlassen uns doch nicht, Sonnenschein, oder?« Und andere, die das gehört hatten, richeten sich auf, um zu protestieren. »Was sollen wir denn ohne Sie machen, Süße?«

Sie trat noch einmal zu ihnen, ging mit einem Lächeln und einem Scherz von einem zum anderen, bückte sich, um ihre schmutzigen, schmerzverzerrten Gesichter zu küssen, und eilte schließlich, als sie es nicht mehr länger ertragen konnte, zurück zu der Stelle, wo Anna auf sie wartete.

Sie nahmen die Reisetasche und Annas Mehlsack und wanderten an der Kolonne von Sanitätsfahrzeugen entlang, die wieder aufgetankt worden und bereit waren, zum Schlachtfeld zurückzukehren.

Bobby Clarke hatte auf sie gewartet und lief nun hinter Centaine her.

»Wir fahren zurück, Befehl von Major Sinclair.«

»Au revoir, Bobby.«

»Ich werde Sie nie vergessen, Centaine.«

Sie stellte sich auf die Zehenspitzen, um ihn auf die Wange zu küssen.

»Ich hoffe, es wird ein Junge«, flüsterte er.

»Es wird ein Junge«, erwiderte sie ernsthaft. »Da bin ich ganz sicher.«

Der Sanitätskonvoi fuhr los, zurück nach Norden, und Bobby Clarke winkte und rief etwas, das sie nicht mehr verstehen konnten, als sich die Wagen in den Strom marschierender Soldaten und schwankender Lastautos einreihten.

»Was machen wir jetzt?« fragte Anna.

»Wir gehen weiter«, erklärte Centaine. Fast unmerklich hatte sie die Führung übernommen, und Anna, die mit jedem Kilometer zwischen ihr und Mort Homme unsicherer geworden war, trottete hinter ihr her. Sie verließen das Lazarettareal und bogen in südlicher Richtung auf die überfüllte Straße ein.

Über den Bäumen vor ihnen zeichneten sich die Dächer und Türme der Stadt Arras gegen den Abendhimmel ab.

»Schau, Anna!« rief Centaine aus. »Dort ist der Abendstern — wir dürfen uns etwas wünschen. Was wünschst du dir?«

Anna sah sie erstaunt an. Was war mit dem Kind geschehen? Es war noch kaum zwei Tage her, seit ihr Vater in den Flammen umgekommen, ihr Lieblingspferd verstümmelt worden war, und trotzdem legte sie eine geradezu wilde Heiterkeit an den Tag. Das war unnatürlich.

»Ich wünsche mir ein heißes Bad und eine warme Mahlzeit.«

»Oh, Anna, du willst immer das Unmögliche.« Centaine lächelte ihr zu und nahm die schwere Reisetasche in die andere Hand.

»Was würdest du dir denn wünschen?« fragte Anna herausfordernd.

»Ich wünsche mir, daß uns der Stern zum General führt, wie einst die drei Könige aus dem Morgenland —«

»Versündige dich nicht, Mädchen.« Aber Anna war zu müde und zu unsicher, um dem Verweis Nachdruck zu verleihen.

Centaine kannte sich in der Stadt gut aus, weil sie hier in die Klosterschule gegangen war. Als sie in das Stadtzentrum kamen, war es bereits dunkel. Die Kämpfe in den ersten Kriegsjahren hatten schreckliche Spuren hinterlassen. Das malerische alte Rathaus war von Granatsplittern übersät, ein Teil des Daches zerstört. Viele der giebeligen Backsteinhäuser am Stadtplatz waren zerbombt und großteils verlassen; nur aus einigen wenigen Fenstern schimmerte Kerzenlicht.

Centaine hatte sich den Weg zu dem Kloster, das General Courtney als Hauptquartier diente, nicht gemerkt, als sie vor kurzem mit Michael hier gewesen war, und konnte daher auch nicht hoffen, es in der Dunkelheit wiederzufinden. Also quartierten sich die beiden Frauen in einem verlassenen Häuschen ein, aßen die letzten Stücke altes Brot und vertrockneten Käse, benutzten die Reisetasche als Kissen und wärmten sich gegenseitig, als sie sich auf dem Boden zum Schlafen hinlegten.

Als Centaine sich am nächsten Morgen schließlich zu dem Kloster durchgefragt hatte, fürchtete sie schon, niemanden mehr vorzufinden, aber am Haupttor stand eine Wache.

»Tut mir leid, Miss, hier ist der Zutritt verboten.«

Während sie noch mit ihm verhandelte, tauchte hinter ihr in der Einfahrt der schwarze Rolls Royce auf und hielt an, als er das Tor erreichte. Der Wagen war mit getrocknetem Schlamm und Staub bedeckt, und auf der einen Seite zog sich ein häßlicher, langer Kratzer quer über beide Türen.

Die Wache erkannte den Stander auf der Motorhaube und winkte den Zulufahrer weiter, der Rolls Royce fuhr durch das hohe Tor, doch Centaine rannte los und rief verzweifelt hinter dem Wagen her. Auf dem Rücksitz saß der junge Offizier, den sie bei ihrem letzten Besuch kennengelernt hatte.

»Lieutenant Pearce!« Sie hatte seinen Namen nicht vergessen, und er schaute zurück und stutzte, als er sie erkannte. Schnell beugte er sich vor, um mit dem Fahrer zu reden, und der Rolls wurde scharf abgebremst und wendete.

»Mademoiselle Thiry!« John Pearce war aus dem Wagen gesprungen und eilte auf sie zu. »Ich hätte nie gedacht, Sie — was, um alles in der Welt, tun Sie hier?«

»Ich muß Michaels Onkel, General Courtney, sprechen. Es ist wichtig.«

»Er ist im Augenblick nicht hier«, erklärte der junge Offizier, »aber kommen Sie doch herein. Er sollte eigentlich bald zurück sein, und in der Zwischenzeit können Sie sich ausruhen und etwas essen. Mir scheint, Sie könnten beides sehr nötig brauchen.«

Er nahm ihr die Reisetasche ab. »Kommen Sie — gehört diese Frau zu Ihnen?«

»Das ist Anna, meine Dienerin.«

»Sie kann vorn neben Sangane sitzen.« Er half Centaine in den Wagen. »Die Deutschen haben uns ein paar Tage lang ganz schön beschäftigt«, er setzte sich neben sie auf den weichen Ledersitz, »und es sieht so aus, als wären auch Sie nicht ganz ungeschoren davongekommen.«

Centaine blickte an sich hinunter: ihr Kleid war staubig und zerknittert, die Hände waren schmutzig, die Fingernägel hatten schwarze Ränder. Sie konnte sich lebhaft vorstellen, wie ihr Haar aussah.

»Ich komme gerade von der Front. General Courtney ist hinausgefahren, um sich persönlich ein Bild zu machen.« John Pearce wandte sich höflich ab, als sie versuchte, ihr Haar zu ordnen. »Er ist gern an der Front — denkt noch immer, er kämpft im Burenkrieg, der alte Teufel. Wir sind bis Mort Homme gekommen —«

»Das ist mein Heimatdorf.«

»Jetzt nicht mehr«, erwiderte er grimmig. »Jetzt gehört es den Deutschen, oder fast. Die neue Frontlinie verläuft nördlich davon, und das Dorf ist unter Beschuß. Die meisten Häuser liegen schon in Schutt und Asche — ich bin sicher, Sie würden es nicht wiedererkennen.«

Centaine nickte abermals. »Mein Haus ist niedergebrannt.«

»Das tut mir leid.« John Pearce fuhr rasch fort: »Jedenfalls sieht es so aus, als hätten wir den Angriff zum Stillstand gebracht. General Courtney ist sicher, daß wir die Deutschen bei Mort Homme festhalten können —«

»Wo ist der General?«

»Im Divisionshauptquartier. Am Abend sollte er zurück sein. So, da sind wir.«

John Pearce führte Centaine in eine Mönchszelle und befahl einem Diener, heißes Wasser und etwas zu essen zu bringen. Nachdem sie und Anna gegessen hatten, wusch sie sich mit heißem Wasser.

»Oh, ist das herrlich.«

»Endlich einmal kein Geschrei«, murmelte Anna. Sie benutzte ihren Unterrock, um Centaine abzutrocknen, dann zog sie ihr ein frisches Hemd aus der Reisetasche über den Kopf und bürstete ihr Haar. Die dichten schwarzen Locken waren total verfilzt. Danach bestand sie darauf, daß sich Centaine auf das Bett legte, um auszuruhen, während sie sich und ihre schmutzige Wäsche wusch. Doch Centaine konnte nicht still liegen, sie setzte sich auf und umfaßte ihre Knie.

»Ach, Anna — Liebste, ich habe eine wunderbare Überraschung für dich —«

Anna band ihr feuchtes Haar zu einem dicken, grauen Pferdeschwanz zusammen und warf Centaine einen spöttischen Blick zu.

»Hast du Liebste gesagt? Das muß wirklich eine gute Neuigkeit sein.«

»O ja, das ist es auch! Ich bekomme nämlich ein Baby von Michel.«

Anna erstarrte. Das Blut wich aus ihrem rosigen Gesicht, sie wurde ganz grau, und sie starrte Centaine an, ohne ein Wort hervorzubringen.

»Es wird ein Junge, da bin ich ganz sicher. Ich kann es fühlen. Er wird genauso wie Michel!«

»Bist du denn sicher?« stieß Anna hervor.

»Ja, ganz sicher.« Centaine kniete sich hin und hob das Hemd hoch. »Schau dir doch meinen Bauch an — siehst du es denn nicht, Anna?«

Der helle, glatte Bauch war so flach wie immer. Centaine drückte ihn eifrig heraus.

»Siehst du es nicht, Anna? Es könnten sogar Zwillinge werden, Michaels Vater und der General sind auch Zwillinge. Das könnte in der Familie liegen — stell dir vor, Anna, gleich zwei von Michels Sorte!«

»Nein!« Entsetzt schüttelte Anna den Kopf. »Das ist eines deiner Märchen. Ich kann nicht glauben, daß eine Tochter aus dem Hause de Thiry einem gewöhnlichen Soldaten erlaubt hat, sie wie eine Küchenmagd zu benutzen.«

»Nicht erlaubt, Anna!« Centaine ließ wütend das Hemd fallen. »Ich habe es ihm nicht erlaubt, ich hab' ihm dabei geholfen. Er schien nicht zu wissen, was er tun sollte, also habe ich ihm geholfen und dann ging's ganz prächtig.«

Anna hielt sich mit beiden Händen die Ohren zu. »Ich kann es nicht glauben, ich werde nicht weiter zuhören. Nicht, nachdem ich dich zu einer Dame erzogen habe — ich höre einfach nicht zu.«

»Was glaubst du wohl, was wir in den Nächten getan haben, als ich mich hinausschlich, um ihn zu treffen — du weißt ja, daß ich's getan habe, du und Papa, ihr habt mich doch dabei erwischt, oder etwa nicht?«

»Mein Kind!« jammerte Anna. »Er hat dich benutzt —«

»Unsinn, Anna, ich hab' es genossen. Ich habe alles, was er mit mir gemacht hat, genossen.«

»Oh, nein! Ich will es nicht glauben. Außerdem könntest du es unmöglich wissen, nicht nach so kurzer Zeit. Du machst dich lustig über deine alte Anna. Du bist boshaft und grausam.«

»Du weißt doch, daß mir morgens oft übel wird.«

»Das beweist gar nichts —«

»Der Doktor, Bobby Clarke, der Militärarzt. Er hat mich untersucht. Er hat es mir gesagt.«

Nun verstummte Anna schließlich doch. »Es stimmt also«, gab sie zu. »Oh, was machen wir jetzt nur? Oh, der liebe Gott schütze uns vor Schmach und Schande — was machen wir jetzt nur?«

»Machen, Anna?« Centaine lachte über das theatralische Gejammer. »Wir werden einen wunderschönen Jungen zur Welt bringen, oder auch zwei, wenn wir Glück haben, und ich werde deine Hilfe brauchen, um die beiden aufzuziehen. Du hilfst mir doch, Anna? Ich habe keine Ahnung von Babys, und du weißt alles.«

Annas erster Schrecken war rasch vorbei, und sie vergaß allmählich die Schande und den Skandal und machte sich mit dem Gedanken an ein kleines Kind vertraut; es war mehr als siebzehn Jahre her, seit sie diese Freude das letztemal erlebt hatte. Centaine sah ihr den Umschwung der Gefühle an. »Du hilfst mir doch mit dem Baby? Du wirst uns doch nicht im Stich lassen, das Baby und mich, wir brauchen dich! Anna, versprich es mir, bitte versprich es mir«, und Anna riß Centaine in ihre Arme und hielt sie fest, und Centaine lachte vor Glück.

Es war schon dunkel, als John Pearce wieder an die Tür der Mönchszelle klopfte.

»Der General ist jetzt da, Mademoiselle de Thiry. Ich habe ihm gesagt, daß Sie hier sind, er möchte Sie sofort sehen.«

Centaine folgte dem Adjutanten durch den Kreuzgang bis zum Refektorium, in dem nun Einsatzbesprechungen stattfanden. Fünf oder sechs Offiziere standen über die große Karte gebeugt, die auf einem der Eßtische ausgebreitet war. Die Karte war mit bunten Fähnchen übersät, und im Raum herrschte eine verkrampfte, gespannte Atmosphäre.

Als Centaine eintrat, schauten die Offiziere auf, aber in dieser Situation konnte nicht einmal ein junges, hübsches Mädchen ihre Aufmerksamkeit länger als ein paar Sekunden ablenken, bevor sie sich wieder ihren Aufgaben zuwandten.

General Sean Courtney stand mit dem Rücken zu ihr am anderen Ende des Raumes. Seine Jacke mit den roten Streifen, den glänzenden Rangabzeichen und Ordensbändern hing über der Lehne des Stuhles, auf den er seinen gestiefelten Fuß gestellt hatte. Er stützte den Ellbogen auf das Knie und starrte mit gerunzelter Stirn auf die Hörmuschel eines Feldtelefons, aus der eine schwache, verzerrte Stimme quakte.

Er trug ein wollenes Unterhemd, unter dessen Achseln sich Schweißflecken abzeichneten, und wunderschöne Hosenträger, die mit Hirschen und rennenden Jagdhunden bestickt waren. Er kaute an einer kalten Havanna-Zigarre und begann plötzlich in den Hörer zu brüllen, ohne die Zigarre aus dem Mund zu nehmen.

»Das ist alles Mist! Ich bin selbst vor zwei Stunden dortgewesen. Ich weiß! Ich brauche mindestens noch vier Batterien mit schwerem Kaliber in dieser Lücke, und zwar vor Tagesanbruch — kommen Sie mir nur nicht mit Ausreden, erledigen Sie das, und erstatten Sie Meldung, wenn es erledigt ist!« Er knallte den Hörer auf die Gabel, dann sah er Centaine.

»Meine Liebe«, seine Stimme veränderte sich, und er ging ihr entgegen und nahm ihre Hand. »Ich hab' mir schon Sorgen gemacht. Das Gut ist total zerstört. Die neue Front verläuft kaum einen Kilometer dahinter —« Er hielt inne und musterte sie einen Augenblick. Was er sah, beruhigte ihn, und er fragte: »Und Ihr Vater?«

Sie schüttelte den Kopf. »Er ist bei dem Granatbeschuß umgekommen.«

»Das tut mir leid«, sagte Sean und wandte sich an John Pearce. »Bringen Sie Miss de Thiry in mein Quartier«, und zu ihr: »Ich komme in fünf Minuten nach.«

Das Zimmer des Generals schloß direkt an das Refektorium an, so daß Sean Courtney alles, was dort vorging, von seinem Feldbett aus beobachten konnte, wenn er die Tür offen ließ. Das Zimmer war spartanisch eingerichtet — das Feldbett, ein Schreibtisch mit zwei Stühlen und ein Spind am Fußende des Bettes.

»Nehmen Sie bitte Platz, Mademoiselle.« John Pearce bot ihr einen der Stühle an, und während sie wartete, sah sich Centaine in dem kleinen Zimmer um.

Das einzig Interessante war der Schreibtisch. Darauf stand nämlich ein aufklappbarer Bilderrahmen, der auf der einen Seite das Bild einer reifen Frau von dunkler, jüdischer Schönheit zeigte. In der unteren Ecke der Fotografie befand sich eine Inschrift: »Komm gesund zu deiner dich liebenden Frau zurück, Ruth«.

Im anderen Flügel des Bilderrahmens steckte das Foto eines Mädchens, das ungefähr in Centaines Alter war. Die Ähnlichkeit war unübersehbar — es konnte sich nur um Mutter und Tochter handeln —, aber die Schönheit des Mädchens wurde durch einen hochmütigen, verdrießlichen Gesichtsausdruck beeinträchtigt; um den hübschen Mund lag ein harter, habgieriger Zug, und Centaine stellte fest, daß ihr dieses Mädchen überhaupt nicht gefiel.

»Meine Frau und meine Tochter«, sagte Sean Courtney von der Tür her. Er hatte seinen Uniformrock angezogen und knöpfte ihn zu, als er eintrat.

»Haben Sie schon gegessen?« fragte er und ließ sich Centaine gegenüber in den Sessel fallen.

»Ja, danke.« Centaine stand auf und nahm eine silberne Schachtel mit Streichhölzern vom Schreibtisch, zündete eines an und hielt es ihm an seine Havanna-Zigarre. Er schaute überrascht auf und beugte sich dann vor, um die Zigarre anzuzünden. Als sie brannte, lehnte er sich im Stuhl zurück und sagte: »Meine Tochter, Storm, tut das sonst für mich.«

Centaine blies das Streichholz aus, setzte sich wieder und wartete ruhig, bis er die ersten paar Züge aus seiner Zigarre genossen hatte. Seit ihrer letzten Begegnung war er gealtert — vielleicht war es auch die Erschöpfung, dachte sie.

»Wann haben Sie das letztemal geschlafen?« fragte sie, und er grinste. Plötzlich sah er um dreißig Jahre jünger aus.

»Sie reden wie meine Frau.«

»Sie ist sehr schön.«

»Ja«, nickte Sean und warf einen Blick auf das Bild, dann wandte er sich wieder an Centaine. »Sie haben alles verloren«, sagte er.

»Das Gut, meine Heimat — und meinen Vater.« Sie versuchte ruhig zu bleiben und sich ihren schrecklichen Schmerz nicht anmerken zu lassen.

»Sie haben gewiß noch andere Verwandte.«

»Gewiß«, gab sie zu. »Mein Onkel lebt in Lyon, und in Paris habe ich zwei Tanten.«

»Ich werde dafür sorgen, daß sie nach Lyon reisen können.«

»Nein.«

»Warum nicht?« Ihre brüske Ablehnung ärgerte ihn.

»Ich will nicht nach Lyon oder nach Paris. Ich möchte nach Afrika.«

»Afrika?« Nun war er verblüfft. »Afrika? Himmel, warum ausgerechnet Afrika?«

»Weil ich Michel versprochen habe — wir einander versprochen haben, daß wir nach Afrika gehen würden.«

»Aber, meine Liebe —« Er senkte den Blick und betrachtete die Asche an seiner Zigarre. Sie sah den Schmerz, den die Erwähnung von Michaels Namen auslöste, teilte ihn für einen Augenblick mit ihm und sagte dann: »Sie wollten sagen ›aber Michel ist tot‹.«

Er nickte. »Ja.« Seine Stimme war nur ein Flüstern.

»Ich habe Michel noch etwas versprochen, General. Ich habe ihm versprochen, daß sein Sohn in der Sonne Afrikas zur Welt kommen wird.«

Sean hob langsam den Kopf und starrte sie an.

»Michaels Sohn?«

»Sein Sohn.«

»Sie tragen Michaels Kind?«

»Ja.«

All die üblichen dummen Fragen lagen ihm auf der Zunge, wie »Sind Sie sicher?« — »Wie können Sie dessen so sicher sein?« — »Woher soll ich wissen, daß es Michaels Kind ist?« Doch er hielt sie zurück. Er brauchte Zeit, um nachzudenken — um sich auf diese unglaubliche Wendung des Schicksals einzustellen.

»Entschuldigen Sie mich.« Er stand auf und hinkte in den Einsatzraum zurück.

»Haben wir jetzt Verbindung mit dem 3. Bataillon?« fragte er einen der Offiziere.

»Für eine Minute hatten wir sie, jetzt ist sie wieder unterbrochen. Sie sind zum Gegenangriff bereit, Sir, aber sie brauchen Artillerieunterstützung.«

»Setzen Sie sich noch einmal mit diesen verdammten Artilleristen in Verbindung, und versuchen Sie weiter, zu Caithness durchzukommen.« Er wandte sich an einen anderen Offizier seines Stabes. »Roger, was ist mit dem 1. Bataillon?«

»Nichts Neues, Sir. Sie haben zwei feindliche Angriffe abgewehrt, müssen aber große Verluste durch die deutschen Kanonen hinnehmen. Colonel Stevens meint, daß sie durchhalten können.«

»Gut!« brummte Sean. Es war so, als versuchte man, mit einer Handvoll Lehm die Löcher in einem Deich zu stopfen, der dem Ozean standhalten mußte; aber irgendwie schafften sie es, und jede Stunde, die sie durchhielten, bedeutete eine Schwächung des deutschen Angriffs.

»Die Kanonen sind die Lösung, wenn wir sie früh genug hinaufschaffen können. Wie steht's mit dem Verkehr auf der Hauptstraße?«

»Scheint so, als würde er nachlassen und flüssiger werden, Sir.«

Wenn sie die Kanonen vor Tagesanbruch in Stellung bringen konnten, dann hätten sie den Feind in der Falle und könnten ihn von drei Seiten angreifen und mit schwerer Artillerie beschießen.

Sean fühlte, wie seine Stimmung sank. Das war ein Krieg der Kanonen, alles lief am Ende auf eine blutige Zermürbungsschlacht hinaus.

Dem äußeren Anschein nach widmete sich Sean der Verteidigungstaktik, bewertete die Risiken und die Verluste und gab die Befehle, aber insgeheim dachte er über das Mädchen und ihre Ansprüche nach.

Zuerst mußte er seine natürliche Reaktion auf das, was sie ihm gesagt hatte, beherrschen, denn Sean war ein Sohn des viktorianischen Zeitalters, und er erwartete von allen, insbesondere von seiner Familie, daß sie nach dem Kodex lebten, der im vorigen Jahrhundert aufgestellt worden war. Von jungen Männern erwartete man natürlich, daß sie sich austobten — weiß Gott, Sean war wahrhaftig auch kein Heiliger gewesen —, und in Erinnerung daran grinste er beschämt. Aber anständige junge Männer ließen anständige junge Mädchen bis nach der Hochzeit in Ruhe.

Ich bin schockiert, stellte er fest und lächelte wieder. Die Offiziere am Kartentisch sahen das Lächeln und wurden unruhig.

Was hatte der alte Teufel nun wieder vor? Sie tauschten nervöse Blicke.

»Haben Sie jetzt Verbindung mit Colonel Caithness?« Sean zog wieder eine finstere Miene, und sie wandten sich emsig wieder ihren Aufgaben zu.

Ich bin schockiert, gestand sich Sean belustigt noch einmal ein, behielt aber diesmal seine teilnahmslose Miene bei. Und dabei war Michael doch dein Kind der Liebe, das Ergebnis einer deiner Eskapaden. Dein Erstgeborener — Der Schmerz über Michaels Tod drohte ihn wieder zu überwältigen, aber er drängte ihn zurück.

Nun zu dem Mädchen. Er begann ernsthaft zu überlegen. Ist sie wirklich schwanger, oder ist das eine wohldurchdachte Art von Erpressung!? Er brauchte nicht mehr als ein paar Sekunden, um sich in dieser Frage zu entscheiden.

Ich kann mich nicht so in ihr geirrt haben. Sie glaubt wirklich, daß sie schwanger ist. Eines hatte er gelernt: Wenn ein Mädchen glaubte, sie sei schwanger, dann war sie es so sicher wie das Amen im Gebet. Er hatte keine Ahnung, woher Centaine es wußte, aber er war bereit, es zu glauben. Schön, sie ist also schwanger, aber ist es auch Michaels Kind, und nicht das Kind irgendeines anderen?

Auch diesen Gedanken verwarf er rasch. Sie kommt aus einer anständigen Familie und wurde von ihrem Vater und diesem alten Drachen sorgsam gehütet. Würde mich interessieren, wie sie und Michael es angestellt haben! Fast hätte er wieder gegrinst. Die Erfindungsgabe der jungen Liebe. Er schüttelte den Kopf. Also gut, ich glaube es. Es ist Michaels Kind. Michaels Sohn!

Und dann erst ließ er der Freude freien Lauf. Michaels Sohn! Etwas von Michael, das weiterlebt! Er rief sich rasch wieder zur Ordnung. Immer mit der Ruhe, nur nichts überstürzen. Sie will nach Afrika, aber was, um alles in der Welt, machen wir denn dort mit ihr? Ich kann sie doch unmöglich nach Emoyeni mitnehmen. Für einen Augenblick sah er das schöne Haus vor sich, das er für seine Frau gebaut hatte, auf dem Hügel, der in der Sprache der Zulu »Ort des Windes« hieß. Plötzlich spürte er tiefe Sehnsucht nach seiner Heimat und seiner Frau. Er mußte diese Sehnsucht zurückdrängen, um sich den Problemen des Augenblicks zu widmen.

Drei von dieser Sorte — drei hübsche Frauen, jede einzelne stolz und mit großer Willenskraft, unter einem Dach. Instinktiv erkannte er, daß diese kleine Französin und seine geliebte, aber schrecklich verwöhnte Tochter einander bekämpfen würden wie zwei Wildkatzen in einem Käfig. Er schüttelte den Kopf. Ich muß mir etwas einfallen lassen. Was, um Gottes willen, tun wir bloß mit diesem trächtigen kleinen Fohlen?

»Sir! Sir!« rief einer von Seans Offizieren und reichte ihm den Hörer des Feldtelefons. »Ich habe endlich die Verbindung mit Colonel Caithness.«

Sean riß ihm den Hörer aus der Hand. »Douglas!« bellte er hinein. Die Verbindung war schlecht, es knisterte und rauschte, und es klang, als käme die Stimme des Colonels von sehr weit her.

»Hallo, Sir, die Kanonen sind gerade angekommen —«

»Gott sei Danke«, brummte Sean.

»Ich habe sie stationiert in —« Caithness gab die genauen Standorte durch. »Sie hämmern schon drauflos, und den Deutschen scheint die Luft auszugehen. Ich werde sie bei Tagesanbruch stürmen.«

»Seien Sie vorsichtig, Douglas, Sie haben keine Reserven, und ich kann Ihnen nicht vor Mittag zu Hilfe kommen.«

»Gut, ich verstehe, aber wir können es doch nicht zulassen, daß sie sich neu formieren.«

»Natürlich nicht«, stimmte Sean zu. »Halten Sie mich auf dem laufenden. In der Zwischenzeit schicke ich vier weitere Batterien und Truppenteile des 2. Bataillons los, aber die werden nicht vor Mittag bei Ihnen eintreffen.«

»Danke, Sir, wir können sie brauchen.«

»Na, dann los, Mann.« Sean gab den Hörer zurück, und während er beobachtete, wie die bunten Fähnchen auf der Karte umgesteckt wurden, fiel ihm plötzlich die Lösung für sein persönliches Problem ein.

Garry! Er dachte an seinen Zwillingsbruder, und augenblicklich waren auch das vertraute Schuldgefühl und das Mitleid wieder da. Garrick Courtney, der Bruder, den Sean zum Krüppel gemacht hatte.

Es lag schon viele Jahre zurück, und dennoch hatte Sean jeden einzelnen Augenblick dieses furchtbaren Tages so deutlich in Erinnerung, als wäre es an diesem Vormittag geschehen. Sie waren junge Burschen gewesen, als sie an jenem Tag durch das goldene Gras der Hügel von Zululand trabten und sich um das Gewehr stritten, das sie aus der Waffenkammer ihres Vaters gestohlen und mit Schrot geladen hatten.

»Ich habe den Inkonka zuerst gesehen«, wandte Garry ein. Sie waren auf der Jagd nach einem alten Buschbock, dessen Lager sie am vorangegangenen Tag entdeckt hatten.

»Das Gewehr war meine Idee«, erklärte Sean und umklammerte die Waffe fester, »also schieße ich auch.« Und Sean setzte sich natürlich durch. Es war immer so gewesen.

Es war Garry, der mit Tinker, dem Jagdhund, die Antilope dorthin zurücktreiben sollte, wo Sean mit dem Gewehr wartete.

Sean hörte noch Garrys entfernte Rufe am Fuß des Hügels und Tinkers wildes Gebell, als er die Fährte des Buschbocks aufspürte. Dann raschelte es im Gras, die langen gelben Halme teilten sich, als der Inkonka hervorbrach und geradewegs auf die Hügelkuppe zulief, wo Sean lag.

Bei Tageslicht sah er ungeheuer groß aus, weil er in seiner Angst die Mähne sträubte und den dunklen Kopf mit den schweren, spiralförmigen Hörnern hoch auf dem dicken, kräftigen Hals trug. Er wog fast zweihundert Pfund; Brust und Flanken waren gestreift und mit einem feinen Muster gesprenkelt, das auf dem dunklen, rotbraunen Grund hell wie Kalk aussah. Es war ein herrliches Tier, schnell und ungeheuer stark, mit Hörnern, die so scharf waren wie Spieße und einem Mann den Bauch aufschlitzen konnten; und es kam geradewegs auf Sean zu.

Sean drückte ab, und der Buschbock war so nahe, daß ihn die volle Schrotladung traf und in Herz und Lunge eindrang. Das Tier brüllte auf und brach zuckend und blökend zusammen; die scharfen schwarzen Hufe trommelten auf den steinigen Boden, als es den Hügel hinunterrutschte.

»Ich hab' ihn getroffen!« jubelte Sean und sprang aus seinem Versteck. »Ich hab' ihn mit dem ersten Schuß getroffen. Garry! Ich hab' ihn getroffen!«

Garry und der Hund kamen durch das kurze goldene Gras heraufgestürmt. Sean trug das ungesicherte Gewehr, dessen zweiter Lauf noch geladen war, in der Hand, und als er losrannte, löste sich unter seinem Fuß ein Stein, und er fiel hin. Er schlug mit der Schulter auf dem Boden auf, und der zweite Lauf entlud sich mit einem ohrenbetäubenden Krachen.

Als Sean wieder auf die Beine kam, saß Garry wimmernd neben dem toten Buschbock. Er war unterhalb des Knies getroffen, und seine Wade bestand nur noch aus einem roten Fleischfetzen und weißen Knochensplittern, und das Blut spritzte in einer hellen Fontäne heraus.

Armer Garry, dachte Sean, jetzt ist er ein einsamer, einbeiniger alter Krüppel. Die Frau, die Sean schwängerte und die Garry geheiratet hatte, bevor sie Michael zur Welt brachte, war schließlich durch ihren Haß und ihre Bitterkeit dem Wahnsinn verfallen und in dem Feuer umgekommen, das sie selbst gelegt hatte. Nun war auch Michael gestorben, und Garry hatte nichts mehr — nichts außer seinen Büchern und seinem Geschreibsel.

Ich werde ihm dieses muntere, aufgeweckte Mädchen schikken. Die Lösung des Problems war Sean eine ungeheure Erleichterung. Endlich kann ich ihm wenigstens teilweise vergelten, was ich ihm angetan habe. Ich werde ihm mein Enkelkind schicken, das Enkelkind, auf das ich nur schweren Herzens verzichte; damit kann ich wenigstens einen Teil meiner Schuld abtragen.

Er wandte sich ab und hinkte eilig in sein Zimmer zurück, wo Centaine wartete.

Als er eintrat, erhob sie sich, und Sean sah die Sorge und die Furcht vor einer Ablehnung in ihren dunklen Augen.

Er schloß die Tür hinter sich, ging auf sie zu und nahm ihre hübschen kleinen Hände in seine großen, haarigen Pranken, beugte sich zu ihr hinunter und küßte sie sanft. Sein Bart kratzte an ihrer weichen Wange, aber sie schluchzte vor Erleichterung und schlang ihm beide Arme um den Hals.

»Verzeihen Sie, meine Liebe«, sagte er. »Sie haben mich überrumpelt. Ich mußte mich erst an den Gedanken gewöhnen.« Sean drückte sie an sich.

»Darf ich nach Afrika gehen?« Sie lächelte, während die Tränen noch in ihren Augenwinkeln schimmerten.

»Ja, natürlich, das ist nun Ihre Heimat, denn was mich anbelangt, so sind Sie Michaels Frau. Also gehören Sie nach Afrika.«

»Ich bin so glücklich«, sagte sie leise, aber es war mehr als bloßes Glücklichsein. Es war ein tiefes Gefühl der Sicherheit und Geborgenheit, und die Aura von Macht und Kraft, die von diesem Mann ausging, legte sich wie ein schützender Mantel um sie.

»Sie sind Michaels Frau«, hatte er gesagt. Er hatte das bestätigt, was sie selbst auch dachte.

»Und nun werde ich folgendes tun. Die deutschen U-Boote haben schreckliche Verwüstungen angerichtet. Auf einem der Lazarettschiffe des Roten Kreuzes, die direkt aus den französischen Kanalhäfen auslaufen, werden Sie am sichersten nach Hause kommen.«

»Anna —« warf Centaine rasch ein.

»Ja, natürlich, sie muß mit. Sie werden sich beide freiwillig als Krankenpflegerinnen melden, und ich fürchte, man erwartet von Ihnen, daß Sie für die Überfahrt arbeiten.«

Centaine nickte lebhaft.

»Michaels Vater, mein Bruder Garrick Courtney —«, begann Sean.

»Ja, ja! Michel hat mir alles über ihn erzählt. Er ist ein großer Held — für seine Tapferkeit im Kampf gegen die Zulust wurde ihm das Victoria Cross verliehen«, unterbrach ihn Centaine aufgeregt, »und er ist ein Gelehrter, der Geschichtsbücher schreibt.«

Sean staunte über diese Beschreibung des armen Garry, aber sie war inhaltlich korrekt, und er nickte.

»Außerdem ist er ein guter und liebenswürdiger Mensch, ein Witwer, der gerade seinen einzigen Sohn verloren hat —« Wenngleich Centaine die Wahrheit kannte, so würde sie sich doch an ihre stillschweigende Übereinkunft halten. Michael galt als Garrick Courtneys Sohn. »Michael war sein Leben, und Sie und ich wissen, wie sehr ihn der Verlust schmerzen muß.«

In Centaines Augen glitzerten Tränen, sie biß sich auf die Unterlippe und nickte heftig.

»Ich telegraphiere ihm. Er wird in Kapstadt sein, um Sie abzuholen, wenn das Schiff ankommt. Außerdem gebe ich Ihnen einen Brief für ihn mit. Sie können sicher sein, daß Sie bei ihm herzlich willkommen und gut aufgehoben sind, beide, Sie und Michaels Kind.«

»Michaels Sohn«, sagte Centaine überzeugt und fügte dann zögernd hinzu: »Aber werde ich auch Sie manchmal sehen, General?«

»Oft«, versicherte ihr Sean und beugte sich vor, um zärtlich ihre Hand zu tätscheln. »Wahrscheinlich öfter, als Ihnen lieb ist.«

Und dann ging alles sehr schnell.

Centaine und Anna blieben fünf Tage im Kloster, aber in dieser Zeit wurde der deutsche Durchbruch bei Mort Homme in harten, blutigen Kämpfen verhindert, und als die Verteidigungslinie schließlich gefestigt und verstärkt war, hatte Sean Courtney jeden Tag ein paar Stunden für sie Zeit.

Sie nahmen gemeinsam das Abendessen ein, und er beantwortete freundlich und geduldig ihre unaufhörlichen Fragen nach Afrika, seiner Bevölkerung und seiner Tierwelt, und nach der Familie Courtney und ihren Mitgliedern. Nach dem Essen brachte sie Sean dann immer ein Zigarre und gab ihm Feuer, schenkte ihm Cognac ein und setzte sich neben ihn, bis Anna kam, um sie zu holen, oder Sean in den Einsatzraum gerufen wurde.

John Pearce brachte Anna und Centaine die Schwesterntrachten. Die Uniform bestand aus einem graublauen Kleid, einem weißen Häubchen und einer weißen Schürze mit gekreuzten Schürzenbändern, und Centaine und Anna nahmen ein paar Änderungen vor, die den sackartigen, unförmigen Kleidern einen Hauch von französischem Chic gaben.

Dann war es Zeit abzureisen, Sangane lud ihr dürftiges Gepäck in den Rolls Royce, und Sean Courtney, barsch und unfreundlich in seinem Abschiedsschmerz, begleitete sie zum Wagen.

»Kümmern Sie sich um sie«, befahl er Anna, und Anna warf ihm in berechtigtem Zorn über diesen überflüssigen Ratschlag einen finsteren Blick zu.

»Ich werde am Kai stehen, um Sie zu empfangen, wenn Sie nach Hause kommen«, versprach Centaine, und Sean runzelte amüsiert und verlegen die Stirn, als sie sich auf die Zehenspitzen stellte und ihn vor seinem ganzen Stab küßte.

Er blickte dem Rolls nach, und das Mädchen winkte ihm durch die Heckscheibe zu, dann raffte er sich auf und wandte sich an seine Offiziere.

»Na, meine Herren, was gibt es da zu glotzen — wir sind hier im Krieg und nicht auf einem verdammten Sonntagsspaziergang.«

Dann humpelte er ins Kloster zurück, wütend darüber, daß er das Mädchen schon jetzt schmerzlich vermißte.

Die *Protea Castle,* vor dem Krieg ein Postschiff der Union Castle Linie, ein schneller Passagierdampfer mit drei Schloten, war in ein Lazarettschiff umgewandelt worden und hatte einen schneeweißen Anstrich mit roten Kreuzen an den Seiten und auf den Schornsteinen erhalten. Sie lag im inneren Hafen von Calais vor Anker, um die Passagiere für die Reise in den Süden aufzunehmen, und diese Passagiere hatten keine Ähnlichkeit mit den wohlhabenden, eleganten Reisenden, deren Namen die Passagierliste vor dem Krieg gefüllt hätten. Fünf Eisenbahnwaggons waren auf das Gleis am Pier umgeleitet worden, und die traurige menschliche Fracht aus diesen Waggons überquerte den Kai und strömte über die vorderen und hinteren Gangways hinauf.

Centaine stand neben dem Rolls Royce auf dem Kai und starrte entsetzt auf diese Legion von menschlichen Ruinen, die gerade an Bord gingen.

Da waren die Amputierten, Männer, denen ein Arm oder ein Bein fehlte, den glücklicheren erst unterhalb des Knies oder des Ellbogens.

Dann waren da die Blinden, die von ihren Kameraden geführt wurden, die Querschnittgelähmten, die auf Bahren an Bord getragen wurden, die Giftgasopfer, denen das Chlorgas den Rachen und die Nasenschleimhaut verbrannt hatte, und jene, die an einer Bombenneurose litten — sie zuckten und bebten und rollten unkontrolliert mit den Augen —; da waren die Brandopfer mit ihren schrecklichen roten Narben, die sich so zusammengezogen hatten, daß sie ihre Glieder nicht mehr ausstrecken oder ihre entstellten Köpfe nicht mehr heben konnten.

»Sie könnten hier mit anfassen, Süße.« Einer der Sanitäter hatte ihre Uniform erspäht, und Centaine raffte sich auf. Rasch wandte sie sich an den Zulu.

»Ich werde Ihren Vater finden — Mbejane, nicht wahr?«

»Mbejane!« Sangane grinste, erfreut darüber, daß sie den Namen richtig ausgesprochen hatte.

»Und ich werde ihm Ihre Nachricht bringen.«

»Gehen Sie in Frieden, kleine Lady.« Centaine reichte ihm die Hand, griff nach ihrer Reisetasche und wandte sich, gefolgt von Anna, ihren neuen Pflichten zu.

Erst bei Tagesanbruch, als alle Verwundeten an Bord waren, konnten Centaine und Anna das Quartier suchen, das ihnen zugewiesen worden war.

Der dienstälteste Sanitätsoffizier war ein finster blickender Major und hatte offensichtlich besondere Weisungen von höherer Stelle erhalten.

»Wo sind Sie gewesen?« fragte er, als sich Centaine in seiner Kabine meldete. »Ich habe Sie schon gestern mittag erwartet. Wir laufen in zwei Stunden aus.«

»Ich war gestern mittag unten im C-Deck und habe Doktor Salomon geholfen.«

»Sie hätten sich bei mir melden sollen«, erklärte er unfreundlich. »Sie können nicht einfach auf dem Schiff herumlaufen, wie es Ihnen beliebt. Ich hafte gegenüber General —« Er brach ab. »Außerdem ist das C-Deck für untere Dienstgrade.«

»Pardon?« Durch viel Übung war Centaines Englisch viel besser geworden, aber manche Worte waren ihr immer noch nicht geläufig.

»Untere Dienstgrade, keine Offiziere. Von jetzt an werden Sie sich nur um die Offiziere kümmern. Die unteren Decks sind für Sie tabu — absolut tabu«, wiederholte er langsam, als spräche er mit einem zurückgebliebenen Kind. »Haben Sie mich verstanden?«

Centaine war müde und nicht an eine solche Behandlung gewöhnt.

»Die Männer da unten sind ebenso schwer verwundet wie die Offiziere«, erklärte sie wütend. »Sie bluten und sterben genauso wie Offiziere.«

Der Major riß die Augen auf und ließ sich in seinen Sessel zurücksinken. Er hatte eine Tochter im selben Alter wie dieses französische Flittchen, aber sie hätte es niemals gewagt, ihm so zu antworten.

»Junge Dame, ich habe das Gefühl, Sie werden mir noch sehr zu schaffen machen«, sagte er drohend. »Mir gefiel der Gedanke, Sie und Ihre Begleiterin an Bord zu haben, von Anfang an nicht — ich wußte, das würde Probleme geben. Und jetzt hören Sie mir mal zu. Sie sind in der Kabine direkt gegenüber einquartiert«, er wies durch die offene Tür. »Sie werden sich bei Doktor Steward melden und seinen Anordnungen Folge leisten. Sie werden in der Offiziersmesse essen, und die unteren Decks sind für Sie tabu. Ich erwarte von Ihnen, daß Sie sich stets den Anstandsregeln gemäß benehmen, und Sie können ganz sicher sein, daß ich Sie scharf im Auge behalten werde.«

Nach dieser unangenehmen Vorstellung war das Quartier,

das sie und Anna zugewiesen bekamen, eine wunderbare Überraschung, und Centaine vermutete, daß General Sean Courtney auch hier die Hand im Spiel gehabt hatte. Es war eine Suite, die vor dem Krieg sicher zweihundert Guineen gekostet hätte — Doppelbetten statt Kojen, ein kleines Wohnzimmer mit Sofa, Armsessel und Schreibtisch, Dusche und Toilette getrennt, und alles sehr geschmackvoll.

Centaine ließ sich auf das Bett fallen, sank in die Kissen zurück und seufzte wohlig.

»Anna, ich bin zu müde, um mich auszuziehen.«

»Hinein in dein Nachthemd«, befahl Anna. »Und vergiß nicht, dir die Zähne zu putzen.«

Sie erwachten vom Schrillen der Alarmglocke, dem Trillern von Pfeifen im Niedergang und einem lauten Klopfen an der Kabinentür. Das Schiff war in Fahrt, es rollte leicht, und die Triebwerke vibrierten.

Nach der ersten Panik erfuhren sie von ihrem Kabinensteward, daß es sich nur um ein Manöver handelte. Nachdem sie sich in aller Eile angezogen hatten und in die Schwimmwesten geschlüpft waren, rannten sie auf das Oberdeck und suchten ihre Rettungsstation.

Das Schiff hatte gerade die Wellenbrecher des Hafens hinter sich gelassen und stampfte nun hinaus in den Kanal. Es war ein grauer, nebliger Morgen, und der Wind peitschte, so daß es ein allgemeines Gemurmel der Erleichterung gab, als das Ende des Manövers verkündet wurde; das Frühstück wurde im Speisesaal der ersten Klasse serviert, der in eine Offiziersmesse umgewandelt worden war.

Centaines Eintritt rief einiges Aufsehen hervor. Bis dahin hatten nur sehr wenige Offiziere bemerkt, daß ein hübsches Mädchen an Bord war, und es fiel ihnen schwer, ihre Freude zu verbergen. Es kam augenblicklich zu einem Wettlauf um die Plätze, aber der Erste Offizier nützte die Tatsache, daß der Kapitän noch auf der Brücke war, und bestand auf dem Vorrecht seines Ranges. Bald fand sich Centaine umgeben von einem Dutzend hilfsbereiter Herren, zu ihrer Rechten der Erste Offizier, während Anna sie mit finsterem Blick bewachte.

Die Schiffsoffiziere waren allesamt Briten, während die Patienten aus den Kolonien stammten; die *Protea Castle* sollte nach der Umrundung des Kaps der Guten Hoffnung weiter nach Osten fahren. In Centaines Nähe saßen ein Hauptmann der leichten Kavallerie aus Australien, der eine Hand verloren hatte, zwei Neuseeländer — einer trug eine schwarze Augenklappe, der andere hatte ein Holzbein —, ein junger Rhodesier namens Jonathan Ballantyne, der sich an der Somme ausgezeichnet hatte, aber mit einer Maschinengewehrsalve durch den Bauch dafür bezahlt hatte, und andere zuvorkommende junge Männer, alle schwer verwundet.

Sie verwöhnten Centaine, und sie strahlte. Der Krieg dauerte nun schon seit ihrem vierzehnten Lebensjahr an, und da alle jungen Männer eingezogen wurden, hatte sie das Vergnügen, eine Schar von Verehrern um sich zu haben, nie kennengelernt.

Sie sah, daß ihr der dienstälteste Sanitätsoffizier vom Kapitänstisch her mißbilligende Blicke zuwarf, und mehr um ihn zu ärgern, als zu ihrem eigenen Vergnügen, nahm sie sich vor, zu den jungen Männern, die sie umgaben, äußerst liebenswürdig zu sein. Obwohl sie sich schuldbewußt eingestand, daß sie auf diese Weise Michaels Andenken weniger treu bewahre, tröstete sie sich: Es ist meine Pflicht, denn immerhin sind sie meine Patienten. Eine Krankenschwester muß gut zu ihren Patienten sein. Und sie lächelte und lachte den jungen Männern zu, und diese waren rührend darauf bedacht, ihre Aufmerksamkeit auf sich zu lenken, ihr kleine Dienste zu erweisen und ihre Fragen zu beantworten.

»Warum fahren wir nicht im Konvoi?« fragte sie. »Ist es nicht gefährlich, den Kanal en plain soleil — am hellichten Tag — zu befahren? Ich habe gehört, was mit der *Rewa* geschah.«

Die *Rewa* war ein britisches Lazarettschiff, das mit dreihundert Verwundeten an Bord von einem deutschen U-Boot angegriffen worden war. Glücklicherweise waren nur drei Menschenleben zu beklagen gewesen, doch der Vorfall hatte die antideutsche Propaganda angeheizt.

Centaines Frage rief eine lebhafte Diskussion am Frühstückstisch hervor.

»Die *Rewa* ist bei Nacht angegriffen worden«, erklärte Jonathan Ballantyne sachlich. »Der U-Boot-Kommandant hat wahrscheinlich die roten Kreuze nicht gesehen.«

»Aber nein! Diese U-Boot-Leute sind doch reine Schlächter —«

»Da bin ich anderer Meinung. Es sind ganz normale Burschen, wie du und ich. Der Kapitän dieses Schiffes denkt offensichtlich ebenso — darum befahren wir den gefährlichsten Teil des Kanals am hellichten Tag, damit die U-Boote unsere roten Kreuze nicht übersehen. Ich glaube, daß sie uns in Ruhe lassen, wenn sie wissen, was wir sind.«

»Unsinn, diese verdammten Deutschen würden doch ihre eigenen Schwiegermütter angreifen —«

»Ich auch, merk dir das!«

»Dieses Schiff fährt mit einer Geschwindigkeit von zweiundzwanzig Knoten«, versicherte der Erste Offizier Centaine. »Ein U-Boot, das taucht, schafft nur sieben Knoten. Da müßte es schon direkt auf unserem Kurs liegen, um eine Angriffschance zu haben. Die Chancen stehen eins zu einer Million, Miss, Sie brauchen sich überhaupt keine Sorgen zu machen. Genießen Sie einfach die Reise.«

Als Centaine vom Frühstückstisch aufstand, trat ein hochgewachsener junger Arzt mit runden Schultern und Nickelbrille und leicht gelehrtenhafter Miene an sie heran.

»Ich bin Doktor Archibald Stewart, Schwester de Thiry, und Sie wurden mir von Major Wright zugeteilt.«

Centaine gefiel die neue Anrede. »Schwester de Thiry«, hatte einen hübschen, professionellen Klang. Allerdings war sie nicht sicher, ob es ihr gefiel, jemandem zugeteilt zu sein.

»Haben Sie eine medizinische Ausbildung?« fuhr Dr. Stewart fort, und Centaines anfängliche Sympathie für ihn kühlte ab. Er hatte sie schon in den ersten paar Sekunden vor ihren neuen Verehrern bloßgestellt. Sie schüttelte verlegen den Kopf.

»Das habe ich nicht erwartet.« Er musterte sie unschlüssig, und erst dann schien er ihre Verlegenheit zu bemerken. »Machen Sie sich nichts draus, die wichtigste Aufgabe einer Krankenschwester ist es, ihre Patienten aufzuheitern. Und soviel ich gesehen habe, machen Sie das sehr gut. Ich glaube, wir ernennen Sie zum Chef-Aufheiterer. Aber nur auf dem A-Deck. Auf ausdrücklichen Befehl von Major Wright. Nur auf dem A-Deck.«

Centaine machte sich sofort an die Arbeit. Die *Protea Castle* verfügte über eine Bibliothek mit einigen tausend Büchern, und sie erstellte einen Verteilerplan für die bettlägrigen Patienten und eine Liste von Vorlesern für die Blinden und die Analphabeten unter den Männern auf den unteren Decks. Sie organisierte Konzerte, Deckspiele und Bridgeturniere. Ihre einäugigen, einbeinigen, verkrüppelten Helfer wetteiferten miteinander darin, ihre Anerkennung zu erlangen; und die Patienten in den Kojenreihen dachten sich Dutzende Tricks aus, um sie aufzuhalten, wenn sie allmorgendlich ihre inoffizielle Runde machte.

Unter den Patienten befand sich auch ein Kavalleriehauptmann, der beim Rückzug von Mort Homme im Sanitätskonvoi dabeigewesen war, und er begrüßte sie überschwenglich, als sie mit einem Arm voll Bücher das erstemal seine Abteilung betrat.

»Sonnenschein! Das ist ja Sonnenschein!« Und der Kosename folgte ihr durch das Schiff.

»Schwester Sonnenschein.« Als der sonst so schroffe dienstälteste Sanitätsoffizier, Major Wright, den Kosenamen das erstemal gebrauchte, war Centaine praktisch arriviert.

Unter diesen Umständen blieb nur wenig Zeit zum Trauern, aber jede Nacht, bevor Centaine einschlief, beschwor sie Michaels Bild herauf und legte beide Hände auf ihren Unterleib.

»Unser Sohn, Michel, unser Sohn!«

Der graue Himmel und die hohen, dunklen Wellen im Golf von Biskaya lagen hinter ihnen, und vor ihnen sausten die fliegenden Fische wie silberne Münzen über die samtigblaue Oberfläche des Ozeans.

Als sie auf dreißig Grad nördlicher Breite angelangt waren, machte der liebenswürdige junge Captain Jonathan Ballantyne, angeblich Erbe der hunderttausend Hektar großen Ranch seines Vaters Sir Ralph Ballantyne, des Premierministers von Rhodesien, Centaine einen Heiratsantrag.

»Ich kann Papa beinahe hören«, Centaine machte den Graf so genau nach, daß Annas Augen feucht wurden, »hunderttausend Hektar, du unverschämtes, tolles Kind. Tiens alors! Wie kannst du bei hunderttausend Hektar nein sagen?«

Danach wurden die Heiratsanträge eine Epidemie — sogar Dr. Archibald Stewart, ihr direkter Vorgesetzter, stotterte, nervös schwitzend und zwinkernd, eine sorgfältig vorbereitete Rede herunter, und sah eher zufrieden als beschämt aus, als Centaine seinen Antrag zwar höflich zurückwies, ihn aber auf die Wangen küßte.

Am Äquator überredete Centaine Major Wright, die Regalien König Neptuns anzunehmen, und die Krönungszeremonie wurde von wilder Heiterkeit und allgemeiner Ausgelassenheit begleitet. Centaine, die ein schillerndes Nixenkostüm trug, das sie selbst entworfen hatte, war allerdings die Hauptattraktion. Die Soldaten applaudierten, stampften und pfiffen vor Begeisterung.

Anna schnaubte und brummte, aber insgeheim war sie mit der Veränderung, die mit ihrem Schützling vorging, zufrieden. Centaine wandelte sich vom Mädchen zur jungen Frau, äußerlich und innerlich. Ihre glatte Haut nahm einen perlmuttfarbigen Schimmer an, und sie verlor die letzten Spuren kindlicher Unbeholfenheit, als sich ihr Körper rundete, ohne etwas von seiner Anmut zu verlieren. Ihr Selbstvertrauen und ihre Ausgeglichenheit nahmen zu, Gaben, deren sie sich erst jetzt richtig bewußt wurde, entwickelten sich. Centaine war ein schauspielerisches Naturtalent, und, wie sich zeigte, ein Sprachtalent. Centaine sprach bereits so fließend englisch, daß sie zwischen dem australischen Akzent, dem südafrikanischen Akzent und dem reinen Oxford-Englisch unterscheiden konnte und die verschiedenen Akzente mit erstaunlicher Genauigkeit übernahm. Außerdem konnte sie hervorragend mit Zahlen und mit Geld umgehen. Als der Gutsverwalter nach Paris geflüchtet war, hatte sie die Buchführung übernommen, und Anna staunte über ihre Fähigkeit, die längsten Zahlenkolonnen ohne Zuhilfenahme der Finger zusammenzurechnen, indem sie einfach mit ihrem Bleistift an der Kolonne entlangfuhr.

All diese Gaben demonstrierte Centaine jetzt. Am Bridgetisch spielte sie mit Major Wright zusammen, und die beiden stellten ein starkes Paar dar; Anna, die das Glücksspiel eigentlich nicht billigte, war verblüfft über Centaines Gewinne. Diese wurden von Centaine sofort wieder investiert. Sie bildete zusammen mit Jonathan Ballantyne und Dr. Stevens ein Syndikat und beteiligte sich mit hohen Einsätzen an der täglichen Auktion und an den Schiffswetten. Als die *Protea Castle* den Äquator überquerte, waren zu den Goldmünzen, die Centaine mitgenommen hatte, fast zweihundert Sovereigns hinzugekommen.

Anna hatte immer gewußt, daß Centaine zu viel las. »Du wirst dir noch die Augen verderben«, hatte sie oft genug gewarnt, aber sie hatte nie erkannt, wieviel Wissen Centaine aus ihren Büchern erworben hatte, bis sie es schließlich in Gesprächen und Diskussionen vorgeführt bekam.

Selbst mit so brillanten Köpfen wie Dr. Archibald Steward konnte sie sich messen, doch Anna stellte fest, daß sie klug genug war, ihr Wissen nicht demonstrativ zur Schau zu stellen.

Centaine hatte so viel gelesen und so viele Leute ausgefragt, daß sie die südliche Hemisphäre, in die das Schiff nun vordrang, bereits zu kennen schien. Centaine weckte Anna manchmal auf und nahm sie als Anstandsdame mit an Deck, wenn ihr der wachhabende Offizier die südlichen Sterne erklärte. Und trotz der späten Stunde war auch Anna von der Pracht des Himmels fasziniert.

»Schau, Anna, das dort ist endlich Alpha! Das war Michaels Lieblingsstern. Wir sollten alle einen Lieblingsstern haben, hat er gesagt, und er hat einen für mich ausgesucht.«

»Welcher ist es?« fragte Anna. »Welcher ist dein Stern?«

»Argus. Da! Der hellste Stern im Kreuz des Südens. Zwischen meinem Stern und Michaels Stern ist nichts außer dem Drehpunkt der ganzen Welt, dem himmlischen Südpol.«

Dann entdeckte Anna an ihrem Schützling eine Gabe, die alle anderen verblassen ließ. Es war die Fähigkeit, Männer dazu zu bringen, daß sie ihr zuhörten. Es war höchst ungewöhnlich, wenn Männer wie Major Wright und der Kapitän der *Protea Castle* schwiegen und ohne nachsichtiges Schmunzeln aufmerksam zuhörten, wenn Centaine etwas sagte.

Sie ist noch ein Kind, wunderte sich Anna, doch sie behandeln sie wie eine Frau — nein, nein, mehr noch, sie behandeln sie fast wie ihresgleichen.

Das war wirklich erstaunlich. Diese Männer zollten einem jungen Mädchen eine Hochachtung, für die Tausende andere Frauen ihr Vermögen hingegeben, Hungerstreiks angefangen, sich vor Pferdekutschen geworfen und Gefängnisstrafen hingenommen hatten — und bisher vergeblich.

Centaine brachte die Männer dazu, daß sie ihr zuhörten und sehr oft auch taten, was sie wollte, obwohl sie zu stolz war, die durchtriebenen Tricks anzuwenden, zu denen Frauen seit Jahrhunderten greifen mußten; Centaine erreichte ihre Ziele, indem sie Logik, überzeugende Argumente und Charakterstärke miteinander verband.

Diese Vorzüge, verbunden mit einem flehenden Lächeln und einem direkten Blick ihrer dunklen, unergründlichen Augen wirkten unwiderstehlich.

So brauchte sie zum Beispiel nur fünf Tage, um Major Wright zur Rücknahme seines Befehles, wonach sie nur auf dem A-Deck arbeiten durfte, zu bewegen.

Obwohl Centaines Tage bis zur letzten Minute ausgefüllt waren, verlor sie ihr eigentliches Ziel nie auch nur für einen Moment aus den Augen.

Jeden Tag wurde ihre Sehnsucht nach dem Land, in dem Michael geboren worden war und wo sein Sohn zur Welt kommen würde, stärker.

Sie schaute fasziniert zu, wenn die Navigationsoffiziere mit dem Sextanten auf der Brückennock standen und den Mittagsschuß auf die Sonne machten und wenn sie dann den Tageskurs und die Position des Schiffes ausrechneten und auf der Seekarte einzeichneten.

»Hier sind wir jetzt, Sonnenschein, 17 Grad 23 Minuten südlicher Breite. Hundertsechzig Seemeilen nordwestlich der

Mündung des Cuneneflusses. In vier Tagen in Kapstadt, wenn es Gott und das Wetter erlauben.«

Centaine studierte eifrig die Karte. »Dann sind wir also schon vor der südafrikanischen Küste?«

»Nein, nein! Das ist Deutsch-Westafrika; das war eine der Kolonien des Kaisers, bis es vor zwei Jahren von den Südafrikanern erobert wurde.«

»Wie sieht es dort aus — Dschungel? Savanne?«

»Keines von beiden, Sonnenschein, es ist eine gottverlassene Wüste.«

Und Centaine starrte nach Osten, in Richtung des großen Kontinents, der noch immer weit hinter dem Horizont lag.

»Oh, ich kann es kaum erwarten, dieses Land endlich zu sehen!«

Das Pferd hatte die breiten Nüstern und den edlen Kopf seiner arabischen Vorfahren, breite, spatelförmige Hufe, um im weichen Wüstensand nicht einzusinken, eine große Lunge in einem tonnenförmigen Brustkorb, eine helle, haselnußbraune Farbe, die die grellsten Sonnenstrahlen zurückwies, ein zottiges Fell, das sowohl vor der brennenden Mittagshitze als auch vor der Eiseskälte der Wüstennacht schützte, und ein starkes Herz, und Beine, die seinen Reiter zu fernen, verschwommenen Horizonten und darüber hinaus trugen.

Der Mann auf seinem Rücken war, wie sein Pferd, ein Geschöpf der Wüste und des grenzenlos weiten Landes. Seine Mutter war aus Berlin nach Afrika gekommen, als ihr Vater zum stellvertretenden Kommandeur der Militärstreitkräfte in Deutsch-Westafrika bestellt wurde. Sie hatte einen jungen Buren kennengelernt, der außer Land und Energie nicht viel besaß, und ihn gegen den Willen ihrer Familie geheiratet. Lothar war das einzige Kind aus dieser Ehe. Er war auf beharrliches Drängen seiner Mutter hin nach Deutschland geschickt worden, wo er seine Ausbildung abschließen sollte. Er hatte sich als guter Schüler erwiesen, aber seine Studien waren durch den Ausbruch des Burenkrieges unterbrochen worden. Seine Mutter erfuhr von seiner Entscheidung, sich der Burenarmee anzuschließen, erst, als er unangemeldet nach Windhoek zurückkehrte. Da sie einer Soldatenfamilie entstammte, war sie überaus stolz, als Lothar mit einem Hottentotten-Diener und drei Reservepferden fortgeritten war, um seinen Vater zu suchen, der bereits an der Front gegen die Engländer kämpfte.

Lothar hatte seinen Vater in Magersfontein bei seinem Onkel Koos De La Rey, dem legendären Burengeneral, gefunden und die erste größere Schlacht miterlebt, als die Briten zwei Tage später versuchten, durch die Hügel von Magersfontein vorzustoßen und das belagerte Kimberley zu entsetzen.

Am Morgen dieses Kampftages war Lothar De La Rey genau vierzehn Jahre und fünf Tage alt. Noch vor sechs Uhr morgens hatte er einen Engländer getötet — er war ein leichteres Ziel gewesen als eine Herde fliehender Springböcke.

Lothar war als einer von fünfhundert auserlesenen Scharfschützen hinter der Brustwehr des Schützengrabens gestanden, der am Fuß der Magersfonteinhügel ausgehoben worden war. Den Gedanken, einen Schützengraben auszuheben und als Deckung zu benutzen, hatten die Buren, die in der Hauptsache Reiter waren und den schnellen, offenen Bewegungskampf liebten, anfangs weit von sich gewiesen. Doch General De La Rey hatte sie dazu gebracht, diese neue Taktik auszuprobieren, und die angreifende englische Infanterie war im trügerischen Licht der Morgendämmerung nichtsahnend auf die Schützengräben zumarschiert.

Ein kräftiger, untersetzter Mann mit einem feuerroten Bakkenbart führte an der Stelle, wo Lothar lag, den Angriff an. Er schritt mit munter schwingendem Kilt, auf dem Kopf verwegen schief einen Tropenhelm, in der rechten Hand das blanke Schwert.

In diesem Augenblick ging die Sonne auf, und ihr dunkelorangefarbenes Licht ergoß sich über das offene, baumlose Grasland. Sie beleuchtete die Linien der angreifenden Hochländer wie ein Bühnenscheinwerfer.

Lothar zielte genau auf die Stirn des Engländer, wurde aber, ebenso wie die Männer neben ihm, von einem seltsamen Widerwillen erfaßt: in diesem Augenblick zu schießen, grenzte beinahe an Mord. Dann stieß die Mauser fast wie von selbst gegen seine Schulter, und das Krachen des Schusses schien von sehr weit her zu kommen. Der Helm des britischen Offiziers wirbelte durch die Luft. Er selbst taumelte einen Schritt zurück und warf die Arme hoch. Das Geräusch, als die Kugel in den Schädel des Mannes einschlug, würde Lothar niemals vergessen, es klang, als schleudere man eine reife Wassermelone auf einen Steinboden. Das Schwert funkelte im Sonnenlicht, als es dem Soldaten aus der Hand fiel, und dann sank er, sich langsam drehend, in das kurze, gelbbraune Gras.

Hunderte von Hochländern blieben den ganzen Tag vor den Schützengräben liegen. Keiner von ihnen wagte es, den Kopf zu heben, denn die schußbereiten Gewehre der burischen Scharfschützen waren kaum hundert Schritte entfernt. Die afrikanische Sonne verbrannte ihre Kniekehlen unterhalb der Kilts, bis die Haut anschwoll und platzte. Die Verwundeten riefen nach Wasser, und ein paar von den Buren in den Schützengräben warfen ihnen Wasserflaschen zu.

Lothar würde diesen Tag sein Leben lang nicht vergessen. Es war der Tag, an dem er zum Mann wurde.

Lothar war nicht unter jenen Männern, die den Gegnern ihre Wasserflaschen zuwarfen. Im Gegenteil, er erschoß zwei Engländer, die auf dem Bauch vorwärts robbten, um an die Flaschen heranzukommen. Der Haß auf alles Englische war ihm von frühester Kindheit an von Vater und Mutter eingeimpft worden. Die Engländer hatten ihn und seinen Vater wie wilde Tiere über das Grasland gehetzt. Seine geliebte Tante und drei Cousinen waren in den englischen Konzentrationslagern an Diphterie gestorben. Aber Lothar hatte sich eingeredet, daß die Engländer in das Brot, das sie den Burenfrauen zu essen gaben, Widerhaken eingebacken hatten, um ihre Kehlen aufzuschlitzen.

Es war typisch englisch, dieser Krieg gegen die Frauen, die jungen Mädchen und die Kinder.

Lothar, sein Vater und seine Onkels hatten noch lange, nachdem jede Hoffnung auf einen Sieg verloren war, weitergekämpft und nannten sich stolz die »Kämpfer bis zum bitteren Ende«. Als die anderen, zu Skeletten abgemagert, halb tot von der Ruhr und mit eiternden Geschwüren bedeckt, abgerissen und mit den letzten drei Patronen in der Tasche, nach Vereeniging marschiert waren, um sich den Engländern zu ergeben, waren Petrus De La Rey und sein Sohn Lothar nicht dabeigewesen.

»Gott der Herr sei mein Zeuge.« Petrus war barhäuptig mitten im Buschland gestanden, seinen siebzehnjährigen Sohn Lothar neben sich. »Der Krieg gegen die Engländer wird niemals enden. Das schwöre ich bei deinem Angesicht, Gott Israels.«

Dann hatte er Lothar die schwarze, in Leder gebundene Bibel in die Hand gedrückt und denselben Eid schwören lassen.

»Der Krieg gegen die Engländer wird niemals enden —« Lothar stand neben seinem Vater, als er die Verräter verfluchte, die Feiglinge, die nicht mehr länger kämpfen wollten, Louis Botha und Jannie Smuts und sogar seinen eigenen Bruder Koos De La Rey. »Ihr, die ihr unser Volk an die Philister verkaufen würdet, möget ihr euer Leben lang unter dem Joch der Engländer leben und für zehntausend Jahre in der Hölle schmoren.«

Dann waren Vater und Sohn in das öde, trockene Land geritten, das dem deutschen Kaiser gehörte, und hatten es den anderen überlassen, mit England Frieden zu schließen.

Da Vater und Sohn beide stark waren, harte Arbeit gewohnt waren, Mut und Ausdauer besaßen, und da Lothars Mutter eine Deutsche aus guter Familie mit ausgezeichneten Beziehungen und einigem Reichtum war, hatten sie in Deutsch-Südwestafrika rasch Fuß gefaßt.

Petrus De La Rey, Lothars Vater, war Ingenieur mit beachtlicher Fachkenntnis und Geschicklichkeit. Er erhielt den Auftrag, die Wellenbrecher im Hafen von Lüderitzbucht wiederaufzubauen, und danach den Auftrag zum Bau der Eisenbahnlinie vom Oranjefluß nach Windhoek, der Hauptstadt von Deutsch-Südwestafrika. Er brachte Lothar seine Fähigkeiten bei. Der Junge lernte rasch und war bereits im Alter von einundzwanzig Jahren gleichberechtigter Partner in der Hoch- und Tiefbaugesellschaft De La Rey & Sohn.

Seine Mutter, Christina De La Rey, suchte ein hübsches, blondes deutsches Mädchen aus guter Familie aus; vorsichtig und diplomatisch richtete sie es ein, daß das Mädchen Lothars Weg kreuzte, und die beiden heirateten noch vor Lothars dreiundzwanzigstem Geburtstag. Bald wurde Lothars hübscher, blonder Sohn geboren, in den er sich vernarrte. Dann drängten sich die Engländer abermals in sein Leben: Sie drohten die ganze Welt in einen Krieg zu stürzen, indem sie den rechtmäßigen Ambitionen des deutschen Reiches entgegenarbeiteten. Lothar und sein Vater hatten Gouverneur Seitz daraufhin das Angebot gemacht, auf eigene Kosten in den abgelegenen Gegenden des Landes Versorgungsdepots zu bauen, damit die deutschen Streitkräfte der englischen Invasion standhalten könnten.

Zur selben Zeit weilte ein deutscher Marinekapitän in Windhoek. Er hatte den Wert dieses Angebotes rasch erkannt und überredete den Gouverneur, es anzunehmen. Er war mit Vater und Sohn De La Rey an dieser schrecklichen Küste, die ihrem Namen »Skelettküste« alle Ehre machte, entlanggesegelt, um einen geeigneten Platz für einen Stützpunkt zu suchen, wo die deutsche Marine auftanken und Proviant an Bord nehmen könnte, falls die Häfen von Lüderitzbucht und Walvisbucht von den Unionsstreitkräften erobert würden.

Sie entdeckten eine entlegene, geschützte Bucht fünfhundert Kilometer nördlich von Walvisbucht und Swakopmund, ein Ort, der auf dem Landweg fast nicht zu erreichen war, da er von einer ausgedörrten Wüstenlandschaft umgeben war. Sie beluden einen kleinen Küstendampfer mit fünfhundert Tonnen Treibstoff, Maschinenersatzteilen und Konservendosen, leichten Waffen und Munition, Schiffsgranaten und vierzehn Stück der langen Mark-VII-Geräuschtorpedos für deutsche U-Boote, falls diese jemals in diesen südlichen Gewässern operieren sollten.

Dieses Versorgungsmaterial wurde an Land gebracht und zwischen den Dünen vergraben. Die Leichter wurden mit einem Schutzanstrich aus Teer versehen und zusammen mit den Vorräten vergraben.

Fertiggestellt wurde dieser geheime Versorgungsstützpunkt schließlich wenige Wochen, bevor Erzherzog Franz Ferdinand in Sarajevo ermordet und der Kaiser so gezwungen wurde, gegen die serbischen Revolutionäre vorzugehen. Frankreich und Großbritannien nahmen dies unverzüglich zum Anlaß, den Krieg herbeizuführen, nach dem es sie schon so lange gelüstet hatte.

Lothar und sein Vater sattelten ihre Pferde, riefen ihre Hottentotten-Diener zu sich, küßten ihre Frauen zum Abschied und ritten los, um abermals ein Kommando gegen die Engländer und ihre unionistischen Günstlinge zusammenzustellen. Sie ritten unter dem Kommando des Burengenerals Maritz und waren sechshundert Mann stark, als sie den Oranjefluß erreichten und ein befestigtes Lager errichteten, wo sie den richtigen Moment zum Losschlagen abwarten wollten.

Jeden Tag trafen mehr bewaffnete Männer ein, um sich ihnen anzuschließen, zähe, bärtige Männer, harte Kämpfer mit Mausergewehren über der Schulter und gekreuzten Munitionsgurten über der breiten Brust.

Überall gab es Buren, die den trügerischen Frieden, den Smuts und Botha mit den Engländern geschlossen hatten, ablehnten. Die alten Burengeneräle eröffneten den Kampf. De Wet lagerte im Mushroom Valley, Kemp stand mit achthundert Mann bei Treurfontein, und Beyers und Fourie waren ebenfalls ausgezogen und hatten sich gegen England und für Deutschland entschieden.

Smuts und Botha schienen einem Konflikt zwischen Buren und Buren ausweichen zu wollen, denn die Unionsstreitkräfte bestanden zu siebzig Prozent aus holländischstämmigen Soldaten. Sie flehten, bettelten und schmeichelten den Rebellen, schickten Boten zu ihren Lagern und demütigten sich in dem Versuch, ein Blutvergießen zu vermeiden, aber das Rebellenheer wurde jeden Tag stärker und zuversichtlicher.

Dann erreichte die Buren eine Nachricht vom Kaiser persönlich; sie war von Gouverneur Seitz an sie weitergeleitet worden.

Admiral Graf von Spee hatte mit einem Geschwader von Schlachtkreuzern bei Coronel vor der chilenischen Küste eine gewaltige Seeschlacht gewonnen. Der Kaiser hatte von Spee befohlen, Kap Horn zu umfahren und im südlichen Atlantik zu kreuzen, um zur Unterstützung des Aufstandes gegen die Engländer und die Unionisten die südafrikanischen Häfen zu blockieren und zu beschießen.

Die Rebellen standen jubelnd und singend in der heißen Wüstensonne, vereinigt und siegessicher. Sie warteten nur noch darauf, daß die letzten Burengeneräle eintrafen, um sich ihnen anzuschließen, bevor sie nach Pretoria abmarschierten.

Koos De La Rey, Lothars Onkel, war alt, schwach und unentschlossen; bisher war er nicht gekommen. Lothars Vater schickte ihm eine Nachricht, um ihn an seine Pflicht zu erinnern, aber beeinflußt durch die hinterhältige Beredsamkeit von Jannie Smuts und seine irregeleitete Liebe und Loyalität zu Louis Botha schwankte er noch immer.

Der andere Burenführer, auf den sie noch warteten, war Koen Brits, jener »Riese aus Granit«, der eine Flasche feurigen Cape Smoke trank, wie andere Männer ein Glas Ingwerbier, der ohne weiteres einen Ochsen hochheben konnte, der den Kautabak abgemessene zwanzig Schritt weit sprucken konnte und mit seiner Mauser einen fliehenden Springbock auf zweihundert Schritte traf. Sie brauchten ihn, denn wenn er sich für sie entschied, würden ihm an die tausend Krieger folgen.

Doch Jannie Smuts schickte diesem bemerkenswerten Mann eine Nachricht: »Ruf dein Kommando aus, Oom Koen, und reite mit mir.« Die Antwort kam unverzüglich: »Ja, mein alter Freund, wir sind bereit — aber gegen wen kämpfen wir, gegen Deutschland oder England?« So verloren sie Brits an die Unionisten.

Dann fuhr Koos De La Rey zu einem letzten Treffen mit Jannie Smuts, um endgültig seine Entscheidung zu treffen; außerhalb von Pretoria traf er auf eine Straßensperre der Polizei und befahl seinem Chauffeur durchzufahren. Der Polizeischarfschütze schoß ihn in den Kopf. So verloren die Rebellen Koos De La Rey.

Natürlich hatte Jannie Smuts, dieser eiskalte, schlaue Teufel, eine Ausrede bei der Hand. Er erklärte, die Straßensperre hätte die Flucht einer gesuchten Bande von Bankräubern verhindern sollen, und der Polizist hätte aufgrund einer Verwechslung das Feuer eröffnet. Doch die Rebellen wußten Bescheid. Lothars Vater weinte, als die Nachricht von der Ermordung seines Bruders eintraf. Nun gab es kein Zurück mehr und keine Chance auf weitere Verhandlungen. Sie würden den Konflikt mit Waffengewalt austragen müssen.

Geplant war, daß sich alle Rebellenkommandos am Oranjefluß mit Maritz vereinigten, aber sie hatten die Beweglichkeit der gegnerischen Streitkräfte unterschätzt, die mit Automobilen ausgestattet waren. Außerdem hatten sie vergessen, daß sich Smuts und Botha selbst vor langer Zeit als die fähigsten aller Burengeneräle erwiesen hatten. Als es schließlich ernst wurde, stießen die beiden mit der tödlichen Geschwindigkeit einer wütenden Mamba zu.

Sie griffen De Wet im Mushroom Valley an und vernichteten sein Kommando mit Maschinengewehren und Artillerie. De Wet flüchtete in die Kalahari, verfolgt von Koen Brits und einer motorisierten Einheit, die ihn bei Waterburg in der Wüste gefangennahm.

Dann schwenkten die Unionisten herum und griffen Beyers und sein Kommando in der Nähe von Rustenberg an. Nachdem die Schlacht verloren war, versuchte Beyers schwimmend über den reißenden Vaalfluß zu entkommen. Man fand seine Leiche drei Tage später stromabwärts am Ufer.

Lothar und sein Vater warteten am Oranjefluß auf den unvermeidlichen Angriff, aber vor den Unionisten traf eine weitere schlechte Nachricht ein.

Der englische Admiral Sir Doveton Sturdee hatte Von Spee vor den Falklandinseln gestellt und dessen Schlachtkreuzer *Scharnhorst* und *Gneisenau* sowie den Rest des Geschwaders versenkt. Mit dem Untergang der deutschen Flotte schwand auch die Hoffnung der Rebellen auf Entsatz.

Als die Unionisten dann kamen, kämpften die Aufständischen zwar verbissen, aber vergeblich. Lothars Vater erlitt einen Magendurchschuß, und Lothar trug ihn vom Schlachtfeld und versuchte, ihn durch die Wüste nach Windhoek zu bringen, wo Christina ihn pflegen konnte. Der alte Mann hatte heftige Schmerzen, und die Wunde wurde brandig, so daß der Gestank die Hyänen anzog, die des Nachts heulend um das Lager schlichen.

Aber der Alte war zäh, und sein Sterben dauerte viele Tage.

»Versprich mir, mein Sohn«, bat er mit seinem letzten Atemzug, »versprich mir, daß der Krieg gegen die Engländer niemals enden wird.«

»Ich versprech' es dir, Vater.« Lothar beugte sich über ihn, um seine Wange zu küssen, und der alte Mann lächelte und schloß die Augen.

Lothar begrub ihn unter einem Kameldornbaum in der Wüste; er begrub ihn so tief, daß ihn die Hyänen nicht riechen und ausgraben konnten. Dann ritt er weiter nach Windhoek.

Oberst Franke, der deutsche Kommandant, schätzte Lothar richtig ein und bat ihn, eine Kundschaftertruppe zusammenzustellen. Lothar versammelte eine kleine Schar von verwegenen Buren, deutschen Siedlern, Bondelswart-Hottentotten und Schwarzen und nahm sie mit in die Wüste, um die Invasion der Unionisten abzufangen.

Smuts und Botha landeten mit fünfundvierzigtausend Mann bei Swakopmund und Lüderitzbucht. Von dort stießen sie mit Gewaltmärschen vor, die oft über große Entfernungen ohne Wasser durchgeführt wurden, doppelseitigen Angriffen und Umzingelungsbewegungen, bei denen sie die Automobile in derselben Weise einsetzten wie die Pferde im Burenkrieg. Franke konnte diesem Großaufgebot nur achttausend deutsche Soldaten entgegenstellen.

Lothar und seine Kundschafter bekämpften die Unionisten auf ihre eigene Weise: Sie vergifteten Wasserlöcher, sprengten die Eisenbahnlinien, umgingen die Haupttruppe, um ihre Nachschublinien anzugreifen, legten Hinterhalte und Landminen, und griffen nur bei Nacht und in der Morgendämmerung an.

Doch alles war vergeblich. Botha und Smuts nahmen die

winzige deutsche Armee in die Zange und erzwangen die bedingungslose Kapitulation von Oberst Franke. Lothar De La Rey jedoch ergab sich nicht. Um das Versprechen zu halten, das er seinem Vater gegeben hatte, zog er sich mit dem Rest seiner Kundschaftertruppe in das gefürchtete Buschland im Norden zurück, um den Kampf fortzusetzen.

Lothars Mutter, Christina, seine Frau und sein Kind kamen in das Internierungslager für deutsche Staatsangehörige, das die Unionisten in Windhoek eingerichtet hatten, und starben dort an Typhus. Lothar aber wußte, wer letzten Endes schuld an ihrem Tod war, und nährte seinen Haß, denn das war alles, was ihm geblieben war. Seine Familie war von den Engländern ausgerottet worden, seine Güter beschlagnahmt und konfisziert. Haß war der Ansporn, der ihn weitertrieb.

Nun stand er hier neben seinem Pferd auf der Kuppe einer hohen Düne, die eine wunderbare Aussicht auf den Atlantischen Ozean bot; der Benguelastrom dampfte im morgendlichen Sonnenlicht. Lothar dachte an seine ermordete Familie.

Aus den Nebelbänken vor ihm schien das Gesicht seiner Mutter emporzusteigen. Sie war eine schöne Frau gewesen. Groß und statuenhaft, mit dickem blondem Haar, das ihr bis zu den Knien reichte, wenn sie es bürstete. Auch ihre Augen waren goldfarben gewesen und hatten den kalten, direkten Blick des Leopardenweibchens gehabt.

Lothar hatte sein Äußeres von ihr, die klassischen germanischen Gesichtszüge und die dichten blonden Locken, die nun unter dem breitkrempigen Filzhut mit den Straußenfedern bis auf die Schultern fielen. Seine Augenbrauen jedoch über den goldfarbenen Leopardenaugen, die nun die silbernen Nebelschleier des Benguelastromes zu durchdringen versuchten, waren dicht und dunkel.

Die Schönheit dieser Szenerie bewegte Lothar wie Musik, wie ein Violinkonzert von Mozart löste sie in ihm ein unerklärliches Gefühl der Melancholie aus. Das Meer war grün und ruhig, keine einzige Welle störte seinen samtenen Schimmer. Das tiefe, sanfte Rauschen der Brandung schwoll an und nahm wieder ab. Doch der dichte Seetang entlang der Küste verschluckte die Bewegung des Meeres, so daß es am Ufer keine Brandung gab. Die Seetangboote tanzten ein langsames, anmutiges Menuett, wogten im Rhythmus des Ozeans.

Die Seiten der Bucht waren mit geometrisch geformten Felsen bedeckt, weiß gestreift vom Kot der Meeresvögel und der Robben, die sich dort sonnten. Das Fell der Robben glänzte in dem vom Nebel gedämpften Sonnenlicht, und ihre unheimlichen Schreie hallten in der windstillen Luft bis zum Kamm der Düne hoch über ihnen, wo Lothar stand.

An der engsten Stelle der Bucht wichen die Felsen dem bräunlichen, löwenfarbigen Strand, und hinter der ersten Düne lag eine breite Lagune, die von nickendem Schilf, dem einzigen Grün in dieser Landschaft, umgeben war. Im flachen Wasser der Lagune wateten Scharen von langbeinigen Flamingos. Das wunderbare Rosarot ihres Gefieders leuchtete wie ein überirdisches Feuer und lenkte Lothars Blick vom Ozean ab.

Die Flamingos waren nicht die einzigen Vögel in der Lagune. Es gab noch Scharen von Pelikanen und Silberreihern, einzelne Blaureiher und Legionen von kleineren, langbeinigen Wasservögeln, die in dem algenreichen Wasser nach Futter suchten.

Die Dünen, auf denen Lothar stand, ragten wie der Kamm am Rücken einer Riesenschlange in den nebeligen Himmel empor und zogen sich die ganze Küstenlinie entlang.

Plötzlich geriet das Meer weit draußen in Bewegung, und die seidiggrüne Oberfläche wurde dunkel und stahlblau. Lothar fühlte, wie seine Nervenenden zuckten und Adrenalin durch seine Adern strömte, als sein Blick darauf fiel. War es das, wonach er in all diesen quälenden Wochen Ausschau gehalten und worauf er gewartet hatte? Er hob das Fernglas, das er um den Hals trug, und war enttäuscht.

Es war bloß ein Fischschwarm, aber was für ein Schwarm! Er kräuselte die Wasseroberfläche, aber als Lothar näher hinsah, stieß der Schwarm hoch, um das kräftige grüne Plankton abzuweiden, und das Meer brodelte und schäumte. Über dieser mächtigen Versammlung zogen hysterisch kreischende Möwen und gelbköpfige Tölpel ihre Kreise und tauchten, weiße Fontänen aufwirbelnd, ab und zu ins Wasser. Auch ein Geschwader von Robben griff den Fischschwarm an und stürzte sich auf die silbernen Massen, und inmitten dieses gefräßigen Durcheinanders zogen die dreieckigen Rückenflossen großer Haie, würdevoll wie große Segelschiffe, ihre Kreise.

Lothar sah dem Treiben eine Stunde lang fasziniert zu. Dann tauchte der Fischschwarm wie auf Kommando plötzlich weg, und innerhalb von wenigen Minuten legte sich wieder Stille über den Ozean. Die einzige Bewegung war das sanfte Schaukeln des Wassers und das leichte Vor- und Rückwärts der silbernen Nebelbank unter der blassen Sonne.

Lothar fesselte die Vorderbeine seines Pferdes, nahm ein Buch aus der Satteltasche und setzte sich in den warmen Sand. Alle paar Minuten blickte er auf, aber die Stunden verstrichen ereignislos, und schließlich stand er auf, streckte sich und ging zu seinem Pferd; wieder hatte er einen langen Tag lang vergebens Ausschau gehalten. Er stellte einen Fuß in den Steigbügel und hielt inne, um seinen Blick ein letztesmal prüfend über das von der untergehenden Sonne blutrot und kupfern gefärbte Meer schweifen zu lassen.

Und während er noch dastand und Ausschau hielt, öffnete sich die See vor seinen Augen, und ein riesiger dunkler Schatten, der aussah wie ein Meeresungeheuer, aber größer war als irgendein Bewohner der Meere, tauchte aus dem Wasser. Naßglänzend schwamm es auf der Oberfläche, und glitzernd strömte das Wasser von seinen Decks über die stählernen Seiten.

»Endlich!« rief Lothar aufgeregt und erleichtert aus. »Ich dachte schon, sie kämen nie.«

Er betrachtete das lange, schwarze Schiff ungeduldig durch das Fernglas. Er sah die Kruste aus Muscheln und Algen, die den Rumpf bedeckte. Das Schiff war schon lange auf See und arg mitgenommen vom Wasser. Mit Mühe entzifferte Lothar die Nummer auf dem hohen Kommandoturm: U-32. Dann wurde er durch eine Bewegung auf dem Vorderdeck des Unterseebootes abgelenkt.

Ein Geschütztrupp kletterte aus einer der Luken und rannte

nach vorn, um die Schnellfeuerkanone am Bug zu besetzen. Sie gingen kein Risiko ein. Lothar sah, wie die Waffe auf ihn zuschwenkte, bereit, jede feindliche Geste an der Küste zu erwidern. Auf dem Kommandoturm tauchten Männerköpfe auf, und er sah, wie Fernrohre auf ihn gerichtet wurden.

Hastig nahm Lothar die Leuchtpistole aus der Satteltasche. Die rotglühende Leuchtkugel flog in weitem Bogen auf das Meer hinaus und wurde augenblicklich von einer Kugel beantwortet, die mit einer Rauchfahne von dem Unterseeboot aus in den Himmel stieg.

Lothar sprang aufs Pferd und trieb es über den Rand der Düne. Die Hinterbeine des Pferdes knickten ein, und sie sausten halb rutschend in einer Sandlawine den Abhang herunter.

Am Fuß der Düne gab Lothar seinem Pferd die Sporen und ritt, laut lachend in den Steigbügeln stehend und seinen Hut schwenkend, in halsbrecherischem Tempo über den harten, feuchten Strand. Er ritt in das Lager am Rand der Lagune und sprang aus dem Sattel. Dann lief er von einem der primitiven Zelte und Unterstände zum anderen, riß seine Männer aus ihren Decken und zerrte sie ins Freie.

»He, ihr müden Eidechsen, sie sind gekommen. Sie sind gekommen, ihr Söhne von Wüstenschakalen. Vorwärts! Bewegt eure Ärsche, bevor sie verfaulen!«

Es war eine unglaubliche Schar von Galgenvögeln, die Lothar da um sich versammelt hatte: große, muskulöse Hereros, gelbe, schlitzäugige Hottentotten mit asiatischen Gesichtszügen, wilde Koranas und verschlagene, stattliche Owambos, die ihre Stammestracht und die auf dem Schlachtfeld erbeuteten Kleidungsstücke trugen, Umhänge aus weichem Kuduleder oder Zebrafell, auf dem Kopf Straußenfedern oder Helme von Unionssoldaten, die sie getötet hatten. Sie waren mit Mannlichern, Mausern, Martini Henrys und Lee Enfields 303 bewaffnet, oder nur mit Messern und Speeren, sie waren so blutdürstig wie Jagdhunde und so wild, grausam und unberechenbar wie die Wüste, die sie hervorgebracht hatte. Nur einen einzigen Mann erkannten sie als ihren Führer an; wenn ein anderer die Hand gegen sie erhoben oder ihnen Fußtritte versetzt hätte, wären sie im nächsten Augenblick über ihn hergefallen und hätten ihm die Kehle durchgeschnitten oder eine Kugel in den Hinterkopf geschossen, aber Lothar De La Rey trat sie mit Füßen und trieb die Langsamen mit den Fäusten vor sich her.

»Bewegt euch, ihr Scheißefresser, die Engländer werden euch abmurksen, bevor ihr mit dem Kratzen eurer Läuse fertig seid.«

Die beiden Leichter waren im Schilf versteckt. Sie waren in den ruhigen Tagen kurz vor Ausbruch des Krieges zusammen mit den anderen Vorräten hergebracht worden. In den langen Wochen, die sie nun auf das U-Boot warteten, hatten Lothars Krieger die Fugen mit Werg und Teer abgedichtet und aus dem Treibholz, das überall am Strand herumlag, Gleitrollen angefertigt.

Nun schleppten sie unter seiner Anleitung die plumpen, schweren Holzboote aus dem Schilf. Sie waren zum Transport von Guano gebaut worden und stanken noch immer nach dem Kot der Seevögel. Sie hatten breite Decksbalken und einen großen Tiefgang, so daß die am Ufer ausgelegten hölzernen Gleitrollen tief in den gelbbraunen Sand einsanken, als die schweren Boote über sie hinweggeschoben wurden.

Die Männer ließen sie am Ufer stehen und eilten zu der Düne zurück, wo außer den Lebensmittelvorräten auch die Fässer mit dem Treibstoff vergraben waren. Sie zogen sie aus dem feuchten Sand und rollten sie über den Strand. Lothar hatte inzwischen einen Flaschenzug aufgestellt, und die riesigen Fässer wurden hochgezogen und in die Leichter verfrachtet. Während die Leute arbeiteten, brach die Wüstennacht herein, und das Unterseeboot verschmolz mit der Dunkelheit des Ozeans.

»Alle Mann fertigmachen zum Stapellauf!« brüllte Lothar, und die Männer stimmten einen rhythmischen Gesang an; bei jedem gemeinsamen Ruck bewegte sich der schwer beladene Leichter ein paar Zentimeter vorwärts, bis ihn das Wasser trug, dann glitt er den letzten Meter vor und schwamm.

Lothar stand mit einer Sturmlaterne im Bug und hielt sie hoch, während die Ruderer das Boot durch das kalte, schwarze Wasser steuerten. Vor ihnen in der Dunkelheit blitzte eine Signallampe auf, und dann tauchte der hohe, dunkle Rumpf des U-Bootes plötzlich aus der Dunkelheit auf, und der Leichter stieß gegen seine Seite. Deutsche Matrosen standen mit Leinen bereit, und als Lothar hinübersprang und das steile Stahldeck hinaufkroch, streckte ihm einer von ihnen den Arm hin.

Der U-Boot Kapitän erwartete ihn auf der Brücke.

»Unterseebootkapitän Kurt Kohler.« Er salutierte zackig und trat einen Schritt vor, um Lothar die Hand zu schütteln. »Ich bin sehr glücklich, Sie zu sehen, Herr De La Rey, wir haben nur noch für zwei Tage Treibstoff.«

Das Gesicht des Kapitäns sah unheimlich aus im Schein der Brückenbeleuchtung. Seine Haut hatte die wächserne Blässe eines Menschen, der lange Zeit nicht ans Tageslicht gekommen war.

Die Augen lagen tief in den Höhlen, und der Mund wirkte wie die Narbe von einem Säbelhieb. Lothar erkannte, daß dies ein Mann war, der mit dem Tod und der Angst in den dunklen und geheimnisvollen Tiefen des Meeres auf vertrautem Fuß stand.

»Hatten Sie eine erfolgreiche Reise, Kapitän?«

»Hundertsechsundzwanzig Tage auf See und sechsundzwanzigtausend Tonnen feindliche Schiffe«, erwiderte der U-Boot-Mann.

»Mit Gottes Hilfe werden es noch einmal sechsundzwanzigtausend Tonnen«, meinte Lothar.

»Mit Gottes Hilfe und ihrem Treibstoff«, pflichtete ihm der Kapitän bei und warf einen Blick auf das Deck, wo die ersten Fässer an Bord gehoben wurden. Dann wandte er sich wieder an Lothar.

»Haben Sie auch Torpedos?« fragte er besorgt.

»Keine Angst«, beruhigte ihn Lothar. »Die Torpedos liegen bereit, aber ich hielt es für vernünftiger, vor dem Aufrüsten erst nachzutanken.«

»Natürlich.« Beiden war klar, welche Folgen es hätte, wenn das U-Boot mit leeren Tanks vor einer feindlichen Küste von einem englischen Kriegsschiff erwischt würde.

»Ich habe noch ein wenig Schnaps«, wechselte der Kapitän

das Thema, »es wäre meinen Offizieren und mir eine Ehre, Sie einladen zu dürfen.«

Als Lothar auf der Stahlleiter in das Innere des U-Bootes kletterte, wäre ihm beinahe übel geworden. Der Gestank dort unten war unbeschreiblich, und er fragte sich, wie man das länger als ein paar Minuten aushalten konnte. Es war der Geruch von sechzig Männern, die monatelang auf engstem Raum zusammenleben mußten, ohne frische Luft oder Sonnenschein und ohne die Möglichkeit, ihre Körper und ihre Kleidung zu waschen, vermischt mit dem Gestank von heißem Heizöl und brackigem Wasser, fetter Nahrung und dem ekelhaften Schweiß der Angst, und von Abwassereimern, die in vierundzwanzig Stunden nur einmal ausgeleert werden konnten.

Lothar verbarg seinen Ekel, salutierte und verbeugte sich, als ihn der Kapitän mit seinen Offizieren bekannt machte. Die Decke war so niedrig, daß Lothar den Kopf einziehen mußte, und der Platz zwischen den Schotten war so eng, daß zwei Männer nicht normal aneinander vorbeigehen konnten. Lothar versuchte sich vorzustellen, wie man unter diesen Bedingungen leben konnte, und fühlte, daß ihm der kalte Schweiß ausbrach.

»Haben Sie Nachrichten über feindliche Schiffe, Herr De La Rey?« Der Kapitän goß einen winzigen Schluck Schnaps in die Kristallgläser und seufzte, als die Flasche leer war.

»Leider ist die einzige Nachricht, die ich habe, sieben Tage alt.«

Lothar trank den Marineoffizieren zu und fuhr fort, als alle getrunken hatten: »Der Truppentransporter *Auckland* hat vor acht Tagen in Durban zum Bunkern angelegt. Die *Auckland* hat zweitausend Infanteristen aus Neuseeland an Bord und soll am fünfzehnten wieder auslaufen —«

In der Zivilverwaltung der südafrikanischen Union gab es viele Gleichgesinnte, Männer und Frauen, deren Väter und Familien im Burenkrieg mitgekämpft hatten; viele von ihnen hatten Verwandte, die eingekerkert oder sogar wegen Hochverrats hingerichtet worden waren, nachdem Smuts und Botha den Aufstand niedergeschlagen hatten. Und viele von ihnen arbeiteten bei der Südafrikanischen Eisenbahngesellschaft und der Hafenbehörde, andere bei der Post- und Telegraphenverwaltung. So wurden wichtige Informationen gesammelt, verschlüsselt und über das Fernmeldenetz der Unionsregierung an deutsche Agenten und Anhänger der Rebellion weitergeleitet.

Lothar zählte auf, welche Schiffe in südafrikanischen Häfen angelegt hatten oder ausgelaufen waren, und dann entschuldigte er sich noch einmal: »Meine Informationen werden von der Telegraphenstation in Okahandja empfangen, aber es dauert fünf bis sieben Tage, bis sie einer meiner Männer quer durch die Wüste hierherbringt.«

»Ich verstehe«, der deutsche Kapitän nickte. »Dennoch sind die Informationen, die Sie mir gegeben haben, eine unschätzbare Hilfe bei der Planung meiner nächsten Operationen.« Er schaute von der Karte auf, in die er die von Lothar angegebenen Positionen der feindlichen Schiffe eingetragen hatte, und bemerkte zum erstenmal das Unbehagen seines Gastes. Er behielt seine teilnahmslose und höfliche Miene bei, dachte insgeheim aber höhnisch: Na, du großer Held, du bist zwar so schön wie ein Opernstar, aber tapfer nur, solange dir der Wind ins Gesicht bläst und die Sonne auf den Kopf scheint! Doch er lächelte und murmelte: »Ich wünschte, ich könnte Ihnen noch einen kleinen Schnaps anbieten —«

»Nein, nein!« Lothar winkte ab. Dieses leichenhafte Wesen und sein stinkendes Schiff widerten ihn an. »Sehr freundlich von Ihnen. Aber ich muß an Land, um das Verladen zu überwachen. Diesen Schwarzen kann man nicht trauen. Alle faule Hunde und geborene Diebe. Sie verstehen nur die Peitsche und den Stock.«

Lothar stieg dankbar die Leiter hinauf und atmete im Kommandoturm gierig die kühle, frische Nachtluft ein. Der Kapitän folgte ihm.

»Herr De La Rey, wir müssen unbedingt vor Tagesanbruch mit dem Bunkern und Beladen fertig sein — Sie sind sich hoffentlich im klaren darüber, wie angreifbar wir hier sind, wie hilflos wir mit offenen Luken und leeren Tanks an der Küste in der Falle säßen?«

»Wenn Sie mir ein paar Ihrer Leute an Land schicken, um beim Aufladen zu helfen —«

Der Kapitän zögerte. Ohne seine kostbare Mannschaft wäre das U-Boot noch verletzlicher. Er wog rasch die Risiken gegeneinander ab. Krieg war ein Pokerspiel.

»Ich stelle Ihnen zwanzig Mann zur Verfügung.« Er traf diese Entscheidung in Sekundenschnelle, und Lothar, der sein Dilemma begriff, nickte mit widerwilliger Bewunderung.

Sie brauchten Licht. Lothar machte aus Treibholz ein großes Feuer am Strand, schirmte es aber zum Meer hin ab und hoffte, daß es außerdem durch die Nebelbänke vor eventuell kreuzenden englischen Kriegsschiffen verborgen bleiben würde. Im gedämpften Schein des Feuers beluden sie die Leichter und ruderten sie zum U-Boot hinaus. Jedesmal, wenn ein Faß mit Treibstoff in die Schifftanks abgefüllt worden war, wurde es angebohrt und über Bord geworfen, damit es im Seetang versank, und das lange schlanke Schiff lag allmählich tiefer unter Wasser.

Es war vier Uhr morgens, als die Treibstofftanks endlich voll waren, und der U-Bootkapitän auf der Brücke trat nervös von einem Fuß auf den anderen, warf alle paar Sekunden einen Blick zum Land, wo die dunklen Kämme der Dünen in der trügerischen Morgendämmerung messerscharf hervortraten — und dann wieder auf den näher kommenden Leichter, auf dem sich die lange, schimmernde Form eines Torpedos abzeichnete, der bedenklich unsicher auf den Ruderbänken lag.

»Beeilt euch.« Er beugte sich über das Schandeck des Kommandoturmes, um seine Leute anzutreiben, als sie die Schlingen um das riesige Geschoß legten, das Gewicht behutsam auf den Flaschenzug verlegten und den Torpedo hievten. Schon legte der zweite Leichter mit seiner tödlichen Fracht längsseits an, und der erste Leichter flitzte zum Strand zurück, während der Torpedo sanft durch die vordere Luke in die leere Röhre unter Deck rutschte.

Es wurde rasch heller, und die U-Bootmannschaft und die schwarzen Guerillas verdoppelten ihre Anstrengungen. Lothar begleitete den letzten Torpedo hinaus, unbekümmert rittlings auf dessen glänzendem Rücken sitzend wie auf seinem Pferd, und der Kapitän, der ihn im Licht der Dämmerung beobachtete, stellte fest, daß er wütend auf ihn war und ihn wegen seiner Größe, seiner Sonnenbräune und seines guten Aussehens haßte, wegen seiner unbekümmerten Arroganz, wegen der Straußenfedern auf seinem Hut und wegen der langen blonden Locken; am meisten aber haßte er ihn deswegen, weil er frei in die Wüste reiten konnte, während er selbst wieder in die kalten und tödlichen Tiefen des Meeres hinuntertauchen mußte.

»Kapitän!« Lothar kletterte auf den Bug und erklomm die Leiter zum Kommandoturm. »Kapitän, einer meiner Männer ist eben angekommen. Er hat fünf Tage gebraucht. Wunderbare Neuigkeiten.«

Der Kapitän versuchte, sich nicht von Lothars Erregung anstecken zu lassen, aber seine Hände begannen zu zittern, als Lothar fortfuhr.

»Der stellvertretende Hafenmeister in Kapstadt ist einer von unseren Leuten. Man erwartet den schweren englischen Schlachtenkreuzer *Inflexible* innerhalb der nächsten Tage. Die *Inflexible* hat Gibraltar verlassen und hält direkt Kurs auf Kaptstadt.«

Der Kapitän verschwand in der Luke, und Lothar unterdrückte seinen Widerwillen und kletterte hinter ihm die Stahlleiter hinunter. Der Kapitän stand bereits mit dem Stechzirkel in der Hand über den Kartentisch gebeugt und bombardierte seinen Navigationsoffizier mit Fragen.

»Geben Sie mir die Durchschnittsgeschwindigkeit der feindlichen Schlachtkreuzer erster Klasse!«

Der Navigator blätterte rasch die Geheimdienstberichte durch. »Ungefähr zweiundzwanzig Knoten bei zweihundertsechzig Touren, Kapitän.«

»Aha!« Der Kapitän zeichnete den ungefähren Kurs in die Karte ein — von Gibraltar an der Westküste des afrikanischen Kontinents entlang, um den großen Buckel herum und dann weiter bis zum Kap der Guten Hoffnung.

»Aha!« diesmal klang es freudig und erwartungsvoll. »Wenn wir noch in dieser Stunde auslaufen, sind wir um achtzehn Uhr in Spähposition, und bis dahin kann sie unmöglich schon vorbei sein.«

Er hob den Kopf und wandte sich an seine Offiziere, die ihn umdrängten.

»Ein englischer Schlachtkreuzer, meine Herren, aber kein gewöhnlicher. Die *Inflexible,* das Schiff, das die *Scharnhorst* vor den Falklandinseln versenkt hat. Was für eine Beute! Was für eine Beute für Kaiser und Vaterland!«

Kapitän Kurt Kohler stand auf dem Kommandoturm des U-32 und zitterte in der kalten Seeluft, trotz des dicken, weißen Rollkragenpullovers, den er unter seine blauen Jacke trug. »Haupttriebwerk zünden. Fertig machen zum Tauchen!« Er beugte sich über das Sprachrohr, und unverzüglich kam die Bestätigung des Leutnants zurück.

»Haupttriebwerk zünden. Fertig machen zum Tauchen.«

Das Deck bebte, und der Auspuff des Dieselmotors tuckerte. Der beißende Geruch von verbranntem Heizöl stieg ihm in die Nase.

»Schiff klar zum Tauchen!« bestätigte die Stimme des Leutnants, und Kohler hatte das Gefühl, als wäre eine drückende Last von seinen Schultern genommen. Wie hilflos und ungeschützt hatte er sich während der letzten Stunden gefühlt. Doch das war nun vorbei, endlich erwachte das Schiff unter seinen Füßen wieder zum Leben, sein Schicksal lag wieder in seiner Hand, und die Erleichterung hielt ihn trotz der Müdigkeit aufrecht.

Er drückte die Mütze mit den Goldlitzen am Schirm in den Nacken und richtete das Fernglas auf das Land.

Die schweren hölzernen Leichter waren bereits hinter den Dünen versteckt worden; nur die Schleifspuren der Kiele zeichneten sich im Sand ab. Außer einem einzigen Reiter war niemand am Strand zu sehen.

Als Kohler das Fernglas auf ihn richtete, nahm Lothar De La Rey den breitkrempigen Hut vom Kopf und schwenkte ihn, daß die Straußenfedern flatterten. Kohler hob die rechte Hand zum Gruß, und der Reiter galoppierte, noch immer den Hut schwingend, in das Schilf, welches das Tal zwischen zwei hohen Dünen abschirmte. Eine Schar Wasservögel, die der Reiter aufgeschreckt hatte, stob von der Oberfläche der Lagune auf und wälzte sich wie eine bunte Wolke über die hohen Dünen, und Pferd und Reiter verschwanden.

Kohler drehte dem Land den Rücken zu, und der lange, spitze Bug des U-Bootes durchschnitt die dichte Nebelwand. Der Rumpf des U-Bootes hatte die Form eines Schwertes, eines fünfzig Meter langen Breitschwertes, das von seiner 600-PS starken Dieselmaschine in die Kehle des Feindes getrieben wurde, und Kohler versuchte erst gar nicht, den atemberaubenden Stolz zu unterdrücken, der ihn am Beginn einer Feindfahrt überkam.

Er bildete sich ein, daß der Ausgang dieses Weltkrieges nur von ihm und seinen Offizierskollegen auf den anderen U-Booten abhing. Nur sie allein hatten die Macht, die schreckliche Pattsituation in den Schützengräben zu lösen, wo zwei riesige Armeen einander wie erschöpfte Schwergewichtsboxer gegenüberstanden. Nur diese schlanken, lautlosen, tödlichen Schiffe konnten in dieser hoffnungslosen und verzweifelten Lage noch einen Sieg erringen, bevor die beiden Armeen am Ende ihrer Kräfte waren. Wenn sich der Kaiser nur entschließen hätte können, seine U-Boote von Anfang an voll einzusetzen, dann wäre die Lage ganz anders, dachte Kurt Kohler.

»Touren für zwölf Knoten«, sagte Kurt in das Sprachrohr. Das war die absolute Höchstgeschwindigkeit des U-32, aber er mußte so schnell wie möglich in Spähpositionen gehen. Seine Berechnungen ergaben, daß die *Inflexible* einhundertzehn bis einhundertvierzig Seemeilen von der Küste entfernt vorbeikommen mußte, aber Kurt wagte es nicht, sich Chancen auf einen Angriff auszurechnen, selbst wenn er das betreffende Gebiet vor dem Kreuzer erreichte.

Die Kimmtiefe der U-32 betrug nur sieben Meilen, und die Reichweite der Torpedos zweitausendfünfhundert Meter, während die Jagdbeute imstande war, eine ununterbrochene Geschwindigkeit von zweiundzwanzig Knoten zu halten. Er mußte sein U-Boot mindestens auf zweitausendfünfhundert Meter an den schnellen Kreuzer heranführen, aber die Chancen, ihn auch nur zu sichten, standen tausend zu eins. Selbst wenn er ihn zu Gesicht bekam, würde er wahrscheinlich tatenlos mitansehen müssen, wie die charakteristischen dreieckigen Decksaufbauten des Kreuzers an seinem begrenzten Horizont vorbeiglitten.

Doch er schob all diese Gedanken beiseite. »Leutnant Horsthausen auf die Brücke.«

Als der Erste Offizier neben ihm auf der Brücke stand, gab Kurt Kohler den Befehl, das Überwachungsgebiet mit Höchstgeschwindigkeit anzulaufen und das Schiff zum Tauchen bereit zu halten, damit es jederzeit gefechtsklar war.

»Rufen Sie mich um achtzehn Uhr dreißig, wenn keine Veränderung eintritt.«

Kurt war völlig erschöpft und hatte außerdem Kopfschmerzen von den Auspuffgasen des Dieselmotors. Bevor er sich zurückzog, ließ er den Blick noch ein letztes Mal über den Horizont schweifen. Die Nebelbänke waren vom auffrischenden Wind zerstreut worden, und die See wurde dunkel und unruhig. Der Bug des U-32 durchschnitt die Wellen, und weiße Gischt sprühte über das Vordeck. Feiner, eiskalter Sprühregen benetzte Kurts Gesicht.

»Das Barometer fällt, Kapitän«, erklärte Horsthausen ruhig. »Ich glaube, wir müssen uns auf eine steife Brise gefaßt machen.«

»Bleiben Sie an der Oberfläche und halten Sie die Geschwindigkeit.« Kurt ignorierte die Bemerkung. Er wollte nichts hören, was die Jagd erschweren könnte. Er kletterte die Leiter hinunter und begab sich sofort an den Kartentisch, auf dem das Logbuch lag.

Er machte seine Eintragung in peinlich genauer, regelmäßiger Handschrift: »Kurs 270 Grad. Geschwindigkeit zwölf Knoten. Wind Nordwest, fünfzehn Knoten und auffrischend.« Dann unterzeichnete er mit seinem Namen und preßte die Finger an die Schläfen, um die Kopfschmerzen zu beschwichtigen.

Mein Gott, bin ich müde, dachte er und bemerkte, daß ihn

der Navigationsoffizier verstohlen im polierten Messing der Instrumententafel beobachtete. Er ließ die Hände sinken, widerstand der Versuchung, sofort seine Koje aufzusuchen, und erklärte: »Ich will das Schiff inspizieren.«

Im Maschinenraum machte er kurz halt, um dem Maschinisten zum reibungslosen Verlauf des Nachtankens zu gratulieren, und als er gebückt durch die schmale Luke in den Torpedoraum im Bug trat, befahl er den Männern, in ihren Kojen zu bleiben.

Die drei Torpedorohre waren geladen und standen unter Druck, wäahrend die Reservetorpedos in dem engen Raum aufgestapelt waren; die langen, metallisch glänzenden Rümpfe füllten fast die ganze Kabine aus und machten jede Bewegung schwierig. Die Männer waren gezwungen, die meiste Zeit in ihren winzigen Schlafkojen zuzubringen, wie Tiere in einer Reihe von Käfigen.

Kurt tätschelte einen der Torpedos. »Wir werden euch bald mehr Platz schaffen«, versprach er den Männern, »wenn wir diese kleinen Pakete an den Tommy abschicken.« Der Witz war uralt, trotzdem lachten alle respektvoll. Dann, in der winzigen, mit einem Vorhang abgeteilten Kabine, konnte er sich endlich gehenlassen, und die Erschöpfung übermannte ihn augenblicklich. Er hatte seit vierzig Stunden nicht geschlafen. Doch bevor er mühsam in die schmale, enge Koje kroch, nahm er eine Fotografie aus der Nische über seinem Schreibtisch und betrachtete das Bild der sanften jungen Frau, die einen kleinen Jungen in Lederhosen auf den Knien hielt.

»Gute Nacht, meine Lieben«, flüsterte er. »Gute Nacht auch dir, mein zweiter Sohn, den ich noch nicht gesehen habe.«

Er wachte auf, als das Tauchhorn, brüllend wie ein verwundetes Tier, ohrenbetäubend laut durch den Stahlrumpf hallte, so daß er aus dem Tiefschlaf gerissen wurde und mit dem Kopf an einen Pfosten stieß, als er versuchte, aus der Koje herauszuspringen.

Sofort gewahrte er das Schwenken und Rollen des Rumpfes. Das Wetter hatte sich also verschlechtert; dann spürte er, wie sich der Boden unter seinen Füßen neigte, als das U-Boot auf Tauchstation ging. Er riß den Vorhang auf und stürmte in den Kontrollraum, als die beiden Beobachtungsposten gerade über die Leiter von der Brücke herunterstolperten.

Das Tauchmanöver war so rasch vonstatten gegangen, daß eine Menge Seewasser auf ihre Köpfe und Schultern herabstürzte, bevor Horsthausen die Hauptluke im Turm schließen konnte.

Kurt warf einen Blick auf die Uhr über der Instrumententafel und übernahm wieder das Kommando. »18 Uhr 23.« Er rechnete nach und schätzte, daß sie etwa hundert Seemeilen von der Küste entfernt waren und sich am Rand ihres Spähgebietes befanden. Horsthausen hätte ihn ohnehin wahrscheinlich in ein paar Minuten geweckt, wenn er nicht zu diesem Nottauchmanöver gezwungen worden wäre.

»Periskoptiefe?« fragte er den Rudergänger, der vor der Instrumententafel saß, und benutzte die wenigen Sekunden Wartezeit, um sich zu sammeln und sich genau zu orientieren, indem er das Navigationsdiagramm studierte.

»Tiefe neun Meter, Kapitän«, sagte der Ruderträger und drehte am Ruder, um das U-Boot abzufangen.

»Periskop ausfahren«, befahl Kurt, als Horsthausen aus dem Turm kletterte, von der Leiter sprang und seinen Platz an der Kontrolltafel einnahm.

»Das Ziel ist ein großes Schiff mit grünen und roten Positionslichtern, Peilwinkel sechzig Grad«, meldete er ruhig. »Ich konnte keine Einzelheiten erkennen.«

Als das Periskop unter lautem Zischen des hydraulischen Hebewerks ausgefahren wurde, beugte Kurt sich vor, klappte die Seitengriffe aus und drückte das Gesicht an die Gummipolster, spähte durch die Linse des Okulars und stellte das Periskop auf den Peilungswinkel von sechzig Grad ein.

Das Sehrohr befand sich noch unter Wasser, und er wartete, bis es aufgetaucht war.

»Spätes Zwielicht —« beurteilte er das Licht an der Wasseroberfläche, und an Horsthausen gewandt: »Geschätzte Entfernung?«

»Ziel ist weit entfernt.« Das bedeutete, daß das Schiff wahrscheinlich acht oder neun Meilen entfernt war, rote und grüne Positionslichter deuteten darauf hin, daß es fast direkt auf das U-32 zuhielt. Daß das Schiff überhaupt Positionslichter zeigte, verriet die feste Überzeugung, allein auf dem Ozean zu sein.

Die Linse tauchte aus dem Wasser, und Kurt schwenkte das Periskop langsam.

Da war es. Er fühlte, wie sein Puls zu rasen begann, und hielt kurz den Atem an.

»Peilung markieren!« befahl er Horsthausen, und der Leutnant trug die Peilung auf der Angriffstafel ein.

Kurt ließ die Beute nicht aus den Augen und spürte den Hunger in sich, ein fast sexuelles Verlangen in den Lenden, so als beobachte er eine schöne, begehrenswerte nackte Frau; gleichzeitig drehte er mit der rechten Hand leicht am Knopf des Entfernungsmessers.

Durch den Entfernungsmesser wurde das doppelte Bild des anvisierten Schiffes in der Linse des Periskops ausgeglichen.

»Entfernung markieren!« sagte Kurt scharf, als die beiden Bilder zu einer einzigen Silhouette verschmolzen.

»Peilwinkel fünfundsiebzig Grad«, antwortete Horsthausen. »Entfernung siebentausendsechshundertfünfzig Meter!« Dann trug er die Zahlen auf der Angriffstafel ein.

»Periskop einfahren! Neuer Kurs dreihundertvierzig Grad!« befahl Kurt, und die dicken Stahlseile des Periskops schoben sich ineinander und rasteten zischend in der Vertiefung zwischen seinen Füßen ein. Kurt wollte trotz der großen Entfernung und trotz des schlechten Lichtes nicht riskieren, daß ein wachsamer Beobachtungsposten die weiße Gischt erspähte, die das Periskop aufwirbelte, wenn es ausgefahren blieb.

Kurt beobachtete den Minutenanzeiger der Uhr über der Instrumententafel. Er mußte Horsthausen mindestens zwei Minuten Zeit geben, bevor er wieder anvisierte. Er warf einen flüchtigen Blick auf seinen Ersten Offizier und stellte fest, daß er ganz in seine Berechnungen vertieft war; in der rechten

Hand hielt er die Stoppuhr, und mit der Linken verschob er die Hebel der Angriffstafel.

Kurt konzentrierte sich wieder auf das Licht und die Bedingungen an der Meeresoberfläche. Die Dämmerung war günstig für ihn, denn ein Jäger muß unbemerkt und verborgen bleiben, doch der starke Seegang würde die Annäherung behindern; brachen die Wellen über die Linse des Periskops herein, würde sich das sogar auf die Torpedos auswirken.

»Periskop ausfahren!« befahl er. Die zwei Minuten waren um. Er fand das feindliche Schiff fast augenblicklich.

»Peilung markieren! Entfernung markieren!«

Nun hatte Horsthausen seine Verweisstellen, die Zeit zwischen den einzelnen Sichtungen und die relativen Entfernungen und Peilwinkel des Unterseebootes und seiner Beute, zusammen mit dem Kurs und der Geschwindigkeit des U-32.

»Das Ziel hält den Kurs von einhundertfünfundsiebzig Grad. Geschwindigkeit zweiundzwanzig Knoten«, las er von der Angriffstafel ab.

Kurt wurde vom Jagdfieber erfaßt. Das andere Schiff hielt geradewegs auf sein Boot zu. Er starrte auf das entfernte Ziel, aber noch während er die schattenhaften Umrisse der Aufbauten zwischen den winzigen Positionslichtern studierte, wurde das Licht schwächer, und dennoch, dennoch — er war nicht absolut sicher, vielleicht sah er, was er sehen wollte —, was sich da gegen den dunkelnden Himmel abzeichnete, waren undeutliche, dreieckige Umrisse, die charakteristische Form des neuen Schlachtkreuzers.

»Periskop einfahren.« Dann traf er seine Entscheidung. »Neuer Kurs dreihundertfünfundfünfzig Grad.« Das war der Angriffskurs. »Bezeichnen Sie das Angriffsziel als ›Wild‹.« Damit deutete er seinen Offizieren an, daß er angriff, und in dem gedämpften Licht sah er, wie sie zufrieden grinsten und vielsagende Blicke austauschten. »Das Wild ist ein feindlicher Kreuzer. Wir werden mit den Bugtorpedos angreifen. Kampfbereitschaft melden.«

Die Meldungen kamen in rascher Folge und bestätigten ihm die sofortige Kampfbereitschaft des ganzen U-Bootes. Kurt stand, seine vor Erregung zitternden Hände in den Taschen seiner Jacke, vor der Instrumententafel, studierte die Skalen und nickte befriedigt; doch sein unteres Augenlid zuckte, und es sah aus, als zwinkerte er zynisch, und seine dünnen, blassen Lippen bebten unkontrollierbar. Jede einzelne Sekunde erschien ihm wie eine Ewigkeit, bis er fragen konnte: »Geschätzte Peilung?«

Der Seemann mit den Kopfhörern des Unterwasserschallempfängers über den Ohren schaute auf. Er konnte das schwache Geräusch der Schiffsschrauben des Wildes deutlich hören.

»Peilung gleichbleibend«, erwiderte er, und Kurt wandte sich an Horsthausen.

»Geschätzte Entfernung?« Horsthausen konzentrierte sich voll und ganz auf seine Angriffstafel.

»Geschätzte Entfernung viertausend Meter.«

»Periskop ausfahren.«

Es war noch da, genau da, wo er es erwartet hatte — es hatte den Kurs nicht geändert. Wenn das Wild U-32 bemerkte, konnte es einfach abdrehen und davonfahren, ohne sich auch nur die Mühe zu machen zu müssen, die Geschwindigkeit zu erhöhen, und Kurt würde nichts tun können, um es aufzuhalten. Aber das Schiff kam ahnungslos auf ihn zu.

Mittlerweile war es völlig dunkel geworden, und das Meer war mit weißen Schaumkronen übersät. Kurt mußte jetzt die Entscheidung treffen, die er bis zum letzten Augenblick hinausgeschoben hatte. Er drehte das Periskop um volle dreihundertsechzig Grad und suchte ein letztes Mal den Horizont ab, um sich davon zu überzeugen, daß keine anderen feindlichen Schiffe hinter ihm waren und der Kreuzer von keinem Zerstörer begleitet wurde, und sagte dann: »Ich werde von der Brücke aus feuern.«

Selbst Horsthausen blickte kurz auf, und die Offiziere holten scharf Atem, als ihnen bewußt wurde, daß sie fast unmittelbar vor dem Bug eines feindlichen Schlachtkreuzers auftauchen würden.

»Periskop einfahren!« befahl Kurt. »Geschwindigkeit auf fünf Knoten drosseln und bis Turmtiefe auftauchen.«

Er sah die Nadeln der Kontrollinstrumente zittern, dann bewegten sie sich, die Geschwindigkeit fiel ab, die Tiefe verringerte sich allmählich, und er ging zur Leiter.

»Ich gehe auf die Brücke«, sagte er zu Horsthausen und trat an die Leiter. Er kletterte behende hinauf und drehte oben am Sperrad der Hauptluke.

Als das U-Boot die Wasseroberfläche durchstieß, sprengte der Innendruck die Luke auf, und Kurt kletterte hinaus.

Der Wind packte ihn, zerrte an seiner Kleidung und blies ihm einen feinen Sprühregen ins Gesicht. Die See kochte und schäumte, und das Schiff schlingerte und rollte. Mit einem kurzen Blick überzeugte er sich davon, daß der Feind noch da war und geradewegs auf das U-Boot zukam. Er beugte sich über die Richttafel an der Vorderseite der Brücke, öffnete das Sprachrohr und sagte:

»Fertigmachen zum Angriff! Bugtorpedos klar zum Feuern.«

»Bugtorpedos klar zum Feuern«, antwortete Horsthausen von unten, und Kurt gab ihm die Einzelheiten der Entfernung und der Peilung durch, während der Leutnant im Inneren des U-Bootes die Schußrichtung von der Angriffstafel ablas und an den Rudergänger weitergab. Der Bug des U-Bootes schwenkte langsam herum, als der Rudergänger die genaue Zielrichtung einstellte.

»Entfernung zweitausendfünfhundert Meter«, verkündete Kurt.

Das Schiff befand sich nun am äußersten Rand ihrer Reichweite, kam aber rasch näher.

Auf den oberen Decks schimmerten Lichter, aber davon abgesehen war das Schiff nur eine riesige, dunkle Form. Kurt konnte zwar undeutlich die Umrisse der drei Schornsteine ausmachen, aber die Silhouette des Schiffes zeichnete sich nicht mehr gegen den nächtlichen Himmel ab.

Die Lichter verunsicherten Kurt. Kein Kapitän der Königlichen Marine konnte so fahrlässig sein, die elementarsten Vorsichtsmaßnahmen außer acht zu lassen. Er fühlte, wie leiser Zweifel seine Erregung und seine Kampfbereitschaft dämpfte, und starrte durch die Dunkelheit und den Sprühregen auf das riesige Schiff.

Es befand sich genau dort, wo er die *Inflexible* erwartet hatte. Es hatte die richtige Größe, drei Schornsteine, dreieckige Aufbauten und hielt eine Geschwindigkeit von zweiundzwanzig Knoten — doch es hatte Positionslichter brennen.

»Bitte um Wiederholung der Entfernung!« kam Horsthausens Stimme drängend durch das Sprachrohr, und Kurt schreckte auf. Er hatte das Wild angestarrt und den Entfernungsmesser vernachlässigt. Rasch gab er die Entfernung durch, und dann erkannte er, daß er innerhalb von dreißig Sekunden eine Entscheidung fällen mußte.

»Ich schieße aus tausend Meter Entfernung«, sagte er in das Sprachrohr.

Das war die Kernschußweite; aus dieser Entfernung war selbst bei unruhiger See kein Fehlschuß mit einem der langen, haiförmigen Torpedos möglich.

Kurt starrte in die Linse des Entfernungsmessers und sah, wie die Zahlen ständig kleiner wurden, als Jäger und Beute einander näher kamen. Er holte tief Luft, wie ein Taucher, der in kaltes, dunkles Wasser springen will, und hob dann die Stimme.

»Torpedo Nummer eins — los!«

Horsthausens Stimme antwortete ihm fast augenblicklich, und zwar mit dem leichten Stottern, das seine übermäßige Aufregung anzeigte.

»Torpedo Nummer eins abgefeuert.«

Es gab weder ein Geräusch noch einen Rückstoß. Keine Bewegung des U-Bootsrumpfes deutete an, daß der erste Torpedo abgeschossen worden war.

In der Dunkelheit und dem aufgewühlten, schäumenden Wasser konnte Kurt nicht einmal die Blasenspur des Torpedos ausmachen.

»Torpedo Nummer zwei — los!«

Kurt feuerte die Torpedos fächerförmig ab, jeden in einem genau berechneten, unterschiedlichen Kurs — der erste zielte auf den Bug, der zweite mittschiffs und der dritte achtern.

»Torpedo Nummer drei — los!«

»Alle drei Torpedos abgefeuert!«

Bei U-Bootangriffen war es üblich, unmittelbar nach dem Abfeuern aller Torpedos zu tauchen, um die Explosion der Geschosse in sicherer Tiefe abzuwarten, aber diesmal hatte Kurt irgendwie das Gefühl, oben bleiben und zuschauen zu müssen.

»Laufzeit?« fragte er Horsthausen und beobachtete den hohen Rumpf seines Opfers, das wie ein Vergnügungsdampfer beleuchtet war.

»Noch zwei Minuten und fünfzehn Sekunden«, erwiderte Horsthausen, und Kurt drückte auf den Knopf seiner Stoppuhr.

In der Zeit, nachdem die Torpedos abgefeuert waren, befielen Kurt jedesmal Gewissensbisse. Vor dem Abfeuern der Torpedos spürte er nur das Jagdfieber und die prickelnde Spannung des Anpirschens. Aber nun dachte er an die tapferen Männer, die Brüder auf See, die er dem kalten, dunkeln und erbarmungslosen Wasser ausgeliefert hatte.

Die Sekunden vergingen so schleppend, daß er auf das erleuchtete Ziffernblatt der Stoppuhr blickte, um sich zu überzeugen, daß die Torpedos weder abgewichen oder weggetaucht waren noch ihr Ziel verfehlt hatten.

Dann kam dieser ungeheure Knall, bei dem er jedesmal wieder zusammenzuckte, obwohl er darauf gefaßt war, und er sah die im Licht der Sterne und der Positionslichter wunderschön schillernde Wasserfontäne gegen den dunklen Rumpf des Schlachtkreuzers aufleuchten.

»Torpedo Nummer eins — getroffen«, kam Horsthausens Jubelschrei aus dem Sprachrohr, unmittelbar gefolgt von einem Donnern, das klang, als wäre ein Berg ins Meer gestürzt.

»Torpedo Nummer zwei — getroffen.«

Und dann donnerte es noch einmal, und die dritte Wasserfontäne schoß in die Dunkelheit empor, während der schimmernde Sprühregen von den beiden ersten Treffern noch in der Luft hing.

»Torpedo Nummer drei — getroffen.«

Kurt sah zu, wie sich die Nebelschleier vermischten, vom

Wind verblasen wurden und verschwanden, und das große Schiff scheinbar unbeschädigt weiterschwamm.

»Das Wild verliert an Geschwindigkeit«, rief Horsthausen jubelnd. »Dreht nach Steuerbord ab.«

Das dem Untergang geweihte Schiff begann ziellos in den Wind abzudrehen. Es würde nicht nötig sein, die Hecktorpedos abzufeuern.

»Leutnant Horsthausen auf die Brücke«, rief Kurt in das Sprachrohr. Das war die Belohnung für eine perfekt ausgeführte Arbeit. Er wußte, wie begeistert der junge Leutnant seinen Offizierskameraden später das Sinken des Schiffes schildern würde.

Die Erinnerung an diesen Erfolg würde sie alle während der langen Tage und Nächte der Entbehrung und Not, die noch vor ihnen lagen, aufrechthalten. Horsthausen sprang aus der Luke, stellte sich neben seinen Kapitän, und beide starrten auf ihr riesenhaftes Opfer.

»Es hat gestoppt!« rief er aus. Das britische Schiff lag wie ein Fels im Meer.

»Wir werden uns näher heranschieben«, beschloß Kurt und gab dem Rudergänger den entsprechenden Befehl.

Das U-Boot kroch vorwärts und schnitt, nur mit dem Kommandoturm über der Wasseroberfläche, durch die schäumenden Wellen, und die Entfernung verringerte sich rasch. Möglicherweise waren die Geschütze des Schlachtkreuzers noch bemannt, und nur ein einziger glücklicher Schuß genügte, um die dünne Panzerung des Unterseebootes zu durchschlagen.

»Hören Sie nur!« befahl Kurt plötzlich und neigte den Kopf, um die Geräusche aufzufangen, die undeutlich durch das Brausen des Windes zu ihnen drangen.

»Ich höre nichts.«

»Maschinen stoppen!« befahl Kurt, und das Beben und Brummen der Dieselmotoren verstummte. Nun konnten sie es besser hören.

»Stimmen!« flüsterte Horsthausen. Es war ein erschütternder Chor, den ihnen der Wind da zutrug. Es waren Rufe und Schreie von Menschen in höchster Not, die mit den Launen des

Windes anschwollen und wieder schwächer wurden, ab und zu unterbrochen von einem wilden, gellenden Schrei.

»Sie hat Schlagseite.« Mittlerweile waren sie nahe genug, um das Schiff gegen den sternenübersäten Himmel erkennen zu können.

»Sie sinkt am Bug.«

Das große Heck ragte aus dem dunklen Wasser.

»Sie sinkt schnell — sehr schnell.« Sie konnten das Donnern und Krachen hören, als das Wasser durch den Rumpf strömte und die Panzerung des Schiffes zerstörte.

»Besetzen Sie die Scheinwerfer«, befahl Kurt, und Horsthausen starrte ihn an.

»Haben Sie mich verstanden?« Horsthausen schreckte auf. Es war gegen jeden Seemannsinstinkt, sich so deutlich den Blicken des Feindes auszusetzen, aber er trat an den Scheinwerfer auf der Brückennock.

»Einschalten!« rief Kurt schneidend, als Horsthausen noch zögerte, und der lange, helle Lichtstrahl durchdrang eine halbe Meile stürmische See und Dunkelheit. Er traf den Rumpf des Schiffes und wurde von dem blendendweißen Anstrich zurückgeworfen.

Kurt stürmte über die Brücke und stieß den Leutnant beiseite. Er packte die Griffe, kniff die Augen zusammen gegen den blendenden Widerschein des weißgestrichenen Schiffsrumpfes und ließ den kräftigen Lichtstrahl über das sinkende Schiff gleiten; er suchte wie besessen und erstarrte plötzlich, die Hände um die Griffe des Scheinwerfers geklammert.

In dem makellosen runden Kreis des Lichtstrahls waren die scharlachroten Balken eines riesigen Kreuzes aufgetaucht.

»Allmächtiger Gott«, flüsterte Kurt, »was habe ich getan.«

Mit grausiger Faszination ließ er den Lichtstrahl langsam über das Schiff gleiten. Die Decks des weißen Schiffes neigten sich steil auf das U-Boot zu, so daß er Menschen sehen konnte, die über das Deck rannten und die Rettungsboote, die an ihren Davits baumelten, zu erreichen versuchten. Einige schleppten Tragbahren oder führten hinkende Gestalten in langen, blauen Kitteln zu den Booten, und ihre Gebete und Schreie klangen wie das aufgeregte Zwitschern einer Vogelkolonie bei Sonnenuntergang.

Kurt mußte mitansehen, wie sich das Schiff plötzlich neigte. Die Männer auf den Decks rutschten über die Planken und sammelten sich an der Reling. Dann fielen sie einzeln und in Gruppen über Bord.

Eines der Rettungsboote riß sich los, sackte längsseits des Rumpfes ins Wasser und kenterte sofort. Noch immer stürzten Menschen von den hohen Decks, und Kurt hörte trotz des Windes ihre schwachen Schreie, und sah kleine weiße Gischtfontänen aufspritzen, wenn sie auf dem Wasser aufschlugen.

»Was können wir nur tun?« flüsterte Horsthausen neben Kurt und starrte mit bleichem, entsetzten Gesicht auf die durch den Lichtstrahl erhellte Szenerie.

Kurt schaltete die Scheinwerfer ab.

»Nichts«, sagte er in der Dunkelheit. »Wir können überhaupt nichts tun.« Dann drehte er sich um und stolperte zur Luke.

Als er unten ankam, hatte er sich wieder in der Gewalt und gab mit tonloser Stimme und steinerner Miene seine Befehle.

»Beobachtungsposten auf die Brücke. Touren für zwölf Knoten, neuer Kurs einhundertfünfzig Grad.«

Er war erleichtert, als sie von dem sinkenden Schiff abdrehten, und beherrschte den Drang, die Hände zu heben, um sich die Ohren zuzuhalten. Er wußte, daß er die Rufe und Schreie, die in seinem Kopf widerhallten, nie mehr zum Verstummen bringen konnte, daß er sie noch in der Stunde seines Todes hören würde.

»Luken schließen«, sagte er mit leeren Augen, das wachsbleiche Gesicht naß von Sprühregen und Schweiß.

»Routinepatrouille wieder aufnehmen.«

Centaine saß am Fußende der untersten Koje in ihrer Lieblingsstation auf dem C-Deck. Das Buch lag offen auf ihrem Schoß. Es war eine der größeren Kabinen mit acht Schlafkojen, und all die jungen Männer hier waren gelähmt. Keiner von ihnen würde jemals wieder laufen können, und doch waren sie der lauteste, fröhlichste und eigensinnigste Haufen an Bord der *Protea Castle.*

Centaine las ihnen jeden Abend, eine Stunde bevor das Licht ausgemacht wurde, etwas vor — jedenfalls hatte sie die Absicht, ihnen vorzulesen. Gewöhnlich dauerte es aber nur ein paar Minuten, bis die Meinung des Autors eine lebhafte Diskussion auslöste, die ungehemmt weitergeführt wurde, bis sie der Gong schließlich unterbrach.

Centaine genoß diese Stunden ebenso wie die Männer und wählte stets ein Buch über ein Thema, von dem sie nicht genug bekommen konnte, nämlich Afrika.

An diesem Abend hatte sie den zweiten Band von Levaillants »Reise ins Innere Afrikas« in der französischen Originalfassung gewählt. Sie übersetzte Levaillants Beschreibung einer Nilpferdjagd, und ihre Zuhörer lauschten aufmerksam, bis sie zu folgender Stelle kam: »Das weibliche Tier wurde enthäutet und an Ort und Stelle zerlegt. Ich ließ mir eine Schüssel bringen und füllte sie mit ihrer Milch. Sie scheint viel besser zu sein als Elefantenmilch und hatte sich bis zum nächsten Tag fast ganz in Sahne verwandelt. Diese hatte einen amphibischen Geschmack und einen scheußlichen, ekelhaften Geruch, aber im Kaffee schmeckte sie ausgezeichnet.«

Aus den Kojen kamen Rufe des Abscheus. »Mein Gott!« rief jemand. »Diese Franzosen! Jeder, der Nilpferdmilch trinkt und Frösche ißt —«

Sofort wandten sich alle gegen ihn. »Sonnenschein ist Französin, du Hund! Du wirst dich sofort bei ihr entschuldigen!« Und dann wurde der Übeltäter mit einem Sperrfeuer von Kissen bedacht.

Lachend sprang Centaine auf, um die Ordnung wiederherzustellen, doch in diesem Augenblick hob sich das Deck unter ihren Füßen, sie wurde rückwärts auf die Koje geschleuderte, und das Donnern einer ungeheuren Explosion erschütterte das Schiff. Fast unmittelbar folgte eine zweite, noch gewaltiger als die erste.

»Was ist das?« schrie Centaine, und dann kam eine dritte

Explosion, das Licht verlöschte, und Centaine wurde aus der Koje geschleudert.

Schreie und Rufe schallten durch das Schiff.

Centaine kroch zur Tür und zog sich hoch. Der Tumult um sie herum, der Andrang von Körpern in der Dunkelheit, die Schreie, das sinnlose Brüllen von Befehlen und die beängstigende Schräglage des Decks versetzten sie in Panik. Als sie plötzlich gegen einen unsichtbaren Körper stieß, schlug sie zu, um sich zu schützen, und tastete sich den langen, schmalen Gang hinunter.

Die Alarmsirenen gellten durch die Dunkelheit, ein schriller, nervenzerreißender Ton, der das Durcheinander noch verstärkte, und eine Stimme schrie: »Das Schiff sinkt — sie verlassen das Schiff. Wir sitzen hier unten in der Falle.«

Sofort drängte sich alles auf den Gang, so daß Centaine hilflos mit fortgerissen wurde und Mühe hatte, sich auf den Beinen zu halten. Instinktiv versuchte sie, ihren Bauch zu schützen, aber sie wurde mit solcher Wucht gegen das Schott geworfen, daß ihre Zähne aufeinanderschlugen und sie sich auf die Zunge biß. Ihr Mund füllte sich mit dem metallisch-süßlichen Geschmack von Blut; sie streckte die Arme aus, umklammerte die Führungsschiene der Kajütentreppe und hielt sich mit aller Kraft daran fest. Dann zog sie sich, zwischen den in Panik flüchtenden Männern eingekeilt, schluchzend die Treppe hinauf.

»Mein Baby!« hörte sie sich schreien. »Ihr bringt mein Baby um.«

Das Schiff schlingerte, dann ertönte das Krachen und Knirschen von Metall auf Metall und das Splittern von Glas, und das Getrampel und Gedränge um sie herum wurde stärker.

»Das Schiff geht unter!« schrie eine Stimme gellend neben ihr. »Wir müssen hier raus! Laß mich raus —«

In diesem Augenblick ging das Licht wieder an, und Centaine sah, daß die Treppe zum Oberdeck mit kämpfenden, fluchenden Männern verstopft war. Sie fühlte sich hilflos und verlassen.

»Mein Baby!« schluchzte sie, als sie gegen das Schott gedrückt wurde. Das Licht schien die Männer um sie herum zu ernüchtern, und sie schämten sich ihrer blinden Panik.

»Hier ist Sonnenschein!« brüllte eine Stimme. Es war ein großer Afrikaner, einer ihrer glühendsten Verehrer, der nun seine Faust schwang, um ihr mit Gewalt einen Weg durch die Menge zu bahnen.

»Laß sie durch — aus dem Weg, ihr Bastarde, laßt Sonnenschein durch.«

Ein paar Hände packten sie und hoben sie hoch.

»Laßt Sonnenschein durch!«

Sie reichten sie wie eine Puppe über ihre Köpfe hinweg weiter. Sie verlor ihr Häubchen und einen Schuh.

Am Ende der Treppe griffen andere Hände nach ihr und hoben sie auf das offene Deck hinaus. Es war stockdunkel, und der Wind zerrte an ihrem Haar und preßte ihr das Kleid an den Körper. Das Deck hatte Schlagseite, und als sie endlich wieder auf den Beinen stand, neigte es sich noch mehr, und sie wurde mit solcher Wucht gegen eine Stütze geworfen, daß sie vor Schmerz aufschrie.

Plötzlich fielen ihr die hilflosen, verkrüppelten jungen Männer ein, die sie auf dem C-Deck zurückgelassen hatte.

Ich hätte versuchen sollen, ihnen zu helfen, sagte sie sich, und dann dachte sie an Anna. Zögernd und verstört schaute sie zurück. Aus dem Niedergang strömten immer mehr Männer. Es war unmöglich, in entgegengesetzter Richtung durch diese Menschenmenge durchzukommen.

Um sie herum versuchten Offiziere, die Ordnung wiederherzustellen, aber die meisten der Männer, die gelassen die Hölle der Schützengräben hingenommen hatten, verloren hier auf dem sinkenden Schiff den Kopf. Ihre Gesichter waren verzerrt, die Augen irr vor Angst. Doch es gab auch welche, die die Krüppel und die Blinden heraufschleppten und zu den Rettungsbooten führten.

Centaine klammerte sich unschlüssig an die Stütze und wurde hin und her gerissen zwischen Angst und Mitleid. Dann begann das Schiff in seinem Todeskampf unter ihr zu rumpeln und zu poltern, die Luft entwich mit brüllenden Lauten aus den Lecks unterhalb der Wasserlinie, und das gab den Ausschlag.

Mein Baby, dachte sie. Ich muß es retten, die anderen sind nicht wichtig, nur mein Baby!

»Sonnenschein!« Einer der Offiziere hatte sie entdeckt, rutschte über das steile Deck auf sie zu und legte schützend den Arm um ihre Taille.

»Sie müssen auf ein Rettungsboot — das Schiff wird jeden Augenblick sinken.«

Mit der anderen Hand löste er die Bänder seiner plumpen Schwimmweste, streifte sie von seinen Schultern und stülpte sie Centaine über.

»Was ist geschehen?« keuchte Centaine, als er die Bänder der Schwimmweste verknotete.

»Wir sind torpediert worden. Kommen Sie! Das Rettungsboot dort! Da müssen wir Sie unterbringen.«

Unmittelbar vor ihnen hing ein vollbesetztes Rettungsboot und baumelte wild an seinen Davits, und ein Offizier brüllte Befehle, während Matrosen versuchten, den blockierten Flaschenzug klarzumachen.

Centaine warf einen Blick über die Reling und sah die aufgewühlte, schäumende schwarze See, und der Wind peitschte ihr das Haar ins Gesicht, so daß sie für einen Augenblick nichts mehr sehen konnte.

Dann erfaßte sie ein blendendweißer Lichtstrahl, und sie riß die Arme hoch, um die Augen vor dem grellen Licht zu schützen.

»Ein U-Boot!« rief der Offizier, der Centaine festhielt. »Das Schwein ist zurückgekommen, um sich das Blutbad anzuschauen.«

Der Lichtstrahl ließ von ihnen ab und glitt über den Schiffsrumpf hinunter.

»Kommen Sie, Sonnenschein.« Er schleppte Centaine weiter, doch in diesem Augenblick löste sich der Flaschenzug des Rettungsbootes und kippte die menschliche Fracht in die dunklen, brausenden Wogen.

Wieder entwich Luft durch die riesigen Lecks unter Wasser,

und das Schiff neigte sich so abrupt, daß Centaine und der Offizier haltlos über das Deck schlitterten und zusammen gegen die Reling prallten.

Der unbarmherzige weiße Lichtstrahl strich über das Schiff und blendete sie, als er über sie hinwegglitt, und die Nacht erschien noch schwärzer und bedrohlicher als vorher.

»Diese Schweine! Diese verdammten Schweine!« Die Stimme des Offiziers war rauh und heiser vor Wut.

»Wir müssen springen!« rief Centaine ihm zu. »Wir müssen runter vom Schiff!«

Als der erste Torpedo einschlug, saß Anna vor dem Toilettentisch in der Kabine. Sie hatte den Nachmittag ebenfalls bei den Männern auf dem C-Deck verbracht und war nur heraufgekommen, um Centaine beim Ankleiden zu helfen. Sie hatte angenommen, daß Centaine schon in der Kabine auf sie wartete, und war ein wenig verärgert, als sie sie nicht vorfand.

»Das Kind hat einfach kein Zeitgefühl«, murmelte sie, legte aber dennoch frische Unterwäsche für sie breit, bevor sie mit ihrer eigenen Toilette begann.

Die erste Explosion warf Anna von dem Stuhl, und sie schlug mit dem Hinterkopf gegen die Bettkante. Während die anderen beiden Torpedos einschlugen, lag sie halb betäubt auf dem Boden, und dann hüllte Dunkelheit sie ein. Als die Alarmsirenen losheulten, rappelte sie sich auf und zwang sich, an die Notmaßnahmen zu denken, die ihnen seit ihrer Abreise von Calais fast täglich eingedrillt worden waren.

Schwimmwesten! Sie griff unter das Bett, zog die plumpe Schwimmweste über den Kopf und kroch auf allen Vieren zur Tür. Plötzlich ging das Licht wieder an, sie rappelte sich mühsam auf, lehnte sich an das Schott und massierte die Beule an ihrem Hinterkopf. Als sie wieder zur Besinnung kam, dachte sie sofort an Centaine.

»Meine Kleine!« Sie stürzte zur Tür, doch in diesem Augenblick neigte sich das Schiff. Sie wurde gegen den Toilettentisch geschleudert und gleichzeitig rutschte Centaines Schmuckkassette über die Tischplatte und wäre hinuntergefallen, wenn Anna nicht blitzschnell zugegriffen hätte.

»Verlassen Sie das Schiff!« brüllte eine Stimme vor der Kabine. »Das Schiff sinkt! Verlassen Sie das Schiff!«

Die Schmuckkassette enthielt ihr Geld und ihre Dokumente. Sie öffnete den Spind, zog die Reisetasche heraus und packte die Schmuckkassette ein. Dann warf sie den Silberrahmen mit den Fotos von Centaine, ihrer Mutter und Michaels Geschwader in die Tasche und stopfte warme Kleidung für sich und Centaine dazu. Endlich stieß sie die Tür auf und trat auf den Gang.

Der Strom von Männern, die zum Großteil noch mit ihren Schwimmwesten kämpften, spülte sie augenblicklich fort. Sie versuchte umzukehren — »Ich muß Centaine finden, ich muß meine Kleine finden!« —, aber sie wurde auf das dunkle Deck hinaufgedrängt und zu einem der Rettungsboote geschoben.

Zwei Matrosen nahmen sie in die Mitte. »Na, dann los, Süße. Horuck!« Und obwohl sie einem der beiden die Reisetasche über den Kopf schlug, stießen sie sie über den Rand des Rettungsbootes, und sie landete kopfüber zwischen den Duchten. Sie richtete sich mühsam auf und versuchte, ohne die Reisetasche loszulassen, wieder aus dem Boot zu klettern.

»Irgend jemand muß dieses verrückte Weib festhalten!« brüllte ein Matrose ärgerlich, und ein paar grobe Hände griffen nach Anna und rissen sie zurück.

Innerhalb weniger Minuten war das Rettungsboot so voll, daß Anna hilflos zwischen den Männern eingezwängt war und nichts anderes tun konnte, als auf flämisch, französisch und in gebrochenem Englisch zu fluchen und zu flehen.

»Ihr müßt mich hinauslassen. Ich muß mein kleines Mädchen suchen —«

Niemand beachtete sie, und ihre Stimme ging in dem Geschrei und Getrampel, dem Heulen des Windes, dem Tosen der Wellen und dem Ächzen und Knirschen des sinkenden Schiffes unter.

»Wir sind voll!« rief eine befehlsgewohnte Stimme. »Rettungsboot ausschwenken und zu Wasser lassen!«

Dann sausten sie mit halsbrecherischer Geschwindigkeit hinab in die Dunkelheit, und das Rettungsboot schlug mit solcher Wucht auf der Wasseroberfläche auf, daß das salzige Wasser über sie hereinbrach und Anna unter einem Durcheinander von Leibern auf den halb überfluteten Planken zu liegen kam. Sie richtete sich wieder auf, und das schaukelnde Rettungsboot stieß mit einem dumpfen Knall gegen die Seite des Schiffes.

»Riemen klar!« befahl die Stimme gebieterisch. »Haltet das Boot ab, Männer, So ist's gut! Gut, und jetzt nach steuerbord lospullen. Rudern, verdammt noch mal, rudern!«

Sie ruderten vom Schiff fort auf die offene See hinaus, bevor sie der Sog des sinkenden Schiffes erfassen konnte. Anna kauerte auf dem Boden des Bootes, drückte die Reisetasche an ihre Brust und starrte auf den hohen Schiffsrumpf, der sie wie eine Klippe überragte.

In diesem Augenblick schoß aus der Dunkelheit hinter ihnen ein breiter, weißer Lichtstrahl und traf das Schiff. Wie ein Bühnenscheinwerfer glitt er langsam über den blendendweißen Rumpf und beleuchtete kurz die tragischen Szenen an Bord — Männer, die sich verzweifelt an die Reling klammerten, eine hilflose Gestalt auf einer Tragbahre, die quer über das Deck schlitterte, einen Matrosen, der wie an einem Galgen am Flaschenzug eines Rettungsbootes hing — und blieb schließlich für ein paar Sekunden an dem großen roten Kreuz haften, das auf dem weißen Rumpf prangte.

»Ja, sieh es dir nur an, du verdammtes Schwein!« brüllte einer der Männer im Rettungsboot.

Der Scheinwerferstrahl glitt wieder zum Oberdeck hinauf, das mittlerweile sehr stark krängte, da der Bug bereits unter Wasser war und das Heck steil in den sternenübersäten Himmel ragte. Der Lichtstrahl richtete sich für einen Augenblick auf eine kleine Gruppe von Männern, die sich an die Reling klammerten, und Anna schrie: »Centaine!«

Das Mädchen stand zwischen den Männern und starrte in den dunklen Abgrund hinunter; ihre dunkle Haarmähne flatterte im Wind.

»Centaine!« schrie Anna, als sich das Mädchen mit einer

geschmeidigen Bewegung auf die Reling schwang. Sie hob ihren schweren Wollrock hoch und balancierte für einen Augenblick wie eine Akrobatin auf der Messingstange. Sie wirkte so zerbrechlich wie ein Vogel, als sie von der Reling sprang und mit gebauschten Röcken in die Dunkelheit fiel.

»Centaine!« schrie Anna ein letztesmal verzweifelt, und ihr Herz drohte auszusetzen. Sie versuchte aufzustehen, um den Fall des schlanken Körpers zu verfolgen, aber einer der Männer hielt sie fest, und dann verlöschte auch der Scheinwerfer; Anna kauerte im Rettungsboot und lauschte den Schreien der Ertrinkenden.

»Rudern, Männer! Wir müssen weiter hinaus, sonst zieht uns das Schiff mit hinunter.«

Die Männer ruderten wie besessen, und das Rettungsboot entfernte sich Zentimeter für Zentimeter von dem sinkenden Schiff.

»Das Schiff sinkt!« brüllte jemand. »O Gott, seht euch das an!«

Das Heck des riesigen Schiffes stieg immer höher in den nächtlichen Himmel, und die Männer ließen die Ruder sinken und starrten empor.

Als das Schiff senkrecht aus dem Wasser ragte, kam es sekundenlang zum Stillstand. Die Schiffsschrauben hoben sich deutlich gegen den Sternenhimmel ab, und hinter den Bullaugen brannte noch Licht.

Dann begann die *Protea Castle* langsam zu sinken, und die Lichter leuchteten unter Wasser wie ertrinkende Monde. Das Schiff sank immer schneller, die Planken knirschten und krachten unter dem Druck, brodelnd und wallend entwich die Luft, und dann war es verschwunden. Das schwarze Wasser wogte und kochte und schäumte, aber bald waren nur noch die vereinzelten Hilferufe der Schwimmenden zu hören.

»Rudert zurück! Wir müssen möglichst viele retten!«

Unter der Leitung des Ersten Offiziers, der an der Steuerstange im Heck des Rettungsbootes stand, arbeiteten die Männer die ganze Nacht. Sie zogen die zitternden, nassen Menschenbündel aus dem Wasser und hievten sie an Bord, bis das

Rettungsboot gefährlich zu schlingern begann und bei jeder Bewegung Wasser über das Schandeck schwappte, so daß sie unablässig schöpfen mußten.

»Genug jetzt!« rief der Offzier. »Ihr anderen müßt euch an die Rettungsleinen hängen.«

Die Schwimmenden drängten sich wie ertrinkende Ratten um das überladene Boot, und Anna saß nahe genug am Heck, um deutlich zu hören, wie der Erste Offizier murmelte: »Die armen Teufel werden kaum bis morgen durchhalten — die Kälte bringt sie um, wenn es nicht die Haie besorgen.«

In der Dunkelheit hörten sie die anderen Rettungsboote, das Klatschen der Ruder und die Stimmen im Wind.

»Die Strömung treibt uns vier Knoten in Richtung Nord-Nordost«, sagte der Erste Offizier, »bis Tagesanbruch werden wir über den ganzen Horizont verstreut sein. Wir müssen versuchen, zusammenzubleiben.« Er richtete sich auf und rief: »Ahoi da drüben! Hier ist Rettungsboot Nummer sechzehn.«

»Hier Rettungsboot Nummer fünf«, kam eine schwache Stimme zurück.

»Wir kommen zu euch!«

Geführt von den Rufen auf dem anderen Boot, ruderten sie durch die Nacht, und als sie einander gefunden hatten, verbanden sie die beiden Boote mit Tauen. Während der Nacht schlossen sich noch zwei andere Rettungsboote an.

In der fahlen Morgendämmerung fanden sie ein weiteres Rettungsboot eine halbe Seemeile entfernt; das Meer war mit Wrackteilen und Schiffbrüchigen übersät, die in der unendlichen Weite des Ozeans und des Himmels nur als winzige Punkte erkennbar waren.

»Hinsetzen, Frau!« riefen Annas Nachbarn, als sie plötzlich versuchte, auf die Ruderbank zu klettern.

»Um Gottes willen, Sie werden uns noch zum Kentern bringen!« Aber Anna ignorierte ihre Proteste.

»Centaine!« rief sie. »Ist Centaine irgendwo?« Als die anderen sie verständnislos anstarrten, versuchte sie sich an Centaines Kosenamen zu erinnern, und schließlich fiel er ihr ein.

»Sonnenschein!« rief sie. »Hat jemand Sonnenschein gesehen? Hat jemand Sonnenschein gesehen!« Und das löste augenblicklich Unruhe und reges Interesse aus.

»Sonnenschein? Ist Sonnenschein bei euch?« Die Frage machte rasch die Runde auf den vertäuten Rettungsbooten.

»Ich sah sie auf dem Oberdeck, kurz bevor das Schiff unterging.«

»Sie hatte eine Schwimmweste.«

»Ist sie denn nicht hier?«

»Nein, hier ist sie nicht.«

»Ich sah sie springen, hab' sie dann aber aus den Augen verloren.«

»Sie ist nicht hier — auf keinem der Boote.«

Anna sank zurück. Ihre Kleine war tot. Die Verzweiflung drohte sie zu ersticken. Sie sah Menschen tot in ihren Schwimmwesten neben dem Rettungsboot im Wasser treiben, stellte sich vor, daß Centaine ebenfalls in dem kalten, grünen Wasser umgekommen war, und stöhnte laut auf.

»Nein«, flüsterte sie. »So grausam kann Gott nicht sein. Das glaube ich einfach nicht. Das glaube ich niemals.« Die Überzeugung gab ihr Kraft und den Willen durchzuhalten. »Da waren noch andere Rettungsboote, Centaine ist irgendwo da draußen und lebt«, flüsterte sie und ließ ihren Blick über den verschwommenen Horizont schweifen. »Sie lebt noch, und ich werde sie finden. Und wenn ich den Rest meines Lebens nach ihr suchen muß, ich werde sie bestimmt wiederfinden.«

Annas Unruhe riß die Männer aus der Lethargie, in die sie durch die Kälte und den Schock während der Nacht verfallen waren, und die Bootsführer versuchten, die Männer aufzurütteln, um die Ladung der Rettungsboote auszugleichen, die Trinkwasserbehälter und die Notrationen zu sichten und einzuteilen, um nach den Verwundeten zu sehen, die Toten von den Rettungsleinen zu schneiden und um den Ruderern ihre Plätze anzuweisen — und schließlich bestimmten sie den Kurs.

Die Männer lösten einander an den langen Rudern ab und arbeiteten sich mühsam durch die wilde See vorwärts; fast jeder Meter, den sie gewannen, ging wieder verloren, sobald der nächste Brecher gegen den Bug klatschte und das Boot zurücktrieb.

»Gut so, Männer«, ermunterte sie der Erste Offizier vom Heck aus. »Nur nicht aufgeben —« Jede Art Beschäftigung würden ihren größten Feind, die Mutlosigkeit, abwehren, »— singen wir etwas! Wie wär's mit ›Tipperary‹? Also los.«

»It's a long way to Tipperary, it's a long way to go —« Aber der Wind wurde stärker, und die See so stürmisch, daß das Boot auf den Wellen tanzte und die Ruder nicht mehr ins Wasser tauchten; einer nach dem anderen gab auf und ließ mutlos das Ruder sinken, das Lied verstummte, und sie saßen nur da und warteten. Nach einer Weile verschwand auch das Gefühl, daß sie auf etwas warteten, und sie saßen bloß da. Am späten Nachmittag brach die Sonne für ein paar Minuten durch die tiefhängenden Wolken, und sie hoben die Köpfe, aber dann verschwand die Sonne wieder hinter den Wolken.

Plötzlich sagte eine Stimme im benachbarten Rettungsboot in einem dumpfen, fast gleichgültigen Ton:

»Schau mal, ist das nicht ein Schiff?«

Eine Zeitlang blieb alles still, als müßten sie erst über diese unwahrscheinliche Behauptung nachdenken, doch dann meldete sich eine andere Stimme, lauter und lebhafter:

»Es ist — es ist ein Schiff!«

»Wo? Wo ist es?«

Nun riefen alle aufgeregt durcheinander.

»Dort, direkt unter dieser dunklen Wolke da!«

»Tief unten, nur die Schornsteine zu sehen —«

»Es ist ein Schiff!«

»Ein Schiff!«

Einige Männer versuchten aufzustehen, andere hatten ihre Schwimmwesten ausgezogen, winkten wie besessen und brüllten sich die Seele aus dem Leib.

Anna blinzelte und starrte in die Richtung, in die alle deuteten. Sie entdeckte einen winzigen dreieckigen Fleck, der sich dunkelgrau vom hellgrauen Horizont abhob.

Der Erste Offizier war plötzlich sehr beschäftigt, dann zischte es, und eine Rauchfahne schoß in den Himmel und explodierte zu einem Büschel hellroter Sterne, als er die Leuchtrakete abfeuerte.

»Sie haben uns gesehen!«

»Schaut! Schaut nur, es ändert seinen Kurs!«

»Es ist ein Kriegsschiff — es hat drei Schornsteine!«

»Seht euch die hohe dreieckige Kommandobrücke an — es ist einer von den neuen Schlachtkreuzern —«

»Mein Gott, es ist die *Inflexible!* Ich hab' sie letztes Jahr bei Scapa Flow gesehen —«

»Gott segne sie! Sie haben uns gesehen! Oh, Gott sei Dank, sie haben uns gesehen!«

Anna lachte und schluchzte gleichzeitig und drückte die Reisetasche, die ihre einzige Verbindung zu Centaine darstellte, an ihre Brust.

»Nun wird alles gut, meine Kleine«, versprach sie. »Anna wird dich finden. Du brauchst dir keine Sorgen mehr zu machen, Anna kommt, um dich zu holen.«

Das riesige graue Kriegsschiff durchbrach mit seinem gewaltigen messerscharfen Bug die Wellen und kam mit hoher Geschwindigkeit auf sie zu.

Anna stand mit anderen Überlebenden aus den Rettungsbooten an der Reling der *Inflexible* und sah, wie der mächtige Tafelberg aus dem Ozean auftauchte.

Aus dieser Entfernung erschienen die Proportionen des Berges so vollendet, so kunstvoll geformt, daß es aussah, als wäre der Berg von einem göttlichen Michelangelo entworfen worden. Die Männer rings um Anna hingen aufgeregt schwatzend an der Reling und deuteten auf die vertrauten Merkmale des Landes, die allmählich sichtbar wurden. Die meisten hatten die Hoffnung auf Heimkehr schon lange aufgegeben, und ihre Freude und Erleichterung war rührend kindlich.

Anna empfand nichts dergleichen. Der Anblick von Land löste in ihr nur eine quälende Ungeduld aus. Ihr schien, als bewegte sich das große Schiff, auf dem sie stand, im Schneckentempo, jedenfalls viel zu langsam für ihren Geschmack — jede weitere Minute hier draußen auf dem Ozean war vergeudet, sie schob nur die Suche hinaus, mit der sie endlich beginnen wollte.

Sie trat ungeduldig von einem Bein auf das andere, während sich vor ihren Augen der ewige Kampf der Elemente entfaltete, als der Wind, der frei und ungehindert die unendlichen Weiten des Atlantischen Ozeans überquert hatte, plötzlich gegen diesen großen Berg prallte und sich, wütend wie ein wilder Hengst, der zum erstenmal die Kandare spürt, aufbäumte und um sich schlug.

Dann stürzte sich der Wind von den Klippen wieder auf das Meer und peitschte die ruhige, blaue See auf, so daß sie sich düster stahlblau färbte und in eine schäumende Furie verwandelte. Als die *Inflexible* von der Leeseite des Berges in die schmale Wasserstraße zwischen Table Harbour und Roben Island einfuhr, traf sie der Südostwind wie ein Hammerschlag, und selbst dieses große Schiff war gezwungen, der Gewalt des Windes nachzugeben.

Die *Inflexible* paßte sich der Windrichtung an, fuhr durch die Wellenbrecher aus Beton hinein und überließ die Führung vertrauensvoll den geschäftigen kleinen Schleppdampfern, die eilig herangekommen waren, um sie zu empfangen. Die Menschenmenge, die sich am Kai versammelt hatte, winkte zu den Decks hinauf; die Frauen kämpften mit ihren widerspenstigen Röcken, und die Männer hielten ihre Hüte fest, während die Klänge von »Rule, Britannia«, das die Marineband auf dem Vorderdeck des Kreuzers spielte, durch den Wind einen ganz neuen Rhythmus bekamen.

Als die Landungsstege heruntergelassen waren, eilten Beamte der Hafenbehörde, Marineoffziere in weißen Tropenhelmen mit goldenen Litzen und einige — offensichtlich einflußreiche — Zivilisten an Bord.

Ohne es zu wollen, weckten die weißen Häuser der Stadt, die zu Füßen dieses hohen, grauen Berges lag, Annas Interesse.

»Afrika«, murmelte sie. »Wozu das ganze Getue? Ich frage mich, was Centaine —«

Die Erinnerung an das Mädchen verbannte sofort jeden anderen Gedanken aus ihrem Hirn; sie starrte auf die Stadt hinunter, sah und hörte aber nichts, bis eine leichte Berührung an der Schulter sie in die Gegenwart zurückholte.

Einer der Schiffsoffiziere, der trotz seiner eleganten weißen Tropenuniform wie ein Schuljunge wirkte, begrüßte sie schüchtern.

»In der Offiziersmesse ist ein Besucher für Sie, Madam.« An der Tür zur Offiziersmesse trat der junge Mann zur Seite. Anna blieb am Eingang stehen und sah sich mißtrauisch um, die Reisetasche an die Brust gepreßt. Besucher und Offiziere sprachen den Ginvorräten des Schiffes bereits tüchtig zu. Der Erste Offizier bemerkte Anna.

»Ach, da sind Sie ja. Das ist die Frau«, sagte er und führte einen der Zivilisten zu Anna.

Anna musterte ihn eingehend. Er war schlank, beinahe knabenhaft, und trug einen eleganten taubengrauen Anzug.

»Mevrou Stok?« fragte er fast schüchtern, und Anna stellte verwundert fest, daß der Mann keineswegs ein Junge war; er war sicherlich zwanzig Jahre älter als sie. »Anna Stok?« wiederholte er. Sein Haar war an der glatten Stirn weit zurückgewichen, reichte dafür aber im Nacken bis zu den Schultern. Er sprach Afrikaans, und sie verstand ihn ohne weiteres.

»Ja, ich bin Anna Stok.«

»Freut mich, Sie kennenzulernen — aangename kennis —, ich bin Colonel Garrick Courtney. Der schreckliche Verlust, der uns getroffen hat, macht mich ebenso traurig wie Sie.«

Anna begriff nicht gleich, wovon er sprach. Sie betrachtete ihn etwas eingehender, und nun sah sie, daß die Schultern seines teuren Anzugs mit Schuppen gesprenkelt waren. An seiner Weste fehlte ein Knopf, und der Faden hing nachlässig herunter. Auf der Seidenkrawatte glänzte ein Fettfleck, und eine seiner Stiefelspitzen war zerkratzt.

Ein Junggeselle, dachte Anna. Ungeachtet seiner intelligenten Augen und seines sensiblen, edlen Mundes hatte er etwas Kindliches und Verwundbares an sich, das unverzüglich Annas Mutterinstinkte weckte.

Er trat einen Schritt näher, und die schwerfällige Bewegung

erinnerte Anna daran, daß Garrick Courtney, wie Centaine erzählt hatte, als Junge bei einem Jagdunfall ein Bein verloren hatte.

»Nach dem Tod meines einzigen Sohnes«, Garrick senkte die Stimme, und der Blick in seinen Augen genügte, um Annas Vorbehalte gänzlich wegzuwischen, »ist dieser neue Verlust fast unerträglich für mich. Ich habe nicht nur meinen Sohn verloren, sondern auch noch meine Tochter und mein Enkelkind, bevor ich sie überhaupt kennenlernen konnte.«

Endlich begriff Anna, wovon er sprach, und ihre Augen funkelten so böse, daß Garry unwillkürlich zurückwich.

»Sagen Sie das nie wieder!« Sie folgte ihm, als er noch weiter zurückwich, und schob ihr Gesicht so nahe an das seine heran, daß sich ihre Nasen fast berührten. »Wagen Sie es ja nicht, das noch einmal zu sagen!«

»Madame«, stammelte Garry. »Verzeihen Sie, ich verstehe nicht — habe ich Sie gekränkt?«

»Centaine ist nicht tot, wagen Sie es nie wieder, so zu tun, als wäre sie tot! Haben Sie mich verstanden?«

»Sie meinen, Michaels Frau lebt?«

»Ja, Centaine lebt. Natürlich lebt sie.«

»Wo ist sie?« Langsam trat ein neuer Glanz in Garrys traurige blaue Augen.

»Das ist es, was wir herausfinden müssen«, erklärte Anna bestimmt. »Wir müssen sie wiederfinden — Sie und ich.«

Garry Courtney bewohnte eine Suite im Mount Nelson Hotel, direkt im Zentrum von Kapstadt.

Für einen vornehmen Reisenden kam natürlich überhaupt keine andere Unterkunft am Kap in Frage. Das Gästebuch des Hotels las sich wie eine Ehrenliste: Staatsmänner und Forscher, Diamantenmagnaten und Großwildjäger, vornehme Militärs und hoher Adel, Fürsten und Admiräle — alle waren hier abgestiegen.

Anna war jedoch überhaupt nicht beeindruckt. Sie sah sich nur kurz im Wohnzimmer um, stellte die Reisetasche auf den

Tisch in der Mitte und kramte darin. Sie brachte einen silbernen Bilderrahmen zum Vorschein und reichte ihn Garry, der unschlüssig hinter ihr stehengeblieben war.

»Guter Gott — das ist Michael —« Er nahm den Rahmen und starrte fasziniert auf das Foto der 21. Staffel. »Es ist so schwer zu glauben —« Garry brach ab und schluckte, bevor er fortfuhr. »Könnte ich bitte von diesem Bild einen Abzug machen lassen?«

Anna nickte, und Garry betrachtete aufmerksam die beiden anderen Fotos in dem Silberrahmen. »Das ist Centaine?« Er sprach den Namen englisch aus.

»Ihre Mutter.« Anna tippte auf das andere Bild: »Das ist Centaine.« Sie korrigierte seine Aussprache.

»Sie sehen einander so ähnlich«, sagte Garry und hielt die Fotografien ins Licht. »Die Mutter ist zwar hübscher, aber die Tochter — Centaine — hat mehr Charakterstärke.«

Anna nickte abermals. »Jetzt wissen Sie, warum sie nicht tot sein kann, sie gibt nicht so leicht auf.« Und barsch fuhr sie fort: »Aber wir verschwenden nur unsere Zeit. Wir brauchen eine Landkarte.«

Garry ließ eine Landkarte bringen, und sie breiteten sie auf dem Tisch aus.

»Ich verstehe nicht viel von diesen Dingen«, erklärte Anna. »Zeigen Sie mir, wo das Schiff torpediert wurde.«

Garry hatte die genaue Position vom Navigationsoffizier der *Inflexible* erfahren und markierte die Stelle.

»Sehen Sie?« meinte Anna triumphierend. »Es ist nur ein paar Zentimeter von der Küste entfernt.« Sie strich mit dem Finger über die Umrisse von Afrika. »So nahe, so unglaublich nahe —«

»Es sind an die hundertfünfzig Kilometer — vielleicht sogar noch mehr.«

»Sind Sie immer so jämmerlich pessimistisch?« fauchte Anna. »Man hat mir erklärt, daß die Flut auf das Land zuströmt, und der Wind weht auch so stark in diese Richtung — wie dem auch sei, ich kenne mein kleines Mädchen.«

»Die Strömung hat eine Geschwindigkeit von vier Knoten,

und der Wind —« Garry rechnete rasch nach. »Möglich ist es. Aber es hätte einige Tage gedauert.«

Garry amüsierte sich. Die absolute Sicherheit dieser Frau gefiel ihm. Er war sein ganzes Leben lang ein Opfer seiner Zweifel und seiner Unentschlossenheit gewesen, er konnte sich nicht erinnern, auch nur in einer einzigen Sache so sicher gewesen zu sein, wie Anna es in allem zu sein schien.

»Wenn sie der Wind und die Strömung an Land getrieben haben, wo ist sie dann angekommen?« fragte Anna. »Zeigen Sie es mir.«

Garry zeichnete den mutmaßlichen Küstenstrich an. »Ich würde sagen — ungefähr hier!«

»Aha!« Anna tippte mit ihren dicken, kräftigen Fingern auf die Karte und lächelte. Wenn sie lächelte, erinnerte sie ihn ein wenig an Chaka, seine große, stürmische Dogge, und Garry mußte grinsen. »Aha, hier also! Kennen Sie die Gegend?«

»Na ja, ich kenne sie ein wenig. Ich war 1914 mit Botha und Smuts dort, als Kriegsberichterstatter der ›Times‹. Wir sind hier gelandet, bei Walvis Bay, der Bucht von Whales.«

»Gut! Gut!« unterbrach ihn Anna. »Dann ist es ja kein Problem. Wir fahren einfach hin und suchen Centaine, ja? Wann können wir abreisen, morgen?«

»Ganz so einfach ist es nicht.« Garry war bestürzt. »Sehen Sie, das ist eine der wildesten Wüsten der Welt.«

Annas Lächeln verschwand. »Immer finden Sie Probleme«, sagte sie drohend. »Immer wollen Sie reden, statt zu handeln, und was wird aus Centaine, während Sie reden, he? Wir müssen schnell handeln!«

Garry starrte sie ehrfurchtsvoll an. Sie hatte sofort erkannt, daß er ein Phantast, ein Träumer war.

»Wir haben jetzt keine Zeit für lange Reden. Es gibt noch viel zu tun. Erst machen wir eine Liste, was noch getan werden muß — und dann tun wir es. Fangen Sie an. Was ist das erste?«

Niemand hatte je so mit Garry gesprochen, jedenfalls seit seiner Kindheit nicht.

»Ziehen Sie Ihre Weste aus, während Sie die Liste machen.«

»Madam?« Garry sah Anna schockiert an.

»Ich bin nicht Madam, ich bin Anna. Nun geben Sie mir Ihre Weste schon — da fehlt ein Knopf.«

Er gehorchte schweigend.

»Das erste, was wir tun müssen«, Garry saß in Hemdsärmeln am Tisch und schrieb auf ein Blatt Hotelpapier, »ist, dem Gouverneur in Windhoek zu telegraphieren. Wir werden Passierscheine brauchen, die ganze Gegend ist militärisches Sperrgebiet. Nur er kann für Proviant und Wasser sorgen.«

Nun, da Garry einmal zum Handeln gezwungen worden war, arbeitete er sehr rasch.

»Proviant? Dafür werden wir eine zweite Liste brauchen.«

»Natürlich —« Garry nahm ein zweites Blatt Papier.

»So.« Anna biß den Faden durch und gab ihm die Weste zurück. »Jetzt können Sie sie wieder anziehen.«

»Jawohl, Mevrou«, sagte Garry demütig, aber er konnte sich nicht erinnern, wann er sich das letzte Mal so wohl gefühlt hatte.

Es war nach Mitternacht, als Garry im Morgenrock auf den kleinen Balkon vor seinem Schlafzimmer trat. Sie hatten wahre Wunder an Arbeit geleistet. Sie hatten bereits eine Antwort vom Militärgouverneur in Windhoek. Der Name Courtney hatte wie immer alle Türen geöffnet und ihnen zu ernsthaften Mitarbeitern verholfen. Ihre Plätze in dem Zug nach Windhoek waren bereits reserviert. Sogar den Großteil der Ausrüstung für ihre Expedition hatten sie bereits besorgt. Mister Stuttaford, der Gemischtwarenhändler, hatte Garry persönlich versichert, daß alles rechtzeitig fertig sein würde. Außerdem hatte Garry dreitausend Pfund auf die Standard Bank in Windhoek überweisen lassen.

Garry machte einen langen Zug aus der Zigarre, schnippte den Stummel über die Balkonbrüstung und ging zurück ins Zimmer. Er schlüpfte zwischen die weißen Laken, und augenblicklich überfielen ihn seine altvertrauten Zweifel und Befürchtungen.

»Es ist Wahnsinn«, flüsterte er und sah diese schreckliche Wüste, die in der glühenden Hitze flimmerte, vor sich. Tausend Kilometer Küste, an der ein Meeresstrom vorüberzog, der so kalt war, daß in diesem Gewässer selbst ein starker Mann nur ein paar Stunden überleben konnte.

Und sie machten sich auf, um eine junge Frau zu suchen, eine schwangere Frau, die man zuletzt gesehen hatte, als sie hundertfünfzig Kilometer vor dieser wilden Küste vom Deck eines sinkenden Schiffes in die eisige, dunkle See gesprungen war.

»Wahnsinn«, wiederholte er unglücklich, bevor er einschlief.

Centaine wußte, daß sie ertrinken würde. Sie war so tief unter die Wasseroberfläche gezogen worden, daß ihre Lungen schmerzten. Das Pfeifen und Zischen des Wasserdrucks klang ihr in den Ohren.

Sie wußte, sie war verloren, aber sie kämpfte mit aller Kraft und Entschlossenheit, strampelte und zappelte gegen den kalten, bleiernen Widerstand des Wassers, gegen den Schmerz in den Lungen und gegen das starke Verlangen zu atmen, aber der Sog des sinkenden Schiffes wirbelte sie herum, so daß sie die Orientierung verlor und nicht mehr wußte, ob sie sich nach oben oder nach unten bewegte.

Dann fühlte sie plötzlich, wie der schmerzhafte Wasserdruck an ihren Rippen nachließ und ihre Lungen sich dehnten, und ein Aufstrom von Luftblasen aus dem beschädigten Schiffsrumpf packte sie und stieß sie zur Wasseroberfläche hinauf.

Sie stieß durch die Oberfläche und wurde von dem Luftstrom hochgeworfen. Centaine rang nach Luft und keuchte, und allmählich schaffte sie es, ihre Atmung wieder zu kontrollieren. Trotz des schrecklichen Sturzes von der Reling und des schmerzhaften Aufschlags auf dem Wasser, schien kein einziger Knochen gebrochen oder verstaucht zu sein. Sie hatte noch Gewalt über ihre Glieder und Sinne, aber sie fühlte, wie die Kälte durch ihre Kleidung in ihren Körper und ihr Blut drang.

Ich muß aus dem Wasser, dachte sie. In eines der Rettungsboote.

Sie lauschte angestrengt auf irgendwelche Geräusche und

hörte anfangs nur den Wind und das Rauschen des Meeres. Dann hörte sie schwach, sehr schwach, ein Durcheinander von menschlichen Stimmen; sie öffnete den Mund und rief um Hilfe, aber in diesem Augenblick spülte eine Welle über ihr Gesicht, und sie schluckte Wasser und rang keuchend nach Luft.

Es dauerte ein paar Minuten, bis sie sich wieder erholt hatte, aber sobald sie wieder atmen konnte, schwamm sie wie besessen in die Richtung, wo sie die Stimmen vermutete. Die schwere Schwimmweste behinderte sie, und die Wellen brachen immer wieder über sie herein, sie wurde hochgehoben und wieder untergetaucht, aber sie schwamm weiter.

»Ich muß aus dem Wasser«, sagte sie sich immer wieder. »Die Kälte wäre mein Tod — ich muß eines der Rettungsboote erreichen.«

Als sie die nächste Schwimmbewegung machte, stieß sie mit der Hand an etwas Festes, und zwar so hart, daß die Haut an ihren Knöcheln aufplatzte, was sie aber nicht davon abhielt, sofort danach zu greifen.

Es war etwas Großes, das höher als ihr Kopf aus dem Wasser ragte, aber sie konnte keinen Halt finden und erkannte verzweifelt, daß sie schon zu schwach war, um sich mit eigener Kraft hinaufzuziehen. Es war ein Wrackteil.

Sie schätzte, daß es ungefähr vier Meter lang und halb so breit war; es bestand aus Holz und war mit Ölfarbe gestrichen. Eine Seite des Wrackteiles ragte weit aus dem Wasser, während die andere Seite unter der Wasseroberfläche schwamm, und dort zog sie sich bäuchlings hinauf.

Sofort spürte sie, wie unsicher dieses Ding auf den Wellen lag. Obwohl sie erst ihren Oberkörper hinaufgehievt hatte und ihre Beine noch immer im Wasser hingen, neigte sich das Wrackteil gefährlich in ihre Richtung, und von der anderen Seite kam ein heiserer Protestschrei.

»Vorsicht, du verdammter Idiot — du wirst uns noch zum Kentern bringen.«

Irgend jemand war bereits auf dem Floß.

»Tut mir leid«, stieß Centaine hervor, »ich hab' nicht gesehen —«

»Schon gut, Junge. Sei nur vorsichtig.« Der Mann auf dem Floß hielt sie offenbar für einen Schiffsjungen. »Hier, gib mir deine Hand.«

Centaine streckte die Hand aus.

»Sachte, sachte.« Der Mann zog sie über die schlüpfrige Seite des Wrackteils hinauf und dann fand sie mit der freien Hand einen Halt. Sie blieb auf dem Bauch auf dem schaukelnden, unsicheren Floß liegen, zitterte und fühlte sich zu schwach, um den Kopf zu heben.

»Bist du okay, Junge?« Ihr Retter lag dicht neben ihr.

»Ich bin okay.« Sie fühlte, wie seine Hand ihren Rücken betastete.

»Guter Junge, du hast wenigstens eine Schwimmweste um. Nimm die Bänder und mach sie an diesem Balken fest — hier, ich zeig's dir.« Er machte einen Schlippknoten. »Wenn wir wirklich kentern sollten, ziehst du einfach an diesem Ende, kapiert?«

»Ja — danke. Vielen, vielen Dank.«

»Spar dir das für später, Junge.« Der Mann legte den Kopf auf die Arme.

Ohne ein weiteres Wort und ohne in der Dunkelheit mehr voneinander zu sehen als vage Umrisse, lernten sie bald, das Floß mit leichten, aufeinander abgestimmten Bewegungen im Gleichgewicht zu halten.

Der Wind wurde allmählich stärker, und obwohl auch die See höher ging, schafften sie es, die aus dem Wasser ragende Seite des Floßes unten zu halten, so daß nur gelegentlich ein kleiner Wasserschwall auf sie niederging.

Nach einer Weile fiel Centaine in tiefen Schlaf. Sie erwachte erst bei Tageslicht, einem trostlosen, grauen, düsteren Licht, inmitten von stürmischem grauem Wasser und tiefhängenden grauen Wolken. Ihr Gefährte kauerte neben ihr auf dem stark geneigten, unsicheren Deck des Floßes und starrte sie unverwandt an.

»Miss Sonnenschein«, sagte er, als sie sich bewegte und die Augen öffnete. »Hab' keine Ahnung gehabt, daß Sie es sind, als Sie letzte Nacht an Bord kamen.«

Sie richtete sich rasch auf, und das winzige Floß schaukelte und schwankte gefährlich.

»Vorsicht, Süße, das ist unsere einzige Chance.« Er streckte seine schwielige Hand aus, um sie zurückzuhalten. Auf seinem Unterarm war eine Nixe eintätowiert.

»Ich heiße Ernie, Miss. Erster Matrose Ernie Simpson. Hab' Sie natürlich gleich erkannt. Miss Sonnenschein kennt jeder an Bord.« Er war alt und mager, dünnes graues Haar klebte an seiner Stirn, und sein Gesicht war so faltig wie eine Dörrpflaume, aber sein Lächeln wirkte freundlich, obwohl er gelbe, krumme Zähne hatte.

»Was ist mit den anderen, Ernie?« Centaine sah sich entsetzt um, und das Schreckliche ihrer Situation kam ihr wieder zu Bewußtsein.

»Ertrunken, glaub' ich. Der verdammte Deutsche, der dies getan hat, soll verfaulen.«

Sie krümmte sich auf der winzigen Oberfläche des Floßes zusammen. Um sie herum gab es nur Wasser und Himmel.

»Wir sind ganz allein«, flüsterte sie. »Tout seuls.«

»Mut, Süße. Wir leben noch, und das ist das einzige, was zählt.«

Ernie war fleißig gewesen, während sie schlief. Sie sah, daß es ihm gelungen war, ein paar Überreste und Wrackteile aus dem Meer zu fischen. Hinten am Floß hing ein Stück schweres Segeltuch, dessen Ränder Ösen hatte, in denen kurze Hanfseile verknotet waren. Es trieb wie eine unheimliche Krake mit schlaffen Tentakeln hinter dem Floß her.

»Die Plane von einem Rettungsboot«, sagte Ernie, als er ihr Interesse bemerkte. »Und das sind Spieren und allerlei andere Abfälle — bitte um Entschuldigung, Miss — man kann nie wissen, was man noch brauchen kann.«

»Ich habe Durst«, flüsterte Centaine.

Das Salz brannte in ihrem Mund, und ihre Lippen waren heiß und geschwollen.

»Denken Sie an etwas anderes«, riet Ernie. »Hier, helfen Sie mir. Können Sie Taue spleißen?«

Centaine schüttelte den Kopf.

»Es ist ganz einfach. Also los, Süße! Ich werd's Ihnen beibringen. Schauen Sie!«

Ernie hatte ein paar einzelne, kurze Hanfseile aufgefischt, und er hatte ein Taschenmesser, das mit einer Schnur an seinem Gürtel befestigt war. Er benützte die Spitze des Messers, um das Geflecht des Hanfseiles zu lösen.

»Schwanzende über Schwanzende, wie eine Schlange in ihrem Nest! Kapiert?«

Centaine kam rasch dahinter, wie es gemacht wurde. Die Arbeit half ihr, sich von ihrer schrecklichen mißlichen Lage abzulenken.

»Wissen Sie, wo wir sind, Ernie?«

»Ich bin kein Navigator, Miss Sonnenschein, aber ich weiß, daß wir uns westlich der afrikanischen Küste befinden — hab' keinen Schimmer, wie weit entfernt, aber irgendwo da hinten ist Afrika.«

»Gestern mittag waren wir hundertzehn Meilen von der Küste entfernt.«

»Ich bin sicher, Sie haben recht«, nickte Ernie. »Alles, was ich weiß, ist, daß uns die Strömung helfen wird, und der Wind auch —« Er hob das Gesicht zum Himmel. »Wenn wir den Wind nur nützen könnten.«

»Haben Sie einen Plan, Ernie?«

»Hab' immer einen Plan, Miss — wenn auch nicht immer den besten, das gebe ich zu.« Er grinste sie an. »Aber machen wir erst das Seil fertig.«

Als sie ein einziges, sechs Meter langes Seil hatten, gab ihr Ernie das Taschenmesser.

»Binden Sie es sich um die Mitte, Süße. So ist's richtig. Wir wollen's doch nicht verlieren, nicht wahr?«

Er ließ sich ins Wasser gleiten und paddelte wie ein Hund zu den Wrackteilen, die hinter dem Floß herschwammen. Centaine zog unter seiner Anleitung zwei Spieren heran, die sie dann gemeinsam in die richtige Position brachten und mit dem Hanfseil befestigten.

»Ausleger«, sagte Ernie und spuckte Salzwasser. »Ein Trick, den ich von den Eingeborenen auf Hawaii gelernt habe.«

Das Floß wurde von dem Ausleger im Gleichgewicht gehalten, und Ernie kroch wieder an Bord. »Jetzt können wir überlegen, wie wir zu einer Art Segel kommen.«

Vier Versuche schlugen fehl, bevor es ihnen gelang, einen Notmast aufzustellen und ein Segel zu hissen, das sie aus dem Segeltuch der Rettungsbootplane geschnitten hatten.

»Den Amerika Cup würden wir damit zwar nicht gewinnen, Süße, aber immerhin, wir kommen vorwärts. Seh'n Sie sich nur unser Kielwasser an, Miss Sonnenschein.«

Das schwerfällige Floß zog eine träge, ölige Blasenspur hinter sich her, und Ernie drehte das Segel sorgfältig in den Wind.

»Mindestens zwei Knoten«, schätzte er. »Gut gemacht, Miss Sonnenschein, Sie sind ein schneidiges Mädchen. Gut, daß ich Sie rausgefischt habe. Allein hätt' ich das nicht geschafft.« Er kauerte auf dem hinteren Teil des Floßes und steuerte mit einem Stück Treibholz als Ruderpinne. »Legen Sie sich hin und ruhen Sie sich aus, Süße, Sie und ich werden abwechselnd Wache halten müssen.«

Den ganzen Tag über wehte ein böiger Wind, und zweimal ging der plumpe Segelmast über Bord. Jedesmal mußte Ernie ins Wasser, um den Mast zu bergen, und Centaine zitterte vor Anstrengung und Erschöpfung, nachdem sie die schweren Spiere und das nasse Segeltuch aus dem Wasser gezogen und wieder festgezurrt hatten.

Bei Einbruch der Nacht drehte der Wind und wehte gleichbleibend und sanft aus südwestlicher Richtung. Die Wolken teilten sich, und ab und zu wurden die Sterne sichtbar.

»Ich bin total fertig. Sie werden eine Zeitlang das Ruder übernehmen müssen, Miss Sonnenschein.« Ernie zeigte ihr, wie sie steuern mußte, und das Floß reagierte träge auf den Druck der Steuerstange. »Der rote Stern da oben, das ist Antares. Der mit den kleinen weißen Sternen an beiden Seiten, wie ein Matrose auf Landurlaub, der an jedem Arm eine Freundin hat. Bitte um Entschuldigung, Miss Sonnenschein. Also, wenn Sie immer auf Antares zusteuern, dann sind wir richtig.«

Der alte Seemann rollte sich wie ein freundlicher Hund zu ihren Füßen zusammen, und Centaine kauerte auf dem hinteren Teil des Floßes und hielt die primitive Ruderpinne. Als der Wind nachließ, wurde auch die See ruhiger, und Centaine schien es, als kämen sie schneller vorwärts. Sie sah das Kielwasser phosphoreszierend grün schimmern. Sie sah zu, wie der rote Riese Antares mit seinen beiden Gefährten langsam über das samtene, schwarze Himmelszelt wanderte.

Bei Tagesanbruch entdeckte Centaine einen Vogel, der über dem Floß kreiste. Es war ein kleiner Seevogel von der dunklen blaugrauen Farbe eines Gewehrslaufs, mit winzigen weißen Flecken über den runden und glänzenden schwarzen Augen. Sein Schrei klang sanft und einsam.

»Wachen Sie auf, Ernie«, rief Centaine so heftig, daß ihre geschwollenen Lippen platzten und ein winziger Blutstropfen über ihr Kinn lief. Das Innere ihres Mundes fühlte sich pelzig und trocken an wie ein altes Hasenfell, und der Durst wurde allmählich unerträglich.

Ernie richtete sich auf und sah sich verwirrt um. Er schien während der Nacht zusammengeschrumpft und abgemagert zu sein, und seine Lippen waren schuppig und mit Salzkristallen verkrustet.

»Sehen Sie nur, Ernie, ein Vogel!« murmelte Centaine mit blutenden Lippen.

»Ein Vogel«, wiederholte Ernie mechanisch und starrte ihm nach. »Land in der Nähe.«

Der Vogel flog tief über dem Wasser davon; sein stahlgrauer Körper verlor sich im dunklen Grau der See.

Am späten Vormittag deutete Centaine nach vorn — ihr Mund und ihre Lippen waren so ausgedörrt, daß sie nicht sprechen konnte. Auf der Wasseroberfläche vor dem Floß schwamm ein dunkles, verfilztes Etwas. Es schaukelte hin und her und schwenkte seine Fangarme wie ein Ungeheuer aus den Tiefen des Meeres.

»Seetang!« flüsterte Ernie, und als sie näher herankamen, holte er mit der Ruderpinne aus und zog die schwere Seetangmatte ans Floß.

Der Stengel des Seetangs war so dick wie ein Männerarm, fünf Meter lang und mit buschigen Blättern am Ende. Offensichtlich war der Tang vom Sturm von den Felsen gerissen worden.

Leise stöhnend vor Durst schnitt Ernie ein Stück von dem dicken Stengel ab. Unter der gummiartigen Haut kam eine fleischige Masse zum Vorschein, die innen hohl war. Ernie schabte den Brei mit dem Taschenmesser ab und steckte Centaine eine Handvoll der Masse in den Mund. Es war sehr saftig und schmeckte unangenehm scharf und stark nach Jod, aber Centaine ließ die Flüssigkeit durch ihre Kehle rinnen und seufzte genüßlich. Sie schluckten beide den Saft des Seetangs und spuckten das Mark aus. Dann ruhten sie sich eine Weile aus und fühlten, wie sie wieder zu Kräften kamen.

Ernie übernahm die Ruderpinne und steuerte das Floß in den Wind. Die Sonne wärmte sie und trocknete ihre Kleidung. Anfangs wandten sie ihre Gesichter den wärmenden Sonnenstrahlen zu, doch schon bald wurde es so drückend heiß, daß sie sich in den Schatten des kleinen Segels kauerten.

Centaine saß mit dem Rücken gegen den Mast gelehnt und starrte auf den Horizont; außer im Osten, wo eine dunkle Wolkenbank lag, sah sie auf allen Seiten nur Wasser. Centaine brauchte fast eine Stunde, bis sie bemerkte, daß sich die Form der Wolken trotz des Windes nicht verändert hatte. Wenn sich an der Wolke überhaupt etwas verändert hatte, dann nur die Höhe und die Farbe. Plötzlich entdeckte Centaine winzige Unregelmäßigkeiten, niedrige Spitzen und Täler.

»Ernie«, flüsterte sie, »Ernie, sehen Sie sich diese Wolken an!«

Der alte Mann blinzelte und richtete sich langsam auf. Er ließ ein leises, kehliges Stöhnen hören, und Centaine erkannte, daß es ein Freudenlaut war.

Sie hockte sich neben ihn und sah zum erstenmal den afrikanischen Kontinent.

Afrika tauchte mit quälender Langsamkeit vor ihnen auf, hüllte sich dann in den Samtmantel der Nacht und entzog sich noch einmal ihren Blicken.

Das Floß schaukelte in der Dunkelheit sanft weiter, aber keiner der beiden schlief. Dann begann der Himmel im Osten heller zu werden, das Morgengrauen ließ die Sterne verblassen, und vor ihnen ragten die hohen, roten Dünen der Wüste Namib auf.

»Wie schön es ist!« hauchte Centaine.

»Es ist ein hartes, wildes Land, Miss«, warnte Ernie.

Die Dünen waren malvenfarben und violett, und als die ersten Sonnenstrahlen die Kuppen berührten, leuchteten sie rotgolden und kupferfarben auf. Gelbgefleckte Tölpel kamen in langen Scharen von der Küste herangeflogen und stiegen so hoch, daß ihr Gefieder im Sonnenschein golden schimmerte, und die Brandung ächzte und rollte.

Der Wind, der so lange beständig von achtern geweht hatte, kam plötzlich von vorne und riß das winzige Segel nach hinten, so daß der Mast umfiel und in einem Durcheinander von Segeltuch und Hanfseilen über Bord ging.

Sie sahen einander entsetzt an. Die Küste war schon so nahe, es schien, als könnten sie sie mit ausgestreckten Händen berühren — und doch waren sie gezwungen, den Mast wieder herauszufischen und aufzustellen. Sie hatten beide nicht mehr die Kraft für diese ungeheure Anstrengung.

Schließlich stand Ernie auf, knüpfte wortlos das Seil mit dem Taschenmesser auf und reichte es Centaine. Sie band sich das Seil um die Taille, während der alte Mann noch einmal ins Wasser glitt und zur Spitze des plumpen Notmastes paddelte. Centaine ließ sich auf die Knie nieder und begann die Hanfseile zu entwirren.

Sie wickelte das Seil auf und hob den Kopf, als Ernie rief: »Fertig, Süße?«

»Fertig.« Sie stand auf und balancierte unsicher auf dem schaukelnden Floß, bereit, Ernie beim Bergen des Mastes zu helfen.

Dann bewegte sich etwas hinter dem Kopf des alten Mannes, und sie hielt inne und hob die Hand, um ihre Augen zu beschatten. Das eigenartig geformte Ding ragte etwa einen Meter aus dem grünen Wasser und glänzte wie Metall in der Morgensonne. Nein, nicht wie Metall, sondern wie glänzender dunkler Samt. Seine Form erinnert sie an die Segel eines Spielzeugschiffs.

»Was ist los, Süße?« Ernie hatte ihr abwartende Haltung und ihren nachdenklichen Gesichtsausdruck bemerkt.

»Ich weiß nicht«, erwiderte sie. »Hinter Ihnen, da ist etwas, das auf uns zukommt — und zwar schnell, sehr schnell!«

Ernie drehte sich um.

»Wo? Ich seh' nichts —« In diesem Augenblick hob eine Welle das Floß hoch.

»Gott steh mir bei!« brüllte Ernie und drosch mit den Armen ins Wasser, während er in heller Aufregung versuchte, so schnell wie möglich das Floß zu erreichen.

»Was ist es denn?«

»Helfen Sie mir rauf!« stieß Ernie hervor und schluckte dabei Wasser. »Das ist ein verdammt großer Hai.«

Der Hai war von einer hübschen schieferblauen Farbe, gesprenkelt durch die Schatten der leicht bewegten Wasseroberfläche, und ungeheuer groß — viel länger als ihr winziges Floß. Die breite Schwanzflosse peitschte durch das Wasser, als das Tier, von den wilden Bewegungen des Mannes unwiderstehlich angezogen, vorwärts schoß und unter den Wellen durchtauchte.

Centaine schrie auf und wich zurück.

Die Augen des Hais waren goldfarben wie die einer Katze und hatten schwarze, spatenförmige Pupillen. Sie sah die Kiemenspalten an dem wuchtigen, spitzen Kopf.

»Helfen Sie mir!« schrie Ernie. Er hatte das Floß erreicht und versuchte sich an Bord zu ziehen. Er strampelte wild mit den Beinen, und das Floß schaukelte und neigte sich in seine Richtung.

Centaine ließ sich auf die Knie fallen und packte sein Handgelenk. Sie lehnte sich zurück und zerrte verzweifelt mit aller Kraft. Ernie schob sich halb auf das Floß, aber seine Beine hingen noch im Wasser.

Der Hai schien aus dem Wasser zu springen, er richtete sich auf, und der geschwungene Schlitz seines Maules schien aufzureißen. Die unzähligen Reihen porzellanweißer Zähne stellten sich auf wie Stacheln eines Stachelschweines, die Kiefer sprangen vor und schlossen sich um Ernies zuckende Beine. Centaine hörte deutlich das Knirschen der Knochen zwischen den gezackten Zähnen, dann glitt der Hai zurück und riß Ernie mit.

Centaine ließ sein Handgelenk los, obwohl sie in die Knie fiel und über das naße Floß gezogen wurde. Und das Floß neigte sich immer mehr.

Centaine hörte Knochen brechen, ein Geräusch, und der Körper des alten Mannes wurde so plötzlich frei, daß das Floß hochschnellte und wie ein verrückt gewordenes Pendel in die entgegengesetzte Richtung taumelte.

Centaine fiel rücklings auf die Planken und zog Ernie, den sie noch immer am Arm festhielt, im Fallen auf das Floß. Er strampelte noch, aber seine Beine waren grotesk verkürzt; sie hörten zwei Zentimeter unterhalb der Knie auf, die Stümpfe ragten aus den zerrissenen Aufschlägen seiner Segeltuchhose, und das Blut schoß in einem hellroten Strahl heraus.

Ernie rollte sich auf den Rücken, setzte sich mühsam auf und starrte auf seine Beinstümpfe.

»O barmherzige Mutter Gottes, hilf mir!« jammerte er. »Ich bin ein toter Mann.«

Das Blut spritzte aus den offenen Arterien, sammelte sich und lief in kleinen Bächen über das weiße Deck, floß ins Meer und färbte das Wasser rotbraun. Dann geriet das Wasser unter dem Floß in Bewegung und die dunkle, dreieckige Rückenflosse tauchte wieder auf.

»Er riecht das Blut«, schrie Ernie. »Er wird nicht aufgeben, der Teufel. Wir sind so gut wie tot.«

Der Hai drehte um, rollte sich auf die Seite, so daß sie seinen schneeweißen Bauch und die breit grinsenden Kiefer sehen konnte, und dann kam er, mit majestätischen Bewegungen der Schwanzflosse durch das helle, klare Wasser gleitend, zurück. Er schob den Kopf in die Wolken aus Blut, die breiten Kiefer öffneten sich, das Wasser kochte und schäumte durch die gewaltige Bewegung unter der Oberfläche, und nun tauchte der Hai direkt unter dem Floß durch. Es knirschte, als er die Unterseite des Floßes mit seinem Rücken streifte, und Centaine wurde durch die Wucht des Schlages zu Boden geworfen. Sie klammerte sich verzweifelt an das Floß.

»Er versucht uns umzustoßen«, brüllte Ernie. »Er wird nicht aufgeben«, schluchzte er matt. »Da kommt er schon wieder.«

Der große blaue Kopf des Hais tauchte aus dem Wasser, die ungeheuren Kiefer öffneten sich und verbissen sich in die Kante des Floßes. Die langen weißen Zähne bohrten sich in das Holz, und es splitterte und knirschte, als der Hai daran zog. Und dann begann er, die Floßkante zwischen den Kiefern, den Kopf zu schütteln. Das Floß schaukelte heftig hin und her.

»Gütiger Gott, jetzt hat er uns!« schrie Ernie. »Er gibt nicht auf, bevor er uns hat!«

Centaine sprang auf, balancierte wie eine Seiltänzerin über das schwankende Floß, packte die dicke, hölzerne Ruderpinne und schwang sie hoch über den Kopf. Dann ließ sie sie mit aller Kraft auf die Spitze des Haimaules sausen. Die Arme schmerzten bis zu den Schultern, aber sie schlug immer und immer wieder zu. Die Stang traf mit einem dumpfen Laut den großen Kopf und prallte zurück, ohne die dicke blaue Haut auch nur zu ritzen, und der Hai schien die Schläge überhaupt nicht zu spüren. Aber sie schlug weiter auf den riesigen, unverwundbaren Kopf ein, bei jedem Schlag vor Anstrengung schluchzend. Der Hai riß einen Teil des Balkenwerkes ab, und der blaue Kopf glitt unter die Wasseroberfläche, was Centaine eine kurze Atempause verschaffte.

»Er kommt zurück!« stöhnte Ernie schwach. »Er wird immer wieder zurückkommen — er wird nicht aufgeben!« Als er das sagte, wußte Centaine plötzlich, was sie zu tun hatte. Sie durfte nicht lange überlegen. Sie mußte es ihrem Kind zuliebe tun. Das war das einzige, was zählte, Michels Sohn.

Ernie saß, die schrecklich verstümmelten Beine ausgestreckt, halb von Centaine abgewandt am Rand des Floßes und beugte sich vor, um in das grüne Wasser unter dem Floß zu starren.

»Da kommt er wieder!« schrie er gellend. Seine spärlichen grauen Haare klebten feucht und blutverschmiert an seinem

Kopf. Blaß schimmerte seine Schädeldecke durch das dünne Haar. Das Wasser unter ihnen begann zu sprudeln, als der Hai kehrtmachte, um neuerlich anzugreifen, und Centaine sah seinen dunklen Rumpf aus der Tiefe auftauchen und geradewegs auf das Floß zusteuern.

Ihr Gesicht war verzerrt, und in ihren Augen stand das nackte Entsetzen, als sie mit beiden Händen die schwere hölzerne Ruderpinne umklammerte. Der Hai stieß gegen die Unterseite des Floßes, und Centaine taumelte und wäre fast hingefallen, konnte sich aber gerade noch halten.

»Er hat selbst gesagt, er sei ein toter Mann«, sprach sie sich Mut zu.

Sie hob die Stange hoch, den Blick auf die kahle, rosarote Stelle an Ernies Hinterkopf geheftet, dann ließ sie sie mit aller Kraft niedersausen.

Sie sah, wie Ernies Schädeldecke unter dem Schlag einsank.

»Verzeih mir, Ernie«, schluchzte sie, als der alte Mann vornüber fiel und zum Floßrand rollte. »Du warst schon so gut wie tot, und es gab keinen anderen Weg, um mein Baby zu retten.«

Seine Schädeldecke war zertrümmert, aber er drehte den Kopf herum und sah sie an. Seine Augen funkelten in einer heftigen Gemütsregung, und er versuchte zu sprechen. Sein Mund öffnete sich, doch dann brachen seine Augen, und seine Glieder entspannten sich.

Centaine weinte, als sie neben ihm niederkniete.

»Gott verzeih mir«, flüsterte sie, »aber mein Baby muß leben.«

Der Hai kehrte um und kam zurück, seine Rückenflosse, die starr aus dem Wasser ragte, näherte sich majestätisch, und Centaine rollte Ernies Körper sanft, fast zärtlich über Bord.

Der Hai wirbelte herum. Er nahm den Körper zwischen die Kiefer und zerbiß ihn wie eine Bulldogge einen Knochen, und während dessen trieb das Floß fort. Der Hai und seine Beute sanken allmählich in das grüne Wasser, und Centaine merkte, daß sie noch immer die Steuerstange umklammerte.

Sie begann mit der Holzstange zu rudern und steuerte auf die Küste zu. Sie schluchzte bei jeder Bewegung, und alles verschwamm vor ihren Augen. Durch den Tränenschleier sah sie die Seetangmatte auf dem Wasser schaukeln und tanzen und die schäumende Brandung dahinter über den gelben Sandstrand lecken. Sie ruderte wie besessen, und die Brandung ergriff das Floß und trug es auf den Strand zu. Durch das klare grüne Wasser konnte sie nun schon bis auf den Grund sehen.

»O Gott, ich danke dir — danke, o danke!« schluchzte sie im Rhythmus ihrer Ruderschläge, doch auf einmal prallte der riesige Körper des Hais abermals gegen die Unterseite des Floßes.

Centaine klammerte sich verzweifelt an die Strebebalken und gab die Hoffnung auf. Sie sah den riesigen Hai, der sich deutlich vom hell schimmernden Sandboden abhob, unter dem Floß durchtauchen. Er gibt niemals auf, dachte sie. Sie hatte nur eine kurze Gnadenfrist gewonnen. Der Hai hatte das Opfer, das sie ihm dargebracht hatte, in wenigen Minuten verschlungen und war ihr, angezogen vom Blutgeruch, der noch am Floß haftete, bis hierher gefolgt, obwohl das Wasser kaum zwei Meter tief war.

Der Hai zog unerbittlich einen Kreis; das seichte Wasser zwang ihn, im tiefen Wasser Schwung zu holen, so daß sein nächster, mörderischer Angriff das Floß auf den Strand zutrieb. Für einen Augenblick blieb das riesige Tier im Sand stecken. Dann krümmte und wand es sich, bis es frei war und schwamm in tieferes Wasser, und die Rückenflosse und der breite, blaue Rücken ragten aus dem Wasser.

Eine Welle hob das Floß hoch und vollendete die Zerstörung, die der Sturm und der Hai begonnen hatten, und das Floß brach auseinander. Centaine wurde ins Wasser geworfen und kam hustend und spuckend auf die Beine.

Sie stand brusttief in der kalten, grünen Brandung und ihre Augen brannten vom Salzwasser, so daß sie nur undeutlich seine Umrisse sah, als der Hai auf sie zuschoß. Sie schrie auf und versuchte an Land zu kommen, die Ruderpinne, die sie noch immer umklammerte, über den Kopf schwingend.

»Hau ab!« brüllte sie. »Hau ab! Laß mich in Ruhe!«

Der Hai traf sie mit dem Maul und warf sie in die Luft. Sie

landete auf seinem breiten blauen Rücken, und er bäumte sich unter ihr auf wie ein wilder Hengst. Seine Haut fühlte sich kalt, rauh und unsagbar widerlich an. Centaine wurde heruntergeschleudert, und die auf- und abdreschende Schwanzflosse streifte sie. Der Hai wühlte mit seinen wilden Bewegungen den Sand auf, so daß er seine Beute nicht mehr sehen konnte, aber er suchte sie mit weit geöffnetem Maul im trüben Wasser. Die Kiefer klapperten wie ein Eisengatter, das im Sturm auf- und zuschlug.

Mühselig kämpfte Centaine sich an Land. Sie taumelte, aber plötzlich reichte ihr das Wasser nur mehr bis zu den Hüften. Im selben Augenblick wich die Brandung zurück, und der Hai blieb hilflos auf dem feuchten Sand liegen. Er wand und krümmte sich wie ein Elefantenbulle in einer Fallgrube, und Centaine taumelte weiter, bis sie plötzlich gewahr wurde, daß sie sich auf trockenem Sandboden befand.

Sie ließ die Ruderpinne fallen und stolperte über den Strand auf die Dünen zu. Doch dann verließen sie die Kräfte. Sie brach zusammen und blieb mit dem Gesicht nach unten im Sand liegen.

Der Sand klebte wie Zucker auf ihrem Gesicht und ihrem Körper, und sie lag im Sonnenlicht und weinte vor Angst, Schmerz, Selbstmitleid und Erleichterung so heftig, daß ihr Körper bebte.

Sie wußte nicht, wie lange sie so im Sand gelegen hatte, doch nach einer Weile spürte sie das Brennen der grellen Sonne auf den nackten Beinen und richtete sich langsam auf. Ängstlich schaute sie auf das Wasser zurück, darauf gefaßt, daß der große blaue Hai noch dort lag, aber wahrscheinlich hatte ihn die Flut hochgehoben und ins tiefe Wasser mitgetragen. Er war nirgends zu sehen.

Sie fühlte sich zerschlagen und matt, und als sie an sich hinunterblickte, sah sie, daß ihre Oberschenkel mit blauen Flecken übersät waren. Ihren Rock hatte der Hai weggerissen und die Schuhe hatte sie abgestreift, bevor sie vom Oberdeck des Lazarettschiffes gesprungen war; außer ihrer nassen Uniformbluse und der seidenen Hemdhose hatte sie nichts mehr an. In ihrem ganzen Leben hatte sie sich noch nie so allein gefühlt.

Hier ist keiner, der mich anstarren könnte, sagte sie sich. Instinktiv hatte sie mit den Händen die Scham bedeckt, nun ließ sie sie wieder sinken und berührte dabei etwas, das an ihrer Hüfte hing. Es war Ernies Taschenmesser, das noch immer an seiner Schnur baumelte.

Sie nahm es in die Hand und starrte auf das Meer hinaus. Gewissensbisse und tiefe Reue überkamen sie.

»Dir verdanke ich mein Leben«, flüsterte sie, »und das Leben meines Sohnes. Oh, Ernie, ich wünschte, du wärst noch bei uns.«

Sie befand sich auf einem langen, gelben Strand, den ungeheuer hohe Dünen überragten.

Der Strand war verlassen. Er zog sich zu beiden Seiten in Schlangenlinien bis zum Horizont hin, bevor er im Wasserdunst verschwamm; ein Bild der Trostlosigkeit, denn es gab nicht die geringste Vegetation, keine Felsen, keine Vögel, keine Tiere und keine Zuflucht vor der Sonne.

Da fiel Centaines Blick auf die Stelle, wo sie an Land gekommen war, und sie sah die Überreste des Floßes auf den Wellen schaukeln. Sie kämpfte ihre Angst vor dem Hai nieder, watete bis zu den Knien ins Wasser und zog das Segeltuch und das Tauwerk an Land.

Sie schnitt einen breiten Streifen Segeltuch ab und band ihn sich mit einem Hanfseil um die Taille; so hatte sie wieder einen Rock. Dann schnitt sie noch ein Stück Segeltuch ab, um Kopf und Schultern vor der Sonne zu schützen.

»Oh, bin ich durstig!« Sie stand am Wasser und schaute sehnsüchtig auf die Seetangmatten hinaus, die auf den Wellen schaukelten. Ihr Durst war stärker als ihr Ekel vor dem Seetangsaft, aber die Angst vor dem Hai überwog, und sie wandte sich ab.

Obwohl sie jeder Muskel schmerzte und die Quetschungen an Armen und Beinen allmählich rot und schwarz wurden, machte sie sich auf den Weg, denn sie wußte, das war ihre einzige Chance; und es gab nur eine Richtung, in die sie gehen konnte: Kapstadt lag im Süden. Näher als Kapstadt waren allerdings die deutschen Städte mit den eigenartigen Namen — sie konnte sich nur mit Mühe an die Namen erinnern — Swakopmund und Lüderitzbucht. Die nächste war ungefähr fünfhundert Kilometer entfernt. Fünfhundert Kilometer — als ihr die Ungeheurlichkeit dieser Entfernung zu Bewußtsein kam, ließ sie sich traurig in den Sand sinken.

»Ich darf nicht daran denken, wie weit es ist«, redete sie sich schließlich ein. »Ich darf nur an den nächsten Schritt denken.«

Sie stand schwerfällig wieder auf und hinkte am Wasser entlang, wo der Sand feucht und fest war, und nach einer Weile wurden ihre Muskeln warm und die Steifheit ihrer Glieder ließ nach, so daß sie längere Schritte machen konnte.

»Einen Schritt nach dem anderen!« sagte sie sich. Die Einsamkeit war wie eine Last, die sie niederdrücken würde, wenn sie nichts dagegen unternahm. Sie hob den Kopf und schaute vorwärts.

Der Strand war endlos und die Aussicht, die sich ihr bot, war von einer erschreckenden Eintönigkeit. Stundenlang schleppte sie sich dahin, ohne daß sich etwas zu verändern schien, und allmählich hatte sie das Gefühl, im Kreis zu gehen — den endlosen Sandstrand vor sich, das Meer unveränderlich rechts, die hohen Dünen links und über allem der unendlich weite, milchig-blaue Himmel.

»Ich gehe vom Nichts ins Nichts«, flüsterte sie und sehnte sich inbrünstig nach dem Anblick eines menschlichen Wesens.

Die Sohlen ihrer bloßen Füße begannen zu schmerzen, und als sie sich niederließ, um sie zu untersuchen, entdeckte sie, daß ihre Haut vom Wasser aufgeweicht und vom rauhen gelben Sand fast bis aufs Fleisch abgescheuert war. Sie umwickelte die Füße mit Segeltuchstreifen und schleppte sich weiter. Die Sonne und die Anstrengung trieb ihr den Schweiß aus den Poren, die Bluse klebte am Körper, und der Durst wurde immer schlimmer.

Die Sonne stand schon tief am westlichen Himmel, als vor ihr in einiger Entfernung eine felsige Landzunge auftauchte, und sie beschleunigte ihre Schritte. Doch sie konnte das Tempo nicht lange durchhalten und erkannte, wie sehr sie dieser eine Tag bereits geschwächt hatte.

»Ich habe seit drei Tagen nichts mehr gegessen und seit gestern nichts mehr getrunken —«

Die Felsen schienen nicht näher zu kommen, so daß sie sich schließlich hinsetzen mußte, um auszuruhen, und sofort wurde der Durst fast unerträglich.

»Wenn ich nicht bald etwas zu trinken finde, kann ich nicht mehr weiter«, flüsterte sie und blickte zu dem niedrigen schwarzen Felswall; dann richtete sie sich ungläubig auf; ihre Augen schienen ihr einen Streich zu spielen. Sie blinzelte ein paarmal und schaute wieder hin.

»Menschen!« flüsterte sie und erhob sich mühsam. »Menschen!« Sie stolperte vorwärts.

Sie saßen auf den Felsen, Centaine konnte die Bewegungen ihrer Köpfe gegen den blassen Himmel sehen; sie lachte laut und winkte ihnen zu.

»Es sind so viele — werde ich vielleicht verrückt?« Sie versuchte zu schreien, brach aber nur ein schwaches Wimmern hervor.

Die Enttäuschung, als sie ihren Irrtum bemerkte, war so groß, daß sie wie unter einem körperlichen Schlag taumelte.

»Robben«, flüsterte sie, und die leichte Brise vom Meer trug ihr die traurigen, gellenden Schreie der Robben zu.

Ein paar hundert Robben lagen auf den Felsen verstreut und tummelten sich in der Brandung, die die felsige Landspitze umspülte. Der Wind trug Centaine ihren Gestank zu. Als sie näher kam, wichen sie langsam zurück und watschelten in ihrer drollig ungeschickten Art über die Felsen; Centaine sah, daß etwa ein Dutzend Kälber dabei waren.

Wenn ich nur eines von ihnen fangen könnte, dachte sie. Sie nahm das Taschenmesser in die Hand und klappte es auf. »Ich muß bald etwas essen —« Aber die ersten Robben ließen sich, beunruhigt durch ihre Nähe, bereits von den Felsen in das wogende grüne Wasser fallen, und ihre linkische Plumpheit verwandelte sich augenblicklich in eine erstaunliche Grazie.

Centaine begann zu rennen, was dazu führte, daß die Robben eiligst über die Felsen davonstürzten, und sie war noch hundert Meter von ihnen entfernt; daher gab sie auf, blieb keuchend stehen und mußte zusehen, wie sich die Kolonie ins Wasser stürzte.

Doch plötzlich brach ein wilder Tumult unter ihnen aus, ängstliche Schreie und Rufe ertönten, und Centaine sah zwei dunkle, wolfsähnliche Schatten zwischen den Felsen hervorschießen und über die dicht gedrängte Robbenkolonie herfallen. Sie erkannte, daß ihr Kommen die Robben abgelenkt und diesen anderen Räubern die Gelegenheit zum Angriff gegeben hatte. Sie wußte nicht, daß es braune Hyänen waren, da sie bisher nur Bilder von der größeren gefleckten Hyäne gesehen hatte, die in fast jedem Buch über Afrika vorkam.

Centaine begann wieder zu rennen, sie schnappte sich einen Prügel von dem Treibholz, das entlang der Hochwassermarke lag, und lief quer über die Landzunge hinter der nächsten Hyäne her.

Die Hyäne war durch das schreiende Robbenbaby, das sie mitschleppte, behindert, und Centaine gelang es, ihr den Weg abzuschneiden. Das Tier blieb stehen, senkte in einer Drohgebärde den Kopf und starrte Centaine an. Die junge Robbe blutete aus den Wunden, die die Fänge der Hyäne in ihren glänzenden Pelz geschlagen hatte, und schrie wie ein menschlicher Säugling.

Die Hyäne knurrte wütend, und Centaine blieb stehen, starrte das Tier an, schwang den Prügel und brüllte:

»Laß es fallen! Hau ab, du Bestie! Laß es los!«

Die Hyäne ließ das schlimm zugerichtete Robbenbaby fallen und stürzte mit gefletschten Zähnen und tiefem, kehligem Gebell auf sie zu. Centaine erkannte instinktiv, daß dies der entscheidende Augenblick war. Floh sie, dann würde sie die Hyäne verfolgen und anfallen.

Also stürmte sie vor, um dem Angriff des Tieres zuvorzukommen, verstärkte ihr Geschrei und schwang mit aller Kraft den Prügel. Diese Reaktion hatte die Hyäne nicht erwartet. Sie heulte auf, ließ das Robbenjunge liegen und rannte eilig davon.

Centaine stürzte vor und klappte das Taschenmesser auf. Sie war auf dem Land aufgewachsen und hatte ihrem Vater und Anna schon oft beim Schlachten und Ausnehmen des Viehs geholfen. Mit einem schnellen und barmherzigen Schnitt schlitzte sie dem Robbenkalb die Kehle auf und ließ es ausbluten. Dann öffnete sie die Bauchdecke, indem sie die Spitze des Messers so ansetzte, daß der Magen und die Innereien nicht beschädigt wurden, und sägte die Knorpelknochen durch, die den Brustkorb vorne schlossen; hierauf nahm sie vorsichtig den Magen heraus. Das Verlangen nach Flüssigkeit wütete wie ein Fieber in ihr, doch beim Gedanken an das, was sie tun mußte, wurde ihr beinahe übel.

Centaine hielt den kleinen Magensack des Robbenbabys in ihren blutverschmierten Händen. Die Magenhaut war gelblich und durchsichtig, so daß sie sich einbildete, sie könnte den Inhalt durch die Magenwände sehen. Das Robbenjunge war offensichtlich bis zu dem Augenblick, als die Hyäne angriff, bei seiner Mutter gewesen und war gesäugt worden. Der kleine Magen war prall mit Milch gefüllt.

Centaine schluckte vor Abscheu und sagte sich: »Wenn du nicht trinkst, bist du morgen tot — du und auch Michels Sohn.«

Sie machte einen winzigen Schnitt in die Magenwand, und augenblicklich quollen dicke weiße Milchklumpen heraus. Centaine schloß die Augen und legte ihren Mund über die Öffnung. Sie mußte sich zwingen, die warme klumpige Milch zu trinken. Ihr leerer Magen hob sich, und sie wurde von Brechreiz gewürgt, aber sie kämpfte dagegen an. Die Milch hatte einen leichten Fischgeschmack, war aber keineswegs abscheulich. Nach einer Weile hielt sie inne und wischte sich mit dem Handrücken den Schleim und das Blut vom Mund. Neue Kraft schien durch ihren ausgelaugten Körper zu strömen.

Nun schnitt Centaine das hellrote Fleisch der kleinen Robbe in lange, schmale Streifen und wickelte sie in das Segeltuch, das ihr als Kopfbedeckung gedient hatte. Dann zog sie sich zurück, und sie sah, wie die ihrer Beute beraubte Hyäne heranschlich, um das Blut von den Felsen zu lecken und das kleine

Skelett zwischen ihren häßlichen, übergroßen Kiefern zu zermalmen.

Am höchsten Punkt der Landzunge hatten Wind und Wellen eine flache Höhlung in den festen Sandstein gegraben, die vor Centaine schon anderen als Zufluchtsort gedient hatte. Sie fand die Aschenreste eines Lagerfeuers auf dem sandigen Boden der Höhle, und als sie den Schmutz durchwühlte, entdeckte sie einen kleinen dreieckigen Feuerstein, der dem Steinwerkzeug ähnelte, nach dem sie und Anna auf dem kleinen Hügel hinter dem Gut bei Mort Homme immer gesucht hatten. Wehmütig erinnerte sie sich daran. Sie steckte den Steinsplitter in die Tasche ihrer Bluse und zwang sich, der rauhen Wirklichkkeit ins Auge zu sehen, anstatt von längst vergangenen Tagen in einem fernen Land zu träumen.

»Feuer«, sagte sie, als sie die ausgebrannte Holzkohle betrachtete, dann legte sie die kostbaren Robbenfleischstreifen auf einem Felsen vor der Höhle zum Trocknen aus und ging über die Landzunge hinunter, um einen Arm voll Treibholz zu sammeln.

Sie stapelte das Holz neben der alten Feuerstelle auf und versuchte sich an das zu erinnern, was sie über das Feuermachen gelesen hatte.

»Zwei Holzstücke aneinanderreiben«, murmelte sie.

Das Treibholz war mit Salz durchtränkt und feucht. Sie wählte zwei Holzstücke, ohne auch nur die leiseste Ahnung zu haben, welche Art Holz zum Feuermachen erforderlich war, und begann zu reiben. Sie arbeitete, bis ihr die Finger wund waren und schmerzten, brachte aber keinen Funken oder auch nur ein winziges Rauchfähnchen zustande. Niedergeschlagen und verzagt lehnte sie sich an die hintere Wand der kleinen Höhle und sah zu, wie die Sonne in der dunkel werdenden See versankt. Sie zitterte im kühlen Abendwind und wickelte den Segeltuchfetzen fester um ihre Schultern; der kleine Feuersteinklumpen drückte gegen ihre Brust.

Sie bemerkte, wie empfindlich ihre Brustwarzen und wie schwer und hart ihre Brüste seit kurzem geworden waren, und massierte sie. Irgendwie gab ihr der Gedanke an ihre Schwangerschaft neue Kraft, und als sie nach Süden blickte, sah sie tief am Horizont Michaels Lieblingsstern, direkt über der kaum noch sichtbaren Linie zwischen dem düsteren Meer und dem nächtlichen Himmel.

»Alpha«, flüsterte sie. »Michel —« Und als sie seinen Namen aussprach, berührten ihre Finger wieder den Feuerstein in ihrer Tasche. Es war fast wie ein Geschenk von Michael, und ihre Hände zitterten vor Aufregung, als sie den Feuerstein gegen die Stahlklinge ihres Taschenmessers schlug und die weißen Funken in der Dunkelheit der Felsenhöhle sprühten.

Sie legte Segeltuchstreifen und feine Holzspäne auf einen Haufen und schlug den Feuerstein gegen die Stahlklinge. Endlich stieg eine winzige Rauchfahne aus dem Kienspanhaufen auf; sie blies hinein und entfachte eine kleine gelbe Flamme. Dann röstete sie die Robbenfleischstreifen über den Kohlen. Es schmeckte wie Kalb- und Kaninchenfleisch, und sie genoß jeden Bissen. Nachdem sie gegessen hatte, salbte sie die schmerzenden roten Bläschen, die die Sonne auf ihrer Haut hervorgerufen hatte, mit Robbenfett.

Sie legte die übriggebliebenen Streifen des gebratenen Fleisches für die nächsten Tage zurück, schürte das Feuer, zog das Segeltuch um ihre Schultern enger und lehnte sich, den Prügel neben sich, an eine Seitenwand der Höhle.

Ich sollte beten, dachte sie. Als sie begann, schien Anna sehr nahe zu sein und über sie zu wachen, wie sie es so oft getan hatte, wenn Centaine als Kind mit gefalteten Händen neben ihrem Bett gekniet hatte.

»Ich danke dir, allmächtiger Gott, daß du mich aus dem Meer gerettet hast, und dafür, daß du mich mit Speis und Trank versehen hast, aber —« Centaine verstummte, weil sich ihr statt Dankesworten nur Anklagen auf die Lippen drängten.

»Blasphemie.« Sie konnte Annas Stimme fast hören und beendete das Gebet hastig.

»Und, o Herr, gib mir bitte die Kraft allen Prüfungen, die du in den kommenden Tagen für mich bereit hältst, mutig entgegenzutreten, und wenn es dir gefällt, dann gib mir bitte auch die Einsicht zu verstehen, warum du mir diese Leiden auferlegst.« Das war der Protest, den sie gerade noch riskieren konnte, und während sie versuchte, einen passenden Schluß für das Gebet zu finden, schlief sie ein. Als sie aufwachte, war das Feuer niedergebrannt, und sie wußte nicht gleich, wo sie war und was sie geweckt hatte. Dann kam ihr ihre Lage mit entsetzlicher Deutlichkeit wieder zu Bewußtsein, und gleichzeitig hörte sie draußen in der Dunkelheit vor der Höhle ein großes Tier. Es klang, als fresse es.

Rasch legte sie Holz auf das Feuer und fachte die Flamme an. Im Schein des Feuers erkannte sie die lauernde Hyäne und sah, daß das gebratene Robbenfleisch, das sie am Abend sorgsam in einen Segeltuchstreifen gewickelt hatte, von dem Felsen neben dem Feuer verschwunden war.

Schluchzend vor Wut und Enttäuschung ergriff sie ein brennendes Holzstück und warf es der Hyäne nach.

Das Tier heulte auf und verschwand in der Dunkelheit.

Die Robbenkolonie sonnte sich auf den Felsen unterhalb ihrer Höhle in der Morgensonne, und Centaine verspürte die ersten Anzeichen von Hunger und Durst.

Sie bewaffnete sich mit zwei faustgroßen Steinen und dem Holzprügel und versuchte unbemerkt in einer der ausgetrockneten Wasserrinnen über den Felsen hinunterzukriechen, um auf Wurfweite an die Kolonie heranzukommen. Doch die Robben flohen mit lautem Geschrei, bevor sie auch nur die Hälfte des Weges zurückgelegt hatte.

Hungrig und enttäuscht trottete Centaine zu ihrer Höhle zurück. Auf dem Felsbrocken neben der Feuerstelle waren noch ein paar Tropfen erstarrtes weißes Robbenfett. Sie zerrieb ein Stück Holzkohle aus dem erloschenen Feuer und vermischte es in der Handfläche mit dem Robbenfett, dann beschmierte sie mit dem Brei sorgfältig Nasenspitze und Wangen, um sie nicht noch einmal ungeschützt den unerbittlichen Sonnenstrahlen auszusetzen.

Schließlich sah sie sich in der Höhle um. Da waren das Taschenmesser und der Feuerstein, der Prügel und etwas Segeltuch — ihre gesamten Habseligkeiten —, sonst nichts. Trotzdem widerstrebte es ihr, die Höhle zu verlassen. Immerhin war sie für ein paar Stunden ihr Zuhause gewesen. Sie mußte sich regelrecht zwingen, zum Strand hinunterzugehen, um in der öden Küstenlandschaft weiter nach Süden zu wandern.

In dieser Nacht gab es keine Höhle und kein Treibholz, das an einer felsigen Landzunge an Land gespült worden war. Es gab nichts zu essen und nichts zu trinken, und Centaine wickelte sich in das Segeltuch und legte sich auf den harten Sandboden unterhalb der Dünen. Die ganze Nacht wirbelte ein kühler Wind den feinen Sand auf, so daß sie bei Tagesanbruch über und über mit Sand bedeckt war. Vor Kälte und Schmerzen war sie so steif, daß sie anfangs, auf den Holzprügel gestützt, wie eine alte Frau weiterhumpelte. Als ihre Muskeln sich erwärmten, ließ die Steifheit allmählich nach, aber sie merkte, daß sie schwächer wurde, und als die Sonne höher stieg, wurde der Durst zu einem stummen Schrei aus den Tiefen ihres Leibes. Ihre Lippen schwollen an und platzten, die Zunge wurde dick und überzog sich mit einem klebrigen Belag, den sie nicht schlucken konnte.

Sie kniete am Wasser nieder und befeuchtete ihr Gesicht, wusch das Segeltuch und ihre dürftige Kleidung und widerstand nur mit Mühe der Versuchung, einen Schluck von dem kühlen, klaren Meerwasser zu trinken.

Die Linderung war nur vorübergehend. Als das Meerwasser auf ihrer Haut trocknete, brannten die Salzkristalle auf den empfindlichen Stellen im Gesicht und auf ihren trockenen, rissigen Lippen; die Haut spannte so sehr, daß sie meinte, sie müßte jeden Augenblick zerreißen.

Am Nachmittag entdeckte sie in einiger Entfernung eine Schar schwarzer Gestalten auf dem glatten, feuchten Sand und beschattete hoffnungsvoll die Augen. Doch die schwarzen Punkte waren nichts anderes als vier große Seemöwen mit schneeweißem Brustgefieder und schwarzen Rückenfedern, die sich mit drohend aufgesperrten Schnäbeln und lautem Geschrei um ein Stück Strandgut stritten, das die Flut angeschwemmt hatte.

Als Centaine auf sie zutaumelte, erhoben sie sich mit gespannten Flügeln in die Luft und ließen ihre heißumkämpfte Beute, die zu schwer zum Mitnehmen war, im Sand liegen. Es war ein großer toter Fisch, und Centaine lief die letzten paar Schritte mit neu erwachter Hoffnung und ließ sich auf die Knie nieder. Sie hob den Fisch mit beiden Händen hoch, würgte angeekelt und ließ ihn wieder fallen, um die Hände an ihrem Segeltuchrock abzuwischen. Der Fisch stank faulig, und ihre Finger waren in das weiche, halbverweste Fleisch eingesunken wie in kalten Talg.

Sie kroch weg und blieb mit angezogenen Beinen, die Arme um die Knie geschlungen, im Sand sitzen, starrte den stinkenden Klumpen Aas an und versuchte, ihren Durst zu bezwingen.

Es erforderte all ihren Mut, aber schließlich kroch sie doch zurück und hackte mit abgewandtem Gesicht ein Stück von dem ekelhaft weißen Fleisch ab. Sie nahm einen kleinen Brocken und steckte ihn vorsichtig in den Mund. Der ekelhaft süßliche Geschmack der Verwesung verursachte ihr Übelkeit, doch sie kaute den Bissen sorgfältig, saugte den stinkenden Saft heraus, spuckte das breiige Fleisch wieder aus und schnitt den nächsten Brocken ab. Das verfaulte Fleisch erfüllte sie mit Abscheu, aber sie schob einen Brocken nach dem anderen in den Mund, bis sie ungefähr eine Tasse von den Fleischsäften geschluckt hatte, dann ruhte sie sich eine Weile aus.

Die Flüssigkeit gab ihr Kraft. Sie fühlte sich viel stärker — stark genug, um weiterzugehen. Sie watete ins Wasser und versuchte den Gestank des faulen Fisches von ihren Händen und Lippen zu waschen.

Kurz vor Sonnenuntergang überfiel sie ein lähmendes Gefühl der Schwäche, und sie sank in den Sand. Plötzlich stand ihr der kalte Schweiß auf der Stirn und sie krümmte sich unter Krämpfen, die schmerzten, als würden ihr glühende Schwerter in den Bauch gestoßen. Sie mußte aufstoßen, der Geschmack des verfaulten Fisches erfüllte Mund und Nase, und dann erbrach sie.

Ich bin vergiftet, schoß es ihr durch den Kopf. Sie fiel in den Sand und wurde von neuen Krämpfen geschüttelt. Es wurde bereits dunkel, als der Anfall vorbei war; sie zog ihre beschmutzte Hemdhose aus und schleuderte sie beiseite. Dann kroch sie erschöpft ins Wasser, wusch sich, befeuchtete das Gesicht und spülte den Geschmack von verfaultem Fisch und Erbrochenem aus dem Mund.

Dann kroch sie auf allen vieren an den Strand und streckte sich aus, zitternd vor Kälte.

Garry Courtney war anfangs so eifrig mit den Vorbereitungen für die Rettungsexpedition in die Wüste Namib und an den Küstenstrich, der zurecht »Skelettwüste« genannt wurde, beschäftigt, daß er keine Zeit hatte, die Erfolgsaussichten abzuwägen. Es genügte ihm, den Mann der Tat zu spielen. Wie alle Romantiker hatte er sich in seinen Tagträumen schon oft in dieser Rolle gesehen, und nun, da ihm die Gelegenheit dazu geboten wurde, ergiff er sie mit mühsam unterdrückter Begeisterung.

In den langen Monaten, nachdem das Telegramm aus dem Kriegsministerium eingetroffen war — »Seine Majestät bedauert, Ihnen mitteilen zu müssen, daß Ihr Sohn Hauptmann Michael Courtney gefallen ist« —, war Garrys Leben wie ein dunkler, leerer Raum gewesen, sinnlos und ziellos. Dann war das an ein Wunder grenzende Telegramm seines Zwillingsbruders eingetroffen:

»Michaels schwangere Witwe wurde durch den Krieg heimat- und mittellos stop Ich sorge für Überfahrt auf dem ersten Schiff nach Kapstadt stop Würdest du sie abholen und in deine Obhut nehmen stop Antwort dringend stop Brief folgt. Sean.«

Eine neue Sonne war in seinem Leben aufgegangen. Als diese abermals unbarmherzig zu verlöschen drohte, fühlte Garry instinktiv, daß er nicht in die dunkle Nacht der Verzweiflung versinken durfte. Er mußte einfach daran glauben, er mußte alle Zweifel beiseite schieben und sich unbekümmert an die entfernte Möglichkeit klammern, daß Michaels Frau und ihr ungeborenes Kind das Meer und die Wüste irgendwie überlebt hatten und nun darauf warteten, von ihm gefunden und gerettet zu werden.

Als er und Anna in Windhoek eintrafen, wurden sie von Oberst John Wickenham, dem amtierenden Militärgouverneur des Hoheitsgebietes, am Bahnhof empfangen.

»Herzlich willkommen, Sir.«

Wickenham begrüßte sie respektvoll. Er hatte in den letzten paar Tagen eine Reihe von Telegrammen erhalten, darunter auch eines von General Jannie Smuts und eines vom kranken Premierminister Generals Louis Botha — und alle hatten ihm nahegelegt, seinem Gast jede erdenkliche Hilfe und volle Unterstützung zu gewähren.

Das allein war allerdings nicht der Grund für die außerordentliche Hochachtung, die er seinem Gast entgegenbrachte. Colonel Garrick Courtney war Träger des höchsten Tapferkeitsordens, und sein Buch über den Burenkrieg, »Der unzuverlässige Feind«, war auf der Militärakademie, die Wickham besucht hatte, Pflichtlektüre gewesen; zudem war der politische und finanzielle Einfluß der Courtney-Brüder legendär. »Erlauben Sie mir, Ihnen mein aufrichtiges Beileid auszudrükken, Colonel Courtney«, sagte Wickenham, als sie einander die Hand schüttelten.

»Sehr freundlich von Ihnen.« Garry kam sich wie ein Hochstapler vor, als er mit seinem Dienstrang angesprochen wurde.

»Darf ich Sie mit Mevrou Stok bekanntmachen.« Anna, in einem langen Kattunkleid, den Tropenhelm auf dem Kopf, stand unerschütterlich neben ihm. Garry sprach ihretwegen Afrikaans, und Wickenham stellte sich sofort darauf ein.

»Aangename kennis — es ist mir eine Ehre, Mevrou.«

»Mevrou Stok war Passagier auf der *Protea Castle* und ist eine der Überlebenden, die von der *Inflexible* an Bord genommen wurden.«

Wickenham pfiff mitleidig durch die Zähne. »Ein höchst unerfreuliches Erlebnis.« Er wandte sich wieder an Garry. »Ich versichere Ihnen, Colonel Courtney, daß es mir eine Ehre ist, Ihnen jede erdenkliche Unterstützung zu gewähren.«

Anna ergriff das Wort: »Wir brauchen Automobile, viele

Automobile, und Männer, die uns begleiten. Und alles brauchen wir schnell, sehr schnell!«

Als Kommandowagen erhielten sie ein neues Fordmodell mit einer matten, sandfarbenen Lackierung. Der Wagen erwies sich als ausgezeichnetes Wüstenfahrzeug. Die leichte Karosserie aus Vanadiumstahl und der niedertourige Motor befähigten den Wagen, über weichen Sand zu fahren, wo schwerere Fahrzeuge eingesunken wären. Dazu stellte ihnen Wickenham vier Austin-Laster zur Verfügung, die jeweils eine halbe Tonne Fracht befördern konnten, und ein fünftes Fahrzeug, das von einem Ingenieur der Armee in der Eisenbahnwerkstatt umgebaut und mit einem zylindrischen Stahltank versehen worden war, der zweitausenddreihundert Liter Wasser fassen konnte. Jedem Fahrzeug wurden ein Unteroffizier als Fahrer und ein Beifahrer zugeteilt.

Da Anna Garrys Hang zur Unentschlossenheit energisch unterdrückte und die technischen Einwände von Ingenieuren, Mechanikern und Militärexperten rücksichtslos überging, stand der Konvoi bereits sechsunddreißig Stunden nach ihrer Ankunft in der Hauptstadt zur Abfahrt bereit. Seit die *Protea Castle* von den Deutschen torpediert wurde, waren vierzehn Tage vergangen.

Um vier Uhr früh ratterte der Konvoi aus der schlafenden Stadt, schwer beladen mit Ausrüstungsgegenständen, Treibstoff und Proviant, die Passagiere dick vermummt gegen die kühle Nachtluft auf dem Hochland. Sie fuhren über die Armeestraße entlang der Eisenbahnlinie, Richtung Swakopmund. Die stahlbereiften Räder der Armeefahrzeuge hatten so tiefe Fahrrinnen hinterlassen, daß die Gummireifen der Wagen wie auf einem Gleis dahinrollten und nirgends herausgesteuert werden konnten, außer auf den felsigen Straßenstücken, wo die Fahrspuren zu steinigen Rinnen wurden und die Straße dem Flußbett eines ausgetrockneten Gebirgsstromes glich. Schwerfällig bewegte sich die Kolonne vorwärts, er schaukelte und holperte, und immer wieder mußten sie anhalten, um einen geplatzten Reifen zu reparieren oder eine kaputte Sprungfeder auszutauschen. In vierzehn Stunden halsbrecherischer

Fahrt überwanden sie zudem tausendzweihundert Höhenmeter. Schließlich erreichten sie die flache, grasbedeckte Küstenebene und durchquerten sie mit der atemberaubenden Geschwindigkeit von vierzig Stundenkilometern, eine lange, dichte Staubwolke hinter sich herziehend, die aussah wie der Rauch eines Buschfeuers.

Die Stadt Swakopmund wirkte erstaunlich süddeutsch mit ihrer malerischen Schwarzwald-Architektur trotz des langen Bootsstegs, der ins Meer hinausragte. Es war Sonntag mittag, als die staubige Kolonne die gepflasterte Hauptstraße entlangrollte. Im Park der Residenz spielte eine deutsche Blaskapelle, deren Mitglieder grüne Lederhosen und Tirolerhüte trugen. Sie kamen aus dem Takt und brachen ab, als Garrys Konvoi vor dem Hotel an der gegenüberliegenden Straßenseite hielt. Ihre Besorgnis war verständlich, denn die Hausmauern waren noch mit Granatsplittern von der letzten britischen Invasion gespickt.

Nach dem Staub und der Hitze der Wüste schmeckte das Pilsnerbier, Erzeugnis eines Braumeisters aus München, wie der Lebenstrunk in Walhalla.

»Füllen Sie noch einmal nach, mein Guter«, befahl Garry dem Kellner und verfiel vor Begeisterung über seine eigene Leistung, die Kolonne sicher vom Hochland heruntergebracht zu haben, in einen männlich-kameradschaftlichen Ton.

»Mijnheer!« Anna hatte sich flüchtig gewaschen und erschien in der Salontür. Sie stand mit in die Seite gestemmten Armen auf der Schwelle, und ihr Gesicht, vom Wind und von der Sonne bereits leicht gerötet, wurde feuerrot vor Zorn.

»Mijnheer, Sie vergeuden Zeit!«

Garry drehte sich rasch zu seinen Leuten um, die an der Theke lümmelten. »Vorwärts, Jungs, es gibt viel zu tun. Machen wir weiter.«

Mittlerweile war keiner mehr im Zweifel darüber, wer eigentlich das Kommando über die Expedition führte, also tranken sie ihr Bier aus und eilten auf die Straße, verschämt den Schaum von ihren Lippen wischend.

Während sie auftankten, die Wassertanks nachfüllten, die

Ladung, die sich während der Fahrt gelockert hatte, wieder festzurrten und kleine Wartungsarbeiten und Reparaturen an den Fahrzeugen vornahmen, machte sich Garry auf den Weg zur Polizeistation, um Erkundigungen einzuziehen.

Der Polizeisergeant war von Garrys Ankunft verständigt worden. »Es tut mir sehr leid, Colonel, wir haben Sie erst in drei oder vier Tagen erwartet. Wenn ich gewußt hätte —« Eifrig bot er seine Hilfe an. »Über das Land da oben weiß man nicht viel«, sagte er und fröstelte unwillkürlich, als er durch das Fenster seines Büros nach Norden starrte, »aber ich habe einen Mann, der Ihnen als Führer dienen könnte.« Er nahm einen Schlüsselbund vom Wandhaken hinter dem Schreibtisch und führte Garry zu den Gefängniszellen.

»He, du swart donder, du Schwarzer Donner!« brummte er, als er eine der Zellen aufschloß; und Garry kniff die Augen zusammen, als sein zukünftiger Führer träge aus der Zelle schlurfte und ihm einen finsteren Blick zuwarf.

Er war ein verschlagen wirkender Hottentotte mit nur einem Auge, das feindselig funkelte; das andere war mit einer ledernen Augenklappe verdeckt, und der ganze Mann duftete wie ein Ziegenbock.

»Er kennt das Land da oben, und das ist auch kein Wunder«, sagte der Sergeant grinsend. »Da oben hat er nämlich die Nashörner und Elefanten gewildert, die ihn für mindestens fünf Jahre ins Kittchen bringen werden, stimmt's, Kali Piet?«

Kali Piet öffnete sein Lederwams und kratzte sich seelenruhig an der Brust.

»Wenn er gut arbeitet und Sie zufrieden mit ihm sind, könnte er mit zwei oder drei Jahren Steinbruch davonkommen«, erklärte der Sergeant, und Kali Piet fand etwas in seinem Brusthaar und zerdrückte es zwischen den Fingernägeln.

»Und wenn ich nicht mit ihm zufrieden bin?« fragte Garry unsicher.

»Oh«, meinte der Sergeant gelassen, »dann machen Sie sich nicht die Mühe ihn zurückzubringen. Begraben Sie ihn an einer Stelle, wo ihn niemand findet.« Kali Piets Haltung änderte sich auf geradezu erstaunliche Weise.

»Guter Master«, winselte er in Afrikaans, »ich kenne jeden Baum, jeden Felsen, jedes Staubkorn. Ich werde Sie wie ein Jagdhund führen.«

Anna saß schon auf dem Rücksitz des Fords und wartete auf Garry.

»Wo bleiben Sie nur so lange?« fragte sie. »Meine Kleine ist nun schon seit sechzehn Tagen allein da draußen in der Wildnis!«

Garry übergab Kali Piet dem dienstältesten Unteroffizier. »Wenn er versucht zu fliehen«, sagte er und versuchte, bösartig und sadistisch dreinzuschauen, »schießen Sie ihn nieder!«

Sie ließen die weiß gestrichenen Häuser hinter sich. Die Fahrspur lief am Strand entlang, rechts von ihnen leckte die Brandung über den glatten gelben Sand und vor ihnen erstreckte sich die bedrückend eintönige Küste bis zum Horizont.

»Was ist da vorn?« fragte Garry Kali Piet, der vom hinteren Wagen nach vorn gebracht worden war.

»Nichts«, sagte Kali Piet, und Garry hatte in einem ganz alltäglichen Wort noch nie so viel Drohendes gespürt.

»Von hier an suchen wir uns unseren eigenen Weg«, erklärte Garry mit einer Zuversicht, die er selbst nicht empfand, und für die nächsten sechzig Kilometer brauchten sie vier Tage.

Da gab es alte Wasserläufe, die wahrscheinlich schon seit hundert Jahren ausgetrocknet waren, mit steilen Böschungen und Steinen in der Größe von Kanonenkugeln. Es gab trügerische Ebenen, auf denen die Fahrzeuge bis zu den Achsen im tiefen Sand versanken. Es gab zerklüftete Gebiete, wo einer der Laster umkippte und bei einem anderen die Hinterachse brach, so daß sie sie zusammen mit einer Menge überflüssigem Gepäck zurücklassen mußten: Zelte und Campingstühle, Tische und Emaillebadewannen, Kisten voll Handelsware, um die Häuptlinge wilder Stämme zu bestechen, Tee und Butter in Büchsen und viele andere Dinge, die ihnen wichtig erschienen waren, als sie sie in Windhoek eingekauft hatten.

Der zusammengeschmolzene Konvoi kämpfte sich weiter Richtung Norden. In der Mittagshitze kochte das Wasser in den Kühlern, so daß weiße Dampfwolken aus den Sicherheitsventilen pufften und sie gezwungen waren, jede halbe Stunde anzuhalten, um die Motoren abkühlen zu lassen. Dann stießen sie wieder auf ganze Felder voll mit messerscharfen, schwarzen Steinen, die den dünnen Gummi der Reifen zerschnitten.

Am fünften Tag kampierten sie am Fuß des Brandberges, dessen stumpfe, waldlose Kuppe vor ihnen aus dem rötlichen Abendnebel ragte, und am Morgen war Kali Piet verschwunden. Er hatte ein Gewehr und fünfzig Schuß Munition mitgenommen, eine Decke und fünf Wasserflaschen, und schließlich noch die goldene Jagduhr und die Geldbörse mit zwanzig Goldmünzen, die Garry am vergangenen Abend achtsam neben seinen Schlafsack gelegt hatte.

Garry war so wütend, daß er drohend verkündete, ihn sofort zu erschießen, wenn er ihn zu Gesicht bekäme. Doch Kali Piet hatte seine Flucht sorgfältig geplant; er war knapp hinter dem Lager in einem Gebiet mit zerklüfteten Hügeln und tiefen Tälern verschwunden, wo ihm kein Wagen folgen konnte.

Das Gelände wurde nun von Tag zu Tag schwieriger, und sie kamen kaum mehr vorwärts. Als sie schließlich wieder einmal vor einem Wall aus Felsen standen, der sich wie der gezackte Rücken eines Dinosauriers aus dem Meer erhob und landeinwärts verlief, fühlte sich Garry erschöpft.

»Es ist Wahnsinn«, murmelte er, als er, auf der Fahrerkabine eines Lasters stehend, nach einem Weg über diesen hohen, undurchdringlichen Wall suchte. Alle standen niedergeschlagen in kleinen Gruppen neben den verbeulten, staubigen Lastern. Wir müssen umkehren, dachte er.

Steif wie ein alter Mann kletterte er von dem Laster herunter und hinkte zu Anna, die neben dem Ford an der Spitze der Kolonne stand.

»Mevrou«, begann er, und sie wandte sich zu ihm um und legte ihre große rote Hand auf seinen Arm.

»Mijnheer —« Sie sprach mit leiser Stimme, und als sie Garry anlächelte, verstummten seine Proteste, und nicht zum erstenmal dachte er, daß sie, abgesehen von der roten Gesichtsfarbe und den häßlichen Stirnfalten, recht hübsch war. Die Linie ihres Kinns war kräftig und entschlossen, die Zähne weiß und ebenmäßig, und in ihren Augen war eine Güte, die er noch nie bemerkt hatte.

»Mijnheer, ich habe gerade darüber nachgedacht, daß es nur wenige Männer gibt, die uns bis hierher gebracht hätten. Ohne Sie wären wir gescheitert.« Sie drückte seinen Arm. »Ich wußte natürlich, daß Sie klug sind, daß Sie viele Bücher geschrieben haben, aber jetzt weiß ich, daß Sie auch stark und entschlossen sind, und es nicht dulden, daß sich Ihnen etwas in den Weg stellt.« Sie drückte abermals seinen Arm. Ihre Hand war kräftig und warm. Garry merkte, daß ihm ihre Berührung wohl tat. Er richtete sich auf und schob seinen alten Schlapphut in den Nacken. Wieder lächelte Anna.

»Ich werde die Felsen mit einer Abteilung zu Fuß überqueren — wir müssen jeden Zentimeter Strand genau absuchen — während Sie den Konvoi landeinwärts führen und einen anderen Weg finden.«

Sie mußten sechs Kilometer landeinwärts fahren, bevor sie einen schmalen, unsicheren Pfad über die Felsen fanden und auf der anderen Seite wieder Richtung Meer fahren konnten.

Als Garry Annas Gestalt entschlossen vor ihren Männern durch den tiefen Sand stapfen sah, atmete er insgeheim erleichtert auf und stellte verwundert fest, daß er sie selbst in diesen paar Stunden schmerzlich vermißt hatte.

Am Abend saßen sie Seite an Seite auf dem Boden gegen den Ford gelehnt, aßen Rinderpökelfleisch und harten Zwieback und tranken starken Kaffee, der mit Kondensmilch gesüßt war, als Garry schüchtern sagte:

»Meine Frau hieß auch Anna. Sie ist vor langer Zeit gestorben.«

»Ja«, erwiderte Anna und kaute seelenruhig weiter. »Ich weiß.«

»Wie können Sie das wissen?« fragte Garry erstaunt.

»Michael hat es Centaine erzählt.«

»Ich vergesse immer, daß Sie so viel über Michael wissen.« Er nahm ein Stück Rindfleisch und starrte in die Dunkelheit. »Andrerseits weiß ich überhaupt nichts von Centaine. Erzählen Sie mir von ihr, bitte, Mevrou.«

Das war ein Thema, das für keinen der beiden jemals den Reiz verlor. »Sie ist ein gutes Mädchen«, mit dieser Bemerkung begann Anna immer, »aber eigensinnig und lebhaft. Habe ich Ihnen je erzählt, wie sie einmal —« Garry saß mit vorgeneigtem Kopf neben ihr, aber an diesem Abend hörte er nicht richtig zu.

Der Schein des Lagerfeuers spielte auf Annas Gesicht, und Garry betrachtete es mit einem Gefühl des Wohlbehagens und der Vertrautheit. Gewöhnlich bewirkten Frauen, daß Garry sich unzulänglich vorkam und Angst hatte, und je schöner oder geistvoller sie waren, desto größer war auch seine Angst vor ihnen. Er hatte sich schon lange damit abgefunden, daß er impotent war, eine Tatsache, die er ausgerechnet in den Flitterwochen hatte entdecken müssen, und das höhnische Gelächter seiner Braut klang ihm noch heute, nach über dreißig Jahren, in den Ohren. Er hatte keiner anderen Frau mehr Gelegenheit gegeben, ihn noch einmal auszulachen — sein Sohn war in Wirklichkeit nicht sein Sohn gewesen. Gelegentlich, wenn er, so wie jetzt, darüber nachdachte, verursachte ihm diese Tatsache ein leichtes Schuldgefühl.

Mühsam schob er den Gedanken beiseite und versuchte, Zufriedenheit und Ruhe wiederzufinden, aber nun gewahrte er den Körpergeruch der Frau neben ihm. Seit sie Swakopmund hinter sich gelassen hatten, war kein Wasser zum Baden vorhanden gewesen, und daher roch sie sehr stark. Sie roch nach Erde und Schweiß und anderen verborgenen weiblichen Düften, und Garry rückte etwas näher, um sie besser riechen zu können. Die wenigen Frauen, die er kannte, rochen fade nach Kölnisch Wasser und Parfum, aber diese hier roch wie ein Tier, wie ein warmes, starkes, gesundes Tier.

Er betrachtete sie fasziniert, als sie, mit ihrer tiefen, weichen Stimme weitersprechend, den Arm hob und sich ein paar graue Strähnen aus der Stirn strich. Unter den Achseln hatte sie ein dichtes Büschel dunkler Locken, das noch feucht von der Hitze des Tages war, und während Garry sie anstarrte, erwachte plötzlich ein leidenschaftliches, wildes Verlangen in ihm. Sein Penis wurde steif, er verspürte ein schmerzliches Gefühl, von dem er keine Ahnung mehr gehabt hatte, er war starr vor Begehren und Einsamkeit, gespannt vor Sehnsucht, die aus den Tiefen seiner Seele kam.

Er starrte Anna an, unfähig sich zu bewegen oder zu sprechen, und als er auf eine ihrer Fragen keine Antwort gab, schaute Anna auf und sah sein Gesicht. Sanft, fast zärtlich, streckte sie die Hand aus und berührte seine Wange.

»Ich glaube, Mijnheer, es wird Zeit zu Bett zu gehen. Schlafen Sie gut und träumen Sie schön.«

Sie stand auf und verschwand hinter der Plane, die ihren Schlafplatz abschirmte.

Garry lag, die Hände an die Hüften gepreßt, auf seiner Decke und lauschte dem Rascheln ihrer Kleider hinter der Plane, und sein Leib schmerzte wie eine frische Wunde. Hinter der Plane ertönte ein langgezogenes Rumpeln, das ihn erschreckte; für einen Augenblick konnte er das Geräusch nicht einordnen. Dann begriff er, daß Anna schnarchte. Es war das beruhigendste Geräusch, das er jemals gehört hatte — es war unmöglich, sich vor einer Frau zu fürchten, die schnarchte; am liebsten hätte er seine Freude in die Wüstennacht hinausgeschrien.

Ich bin verliebt, jauchzte er innerlich. Ich bin zum erstenmal seit mehr als dreißig Jahren verliebt.

Bei Tagesanbruch war der flüchtige Mut, den er in der Nacht gefaßt hatte, verraucht, aber seine Liebe war geblieben. Annas Augen waren geschwollen und rot vom Schlaf, und ihr angegrautes Haar war mit Sandkörnern gepudert, die der Nachtwind aufgewirbelt hatte, doch Garry betrachtete sie mit tiefer Bewunderung, bis sie ihm barsch befahl: »Essen Sie schneller — wir müssen gleich aufbrechen. Ich habe das Gefühl, heute ist ein guter Tag. Essen Sie, Mijnheer!«

Annas Gefühl schien sich zunächst zu bestätigen, denn sie stießen auf einen offenen, ebenen Landstrich, der mit festem Kies und knietiefen Salzablagerungen bedeckt war, bis zur Küste hinunter. Sie fuhren wie auf einer Landstraße und mußten nur ab und zu einem höheren Gebüsch ausweichen, so daß sie sich direkt oberhalb des kupferroten Strandes halten konnten und jedes Wrackteil oder die Spuren von Schiffbrüchigen im weichen Sand sofort gesehen hätten.

Am frühen Nachmittag, als die Luft vor Hitze flimmerte, zerrissen plötzlich für ein paar Sekunden die Dunstschleier vor ihnen, und sie sahen die Dünen steil aus der Ebene aufragen. Der kleine Konvoi hielt davor an, und alle stiegen aus und starrten sie ehrfürchtig und ungläubig an.

»Berge«, sagte Garry leise, »richtige Berge aus Sand. Und kein Mensch hat uns darauf hingewiesen.«

»Es muß doch einen Weg geben!«

Garry schüttelte zweifelnd den Kopf. »Sie sind mehr als hundertfünfzig Meter hoch.«

»Kommen Sie«, sagte Anna entschlossen. »Steigen wir hinauf.«

»Guter Gott!« rief Garry aus. »Der Sand ist weich — es ist so hoch, es könnte gefährlich sein —«

»Gehen wir! Die anderen sollen hier warten.«

Anna übernahm die Führung, und sie arbeiteten sich mühsam den steilen, schmalen Kamm hinauf. Die Fahrzeuge weit unter ihnen sahen wie Spielzeugautos aus, und die wartenden Männer waren so klein wie Ameisen. Der rötlichgelbe Sand knirschte bei jedem Schritt, und sie sanken bis zu den Knöcheln ein. Als sie dem Gratrand zu nahe kamen, bröckelte die Oberfläche ab und eine Sandlawine rauschte den Abhang hinunter.

Anna hob den Kattunrock hoch und stopfte ihn in die Pumphose, dann stapfte sie weiter, und Garry starrte ihr nach; sein Mund wurde trocken und sein Herz klopfte vor Aufregung und vor Erregung beim Anblick ihrer nackten Beine. Sie waren kräftig und massiv wie Baumstämme, aber die Haut in ihren Kniekehlen war hell und samtig.

Unglaublich — Garry fühlte, wie sein Körper wieder reagierte, und die Müdigkeit fiel von ihm ab. Stolpernd und rutschend kletterte er hinter ihr her, und Annas Gesäß, breit wie die Hinterbacken einer Zuchtstute, schwang und schaukelte vor seinen faszinierten Augen.

Bevor er begriff, wie ihm geschah, stand er auf der hohen

Dünenkuppe, und Anna streckte die Hand aus, um ihn festzuhalten.

»Mein Gott«, flüsterte er, »niemand — nichts könnte da hinüberkommen.«

Anna hielt noch immer seinen Arm. »Sie ist da draußen. Ich kann fast hören, wie sie ruft. Wir können sie nicht im Stich lassen, wir müssen zu ihr. Sie hält nicht mehr lange durch.«

»Es zu Fuß zu versuchen, wäre Selbstmord. Kein Mensch würde das auch nur einen einzigen Tag überleben.«

»Wir müssen einfach einen Weg finden.« Anna schüttelte sich wie ein großer Bernhardiner. »Kommen Sie.« Sie führte ihn von der Dünenkuppe hinunter. »Wir müssen einen anderen Weg finden.«

Der Konvoi fuhr mit dem Ford an der Spitze landeinwärts am Fuß der hohen Dünen entlang, während die Sonne allmählich hinter den erhabenen Dünen verschwand. Als sie ihr Lager aufgeschlagen hatten, brach die Nacht herein, und die Dünen wirkten schwarz und unheimlich, unerbittlich und feindselig gegen das silberne Mondlicht.

»Es gibt keinen anderen Weg.« Garry starrte in das Feuer, unfähig, Anna in die Augen zu schauen. »Diese Dünen nehmen kein Ende.«

»Morgen früh fahren wir zur Küste zurück«, erklärte sie gelassen.

Am nächsten Tag fuhren sie dieselbe Strecke in ihren eigenen Reifenspuren zurück, und es wurde Abend, bevor sie wieder an der Stelle waren, wo die Dünen mit dem Meer zusammenstießen.

»Es gibt keinen Weg«, wiederholte Garry mutlos, denn die Brandung umspülte den Fuß der Sandberge, und selbst Anna ließ unglücklich den Kopf hängen und starrte schweigend in die Flammen des Lagerfeuers.

»Wenn wir warten«, flüsterte sie heiser, »kommt Centaine vielleicht hierher. Sicherlich weiß sie, daß ihre einzige Hoffnung darin besteht, sich nach Süden durchzuschlagen. Wenn wir schon nicht zu ihr kommen können, müssen wir eben warten, bis sie zu uns kommt.«

»Das Wasser geht allmählich zu Ende«, erwiderte Garry leise. »Wir können nicht —«

»Wie lange können wir durchhalten?«

»Drei Tage, mehr nicht.«

»Vier Tage«, flehte Anna, und aus ihrer Stimme und ihrem Blick sprach eine solche Traurigkeit, daß Garry unwillkürlich die Arme nach ihr ausstreckte. Er empfand eine eigenartig köstliche Angst, als sie sich ihm in die Arme warf, und dann klammerten sie sich aneinander, sie voll Verzweiflung, er in einem schrecklichen Sinnestaumel. Für einen Augenblick war Garry besorgt, daß sie die Männer am anderen Lagerfeuer sehen würden — doch dann kümmerte er sich nicht mehr darum.

»Komm.« Sie zog ihn hoch und führte ihn hinter die Segeltuchwand. Seine Hände zitterten so stark, daß er die Knöpfe an seinem Hemd nicht öffnen konnte. Anna lachte leise und zärtlich.

»Na, na«, raunte sie und zog ihn aus, »mein armer Liebster.«

Der Abendwind strich ihm kühl über Rücken und Hüften, aber in ihm glühte das Feuer sehr lange unterdrückten Leidenschaft. Ungestüm warf er sich auf sie, brennend vor Verlangen, sich in ihr zu vergraben, sich in diesem weißen, weichen Fleisch zu verlieren, sich dort vor der Welt, die so lange so ungeheuer grausam zu ihm gewesen war, zu verstecken.

Und plötzlich geschah es wieder, er spürte, wie das Feuer und die Kraft in seinen Lenden nachließen, fühlte sich so schlaff und mutlos wie in jener schrecklichen Nacht vor über dreißig Jahren. Er lag auf der weißen, weichen Matte ihres Bauches, eingeklemmt zwischen ihren dicken, kräftigen Oberschenkeln, und wäre vor Scham am liebsten gestorben. Er wartete auf ihr höhnisches und verächtliches Lachen. Er wußte, daß es ihn diesmal umbringen würde. Er konnte nicht davonlaufen, denn ihre starken Arme hielten ihn fest und ihre Oberschenkel umklammerten seine Hüften.

»Mevrou«, stammelte er, »es tut mir leid, ich bin kein guter — ich war noch nie zu etwas gut.«

Wieder lachte sie leise, aber es war ein zärtliches und liebevoll mitfühlendes Lachen.

»Sei still, mein Liebster«, flüsterte sie heiser. »Ich helf' dir ein bißchen.« Und er spürte, daß sich ihre Hand zwischen ihren nackten Bäuchen nach unten zwängte.

»Na, wo ist denn mein Kleiner?« murmelte sie, und als er spürte, wie ihn ihre Finger umschlossen, geriet er in Panik. Er versuchte sich freizumachen, sie aber hielt ihn fest. Ihre Hände waren rauh wie Sandpapier, aber erfahren und geschickt, sanft und beharrlich, und ihre Stimme schnurrte glücklich.

»Schau, was für ein großer Junge. Was für ein großer Junge.«

Plötzlich rührte sich unter ihrer Hand etwas, und sie lachte wieder; dann fühlte er, daß sich ihre festen Oberschenkel, die ihn festgehalten hatten, langsam lösten. »Langsam, langsam«, mahnte sie ihn, als er wieder hastig zustoßen wollte. »So! Ja, so ist's gut!« Sie führte ihn und versuchte ihn im Zaum zu halten, aber er hatte es furchtbar eilig.

Plötzlich stieg ihm eine heiße Woge ihres Körpergeruchs in die Nase, satt und kräftig, der wunderbare Duft ihrer Erregung, und er spürte die neue Kraft bis ins Innerste seines Wesens strömen. Er war ein Held, ein Adler, stark wie ein Bulle, lang wie ein Schwert, hart wie Granit.

»Ja!« keuchte sie. »Ja, o ja, ja!« Und als er keinen Widerstand mehr spürte, stieß er vor und drang tief in sie ein, und die köstliche Wärme übertraf alles, was er je erlebt hatte. Immer drängender und heftiger hob und senkte sie sich unter ihm, als wäre er ein Schiff auf stürmischer See, gab leise wimmernde Töne von sich und drängte ihn mit erstickter, rauher Stimme, bis der Himmel über ihm zusammenbrach und er zwischen Himmel und Erde zermalmt wurde.

Langsam kam er wieder zu sich, und sie hielt ihn in den Armen, streichelte ihn und redete zu ihm wie zu einem Kind.

»Na, na, mein Liebster. Ist ja alles gut. Jetzt ist alles gut.«

Und er wußte, daß es so war. Jetzt war alles gut. Er hatte sich noch nie so sicher und geborgen gefühlt. Er hatte noch nie eine so tiefe Ruhe empfunden. Er drückte sein Gesicht zwischen ihre Brüste und vergrub sich in dem mütterlichen Fleisch und wollte für immer so liegenbleiben.

Sie strich ihm die spärlichen, seidigen Haare hinter die Ohren, schaute ihn liebevoll an, und die rosige kahle Stelle an seinem Hinterkopf schimmerte im Feuerschein und erweckte das schmerzliche Verlangen in ihr, ihn zu trösten. Sie war dazu geboren, anderen Liebe, Hilfe und Trost zu schenken. Sie begann ihn zu schaukeln und zu wiegen und summte leise vor sich hin.

Bei Tagesanbruch entdeckte Garry, daß noch ein zweites Wunder geschehen war. Als er aus dem Lager schlich und zum Strand hinunterging, sah er, daß sie freie Bahn hatten. Unter dem Einfluß des zunehmenden Mondes hatte das Wasser sich zurückgezogen, so daß unter den Dünen ein breiter Streifen harten, glatten und feuchten Sandbodens freigeworden war.

Garry lief zum Lager zurück und riß den dienstältesten Unteroffizier aus dem Schlaf.

»Machen Sie Ihren Leuten Beine, Corporal!« brüllte er. »Ich möchte, daß der Ford aufgetankt und mit Proviant und Wasser für vier Leute und drei Tage beladen in fünfzehn Minuten bereitsteht. Ist das klar? Also dann, machen Sie sich an die Arbeit, Mann, was stehen Sie noch da und glotzen mich an!«

Er drehte sich um, lief hastig weiter und wäre fast mit Anna zusammengestoßen, als sie hinter der Abschirmung hervorkam.

»Mevrou, die Ebbe! Wir können weiterfahren.«

»Ich hab' gewußt, daß du einen Weg finden würdest, Mijnheer!«

»Wir nehmen den Ford, wir werden durchfahren, bis die Flut kommt. Kannst du in zehn Minuten fertig sein? Wir müssen die Ebbe voll ausnützen.« Er wandte sich von ihr ab. »Los, Corporal, bringen Sie die Männer endlich auf Trab!«

Zwei Stunden lang blieb der Sand fest und hart, so daß sie mit einer Geschwindigkeit von sechzig Stundenkilometern fahren konnten. Als der Sand weich wurde, sprangen die drei Passagiere aus dem Wagen und schoben ihn gemeinsam weiter, bis der Sand wieder fest war, dann rasten sie, aufgeregt johlend, weiter nach Norden.

Schließlich kam die Flut, und Garry entdeckte eine Öffnung in den Dünen, in der sie den Ford abstellten, nachdem sie ihn mühsam durch den trockenen, tiefen Sand geschoben hatten. Sie machten ein Feuer aus Treibholz, kochten Kaffee, aßen eine Kleinigkeit und machten es sich bequem, um die nächste Ebbe abzuwarten. Die drei Männer streckten sich im Schatten des Wagens aus, doch Anna schlenderte weiter nach Norden, immer wieder stehenbleibend, um ihre Augen gegen den grellen Widerschein von Wasser und Sand zu beschatten und rastlos Ausschau zu halten.

Als Garry, auf den Ellbogen gestützt, hinter ihr herblickte, überkam ihn ein so tiefes Gefühl der Liebe und Dankbarkeit, daß ihm der Atem stockte.

Er sprang auf und eilte ihr nach. Sie beugte sich über einen Gegenstand, der am Strand im Sand lag; als sie sich wieder aufrichtete und ihn sah, winkte sie ihm mit beiden Händen und rief ihm etwas zu. Das Rauschen der Brandung übertönte ihre Stimme, aber ihre Aufregung war so augenscheinlich, daß er zu rennen begann.

»Mijnheer«, sie lief ihm entgegen, »ich habe —« Ihre Stimme versagte, daher packte sie seinen Arm und zog ihn hinter sich her.

»Schau!« Sie ließ sich neben dem Gegenstand auf die Knie nieder. Er war fast vollständig unter dem Sand vergraben, und die ersten Flutwellen umspülten ihn.

»Das ist ein Teil von einem Boot!« Garry kniete neben ihr nieder, und dann gruben sie gemeinsam mit bloßen Händen im Sand, um das weißgestrichene Holz freizulegen.

»Sieht aus wie ein Teil von einem Rettungsboot der Marine«, brummte Garry.

Die nächste Welle wusch den lockeren Sand ab und legte den Namen frei, der in schwarzen Buchstaben auf dem Wrackteil stand.

»›Protea C —« Der Rest fehlte. »Die *Protea Castle*«, flüsterte Anna und wischte mit ihrem nassen Rock den Sand von den Buchstaben. Sie wandte Garry ihr Gesicht zu, und die Tränen liefen ungehindert über ihre roten Wangen. »Der Beweis, Mijnheer, das ist der Beweis, daß meine Kleine die Küste erreicht hat und in Sicherheit ist.«

Selbst Garry, der eifrig wie ein Bräutigam darauf bedacht war, ihr zu gefallen und nur zu gern geglaubt hätte, daß er einen Enkel bekommen würde, selbst er starrte sie in diesem Augenblick nur verständnislos an.

»Das ist der Beweis, daß sie lebt — glaubst du mir jetzt, Mijnheer?«

»Mevrou«, erwiderte Garry und hob verlegen die Hände, »es besteht eine Chance, das gebe ich zu.«

»Sie lebt. Ich weiß es. Wie kannst du daran zweifeln? Wenn du's nicht glaubst —« Sie runzelte ärgerlich die Stirn, und Garry ergab sich ängstlich.

»Aber ja — ich glaube es ja! Selbstverständlich glaube ich es! Kein Zweifel, sie lebt, ein Zweifel ist jetzt nicht mehr möglich.«

Anna betrachtete die ansteigende Flut und richtete ihren ganzen Groll gegen das Meer.

»Wie lange müsen wir hier warten, Mijnheer?«

»Nun ja, die Flut steigt sechs Stunden lang und fällt sechs Stunden lang«, erklärte er entschuldigend. »Etwa drei Stunden werden wir wohl noch warten müssen.«

»Jede Minute, die wir jetzt verlieren, könnte entscheidend sein«, sagte sie wütend.

»Nun ja, Mevrou, es tut mir schrecklich leid —« Demütig nahm Garry die volle Verantwortung für den Rhythmus der Gezeiten auf sich, und Annas Miene hellte sich auf.

»Na ja, wenigstens wissen wir jetzt, daß sie noch lebt. Wir fahren so bald wie möglich weiter. Und bis dahin, Mijnheer, haben wir drei Stunden Zeit.« Sie sah ihn forschend an, und Garrys Knie begannen zu zittern, so daß er kaum aufrecht gehen konnte.

Wortlos ließ er sich von ihr über den Strand zu einer abgelegenen Stelle zwischen zwei hohen Dünen führen.

Als die Ebbe einsetzte, schoben sie den Ford auf den Strand hinunter. Glitzernde Fontänen von Salzwasser und feuchtem Sand spritzten unter den Hinterrädern auf, als sie mit hoher Geschwindigkeit Richtung Norden davonfuhren.

Innerhalb von zehn Kilometern fanden sie zweimal Treibgut am Strand, eine Schwimmweste aus Segeltuch und ein zerbrochenes Ruder. Die Gegenstände waren offensichtlich für eine ganze Weile den Elementen ausgesetzt gewesen, und obwohl sie kein Kennzeichen oder Buchstaben auswiesen, bestätigten sie Anna in ihrem Glauben. Sie thronte, einen Schal um den Hals und den Tropenhelm mit beiden Händen festhaltend, auf dem Rücksitz des Ford, und Garry warf ihr, wie ein verliebter Foxterrier, der einer Bulldogge den Hof macht, alle paar Minuten einen zärtlichen Blick zu.

Es geschah, als das Wasser seinen niedrigsten Punkt erreicht hatte und der Ford mit fünfzig Stundenkilometern dahinraste. Plötzlich gerieten sie ohne jede Vorwarnung in Treibsand. Die Vorderräder versanken in dem weichen Brei, und der Wagen blieb abrupt stehen, als wäre er gegen eine Mauer gefahren. Der Fahrer wurde nach vorn geschleudert. Mit einem lauten Knall brach das Lenkrad ab, die stählerne Lenksäule bohrte sich in seinen Brustkorb und die gezackte Spitze trat unterhalb der Schulterblätter am Rücken wieder aus.

Anna wurde in hohem Bogen aus dem Wagen geschleudert und landete in dem weichen Schwimmsand. Garry donnerte mit der Stirn gegen das Armaturenbrett und riß sich die Haut über einer Augenbraue auf, und das Blut lief ihm über das Gesicht. Der Korporal geriet unter eine umstürzende Proviantkiste, und sein Arm brach knackend wie ein trockener Ast.

Anna erholte sich als erste und watete durch den weichen Sand zum Wagen zurück, legte einen Arm um Garrys Schulter, half ihm vom Vordersitz und schleppte ihn auf festen Boden.

Garry ließ sich auf die Knie fallen. »Ich bin blind«, flüsterte er.

»Nur ein bißchen Blut!« Anna wischte ihm mit dem Rock das Blut vom Gesicht. Sie riß einen Kattunstreifen aus ihrem

Rocksaum und verband die klaffende Wunde, dann ließ sie Garry allein und watete zum Wagen zurück.

Der Ford neigte sich nach vorn und begann langsam zu sinken. Die Motorhaube war bereits in der weichen gelben Masse verschwunden, und nun lief der Sandbrei über die Türen und füllte das Innere des Wagens. Anna packte den Fahrer an den Schultern und versuchte, ihn herauszuziehen, aber sein Kopf rollte leblos hin und her, da ließ sie ihn los und wandte sich dem Korporal zu.

Der Unteroffizier stöhnte und zuckte krampfartig, als er zu Bewußtsein kam. Anna zog ihn aus dem Wagen und schleppte ihn, schwitzend und keuchend vor Anstrengung, auf den harten Sand. Er schrie vor Schmerz auf, und sein linker Arm hing verrenkt herunter, als sie ihn in den Sand sinken ließ.

»Mijnheer«, sagte Anna und schüttelte Garry grob, »wir müssen das Wasser bergen, bevor es versinkt.«

Garry kam unsicher auf die Beine. Sein Gesicht war blutverschmiert, das Hemd fleckig, aber die Blutung hatte nachgelassen. Er taumelte hinter Anna her zum Wagen, und gemeinsam schleppten sie die Wasserkanister an den Strand.

»Für den Fahrer kommt jede Hilfe zu spät«, brummte Anna, als sie zuschauten, wie der Ford mit dem Toten allmählich in den heimtückischen Sandmassen verschwand. Innerhalb von wenigen Minuten war nichts mehr davon zu sehen. Anna wandte sich dem Korporal zu.

»Der Arm ist gebrochen.« Sein Gesicht war blaß und verzerrt vor Schmerzen, und der Unterarm schwoll erschreckend schnell an. »Hilf mir!« Während Garry den Korporal festhielt, richtete Anna den gebrochenen Knochen ein und schiente ihn mit einem Stück Treibholz. Dann machte sie aus einem Stoffstreifen von ihrem Rock eine Schlinge und legte sie dem Korporal um, als Garry heiser begann: »Ich schätze, zurück sind es ungefähr siebzig Kilometer —« Aber er konnte den Satz nicht beenden, denn Anna funkelte ihn an.

»Du willst doch nicht etwa umkehren!«

»Mevrou«, sagte er mit einer aufgeregten, verstörten Handbewegung, »wir müssen umkehren. Acht Liter Wasser und ein

Verletzter — wir können von Glück reden, wenn wir lebend davonkommen.«

Sie starrte ihn ein paar Sekunden lang wütend an, doch dann sanken ihre Schultern nach vorn.

»Wir sind schon so weit vorgedrungen, so nahe bei Centaine. Ich fühle es — sie könnte hinter der nächsten Landzunge sein. Wie können wir sie jetzt aufgeben?« flüsterte Anna. Es war das erstemal, daß er sie so niedergeschlagen sah, und er glaubte, sein Herz müßte vor Liebe und Mitleid zerspringen.

»Wir werden niemals aufgeben!« erklärte er. »Wir werden die Suche niemals aufgeben, das ist nur ein Rückschlag. Wir werden weitermachen, bis wir sie finden.«

»Versprich mir das, Mijnheer.« Anna schaute mit einer rührenden Ungeduld zu ihm auf. »Schwöre mir, daß du niemals aufgeben wirst. Schwöre mir hier und jetzt und im Namen Gottes, daß du die Suche nach deinem Enkelkind niemals aufgeben wirst. Gib mir deine Hand und schwöre es!«

Sie knieten beide nieder, hielten sich an den Händen und sahen einander an, und das steigende Wasser umspülte ihre Knie, als er den Eid schwor.

»Jetzt können wir umkehren.« Anna erhob sich schwerfällig. »Aber wir kommen zurück und suchen weiter, bis wir sie finden.«

»Ja«, versicherte Garry. »Wir kommen zurück.«

Centaine mußte in eine Ohnmacht gefallen sein; als sie wieder zu sich kam, schimmerte Licht durch ihre geschlossenen Lider. Die Aussicht auf einen neuen Tag der Qual und Not erschreckte sie so sehr, daß sie die Augen geschlossen hielt und in das dunkle Vergessen zurückzufinden versuchte.

Dann gewahrte sie ein leises Geräusch. Es klang wie Morgenwind in einem Haufen trockener Äste, oder wie ein Insekt, das sich mit gepanzerten Gliedern über einen Stein bewegt. Das Geräusch beunruhigt sie, so daß sie sich schließlich doch dazu aufraffte, den Kopf auf die andere Seite zu drehen und die Augen zu öffnen.

Drei Meter von ihr entfernt hockte ein kleiner, menschenähnlicher Gnom, und sie glaubte, sie hätte Halluzinationen. Sie blinzelte ein paarmal, und der erstarrte Schleim, der an ihren Lidern klebte, überzog ihre Pupillen und trübte ihren Blick, aber sie sah eine zweite kleine Gestalt hinter der ersten hocken. Sie rieb sich die Augen und versuchte sich aufzurichten, und diese Bewegung rief neuerlich diese fremdartigen, weichen Schnalzlaute hervor, aber es dauerte noch ein paar Sekunden, bevor sie begriff, daß sich die kleinen Gnome aufgeregt miteinander unterhielten und daß sie Wirklichkeit waren.

Die erste Gestalt war eine Frau, denn vorne hingen ihr zwei schlaffe Brüste bis unter den Bauchnabel hinunter. Es war eine alte Frau — sie war so runzlig wie eine vertrocknete Rosine. Es gab keinen einzigen Zentimeter Haut an ihrem Körper, der nicht in schlaffen Falten herunterhing. Die leeren Brüste waren genau so runzlig wie der dicke kleine Bauch, und auch von den Knien und Ellbogen hingen faltige, sackartige Hautlappen. Centaine war fasziniert. Sie hatte noch nie ein menschliches Wesen gesehen, das diesem auch nur annähernd glich, und sie stützte sich auf den Ellbogen und starrte das seltsame Wesen an.

Die kleine alte Frau hatte eine außergewöhnliche Hautfarbe, sie schien im Sonnenlicht wie Bernstein zu leuchten, und Centaine dachte an den glänzenden Kopf der Meerschaumpfeife ihres Vaters, den er immer so sorgfältig gereinigt hatte. Aber die Hautfarbe dieser Frau war noch strahlender, strahlend wie eine reife Aprikose am Baum, und Centaine brachte trotz ihrer Schwäche ein kleines Lächeln zustande.

Die alte Frau, die Centaine mit großem Interesse beobachtet hatte, gab das Lächeln augenblicklich zurück. Das Netzwerk von Falten in ihrem Gesicht zog sich zusammen, so daß sich ihre Augen zu schrägen Schlitzen verengten. Doch in den schwarzen, glänzenden Pupillen war ein listiges Funkeln, und Centaine wollte unwillkürlich die Arme ausstrecken und sie umarmen, wie sie Anna umarmt hätte.

»Wer bist du?« wisperte Centaine durch ihre dunklen, geschwollenen rissigen Lippen, und die Frau antwortete ihr mit leisen klickenden und schnalzenden Tönen.

Die faltige Haut umhüllte einen zierlichen, fein modellierten Kopf; das spärliche, wollige graue Haar war zu winzigkleinen, erbsengroßen Krauslocken zusammengeringelt und ließ die bloße Kopfhaut durchscheinen. Die Frau hatte kleine spitze Ohren, die aussahen wie die Ohren der Kobolde in Centaines Kinderbüchern.

»Hast du Wasser?« flüsterte Centaine. »Wasser. Bitte.«

Die alte Frau drehte den Kopf herum und redete in ihrer klickenden, schnalzenden Sprache mit der Gestalt hinter ihr. Der Mann sah fast wie ihr Zwillingsbruder aus, er hatte die gleiche runzlige, aprikosenfarben leuchtende Haut, das gleiche schüttere Kraushaar, die gleichen glänzenden Augen und spitzen kleinen Ohren — ein Mann. Unter dem ledernen Lendentuch, das sich verschoben hatte, kam ein Penis zum Vorschein, der in keinem Verhältnis zu der Körpergröße stand, und dessen unbeschnittene Spitze den Sand streifte.

»Wasser«, wiederholte sie und machte gleichzeitig die Bewegung des Trinkens. Das löste augenblicklich eine lebhafte Diskussion zwischen den beiden kleinen alten Leuten aus.

»O'wa, dieses Kind stirbt vor Durst«, erklärte die alte Buschmann-Frau ihrem Mann. Sie sprach die erste Silbe seines Namens wie den schnalzenden Laut eines Kusses aus: »Kusswa«.

»Sie ist schon tot«, erwiderte der Buschmann schnell. »Es ist zu spät, H'ani.« Der Name seiner Frau begann mit einem scharfen, stimmlosen Hauchlaut und endete mit einem weichen Schnalzlaut.

»Wasser gehört allen, den Lebenden und den Sterbenden, das ist das erste Gesetz der Wüste. Das weißt du doch, alter Großvater.« H'ani mußte all ihre Überredungskunst aufbieten, und daher gebrauchte sie die ungeheuer respektvolle Anrede »alter Großvater«.

»Wasser gehört dem ganzen Volk«, bestätigte er nickend und blinzelnd. »Aber sie ist keine San, sie ist kein menschliches Wesen. Sie gehört zu den anderen.« Mit dieser lakonischen Erklärung hatte O'wa kurz und bündig dargelegt, wie sich der Buschmann im Verhältnis zur übrigen Welt sah.

Der Buschmann stand an erster Stelle. Die Erinnerungen seines Stammes gingen über die Jahrhunderte hinweg bis in die Zeit, als seine Urahnen in diesem Land allein gewesen waren. Seine Jagdgründe hatten sich von den fernen Seen im Norden bis zu den Drachenbergen im Süden über den ganzen Kontinent erstreckt. Sie waren die Ureinwohner. Sie waren die Menschen, die San.

Die anderen waren Geschöpfe für sich. Die ersten dieser anderen waren auf den Wildwegen vom Norden heruntergekommen, riesige schwarze Männer, die ihre Viehherden vor sich hertrieben. Erst viel später waren dann die anderen mit der Haut von der Farbe eines Fischbauches, die sich in der Sonne rötete, und mit den hellen, ausdruckslosen Augen aus dem Meer vom Süden heraufgekommen. Sie hatten aus den alten Jagdgründen Weidegründe für ihre Schafe und Rinder gemacht und das Wild abgeschlachtet, das den Buschmann ernährt hatte. Und diese Frau war eine von ihnen.

Als sein natürlicher Lebensraum zerstört und seine Nahrungsmittelreserven ausgelöscht waren, hatte der Buschmann die zahmen Rinderherden erblickt, die das Wild im Buschland ersetzten. Er hatte keinen Sinn für persönliches Eigentum, Besitz war den Traditionen seines Stammes fremd. Er hatte Tiere aus den Herden der anderen erlegt; daraufhin hatten Schwarze und Weiße mit gnadenloser Grausamkeit Jagd auf die Buschmänner gemacht.

Sie hatten sie erschossen, niedergestochen, in ihren Höhlen eingeschlossen und lebendig verbrannt, sie hatten sie vergiftet und gefoltert und nur die ganz kleinen Kinder verschont. Die Kinder waren in Ketten gelegt worden, um jene, die nicht verschmachteten und an gebrochenem Herzen starben, zu »zähmen«. Aus ihnen machte man sanfte, treue liebenswürdige Sklaven.

Die Buschmänner, die diesen systematischen Völkermord überlebten, zogen sich in die wilden, wasserlosen Gegenden zurück, wo nur sie mit ihrem unfaßbaren Wissen von diesem Land und seinen Lebewesen überleben konnten.

»Sie ist eine von den anderen«, wiederholte O'wa, »und sie ist schon tot. Das Wasser brauchen wir für unsere Reise.«

»Sieh dir doch nur die Augen des Kindes an, weiser alter Großvater«, schmeichelte sie. »In diesen Augen ist noch Leben, und auch Mut. Dieses Kind wird nicht sterben, solange noch ein Hauch von Leben in ihrem Körper ist.«

Bedächtig nahm H'ani den Tragsack aus ungegerbtem Leder von ihrer Schulter und ignorierte die leisen mißbilligenden Schnalzlaute, die ihr Mann von sich gab. »In der Wüste gehört das Wasser allen, den San und den anderen. Es gibt keinen Unterschied.«

Sie nahm ein Straußenei aus dem Sack, das die Farbe von poliertem Elfenbein hatte. In die Schale waren liebevoll die Umrisse von zierlichen Vögeln und Tieren eingraviert, und die Öffnung war mit einem hölzernen Stöpsel verschlossen. Der Inhalt gluckerte, als H'ani das Ei mit beiden Händen hochhob, und Centaine wimmerte wie ein Welpe, dem die mütterlichen Zitzen verweigert wurden.

»Du bist eine eigensinnige alte Frau«, sagte O'wa angewidert. Einen stärkeren Einwand ließ die Buschmann-Tradition nicht zu. Er konnte ihr nichts befehlen und nichts verbieten. Bei den Buschmännern gab es weder Häuptlinge noch Anführer, und alle waren gleich, Mann und Frau, alt und jung.

H'ani nahm vorsichtig den Holzstöpsel aus dem Ei und schob sich näher an Centaine heran. Sie legte den Arm unter Centaines Nacken, um sie aufzurichten, und hob das Ei an ihre Lippen. Centaine schluckte gierig und mußte husten, so daß das Wasser über ihr Kinn lief. H'ani und O'wa schnalzten diesmal beide vor Schrecken, jeder Tropfen Wasser war so kostbar wie Herzblut. H'ani nahm das Ei fort und Centaine versuchte schluchzend danach zu greifen.

»Du bist unhöflich«, ermahnte sie H'ani. Sie hob das Ei an ihre eigenen Lippen und füllte ihren Mund mit Wasser, bis ihre Wangen bauchig hervortraten. Dann legte sie ihre Hand unter Centaines Kinn, beugte sich vor und legte ihren Mund über Centaines Lippen. Vorsichtig flößte sie ihr ein paar Tropfen ein und wartete, bis sie sie hinuntergeschluckt hatte, bevor sie ihr mehr gab. Als sie den letzten Tropfen in Centaines Mund gespritzt hatte, hielt sie inne und beobachtete Centaine. Dann flößte sie ihr einen zweiten Mundvoll Wasser ein und später einen dritten.

»Diese Frau trinkt wie eine Elefantenkuh an einer Wasserstelle«, sagte O'wa verdrießlich. »Sie hat schon genug Wasser im Bauch, um das trockene Flußbett der Kuiseb zu überschwemmen.«

Er hatte natürlich recht, gestand sich H'ani widerwillig ein. Das Mädchen hatte bereits die ganze Tagesration eines Erwachsenen verbraucht. Sie stöpselte das Straußenei wieder zu und steckte es trotz Centaines Flehen in den ledernen Tragbeutel zurück.

»Nur noch ein bißchen, bitte«, flüsterte Centaine, aber die alte Frau ignorierte sie und wandte sich ihrem Gefährten zu. Sie verhandelten miteinander, wobei sie auch ihre Hände zu Hilfe nahmen und mit anmutigen Gesten und schnippenden, flatternden Fingern aufeinander einredeten.

Die alte Frau trug ein Band mit flachen weißen Perlen um die Stirn und ein Dutzend ebensolcher um Hals und Oberarme. Um die Taille trug sie einen kurzen Lederrock und über die Schulter einen gefleckten Pelzumhang. Beide Kleidungsstücke waren aus einem einzigen Fell gemacht und weder genäht noch bearbeitet. Der Rock wurde von einem Gürtel aus ungegerbtem Leder festgehalten, an dem eine ganze Sammlung kleiner Kürbisse und Antilopenhörner hing, außerdem trug sie eine lange Stange, deren scharfes Ende mit einem durchlöcherten Stein beschwert war.

Centaine lag da und beobachtete sie aufmerksam. Sie erkannte intuitiv, daß es in dem Streitgespräch um ihr Leben ging und daß die alte Frau ihre Fürsprecherin war.

»Alles was du da sagst, verehrter alter Großvater, ist zweifellos wahr. Wir sind auf einer Reise, und jene, die nicht Schritt halten können und andere in Gefahr bringen, müssen zurückgelassen werden. Das ist so Brauch. Doch wenn wir nur bis dahin warten«, H'ani deutete auf die Stelle am Himmel, wo die Sonne auf ihrer Bahn ungefähr eine Stunde später stehen würde, »dann könnte dieses Kind Kräfte sammeln, und uns würde eine so kurze Wartezeit nicht in Gefahr bringen.«

O'wa gab einen tiefen kehligen Laut von sich und schlug mit einer schnellenden Bewegung des Handgelenks beide Hände hoch. Es war eine eindrucksvolle Geste, die Centaine erschreckte.

»Unsere Reise ist mühsam, und wir haben noch eine große Strecke vor uns. Das nächste Wasser ist viele Tage weit; hier herumzulungern ist Wahnsinn.«

O'wa trug eine Art Krone auf dem Kopf: Es war ein geflochtenes Stirnband aus ungegerbtem Leder, in das der alte Mann vierzehn winzige Pfeile gesteckt hatte. Die Pfeile bestanden aus Schilfrohr, die Flugfedern waren Adlerfedern und die nach oben gerichteten Spitzen waren aus weißen Knochen geschnitzt. An den Widerhaken haftete eine trockene Paste, die aussah wie frische Karamelsauce, und dabei fiel Centaine die Beschreibung aus Levaillants Buch über Afrika wieder ein.

»Gift!« flüsterte Centaine. »Giftpfeile.« Sie erinnerte sich schaudernd an die gezeichneten Illustrationen in dem Buch. »Es sind Buschmänner. Wirkliche, echte Buschmänner!«

Sie richtete sich mühsam auf, und die beiden kleinen Leute betrachteten sie.

»Sie ist schon kräftiger«, erklärte H'ani, aber O'wa stand langsam auf.

»Wir sind auf einer Reise, einer sehr wichtigen Reise, und die Tage vergehen.«

Plötzlich veränderte sich H'anis Miene. Sie starrte auf Centaines Körper. Als sich Centaine aufgerichtet hatte, war ihre zerrissene Baumwollbluse verrutscht und hatte eine ihrer Brüste entblößt. Erst als sie das Interesse der alten Frau sah, bemerkte Centaine ihre Blöße und bedeckte sich hastig, doch die alte Frau hüpfte näher heran und beugte sich über sie. Ungeduldig schob sie Centaines Hände beiseite und begann mit erstaunlich kräftigen Fingern Centaines Brüste zu kneten und zu drücken.

Centaine protestierte, wimmerte und versuchte auszuweichen, aber die alte Frau war ebenso entschieden und autoritär wie Anna. Sie öffnete die zerschlissene Bluse, nahm eine von Centaines Brustwarzen zwischen Zeigefinger und Daumen und melkte sie sanft. Ein winziger Tropfen trat hervor, und H'ani brummte etwas vor sich hin und stieß Centaine zurück in den Sand. Dann schob sie ihre Hand unter den Rock aus Segeltuch, und ihre kleinen Finger drangen in Centaines Unterleib ein und untersuchten sie geschickt.

Schließlich hockte sich H'ani wieder auf die Fersen und grinste ihren Gefährten triumphierend an.

»Jetzt kannst du sie nicht mehr zurücklassen«, freute sie sich. »Man darf keine Frau, ob Sanfrau oder nicht, im Stich lassen, die neues Leben in sich trägt.«

O'wa gab sich mit einer matten Geste geschlagen und ließ sich wieder im Sand nieder. Er wandte sich ab und trug eine reservierte Miene zur Schau, während seine Frau mit dem Stock in der Hand über den Strand hinunterstapfte. Sie untersuchte sorgfältig den nassen Sand, als die Wellen ihre Knöchel umspülten, dann steckte sie die Spitze der Stange in den Sand und zog, rückwärts gehend, eine flache Rinne. Als die Stockspitze an einen festen Gegenstand unter dem Sand stieß, sprang H'ani vor, grub mit den Fingern etwas aus und ließ es in ihren Tragbeutel fallen. Dann wiederholte sie den Vorgang.

Nach einer Weile kehrte sie zu Centaine zurück und holte eine Menge Schalentiere aus ihrem Beutel. Centaine sah sofort, daß es Sandmuscheln waren, und ärgerte sich über ihre eigene Dummheit. Sie war tagelang halbverhungert und verdurstet über einen Strand gestolpert, auf dem es von diesen köstlichen Schalentieren wimmelte.

Die alte Frau benutzte ein Knochenwerkzeug, um eine der Muscheln zu öffnen und achtete sorgfältig darauf, den Saft aus der perlmuttbeschichteten Schale nicht zu verschütten, als sie Centaine die Muschel reichte. Selig schlürfte Centaine den Saft der Muschel, nahm mit ihren schmutzigen Fingern das Fleisch heraus und steckte es in den Mund.

»Bon!« erklärte sie H'ani kauend und strahlte über das ganze Gesicht, »très bon!«

H'ani grinste und senkte den Kopf, um die nächste Muschel mit ihrem Knochenmesser zu bearbeiten. Das untaugliche Werkzeug machte das Öffnen jeder Muschel zu einer mühsamen Angelegenheit. Nachdem Centaine noch drei weitere Muscheln gegessen hatte, griff sie nach ihrem Taschenmesser und ließ die Klinge aufschnappen.

O'wa kauerte etwas abseits und starrte unverwandt auf das Meer hinaus, um sein Mißfallen zu demonstrieren, aber als die Messerklinge einrastete, schielte er höchst interessiert zu Centaine herüber. Einmal hatte er einen San kennengelernt, der so ein Werkzeug besaß, wie dieses Mädchen nun eines in der Hand hielt. Der Name dieses Mannes war Xja gewesen, was wie das Schnalzen klang, mit dem ein Reiter sein Pferd antreibt, und dieser Xja hatte vor fünfunddreißig Jahren O'was älteste Schwester zur Frau genommen. Es war fast dreißig Jahre her, seit O'wa seine Schwester und Xja das letztemal gesehen hatte. Sie waren in die Einsamkeit der schrecklichen Wüsten im Osten verschwunden, aus dem Stamm vertrieben durch Neid und Haß, die das Messer bei den anderen Männern der Sippe geweckt hatte.

Und nun sah O'wa ein ähnliches Messer in der Hand dieser Frau, die damit die Muschelschalen öffnete, das süße gelbe Fleisch verschlang und gierig den Saft daraus schlürfte.

Bis zu diesem Augenblick war ihm der riesenhafte plumpe Körper dieser Frau zuwider gewesen, ihre ungeheuer großen Hände und Füße, der dichte wilde Haarschopf und ihre Haut, die von der Sonne geschwollen war, aber als er das Werkzeug erblickte, wußte er, daß er in dieser Nacht keinen Schlaf finden würde, weil er an das Messer denken mußte.

O'wa stand auf. »Genug«, sagte er zu H'ani. »Es ist Zeit.«

»Nur noch ein bißchen.«

»Ob Kind oder nicht, niemand darf das Leben der anderen in Gefahr bringen. Wir müssen weiter.« H'ani wußte, daß er recht hatte. Sie hatten sich schon viel zu lange aufgehalten. Sie stand ebenfalls auf und schlang den Tragbeutel um die Schulter.

Panik flackerte in Centaines Augen auf, als sie ihre Absicht erkannte. »Wartet auf mich! Allendez!« Der Gedanke, allein zurückzubleiben, erschreckte Centaine, und sie rappelte sich auf.

O'wa nahm den kleinen Bogen in die linke Hand, schob seinen langen Penis hinter das lederne Lendentuch und befestigte den Leibriemen um die Mitte. Dann trottete er los, ohne sich noch einmal nach den Frauen umzusehen.

H'ani schloß sich ihm an. Sie bewegten sich in einer rhythmisch trabenden Gangart, und Centaine bemerkte ihre ausgeprägten Hinterbacken, gewaltige Höcker, so kräftig ausgebildet, daß Centaine meinte, rücklings auf H'anis Gesäß sitzend auf ihr reiten zu können wie auf dem Rücken eines Ponys, und bei dieser Vorstellung mußte sie lachen. H'ani schaute sich zu ihr um und lächelte sie aufmunternd an, dann blickte sie wieder nach vorn.

Centaine folgte den beiden, blieb aber nach ein paar Schritten entsetzt stehen.

»Die falsche Richtung!« schrie sie. »Ihr geht in die falsche Richtung!«

Die Pygmäen gingen zurück nach Norden, fort von Kapstadt und Walvis Bay und Lüderitzbucht, fort von der Zivilisation.

»Ihr könnt nicht in diese Richtung gehen. Kommt zurück, ihr könnt mich doch nicht allein hier zurücklassen. Ihr könnt —« Centaine war verzweifelt, die Einsamkeit der Wildnis lauerte auf sie und würde sie wie ein Raubtier verschlingen, wenn sie wieder alleingelassen wurde. Wenn sie den Pygmäen folgte, drehte sie ihren eigenen Leuten und der Zuflucht, die sie ihr bieten konnten, den Rücken zu. Ein paar Sekunden lang zögerte Centaine und blickte innerlich zerrissen und verzweifelt nach Süden. H'ani war schon fast einen halben Kilometer entfernt.

»Wartet auf mich!« schrie Centaine und griff nach ihrem Holzprügel. Sie versuchte, hinter den beiden herzulaufen, gab es aber nach hundert Schritten wieder auf und fiel in eine gemäßigtere Gangart.

Zu Mittag waren die beiden Gestalten, denen sie folgte, nur noch als winzige Punkte zu erkennen und schließlich verschwanden sie in dem Dunst, der über dem Strand lag. Doch ihre Fußspuren blieben im Sand zurück, Centaine konzentrierte ihre ganze Aufmerksamkeit darauf, ohne recht zu wissen, woher sie die Kraft nahm, um auf den Beinen zu bleiben und diesen Tag durchzustehen.

Am Abend, als sie schon fast jede Hoffnung aufgegeben hatte, hob sie den Kopf und sah weit vorn eine helle bläuliche Rauchfahne aufsteigen. Der Rauch kam aus einer Anhäufung von gelben Sandsteinfelsen oberhalb der Wasserlinie, und Centaine schleppte sich mit letzter Kraft hin.

Neben dem Lagerfeuer sank sie völlig erschöpft in den Sand, und H'ani kam schnalzend und glucksend zu ihr und fütterte sie, wie ein Vogel mit seinem Schnabel, von Mund zu Mund mit Wasser. Das Wasser war warm und schleimig vom Speichel der alten Frau, aber Centaine hatte noch nie etwas Köstlicheres genossen. Doch Wasser war kostbar, und die alte Frau stöpselte das Straußenei wieder zu, bevor Centaines Durst auch nur annähernd gestillt war.

Centaine riß ihren Blick von dem ledernen Tragbeutel mit den Straußeneiern los und hielt nach dem alten Mann Ausschau. Schließlich entdeckte sie ihn. Er schwamm im grünen Wasser zwischen den Seetangmatten. Er war nackt bis auf die Perlenketten am Hals und Taille und hatte sich mit H'anis spitzem Stock bewaffnet. Centaine sah, daß er sich plötzlich steif machte wie ein Jagdhund und dann blitzschnell mit dem Stock zuschlug; das Wasser schäumte auf, als O'wa seine große, ungestüme Beute zu packen versuchte. H'ani klatschte in die Hände und feuerte ihn an, und schließlich schleppte der alte Mann ein heftig zappelndes Tier an den Strand.

Trotz ihrer Müdigkeit und Schwäche richtete sich Centaine auf und stieß einen erstaunten Ruf aus. Sie erkannte das Tier sofort, weil Hummer eines ihrer Lieblingsgerichte war, trotzdem glaubte sie, daß ihre Sinne ihr einen Streich spielten, denn dieses Tier war so groß, daß O'wa es kaum tragen konnte. H'ani lief, mit einem Stein von der Größe ihres Kopfes bewaffnet, ihrem Mann entgegen, und gemeinsam erschlugen sie das riesige Krustentier.

Bevor es dunkel wurde, fing O'wa noch zwei dieser langustenartigen Krebse, die fast so groß waren wie der erste, dann gruben er und H'ani eine flache Mulde in den Sand und legten sie mit Seetang aus. Sie legten ihre Beute in die Grube, bedeckten sie mit einer dünnen Sandschicht und entfachten ein großes Feuer über ihnen. Die Flammen beleuchteten ihre hellen orangefarbigen Leiber, während sie lebhaft miteinander schwatzten. Als die Arbeit getan war, sprang O'wa auf, begann schwerfällig um das Feuer herumzutanzen und sang mit einer heiseren Falsettstimme. H'ani klatschte den Rhythmus dazu, wiegte im Sitzen ihren Oberkörper und summte kehlig. O'wa tanzte und tanzte, während Centaine erschöpft im Sand lag, erstaunt feststellte, wieviel Energie dieser kleine Mann besaß und darüber nachdachte, was der Tanz und die Worte des Liedes wohl bedeuten könnten.

»Ich grüße dich, Geist der roten Spinne aus dem Meer, und ich weihe dir diesen Tanz«, sang O'wa und warf die Beine hoch.

»Ich bringe dir meinen Tanz und meine Hochachtung dar, denn du bist gestorben, damit wir leben können —«

Und H'ani untermalte das Lied mit schrillen piepsigen Schreien.

O'wa hielt sich selbst nicht für wertvoller als irgendein anderes Lebewesen, daher dankte er den Geistern seiner Beute dafür, daß sie ihm Nahrung und Leben schenkten, und als der Tanz beendet war, hatte er rings um das Feuer einen richtiggehenden Pfad in den Sand getreten.

Gemeinsam entfernten O'wa und H'ani die Asche und den Sand und legten die Leiber der riesigen Panzerkrebse frei, die nun scharlachrot und dampfend in dem Seetangbett lagen. Sie verbrannten sich die Finger und lachten kreischend, als sie die schuppigen roten Schwänze aufbrachen und das nahrhafte weiße Fleisch herausholten.

H'ani winkte Centaine herbei, und sie setzte sich zu ihnen. Sie konnte sich nicht erinnern, jemals etwas so Köstliches gegessen zu haben. Mit dem Messer schnitt sie kleine Scheiben vom Schwanzfleisch des Panzerkrebses ab. H'ani lächelte ihr im Feuerschein zu und sagte mit vollen Backen: »Nam!« Und noch einmal: »Nam!«

Centaine hörte genau zu und wiederholte das Wort mit derselben Modulation wie die alte Frau.

»Nam!«

Und H'ani kreischte fröhlich. »Hast du gehört, O'wa, das Kind hat ›gut‹ gesagt!«

O'wa brummte und starrte auf das Messer in der Hand des Mädchens. Er konnte seinen Blick nicht davon losreißen. Die Klinge schnitt so glatt durch das Fleisch, daß ein leichter Schimmer zurückblieb. Wie scharf es sein muß, dachte O'wa, und die Schärfe dieser Klinge verdarb ihm den Appetit.

Centaine war so satt, daß sie fast Bauchschmerzen hatte, als sie sich neben das Feuer legte, und H'ani kam zu ihr und grub eine Mulde für ihre Hüften in den Sand. Centaine stellte fest, daß sie so viel bequemer lag, aber H'ani versuchte ihr noch etwas anderes zu zeigen.

»Du darfst den Kopf nicht auf den Boden legen, Nam-Kind«, erklärte sie. »Du mußt ihn hochhalten, so wie ich.« H'ani stützte sich auf den Ellbogen und legte den Kopf an die Schulter. Das sah ausgesprochen unbequem aus, und Centaine lächelte ihr dankbar zu, blieb aber flach liegen.

»Laß sie nur«, brummte O'wa. »Wenn ihr in der Nacht ein Skorpion ins Ohr krabbelt, wird sie es schon begreifen.«

»Für heute hat sie genug gelernt«, stimmte H'ani zu. »Hast du gehört, wie sie ›nam‹ gesagt hat? Das ist ihr erstes Wort, und so werde ich sie nennen, ›Nam‹, wiederholte sie, »Nam-Kind.«

O'wa brummte und verschwand in der Dunkelheit, um seine Notdurft zu verrichten. Er begriff das ungewöhnliche Interesse seiner Frau an der Fremden und dem Kind, das sie in ihrem Leib trug, aber sie hatten eine gefahrvolle Reise vor sich und die Frau würde eine arge Belastung sein. Und außerdem besaß sie dieses Messer.

Centaine erwachte schreiend. Sie hatte etwas Schreckliches geträumt — sie hatte Michael im Traum gesehen, nicht im brennenden Wrack des Flugzeugs, sondern auf dem Rücken von

Nuage. Michaels Körper war von Flammen versengt und sein Haar brannte wie eine Fackel, und Nuage war von Granaten zerfetzt und verstümmelt, Blut strömte hellrot über sein schneeweißes Fell, und die Eingeweide hingen ihm aus dem Bauch. »Dort ist mein Stern, Centaine«, sagte Michael und deutete mit einer klauenähnlichen schwarzen Hand nach vorn. »Warum folgst du ihm nicht?« — »Ich kann nicht, Michael«, schrie Centaine, »ach, ich kann nicht.« — Und Michael galoppierte über die Dünen nach Süden, ohne sich noch einmal umzudrehen, und Centaine rief ihm nach: »Warte, Michel, warte auf mich!«

Sie schrie noch immer, als sanfte Hände sie wachrüttelten.

»Ruhig, Nam-Kind«, flüsterte ihr H'ani zu. »Dein Kopf ist voll mit Schlafgeistern — aber du siehst, jetzt sind sie fort.«

Centaine schluchzte und bebte am ganzen Körper, und die alte Frau legte sich neben sie, breitete ihren Fellumhang aus, drückte Centaine an sich und streichelte ihr Haar. Nach einer Weile wurde Centaine ruhiger. Der Körper der alten Frau roch nach Rauch, nach Tierfett und wilden Kräutern, aber der Geruch war nicht unangenehm, und ihre Wärme tröstete Centaine, so daß sie nach einer Weile wieder einschlief.

H'ani schlief nicht. Aber sie blieb still liegen. Der Körperkontakt zu einem anderen menschlichen Wesen war etwas, das sie in den vergangenen Monaten schmerzlich vermißt hatte. Sie wußte von Kindheit an, wie wichtig er war. Die Säuglinge der San wurden am Körper der Mutter festgebunden und lebten ihr ganzes Leben lang in inniger körperlicher Verbundenheit mit der Sippe. Ein Sprichwort der Buschmänner besagte: »Ein Zebra allein ist eine leichte Beute für den jagenden Löwen«, und daher war die Sippe eine verschworene Einheit.

Während die alte Frau nachdachte, wurde sie wieder traurig, und der Kummer über den Verlust ihrer Familie lag wie ein schwerer Stein in ihrer Brust. O'wa und H'anis Sippe hatte aus neunzehn Mitgliedern bestanden — ihre drei Söhne, deren Frauen und die elf Kinder ihrer Söhne. Das jüngste von H'anis Enkelkindern war noch nicht entwöhnt gewesen, als die Sippe von der Krankheit befallen worden war.

Es war eine Seuche, wie sie in der Geschichte der Sippe und der San noch nie vorgekommen war; die Seuche war so plötzlich und grausam über sie hereingebrochen, daß H'ani es noch immer nicht fassen konnte. Es hatte mit einer Halsentzündung begonnen, die dann in hohes Fieber umschlug; die Haut wurde so heiß, daß man sich fast die Finger verbrannte, und der Durst war mörderisch. In diesem Stadium der Krankheit waren die Kleinen gestorben, nur einen oder zwei Tage nachdem die ersten Symptome aufgetreten waren, und die älteren hatte die Krankheit so geschwächt, daß sie nicht einmal die Kraft hatten, die Kinder zu begraben, und in der Hitze verwesten die kleinen Körper rasch.

Dann ging das Fieber zurück, und sie glaubten, sie hätten die Krankheit überstanden. Sie begruben die Kinder, waren aber zu schwach, um für die Geister der Kinder zu tanzen oder sie mit Gesängen auf ihrer Reise in die andere Welt zu begleiten.

Doch die Krankheit änderte nur ihre Gestalt, denn nun kam das Fieber neuerlich und gleichzeitig füllten sich ihre Lungen mit Wasser, so daß sie qualvoll erstickten.

Alle starben, außer O'wa und H'ani — aber auch sie waren dem Tod nahe. Als sie sich erholt hatten, tanzten sie für die Geister ihrer Sippe, und H'ani weinte um ihre Kinder, die sie nun nie mehr auf der Hüfte trugen oder mit Märchen aufheitern würde können.

Dann waren sie nächtelang am Lagerfeuer sitzen geblieben und hatten sich tief erschüttert immer und immer wieder nach dem Grund und der Bedeutung dieser Tragödie gefragt, bis O'wa eines Tages sagte: »Sobald wir stark genug für die Reise sind — und du weißt ja, H'ani, wie schrecklich diese Reise ist —, dann müssen wir zum ›Ort des Lebens‹ zurückkehren, denn nur dort werden wir eine Antwort auf unsere Frage finden und erfahren, wie wir die zornigen Geister, die uns so schwer bestraft haben, besänftigen können.«

Da spürte H'ani wieder den jungen, fruchtbaren Körper in ihren Armen, und ihre Traurigkeit schwand ein wenig.

»Es könnte sein«, dachte sie, »daß die Geister schon besänftigt sind, weil wir uns auf die Reise gemacht haben, und daß sie dieser alten Frau die Gnade gewähren, vor ihrem Tod noch einmal den ersten Schrei eines Neugeborenen zu hören.«

Bei Tagesanbruch entkorkte H'ani eines der kleinen Hörner, die an ihrem Gürtel hingen, und bestrich die Brandblasen auf Centaines Nase, Wangen und Lippen und die blauen Flecken und Wunden an ihren Armen und Beinen mit einer würzigen Salbe, während sie munter drauflosschwatzte. Dann gab sie Centaine eine sorgfältig abgemessene Ration Wasser. Centaine war noch dabei, das Wasser in kleinen Schlucken zu trinken, als die San plötzlich aufstanden, ihre Gesichter nach Norden wandten und in ihrer rhythmischen Gangart lostrabten.

Bestürzt sprang Centaine auf, packte ihren Prügel und rannte hinter ihnen her. Anfangs gelang es ihr sogar, einigermaßen mit ihnen Schritt zu halten. Sie sah, wie H'ani mit ihrem Stock den Sand umstach und eine Muschel herausholte, an O'wa weiterreichte, und gleich darauf für sich eine ausgrub, die sie im Laufen verspeiste.

Centaine schnitzte in das Ende ihres Prügels eine Spitze und machte es ihr nach, anfangs allerdings ohne Erfolg, bis sie erkannte, daß die Muscheln in Höhlen unter dem Sand lagen. Von da an grub sie nur noch dort, wo H'ani den Sand aufgewühlt hatte, und trank dankbar im Gehen den Saft aus den Muscheln.

Obwohl sich Centaine die größte Mühe gab, erlahmte sie bald, und die beiden San verschwanden schließlich wieder aus ihrem Blickfeld. Um die Mittagszeit schleppte sich Centaine nur noch mühsam vorwärts und wußte, daß sie bald Rast machen mußte. Als sie sich nach einem geeigneten Platz umsah, erkannte sie in der Ferne die Landzunge mit der Robbenkolonie.

Es sah so aus, als hätte H'ani die Grenze ihres Durchhaltevermögens erkannt, denn sie und O'wa erwarteten sie bereits in der Felsenhöhle; H'ani lächelte und zwitscherte fröhlich, als Centaine über den Hang zur Höhle hinaufstolperte und erschöpft neben dem Feuer zu Boden sank.

Während H'ani ihr Wasser einflößte, entspann sich zwischen

den alten Leuten eine lebhafte Diskussion, die Centaine aufmerksam verfolgte. Die Gebärden der alten Leute waren so ausdrucksvoll, daß Centaine zu der Überzeugung kam, die alte Frau wollte um ihretwillen bleiben, während O'wa unbedingt weitergehen wollte.

Jedesmal, wenn sich H'ani an ihren Mann wandte, machte sie mit ihren Lippen ein Kußgeräusch: »O'wa!« Plötzlich unterbrach Centaine die Diskussion, indem sie ebenfalls auf den kleinen Buschmann deutete und »O'wa!« sagte.

Beide starrten sie verblüfft an und quittierten dann ihre Leistung mit fröhlichen, freudigen Ausrufen.

»O'wa!« H'ani boxte ihrem Mann in die Rippen und johlte.

»O'wa!« Der alte Mann schlug sich auf die Brust und hopste vor Freude auf und ab.

Der Streit war vorübergehend vergessen, was Centaine beabsichtigt hatte, und als sich die erste Aufregung gelegt hatte, wies sie auf die alte Frau, die sofort begriff, was sie wollte.

»H'ani?« fragte sie deutlich.

Beim dritten Versuch gelang Centaine der Schnalzlaut am Ende endlich zu H'anis Zufriedenheit und Freude.

»Centaine.« Sie klopfte sich an die Brust, aber das löste nur schrille Proteste aus.

»Nam-Kind!« H'ani klopfte ihr sanft auf die Schulter, und Centaine fand sich mit ihrem neuen Namen ab. »Nam-Kind!« willigte sie ein.

»Nun, verehrter alter Großvater«, schmeichelte H'ani ihrem Mann, »Nam-Kind mag zwar häßlich sein, aber sie lernt schnell und trägt ein Kind in sich. Wir werden hierbleiben und morgen weitergehen. Die Sache ist entschieden!« Und O'wa stapfte mürrisch brummend aus der Höhle, aber als er in der Dämmerung zurückkehrte, trug er eine getötete Robbe über der Schulter, und Centaine hatte sich so gut erholt, daß sie an dem Dankritual teilnahm, indem sie zusammen mit H'ani in die Hände klatschte und deren piepsige Schreie nachahmte, während O'wa um das Feuer tanzte und das Robbenfleisch über den glühenden Kohlen schmorte.

Centaine wurde von Tag zu Tag kräftiger. Bald konnte sie

wieder richtig ausschreiten, und sie setzte all ihren Ehrgeiz daran, um von Sonnenaufgang bis Sonnenuntergang mit dem alten Paar Schritt halten zu können.

»Ich werd' es dir schon zeigen, du alter Teufel«, murmelte sie, denn O'was eigenartiger Widerstand war ihr nicht verborgen geblieben, allerdings glaubte sie, daß ihre Schwäche, ihre Hilflosigkeit und die Verzögerung, die sie verursachte, der Grund dafür waren.

Eines Morgens bevor sie aufbrachen, nahm Centaine trotz H'anis Protesten die Hälfte der wassergefüllten Straußeneier aus dem ledernen Tragbeutel der alten Frau und wickelte sie in ihren Segeltuchschal. Als H'ani ihre Absicht erkannte, fügte sie sich bereitwillig und neckte den alten Mann, als sie sich auf den Weg machten.

»Nam-Kind trägt ihren Anteil, wie eine San-Frau«, sagte sie, und nachdem sie all ihre Sticheleien angebracht hatte, wandte sie sich an Centaine und begann sie ernsthaft zu unterrichten, indem sie mit ihrem Stock auf allerlei Gegenstände zeigte und nicht zufrieden war, bis Centaine jedes Wort richtig aussprach oder andeutete, daß sie die Lektion verstanden hatte.

Anfangs machte Centaine nur mit, um der alten Frau einen Gefallen zu tun, aber bald freute sie sich über jede neue Entdeckung, und je kräftiger sie wurde und je größer ihr Wissen, desto leichter fiel ihr das Gehen, und desto rascher vergingen die Tage.

Was sie am Anfang für eine unfruchtbare öde Wildnis gehalten hatte, war in Wirklichkeit eine Welt, in der es von seltsamen und wunderbar angepaßten Lebewesen wimmelte. Die Seetangbeete und Unterwasserriffs waren Schatzkammern voll mit Krustentieren, Muscheln und Seeaalen; einmal entdeckten sie eine brütende Kolonie von Brillenpinguinen.

Selbst die Treibsanddünen mit ihrer tückisch rutschenden Oberfläche aus lockerem Sand beherbergten Eidechsen und giftige Kreuzottern, die sich von den Eidechsen ernährten. O'wa und H'ani fingen sowohl Eidechsen als auch Schlangen und rösteten sie in ihren schuppigen Häuten, und nachdem

Centaine ihren anfänglichen Ekel überwunden hatte, stellte sie fest, daß sie wie Hühnerfleisch schmeckten.

Als sie weiter nach Norden kamen, wurden die Dünen allmählich unregelmäßiger und bildeten keinen ununterbrochenen Wall mehr, es gab Täler dazwischen, deren Boden aus fester Erde bestand, die allerdings ebenso kahl und vertrocknet war wie die Dünen oder der Strand. H'ani führte Centaine über das felsige Gelände und zeigte ihr Pflanzen, die aussahen wie Steine. Centaine schaute zu, als H'ani mit ihrem Steinmesser die riesige Wurzel freilegte und eine Handvoll Schnitzel davon abschabte. Sie preßte das Wurzelfleisch zusammen, eine milchige Flüssigkeit lief über ihren Daumen und tropfte ihr in den Mund, und als sie den letzten Tropfen herausgepreßt hatte, benutzte sie das ausgedrückte, feuchte Wurzelmark, um sich, grinsend vor Vergnügen, Gesicht und Arme damit abzureiben.

Rasch folgte Centaine ihrem Beispiel. Der Saft war bitter, aber nachdem sie sich an den Geschmack gewöhnt hatte, stellte Centaine fest, daß die Flüssigkeit den Durst wirksamer stillte als Wasser, und nachdem sie sich mit dem Wurzelmark abgerieben hatte, wurde ihre Haut, die von Wind, Sonne und Salz ausgetrocknet war, weicher, glatter und sauberer.

Als sie am Abend am Feuer saßen und darauf warteten, daß die Schnecken, die auf einem Treibholzsplitter aufgespießt waren, gar wurden, schnitzte sich Centaine einen Zahnstocher zurecht und reinigte mit der Spitze die Zwischenräume ihrer Zähne, dann tauchte sie ihren Zeigefinger in ein Häufchen Salzkristalle, die sie vom Felsen geschabt hatte, und putzte sich damit die Zähne, H'ani sah ihr verständnisvoll zu, kauerte sich, nachdem sie gegessen hatten, hinter Centaine auf den Boden und begann, leise vor sich hin summend, mit einem Zweig ihr verfilztes und verklebtes Haar zu kämmen und zu dicken, festen Zöpfen zu flechten.

Centaine erwachte in der Dunkelheit und merkte sofort, daß sich etwas verändert hatte. Obwohl das Feuer munter flackerte, war das Licht eigenartig diffus, und die aufgeregten Stimmen von H'ani und O'wa klangen so gedämpft, als kämen sie von weit her. Die Luft war kalt und feucht, und es dauerte eine Weile, bis Centaine erkannte, daß dichter Nebel sie einhüllte, der sich während der Nacht vom Meer herangewälzt hatte.

H'ani tanzte aufgeregt und ungeduldig hin und her.

»Komm, Nam-Kind, schnell.« Centaines Wortschatz umfaßte schon etwa hundert der wichtigsten Wörter der San, und sie sprang auf.

»Tragen. Bringen.« H'ani deutete auf die Segeltuchtasche mit den Straußeneiern, schulterte ihren ledernen Sack und stapfte in den Nebel. Centaine lief hinter ihr her, um sie nicht aus den Augen zu verlieren, denn die schimmernde Nebelbank verwischte alle Konturen.

In dem Tal zwischen den Dünen ließ sich H'ani auf die Knie nieder.

»Schau, Nam-Kind.« Sie packte Centaines Handgelenk und zog sie hinunter, dann deutete sie auf eine Wüstenpflanze, die sich flach auf dem Boden ausbreitete.

»Wasser, H'ani!« rief Centaine begeistert.

»Wasser, Nam-Kind.« H'ani lachte gackernd.

Der Nebel hatte sich auf den glatten Blättern niedergeschlagen, und die Wassertropfen waren von der schrägen Fläche abgelaufen und sammelten sich in den trogähnlichen Vertiefungen zwischen den kurzen Stielen.

»Schnell!« befahl H'ani. »Sonne kommen bald.« Sie steckte eines der leeren Straußeneier aufrecht in die weiche Erde und entkorkte es. Dann tauchte sie ein Fellknäuel in das schimmernde Tauwasser und drückte die Flüssigkeit vorsichtig über der Flasche aus. Nach dieser Vorführung gab sie auch Centaine ein Fellknäuel.

»Arbeiten!« befahl sie.

Centaine arbeitete genauso schnell wie die alte Frau und hörte ihrem glücklichen Geplapper zu, von dem sie nur ab und zu ein Wort verstand, während sie von Pflanze zu Pflanze eilten.

»Das ist wirklich ein Segen, die Geister sind uns freundlich gesinnt, wenn sie den Wasser-Rauch vom Meer schicken. Nun wird die Reise zum ›Ort des Lebens‹ nicht mehr so anstrengend. Ohne den Wasser-Rauch wären wir wahrscheinlich umgekommen. Die Geister haben uns den Weg geebnet, Nam-Kind — vielleicht kommt dein Baby am ›Ort des Lebens‹ zur Welt. Das wäre wirklich wunderbar. Denn dann würde dein Kind der größte Jäger, der beste Sänger, der gewandteste Tänzer und der glücklichste seiner Sippe.«

Centaine verstand die alte Frau nicht, lachte aber, weil sie sich so heiter und glücklich fühlte. Sie hob das nasse Fellknäuel an die Lippen und saugte den kalten, süßen Tau heraus. »Heute ist ein besonderer Tag, H'ani, heute ist ein besonderer Tag für mich und mein Baby.«

Als alle Straußeneier randvoll und sorgfältig verschlossen waren, tranken sie selbst von dem Tau, bis sie genug hatten, und dann erst schaute Centaine sich um und begann zu begreifen, was der Nebel für die Pflanzen und Tiere der Wüste bedeutete.

Hellrote Ameisen waren aus ihren unterirdischen Höhlen hervorgekrochen, um den Nebel zu nützen. Sandeidechsel kamen von den Dünen heruntergekrochen, um sich an den Schwärmen von Ameisen zu laben, und dazwischen hüpften kleine, rötlichgelbe Nagetiere, die aussahen wie Miniaturkänguruhs, auf überlangen Hinterbeinen durch das Tal.

»Schau, H'ani, was ist das?« Centaine hatte ein eigenartiges Insekt von der Größe einer Heuschrecke entdeckt, das in einer ungewöhnlichen Haltung auf dem Kopf stand. Der Tau schlug sich in silbernen Tröpfchen auf den schimmernden, glänzenden Schuppen nieder, sickerte langsam durch die Rinnen in seinem Rückenschild und tröpfelte in den geöffneten Rüssel des Tieres.

»Gut essen«, erklärte H'ani, steckte das Insekt in den Mund, zerbiß es knirschend und schluckte es genüßlich. Centaine lachte ihr zu. »Du drolliges liebes Ding.«

Mit einer Plötzlichkeit, die Centaine hier in Afrika schon lange nicht mehr überraschte, änderte sich dann die Stimmung. Die Nebelschleier lösten sich auf, die Sonne brach durch, und innerhalb von wenigen Minuten verdunsteten die perlenförmigen Tautropfen auf den Steinpflanzen. Die Ameisen verschwanden in ihren Höhlen; die Sandeidechsen krochen wieder in ihre Dünen und ließen die abgerissenen durchsichtigen Flügel der fliegenden Ameisen zurück, die sie verschlungen hatten, und der leichte Küstenwind wehte sie davon.

H'ani und Centaine schulterten ihre Tragbeutel und gingen gebeugt unter dem Gewicht der gefüllten Straußeneier zum Strand zurück. O'wa war gerade dabei, ein Dutzend fette Eidechsen mit einem Stück Treibholz aufzuspießen, und auf dem flachen Stein neben dem Feuer lag eine stattliche Jagdbeute von rötlichgelben Wüstenratten.

»Oh, Mann, was für ein unerschrockener Jäger du bist.« H'ani legte ihre Tasche zu Boden. »Gewiß hat es unter den San noch nie einen Jäger gegeben, der sich mit dir messen könnte!« Und Centaine lachte, klatschte in die Hände und schloß sich H'anis Lobeshymne an.

»O'wa gut! O'wa klug!« Und der alte Mann hob den Kopf und machte eine ernsthafte, wichtige Miene.

In vier oder fünf Tagen würde Vollmond sein, und es war so hell, daß die Dünen tiefdunkle Schatten warfen. Alle waren noch so aufgeregt vom unerwarteten Auftreten des Nebels, daß sie nach dem Essen nicht gleich schlafen konnten, und Centaine versuchte der Unterhaltung der beiden San zu folgen und daran teilzunehmen.

Es war schwierig und erforderte ihre volle Konzentration, und Centaine saß dicht vor H'ani, um ihre Lippen sehen zu können, als sie plötzlich erschrocken nach Luft rang und mit beiden Händen ihren Bauch umklammerte.

»Es hat sich bewegt!« Centaines Stimme war von Staunen erfüllt. »Er hat sich bewegt — das Baby hat sich bewegt!«

H'ani begriff sofort und streckte rasch die Hand aus, hob Centaines zerschlissenen kurzen Segeltuchrock hoch und betastete ihren Unterleib. Tief drinnen zuckte es abermals.

»Ai! Ai!« stieß H'ani hervor. »Ich fühle ihn! Ich fühle ihn, er schlägt aus wie ein Zebrahengst!« Kleine dicke Freudentränen quollen aus ihren schrägen Schlitzaugen und glitzerten im Licht des Feuers und des Mondes. »So kräftig — so tapfer und kräftig! Fühle ihn, alter Großvater.«

Ein solches Angebot konnte O'wa nicht ablehnen, und Centaine, die, den Rock über ihren nackten Unterleib hochhebend, im Feuerschein kniete, fand es keineswegs peinlich, als der alte Mann sie berührte.

»Das«, verkündete O'wa feierlich, »ist ein sehr günstiges Vorzeichen. Es ziemt sich, daß ich tanze, um es zu feiern.« Und O'wa stand auf und tanzte im Mondlicht für Centaines ungeborenes Kind.

Der Mond tauchte in das dunkle, schläfrige Meer, doch der Himmel über der Küste schimmerte bereits in der Farbe reifer Orangen, und Centaine blieb, nach dem sie aufgewacht war, nur noch ein paar Sekunden lang liegen.

Sie wunderte sich, daß die beiden alten Leute noch neben dem erloschenen Feuer schliefen, wußte aber, daß sie noch vor Sonnenaufgang aufbrechen würden, und verließ daher eilig das Lager.

In diskreter Entfernung vom Lager kauerte sie sich in den Sand, um ihre Notdurft zu verrichten, dann legte sie ihre wenigen Kleidungsstücke ab und watete, nach Luft ringend, in das kalte, belebende Wasser, um sich den Körper mit einer Handvoll Sand abzureiben. Ohne sich abzutrocknen, zog sie die Kleider wieder an und lief zum Lager zurück.

Die alten Leute waren noch immer in ihre Lederumhänge gehüllt und lagen so still, daß Centaine unwillkürlich erschrak, doch dann bewegte sich H'ani und hustete heiser.

»Jedenfalls leben sie noch«, dachte Centaine lächelnd und sammelte ihre wenigen Habseligkeiten ein; sie kam sich sehr tapfer vor, denn gewöhnlich mußte H'ani sie antreiben, aber nun bewegte sich die alte Frau abermals und murmelte ihr schläfrig etwas zu.

Centaine verstand nur die Worte: »Warten, ausruhen, schlafen.« Dann zog H'ani ihr Fell über den Kopf und schlief wieder ein.

Centaine war verwirrt. Sie legte ein paar Holzstücke auf das Feuer, entfachte eine Flamme und setzte sich in den Sand, um zu warten.

Die Venus, der Morgenstern, stand über der Dünenkuppe, verblaßte aber und verschwand, als die Sonne aufging, und die beiden San schliefen noch immer; Centaine wurde allmählich ungeduldig.

Sie war schon so kräftig und gesund, daß sie sich auf den Tagesmarsch gefreut hatte.

Erst als die Sonne über den Dünen stand, setzte sich H'ani auf, gähnte, rülpste und kratzte sich.

»Gehen?« fragte Centaine.

»Nein, nein«, winkte H'ani ab. »Warten — Nacht — Mond — dann gehen.« Und sie wies mit dem Daumen auf die Dünen.

»Gehen Land?« fragte Centaine, nicht sicher, ob sie richtig verstanden hatte.

»Gehen Land«, bestätigte H'ani, und Centaine bebte vor Freude. Endlich würden sie die Küste verlassen.

In den letzten Tagen war Centaine, nachdem sie ihr Nachtlager aufgeschlagen hatten, zweimal auf den Gipfel der nächsten Düne geklettert, um landeinwärts Ausschau zu halten. Einmal hatte sie die fernen Umrisse einer Bergkette gegen den abendlichen Himmel ausmachen können und sich mit allen Sinnen von dieser eintönigen Küstenlandschaft fort in das geheimnisvolle Landesinnere gesehnt.

»Jetzt gehen?« fragte sie ungeduldig, und O'wa lachte spöttisch, als er sich am Feuer niederließ.

»Das Äffchen kann nicht erwarten, sich dem Panther zu stellen«, sagte er, »aber hör dir sein Geschrei an, wenn es soweit ist!«

H'ani schnalzte tadelnd und wandte sich an Centaine. »Heute ruhen wir uns aus. Heute abend beginnt der schwierigste Teil unserer Reise. Heute abend, Nam-Kind, verstehst du? Heute abend, wenn der Mond uns leuchtet. Heute abend, wenn die Sonne schläft, denn kein Mann und keine Frau kann Hand in Hand mit der Sonne durch das Land des singenden Sandes wandern. Heute abend. Jetzt ausruhen.«

»Heute abend«, wiederholte Centaine. Sie verließ das Lager und kletterte noch einmal durch den weichen Sand auf die Kuppe der ersten Dünenkette.

Die zwei winzigen Gestalten neben dem Lagerfeuer hundertzwanzig Meter unter ihr waren nur noch als winzige Punkte zu erkennen. Sie wandte sich landeinwärts und sah, daß die Düne, auf der sie stand, bloß ein Ausläufer der riesigen Sandberge war, die sich vor ihr erhoben. Die Dünen verfärbten sich vor ihren Augen von blassem Narzissengelb über Gold und Orange zu Purpurrot und Rotbraun, aber sie bildete sich ein, dahinter geisterhaft verschwimmende Berge mit felsigen, zinnenförmigen Gipfeln zu sehen.

Dann begann der endlose Horizont vor ihren Augen zu verschwimmen und wurde milchig blau, und Centaine fühlte den heißen Hauch der Wüste, und die Konturen der Landschaft wurden durch die flimmernden Schleier der Luftspiegelung verwischt.

Sie drehte sich um und kehrte ins Lager zurück. Weder O'wa noch H'ani waren jemals ganz untätig. Der alte Mann schnitzte gerade an Pfeilspitzen aus weißen Knochen, während seine Frau eine Halskette anfertigte; die Perlen bestanden aus Splittern von zerbrochenen Straußeneiern, die sie zwischen zwei Steinen in kleine Stücke zerschlug, um dann mit einem Knochensplitter in jedes Stück ein Loch zu bohren und schließlich die fertigen Perlen auf ein Stück Darm aufzufädeln.

Ihre emsige Tätigkeit erinnerte Centaine plötzlich an Anna. Sie stand auf und verließ so hastig das Lager, daß H'ani von ihren Perlenschnüren aufsah.

»Nam-Kind ist unglücklich«, sagte sie.

»In den Eiergefäßen ist Wasser, und keiner von uns muß hungern«, brummte O'wa, ohne von seiner Arbeit aufzublikken. »Sie hat keinen Grund, unglücklich zu sein.«

»Sie sehnt sich nach ihrer Sippe«, flüsterte H'ani, und der alte Mann sagte nichts mehr. Die beiden verstanden sich gut und dachten schweigend an jene, die sie in den flachen Gräbern in der Wildnis zurückgelassen hatten.

»Ich bin jetzt kräftig genug«, sagte Centaine laut, »und habe gelernt zu überleben. Ich brauche nicht mehr bei ihnen zu bleiben. Ich könnte umkehren und wieder nach Süden gehen — allein.« Unsicher blieb sie stehen und stellte sich vor, wie das sein würde, und dieses eine Wort gab den Ausschlag. »Allein«, wiederholte sie. »Wenn nur Anna noch am Leben wäre, wenn es dort draußen einen Ort gäbe, wo ich hingehen könnte, dann würde ich es versuchen.« Und sie ließ sich in den Sand sinken und umklammerte verzweifelt ihre Knie. »Es gibt kein Zurück. Ich muß weitergehen. Weiterleben wie ein Tier, weiterleben wie eine Wilde, weiterleben mit Wilden.« Und sie betrachtete ihre zerlumpten Kleider, die kaum ihre Blöße bedeckten. Die Verzweiflung drohte sie zu überwältigen. »Ich werde nicht aufgeben«, murmelte sie, »ich werde nicht aufgeben, und wenn das vorbei ist, werde ich nie wieder Not leiden. Ich werde nie wieder hungern und dürsten, ich werde nie wieder stinkende Felle und Lumpen tragen.«

Erst am späten Nachmittag kehrte sie in das primitive Lager unterhalb der Dünen zurück. H'ani blickte zu ihr auf und grinste wie ein runzeliges kleines Äffchen, und Centaine empfand plötzlich eine tiefe Zuneigung.

»Liebe H'ani«, flüsterte sie. »Du bist alles, was mir geblieben ist.« Und die alte Frau rappelte sich mühsam auf und trat mit der Halskette aus Straußeneierschalen vor sie hin.

Sie stellte sich auf die Zehenspitzen, legte die Kette vorsichtig um Centaines Hals und ordnete sie, zufrieden gurrend, umständlich an ihrer Brust.

»Sie ist wunderschön, H'ani«, sagte Centaine mit belegter Stimme. »Danke, vielen, vielen Dank.« Plötzlich brach sie in Tränen aus. »Und ich habe dich eine Wilde genannt. Oh, verzeih mir.«

»Warum weint sie?« fragte O'wa.

»Weil sie glücklich ist.«

»Das«, meinte O'wa, »ist ein törichter Grund zum Weinen. Ich glaube, dieses Mädchen ist ein bißchen mondsüchtig.«

Kopfschüttelnd stand er auf und traf die letzten Vorbereitungen für den nächtlichen Marsch.

Centaine bemerkte, daß die beiden alten Leute ungewöhnlich ernst waren, als sie sich die Felldecken umlegten und ihre Tragebeutel schulterten, und H'ani trat zu ihr, um die Schlinge ihrer Tasche zu überprüfen, kniete nieder und wickelte ihr das Segeltuch um die Füße.

»Was ist los?« Ihre ernsten Mienen beunruhigten Centaine.

H'ani verstand die Frage, antwortete aber nicht. Statt dessen nahm sie Centaine an der Hand und folgte O'wa.

O'wa hob die Stimme. »Geist des Mondes, schenke uns heute nacht dein Licht und zeige uns den Weg.« Er sang mit der tiefen gebrochenen Falsettstimme, die die Geister besonders liebten, und machte ein paar schleppende Tanzschritte. »Geist der großen Sonne, schlafe gut und sei nicht zornig, wenn du dich morgen erhebst, damit uns dein Zorn im Land des singenden Sandes nicht verbrennt. Wenn wir unversehrt durchkommen und die ›Schluck-Brunnen‹ erreichen, werden wir dankbar für dich tanzen und singen.«

»Komm, alte Großmutter«, sagte er dann. »Sorge dafür, daß Nam-Kind dicht bei uns bleibt. Du weißt ja, daß wir nicht umkehren können, um sie zu suchen.« Und dann trottete er in seiner schnellen, rhythmischen Gangart los; er trabte über den Sand in das Tal, als der Mond über dem Horizont aufging und seine Reise über den Sternenhimmel antrat.

Es war eigenartig, bei Nacht zu marschieren, denn die Wüste schien neue und geheimnisvolle Dimensionen anzunehmen, die Dünen in ihrem silbernen Kleid aus Mondlicht und dunklen Schatten wirkten höher und näher, und die Täler waren Schluchten der Stille. Die Erinnerung an den Ozean ließ Centaine nicht los, als er schon lange außer Sichtweite war, das leise Knirschen ihrer Schritte im Sand schien wie das sanfte Rauschen der Brandung an dem gelben Strand nachzuhallen, und die Luft war noch kühl von seinem endlosen grünen Wasser.

Sie waren dem Tal gefolgt, bis der Mond fast die Hälfte seiner Bahn zum Zenit zurückgelegt hatte, als Centaine plötzlich einen heißen Lufthauch spürte. Nach der kühlen Meeresluft war das so, als würde man gegen eine feste Mauer prallen. Centaine rang überrascht nach Luft, und H'ani murmelte, ohne ihren Laufrhythmus zu unterbrechen: »Jetzt ist es soweit.« Aber diese heiße Luftschicht lag bald hinter ihnen, und plötzlich wurde es so kalt, daß Centaine fröstelnd den Fellumhang fester um ihre Schultern schlang.

Das Tal krümmte sich, und als sie am Fuß einer riesigen Düne herauskamen, die mit Mondschatten übersät war wie mit blauen Flecken, streifte sie abermals der heiße Atem der Wüste.

»Nicht zurückbleiben, Nam-Kind.« Aber die Hitze war so zäh und drückend, daß Centaine das Gefühl hatte, durch einen Lavastrom zu waten. Um Mitternacht war es heißer als im Heizraum von Mort Homme, wo ein Ofen stand, der mit Eichenstämmen geheizt wurde, Centaine fühlte bei jedem Atemzug, daß die Hitze unaufhaltsam in ihren Körper eindrang und wie ein Dieb die Feuchtigkeit aus ihr heraussaugte.

Einmal blieben sie kurz stehen und tranken aus den Eiergefäßen. H'ani und O'wa beobachteten Centaine, als sie das Gefäß an die Lippen hob, aber diesmal brauchte sie keiner von ihnen zur Vorsicht zu mahnen.

Als es allmählich zu dämmern begann, verlangsamte O'wa ein wenig den Schritt und blieb ein- oder zweimal stehen, um das Tal mit kritischen Augen zu betrachten. Offensichtlich suchte er nach einem Ort, wo sie den Tag über bleiben konnten, und schließlich machten sie dicht unter der windgeschützten Flanke einer steilen Düne halt.

Es gab kein Feuerholz, und H'ani bot Centaine ein Stück getrockneten Fisch an, der in Seetangblätter eingewickelt war, aber sie war zu müde, um zu essen, und fürchtete außerdem, daß der Fisch den Durst nur noch verstärken würde. Sie trank ihre Ration Wasser aus der Eierflasche und stand dann schwerfällig auf, um sich ein wenig von den anderen zu entfernen. Aber sobald sie sich in den Sand kauerte, stieß H'ani einen schrillen Schrei aus und eilte zu ihr.

»Nein!« wiederholte sie, und Centaine war peinlich berührt und verwirrt, bis die alte Frau in ihren Beutel griff und den ausgehöhlten getrockneten Kürbis zum Vorschein brachte, der ihr als Schöpflöffel und Schüssel diente.

»Hier, das nehmen —« Sie drückte ihr das Gefäß in die Hand, aber Centaine begriff noch immer nicht. Ärgerlich riß ihr die alte Frau den Kürbis wieder aus der Hand, hielt ihn zwischen ihre Beine und urinierte hinein.

»Hier — machen«, befahl sie und hielt Centaine die Schüssel wieder hin.

»Ich kann nicht, H'ani, nicht wenn jemand zusieht«, protestierte Centaine sittsam.

»O'wa, komm her«, rief H'ani. »Zeig es dem Kind.« Der alte Mann kam her und untermauerte H'anis Demonstration geräuschvoll.

Trotz ihrer Verlegenheit empfand Centaine eine Spur von Neid. »Oh, wie praktisch!«

»Jetzt machen!« H'ani überreichte ihr abermals den Kürbis, und Centaine kapitulierte. Sie drehte sich sittsam um und fügte, unter lauten Anfeuerungsrufen der alten Leute, dem Gemeinschaftskürbis ihr eigenes plätscherndes Bächlein hinzu. H'ani trug das Gefäß triumphierend fort.

»Schnell, Nam-Kind«, sagte sie und winkte Centaine zu sich. »Die Sonne wird bald kommen.« Dann zeigte sie Centaine, wie man einen flachen Graben aushob, um sich hineinzulegen.

Die Sonne beschien die Oberfläche der Düne auf der gegenüberliegenden Seite des Tales, und die Hitze wurde wie von einem Spiegel aus polierter Bronze zurückgeworfen. Sie legten sich in den Schattenstreifen und krochen in ihre Gräben.

Als die Sonne höher stieg, wurde der Schatten der Düne immer kleiner. Die Hitze stieg und brachte die Luft im Tal zum Flimmern, so daß die Dünen zu tanzen schienen; und dann begann der Sand zu singen. Es war eine tiefe, durchdringende Schwingung, als wäre die Wüste der Schallkörper eines riesigen Streichinstrumentes. Der Ton stieg an und fiel ab, verstummte und begann von neuem.

»Der Sand singt«, erklärte H'ani ruhig, und Centaine begriff. Sie legte das Ohr an den Boden und lauschte der merkwürdigen und wunderbaren Musik der Wüste.

Als die Hitze immer stärker wurde, folgte Centaine dem Beispiel der San, bedeckte ihren Kopf mit dem Segeltuchschal und blieb still liegen.

Es war zu heiß zum Schlafen, aber sie fiel in eine Art Dämmerzustand und ließ sich von den Hitzewellen tragen, als wären es Meereswogen.

Es wurde noch heißer, als die Sonne ihrem Höhepunkt zustrebte; es gab weder einen Zufluchtsort noch Schutz vor ihren gnadenlosen Strahlen.

»Jetzt kann es nicht mehr schlimmer werden«, sagte sie sich. »Das ist das Äußerste, bald wird es anfangen abzukühlen.«

Sie irrte sich. Die Hitze wurde noch stärker, die Wüste zischte und vibrierte wie ein gequältes Tier.

Plötzlich hörte sie, daß sich die alte Frau bewegte, hob den Rand ihrer Kopfbedeckung hoch und sah, daß sie den Urin in dem Kürbis vorsichtig mit Sand vermischte. Dann kam H'ani mit der Schüssel zu Centaine und bestrich ihr die brennende Haut mit dem feuchten Sand.

Centaine stöhnte vor Erleichterung über die kühlende Wirkung, und bevor der Brei in der schrecklichen Hitze trocknen konnte, füllte H'ani die flache Grube mit lockerem Sand und begrub Centaine unter einer dünnen Sandschicht, dann ordnete sie das Segeltuch über ihrem Kopf.

»Danke, H'ani«, flüsterte Centaine, und die alte Frau ging, um ihren Mann zuzudecken.

Mit dem feuchten Sand auf der Haut und der Schutzschicht darüber überstand Centaine die heißesten Stunden des Tages, und dann fühlte sie an den Wangen, wie sich die Temperatur mit der für Afrika typischen Plötzlichkeit veränderte; das Sonnenlicht war nicht mehr stechend und grell, sondern mild und milchig gedämpft.

Bei Einbruch der Nacht stiegen sie aus ihren Gruben und schüttelten sich, um den Sand loszuwerden. Sie tranken mit einem geradezu andächtigen Genuß, nur zum Essen konnte sich

Centaine auch diesmal nicht entschließen; und dann brachen sie wieder auf.

Der Boden veränderte seine Struktur, und der weiche Sand, der bei jedem Schritt nachgab und die Füße ermüdete, wurde von harten, massiven Glimmerflächen abgelöst, deren blumenähnliche Kristalle, »Wüstenrosen« genannt, messerscharfe Kanten hatten; sie schnitten durch das Segeltuch, und Centaine mußte stehenbleiben, um ihre Füße neu einzubinden. Dann verließen sie die Ebene und überquerten den niedrigen Kamm eines Dünenausläufers, und auf der Kuppe tat sich das nächste tiefe Tal vor ihnen auf.

O'wa zögerte nie und zeigte nicht die geringste Unsicherheit. Centaine erkannte, daß diese Sandberge durch den Wind dauernd in Bewegung waren und unablässig ihre Form veränderten, doch der kleine Mann bewegte sich in dieser weglosen und heimtückischen Landschaft wie ein Hochseekapitän in den wechselnden Strömungen des Ozeans.

Ob der Sand niemals endet? fragte sich Centaine. Besteht der ganze Kontinent denn nur aus Dünen?

In der Morgendämmerung machten sie halt und trafen ihre Vorbereitungen, um der sengenden Hitze der Sonne standzuhalten, und in der heißesten Stunde des Tages, als Centaine, bedeckt mit urinfeuchtem Sand, in ihrer flachen, grabähnlichen Grube lag, fühlte sie, wie sich das Kind stärker in ihr regte, so als würde es ebenfalls gegen die Hitze und den Durst ankämpfen.

»Geduld, mein Kleines«, flüsterte sie. »Schone deine Kräfte. Wir müssen unsere Lektion und das Leben in diesem Land lernen, damit wir nie wieder so zu leiden brauchen. Nie wieder.«

Bevor sie am Abend aufbrachen, aß Centaine um des Babys willen ein Stück von dem getrockneten Fisch, aber wie sie befürchtet hatte, wurde der Durst danach fast unerträglich. Allerdings gab ihr die kleine Mahlzeit auch Kraft, um den nächtlichen Marsch durchzuhalten.

Um keine Kraft zu vergeuden, sprach sie kaum. Sie machten alle drei keine unnötigen Worte oder Bewegungen, um Energie und Feuchtigkeit zu sparen, aber als die Sterne am Himmel aufleuchteten, schaute Centaine auf und sah Michaels Stern über der schwarzen Leere des Südpols stehen.

Bitte, laß es vorübergehen, betete sie still zu seinem Stern. Laß es bald vorübergehen, denn ich weiß nicht, wie lange ich das noch durchhalten kann.

Aber es ging nicht vorüber, es schien, als würden die Nächte länger und der Sand unter ihren Füßen tiefer und schwerer, jeder Tag kam ihr schlimmer vor als der vergangene, und die Sonne stieß ihre sengenden Strahlen auf sie herab. Centaine hatte jedes Gefühl für Zeit verloren, in ihrem Gedächtnis verschmolzen die Tage und Nächte zu einem einzigen endlosen Alptraum von Hitze und Durst.

Wie lange schon, fünf Tage oder sechs oder gar sieben? fragte sie sich matt und zählte die leeren Eierflaschen. Nur zwei volle Flaschen sind noch übrig, also müssen es sechs sein, schloß sie.

Centaine und H'ani teilten sich die Last und steckten beide eine der vollen Flaschen in ihre Taschen, dann aßen sie die letzten Scheiben getrockneten Fisch und erhoben sich, um ihren nächtlichen Marsch anzutreten; aber diesmal brachen sie nicht sofort auf.

O'wa starrte eine Weile nach Osten und drehte den Kopf hin und her, als lauschte er, und Centaine entdeckte zum ersten Mal eine Spur von Unsicherheit an ihm. Dann begann er leise mit jener Stimme zu singen, die Centaine von seinen Geisteranbetungen kannte.

»Geist des großen Löwensterns«, sang er und blickte zu Sirius auf, dem leuchtenden Stern im Sternbild des Hundes, »du bist der einzige, der uns hier sehen kann, denn all die anderen Geister meiden das Land des singenden Sandes. Wir sind allein, und die Reise ist schwieriger als zu jener Zeit, da ich als junger Mann hierherkam. Der Pfad ist undeutlich geworden, großer Löwenstern, aber du hast das scharfe Auge eines Geiers und kannst alles sehen. Ich bitte dich, führe uns. Laß uns den Weg erkennen.«

Dann nahm er das volle Straußenei aus H'anis Beutel, zog den Stöpsel heraus und spritzte ein paar Tropfen Wasser in den

Sand. Es bildete kleine runde Bälle, und Centaine stöhnte auf und sank in die Knie.

»Siehe Geist des großen Löwensterns, wir teilen unser Wasser mit dir«, sang O'wa und verschloß die Flasche, aber Centaine starrte auf die kleinen feuchten Sandbälle und stöhnte abermals.

»Still, Nam-Kind«, flüsterte H'ani ihr zu. »Um eine besondere Gnade zu empfangen, ist es manchmal notwendig, etwas zu opfern, das sehr kostbar ist.«

Sie nahm Centaines Handgelenk und zog sie sanft hoch, dann drehte sie sich um und folgte O'wa über die endlosen Dünen.

Von der Stille wie betäubt, vor Schwäche gebeugt und vom quälenden Durst fast zum Wahnsinn getrieben, schleppte sich Centaine weiter und verlor abermals jeden Sinn für Zeit, Entfernung und Richtung, nichts anderes vor Augen als die beiden tanzenden Gestalten, die sich im fahlen Schein des Mondes in kleine Kobolde verwandelten.

Sie blieben so plötzlich stehen, daß Centaine H'ani fast überrannt hätte und hingefallen wäre, wenn die alte Frau sie nicht festgehalten hätte; H'ani zog sie schweigend nach unten, bis sie Seite an Seite auf dem Boden lagen.

»Was —« begann Centaine, aber H'ani legte ihr rasch die Hand auf den Mund.

O'wa lag neben ihnen, und als Centaine schwieg, deutete er über den Rand der Düne, auf der sie lagen.

Am Fuße der Düne, sechzig Meter unter ihnen, begann eine flache Ebene, die der Mond in ein sanftes, silbriges Licht tauchte. Sie schien sich flach und endlos bis zum Horizont zu erstrecken. Auf dieser Ebene standen vereinzelt abgestorbene Bäume. Aschgrau im Mondlicht schimmernd, streckten sie wie gichtkranke Bettler ihre knotigen, verkrüppelten Glieder in den gleichgültigen Himmel. Die unheimliche Szenerie erweckte in Centaine abergläubische Furcht, und als plötzlich eine große, unförmige Gestalt, wie ein Ungeheuer aus der Mythologie, unter den uralten Bäumen hervortrat, begann sie zu zittern und rückte näher an H'ani heran.

Die beiden alten Leute bebten vor Ungeduld wie Jagdhunde an der Leine, und H'ani drückte Centaines Hand und deutete stumm hinunter. Als Centaine genauer hinsah, entdeckte sie neben der einen Gestalt, die sie zuerst gesehen hatte, noch andere Lebewesen, die aber regungslos wie große graue Steinblöcke unter den weitausladenden Bäumen lagen. Sie zählte insgesamt fünf.

O'wa bespannte im Liegen seinen kleinen Jagdbogen, und nachdem er die Spannung der Sehne geprüft hatte, nahm er zwei Pfeile aus seinem ledernen Stirnband, gab H'ani ein Zeichen und glitt vom Kamm der Düne zurück. Als er sicher war, von der Ebene aus nicht mehr gesehen zu werden, sprang er auf und verschwand in der Dunkelheit.

Die beiden Frauen blieben regungslos und still wie Schatten hinter dem Dünenkamm liegen. Allmählich begann es zu dämmern, und nun konnte Centaine die Tiere in der Ebene unter ihr deutlich erkennen.

Es waren riesige Antilopen. Vier von ihnen lagen regungslos auf dem Boden, während eine, größer und wuchtiger an Schultern und Nacken, ein wenig abseits stand. Centaine vermutete, daß dieses Tier der Leitbulle war, denn es war so groß wie Nuage, ihr geliebter Hengst, und hatte prächtige, lange, gerade und schwere Hörner. Als es heller wurde, schimmerte sein Fell in einer wunderschönen weichen rehbraunen Farbe. Sein Gesicht war von dunklen Linien durchzogen.

Er drehte den edlen Kopf in die Richtung, wo Centaine lag, stellte die trompetenförmigen Ohren auf und peitschte nervös den dunklen, buschigen Schwanz. H'ani legte eine Hand auf Centaines Arm, und sie rutschten weiter zurück. Regungslos und stumm wie eine Marmorstatue starrte der Bulle ein paar Minuten lang in ihre Richtung, aber da sich keine der Frauen rührte, senkte der Bulle schließlich den Kopf und begann mit seinen scharfen, schwarzen Vorderhufen in der lockeren Erde zu scharren.

O'wa lag fünfzig Meter von der Stelle entfernt, wo der Antilopenbulle stand, in einer kleinen Senke, noch viel zu weit für seinen schwachen kleinen Bogen. Es war schon fast eine Stunde her, daß er aus dem Schatten der Düne getreten war, und seither hatte er kaum fünfhundert Schritte zurückgelegt.

Plötzlich warf der Antilopenbulle den Kopf hoch und starrte mit aufgerichteten Ohren argwöhnisch in O'was Richtung. Minuten vergingen, dann blähte der Bulle mit einem leise flatternden Laut die Nüstern und senkte den Kopf. Seine rehbraunen Kühe, die ihn aufmerksam beobachtet hatten, beruhigten sich, und ihre Kiefer begannen wieder zu mahlen.

O'wa glitt weiter; flach gegen die Erde gedrückt, die Wange auf dem Boden, so daß kein Teil von ihm über den Rand der Senke hinausragte, schob er sich mit den Hüften, den Knien und den Zehen weiter.

Der Antilopenbulle hatte eine Wurzelknolle ausgegraben und kaute sie geräuschvoll, und O'wa arbeitete sich mühsam, geduldig und unbemerkt heran.

»Laß es dir schmecken, lieber Bulle, ohne dich wären drei Menschen und ein ungeborenes Kind morgen bei Sonnenaufgang tot. Geh nicht fort, großer Bulle, bleibe noch eine Weile, nur noch eine Weile.«

O'wa war nun so nahe wie möglich herangekommen, aber für seinen Bogen war es noch immer zu weit. Antilopen haben ein dickes Fell und eine zähe Haut. Der Pfeil war aus leichtem Schilfrohr und die Pfeilspitze aus Bein, das längst nicht so hart ist wie Eisen.

»Geist des Löwensterns, wende dein Gesicht jetzt nicht ab«, flehte O'wa und hob die linke Hand, so daß sich die kleine blasse Handfläche dem Bullen zuwandte.

Fast eine ganze Minute lang geschah nichts, dann bemerkte der Bulle die Hand, die aus der Erde zu ragen schien, hob den Kopf und starrte sie an. Was er sah, erschien ihm zu klein, um gefährlich zu sein.

Nach einer Minute völliger Regungslosigkeit krümmte O'wa die Finger, und der Bulle blähte die Nüstern, streckte den Kopf vor und sog die Luft ein, um die Witterung aufzunehmen, aber O'wa hatte die leichte, launenhafte morgendliche Brise und das trügerische Licht der Dämmerung mit einberechnet.

Er hielt die Hand wieder still und senkte sie dann langsam.

Der Bulle machte ein paar Schritte auf ihn zu und erstarrte — wieder ein paar Schritte, dann reckte er neugierig den Hals nach vorn und spähte in die flache Senke, wo O'wa mit angehaltenem Atem flach auf der Erde lag. Die Neugier brachte ihn in Schußweite von O'was Bogen.

O'wa drehte sich wie eine angreifende Schlange blitzschnell auf die Seite, zog die Adlerfeder bis zu seiner Wange zurück und ließ den Pfeil los. Der Pfeil schoß summend durch die Luft, landete mit einem klatschenden Geräusch auf der gefleckten Wange des Bullen und grub seine Widerhaken in die weiche Haut unter den trompetenförmigen Ohren.

Unter dem Schmerz bäumte sich der Bulle auf und wirbelte herum. Augenblicklich sprangen auch die Antilopenkühe auf die Beine, und die ganze Herde galoppierte, mit den langen, dunklen Schwänzen schlagend und eine dichte Staubwolke aufwirbelnd, hinter dem Bullen her.

Der Bulle schüttelte wild den Kopf und versuchte den Pfeil, der von seiner Wange baumelte, loszuwerden; er bog im Laufen ab und streifte mit dem Kopf absichtlich den Stamm eines alten, abgestorbenen Baumes.

»Bleib stehen!« brüllte O'wa, der inzwischen aufgesprungen war und aufgeregt hin und her hüpfte. »Festhalten, Pfeil, trage O'was Gift in sein Herz. Mach schnell, kleiner Pfeil.«

Die Frauen kamen schnell den Abhang der Düne heruntergerannt.

»Oh, was für ein geschickter Jäger«, rühmte H'ani ihren Mann, während Centaine atemlos und enttäuscht neben ihr stehenblieb, denn inzwischen war die Herde bereits außer Sichtweite, verschwunden im Zwielicht der Morgendämmerung.

»Fort?« fragte sie H'ani.

»Warte«, erwiderte die alte Frau. »Folgen bald. Jetzt schauen. O'wa machen Zauber.«

Der alte Mann hatte seine Waffen abgelegt, bis auf zwei Pfeile, die er so in sein Stirnband steckte, daß sie wie die Hörner einer Antilope vorstanden. Dann legte er die hohlen Hände gleich trompetenförmigen Ohren an den Kopf. Er schnaubte durch die Nasenlöcher, scharrte mit den Füßen und verwandelte sich vor Centaines Augen in eine Antilope. Die Nachahmung war so wahrheitsgetreu, daß Centaine begeistert in die Hände klatschte.

O'wa stellte in einer Pantomime dar, wie der Bulle die winkende Hand erblickte, sich vorsichtig näherte und dann von dem Pfeil getroffen wurde. Centaine glaubte den ganzen Vorgang noch einmal mitzuerleben, so exakt und lebendig wurde er dargestellt.

O'wa galoppierte in derselben Gangart und Körperhaltung wie der Antilopenbulle davon, dann aber begann er zu ermatten und zu taumeln. Er rang nach Luft, der Kopf sank kraftlos herab. H'ani klatschte übermütig in die Hände und stieß kleine ermutigende Schreie aus.

»Stirb, o Bulle, den wir verehren, stirb, damit wir leben können!«

O'wa stolperte im Kreis herum, der gehörnte Kopf wurde ihm schwer, dann sank er zu Boden und wand sich in den letzten Todeszuckungen, als das Gift in sein Herz gelangte.

Die Darstellung war so überzeugend, daß Centaine keinen Augenblick an der Wirksamkeit des Zaubers zweifelte, den O'wa über seine Jagdbeute spann.

»Ah!« krähte H'ani. »Er liegt auf dem Boden. Der große Bulle ist tot.«

Sie tranken Wasser aus den Eierflaschen, dann brach O'wa einen geraden Ast von einem der abgestorbenen Bäume und formte das Ende so, daß er die Lanzenspitze aus dem Hüftknochen eines Büffels, die er in seinem Beutel trug, daran befestigen konnte. Dann wog er die schwere Waffe prüfend in der Hand.

»Es ist Zeit, dem Bullen zu folgen«, verkündete er und trabte los.

O'wa folgte den Spuren der Antilopenherde, und sogar über die harte, steinige Ebene, wo Centaine keine Spur mehr entdecken konnte, führte sie der kleine San zielstrebig und ohne zu zögern. Er blieb nur einmal stehen, um den Schaft seines Pfeiles aufzuheben, der am Fuße des Baumes lag, an dem ihn der Bulle abgestreift hatte. Er hielt ihn hoch und zeigte ihn den Frauen.

»Seht ihr, der Stachel hat getroffen.«

Die Spitze des Pfeiles fehlte. O'wa hatte ihn aus zwei Teilen angefertigt, mit einer schwachen Stelle direkt unterhalb der vergifteten Spitze, damit der Schaft abbrach.

Nun wurde es rasch heller, und H'ani, die vor Centaine hertrabte, wies mit ihrem Stock nach vorn. Zuerst konnte Centaine nicht erkennen, was sie meinte, dann entdeckte sie eine kleine, verdorrte Rebe mit ein paar dürren braunen Blättern — die erste lebende Pflanze, seit sie die Küste verlassen hatten. Die Dünen lagen hinter ihnen, und das Land vor ihnen war lebendig.

Der Morgenwind, der O'wa bei seiner Pirsch unterstützt hatte, hielt auch an, als die Sonne schon aufgegangen war, und daher war die Hitze nicht ganz so drückend wie in den Dünen. Die Stimmung der beiden alten Leute war sorglos und heiter, und Centaine wußte auch ohne H'anis Versicherung — »jetzt gut, essen, trinken, bald« —, daß sie den schlimmsten Abschnitt der Wanderung hinter sich hatten.

Schon von weitem sah Centaine die bucklige Gestalt auf dem Boden liegen, und die vier Antilopenkühe umstanden treu, aber ängstlich ihren Leitbullen. Erst als die drei Menschen nur noch etwa einen Kilometer entfernt waren, galoppierten sie über die in der Hitze flimmernde Ebene davon.

Der Bulle lag genauso da, wie O'wa es dargestellt hatte, er rang nach Luft und war so geschwächt vom Gift, daß nur der Kopf hin und her rollte und die langen, geraden Hörner auf und ab wippten. Trotz seiner Schwäche versuchte er aufzustehen, um sich gegen O'wa zu verteidigen, stieß mit den spitzen Hörnern, die einen ausgewachsenen Löwen durchbohren konnten, vor und schwang sie tückisch herum, bevor er wieder zurücksank.

O'wa, der gegen den wuchtigen Rumpf des Tieres ungeheuer zerbrechlich wirkte, umkreiste ihn vorsichtig und wartete, den plumpen Speer in der Hand, auf seine Gelegenheit, aber der Bulle drehte seinen halb gelähmten Körper herum, um O'wa nicht aus den Augen zu verlieren. Die Pfeilspitze ragte noch immer aus der runden Wunde unter dem Ohr, und das schöne, schwarz-weiß gemusterte Gesicht war mit geronnenem, dunklem Blut besudelt.

Centaine dachte an Nuage und wollte dem Leiden ein Ende machen. Sie legte ihren Beutel ab, machte ihren Rock los, hielt ihn hoch wie den Umhang eines Matadors und schlich sich von der anderen Seite an den sterbenden Bullen heran.

»Mach dich bereit, O'wa, mach dich bereit!« Der Bulle drehte sich zu ihr um. Centaine schwenkte den Rock, und der Bulle stieß nach ihr, die Hörner zischten durch die Luft wie scharfe Buschmesser, und Centaine wich geschickt aus.

Als der Bulle abgelenkt war, schnellte O'wa vor und stieß ihm den Speer in die Kehle, trieb die Lanzenspitze so tief wie möglich in den Hals und versuchte, die Halsschlagader zu treffen. Das helle Blut schoß aus der Wunde, und O'wa sprang zurück, um auf den Tod des Tieres zu warten.

»Danke, großer Bulle. Danke, daß du uns leben läßt.«

Gemeinsam rollten sie den Kadaver auf den Rücken, aber als O'wa mit seinem Steinmesser zu schneiden begann, ließ Centaine die Klinge ihres Taschenmessers aufschnappen und reichte es ihm.

O'wa zögerte. Er hatte diese wunderbare Waffe noch nie berührt. Er glaubte, daß sie an seinen Fingern hängenbleiben und er nicht mehr imstande sein würde, sie wieder zurückzugeben.

»Nimm, O'wa«, dränge Centaine, und als er noch immer zögerte und das Messer mit scheuer Ehrfurcht anstarrte, erkannte Centaine plötzlich intuitiv den wahren Grund für O'was merkwürdig feindselige Haltung ihr gegenüber.

Er will das Messer, er ist ganz erpicht darauf; dachte sie.

Fast hätte sie gelacht, konnte sich aber gerade noch beherrschen. »Nimm, O'wa«, und der kleine Mann streckte langsam den Arm aus und nahm ihr das Messer aus der Hand.

Er drehte es liebevoll zwischen den Fingern. Er streichelte den Stahl, strich über die Klinge und prüfte mit dem Daumen die Schneide.

»Ai! Ai!« stieß er hervor, als die scharfe Klinge seine Haut aufritzte und ein paar Blutstropfen über seinen Ballen liefen. »Was für eine Waffe. »Schau, H'ani!« Er zeigte ihr stolz den blutenden Daumen. »Sieh nur, wie scharf es ist!«

»Mein dummer Mann, es ist üblich, das Wild zu zerschneiden und nicht den Jäger!«

O'wa lachte gackernd und machte sich an die Arbeit. Er nahm den Hodensack des Bullen in die linke Hand, hob ihn hoch und trennte ihn mit einem einzigen Schnitt ab.

»Ai! Wie scharf!« Er legte den Hodensack beiseite — gegrillte Hoden waren eine Delikatesse, und der weiche Hautsack würde einen schönen Beutel für Pfeilspitzen und andere kleine Dinge abgeben.

Dann setzte er das Messer zwischen den Hinterbeinen des Bullen an und zog einen feinen Schnitt durch das Fell. Hierauf führte er das Messer zwischen den Vorderbeinen des Bullen durch, weiter bis über die Kehle zur Kinnspitze. Er schnitt ringförmig um den Hals des Bullen und um die Gelenke seiner Glieder, dann an den Innenseiten der Beine entlang bis zum ersten langen Seitenschnitt. Die Frauen zogen an den Hautenden, und O'wa stieß die geballte Faust zwischen die weiße Unterseite der Haut und die blau durchzogenen Muskeln in ihren durchsichtigen Hüllen, so daß sie das Fell in einem Stück von dem Kadaver ziehen konnten. Sie breiteten es mit der Haarseite nach unten auf dem Boden aus.

Dann öffnete O'wa mit der Präzision eines Chirurgen den Bauchraum, hob die schweren nassen Eingeweide heraus und legte sie auf die abgezogene Haut.

H'ani eilte davon, um ein Bündel von dem feinen, fahlen Wüstengras zu sammeln. Sie mußte weit laufen, denn die Grasbüschel wuchsen nur spärlich. Als sie zurückkam, legte sie das Gras über die Kürbisschüssel, während O'wa den schleimigen weißen Pansen aufschnitt und mit beiden Händen einen Teil des Inhalts heraushob. Das Wasser tropfte aus dem unverdauten Mageninhalt, noch bevor O'wa zu drücken begann.

Das Bündel Gras als Sieb benutzend, füllte O'wa den Kürbis mit Flüssigkeit und hob ihn dann mit beiden Händen an die Lippen. Er trank genüßlich mit geschlossenen Augen, dann setzte er die Schüssel ab, rülpste lautstark und grinste über das ganze Gesicht, als er das Gefäß an H'ani weitergab. Sie trank ebenfalls geräuschvoll, rülpste, johlte anerkennend, wischte sich mit dem Handrücken über den Mund und gab den Kürbis an Centaine weiter.

Centaine sah sich die helle, grünlichbraune Flüssigkeit genau an. Ist ja nur Gemüsesaft, tröstete sie sich.

Es war leichter, als sie erwartet hatte, und schmeckte wie eine Brühe aus Gras und Kräutern mit dem bitteren Nachgeschmack der Doppelwurzel. Sie gab O'wa den leeren Kürbis zurück, und während er den Rest des Panseninhalts ausdrückte, stellte sie sich die lange Tafel in Mort Homme vor — gedeckt mit Silberbesteck, Kristallgläsern und Sèvres-Porzellan — und Anna mit ihrem Getue um den Blumenschmuck und die Frische des Steinbutts, um die Weintemperatur und die richtige rosafarbene Tönung der frisch geschnittenen Filets. Sie mußte laut lachen. Von Mort Homme war sie weit, weit entfernt.

Die beiden kleinen San lachten mit ihr, ohne zu begreifen, warum, und alle tranken noch einmal und dann noch einmal.

»Schau dir das Kind an«, forderte H'ani ihren Mann kichernd auf. »Sie wird einen edlen Sohn gebären — höre die Worte der alten H'ani —, einen wirklich edlen Sohn.«

O'wa, dessen Bauch gut gefüllt war, grinste, dann aber fiel sein Blick auf das Messer, das zwischen seinen Füßen lag, und das Grinsen verschwand.

»Dumme alte Frau, du gackerst wie ein hirnloses Perlhuhn, während das Fleisch verdirbt.« Er griff nach dem Messer. Neid war eine Gefühlsregung, die O'wa so fern lag, daß er tief unglücklich war, ohne eigentlich zu wissen, warum, aber der Gedanke, daß er dem Mädchen das Messer wieder zurückgeben mußte, erfüllte ihn mit einer rasenden Wut, wie er sie noch nie empfunden hatte. Er runzelte die Stirn und brummte leise vor sich hin, als er die Eingeweide des Bullen herausputzte, dünne Scheiben von den gummiartigen weißen Kutteln abschnitt und roh kaute, während er arbeitete.

Es war schon spät am Vormittag, als sie das hellrote Antilopenfleisch in langen Streifen über die Äste eines abgestorbenen Baumes hängten, und die Hitze war so stark, daß das Fleisch fast augenblicklich dunkel wurde und trocknete.

Es war zu heiß zum Essen. Erst bei Sonnenuntergang nahm O'wa seine Feuerstäbe aus dem Beutel und begann mit dem mühseligen Verfahren, Funken zu schlagen, als ihm Centaine ungeduldig die trockenen Kienspäne fortnahm. Bis zu diesem Zeitpunkt hatte sie sich nicht stark genug gefühlt, um die Initiative zu ergreifen. Doch die Überquerung der Dünen und die Rolle, die sie bei der Antilopenjagd gespielt hatte, wirkten ermutigend, und nun legte sie die Kienspäne zurecht und nahm unter den neugierigen Blicken der San das Messer und den Feuerstein zur Hand.

Sie schlug einen Funkenregen in das trockene Holz und bückte sich rasch, um das Feuer zu entfachen. Die beiden alten Leute schrien bestürzt und überrascht auf und wichen ängstlich zurück.

Erst als das Feuer richtig brannte, konnte Centaine sie wieder beruhigen, und sie kamen zurückgekrochen und bestaunten den Feuerstein und die Klinge. Unter Centaines Anleitung gelang es O'wa ebenfalls, Funken zu schlagen, und er freute sich wie ein Kind.

Nun bereiteten sie ein Festessen, das aus gebratener Leber, Kutteln und Nieren bestand, die mit dem weißen Fett der Eingeweide umwickelt waren. Während sich die Frauen am Feuer beschäftigten, tanzte O'wa für den Geist des Antilopenbullen und sang, bis seine Stimme brach und versagte. Dann setzte er sich ans Feuer und begann zu essen.

Die beiden San aßen mit großem Appetit, das Fett lief ihnen über das Kinn und tropfte auf ihre Brüste; sie aßen, bis sich ihre Mägen ausdehnten und wie Ballons aufblähten und ihre Bäuche schwer herunterhingen; sie aßen weiter, als Centaine schon längst satt war.

Als Centaine, satt und zufrieden, langsam eindöste, wurde ihr klar, daß diese Orgie die natürliche Reaktion eines an Not und Entbehrung gewöhnten Volkes war, das sich plötzlich einem Berg von Nahrung gegenübersah und keine Möglichkeit hatte, sie zu konservieren. Als Centaine bei Tagesanbruch aufwachte, aßen die beiden noch immer.

Als die Sonne aufging, legten sich die beiden San mit dicken Bäuchen unter das Zeltdach aus Antilopenhaut und schliefen den ganzen Tag, aber bei Sonnenuntergang entfachten sie das Feuer und begannen wieder zu essen. Auch den folgenden Tag verschliefen sie zusammengerollt, wie ein Pythonpaar, das nach einem Festschmaus seinen Verdauungsschlaf hält, aber bei Sonnenuntergang schulterten sie die Tragbeutel, die mit den harten, schwarzen Streifen von getrocknetem Antilopenfleisch gefüllt waren, und O'wa ging den beiden Frauen über die mondbeschienene Ebene voran nach Osten. Das zusammengefaltete Antilopenfell trug er auf dem Kopf.

Die Ebene, über die sie wanderten, änderte allmählich ihr Aussehen. Zwischen den feinen Wüstengrasbüscheln tauchten vereinzelt magere kleine Sträucher auf, die Centaine kaum bis zum Knie reichten.

Einmal blieb O'wa stehen und deutete auf eine große, geisterhafte Gestalt, die mit wippenden Schritten in der Dunkelheit an ihnen vorbeitrottete; sie hatte einen dunklen Rumpf, der mit weißen Fransen eingefaßt war, und als sie verschwand, erkannte Centaine, daß es ein Strauß war.

In der Morgendämmerung baute O'wa ein Sonnendach aus dem Antilopenfell, unter dem sie während des Tages Schutz suchten. Bei Sonnenuntergang tranken sie die letzten Tropfen Wasser aus den Eierflaschen, und als sie wieder aufbrachen, waren die beiden San sehr ernst und still. Ohne Wasser konnten sie den nächsten Tag nicht überleben.

Bei Tagesanbruch blieb O'wa stehen und betrachtete, anstatt das Lager aufzustellen, aufmerksam den Himmel, dann durchstreifte er wie ein Jagdhund auf der Suche nach dem abgeschossenen Vogel in einem Halbkreis das Gebiet vor ihnen, hob den Kopf, drehte ihn langsam hin und her und sog prüfend die Luft ein.

»Was tut O'wa?« fragte Centaine.

»Riechen.« H'ani schnüffelte, um ihr die Bedeutung des Wortes zu demonstrieren. »Wasser riechen.«

Centaine war skeptisch. »Kein Wasser riechen, H'ani.«

»Ja! Ja! Warte, du sehen.«

O'wa kam zu einem Entschluß. »Komm!« winkte er, und die Frauen nahmen ihre Säcke wieder auf und eilten ihm nach. Binnen einer Stunde begriff Centaine, daß sie sterben würde, wenn O'wa sich irrte. Die Eierflaschen waren leer, und Hitze und Sonne saugten die Feuchtigkeit aus ihrem Körper.

O'wa verfiel in einen leichten Dauerlauf, und die Frauen konnten mit ihren schweren Beuteln nicht mehr mit ihm Schritt halten.

Nach einer Stunde sahen sie die kleine Gestalt wieder, und als sie ihn schließlich einholten, grinste er über das ganze Gesicht und verkündete mit einer großartigen Handbewegung würdevoll: »O'wa hat euch sicher zu den ›Schluck-Brunnen des Elefanten mit dem einen Stoßzahn‹ geführt.« Der Ursprung dieses Namens war schon seit langer Zeit in Vergessenheit geraten. O'wa schwankte leicht, als er sie die sanfte Böschung des Flußbettes hinunterführte.

Es war ein breiter, aber völlig trockener Wasserlauf, dessen Boden mit lockerem, feinem Sand bedeckt war; als Centaine das sah, sank ihr Mut. Das gewundene Flußbett war ungefähr fünfzig Meter breit und schlängelte sich durch die mit einer Kieselschicht bedeckte Ebene; obwohl der Fluß kein Wasser führte, war der Pflanzenwuchs an den Uferböschungen dichter als in der Ebene. Die Sträucher waren fast hüfthoch, und hie und da ragten dunkelgrüne Zweige aus dem dürren Geäst hervor. Die beiden alten Leute plapperten aufgeregt, und H'ani blieb dicht hinter ihrem Mann, als er mit wichtiger Miene im Sand des Flußbettes umherstolzierte.

Centaine sank zu Boden, nahm eine Handvoll orangegelben Sand und ließ ihn traurig durch die Finger rieseln. Dann erst bemerkte sie, daß das Flußbett von Antilopenhufen zertrampelt und daß der Sand an einigen Stellen aufgehäuft war, als hätten Kinder ihre Sandburgen gebaut. O'wa musterte einen dieser Sandhaufen mit kritischem Blick, und Centaine rappelte sich auf und trat näher, um zu sehen, was er gefunden hatte. O'wa nickte feierlich und wandte sich an H'ani.

»Das ist eine gute Stelle. Hier machen wir unseren ›Schluck-Brunnen‹. Nimm das Kind und zeige ihm, wie man ein Schutzdach baut.«

Centaine war so durstig und erschöpft, daß sie sich krank und elend fühlte, trotzdem streifte sie den Riemen ihrer Tasche ab und kletterte schwerfällig hinter H'ani die Uferböschung hinauf, um ihr dabei zu helfen, geschmeidige junge Schößlinge und stachelige Äste aus dem Gestrüpp zu schneiden.

Im Flußbett bauten sie dann in aller Eile zwei primitive Sonnendächer, indem sie die Schößlinge im Kreis in den Sand steckten und an den Spitzen zusammenbanden; dann deckten sie den einen Unterstand mit Zweigen ab und den anderen mit dem steifen, stinkenden Antilopenfell. Es waren äußerst primitive Unterstände, ohne Seitenwände und mit dem Flußsand als Boden, aber Centaine ließ sich dankbar in den Schatten fallen und schaute O'wa zu.

Als erstes entfernte er sich vorsichtig die vergifteten Spitzen von seinen Pfeilen; ein winziger Kratzer wäre tödlich gewesen. Er wickelte die Pfeilspitzen einzeln in ein Stück ungegerbtes Leder und steckte sie in einen der kleinen Beutel an seinem Gürtel. Dann begann er die Pfeilschäfte ineinanderzustecken und dichtete die Verbindungsstellen mit einem Klumpen Akaziengummi ab, so daß er schließlich ein langes, hohes Schilfrohr hatte, das größer war als er selbst.

»Hilf mir, kleine Blume meines Lebens«, bat er H'ani schmeichelnd, und dann begannen sie mit den Händen ein Loch auszuheben. Um zu verhindern, daß der Sand in das Loch zurückrieselte, gruben sie es trichterförmig, bis O'was Kopf und Schultern in dem Loch verschwanden und er dunkleren, feuchten Sand herausbeförderte. Er grub weiter, bis H'ani ihn an den Füßen festhalten mußte, während er zur Gänze in dem Loch steckte. Schließlich schallten seine gedämpften Rufe aus der Tiefe, und H'ani reichte ihm das lange, hohle Schilfrohr hinunter.

Mit dem Kopf nach unten in dem Trichter liegend, umwikkelte O'wa das untere Ende der Röhre mit trockenem Gras und Blättern, um zu verhindern, daß sie sich verstopfte, und steckte das Schilfrohr vorsichtig in den Sand. Dann mußten beide Frauen an seinen Füßen ziehen, um ihn aus dem engen Loch herauszuholen. Er war über und über mit orangerotem Sand bedeckt. H'ani putzte den Sand aus seinen Ohren, aus den grauen Haaren und von den Lidern.

Vorsichtig schüttelte O'wa das Loch wieder zu, ohne den Filter und das Schilfrohr zu beschädigen, und als nur noch ein kurzes Stück von dem Schilfrohr aus der Erde ragte, trat er den Sand schließlich fest.

Während O'wa die letzten Vorbereitungen traf, suchte H'ani einen grünen Zweig, entfernte die spitzen Dornen und schälte die Rinde ab. Dann half sie Centaine, die Straußeneier zu entkorken, und stellte sie in einer Reihe neben dem Brunnen auf.

O'wa legte sich bäuchlings in den Sand und nahm das offene Ende des Schilfrohrs in den Mund. H'ani kauerte sich, die Straußeneier vor sich und den abgeschälten grünen Zweig in der Hand, neben ihn.

»Ich bin bereit, Jäger meines Herzens!« verkündete sie, und O'wa begann an dem Schilfrohr zu saugen.

Centaine saß unter dem Sonnendach und sah, wie O'wa sich in einen menschlichen Blasebalg verwandelte; sein Brustkorb hob und senkte sich und schien bei jedem Atemzug zu doppelter Größe anzuschwellen. Dann merkte Centaine, daß sich in dem Schilfrohr etwas staute. O'wa schloß die Augen, und sein Gesicht färbte sich dunkelrot. Dann gab er plötzlich einen leisen, kehligen Ton von sich, ohne den Rhythmus des Saugens zu unterbrechen, und H'ani beugte sich vor und steckte vorsichtig den abgeschälten Zweig in seinen Mundwinkel. Ein kristallklarer Wassertropfen trat zwischen O'was Lippen hervor, lief den Stab hinab, blieb für einen Augenblick an der Spitze hängen und tropfte dann in das Straußenei, das H'ani unter den Zweig hielt.

»Gutes Wasser, Sänger meiner Seele«, ermutigte ihn H'ani. »Gutes, süßes Wasser!« Und das Wasser sprudelte jedesmal, wenn der alte Mann an dem Schilfrohr saugte, in einem silbernen, klaren Schwall zwischen seinen Lippen hervor.

Das Wasser aus einer Tiefe von fast zwei Metern heraufzubefördern, erforderte ungeheuer viel Kraft, und Centaine sah ehrfürchtig zu, wie O'wa ohne Pause drei der großen Straußeneier füllte.

H'ani kauerte aufmerksam neben ihm, feuerte ihn an, hielt den Zweig und tauschte die Flaschen aus, während sie ihm zärtliche Worte zuraunte, und Centaine erkannte plötzlich, welch unauflösbar starkes Band diese beiden alten Leute verband. Sie begriff, daß die harten Jahre sie mit Humor und Einfühlungsvermögen, mit Weisheit und Seelenstärke beschenkt hatten, aber am meisten wohl mit Liebe, und darum beneidete Centaine sie bitterlich.

Wenn ich nur einen Menschen hätte, dachte sie, mit dem mich das verbindet, was diese beiden miteinander verbindet! Und im selben Augenblick wurde ihr klar, daß sie die beiden alten Leute liebte.

Schließlich ließ O'wa das Schilfrohr los, drehte sich auf den Rücken und blieb keuchend, ächzend und zitternd im Sand liegen, und H'ani brachte Centaine eines der Straußeneier.

»Trink, Nam-Kind«, sagte sie.

Angesichts der Mühe, die jeder einzelne dieser kostbaren Wassertropfen gekostet hatte, trank Centaine fast widerstrebend. Sie trank langsam und ehrfürchtig und gab die Eierflasche zurück.

»Gutes Wasser, H'ani«, sagte sie. Das Wasser war abgestanden und mit dem Speichel des alten Mannes vermischt, doch Centaine hatte endlich begriffen, daß die San mit »gutes Wasser« jede Flüssigkeit meinte, die das Überleben in der Wüste ermöglichte.

Centaine stand auf und ging zu O'wa.

»Gutes Wasser, O'wa.« Sie kniete neben ihm nieder und sah, wie sehr ihm diese Anstrengung zugesetzt hatte, aber er grinste zu ihr auf und hob den Kopf.

»Gutes Wasser, Nam-Kind«, stimmte er zu.

Centaine löste die Schnur an ihrer Taille und hielt das Messer in den Händen. Es hatte ihr bereits mehrmals das Leben gerettet.

»Nimm, O'wa«, sagte sie und reichte ihm das Messer hin. »Messer für O'wa.«

Er starrte das Messer an, sein dunkles, runzliges Gesicht wurde blaß, sein Blick leer und ausdruckslos.

»Nimm, O'wa«, drängte Centaine.

»Es ist zuviel«, flüsterte er und starrte das Messer betroffen an. Es war ein unschätzbares Geschenk.

Centaine streckte den Arm aus, nahm O'was Handgelenk und drehte seine Hand nach oben. Dann legte sie ihm das Messer in die Hand und schloß seine Finger. O'wa blieb mit dem Messer in der Hand in der grellen Sonne sitzen, sein Brustkorb hob und senkte sich so stark wie vorher, als er an dem Schilfrohr gesaugt hatte, und aus seinem rechten Auge quoll eine Träne und lief ihm über die Wange.

»Warum weinst du, du dummer alter Mann?« fragte H'ani.

»Ich weine vor Freude über dieses Geschenk.« O'wa versuchte seine Würde zu bewahren, aber seine Stimme zitterte.

»Das ist ein törichter Grund zum Weinen«, erklärte H'ani und zwinkerte schelmisch, während sie mit ihrer schlanken, anmutigen kleinen Hand ihr Lachen verbarg.

Sie folgten dem trockenen Flußbett nach Osten, aber die Not der Nachtmärsche durch die Dünen lag nun hinter ihnen, denn unter dem Sand gab es gutes Wasser.

Sie marschierten von Tagesanbruch bis zum späten Vormittag, suchten mittags Schutz vor der Hitze und marschierten vom späten Nachmittag bis in die Dunkelheit weiter; sie wanderten gemächlich dahin und gingen während des Marsches auf Nahrungssuche und auf die Jagd.

H'ani schnitt einen Stock für Centaine ab, entrindete ihn und härtete die Spitze im Feuer; dann zeigte sie ihr, wie sie ihn benutzen mußte. Innerhalb weniger Tage war Centaine imstande, an der Bodenbeschaffenheit zu erkennen, wo eßbare und brauchbare Wurzeln und Pflanzen zu finden waren. In den Tagen und Wochen, in denen das Wild schwer zu finden oder einfach nicht da war, lebten die drei von den Pflanzen, die die Frauen sammelten.

Es war eines späten Nachmittags, als H'ani und Centaine hinter O'wa zurückgeblieben waren, da der alte Mann vorausgegangen war, um ein Straußennest zu suchen, an das er sich von seiner letzten Wanderung vor vielen Jahren erinnern konnte.

Die beiden Frauen zankten sich freundlich.

»Nein, nein! Du darfst nicht zwei Wurzeln ausgraben, Nam-Kind. Du mußte jede zweite stehen lassen — das hab' ich dir schon einmal erklärt!« schalt H'ani.

»Warum?« Centaine richtete sich auf und strich sich die dichten buschigen Locken zurück, so daß auf ihrer Stirn ein kleiner Schmutzfleck erschien.

»Du mußt eine Wurzel für die Kinder überlassen.«

»Dumme alte Frau, es gibt keine Kinder.«

»Es wird aber welche geben —« H'ani deutete vielsagend auf Centaines Bauch. »Es wird welche geben. Und was werden die wohl über uns sagen, wenn sie hungern müssen, weil wir nichts für sie übriggelassen haben?«

»Aber hier gibt es doch so viel Pflanzen!« rief Centaine ärgerlich.

»Wenn O'wa das Straußennest findet, wird er ein paar Eier übriglassen. Wenn du zwei Wurzeln findest, wirst du eine für die Kinder übriglassen, und dein Sohn wird groß und stark werden und lächeln, wenn er seinen Kindern von dir erzählt.«

H'ani brach ihre Strafpredigt ab, trippelte auf eine kahle, steinige Stelle am Ufer des trockenen Flußbettes zu, kräuselte die Nase und bückte sich, um den Boden zu untersuchen.

»Das hier hast du sicher noch nie gesehen, Nam-Kind. Riech einmal. Es schmeckt sehr gut.«

Sie reichte Centaine die klumpige, mit Schmutz verkrustete, kartoffelähnliche Wurzel, und als Centaine behutsam daran roch, riß sie die Augen auf, weil ihr ein wohlvertrauter Duft in die Nase stieg. Hastig wischte sie ein wenig Schmutz weg und biß in den unförmigen Klumpen.

»Oh, H'ani, du liebes altes Ding«, rief sie aus. »Das ist eine Trüffel! Eine richtige Trüffel. Sie hat zwar nicht die gleiche Form und Farbe, aber sie riecht und schmeckt genauso wie die Trüffel meiner Heimat!«

O'wa hatte das Straußennest gefunden, und Centaine schlug eines der Eier in einer Eihälfte zu Schaum, mischte die fein gehackte Trüffel darunter und bereitete auf einem flachen Stein, den sie vorher im Lagerfeuer erhitzt hatte, eine riesige Trüffelomelette zu. Trotz der Sandkörner und Eierschalensplitter, die zwischen ihren Zähnen knirschten, aßen sie mit Genuß.

Als Centaine dann unter dem primitiven Sonnendach aus Zweigen und Blättern lag, übermannte sie das Heimweh, das der Geschmack der Trüffel heraufbeschworen hatte, und sie vergrub ihr Gesicht in den Armen, um ihr Schluchzen zu verbergen.

Während sie dem trockenen Flußbett folgten und die Wochen zu Monaten wurden, wuchs das Kind in Centaines Leib. Ihr Bauch wölbte sich kaum, aber ihre Brüste wurden voller, und manchmal, wenn sie allein war und ihren Körper mit dem saftigen Mark der Doppelpflanze abrieb, schaute sie stolz an sich hinunter und bewunderte ihre rosigen Brustwarzen.

»Ich wünschte, du könntest mich so sehen, Anna«, murmelte sie. »Jetzt würdest du bestimmt nicht mehr sagen, daß ich wie ein Junge aussehe. Aber du würdest dich wie immer über meine Beine beschweren, zu lang und zu mager und mit harten Muskeln — oh, Anna, ich möchte so gern wissen, wo du bist.«

Eines Morgens bei Sonnenaufgang, als sie schon ein paar Stunden marschiert waren, blieb Centaine auf dem höchsten Punkt einer kleinen Anhöhe stehen und ließ ihren Blick langsam über die Landschaft schweifen.

Die Luft war noch kühl von der Nacht und so klar, daß sie bis zum Horizont sah. Noch waren die Umrisse der Landschaft scharf, noch erstrahlten sie in ihren ursprünglichen Farben. In der welligen Ebene unten wogte helles, silbriges Gras zwischen den Bäumen; es waren richtige, lebende Bäume, nicht diese verdorrten uralten Mumien wie in der Ebene hinter den Dünen.

Die Kameldornakazien wuchsen einzeln. In der vordersten Akazie hatte eine Schar von geselligen Webervögeln ein Gemeinschaftsnest von der Größe eines Heuhaufens gebaut, in dem viele Generationen dieser kleinen, dunkelfarbigen Vögel lebten. Hinter dem lockeren Akazienwald ragten übergangslos steile Hügel aus der Ebene empor — die Kopjes; unter dem Einfluß von Wind und Hitze hatten sie geometrische Formen angenommen und waren so scharfkantig wie Drachenzähne. Das weiche Licht der Morgensonne färbte ihre Felswände sepiabraun, rot und kupferfarben, und die vorsintflutlichen Kokerboombäume mit ihren fleischigen Stämmen und ihren schaufelförmigen Wipfeln krönten die Gipfel.

Centaine stand da und betrachtete fasziniert diese großartige Szenerie. Auf der staubfreien Ebene grasten Antilopenherden. sie waren so hell wie Rauch und ebenso unwirklich, anmutige kleine Tiere mit lyraförmigen Hörnern, schneeweißen Bäuchen, schokoladenbraunen Streifen an den Seiten und zimtfarbigen Rücken.

»Oh, schau nur, H'ani!« rief Centaine aus. »Wie schön sie sind!«

Das trockene Flußbett, dem sie so lange gefolgt waren, wand und krümmte sich schließlich wie eine sterbende Schlange und endete in einem trockenen Salzsee, der so breit war, daß die Bäume am anderen Ufer nur als dunkle Linie am Horizont zu erkennen waren. Der Boden war mit schneeweißen Salzkristallen bedeckt. Das grelle Licht der Mittagssonne wurde von den Kristallen zurückgeworfen, so daß die Augen schmerzten und der Himmel über dem Salzsee silbrig flimmerte. Die Buschmänner nannten den Salzsee »Großer weißer Ort«.

Oben auf der steilen Uferböschung errichteten sie Unterstände, die kräftig und robust waren und dem Lager den Anschein von Beständigkeit gaben; die beiden kleinen San widmeten sich gelassen ihren täglichen Arbeiten, wenn auch in einer unterschwelligen Erwartungshaltung, die Centaine spürte und neugierig machte.

»Warum bleiben wir hier, H'ani?« Mit jedem ereignislosen Tag wurde sie ruheloser und ungeduldiger.

»Wir warten, um die Überquerung machen zu können«, war alles, was die alte Frau sagte.

»Welche Überquerung? Wohin gehen wir?« fragte Centaine hartnäckig, und H'ani deutete mit einer weit ausholenden Handbewegung nach Osten und nannte einen Namen, den Centaine nur mit »ein Ort, wo nichts sterben darf« übersetzen konnte.

Centaines Kind wuchs kräftig in ihrem Leib. Manchmal konnte sie kaum atmen und hatte Schwierigkeiten, bequem zu liegen. Sie machte sich unter ihrem kleinen Sonnendach ein Nest aus weichem Wüstengras. Darin lag sie und versuchte, die Tage und Monate zu zählen, aber das Gefühl für die Zeit war ihr abhanden gekommen, so daß sie nur erahnen konnte, daß ihre Zeit bald kommen würde. H'ani untersuchte mit geschickten, sanften Fingern ihren Unterleib und bestätigte ihre Vermutung.

»Das Kleine liegt hoch und versucht sich zu lösen. Es wird ein Junge, Nam-Kind«, versprach sie und nahm Centaine mit in die Wüste, um spezielle Kräuter zu sammeln, die sie für die Niederkunft brauchen würden.

»Wo ist der Vater deines Kindes, Nam-Kind?« fragte H'ani, und als sie Tränen in Centaines Augen sah, beantwortete sie die Frage selbst: »Er ist tot in den Nordländern am Ende der Welt. Ist es so?«

»Woher weißt du, daß ich aus dem Norden komme?« fragte Centaine.

»Du bist groß — größer als eine der San der Wüste«, erklärte H'ani. »Deshalb mußt du aus einem reichen Land kommen, wo das Leben leicht ist, ein Land mit viel Regen und guter

Nahrung.« Für die alte Frau bedeutete Wasser soviel wie Leben. »Die Regenwinde kommen vom Norden, also mußt auch du vom Norden kommen.«

Fasziniert von dieser Logik, mußte Centaine lächeln. »Und woher weißt du, daß ich von weit her komme?«

»Deine Haut ist blaß, nicht dunkel gefärbt wie die Haut der San.«

»Kennst du noch andere Menschen wie mich, H'ani, große Menschen mit blasser Haut? Hast du je zuvor Menschen wie mich gesehen?« fragte Centaine eifrig, und als sie die Veränderung im Blick der alten Frau sah, packte sie ihren Arm. »Sag mir, weise alte Großmutter, wo hast du mein Volk gesehen? In welcher Richtung und wie weit von hier entfernt? Könnte ich zu ihnen gelangen? Sag es mir, bitte.«

H'anis Augen trübten sich, und sie bohrte in der Nase.

»Sag es mir, H'ani.« Centaine schüttelte sanft ihren Arm.

»Ich habe die alten Leute über solche Dinge reden hören«, gab H'ani widerwillig zu, »aber ich habe diese Menschen nie gesehen, und ich weiß nicht, wo sie zu finden sind.« Centaine wußte, daß sie log. Dann sprudelte es plötzlich aus H'ani hervor: »Sie sind wild wie Löwen und giftig wie Skorpione, die San verstecken sich vor ihnen —« Sie sprang erregt auf, packte ihren Beutel und ihren Stock, lief aus dem Lager und kehrte erst bei Sonnenuntergang zurück.

Am Abend nachdem sich Centaine in ihrem Grasbett zusammengerollt hatte, flüsterte H'ani O'wa zu: »Das Kind sehnt sich nach seinem Volk.«

»Ich habe sie mit Traurigkeit in den Augen nach Süden blicken sehen«, bekannte O'wa.

»Wie viele Tagesreisen sind es bis in das Land der blassen Riesen?« fragte H'ani zögernd. »Wie weit ist es bis zu ihrem Stamm?«

»Weniger als ein Mond«, brummte O'wa, und dann starrten beide eine Weile schweigend in die bläulichen Flammen des Feuers.

»Ich möchte noch einmal ein kleines Kind schreien hören, bevor ich sterbe«, sagte H'ani schließlich, und O'wa nickte.

Ihre kleinen, herzförmigen Gesichter wandten sich nach Osten. Sie starrten in die Dunkelheit, wo der »Ort des Lebens« lag.

Einmal, als H'ani Centaine dabei überraschte, als sie allein in der Wüste kniete und betete, fragte sie: »Zu wem sprichst du, Nam-Kind? Sprichst du zu den Geistern? Die meisten Geister leben doch in den Sternen, und wie sollen sie dich hören, wenn du so leise sprichst? Man muß tanzen und laut singen und pfeifen, um ihre Aufmerksamkeit zu erregen.« Sie senkte die Stimme. »Und auch dann ist es nicht sicher, ob sie zuhören, denn ich habe bemerkt, daß die Sternengeister launisch und vergeßlich sind.« H'ani schaute sich um wie ein Verschwörer. »Ich habe die Erfahrung gemacht, Nam-Kind, daß Mantis und Eland viel zuverlässiger sind.«

»Mantis und Eland?« Centaine versuchte ernst zu bleiben.

»Mantis ist ein Insekt mit riesigen Augen, die alles sehen, und mit Armen wie ein kleiner Mann. Eland ist ein Tier — viel größer als die Antilope und mit einer Wamme, so voll und reich an Fett, daß sie die Erde streift.« Die San liebten das Fett fast genauso wie den wilden Honig. »Und mit gedrehten Hörnern, die den Himmel streifen. Wenn wir Glück haben, finden wir Mantis und Eland an dem Ort, zu dem wir gehen. In der Zwischenzeit sprich ruhig zu den Sternen, Nam-Kind, denn sie sind schön, aber vertraue nur Mantis und Eland.«

So einfach erklärte H'ani die Religion der San, und am Abend saßen sie unter dem Sternenhimmel, und H'ani deutete auf den schimmernden Schweif des Orion.

»Das ist die himmlische Zebraherde, Nam-Kind, und dort ist der dumme Jäger«, fuhr sie fort und wies auf den Stern Aldebaran, »der von seinen sieben Frauen«, sie zeigte mit ihrem knochigen Zeigefinger auf das Siebengestirn, »ausgesandt wurde, um Fleisch zu bringen. Siehst du, wie er seinen Pfeil abgeschossen hat? Viel zu hoch und zu weit, er ist zu Füßen des Löwensterns gelandet. Und nun wagt es der Jäger nicht, seinen Pfeil zurückzuholen und zu seinen sieben Frauen zurückzukehren, und sitzt für immer da und blinzelt vor Angst, genauso wie ein Mann, Nam-Kind.« H'ani kreischte vor Lachen und versetzte O'wa mit ihrem knochigen Daumen einen Stoß in die Rippen.

Als Centaine entdeckte, daß die San ebenfalls die Sterne liebten, fühlte sie sich ihnen so verbunden, daß sie ihnen ihren und Michaels Stern zeigte.

»Aber Nam-Kind«, protestierte O'wa, »wie kann dieser Stern dir gehören? Er gehört keinem und allen, wie der Schatten des Kameldornbaumes, das Wasser im Wüstenbrunnen oder das Land, durch das wir gehen — keinem und doch allen. Niemandem gehört die Elenantilope, aber wir dürfen von ihrem Fett nehmen, wenn wir in Not sind. Niemandem gehören die Doppelpflanzen, aber wir dürfen sie sammeln, wenn wir ein paar für die Kinder übriglassen. Wie kannst du sagen, daß ein Stern dir allein gehört?«

So vergingen die eintönigen Tage des Wartens, und eines Abends waren die beiden alten Leute außer sich vor Erregung, wandten ihre kleinen, bernsteinfarbenen Gesichter nach Norden und schauten zum makellos blauen Himmel auf.

Centaine brauchte ein paar Minuten, um zu erkennen, was sie so erregt hatte, dann entdeckte sie die Wolke. Sie tastete sich wie der Finger einer riesigen Hand über den Rand des nördlichen Horizonts, und ferner Donner grollte wie ein jagender Löwe. Die Wolke wurde rasch größer und breitete sich, in den Farben des Sonnenuntergangs erglühend, über den ganzen Himmel aus.

In dieser Nacht tanzte, sang und spielte O'wa zum Lob der Wolkengeister, bis er erschöpft zusammenbrach, aber am Morgen war die Gewitterwolke verschwunden.

Doch der Himmel war nicht mehr so makellos blau, und hoch oben zogen sich die feinen Streifen von Zirruswolken hin. Die Luft war elektrostatisch aufgeladen und kribbelte auf Centaines Haut. Die Hitze war feucht und drückend und war noch schwerer zu ertragen als die trockene, stechende Mittagshitze der Küste. Die Gewitterwolken türmten sich über dem Horizont im Norden und schoben ihre unförmigen, schweren Häupter über den Himmel.

»Bitte, laß es regnen«, betete Centaine jeden Tag, als ihr der Schweiß über die Wangen lief und das Kind in ihrem Bauch schwerer wog als ein Felsbrocken.

In der Nacht tanzte und sang O'wa wieder.

»Geist der Wolke, sieh doch, die Erde sehnt sich nach dir wie eine große Antilopenkuh, die sich zitternd nach dem Bullen verzehrt. Komm von der Höhe herunter, verehrter Wolkengeist, und vergieße deine fruchtbaren Säfte über deine Frau, die Erde. Besteige deine Geliebte, und sie wird aus deinem Samen in Hülle und Fülle neues Leben hervorbringen.«

Eines Morgens schien die Sonne nicht, und die Wolken erstreckten sich in einer festen grauen Masse von Horizont zu Horizont. Sie sanken tiefer, und aus ihren ungeheuren grauen Bäuchen zuckten Blitze auf die Erde nieder. Ein einzelner Regentropfen fiel Centaine mitten auf die Stirn; er war schwer wie Stein, so daß sie erschrocken zurückwich und einen überraschten Schrei ausstieß.

Dann platzten die tiefhängenden Wolken, und die Regentropfen prasselten wie Heuschrecken auf die Erde nieder. Auf der Oberfläche des Salzsees rollten sich die Tropfen zu runden Schlammkügelchen zusammen, und die zähen Zweige der Sträucher am Ufer schwankten und zitterten.

Der Regen brannte auf Centaines Haut. Sie lachte, als sie O'was und H'anis Freudensprünge sah. Sie hatten ihre armseligen Kleider ausgezogen und tanzten nackt im Regen. Die Tropfen klatschten in silbernen Wölkchen auf die faltige, bernsteinfarbene Haut, und sie johlten vor Freude. Centaine riß sich den Rock herunter, schleuderte ihren Umhang fort und stand, das Gesicht nach oben gewandt, mit ausgebreiteten Armen splitternackt im Regen. Der Regen schlug ihr ins Gesicht und löste ihre langen dunklen Haare. Sie strich sie mit beiden Händen zurück und öffnete den Mund. Es war, als stünde sie unter einem Wasserfall. Das andere Ufer des Salzsees verschwand hinter einem blauen Regenschleier, und die Oberfläche verwandelte sich in gelben Schlamm. Der Donner klang, als würden riesige Felsen über das Dach des Himmels gerollt.

Die Erde schien sich unter den silbernen Regenfluten aufzulösen. Der Salzsee stand knöcheltief unter Wasser, und der weiche Schlamm quatschte unter Centaines Füßen. Der Regen gab den drei Menschen Mut und neue Kraft, und sie tanzten und sangen, bis O'wa plötzlich innehielt und den Kopf vorstreckte, um zu lauschen.

Centaine konnte außer dem Donner und dem Plätschern des Regens nichts hören, aber O'wa stieß einen Warnruf aus. Sie arbeiteten sich durch den tiefen Schlamm und das gelbe Wasser, das ihnen nun schon bis zu den Knien reichte, bis zur steilen Uferböschung vor. Nachdem sie das Ufer erklommen hatten, hörte auch Centaine das Geräusch, das O'wa beunruhigt hatte — es rauschte wie starker Wind in hohen Bäumen.

»Der Fluß«, rief O'wa und deutete durch die dichten Regenschleier, »der Fluß lebt wieder.«

Er kam wie eine riesige, gelbe Python schäumend durch das sandige Flußbett heruntergeschossen, überflutete die Ufer und brachte die Kadaver ertrunkener Tiere und die Stämme entwurzelter Bäume mit. Die ungeheure Wasserflut ergoß sich in den Salzsee und rauschte in großen Wellen über die Oberfläche, leckte gierig an der Uferböschung unter ihren Füßen, umspülte ihre Beine und drohte sie umzureißen.

Sie nahmen hastig ihre wenigen Habseligkeiten auf und wateten höher hinauf. Durch die Regenwolken wurde es vorzeitig dunkel, und es war kalt. Da es ihnen nicht gelang, Feuer zu machen, kauerten sie erbärmlich zitternd beisammen und versuchten, sich gegenseitig zu wärmen.

Es regnete die ganze Nacht. In der trüben grauen Morgendämmerung blickten sie auf den endlosen, schimmernden See, aus dem wie Inseln einige Bodenerhebungen und eine Menge entwurzelter Akazien ragten.

»Hört das denn nie wieder auf?« flüsterte Centaine. Ihre Zähne klapperten, und die Kälte schien in ihren Bauch einzudringen, denn das Baby zappelte und strampelte.

Die beiden alten Leute nahmen die Kälte mit Gelassenheit

hin wie alles andere. Und der Regen schien noch stärker zu werden und verbarg das überschwemmte Land hinter einem gläsernen Schleier.

Dann hörte der Regen plötzlich auf. Übergangslos, ohne vorher schwächer zu werden oder nachzulassen; in der einen Sekunde stürzte er noch kaskadenartig herab, in der nächsten Sekunde war alles vorbei. Die tiefhängende graue Wolkendecke riß auf, der Himmel erstrahlte in einem reinen, makellosen Blau, und die Sonne entfaltete ihren blendenden Glanz. Noch vor Mittag hatte die durstige Erde das Wasser aufgesaugt. Nur auf dem Salzsee glitzerte noch das schwefelgelbe Oberflächenwasser. Doch das Land war reingewaschen und erstrahlte in den sattesten Farben. Der Staub, der jeden Strauch und jeden Baum bedeckt hatte, war fortgespült, und Centaine sah Grüntöne, die sie in dieser gelblichbraunen Landschaft nie für möglich gehalten hätte. Die feuchte Erde leuchtete in kräftigen Schattierungen von Ocker, Orange und Rot, und das Gezwitscher der kleinen Wüstenlerchen klang fröhlich.

Centaine und die beiden San breiteten ihre Habseligkeiten zum Trocknen auf dem Boden aus. O'wa konnte sich nicht beherrschen und tanzte wie verrückt.

»Die Wolkengeister haben den Weg für uns geebnet. Sie haben die Wasserlöcher wieder aufgefüllt. Mach dich bereit, H'ani, meine kleine Wüstenblume: Morgen vor Tagesanbruch brechen wir auf.«

Nach dem ersten Tagesmarsch kamen sie in eine Gegend, die so anders war, daß Centaine das Gefühl hatte, sich auf einem anderen Kontinent zu befinden. Hier hatten sich die uralten Dünen gefestigt und zu sanften Hügeln verdichtet und trugen eine üppige Pflanzendecke. Mopanibäume und hohe Kiaatbäume erhoben sich abwechselnd aus dem fast undurchdringlichen Dickicht der Myrtenheide auf dem Hügelrücken. Hie und da ragte eine riesige silberne Terminalia oder ein gewaltiger Baobab zwanzig Meter weiter über den Wald empor.

Weite, goldgelbe Grasflächen in den Tälern und einzelne

Giraffenakazien mit flachen Baumkronen verliehen der Landschaft das Aussehen eines Parks. In den Niederungen gab es flache Wasserstellen, die der Regen aufgefüllt hatte, und das ganze Land schien vor Leben zu summen und zu brodeln.

In dem gelben Gras erschienen frische, zartgrüne Schößlinge. Ein Meer von wilden Blumen, Gänseblümchen, Feuerlilien, Gladiolen breitete sich aus und erfreute Centaine mit seiner Farbenpracht. Schwärme von Queleas, die so groß wie Bienen waren, schwirrten über sie hinweg, Haubenwürger mit rubinroten Brustfedern, Flughühner und Fankolinhühner, so dick wie Haushühner, und Wasservögel, Wildenten, langbeinige Schnepfenvögel und dunkelblaue Reiher bevölkerten die überfüllten Wasserlöcher.

»Es ist so schön hier«, rief Centaine begeistert aus. Die Tagesmärsche waren leicht nach den Entbehrungen in den unfruchtbaren Gegenden des Westens, und wenn sie haltmachten, gab es Wasser, wilde Früchte, Nüsse und Wild im Überfluß.

Eines Abends kletterte O'wa in das dicke, fleischige Geäst eines riesigen Affenbrotbaumes und räucherte einen Bienenstock aus, der den hohlen Baumstamm schon sehr lange bewohnte. Er kam mit einem Kürbis voll dicker Honigwaben herunter, aus denen dunkler, nach gelben Akazienblüten duftender Honig floß.

Jeden Tag begegneten sie neuen Arten wilder Tiere: Rappenantilopen, schwarz wie die Nacht und mit langen krummen Hörnern, und Kaffernbüffel mit traurig gesenkten Köpfen und ungeheuren, gewellten Hörnern.

»Sie sind von dem großen Fluß und den Sümpfen heruntergekommen«, erklärte O'wa. »Sie folgen dem Wasser, und wenn es wieder trocken wird, gehen sie in den Norden zurück.«

In der Nacht wachte Centaine von einem nie gehörten Laut auf, der noch viel schrecklicher war als das Gejaule der schwarzrückigen Schakale oder das verrückte Geschrei und Geheul der Hyänen. Es war ein dröhnender, anschwellender Laut, der die Dunkelheit erfüllte und in tiefen Brummtönen endete. Centaine kroch aus ihrer kleinen Hütte und lief zu H'ani.

»Was war das, alte Großmutter? Das ist ein Laut, der den Bauch in Wasser verwandelt!« Centaine bemerkte, daß sie zitterte, und die alte Frau drückte sie an sich.

»Auch die mutigsten Männer zittern, wenn sie das Brüllen des Löwen zum erstenmal hören«, beruhigte sie sie. »Aber hab keine Angst, Nam-Kind, O'wa hat einen Zauber gemacht, um uns zu schützen. Der Löwe findet ein anderes Wild heute nacht.«

Dennoch saßen sie die ganze Nacht dicht am Feuer und schürten es fleißig, denn offensichtlich vertraute H'ani den Zauberkräften ihres Mannes ebensowenig wie Centaine.

Das Löwenrudel umkreiste ihr Lager, hielt sich aber immer außerhalb des Feuerscheins, so daß Centaine nur ab und zu einen hellen Fleck zwischen den dunklen, überhängenden Sträuchern vorbeischleichen sah; in der Morgendämmerung entfernte sich das schreckliche Gebrüll, als die Löwen nach Osten weiterzogen, und O'wa zeigte ihr, geschwätzig vor Erleichterung, die riesigen Abdrücke ihrer Pranken in der weichen Erde.

Am neunten Tag, nachdem sie den »Großen weiten Ort« verlassen hatten, gingen sie gerade durch einen Mopaniwald zur nächsten Wasserstelle, als vor ihnen ein Donnern ertönte wie von einem Kanonenschuß. Alle drei erstarrten.

»Was ist das, H'ani?« Aber sie bedeutete Centaine zu schweigen, da hörten sie das Krachen von brechendem Unterholz und plötzlich ein schrilles Schmettern, das wie ein Trompetenstoß klang.

Hastig prüfte O'wa den Wind, wie er es vor jeder Jagd tat, und dann führte er die Frauen in einem weiten Kreis durch den Wald, bis er schließlich unter den ausladenden, glänzenden grünen Ästen eines hohen Mopanibaumes stehenblieb und seine Bündel und Waffen ablegte.

»Komm!« Er winkte Centaine und kletterte flink wie ein Affe den Baumstamm hinauf. Trotz ihres schweren Bauches kletterte Centaine geschickt hinter ihm her und blickte von einer

Astgabel aus über das grasbedeckte Tal und die Wasserstelle im Talgrund.

»Elefanten!« Die riesigen grauen Tiere trotteten von der gegenüberliegenden Talseite auf das Wasser zu; ihre Köpfe schwangen hin und her, so daß die großen Ohren flatterten, und die Rüssel rollten sich ein und streckten sich vor, als sie den süßen Duft des Wassers witterten.

Die Herde bestand aus mageren alten Königinnen, deren Ohrenlappen zerrissen waren und an deren hageren Rücken die Wirbelsäule hervortrat, aus jungen Bullen mit gelben Stoßzähnen, aus zahnlosen Jungtieren und unbändigen, säugenden Kälbern, die rennen mußten, um mit ihren Müttern Schritt halten zu können, und an der Spitze der Herde schritt majestätisch der Leitbulle.

Er war über drei Meter groß und hatte Narben. Seine Ohren waren ausgebreitet wie das Hauptsegel eines großen Schiffes, und seine Stoßzähne waren doppelt so lang und so dick wie die der anderen Bullen.

Er schien Centaine alt und doch zeitlos zu sein, er war gewaltig, erhaben, wild und rätselhaft wie das ganze Land ringsum.

Lothar De La Rey fand die Spur der Elefanten, drei Tage nachdem sie den Cunenefluß verlassen hatten. Seine Fährtensucher vom Stamm der Owambo schwärmten aus und untersuchten sorgfältig die Spur, indem sie die zertrampelte Erde wie Jagdhunde beschnüffelten. Nachdem sie sich wieder versammelt hatten, nickte Lothar seinem Vorarbeiter zu.

»Sprich, Hendrik.« Der Owambo war ebenso groß wie Lothar, aber breiter in den Schultern. Seine Haut war dunkel und glatt wie geschmolzene Schokolade.

»Eine gute Herde«, meinte Hendrik, »vierzig Kühe, einige mit Kälbern, acht junge Bullen.« Den Kopf des stolzen Kriegers zierte ein dunkler Turban, und an seiner muskulösen Brust hingen einige Halsketten aus Glasperlen, aber er trug Reithosen und einen Petronengurt über der Schulter.

»Und der Leitbulle ist so alt, daß seine Ballen schon glatt sind, so alt, daß er seine Nahrung nicht mehr kauen kann und sein Kot voll Rinde und Zweigen ist. Die Stoßzähne drücken ihn nieder, es ist ein Bulle, den man verfolgen kann«, sagte Hendrick, nahm das Mausergewehr in die rechte Hand und hob es erwartungsvoll hoch.

»Die Spur ist vom Wind verweht«, wandte Lothar ein, »und von Insekten und Wachteln zerkratzt. Drei Tage alt.«

»Sie weiden«, erwiderte Hendrick und breitete die Arme aus, »verstreuen sich, kommen nur langsam vorwärts, die Kälber halten sie auf.«

»Wir werden die Pferde zurückschicken müssen«, meinte Lothar hartnäckig. »Wir können nicht riskieren, sie durch die Tsetsefliegen zu verlieren. Können wir die Elefanten zu Fuß einholen?«

Lothar lockerte sein Halstuch und wischte sich nachdenklich über das Gesicht. Er brauchte dieses Elfenbein. Er war sofort nordwärts zum Cunene geritten, nachdem seine Späher von den schweren Regenfällen berichtet hatten. Er wußte, daß der neue Pflanzenwuchs und das Oberflächenwasser die Herden aus dem portugiesischen Territorium über den Fluß locken würden.

»Zu Fuß holen wir sie in zwei Tagen ein«, versprach Hendrick, allerdings war er ein notorischer Optimist, und daher neckte ihn Lothar:

»Und bei jedem Nachtlager finden wir zehn hübsche Herero-Mädchen, die uns mit einem Bierkrug auf dem Kopf erwarten.«

Hendrick warf den Kopf zurück und lachte sein tiefes, dröhnendes Lachen. »Dann eben drei Tage«, gab er lachend zu, »und vielleicht nur ein Herero-Mädchen, aber dafür sehr schön und willig.«

Lothar wog die Chancen noch einmal ab. Es war ein guter Bulle, und die jüngeren Bullen hatten alle vollentwickelte Stoßzähne, selbst die Kühe würden nicht weniger als zwanzig Pfund abwerfen. Er hatte zwölf seiner besten Männer mit, von denen er zwei mit den Pferden zurückschicken mußte, aber dann waren es noch immer genug, um die Sache zu erledigen. Wenn sie die Herde einholen konnten, hatten sie gute Aussichten, alle Tiere mit Stoßzähnen zu töten.

Lothar De La Rey war völlig pleite. Er hatte seinen Familienbesitz verloren, war zum Verräter und Banditen erklärt worden, weil er den Kampf fortsetzte, nachdem Oberst Franke kapituliert hatte, und auf seinen Kopf war ein Preis ausgesetzt. Das war vielleicht seine allerletzte Chance, wieder zu Geld zu kommen. Er kannte die Briten gut genug, um zu wissen, daß sie sich, sobald der Krieg vorbei war, sofort der Verwaltung der neuen Territorien widmen würden. Bald würde es auch in den entlegensten Gebieten Regierungskommissare und Beamte geben, die dem Gesetz in allen Einzelheiten Geltung verschaffen und der illegalen Jagd auf Elfenbein besondere Aufmerksamkeit schenken würden. Die Tage der guten alten Freibeuterei waren wahrscheinlich gezählt. Es konnte seine letzte Jagd sein.

»Bringt die Pferde zurück!« befahl er. »Und nehmt die Spur auf!«

Am späten Nachmittag erreichten sie den Tsetsefliegen-Gürtel, und die tückischen kleinen Fliegen schwärmten aus dem Dunkel des Waldes und quälten sie, indem sie sich ihnen auf die Rücken setzten und ihnen die blutsaugenden Stechrüssel ins Fleisch bohrten.

Die Männer schnitten grüne Blätter ab und fegten einander die Fliegen vom Rücken. Bei Einbruch der Nacht war die Spur der Elefantenherde nur mehr zwei Tage alt und so frisch, daß die Ameisenlöwen noch keine Zeit gehabt hatten, ihre winzigen, trichterförmigen Höhlen in die festgetrampelten Abdrücke zu graben.

Die Dunkelheit zwang die Männer, haltzumachen. Sie legten sich auf den harten Boden und schliefen wie eine Meute von Jagdhunden, aber als der Mond über den Wipfeln der Mopanibäume stand, weckte Lothar sie wieder.

Eine Stunde nach Sonnenaufgang waren sie plötzlich wieder aus dem Tsetsefliegen-Gürtel draußen. Die Jagdgründe dieser kleinen geflügelten Mörder waren scharf abgegrenzt, und das einzige Andenken an ihre heftigen Attacken waren die geschwollenen, juckenden Stellen im Nacken.

Zwei Stunden vor Mittag erreichten sie eine gute Wasserstelle in einem der Täler des Mopaniwaldes. In wenigen Stunden würden sie die Herde eingeholt haben.

»Trinkt schnell«, befahl Lothar und watete in das schlammige Wasser, das die badenden Elefanten aufgewühlt hatten, so daß es kaffeebraun gefärbt war. Er füllte seinen Hut und goß sich das Wasser über den Kopf. Die dichten rotgoldenen Locken fielen ihm ins Gesicht, und er schnaubte vor Vergnügen. Das Wasser war scharf und bitter vom Salz des Elefantenurins — unter dem Schock des kalten Wassers entleerten die großen Tiere immer ihre Blasen —, trotzdem tranken die Jäger und füllten ihre Wasserflaschen.

»Macht schnell«, trieb Lothar sie an.

»Baas!« Hendrick winkte ihm lebhaft, und Lothar watete ans Ufer und lief um den Tümpel herum.

»Was ist los?«

Wortlos deutete der große Owambo auf den Boden. Die Fußabdrücke zeichneten sich deutlich im festen gelben Lehm ab und waren noch so frisch, daß sie die Spur der Elefantenherde überlagerten; in die Kerben sickerte das Wasser.

»Menschen!« stieß Lothar hervor. »Nachdem die Herde weitergezogen ist, waren Männer hier.«

Hendrick verbesserte ihn barsch: »Keine Menschen, sondern San. Kleine gelbe Rinderdiebe.« Die Owambos waren Hirten, das Vieh ihre ganze Liebe und ihr Lebensinhalt. »Die Wüstenhunde, die die Zitzen von den Eutern unserer besten Kühe schneiden« — ihre traditionelle Rache für die Greuel, die an ihnen begangen wurden —, »sie sind noch nicht weit gekommen. Wir könnten sie noch einholen.«

»Die Gewehrschüsse würden die Herde aufschrecken.« Lothar haßte die Buschmänner ebenso wie sein Vorarbeiter. Sie waren gefährliches Ungeziefer, Viehdiebe und Mörder. Sein Großonkel war auf einer der großen Buschmannjagden vor fünfzig Jahren getötet worden, ein kleiner, vergifteter Pfeil war durch sein Lederwams gedrungen, und sein qualvoller Tod war in allen Einzelheiten in der Familienchronik aufgezeichnet worden.

Sogar die Engländer mit ihrer widerwärtigen Gefühlsduselei gegenüber den Schwarzen hatten erkannt, daß für die San in dieser Welt des zwanzigsten Jahrhunderts kein Platz war. Cecil Rhodes' berühmte Südafrikapolizei hatte Anweisung, alle wilden Hunde und San, denen sie auf Streife begegneten, unverzüglich zu erschießen. Man betrachtete wilde Hunde und San als Angehörige derselben Gattung.

Lothar war unschlüssig, hin und her gerissen zwischen dem Vergnügen, der Allgemeinheit einen Dienst zu erweisen, indem er das San-Pack verfolgte und erledigte, und der Möglichkeit, seine Vermögensverhältnisse aufzubessern, indem er die Elefantenherde verfolgte.

»Das Elfenbein«, entschied er. »Nein, das Elfenbein ist wichtiger als diese gelben Paviane.«

»Baas — hier!« Hendrick war um den Teich herumgegangen und plötzlich stehengeblieben.

Sein Tonfall war so alarmierend, daß Lothar eilig zu ihm ging; dann bückte er sich hastig, um diese neuen Fußabdrücke eingehender zu untersuchen.

»Kein San!« flüsterte Hendrick. »Zu groß.«

»Aber eine Frau«, erwiderte Lothar. Der schmale Fuß und die kleinen, ebenmäßigen Abdrücke der Zehen waren eindeutig. »Eine junge Frau.« Die Zehenabdrücke waren tiefer als die Abdrücke der Fersen — also der federnde Schritt eines jungen Menschen.

»Das ist nicht möglich!« Hendrick hockte sich neben ihn und zeichnete den Bogen zwischen Ballen und Ferse nach, ohne den Abdruck zu berühren. Lothar schüttelte seine nassen Locken.

Die Schwarzen Afrikas gingen ihr Leben lang barfuß und hinterließen charakteristisch flache Fußabdrücke.

»Trägt Schuhe«, sagte Hendrick leise.

»Eine weiße Frau? Nein, das ist unmöglich!« wiederholte Lothar.

»Nicht hier und noch dazu in Begleitung wilder Buschmänner! Um Gottes willen, wir sind Hunderte Kilometer von der Zivilisation entfernt!«

»Es ist aber so, es ist eine junge weiße Frau, eine Gefangene der San«, bestätigte Hendrick, und Lothar runzelte die Stirn.

Die Ritterlichkeit gegenüber Frauen seiner eigenen Rasse war ein wesentlicher Bestandteil von Lothars Erziehung gewesen, eine der Säulen seines protestantischen Glaubens. Als Soldat und Jäger beherrschte Lothar die Kunst des Spurenlesens so vollkommen, daß er jeden Abdruck auf dem Boden zu deuten wußte. Als er nun vor diesen zierlichen Fußabdrücken kauerte, formte sich in seinem Geist ein Bild. Er sah ein Mädchen vor sich, feingliedrig, langbeinig, wohlgestaltet, aber widerstandsfähig und stolz, mit einem schnellen Schritt, der die Ballen der Füße stärker belastete. Außerdem war sie mutig und entschlossen. In dieser Wildnis war kein Platz für Schwächlinge, und dieses Mädchen war offensichtlich kerngesund. Als das Mädchen in Lothars Vorstellung Gestalt annahm, wurde er sich der Leere in seiner Seele bewußt.

»Wir müssen dieser Frau folgen«, sagte er leise, »um sie von den San zu befreien.«

Hendrick verdrehte die Augen, nahm seine Tabaksdose heraus und streute etwas von dem roten Puder auf seine rosige Handfläche.

»Der Wind steht schlecht«, sagte er und wies mit der Hand in die Richtung, in die die Spur lief, »sie marschieren mit dem Wind. Wir können sie nie einholen.«

»Es gibt immer hundert gute Gründe, warum wir nicht tun sollen, was du nicht tun willst.« Lothar strich sich die nassen Haare zurück und band sie mit einem Lederriemen im Nacken zusammen. »Wir verfolgen ein paar San, keine Tiere.«

»Die San sind Tiere.« Hendrick hielt sich eines seiner breiten, flachen Nasenlöcher zu und sog mit dem anderen den Schnupftabak ein, bevor er fortfuhr: »Bei diesem Wind können sie dich auf zwei Kilometer riechen, und sie hören dich lange, bevor du sie zu Gesicht bekommst.« Er putzte sich die Hände ab und wischte einen Tabaksrest von der Oberlippe.

»Ein hübsches Märchen!« spottete Lothar. »Sogar für dich,

den größten Lügner von ganz Owamboland.« Dann fügte er barsch hinzu: »Schluß mit dem Geschwätz, wir folgen dem weißen Mädchen. Nimm die Spur auf.«

Von ihrem Platz in der höchsten Astgabel des Mopanibaumes beobachtete Centaine mit wachsendem Vergnügen die Elefantenherde an der Wasserstelle. Der Leitbulle war mürrisch, seine arthritischen Gelenke schmerzten offensichtlich. Alle behandelten ihn mit Respekt und überließen ihm die eine Seite des Teiches. Er trank geräuschvoll, indem er sich das Wasser mit dem Rüssel ins Maul spritzte. Dann ließ er sich ächzend in den Schlamm sinken, nahm das Wasser mit dem Rüssel auf und spritzte es über seinen staubigen, grauen Kopf. Während es über seine Wangen lief, schloß er entzückt die Augen.

Auf der anderen Seite des Wasserloches tranken und badeten die jungen Bullen und die Kühe, ließen Schlamm und Wasser aus ihren Rüsseln sprudeln wie aus Feuerwehrschläuchen, bespritzten Vorderbeine und Flanken, hoben die Köpfe und steckten ihre Rüssel tief in die Mäuler, um literweise Wasser in ihre Bäuche zu pumpen. Stolz und nachsichtig blickten sie auf die Kälber hinab, die unter ihren Bäuchen und vor ihren Beinen herumsprangen.

Eines der kleinsten Kälber, nicht größer als ein Schwein und ebenso dick, versuchte, unter dem Stamm eines abgestorbenen Baumes, der in den Teich gefallen war, hindurchzukriechen und blieb im Schlamm stecken. Es stieß einen erschrockenen, ängstlichen Schrei aus. Die anderen Elefanten der Herde reagierten augenblicklich, und aus den zufriedenen, trägen Tieren wurden wütende, rachedurstige Kolosse. Sie stürzten sich in den Teich und wühlten mit ihren großen Füßen das Wasser auf, daß es schäumte.

»Sie glauben, ein Krokodil hätte das Kalb erwischt«, flüsterte O'wa.

»Armes Krokodil!« erwiderte Centaine flüsternd.

Die Mutter zog das Kalb mit einem Ruck an den Hinterbeinen unter dem Baumstamm hervor. Die entrüstete Herde beruhigte sich wieder, allerdings sichtlich enttäuscht, daß sie um das Vergnügen gebracht worden war, das verhaßte Krokodil in Stücke zu reißen. Als sich der alte Bulle schließlich schwerfällig aufrichtete und feucht glänzend in den Wald trottete, trieben die Kühe hastig ihre Sprößlinge zusammen, und alle trotteten gehorsam hinter dem Patriarchen her. Noch lange nachdem sie im Wald verschwunden waren, hörte Centaine das Knacken des Unterholzes, als sie Richtung Süden weiterzogen.

Lachend kletterte sie hinter O'wa von dem Mopanibaum herunter.

Sie gingen zu der Wasserstelle, und Centaine staunte über die gewaltigen gelben Kothaufen, die die Elefanten hinterlassen hatten. Sie bückte sich, um sich das Gesicht zu waschen, denn in der Hitze bot selbst das schlammige Wasser Erfrischung, doch plötzlich erstarrte O'wa, hob den Kopf und drehte ihn nach Norden, in die Richtung, aus der die Elefantenherde gekommen war.

»Was ist, alter Großvater?« H'ani hatte seine Anspannung sofort gespürt.

O'wa antwortete nicht gleich, aber sein Blick flackerte unruhig, und seine Lippen zuckten nervös.

»Da ist etwas, etwas im Wind — ein Geräusch, ein Geruch, ich bin nicht sicher«, flüsterte er. Und dann, mit plötzlicher Entschiedenheit: »Gefahr — sehr nahe. Wir müssen fort.«

H'ani sprang sofort auf und griff nach dem Beutel mit den Straußeneiern.

»Nam-Kind«, sagte sie leise, aber drängend, »beeil dich.«

»H'ani —« Centaine drehte sich bestürzt um. Sie stand bereits knietief im schlammigen Wasser. »Es ist so heiß, ich möchte —«

»Wir sind in Gefahr, in großer Gefahr.« Die beiden San flohen in den schützenden Wald. Centaine wußte, daß sie in ein paar Sekunden allein sein würde, und vor dem Alleinsein hatte sie noch immer große Angst. Sie watete eiligst aus dem Wasser, nahm Beutel und ihren Stock und zog sich im Laufen an.

»O'wa blieb stehen, um auf Centaine zu warten.

»Was ist los, O'wa?« keuchte sie. »Was muß ich tun?«

»Verwisch die Spuren, wie ich es dir gezeigt habe«, befahl O'wa, und sie erinnerte sich an das, was er ihr so geduldig beigebracht hatte: das Verwischen einer Spur und das Legen einer falschen Fährte, um es einem Verfolger schwer oder unmöglich zu machen, ihr zu folgen.

»Erst H'ani, dann du.« O'wa hatte das Kommando übernommen. »Folge ihr. Tu das gleiche wie sie. Ich gehe hinter dir her und gleiche deine Fehler aus.«

Die alte Frau bewegte sich gewandt und schnell. Sie huschte durch den Wald, indem sie Wildpfade und offene Lichtungen mied, auf denen ihre Spur deutlich erkennbar gewesen wäre, und suchte sich den schwierigsten Weg, kroch gebückt unter Dornensträuchern durch, trat auf Grasbüschel, lief über die Stämme umgestürzter Bäume, veränderte dauernd ihre Schrittlänge, hopste seitwärts über härteren Boden und wandte jeden Trick an, den sie in ihrem langen, harten Leben gelernt hatte.

Centaine konnte ihr kaum folgen und ließ außerdem gelegentlich einen verwischten Fußabdruck zurück, knickte im Vorbeigehen ein grünes Blatt an einem Busch und drückte das Gras leicht nieder. O'wa lief mit einem Grasbüschel in der Hand dicht hinter ihr her, und verwischte ihre Spuren völlig. Er lenkte H'ani mit nachgeahmtem Vogelgezwitscher und mit Pfiffen, auf die sie sofort reagierte, indem sie sich nach rechts oder nach links wandte, schneller lief oder für ein paar Sekunden regungslos stehenblieb, damit O'wa lauschen und schnüffeln konnte.

Plötzlich öffnete sich vor ihnen eine weite Lichtung, auf der nur ein paar hohe Giraffenakazien standen; dahinter erhob sich eine niedrige Hügelkette, die dicht bewaldet und mit wilden Ebenholzsträuchern bewachsen war. Diese Hügelkette war O'was Ziel.

Er wußte, daß der Boden des Hügels aus steinhartem, klumpigem und zerfurchtem Kalkspat bestand, und er wußte auch, daß ihm auf diesem Boden kein menschliches Wesen folgen konnte. Hatten sie die Hügelkette einmal erreicht, dann waren sie in Sicherheit, aber die Lichtung lag noch vor ihnen, und wenn sie auf freiem Feld überrascht wurden, waren sie eine leichte Beute, besonders wenn die Verfolger mit dem Rauch bewaffnet waren, der aus der Ferne töten konnte.

O'wa verschwendete ein paar kostbare Sekunden, um zu wittern. Es war schwer, die Entfernung dieses widerlichen Geruchs abzuschätzen, dieses Gestanks von Karbolseife und Schnupftabak, von ungewaschenen Wollsocken, verschwitzten Kleidern und dem ranzigen Rinderfett, mit dem die Owambos sich einrieben, aber er wußte, daß er die Überquerung der Lichtung riskieren mußte.

Er tat sein Bestes, konnte aber nicht alle Spuren verwischen, die Nam-Kind auf dem weichen, sandigen Boden hinterließ. Die Owambos waren fast ebenso gute Fährtensucher wie er selbst. Erst auf dem harten Kalksteinboden der Hügelkette konnte er sie sicher abschütteln. Er ahmte den Pfiff eines rotbrüstigen Würgers nach, und H'ani lief gehorsam auf die Lichtung hinaus und trippelte durch das kurze gelbe Gras.

»Lauf, kleiner Vogel«, rief O'wa leise. »Wenn sie uns im Freien erwischen, sind wir tot.«

»Sie haben uns gewittert«, sagte Hendrick und drehte sich zu Lothar um. »Siehst du, sie verwischen ihre Spuren.«

Am Waldrand schien sich ihre Jagdbeute in Luft aufgelöst zu haben. Hendrick gab den anderen Owambojägern ein Zeichen, und sie verteilten sich schnell. In einer langen Reihe rückten sie vor. Einer der Männer rechts außen stieß einen leisen Pfiff aus und winkte unauffällig, um ihnen die neue Richtung zu zeigen.

»Sie fliehen mit dem Wind«, murmelte Hendrick Lothar zu, der zehn Schritte neben ihm ging. »Ich hätte es wissen müssen.«

Die Männer schwenkten herum und rückten weiter vor. Wieder pfiff ein Mann, diesmal von links außen, und bestätigte die Richtung mit einer anmutigen, unauffälligen Handbewegung; sie beschleunigten ihre Schritte.

Lothar entdeckte unmittelbar vor sich einen winzigen Unterschied in der Farbe des scheinbar unberührten Bodens, einen kleinen, helleren Fleck im Sand, der nicht größer war als der Fuß eines Mannes, und er bückte sich, um ihn zu untersuchen. Es war ein Fußabdruck, der sorgfältig verwischt und unkenntlich gemacht worden war. Lothar pfiff leise und winkte seine Leute in dieser Richtung weiter.

»Glaubst du jetzt, daß die San wie Elefanten wittern können?« fragte Hendrick, als sie weiterliefen.

»Ich glaube nur das, was ich sehe«, erwiderte Lothar grinsend. »Wenn ich einen Buschmann mit der Nase am Boden schnüffeln sehe, dann glaube ich es.«

Hendrick lachte leise, aber seine Augen blieben kalt und ernst.

»Sie haben Pfeile«, sagte er.

»Dann laßt sie nicht zu nahe herankommen«, erwiderte Lothar. »Schießt sie nieder, sobald ihr sie seht, aber paßt auf die weiße Frau auf. Ich werde jeden töten, der sie verletzt. Sag das den anderen.«

Lothars Befehl wurde leise weitergegeben. »Erschießt die San, paßt aber gut auf die weiße Frau auf.«

Zweimal verloren sie die Spur. Sie mußten jedesmal bis zum letzten sichtbaren Zeichen zurückgehen und die verlorenen Fährten suchen, bevor sie die Verfolgung wiederaufnehmen konnten. Durch jede Unterbrechung gewannen die San Zeit und Abstand, und Lothar wurde allmählich nervös.

»Sie entfernen sich immer mehr von uns«, rief er Hendrick zu. »Ich werde in dieser Richtung loslaufen — und ihr folgt der Spur, für den Fall, daß sie wieder ausweichen.«

»Sei vorsichtig!« rief Henrick ihm nach. »Sie können im Hinterhalt liegen. Gib acht auf die Pfeile.«

Lothar ignorierte die Warnung und lief durch den Wald, ohne weiter auf Spuren zu achten; er hoffte, daß die Buschmänner geradeaus weitergegangen waren und daß er sie überraschen und stellen konnte oder wenigstens so sehr in die Enge treiben, daß sie ihre Gefangene zurückließen. Die spitzen Dornen, die seine Kleidung zerrissen, beachtete er nicht. Er lief gebückt und so schnell er konnte unter den niedrigen Ästen der Mopanibäume und den umgestürzten Baumstämmen durch.

Plötzlich war der Wald zu Ende, und vor ihm lag die große Lichtung. Schwer atmend richtete er sich auf; Schweiß lief ihm in die Augen und durchnäßte sein Hemd zwischen den Schulterblättern.

Auf der gegenüberliegenden Seite der Lichtung, knapp unterhalb des Waldes, entdeckte er eine Bewegung, kleine schwarze Punkte über dem schwankenden gelben Gras. Er drehte sich um und kletterte auf den untersten Ast des nächsten Baumes, um besser sehen zu können.

Er nahm das kleine Messingfernrohr aus seiner Jagdtasche und zog es auseinander. Seine Hände zitterten so sehr, daß er es kaum einstellen konnte.

Drei menschliche Gestalten erschienen im runden Feld der Linse. Sie bewegten sich im Gänsemarsch von ihm fort und hatten den Waldrand schon fast erreicht. Nur ihre Köpfe und Schultern ragten aus dem Gras. Eine der Gestalten war größer als die anderen beiden.

Lothar sah sie nur für ein paar Sekunden lang, bevor sie den Waldrand erreichten, und zwei von ihnen verschwanden sofort, während die größere Gestalt stehenblieb, auf einen umgestürzten Baumstamm stieg und über die Lichtung zurückblickte.

Es war ein Mädchen. Ihre langen dunklen Haare waren zu zwei dicken Zöpfen geflochten, die auf ihre Schultern herabfielen. Durch das Fernrohr konnte Lothar sogar ihre Gesichtszüge erkennen — sie schaute ängstlich drein, aber trotzig. Die Form ihres Kinns und ihrer Augenbrauen war aristokratisch, der Mund voll und entschlossen, die dunklen Augen blickten stolz und strahlend, und ihre Haut war dunkelgolden wie Honig, so daß er für einen Augenblick dachte, das Mädchen sei eine Mulattin. Während er sie beobachtete, wechselte sie den Beutel, den sie trug, von einer Schulter auf die andere, und der grobe Stoff, der ihren Oberkörper verhüllte, klaffte sekundenlang auseinander.

Lothar sah flüchtig die helle, von der Sonne unberührt gebliebene Haut darunter, die Umrisse einer festen, schön geformten jungen Brust mit rosigen Brustwarzen, und spürte plötzlich eine Schwäche in den Beinen, die nicht vom Laufen kam. Für einen Augenblick stockte ihm der Atem.

Die Frau wandte sich von ihm ab und zeigte ihm ihr Profil, und in diesem Augenblick wußte Lothar, daß er noch nie ein anziehenderes Mädchen gesehen hatte. Er sehnte sich nach ihr mit jeder Faser.

Sie drehte sich um, sprang behende von dem Baumstamm und verschwand. Die Äste der Bäume am Waldrand zitterten noch ein paar Sekunden.

Lothar starrte hinter dem Mädchen her, und das Gefühl, etwas verloren zu haben, war so stark, daß er sich sekundenlang nicht rühren konnte, dann sprang er vom Baum, ließ sich auf den Knien abrollen und kam blitzschnell wieder auf die Beine.

Er pfiff und hörte Hendrick aus der Ferne antworten, wartete aber nicht auf seine Leute. Er rannte so schnell wie möglich über die Lichtung, doch seine Füße schienen schwer wie Blei zu sein. Er erreichte die Stelle, wo das Mädchen stehengeblieben war, und fand den umgestürzten Baumstamm, auf den sie gestiegen war. Die Abdrücke ihrer bloßen Füße, die sie in der weichen Erde hinterlassen hatte, als sie von dem Baumstamm heruntergesprungen war, waren tief und deutlich zu erkennen, aber ein paar Schritte weiter hatte sie den Kalksteinboden erreicht. Der Boden war hart wie Marmor, uneben und zerfurcht, und Lothar wußte sofort, daß auf diesem Boden keine Abdrücke zu finden waren. Er machte sich gar nicht erst die Mühe, nach Fußspuren zu suchen, sondern bahnte sich durch das dichte Unterholz einen Weg hinauf auf die Hügelkuppe und hoffte, von oben eine bessere Aussicht zu haben.

Der Hügel war dicht bewaldet, und selbst als er den höchsten Ast eines einzelnen Affenbrotbaumes erklomm, sah er unter sich nur die Wipfel des Waldes, der sich grau und abweisend bis zum Horizont erstreckte. Mißmutig kehrte er zum Rand der Lichtung zurück. Dort erwarteten ihn seine Owambos.

»Wir haben die Spur auf dem harten Boden verloren«, erklärte Hendrick zur Begrüßung.

»Sucht weiter, wir müssen sie finden«, befahl Lothar.

»Ich hab's schon versucht, die Spur ist hier zu Ende.«

»Wir können nicht aufgeben. Wir müssen alles versuchen — ich lasse sie nicht entkommen.«

»Du hast sie gesehen«, sagte Hendrick leise und beobachtete das Gesicht seines Herrn.

»Ja.«

»Es war ein weißes Mädchen«, bohrte Hendrick hartnäckig. »Du hast das Mädchen gesehen, stimmt's?«

»Wir können sie nicht hier in der Wildnis zurücklassen.« Lothar wandte sich ab. Er wollte nicht, daß Hendrick etwas von seinem Seelenzustand merkte. »Wir müssen sie finden.«

»Wir werden es noch einmal versuchen.« Hendrick gab nach und fügte mit einem verschmitzten, vielsagenden Blick hinzu: »Sie ist schön, stimmt's?«

»Ja«, flüsterte Lothar, ohne seinen Vorarbeiter anzublikken. »Sie ist schön.« Er schüttelte sich, als erwache er aus einem Traum, und sein Kinn wurde hart.

»Laß deine Männer den Hang bis zur Kuppe absuchen«, befahl er.

Sie arbeiteten sich wie eine Jagdhundmeute den Hügel hinauf und untersuchten jeden Zentimeter des harten gelben Steinbodens, fanden aber nur ein einziges Anzeichen dafür, daß die San und das Mädchen hiergewesen waren.

In einem der überhängenden Äste eines Weißbaumes nahe der Hügelkuppe hing in Schulterhöhe eine Haarlocke, die vom Kopf des Mädchens stammte. Die Haarsträhne war so lang wie Lothars Unterarm, elastisch und gelockt, und glänzte wie schwarze Seide im Sonnenlicht. Lothar wickelte sie vorsichtig um seinen Finger, und als keiner der Männer hersah, öffnete er das Medaillon, das an einer goldenen Kette um seinen Hals hing. Im Inneren befand sich ein Miniaturbildnis seiner Mutter. Er legte die Locke hinein und schloß das Medaillon wieder.

Lothar ließ seine Männer bis in die Dunkelheit weitersuchen und trieb sie am nächsten Morgen neuerlich an, sobald sie den Boden unter ihren Füßen erkennen konnten. Vier Tage später hatten sie die Fährte noch immer nicht gefunden, und zwei

Owambos waren desertiert. Sie hatten sich bei Nacht davongeschlichen und ihre Gewehre mitgenommen.

»Wir werden die anderen auch noch verlieren«, warnte Hendrick gelassen. »Sie sagen, es sei verrückt. Sie können es nicht verstehen. Wir haben schon eine Elefantenherde verloren, und dieses Unternehmen wirft keinen Gewinn mehr ab. Die Spur ist kalt. Die San und die Frau sind entwischt. Du wirst sie nicht mehr finden.«

Hendrick hatte recht — die Suche war zu einer fixen Idee geworden. Der flüchtige Anblick eines weiblichen Gesichtes hatte ihn verrückt gemacht. Lothar seufzte und wandte sich langsam von der Hügelkette ab, wo sich die Spur verlor.

»Also gut.« Er hob die Stimme, so daß ihn auch die anderen Männer, die traurig hinter ihm hergetrottet waren, hörten. »Stellt die Suche ein. Die Fährte ist kalt. Wir kehren um.«

Die Wirkung seiner Worte war erstaunlich. Alle beschleunigten ihre Schritte, und ihre Mienen hellten sich auf.

Lothar blieb auf der Hügelkuppe stehen, während seine Männer den Hang hinunterliefen. Er blickte über den Wald nach Osten, zu dem geheimnisvollen Landesinneren hin, in das sich bisher nur wenige weiße Männer gewagt hatten, und tastete nach dem Medaillon an seiner Brust.

»Wo bist du hingegangen? Vielleicht in diese Richtung, tiefer hinein in die Kalahari? Warum hast du nicht auf mich gewartet — warum bist du davongelaufen?« Er erhielt keine Antwort. »Sollte ich deine Spur jemals wiederfinden, dann wirst du mich nicht mehr so leicht los, meine Süße. Das nächstemal folge ich dir bis ans Ende der Welt«, flüsterte er, dann drehte er sich um und machte sich auf den Rückweg.

O'wa änderte die Richtung und folgte der Hügelkette nach Süden, wobei er die Frauen zu größter Eile antrieb. Er ließ ihnen nicht einmal Zeit zu rasten, obwohl Centaine schon sehr erschöpft war und ihn inständig darum bat.

Erst am Nachmittag erlaubte er ihnen, die Tragsäcke abzulegen und sich auf dem harten Boden auszustrecken, während er davoneilte, um an der Grenzlinie zwischen dem Sand der Wüste und dem harten Kalksteinboden eine Stelle ausfindig zu machen, an der sie den Übergang wagen konnten. Auf halbem Weg blieb er stehen und schnupperte; was er roch, war der schwache Geruch von Aas, und als er dem Geruch nachging, fand er den Kadaver eines alten Zebrahengstes. Der Kadaver war schon ein paar Wochen alt, die Haut- und Fleischfetzen waren trocken und hart, und die Knochen lagen verstreut auf den Felsen.

O'wa untersuchte den Kadaver hastig und stellte fest, daß die vier Füße des Zebras unversehrt waren, die Hyänen hatten sie bisher noch nicht zernagt. Mit dem Taschenmesser löste er den Hornmantel der Hufe von den Mittelfußknochen und eilte zurück, um die Frauen zu holen. Er führte sie den Abhang hinunter bis zum weichen Boden und kniete vor Centaine nieder.

»Ich bringe Nam-Kind hinüber und komme zurück, um dich zu holen«, erklärte er H'ani, während er die Hufe mit Bogenhanfsehnen an Centaines Füßen befestigte.

»Wir müssen uns beeilen, alter Großvater, sie können schon dicht hinter uns sein.« H'ani schnupperte und lauschte auf das geringste Geräusch aus dem Wald.

»Wer ist es?« Centaine war wieder zu Atem gekommen. »Wer verfolgt uns? Ich hab' nichts gehört und nichts gesehen. Sind es Leute wie ich, O'wa, sind es meine Leute?«

Rasch schaltete sich H'ani ein, bevor O'wa antworten konnte. »Es sind schwarze Männer. Große schwarze Männer aus dem Norden, nicht deine Leute.« Obwohl sie und O'wa den weißen Mann am Rand der Lichtung gesehen hatten, als sie von der Hügelkuppe aus zurückblickten, waren sie mit wenigen Worten übereingekommen, Nam-Kind mitzunehmen.

»Bist du sicher, H'ani?« Centaine schwankte auf den Zebrahufen wie ein junges Mädchen in ihren ersten hochhackigen Schuhen. »Sie sind nicht so hellhäutig wie ich?« Ganz plötzlich war ihr der entsetzliche Gedanke gekommen, daß sie möglicherweise vor ihren Rettern floh.

»Nein! Nein!« H'ani war aufgeregt. Bald würde das Kind zur Welt kommen, und ihr letzter, einziger Wunsch war, diesen

Augenblick mitzuerleben. »Nicht hellhäutig wie du.« Sie suchte nach dem schrecklichsten Wesen in der Mythologie der San. »Es sind große schwarze Riesen, die Menschenfleisch essen.«

»Kannibalen!« Centaine war entsetzt.

»Ja! Ja! Deshalb verfolgen sie uns auch. Sie werden das Kind aus deinem Bauch schneiden und —«

»Gehen wir, O'wa!« stieß Centaine hervor. »Schnell! Schnell!«

O'wa hatte sich die anderen beiden Hufe an die Füße geschnallt und führte Centaine von der Hügelkette fort, indem er hinter ihr herging und so die falsche Fährte eines Zebras legte, das von dem steinigen Boden über den Sand in den Wald getrabt war.

Eine Meile von den Hügeln entfernt ließ er Centaine im Schutz eines Dornenstrauches zurück, nahm die Zebrahufe von ihren Füßen, drehte die Hufe um und kehrte zurück, um H'ani zu holen. Die beiden San folgten mit den Hufen an den Füßen derselben Spur bis zu Centaines Versteck, entfernten die Hufe, und dann flohen sie alle drei nach Osten weiter.

Sie marschierten die ganze Nacht durch, und als die Frauen in der Morgendämmerung erschöpft einschliefen, ging O'wa vorsichtig auf ihrer Fährte zurück und verwischte sie für den Fall, daß sich die Verfolger von seinem Trick mit den Zebrahufen nicht hatten täuschen lassen. Obwohl er kein Anzeichen dafür entdecken konnte, daß die Verfolger noch hinter ihnen her waren, ließ er die Frauen noch weitere drei Tage und Nächte durchmarschieren.

Am dritten Abend war er endlich davon überzeugt, die Verfolger abgeschüttelt zu haben, und erlaubte den Frauen, ein Feuer zu machen. Im flackernden Schein tanzte er dann feierlich und sang allen Geistern ein Loblied, denn, so erklärte er Centaine ernsthaft, es war nicht sicher, wer ihnen bei ihrer Flucht geholfen hatte, wer den Wind so gelenkt hatte, daß er den warnenden Geruch wahrnehmen konnte, und wer den Kadaver des Zebras so günstig hingelegt hatte. »Deshalb ist es notwendig, allen zu danken.« Er tanzte, bis der Mond unterging, und schlief am nächsten Morgen bis Sonnenaufgang. Danach nahmen sie ihren gewohnten Marschrhythmus wieder auf und machten an diesem ersten Tag sogar früher halt, als O'wa eine Springhasenkolonie entdeckte.

»Das ist das letzte Mal, daß wir jagen können, die Geister sind sehr streng. Ein San darf kein Lebewesen mehr töten, sobald er nur noch fünf Tagesmärsche vom ›Ort des Lebens‹ entfernt ist«, erklärte er Centaine, während er von einem Grewiastrauch lange, biegsame Schößlinge abschnitt, die Rinde abschälte und zusammenband, bis er eine starke Rute von fast neun Metern Länge hatte. Am Ende dieser Rute ließ er einen Zweig stehen, so daß die Rute aussah wie ein primitiver Fischhaken; diesen Haken spitzte er zu und härtete ihn am Feuer. Dann verwandelte er einige Zeit darauf, die Höhlen der Springhasen sorgfältig zu untersuchen, bevor er eine auswählte.

Die Frauen mußten neben ihm niederknien, und er steckte das Rutenende in die Öffnung und trieb es wie ein Schornsteinfeger vorsichtig den Höhlengang hinunter, geschickt durch alle unterirdischen Krümmungen und Kurven, bis die Rute fast ganz unter der Erde verschwunden war.

Plötzlich begann die Rute in seinen Händen zu zucken, und O'wa riß daran wie ein Fischer, der das Ziehen des Fisches spürte.

»Ich hab' ihn!« Er zerrte mit aller Kraft, um die scharfe Holzspitze tiefer in das Fleisch des Tieres zu treiben. »Graben, H'ani. Graben, Nam-Kind!«

Die beiden Frauen bearbeiteten die weiche, bröckelige Erde und gruben rasch, bis O'wa das pelzige Tier aus der Erde ziehen konnte.

Der Springhase hatte die Größe einer großen gelben Katze und sprang auf seinen kräftigen Hinterbeinen auf und ab, bis ihn H'ani mit einem kraftvollen Schlag ihres langen Stockes tötete.

Bei Einbruch der Dunkelheit hatten sie noch zwei Springhasen erlegt, und nachdem sie den Geistern gedankt hatten, verspeisten sie das zarte gebratene Fleisch — zum letztenmal für lange Zeit.

Am nächsten Morgen, als sie zur letzten Etappe ihrer Wanderung aufbrachen, blies ihnen ein stechendheißer Wind entgegen.

O'wa durfte zwar nicht jagen, doch die Kalahari versorgte sie mit üppiger Nahrung. Es gab Blumen und Grünpflanzen, die man wie Salat essen konnte, Wurzeln und Pilze, Früchte und Nüsse und Wasserstellen, die kaum einen Tagesmarsch auseinanderlagen und randvoll mit Wasser gefüllt waren. Nur der Wind war lästig, ungeheuer heiß, und wehte ihnen ständig den Sand ins Gesicht, so daß sie ihre Gesichter mit den Lederschals schützen mußten. Der Wind wirbelte den feinen Staub vom Boden der Salzseen auf und machte die Luft so dunstig, daß die Sonne nur als unklare orangefarbene Scheibe zu erkennen war. Der Staub trieb in einer dünnen Schicht auf der Oberfläche der Wasserstellen, verklebte ihre Nasenlöcher und knirschte zwischen ihren Zähnen. Er bildete kleine feuchte Kügelchen in ihren Augenwinkeln und trocknete ihre Haut aus.

Doch die beiden alten Leute wurden von Tag zu Tag lebhafter, kräftiger und aufgeregter. Der stechende Wind schien ihnen nichts anzuhaben. Sie unterhielten sich lebhaft, während Centaine taumelte und wie am Anfang der Wanderung weit zurückblieb.

Am fünften Abend nachdem sie die Hügelkette überquert hatten, stolperte Centaine in das Nachtlager, das die San am Rand eines großen Salzsees aufgeschlagen hatten.

Viel zu müde und erschöpft, um Gras für ein Bett zu sammeln, legte sie sich auf den harten Boden.

Als H'ani mit Essen zu ihr kam, stieß sie es mürrisch zurück. »Ich will es nicht. Ich will gar nichts. Ich hasse dieses Land — ich hasse die Hitze und den Staub.«

»Bald«, tröstete sie H'ani, »sehr bald sind wir am ›Ort des Lebens‹, und dann wird dein Kind zur Welt kommen.«

Aber Centaine wandte sich ab. »Laß mich — laß mich in Ruhe.«

Sie erwachte vom Geschrei der alten Leute und richtete sich

mühsam auf; sie fühlte sich unförmig, schmutzig und erschöpft, obwohl sie so lange geschlafen hatte; die Sonne stand bereits über den Wipfeln der Bäume am gegenüberliegenden Ufer des Salzsees. Ihr fiel auf, daß sich der Wind während der Nacht gelegt hatte und daß fast kein Staub mehr in der Luft war.

»Nam-Kind, jetzt siehst du es!« rief ihr H'ani zu, und vor Aufregung trillerte sie wie eine Heuschrecke. Centaine stand langsam auf und starrt auf das Bild, das die Staubwolken am Abend verdunkelt hatten.

Jenseits des Salzsees erhob sich ein großer Bergrücken mit steilen Abhängen und einem symmetrisch geformten Gipfel aus der Wüste. Er glühte in allen Farbschattierungen des Sonnenaufgangs. An einigen Stellen war der Berg kahl und bloß, und rote, glatte Felswände leuchteten auf, während andere Teile dicht bewaldet waren; Bäume, die viel höher und kräftiger waren als die Bäume der Ebene, krönten den Gipfel oder wuchsen auf den steilen Abhängen. Das eigenartig rötliche Licht, das durch den Staub in der Luft hervorgerufen wurde, und die Stille der afrikanischen Morgendämmerung verliehen dem Berg majestätische Erhabenheit.

Centaine fühlte, wie Kummer und Not von ihr abfielen, als sie diesen Berg betrachtete.

»Der ›Ort des Lebens‹!« sagte H'ani, und als sie den Namen aussprach, legte sich ihre heftige Erregung, und ihre Stimme wurde zu einem Flüstern. »Um diesen geheiligten Ort noch einmal zu sehen, haben wir die weite, mühselige Reise unternommen.«

O'wa war ebenfalls verstummt, doch er nickte zustimmend. »Das ist der Ort, wo wir endlich mit allen Geistern unseres Volkes Frieden schließen werden.«

Der Berg war weiter entfernt, als es im roten Licht der Morgendämmerung ausgesehen hatte. Während sie auf ihn zumarschierten, schien er eher zurückzuweichen als näher zu kommen. Als die Sonne höher stieg, veränderte er sein Aussehen.

Er wirkte nun abweisend und fern, und die Felswände funkelten im Sonnenlicht wie die Schuppen eines Krokodils.

O'wa ging voran und sang:

»Seht, ihr Geister der San,
wir kommen zu eurem geheimen Ort
mit reinen Händen, nicht befleckt mit Blut.
Seht, ihr Geister von Eland und Mantis,
wir kommen, euch zu besuchen
mit frohem Herzen und Liedern,
euch zu erfreuen.«

Der Berg veränderte sich abermals und begann in der Hitze zu zittern und flimmern. Er sah nicht mehr aus wie massiver Fels, sondern gewellt wie Wasser und weiß wie Rauch. Er schien sich von der Erde zu lösen und auf einem schimmernden silbernen Spiegel in der Luft zu treiben.

Oh, Vogelberg,
der am Himmel fliegt,
wir preisen dich.
Oh, Elefantenberg, größer als
jedes Tier auf der Erde oder am Himmel,
wir begrüßen dich!«

sang O'wa; und als die Sonne ihren Zenit überschritten hatte und die Luft allmählich abkühlte, ließ sich der Berg des Lebens wieder nieder und ragte vor ihnen auf.

Als sie die mit Geröll bedeckten Hänge unterhalb der Felswände erreichten, blieben sie stehen, um zu dem hohen Gipfel aufzublicken. Auf einem Felsband neunzig Meter über ihnen stand eine winzige Antilope. Sie erschrak und flüchtete mit einem Ruf, der wie eine Kinderpfeife klang, geradeaus über die Felswand hinauf und sprang gewandt wie eine Gemse von einem unsichtbaren Felsband zum anderen, bis sie hinter dem Kamm verschwand. Sie arbeiteten sich mühsam über die steile Geröllhalde hinauf an den Fuß der Felswand.

»Seid nicht böse, ihr Geister, daß wir euren geheimen Ort betreten«, flüsterte H'ani, und Tränen liefen ihr über die Wangen. »Wir kommen demütig und in Frieden, ihr freundlichen Geister, wir kommen, um zu erfahren, welches Unrecht wir begangen haben und wie wir es wieder gutmachen können.«

O'wa nahm die Hand seiner Frau, und sie standen wie zwei nackte kleine Kinder vor der glatten Felswand.

»Wir kommen, um für euch zu singen und zu tanzen«, flüsterte O'wa. »Wir kommen, um Frieden zu schließen und um durch eure Gunst wieder mit den Kindern unserer Sippe, die an dem großen Fieber an einem fernen Ort gestorben sind, vereinigt zu sein.«

In diesem intimen Augenblick wirkten sie so verwundbar, daß es Centaine peinlich war, sie zu beobachten. Sie wandte sich ab und wanderte allein die schmale Galerie an der Felswand entlang. Plötzlich blieb sie stehen und blickte erstaunt zu der hohen Felswand hinauf.

»Tiere«, flüsterte sie.

Sie fühlte, daß sie vor abergläubischer Furcht eine Gänsehaut bekam, denn die Felswände waren mit Malereien geschmückt, Freskos von wilden Tieren, die kindlich-einfach, abstrakt, aber von einer eigenartigen Schönheit waren und trotzdem eine erstaunliche Ähnlichkeit mit den Tieren hatten, die sie darstellten. Centaine erkannte die dunklen Konturen von Elefanten mit Stoßzähnen und Rhinozerossen, von Weißschwanzgnus und Antilopen, die in geschlossenen langen Reihen über die Felswände zogen.

»Und Menschen«, flüsterte Centaine; als sie die stockähnlichen menschlichen Gestalten entdeckte, die die Wildtierherde verfolgten.

Die Malereien reichten so hoch hinauf, daß die Künstler, ähnlich wie Michelangelo, Plattformen gebaut haben mußten, um arbeiten zu können. Centaine war ganz in den Anblick einer Schar ockerfarbener und roter Elenantilopen mit Wammen und höckerförmigen Schultern versunken.

H'ani überraschte sie und kauerte sich neben sie.

»Wer hat das gemalt?« fragte Centaine.

»Die Geister der San, vor langer, langer Zeit.«

»Wurden sie denn nicht von Menschen gemalt?«

»Nein! Nein! Menschen können das nicht, das sind Zeichnungen von Geistern.«

Das Tageslicht schwand bereits, aber während sie langsam am Fuß des Berges entlang wanderten, blickten sie immer wieder zu den alten Felsenbildern hinauf. An einigen Stellen war der Fels abgebrochen, oder die Stürme und Winde vieler Jahrhunderte hatten die Fresken zerstört, aber in den geschützten Rinnen und unterhalb der Überhänge wirkten die Darstellungen so neu und die Farben so frisch, als wären sie am selben Tag gemalt worden.

Kurz vor Einbruch der Dunkelheit erreichten sie eine Felshöhle, in der vor ihnen schon andere gelagert hatten, denn die Feuerstelle war mit Holzasche bedeckt, die Felswände rauchgeschwärzt, und neben dem Feuer lag ein Holzstoß bereit.

»Morgen werden wir erfahren, ob uns die Geister noch immer feindlich gesinnt sind oder ob wir weitergehen dürfen«, erklärte H'ani. »Wir werden sehr früh aufbrechen, weil wir den versteckten Ort vor Sonnenaufgang, solange es noch kühl ist, erreichen müssen. In der Hitze werden die Wächter unruhig und gefährlich.«

»Was ist das für ein Ort?« fragte Centaine, aber die alte Frau antwortete nur vage. Sie wiederholte das San-Wort, das sowohl für »versteckter Ort« oder »sichere Zuflucht« stand wie auch für »Scheide«, und mehr wollte sie Centaine nicht sagen.

Als die Morgendämmerung den Himmel allmählich grau färbte, führte sie ein Pfad um einen scharfen Felsvorsprung herum in ein enges keilförmiges Tal, dessen Boden einen so üppigen Pflanzenwuchs aufwies, daß Centaine reiches Wasservorkommen unter der Erdoberfläche vermutete. Der Pfad war überwuchert, kaum zu erkennen und offensichtlich seit Monaten oder Jahren nicht mehr begangen worden. Sie mußten gebückt unter den überhängenden Ästen durchkriechen und über umgestürzte Bäume klettern. In den Felswänden hoch über ihnen entdeckte Centaine die riesigen, groben Nester von Geiern, auf deren Rändern die häßliche Vögel mit ihren kahlen, rosaroten Köpfen hockten.

»Der ›Ort des Lebens‹«, sagte H'ani, als sie Centaines Interesse an den nistenden Vögeln bemerkte. »Jedes Lebewesen, das hier geboren wird, ist etwas Besonderes, ist von den Geistern gesegnet. Sogar die Vögel scheinen das zu wissen.«

Als das Tal schmäler wurde, rückten die Felswände über ihnen immer näher zusammen, und schließlich endete der Pfad hinter einer letzten Krümmung vor den Felsen, und der Himmel war nicht mehr zu sehen.

O'wa stellte sich vor die Felswand und sang mit heiserer Stimme: »Wir möchten euren geheimen Ort betreten, Geister aller Lebewesen, Geister unserer Sippe. Öffnet den Weg für uns.« Er breitete flehend die Arme aus. »Mögen uns die Wächter dieses Eingangs durchlassen.«

O'wa senkte die Arme, trat auf den schwarzen Felsen zu und verschwand urplötzlich vor Centaines Augen. Der Schrekken verschlug ihr den Atem, und sie wollte losstürmen, aber H'ani faßte sie am Arm, um sie zurückzuhalten.

»Jetzt wird es gefährlich, Nam-Kind. Wenn uns die Wächter ablehnen, müssen wir sterben. Lauf nicht und halte die Arme ruhig. Geh langsam, aber entschlossen, und bitte um die Gunst der Geister, wenn du durchgehst.« H'ani ließ ihren Arm los und trat unter die Felsen, um ihrem Mann zu folgen.

Centaine zögerte. Fast wäre sie umgekehrt, aber ihre Neugier und die Angst vor der Einsamkeit spornten sie an, und sie ging langsam auf die Wand zu, wo H'ani verschwunden war. Nun sah sie die Öffnung im Felsen, einen schmalen, senkrechten Spalt, der gerade breit genug war, daß sie sich seitlich hineinzwängen konnte.

Sie holte tief Atem und schlüpfte durch.

Hinter dem schmalen Eingang blieb sie stehen, um ihre Augen an die Dunkelheit zu gewöhnen, und stellte fest, daß sie sich in einem langen, dunklen Tunnel befand. Sie sah sofort, daß es eine natürliche Öffnung war, denn die Wände waren nicht mit Werkzeug bearbeitet worden, und es gab Seitengänge und Öffnungen. Sie hörte das Tappen von O'was und H'anis bloßen Füßen auf dem steinigen Boden und noch ein anderes Geräusch. Es war ein tiefes, leise murmelndes Summen, das sich anhörte wie eine ferne Brandung.

»Komm, Nam-Kind. Bleib dicht hinter mir«, flüsterte H'ani, und Centaine ging langsam weiter und starrte in die Dunkelheit, um den Ursprung dieses tiefen, vibrierenden Murmelns zu finden.

Im Dunkel sah sie seltsame Formen, plattenförmige Vorsprünge an den Wänden, die aussahen wie die Blätter der Schwämme, die an den Stämmen von abgestorbenen Bäumen wuchsen, oder wie die Flügel schlafender Schmetterlinge. Sie hingen so tief herab, daß sie sich bücken mußte — und schaudernd begriff sie plötzlich, wo sie sich befand.

Die Höhle war ein riesiger Bienenstock. Diese tiefhängenden, flügelförmigen Strukturen waren die Honigwaben, so ungeheuer groß und schwer, daß sie Hunderte Liter Honig enthalten mußten. Nun sah sie auch die Insekten, die in dem dunstigen Licht matt glänzten, über die Waben krabbeln, und erinnerte sich an das, was ihr Michael von den afrikanischen Bienen erzählt hatte.

»Sie sind größer und dunkler als eure Bienen«, hatte er geprahlt, »und so giftig, daß sie einen ausgewachsenen Büffelbullen zu Tode stechen können — ich habe es selbst gesehen.«

Centaine wagte kaum zu atmen, ihre Haut kribbelte in Erwartung des ersten brennenden Stiches, und sie mußte sich zwingen, nicht zu laufen, als sie den kleinen Gestalten folgte. Die ungeheuren Schwärme der giftigen Insekten waren nur ein paar Zentimeter über ihrem Kopf, und das Summen schien zornig anzuschwellen.

»Hierher, Nam-Kind. Hab keine Angst, denn die kleinen geflügelten Leute würden deine Angst riechen«, rief H'ani leise, und eine Biene setzte sich auf Centaines Wange.

Instinktiv hob sie die Hand, um die Biene abzustreifen, konnte sich aber gerade noch zurückhalten. Die Biene krabbelte über ihr Gesicht bis zur Oberlippe — dann setzte sich eine zweite auf ihren erhobenen Unterarm.

Centaine schielte entsetzt nach unten. Die Biene war riesengroß, schwarz wie Kohle und hatte goldene Ringe um den Hinterleib. Die hauchdünnen Flügel waren wie die Klingen einer Schere geschlossen, und ihre Facettenaugen glitzerten im fahlen Licht.

»Bitte, kleine Biene, bitte —« flüsterte Centaine, und die Biene krümmte ihren Rücken, und die Spitze ihres Stachels, eine dunkelrote Nadelspitze, trat aus dem gestreiften Hinterleib hervor.

»Bitte, laß mich und mein Kind durch!«

Die Biene bog sich durch, und der Stachel berührte die weiche, gebräunte Haut in Centaines Armbeuge. Centaine straffte sich; sie wußte, daß dem stechenden Schmerz der widerlich süße Geruch des Giftes folgen würde, der den ungeheuren Bienenschwarm über ihr rasend und verrückt machen würde.

Sie sah sich schon unter einem lebendigen Teppich von Bienen auf dem Boden der Höhle liegen und den schrecklichsten aller Tode sterben.

»Bitte«, flüsterte sie. »Laß mein Baby an eurem geheimen Ort zur Welt kommen, und wir werden euch ehren, solange wir leben.«

Die Biene zog den zitternden Stachel ein und tanzte mit komplizierten Drehungen und Wendungen über ihren Arm, krümmte sich, bog sich und flog schließlich mit silbrig glitzernden Flügeln davon.

Centaine ging langsam weiter und sah einen goldenen Streifen Licht vor sich. Die Biene auf ihrem Gesicht krabbelte ihr über die Lippen, so daß sie nicht mehr sprechen konnte, dafür aber stumm betete.

»Und wandle ich auch durch das dunkle Tal des Todes, bitte, kleine Biene, laß mich meinem Kind zuliebe gehen.«

Plötzlich erklang ein Summen, und die Biene flog dicht vor Centaines Augen davon, und obwohl ihre Haut noch juckte und kribbelte, behielt sie die Arme unten und ging gemessenen Schrittes weiter. Es erschien ihr wie eine Ewigkeit, bis sie das Tunnelende erreichte und in das graue Licht der Morgendämmerung hinaustrat; ihre Beine versagten den Dienst. Sie wäre gefallen, wenn O'wa sie nicht gestützt hätte.

»Jetzt bist du in Sicherheit. Die Wächter haben uns erlaubt, den heiligen Ort zu betreten.«

Die Worte ermunterten Centaine, und obgleich sie noch immer nach Atem rang und zitterte, sah sie sich um.

Sie befanden sich in einem Kessel im Herzen des Berges, in einem vollkommen runden Amphitheater im Fels. Die Wände waren steil, ein paar hundert Meter hoch und schimmerten unheimlich dunkel, als wären sie von den Flammen eines Höllenfeuers geschwärzt, aber darüber wölbte sich der Himmel.

An der breitesten Stelle war der Felsenkessel ungefähr zwei Kilometer breit. Zu dieser frühen Stunde erreichten die Sonnenstrahlen den Boden des Amphitheaters noch nicht, und die schlanken Bäume, die dort standen, waren feucht vom Tau. Ihr zartes, hellgrünes Laub und die Büschel rötlichgelber Früchte an den weit ausladenden Ästen erinnerten Centaine an Olivenbäume. Der Boden unter den Bäumen war mit herabgefallenen Früchten bedeckt.

H'ani hob eine der Früchte auf und hielt sie Centaine hin. »Mongongo — sehr gut.«

Centaine biß hinein und schrie auf, als ihre Zähne schmerzhaft auf den Stein in der Mitte stießen. Das Fruchtfleisch bildete nur eine dünne Schicht, war aber so fest und schmackhaft wie das der Datteln, wenn auch nicht so süß. Ein Schwarm dicker grüner Tauben flog lärmend auf, und Centaine bemerkte, daß es in dem Tal von Vögeln und kleinen Tieren wimmelte, die in der Dämmerung gekommen waren, um die Früchte der Mangobäume zu verspeisen.

»Der ›Ort des Lebens‹«, flüsterte sie, entzückt von der eigenartigen Schönheit und dem starken Kontrast zwischen den kahlen, schwarzen Felswänden und dem fruchtbaren, bewaldeten Talboden.

O'wa eilte einen gewundenen Pfad entlang, der in die Mitte des Kessels führte, und als Centaine ihm folgte, sah sie durch die Bäume einen kleinen, kegelförmigen Hügel aus schwarzem Vulkangestein. Der Hügel lag wie der Knauf eines Schildes genau in der Mitte des Amphitheaters. Er war wie der Talboden dicht bewaldet. Hohes Elefantengras und Mongongobäume wuchsen üppig zwischen den schwarzen Flecken aus Vulkangestein. Eine Schar schwarzgesichtiger Meerkatzen-Äffchen schnatterte von den Bäumen herunter.

Als Centaine und H'ani O'wa einholten, stand er vor einer dunklen Öffnung im Hügelhang, die aussah wie der Eingang zu einem Grubenschacht. Als Centaine hineinspähte, sah sie, daß der Boden des Schachtes sanft nach unten abfiel. Sie zwängte sich an O'wa vorbei, um besser sehen zu können, aber der alte Mann hielt sie am Arm zurück.

»Nicht so hastig, Nam-Kind, wir müssen erst die Vorbereitungen treffen.« Er zog sie zurück und führte sie von der Öffnung weg.

Ein paar Meter weiter fanden sie ein altes San-Lager zwischen den schützenden Felsen. Die strohgedeckten Dächer der Unterstände waren eingestürzt. O'wa brannte alles nieder, weil die unbenützten Hütten Schlangen und Ungeziefer beherbergen konnten, und die beiden Frauen bauten die Unterstände aus Schößlingen und frisch geschnittenem Gras wieder auf.

»Ich habe Hunger.« Centaine fiel ein, daß sie seit dem letzten Abend nichts mehr gegessen hatte.

»Komm.« H'ani führte sie in den Wald, und sie füllten ihre Beutel mit den Früchten der Mongongobäume. In das Lager zurückgekehrt, zeigte H'ani Centaine, wie man das Fruchtfleisch abschälte und den harten Kern in der Mitte zwischen zwei flachen Steinen aufknackte. In dem Kern befand sich eine Nuß, die wie eine getrocknete Mandel aussah. Sie aßen ein paar dieser Nüsse; sie schmeckten wie Walnüsse.

»Wir bereiten sie auf verschiedene Art zu«, sagte H'ani. »Und jedesmal schmecken sie anders, geröstet, zerstampft und mit Blättern vermischt, gebacken wie Maisbrot — sie sind unsere einzige Nahrung an diesem Ort, denn das Töten ist hier verboten.«

Während sie die Nüsse rösteten, kam O'wa mit einem Bündel frisch ausgegrabener Wurzeln zurück und setzte sich etwas abseits hin, um sie mit seinem geliebten Taschenmesser zu putzen und vorzubereiten.

Sie aßen vor Einbruch der Dämmerung, und Centaine stellte

verwundert fest, daß die Nußspeise sehr sättigend war. Sie war nach den Aufregungen und Anstrengungen des Tages so müde, daß sie sich kaum noch bis zu ihrem Unterstand schleppen konnte.

Sie erwachte frisch und mit einem unerklärlichen Gefühl der Erwartung. Die San saßen bereits emsig arbeitend am Lagerfeuer, und als Centaine zu ihnen trat und sich ans Feuer setzte, verkündete O'wa mit stolzgeschwellter Brust: »Wir müssen uns jetzt darauf vorbereiten, den geheimsten aller Orte zu betreten. Bist du zur Reinigung bereit, alte Großmutter?«

»Ich bin bereit, alter Großvater.« H'ani klatschte leise in die Hände.

»Bist du zur Reinigung bereit, Nam-Kind?«

»Ich bin bereit, alter Großvater.« Centaine klatschte wie H'ani und O'wa nickte und nahm ein Antilopenhorn aus dem Beutel an seinem Gürtel. Das Horn war an der Spitze durchbohrt und mit den gehackten Wurzeln und Kräutern gefüllt, die O'wa am Nachmittag gesammelt hatte.

Nun nahm er mit den Fingern vorsichtig eine glühende Kohle aus dem Feuer und ließ sie in die trompetenförmige Öffnung des Horns fallen. Er blies hinein, und als die Kräuter glimmten, stieg eine zarte blaue Rauchfahne in die Luft.

Als die Pfeife richtig brannte, stand O'wa auf, stellte sich hinter die beiden sitzenden Frauen und blies den Rauch über sie. Der Rauch war beißend, roch widerlich und hinterließ einen bitteren Geschmack in Centaines Kehle. Sie protestierte leise und machte Anstalten aufzustehen, aber H'ani hielt sie zurück. O'wa rauchte und blies weiter, und nach einer Weile fand Centaine den Rauch schon weniger ekelhaft. Sie entspannte sich und lehnte sich an H'ani. Die alte Frau legte ihr einen Arm um die Schultern. Allmählich überkam Centaine ein wunderbares Gefühl des Wohlbehagens. Sie fühlte sich so leicht wie ein Vogel und meinte, mit den blauen Rauchringen fliegen zu können.

»Oh, H'ani, ich fühle mich so wohl«, flüsterte sie.

Die Luft um sie herum schien zu funkeln, und plötzlich sah sie alles überdeutlich, jeden Riß und jede Spalte in den Felswänden; die Bäume schienen aus grünen Kristallen zu bestehen. Sie merkte, daß O'wa vor ihr kniete, und lächelte ihm träumerisch zu. Er hielt ihr mit beiden Händen etwas hin.

»Das ist für das Kind«, erklärte er, und seine Stimme schien aus weiter Ferne zu kommen und hallte seltsam in ihren Ohren. »Es ist die Geburtsmatte. Eigentlich hätte sein Vater sie machen müssen, aber das war nicht möglich. Hier, Nam-Kind, nimm sie und bring darauf einen tapferen Sohn zur Welt.«

O'wa beugte sich vor und legte ihr das Geschenk in den Schoß. Es dauerte eine Weile, bis sie erkannte, daß es das Antilopenfell war, an dem O'wa so lange und so eifrig gearbeitet hatte. Die Haut an der Innenseite war abgeschabt und gegerbt, so daß das Leder so biegsam und weich war wie ein feiner Stoff. Centaine strich mit der Hand darüber; das Fell fühlte sich an wie Seide.

»Danke, alter Großvater«, sagte sie, und auch ihre Stimme kam wie aus weiter Ferne und hallte in ihren eigenen Ohren wider.

»Es ist für das Kind«, wiederholte er und sog an der Hirschhornpfeife.

»Für das Kind, ja«, nickte Centaine. O'wa blies ihr sanft eine blaue Rauchwolke ins Gesicht, und sie machte keinen Versuch, dem Rauch auszuweichen, sondern beugte sich vor, um O'wa in die Augen zu schauen. Seine Pupillen hatten sich zu glitzernden, schwarzen Stecknadelköpfen zusammengezogen, und die Iris hatte die Farbe von dunklem Bernstein. Die Augen hypnotisierten sie.

»Laß dem Kind zuliebe den Frieden dieses Ortes in deine Seele dringen«, sagte O'wa durch den Rauch, und Centaine fühlte, daß es geschah.

»Frieden«, murmelte sie, und in ihrem Inneren war eine wunderbare Stille, eine tiefe Ruhe.

Zeit, Ort und Sonnenlicht vermischten sich und wurden eins. Sie saß in der Mitte des Universums und lächelte glücklich. Sie hörte O'wa in der Ferne singen, wiegte sich sanft im Rhythmus und fühlte jeden einzelnen Herzschlag und den Strom ihres Blutes in den Adern. Sie fühlte das Kind tief in ihrem Schoß, und dann fühlte sie unglaublicherweise das winzige Herz schlagen wie das Herz eines gefangenen Vogels.

»Wir sind gekommen, um befreit zu werden«, sang O'wa. »Wir sind gekommen, um alles Unrecht abzuwaschen, wir sind gekommen, um zu sühnen —«

Centaine fühlte, daß sich H'anis Hand in die ihre schob, drehte langsam den Kopf herum und lächelte sie an.

»Es ist Zeit, Nam-Kind.«

Centaine legte sich das Antilopenfell um die Schultern und stand auf. H'anis kleine Hand umklammernd, schien sie über die Erde zu schweben.

Sie kamen zu der Öffnung im Hügelhang, und obwohl der Schacht dunkel und steil war, ging Centaine lächelnd weiter und spürte das harte Vulkangestein unter ihren Füßen nicht. Der Schacht führte ein paar Meter steil abwärts, dann wurde er eben und endete in einer Höhle. Die beiden Frauen folgten O'wa.

Durch eine Anzahl von kleinen Öffnungen in der gewölbten Höhlendecke sickerte Licht. Die Luft war warm, feucht und dunstig. Dampfwolken stiegen von der Oberfläche eines runden Teiches auf, der die ganze Höhle ausfüllte. Das Wasser des Teiches brodelte und gurgelte leise, und der Dampf roch intensiv nach Schwefel. Das Wasser war grünlich und trübe.

O'wa ließ sein Lendentuch auf den steinigen Boden fallen und stieg in den Teich. Das Wasser reichte ihm bis zu den Knien, wurde aber tiefer, als er weiter watete, bis nur noch sein Kopf aus dem Wasser ragte. H'ani folgte ihm ebenfalls nackt, und Centaine legte das Antilopenfell ab und ließ den Rock fallen.

Das Wasser war heiß, fast kochend heiß, eine Thermalquelle, die aus dem Erdinneren sprudelte, aber Centaine fühlte keinen Schmerz. Sie watete weiter hinein und ließ sich langsam auf die Knie sinken, so daß ihr das Wasser bis zum Kinn reichte. Der Boden des Teichs war mit Kieselsteinen und Schotter bedeckt. Die Hitze des Wassers drang in ihren Körper ein. Um sie herum sprudelte es aus den Tiefen der Erde, brodelte und wallte es.

Sie hörte O'wa leise singen, aber der Dampf hüllte sie ein, so daß sie nichts sehen konnte.

»Wir möchten sühnen«, sang O'wa. »Wir möchten, daß unser Unrecht vergeben wird.«

Centaine sah, wie sich in den Dampfwolken eine Gestalt formte, eine dunkle, unwirkliche Erscheinung.

»Wer bist du?« murmelte sie; die Gestalt festigte sich, und sie erkannte die Augen — alles andere war verschwommen. Es waren die Augen des alten Matrosen, den sie dem Hai geopfert hatte.

»Bitte«, flüsterte sie, »vergib mir. Es war für mein Kind. Bitte verzeih mein Unrecht.« Die traurigen alten Augen schienen für einen Augenblick verständnisvoll aufzuleuchten, dann verblaßte das Bild und verschwand in der Dampfwolke, um von anderen Erinnerungen und Traumgebilden abgelöst zu werden, mit denen Centaine sprach.

»Oh, Papa, wenn ich nur stark genug gewesen wäre, wenn ich Mamas Platz nur ausfüllen hätte können —«

Sie hörte die Stimmen der beiden San im Dampf ihre eigenen Geister und Erinnerungen anrufen und begrüßen. O'wa jagte wieder mit seinen Söhnen, und H'ani sah ihre Kinder und Enkelkinder und wimmerte vor Liebe und Trauer.

»Oh, Michael«, seine Augen waren unwahrscheinlich blau, »ich werde dich immer lieben. Ja, o ja, ich gebe deinem Sohn deinen Namen. Das verspreche ich dir, mein Geliebter, er wird deinen Namen tragen.«

Sie wußte nicht, wie lange sie in dem Teich kniete, aber die Trugbilder und Erscheinungen verschwanden allmählich, und dann fühlte sie, wie H'ani sie ans Ufer führte. Das siedendheiße Wasser schien sie all ihrer Kraft beraubt zu haben. Ihr Körper glühte ziegelrot, Staub der Wüste war aus den Poren herausgespült worden.

H'ani hüllte die Antilopenhaut um Centaines nassen Körper und half ihr durch den steilen Schacht hinaus ins Freie. Die Nacht war bereits hereingebrochen, und der Mond schien hell. H'ani führte sie zu dem primitiven Unterstand und deckte sie mit der Antilopenhaut zu.

»Die Geister haben uns verziehen«, flüsterte sie. »Sie freuen sich, daß wir die Reise gemacht haben. Sie haben meine Kinder geschickt, um mich zu begrüßen und mir das zu sagen. Du kannst ruhig schlafen, Nam-Kind, es gibt kein Unrecht mehr. Wir sind an diesem Ort willkommen.«

Centaine erwachte verwirrt, sie wußte nicht, wo sie sich befand, und glaubte im ersten Augenblick, in ihrer Kammer in Mort Homme zu sein. Dann gewahrte sie das rauhe Gras und den harten Boden unter sich und den Geruch des ungegerbten Leders, das sie bedeckte, und sogleich folgte auch der Schmerz, der sie geweckt hatte. Es war, als umklammerte eine riesige Klaue ihren Unterleib, eine grausame Klaue mit spitzen Krallen, die sie zusammenpreßte und zerquetschen wollte; unwillkürlich schrie sie auf und krümmte sich.

Der Schmerz brachte sie wieder in die Wirklichkeit zurück. Nach den Halluzinationen des vergangenen Tages arbeitete ihr Verstand wieder scharf und klar.

»H'ani!« rief sie, und die alte Frau tauchte aus dem grauen Halbdunkel auf. »Es hat begonnen!«

»H'ani half ihr auf die zitternden Beine und hob das Antilopenfell auf.

»Komm«, flüsterte sie. »Wir müssen zu einer Stelle gehen, wo wir allein sind.«

H'ani führte Centaine zu einer Höhle in der Nähe des Lagers, die durch eine Baumgruppe abgeschirmt war. Sie breitete das Antilopenfell unter einem großen Mongongobaum aus und veranlaßte Centaine sich hinzulegen.

Dann kniete sie neben ihr nieder, zog ihr den zerlumpten Segeltuchrock aus, untersuchte sie mit ihren flinken, kräftigen Fingern und ließ sich auf die Fersen nieder.

»Bald, Nam-Kind — sehr bald«, erklärte sie glücklich lächelnd, und Centaine konnte nicht mehr antworten, weil die nächste Wehe kam.

»Ah, das Kind ist ungeduldig!« meinte H'ani nickend.

Der krampfartige Schmerz verging, und Centaine blieb keuchend liegen, aber sie hatte sich kaum erholt, als schon die nächste Wehe kam.

»Oh, H'ani, halte meine Hand — bitte! Bitte!«

Tief in Centaines Leib platzte etwas, heiße Flüssigkeit sprudelte hervor und spritzte über ihre Beine.

»Gleich — gleich kommt es«, versicherte H'ani, und Centaine stieß einen leisen Schrei aus.

»Jetzt —« H'ani zog sie in eine sitzende Stellung hoch, aber Centaine sank wieder zurück.

»Es kommt, H'ani.«

»Steh auf!« H'ani fuhr sie an. »Du mußt ihm jetzt helfen. Steh auf. Du kannst dem Baby nicht helfen, wenn du auf dem Rücken liegst!« Sie zwang Centaine in eine Hockstellung.

»Halte dich an dem Baum fest«, befahl ihr H'ani drängend. »So!« Sie legte Centaines Hände um die rauhe Rinde, und Centaine stöhnte und preßte die Stirn gegen den Stamm.

»Jetzt!« H'ani kniete hinter ihr nieder und umschlang Centaine mit ihren dünnen, sehnigen Armen.

»Oh, H'ani —« Centaine schrie gellend auf.

»Ja! Ich werde dir helfen, ihn herauszudrücken.« Und sie verstärkte ihre Umklammerung, als Centaine instinktiv nach unten preßte. »Drück, Nam-Kind — fest! Fest!« flehte H'ani, als sie spürte, wie sich die Bauchmuskeln des Mädchens verkrampften.

Centaine fühlte, daß eine große Sperre in ihr war, und klammerte sich an den Baumstamm und preßte und stöhnte — dann spürte sie, wie sich die Sperre ein wenig bewegte und preßte wieder.

»H'ani!« schrie sie. Die dünnen Arme umschlangen sie, und die alte Frau stöhnte mit ihr, als sie gemeinsam preßten. H'anis nackter Körper drückte sich gegen Centaines gekrümmten Rücken, und sie fühlte die Kraft wie einen elektrischen Strom aus dem alten runzeligen Fleisch auf sich übergehen.

»Noch einmal, Nam-Kind«, keuchte H'ani neben ihrem Ohr. »Er ist gleich da — gleich. Jetzt! Fest drücken, Nam-Kind.«

Centaine preßte mit aller Kraft. Ihre Kiefer waren so fest zusammengepreßt, daß sie meinte, ihre Zähne müßten zerbrechen, und die Augen quollen ihr aus den Höhlen. Dann spürte sie, wie etwas zerriß, spürte einen stechenden, brennenden Schmerz, aber sie fand trotz der Schmerzen die Kraft, hart weiterzupressen. Etwas ungeheuer Schweres und Großes glitt aus ihr heraus, und im selben Augenblick griff H'anis Hand unter ihr Gesäß, um aufzufangen, zu empfangen und zu beschützen.

Jäh verging der Schmerz, und Centaine bebte, als hätte sie hohes Fieber, und war in Schweiß gebadet — aber leer, herrlich leer, so als wären die Eingeweide aus ihr herausgezogen worden.

H'ani ließ sie los, und Centaine umklammerte Halt suchend den Baumstamm, atmete tief durch und sah an sich hinunter. Auf der Antilopenhautmatte lag in einer hellen Pfütze das Baby. Es war klein, Centaine war überrascht, wie klein, aber seine Glieder zuckten und zappelten wild. Das Gesicht konnte sie nicht sehen, aber der kleine hübsche Kopf war mit einem dichten Schopf schwarzer nasser Haare bedeckt, die an der Schädeldecke klebten.

H'anis Hände griffen von hinten zwischen ihre Beine und nahmen das Kind aus ihrem Blickfeld. Unwillkürlich hatte Centaine das schreckliche Gefühl, daß ihr etwas genommen wurde — aber sie war zu schwach, um zu protestieren. Sie spürte ein leichtes Ziehen und Zucken an der Nabelschnur, als H'ani das Kind in ihre Arme nahm, und dann ertönte plötzlich ein wütendes, kreischendes Geheul. Es ging Centaine durch Mark und Bein.

Und dann vereinigte sich H'anis Lachen mit dem wütenden Geschrei. Centaine hatte noch nie einen Laut so aufrichtiger Freude gehört.

»Oh, hör dir das an, Nam-Kind. Er brüllte wie ein Löwenjunges!«

Centaine drehte sich unbeholfen um, da sie die fleischigen Schläuche behinderten, die aus ihrem Körper baumelten und sie mit dem Säugling verbanden. Naß und trotzig das Gesicht und die geschwollenen Augen fest geschlossen, aber den zahnlosen rosigen Mund weit offen, zappelte das Baby in H'anis Händen und brüllte seine Empörung hinaus.

»Ein Junge, H'ani?« fragte Centaine atemlos.

»O ja«, lachte H'ani, »auf alle Fälle, ein Junge.« Mit der Spitze ihres Zeigefingers kitzelte sie den winzigen Penis. Er stand in die Höhe, und unter H'anis Berührung schoß ein Urinstrahl heraus.

»Schau! Schau nur!« H'ani erstickte fast vor Lachen. »Er pißt auf die Welt. Ihr seid meine Zeugen, ihr Geister dieses Ortes, ein echtes Löwenjunges wurde heute geboren.«

Sie hielt Centaine das kreischende, rotgesichtige Baby hin.

»Putz ihm Augen und Nase«, befahl sie, und Centaine brauchte keine weiteren Anweisungen. Wie eine Katzenmutter leckte sie den Schleim von den winzigen, geschwollenen Augenlidern, den Nasenlöchern und dem Mund.

Dann nahm H'ani das Kind mit erfahrenen, geschickten Händen wieder an sich und band die Nabelschnur mit einer weichen Faser aus der weißen Innenseite der Mongongorinde ab, bevor sie sie mit einem raschen Schnitt ihres Knochenmessers abtrennte. Anschließend umwickelte sie das Ende der Nabelschnur mit den heilkräftigen Blättern der wilden Quitte und band es mit einem Rohlederstreifen ab.

Centaine saß in einer Pfütze von Blut und Fruchtwasser auf dem Antilopenfell und schaute ihr mit glänzenden Augen zu.

»So!« H'ani nickte höchst befriedigt. »Jetzt ist er bereit für die Brust.« Sie legte Centaine das Kind in den Schoß.

Das Baby und Centaine brauchten keine Anleitung. H'ani drückte Centaines Brustwarzen zusammen und steckte die milchfeuchte Spitze in den Mund des Säuglings, und er begann sofort schmatzend zu saugen.

Centaine öffnete vorsichtig die kleine Faust des Kindes und staunte über die Vollkommenheit der rosigen Finger und der durchsichtigen Fingernägel, die kaum größer als ein Reiskorn waren; und als er plötzlich ihren Finger packte und erstaunlich kräftig zudrückte, preßte es ihr das Herz zusammen. Sie strich über sein feuchtes dunkles Haar, das sich zu Löckchen ringelte, als es trocken wurde.

Als der kleine Junge zu trinken aufhörte und still in ihren Armen lag, konnte sie ihn von der Brust wegnehmen und sein Gesicht betrachten. Er lächelte. Abgesehen von den geschwollenen Augenlidern waren seine Gesichtszüge wohlgeformt und nicht so zerdrückt und faltig, wie sie es bei anderen Neugeborenen gesehen hatte. Er hatte breite, lange Augenbrauen und eine große Nase. Centaine dachte an Michael — nein, diese Nase war hochmütiger als Michaels Nase — und dann fiel ihr General Sean Courtney ein.

»Richtig!« sagte sie glucksend. »Eine echte Courtney-Nase.«

H'ani kniete vor ihr und arbeitete zwischen ihren Knien. Centaine wimmerte und biß sich auf die Lippen, als die Nachgeburt herauskam; H'ani wickelte sie in die Blätter des Elefantenohrfarnes, verschnürte das Ganze mit Rindenfasern und eilte mit dem Bündel in den Wald.

Als sie zurückkehrte, lag das Baby mit gespreizten Beinen und dickem, vollem Bauch schlafend in Centaines Schoß.

»Wenn du erlaubst, hole ich jetzt O'wa«, schlug H'ani vor. »Er wird das Gebrüll gehört haben.«

»O ja, hol ihn schnell.«

O'wa kam schüchtern heran und ließ sich in respektvoller Entfernung nieder.

»Komm näher, alter Großvater«, ermutigte ihn Centaine, und er schob sich auf den Fersen näher heran und sah sich den schlafenden Säugling mit ernsthafter Miene genau an.

»Was meinst du?« fragte Centaine. »Wird er ein Jäger?« Ein so geschickter und mutiger Jäger wie O'wa?«

O'wa gab den kleinen Schnalzlaut von sich, den er nur dann gebrauchte, wenn er um Worte verlegen war, und zog ein nachdenkliches Gesicht. Plötzlich trampelte und kreischte das Baby im Schlaf, und der alte Mann begann leise zu kichern.

»Ich hätte nicht gedacht, daß ich das noch einmal erleben würde«, stieß er atemlos hervor und streckte den Arm aus, um einen der winzigen rosigen Füße in die Hand zu nehmen.

Das Kind strampelte wieder, und das war zuviel für O'wa. Er sprang auf und begann zu tanzen. Schlurfend und stampfend umkreiste er Mutter und Kind, Runde um Runde tanzte er um sie herum, und H'ani beherrschte sich drei Runden lang, dann sprang sie ebenfalls auf und tanzte mit ihrem Mann, ahmte sein kompliziertes Stampfen und Schlurfen nach und sang den Refrain von O'was Loblied mit:

»Seine Pfeile werden bis zu den Sternen fliegen
und wenn die Männer seinen Namen sagen,
wird es weithin schallen —
— und er wird gutes Wasser finden,
wo immer er ist, er wird gutes Wasser finden.

Sein scharfes Auge wird das Wild erspähen,
wo andere Männer blind sind.
Mühelos wird er der Fährte über steinigen Boden folgen —
— und er wird gutes Wasser finden,
an jedem Lagerplatz wird er gutes Wasser finden —
— die hübschesten Mädchen werden lächeln und
bei Nacht zu seinem Lagerfeuer schleichen
— und er wird gutes Wasser finden,
wo immer er ist, er wird gutes Wasser finden.

Sie segneten das Kind, indem sie ihm alle Reichtümer des San-Volkes wünschten, und Centaine hatte das Gefühl, ihr Herz müßte vor Liebe zu ihnen und dem kleinen rosigen Bündel in ihrem Schoß zerspringen.

Als die alten Leute schließlich nicht mehr tanzen und singen konnten, knieten sie vor Centaine nieder.

»Als die Urgroßeltern des Kindes würden wir ihm gern einen Namen geben«, erklärte H'ani schüchtern. »Erlaubst du es?«

»Sprich, alte Großmutter. Sprich, alter Großvater.«

H'ani schaute ihren Mann an, und er nickte ermutigend.

»Wir möchten das Kind Shasa nennen.«

Centaine kämpfte mit den Tränen, als sie begriff, welch eine große Ehre das war. Sie benannten ihn nach dem kostbarsten, lebensnotwendigsten Element in der Welt der San.

»Shasa — gutes Wasser.«

Centaine lächelte ihnen unter Tränen zu.

»Ich gebe diesem Kind den Namen Michael Shasa De Thiry Courtney«, sagte sie leise, und die alten Leute streckten nacheinander die Hand aus und berührten segnend seine Augen und seinen Mund.

Das schwefelhaltige Mineralwasser des unterirdischen Teiches hatte außergewöhnliche Eigenschaften. Centaine badete mittags und abends in den heißen Fluten, und die Geburtswunden verheilten auf fast wunderbare Weise. Ihre elastischen, gut durchtrainierten jungen Muskeln gewannen schnell Spannkraft und Festigkeit zurück. Ihre Haut, nicht überdehnt, zeigte keine Schwangerschaftsstreifen, und ihr Bauch wurde bald wieder so flach wie vorher. Nur die Brüste waren hart geschwollen und voll Milch, und Shasa saugte gierig und wuchs wie eine der Wüstenpflanzen nach dem Regen.

»Es ist seltsam«, erzählte H'ani, »die stillenden Mütter, die das Wasser des unterirdischen Teiches tranken, hatten immer Kinder mit steinharten Knochen und mit Zähnen, die wir poliertes Elfenbein glänzten. Das Wasser ist ein Segen der Geister, die diesen Ort bewachen.«

Mittags drang die Sonne durch eine der Öffnungen in der gewölbten Decke der Höhle, ein dicker weißer Lichtstahl durchbrach die dunstige Luft, und Centaine folgte dem Sonnenstrahl durch den Teich, um in seinem hellen Lichtkreis zu bleiben.

Sie lag bis zum Kinn in dem brodelnden grünen Wasser und lauschte Shasas regelmäßigen Atemzügen. Sie hatte ihn in das Antilopenfell gehüllt und auf die Felsbank neben den Teich gelegt, wo sie ihn jederzeit im Auge behalten konnte.

Centaine holte eine Handvoll der Steine, die den Grund bedeckten, herauf und hielt sie ins Sonnenlicht. Sie waren außergewöhnlich schön. Da gab es marmorierte Achate, rund und glatt wie Schwalbeneier, hellblaue Steine mit roten Linien, rosafarbene und gelbe, Jaspissteine und Karneole in hundert verschiedenen Rotschattierungen, glänzende schwarze Onyxe und goldene Tigeraugen mit schillernden Farbstreifen.

»Ich mache eine Halskette, für H'ani. Ein Geschenk, um ihr zu danken, von Shasha!«

Sie begann, die hübschesten Steine mit den interessantesten und ungewöhnlichsten Formen und Farben zu sammeln.

»Ich brauche ein besonderes Mittelstück für die Halskette«, sagte sie und holte immer neue Steine heraus, spülte sie im heißen grünen Wasser ab und prüfte sie im Sonnenlicht, bis sie schließlich fand, wonach sie gesucht hatte. Es war ein farbloser Stein, klar wie Wasser, aber wenn sie ihn in den Sonnenstrahl hielt, erstrahlte er in allen Farben des Regenbogens — es war ein symmetrischer, vielkantiger Kristall.

Mit großer Mühe und Ausdauer und auf Kosten einiger Knochenbohrer gelang es ihr, ein Loch für die Schnur zu bohren. Manche der Steine waren zu spröde und zerbrachen, und wieder andere waren einfach zu hart. Insbesondere der funkelnde Kristall widerstand all ihren Bemühungen und blieb völlig makellos, nachdem sie schon ein Dutzend Steinwerkzeuge an ihm zerbrochen hatte.

Sie wandte sich um Hilfe an O'wa, und als er begriff, woran sie arbeitete, glühte er vor kindlicher Begeisterung. Sie stellten mehrere Versuche an, die alle mißlangen, bis sie schließlich dazu übergingen, die härteren Steine mit Akaziengummi auf die Schnur aus geflochtenen Sanseverienfasern aufzukleben.

Als die Halskette schließlich fertig war, war O'wa stolz und selbstzufrieden, als hätte er die Sache ganz allein erfunden, geplant und ausgeführt. Es war eher ein Brustschild als eine Halskette geworden; die Steine waren zu einem plattenförmigen Schmuck verarbeitet, der große Kristall in der Mitte und um ihn herum ein buntes Mosaik aus Jaspissteinen, Achaten und Beryllsteinen.

Sogar Centaine war von ihrer Schöpfung begeistert.

»Es ist besser geworden, als ich erwartet habe«, erklärte sie O'wa auf französisch, hielt den Schmuck hoch und drehte ihn, um das Sonnenlicht einzufangen. Aus der Übergabe machten sie eine kleine Zeremonie, und H'ani saß da und strahlte wie ein kleiner, bernsteinfarbener Kobold, als ihr Centaine dafür dankte, daß sie so eine vorbildliche Großmutter und die beste

Hebamme der San war. Als sie ihr aber das Geschenk um den Hals legte, schien es für den zerbrechlichen alten Körper fast zu groß und schwer zu sein.

»Ha, alter Mann, du bist so stolz auf dein Messer, aber im Vergleich zu dem hier ist es nichts«, erklärte H'ani und strich liebevoll über die Steine. »Das ist ein richtiges Geschenk. Schau nur! Jetzt trage ich den Mond und die Sterne um den Hals!«

Von diesem Augenblick an weigerte sie sich, den Schmuck wieder abzulegen.

Als Centaine sich von der Geburt völlig erholt hatte, wurden ihr allmählich die Tage zu lang, und die Felswände des Tales kamen ihr vor wie hohe Gefängnismauern.

Ihr tägliches Leben verlief sehr eintönig, Shasa schlief meistens an ihrer Hüfte oder auf ihren Rücken gebunden, während sie im Wald Mongongonüsse aufsammelte oder H'ani half, Feuerholz herbeizuschaffen. Ihre Monatsblutung setzte wieder ein, und sie strotzte vor Energie.

Sie hatte plötzlich Anfälle von Depressionen, und dann konnte sie nicht einmal H'anis unschuldiges Geplapper ertragen und ging allein mit dem Baby fort. Obwohl das Kind die meiste Zeit schlief, hielt sie es auf dem Schoß und sprach französisch oder englisch mit ihm. Sie erzählte ihm von seinem Vater und dem Gut, von Nuage, Anna und General Courtney, und die Namen und Erinnerungen machten sie melancholisch und schwermütig.

So vergingen die Monate, und die Jahreszeiten wechselten. Die Mongongobäume blühten wieder, und ihre Früchte reiften, als sich Shasa eines Tages aufrichtete und auf allen vieren seine erste Entdeckungsreise unternahm. Doch Centaines Stimmung wechselte häufiger als die Jahreszeiten, ihre Freude an Shasa und an der Gesellschaft der beiden alten Leute verwandelte sich immer öfter in tiefe Schwermut. Sie hatte das Gefühl, lebenslänglich in diesem Tal gefangen zu sein.

Sie sind hierhergekommen, um zu sterben, erkannte sie, als

sie sah, daß die beiden alten San zu einem festgelegten Tagesablauf übergingen, aber ich will nicht sterben — ich will leben, leben!

H'ani beobachtete sie mit klugen Augen, bis sie die Zeit für gekommen hielt. Dann erklärte sie O'wa: »Morgen gehen Nam-Kind und ich aus dem Tal.«

»Warum, alte Frau?« fragte O'wa überrascht. Er war ganz zufrieden und hatte noch nicht an Fortgehen gedacht.

»Wir brauchen Heilkräuter und andere Nahrung.«

»Das ist kein Grund, um den gefährlichen Gang durch den Tunnel zu riskieren.«

»Wir brechen in der kühlen Morgendämmerung auf, wenn die Bienen noch schläfrig sind, und kehren am späten Abend zurück — außerdem haben uns die Wächter durchgelassen.«

Centaine war aufgeregt und glücklich über den geplanten Ausflug; sie weckte H'ani lange vor der vereinbarten Zeit. Sie schlüpfte still durch den Tunnel der Bienen, und dann lief Centaine mit Shasa auf dem Rücken und ihrem Tragbeutel über der Schulter durch das enge Tal hinaus in die endlose Weite der Wüste. Ihre glückliche Stimmung hielt den ganzen Vormittag an, und die beiden Frauen unterhielten sich, während sie durch den Wald streiften und nach den Wurzeln suchten, die H'ani zu brauchen vorgab.

In der Mittagshitze suchten sie unter einer Akazie Zuflucht, und während Centaine das Baby stillte, rollte sich H'ani im Schatten zusammen und schlief wie eine alte Katze. Als Shasa satt war, lehnte sich Centaine an den Stamm der Akazie und nickte ebenfalls ein.

Das Stapfen von Hufen und lautes Schnauben weckten sie, und sie öffnete die Augen, blieb aber regungslos sitzen. Da der Wind von hinten kam, hatte sich eine Zebraherde genähert und die Schläfer in dem hüfthohen Gras nicht bemerkt.

Die Herde bstand aus mindestens hundert Tieren — neugeborene Fohlen mit viel zu langen, staksigen Beinen und verwischten schokoladebraunen Streifen standen dicht neben ihren Müttern und schauten mit dunklen ängstlichen Augen in die Welt; ältere Fohlen spielten auf schnellen, sicheren Beinen zwischen den Bäumen Fangen; glatte, glänzende Stuten weideten ruhig, mit steif abstehenden Mähnen und aufgerichteten Ohren, einige von ihnen trächtig; und dann waren da noch die Hengste mit ihren kräftigen Schenkeln und stolz erhobenen Köpfen, die geschmeidig den Hals krümmten, wenn sie einander herausforderten oder eine der Stuten beschnüffelten; sie erinnerten Centaine lebhaft an Nuage. Sie saß an den Akazienstamm gelehnt und wagte kaum zu atmen, während sie die Tiere beobachtete.

In dieser Nacht träumte sie von Michael und der alten Scheune am Rand der Nordweide, und als sie aufwachte, fühlte sie sich verlassen und unbefriedigt, ein Gefühl, das auch dann nicht verging, als sie Shasa an die Brust nahm und er gierig trank. Ihre düstere Stimmung blieb, und die hohen Felswände des Tales bedrückten sie. Doch es dauerte vier Tage, bis sie H'ani an einem zweiten Ausflug aus dem Tal überreden konnte.

Als sie wieder durch den Mopaniwald wanderten, hielt Centaine Ausschau nach der Zebraherde, aber diesmal wirkte der Wald verlassen, und das Wild, das sie sahen, war scheu und unruhig und ergriff bei ihrem Anblick sofort die Flucht.

»Da ist irgend etwas«, murmelte H'ani, als sie in der Mittagshitze Rast machten. »Ich weiß nicht, was es ist, aber die wilden Tiere spüren es. Es macht mich unruhig, wir sollten in das Tal zurückkehren, damit ich mit O'wa sprechen kann. Er versteht von diesen Dingen mehr als ich.«

»O nein, H'ani, noch nicht«, bat Centaine. »Laß uns noch eine Weile hierbleiben. Ich fühle mich so wohl.«

»Was hier vorgeht, gefällt mir nicht«, sagte H'ani beharrlich.

»Die Bienen —« fiel Centaine plötzlich ein, »— wir können vor Einbruch der Nacht nicht durch den Tunnel.« Und H'ani murrte zwar verdrießlich, mußte aber schließlich doch nachgeben.

H'ani nahm Shasa auf den Arm, nachdem er gestillt war.

»Er wächst so schnell«, flüsterte sie, und ihre glänzenden schwarzen Augen blickten traurig. »Ich wünschte, ich könnte ihn sehen, wenn er erwachsen ist, aufrecht und groß wie ein Mopanibaum.«

»Das wirst du auch, alte Großmutter«, lächelte Centaine, »du wirst ihn sehen, wenn er ein Mann ist.«

H'ani blickte nicht auf. »Eines Tages werdet ihr gehen, du und dein Sohn, schon bald. Ich fühle es, du wirst zu deinem eigenen Volk zurückkehren.« Ihre Stimme klang heiser vor Kummer. »Du wirst fortgehen, und dann hat diese alte Frau nichts mehr im Leben.«

»Nein, alte Großmutter«, sagte Centaine und griff nach ihrer Hand. »Vielleicht werden wir eines Tages gehen müssen. Aber wir kommen zu dir zurück. Das verspreche ich dir.«

Sanft machte sich H'ani los und stand auf, ohne Centaine anzublicken. »Die Hitze ist vorüber.«

Sie wanderten zum Berg zurück. H'ani lief voraus. Als Centaine die Geröllfelder unterhalb der Felswände schon fast erreicht hatte, entdeckte sie in der weichen Erde die frischen Spuren von zwei Zebrahengsten. Doch war etwas an dieser Fährte, was sie irritierte. Die Spuren liefen nebeneinander, als wären die Tiere angeschirrt gewesen. Sie hob Shasa auf die andere Hüfte und bückte sich, um die Fährte genauer zu untersuchen.

Plötzlich hielt sie mit einem Ruck inne, so daß das Kind aufwachte und laut zu schreien begann. Centaine blieb wie gelähmt stehen, starrte die Hufabdrücke an und vermochte nicht gleich zu begreifen, was sie sah. Plötzlich verstand sie das seltsame Verhalten der wilden Tiere und H'anis unbestimmte Vorahnungen. Sie begann zu zittern, gleichzeitig vor Angst und vor Freude, vor Verwirrung und Aufregung.

»Shasa«, flüsterte sie, »das sind keine Zebraspuren.« Die Hufe, die diese Abdrücke hinterlassen hatten, waren beschlagen. »Reiter, Shasa, zivilisierte Männer auf Pferden, die mit Eisen beschlagen sind!« Sie konnte es kaum glauben. Nicht hier, nicht in dieser gottverlassenen Gegend!

Instinktiv griff sie nach dem Segeltuchschal, der nur lose um ihre Schultern geschlungen war und ihre Brüste freiließ. Sie bedeckte sie und schaute sich ängstlich um.

Die Spur war frisch, so frisch, daß die scharfe Kante eines

Hufabdrucks vor ihren Augen abbröckelte, ohne daß sie sie berührt hätte.

»Eine Stunde, Shasa, sie sind erst vor einer Stunde hier gewesen.«

Die Männer waren im Schritt geritten, was eine Geschwindigkeit von weniger als acht Kilometer in der Stunde bedeutete.

»In diesem Augenblick ist kaum acht Kilometer von uns entfernt ein zivilisierter Mann, Shasa.«

Sie sprang auf und lief fünfzig Schritte neben der Spur zurück, dann blieb sie wieder stehen und ließ sich auf die Knie niedersinken. Früher hätte sie es übersehen — vor O'was Unterricht war sie blind gewesen —, doch nun entdeckte sie das winzige Metallplättchen sofort, obwohl es kaum größer war als ein Daumennagel und in ein trockenes Grasbüschel gefallen war. Sie hob es auf und legte es auf die Handfläche. Es war ein matter Messingknopf, ein Uniformknopf mit ausgeprägtem Rand, in dessen Öse noch der abgerissene Faden hing. Die Prägung stellte ein Einhorn und eine Antilope dar, die ein Schild bewachten, und auf einem Band darunter stand ein Spruch.

»Ex Unitate Vires«, las sie. Sie hatte die gleichen Knöpfe an General Sean Courtneys Waffenrock gesehen, aber seine waren glänzend poliert gewesen. »Aus Einigkeit Stärke.« Das Wappen der Südafrikanischen Union.

»Ein Soldat, Shasa! Einer von General Courtneys Leuten!«

In diesem Augenblick hörte sie H'anis Pfiff in der Ferne, sprang auf und blieb unschlüssig stehen. Ihre erste Regung war, sofort hinter den Reitern herzulaufen und sie zu bitten, sie mitzunehmen, aber da pfiff H'ani abermals, und sie drehte sich um.

Sie wußte, wie sehr sich die San vor Fremden fürchteten; die alten Leute hatten ihr die Geschichte über die brutale Hetzjagd erzählt. »H'ani darf diese Spur nicht sehen.«

Sie beschattete die Augen und starrte sehnsüchtig in die Richtung, die die Reiter eingeschlagen hatten, aber zwischen den Mopanibäumen bewegte sich nichts. »Sie würde versuchen, uns aufzuhalten, Shasa, sie und O'wa würden alles tun, um uns aufzuhalten. Wir können die alten Leute nicht allein lassen, und wenn sie mitkommen — nein, dann wären sie in Gefahr —« Sie war innerlich zerrissen, »— aber diese Chance können wir uns nicht entgehen lassen. Es könnte unsere einzige —«

H'ani pfiff wieder, diesmal schon von viel näher, und Centaine sah ihre kleine Gestalt unter den Bäumen.

Schuldbewußt schloß sie die Hand um den Messingknopf und steckte ihn tief in ihren Beutel.

»H'ani darf die Spur nicht sehen«, wiederholte sie und prägte sich rasch die Form der Felswände ein, damit sie die Stelle wiederfand. Dann drehte sie sich um und lief der alten Frau entgegen, um mit ihr in das versteckte Tal zurückzukehren.

Als sie am Abend ihre täglichen Arbeiten verrichteten, hatte Centaine Mühe, ihre nervöse Erregung zu verbergen, und beantwortete H'anis Fragen zerstreut. Als sie gegessen hatten und die Dunkelheit hereinbrach, ging sie zu ihrer Hütte, legte sich hin, deckte sich und das Kind mit dem Antilopenfell zu und tat so, als schliefe sie. Sie lag still und atmete tief und gleichmäßig, war aber hellwach und versuchte verzweifelt, zu einem Entschluß zu kommen.

Sie hatte keine Ahnung, wer die Reiter waren, und wollte die San auf keinen Fall in Gefahr bringen, andererseits war sie fest entschlossen, die Chance wahrzunehmen und diesen rätselhaften Spuren zu folgen, in der Hoffnung auf Hilfe und auf eine Rückkehr in ihre eigene Welt — fort aus dieser Wildnis und diesem harten Dasein, das sie und ihr Kind allmählich zu Wilden machen würde.

»Ich muß uns einen Vorsprung verschaffen und die Reiter einholen, bevor H'ani und O'wa überhaupt merken, daß wir fort sind«, dachte sie. »Dann werden sie uns nicht folgen und sich keiner Gefahr aussetzen. Sobald der Mond aufgeht, brechen wir auf.«

Sie blieb regungslos liegen und stellte sich schlafend, bis der Mond über dem Tal auftauchte. Dann stand sie leise auf, nahm ihren Beutel, ihren Stock und Shasa, der im Schlaf leise greinte, und schlich lautlos aus dem Lager.

Am Fuß des Hügels blieb sie stehen und blickte zurück. Das Feuer war erloschen, aber das Mondlicht schien in die Hütte der alten Leute.

O'wa lag im Schatten und war nur als dunkler Fleck zu erkennen, aber H'ani wurde vom Mondlicht beschienen. Ihre bernsteinfarbene Haut schien in dem weichen Licht zu glühen, und ihr Kopf war Centaine zugewandt. Die Gesichtszüge wirkten unglücklich und verzweifelt, als ahnte sie den schrecklichen Kummer, der sie am nächsten Morgen erwartete; die Halskette aus Kieselsteinen schimmerte matt auf ihrer knochigen Brust.

»Leb wohl, alte Großmutter«, flüsterte Centaine. »Danke für deine große Güte und Liebe. Ich werde dich nie vergessen. Vergib uns, kleine H'ani, aber wir müssen fort.«

Centaine mußte sich fast dazu zwingen, um den Felsblock herumzugehen, der ihr den Blick auf das Lager nahm. Als sie den Pfad zum Tunnel der Bienen hinaufeilte, verschwamm die mondhelle Landschaft vor ihren Augen, und Tränen liefen ihr in die Mundwinkel.

Sie tastete sich durch die Dunkelheit und durch den warmen, nach Honig duftenden Tunnel und trat in das mondhelle Tal hinaus. Sie blieb stehen, um zu lauschen, weil sie hinter sich das Geräusch bloßer Füße auf steinigem Boden zu hören glaubte, aber da war nur das Heulen der Schakale in der Ebene vor ihr. Rasch eilte sie weiter.

Als sie die Ebene erreichte, begann Shasa zu strampeln und zu weinen. Sie hob im Laufen die Schlinge, in der er lag, ein wenig an, so daß er ihre Brust erreichen konnte. Er begann gierig zu saugen, und sie flüsterte ihm zu: »Hab keine Angst, auch wenn wir heute zum erstenmal allein sind. Das Lager der Reiter kann nicht mehr weit sein. Wir werden sie noch vor Sonnenaufgang finden, bevor H'ani und O'wa aufwachen. Schau nicht auf die Schatten, Shasa —« Sie sprach leise weiter, um sich Mut zu machen, denn bei Nacht wirkte alles geheimnisvoll und bedrohlich; bis zu diesem Augenblick war ihr nie bewußt geworden, wie sehr sie sich auf die beiden alten Leute verlassen hatte.

»Hier müßte die Spur irgendwo sein, Shasa.« Centaine blieb unschlüssig stehen und schaute sich um. Bei Nacht sah alles anders aus. Doch da war sie: die Reiter hatten sich nicht die Mühe gemacht, sie zu verwischen. Sie waren den leichtesten Weg geritten, folgten den Pfaden der Wildnis, und sie hatten ihre Pferde nie zu einer schnelleren Gangart angetrieben. Einmal fand Centaine eine Stelle, wo einer der Reiter abgestiegen war und sein Pferd über eine kurze Strecke an Zügel geführt hatte.

Sie war freudig erregt, als sie sah, daß dieser Mann Stiefel trug, Reitstiefel mit halbhohen Hacken und abgetretenen Sohlen. An der Schrittlänge und dem leicht nach auswärts gerichteten Gang erkannte sie, daß es ein großer Mann mit langen, schmalen Füßen und einem leichten, aber sicheren Schritt war.

»Warten Sie auf uns«, flüsterte sie. »Bitte, Sir, warten Sie auf mich und Shasa.«

Sie kam schnell vorwärts. »Wir müssen Ausschau halten nach ihrem Lagerfeuer, Shasa, es kann nicht mehr weit —« Sie brach ab. »Da! Was war das, Shasa? Hast du das gesehen?« Sie spähte in den Wald.

»Ich bin sicher, da war etwas.« Sie schaute sich um. »Aber jetzt ist es fort.« Sie nahm Shasa auf die andere Hüfte. »Wie schwer du geworden bist! Aber das macht nichts, wir sind bald da.«

Sie eilte weiter, und der Wald lichtete sich allmählich. Dann stand sie am Rand einer langgestreckten, offenen Lichtung. Das Morgenlicht schimmerte matt und metallisch auf dem kurzen Gras.

Centaine ließ ihren Blick über die Lichtung streifen und konzentrierte ihre Aufmerksamkeit auf jede dunkle Unebenheit; sie hoffte, Pferde neben einem erloschenen Lagerfeuer und in Decken gewickelte menschliche Gestalten zu sehen, aber die dunklen Stellen waren nur Baumstümpfe oder Ameisenhaufen, und am gegenüberliegenden Rand der Lichtung graste eine Herde Weißschwanzgnus.

»Sei unbesorgt, Shasa«, sagte sie laut, um ihre tiefe Enttäuschung zu verbergen, »ich bin sicher, sie lagern unter den Bäumen.«

Plötzlich hoben die Weißschwanzgnus die Köpfe und verschwanden schnaubend und stampfend zwischen den Bäumen.

Der Staub, den sie aufgewirbelt hatten, blieb wie Nebel in der Luft hängen.

»Was sie wohl erschreckt hat, Shasa? Unsere Witterung kann es nicht gewesen sein, weil wir uns gegen die Windrichtung bewegen.« Das Geräusch der fliehenden Herde entfernte sich. »Irgend etwas hat sie vertrieben!«

Sie schaute sich vorsichtig um. »Ich bilde mir etwas ein. Ich sehe Dinge, die nicht da sind. Wir dürfen uns nicht von Schatten in Panik versetzen lassen.« Centaine ging entschlossen weiter, aber nach einer Weile blieb sie wieder ängstlich stehen.

»Hast du das gehört, Shasa? Da verfolgt uns etwas. Ich habe Schritte gehört, aber jetzt ist es stehengeblieben. Es beobachtet uns, ich fühle es.«

In diesem Augenblick schob sich eine kleine Wolke über den Mond, und es wurde dunkel.

»Der Mond wird bald wieder herauskommen.« Centaine umklammerte das Baby so heftig, daß Shasa einen kleinen Protestschrei ausstieß. »Tut mir leid, Liebling.« Sie lockerte den Griff ein wenig. Als sie weitergehen wollte, stolperte sie.

»Ich wünschte, wir wären bei H'ani und O'wa geblieben — nein, das stimmt nicht. Wir mußten gehen. Wir müssen tapfer sein, Shasa. Ohne den Mond können wir der Spur nicht folgen.«

Sie ließ sich nieder, um auszuruhen, und schaute zum Himmel auf. Der Mond schimmerte durch die dünne Wolke, dann brach er durch ein Loch in der Wolkendecke und überflutete das Land mit einem sanften, silbrigen Licht.

»Shasa!« Centaines Stimme schwoll zu einem hohen, dünnen Schrei an.

Auf der Lichtung war etwas, eine riesige helle Gestalt, so groß wie ein Pferd, aber in einer drohenden, lauernden Haltung. Als sie schrie, verschwand das Wesen im Gras.

Centaine zitterte heftig. Von diesem großen fahlen Wesen

da draußen in der Dunkelheit ging eine unheimliche Bedrohung aus, und sie wußte plötzlich, was es war. Sie hatte es schon einmal gesehen. Sie legte sich flach auf den Boden und versuchte, Shasa mit ihrem Körper zu schützen. Dann kam dieser Laut, ein unheimlicher, orkanartiger Laut, der die Nacht und ihren Kopf erfüllte. Auch diesen Laut hatte sie schon einmal gehört, aber nicht so nahe, nicht so grauenvoll nahe.

»Oh, liebe Muttergottes«, flüsterte sie. Es war das Brüllen eines Löwen — der schrecklichste Laut in der afrikanischen Wildnis.

In diesem Augenblick brach der Mond wieder durch die Wolken, und sie sah den Löwen deutlich. Er stand fünfzig Schritte von ihr entfernt; er war ungeheuer groß, und die Mähne, die seinen flachen Kopf wie ein Pfauenrad aus zottigen Haaren umgab, war gesträubt. Der Schwanz peitschte hin und her. Dann streckte er den Hals, krümmte die Schultern, schob den Kopf vor und öffnete den Rachen, so daß die langen gelben Fangzähne wie Dolche im Mondlicht schimmerten — und brüllte wieder.

Es war ein alter männlicher Löwe, ein Ausgestoßener. Seine Zähne und Klauen waren stumpf, sein Fell an der Schulter fast kahl und mit Narben übersät. Er hatte ein Auge verloren in dem Kampf mit dem jungen Löwen, der ihn aus dem Rudel vertrieben hatte. Er war krank und hungrig, unter seinem zottigen Fell standen die Rippen hervor, und in seinem Hunger hatte er vor drei Tagen ein Stachelschwein angegriffen. Ein paar lange giftige Stacheln hatten sich tief in seinen Hals und seine Wangen gebohrt und begannen zu eitern und zu schwären. Er war alt, schwach und unsicher, und sein natürliches Selbstvertrauen war erschüttert. Er hütete sich gewöhnlich vor Menschen und ihrem Geruch. Doch nun zögerte er und umkreiste die Beute. Vielleicht wäre er mutiger gewesen, wenn der Mond nicht geschienen hätte oder wenn er schon einmal Menschenfleisch gefressen hätte; so aber brüllte er nur unentschlossen.

Centaine sprang auf. Irgendwie wußte sie, daß das Raubtier

sofort angreifen würde, wenn sie davonlief. Sie schrie und stürmte mit erhobenem Stock geradewegs auf den Löwen zu. Er wirbelte herum und lief fünfzig Schritte weit durch das Gras davon, dann blieb er stehen und schaute sich um. Sein Schwanz peitschte hin und her, und er knurrte wütend.

Centaine ging, mit dem einen Arm Shasa umklammernd und den Stock in der anderen Hand, langsam rückwärts. Sie warf einen Blick über die Schulter — der nächste Mopanibaum stand einzeln und ein paar Meter vom Waldrand entfernt. Er war kräftig und gerade, und die erste Astgabel befand sich weit genug über dem Boden, aber er schien unendlich weit entfernt zu sein.

»Wir dürfen nicht rennen, Shasa«, flüsterte sie mit erstickter Stimme. »Langsam, ganz langsam.« Der Schweiß lief ihr in die Augen, obwohl sie gleichzeitig vor Kälte und Angst zitterte.

Der Löwe schlich mit gesenktem Kopf und gespitzten Ohren in einem Bogen auf den Wald zu, und Centaine sah sein Auge wie die Klinge eines Dolches aufblitzen.

»Wir müssen zu dem Baum, Shasa«, flüsterte sie, und das Baby greinte und strampelte an ihrer Hüfte. Der Löwe blieb stehen, und sie hörte, wie er witterte. Centaine blickte zum Mond auf. Aus dem Norden zog eine dunkle Wolke heran.

»Bitte nicht den Mond verdecken!« flüsterte sie verzweifelt. Sie erkannte, daß ihr Leben von diesem weichen, unsicheren Licht abhing. Sie fühlte instinktiv, wie kühn das große Raubtier in der Dunkelheit werden würde. Seine Kreise wurden immer enger, als es sich vorsichtig und wachsam an sie heranschlich. Der Löwe beobachtete sie scharf und erkannte vielleicht schon, wie hilflos sie in Wirklichkeit war. Er konnte jeden Augenblick angreifen.

Irgend etwas stieß sie von hinten ab, so daß sie gellend aufschrie und taumelte, bevor sie begriff, daß sie mit dem Rücken gegen den Stamm des Mopanibaumes gestoßen war. Sie klammerte sich an den Baumstamm, da ihr vor Erleichterung schwindlig wurde. Zitternd nestelte sie den Lederbeutel von der Schulter, nahm die wassergefüllten Straußeneier heraus. Dann steckte sie Shasa mit den Füßen nach unten in den Sack, so daß nur noch sein Kopf herausschaute, und schob sich den Sack auf den Rücken. Shasa schrie aus vollem Hals.

»Sei still, bitte sei still —« Sie steckte ihren Stock wie ein Schwert in den Riemen, der um ihre Taille geschlungen war. Dann faßte sie mit beiden Armen den untersten Ast und suchte mit bloßen Füßen nach einem Halt an der rauhen Rinde des Stammes. Sie hätte es niemals für möglich gehalten, aber die Verzweiflung gab ihr ungeahnte Kräfte, so daß sie imstande war, sich und ihre Last hochzuziehen und auf den Ast zu klettern.

Doch sie befand sich erst zwei Meter über dem Boden, und der Löwe knurrte und machte einen Satz nach vorne. Der Ast wippte auf und ab, und sie suchte nach dem nächsten Halt. Die Rinde war rauh und schuppig wie die Haut eines Krokodils, und als sie neun Meter über dem Boden endlich in eine Astgabel kletterte, bluteten ihre Finger und Schienbeine.

Der Löwe roch das Blut aus den Schürfwunden, und der Geruch machte ihn fast wahnsinnig. Er brüllte und strich um den Stamm des Mopanibaumes herum, blieb stehen, um die Straußeneier, die Centaine liegengelassen hatte, zu beschnuppern, und brüllte dann wieder.

»Jetzt sind wir sicher, Shasa«, flüsterte Centaine schluchzend vor Erleichterung, kauerte sich in die hohe Astgabel, nahm das Kind auf den Schoß und spähte durch die Zweige und Blätter auf den breiten, muskulösen Rücken des alten Löwen hinunter. Sie bemerkte, daß der erste fahle Schein der Morgendämmerung am östlichen Himmel auftauchte.

»Es wird bald hell, Shasa«, erklärte sie dem Baby. »Und dann wird die Bestie verschwinden —«

Der Löwe stellte sich auf die Hinterbeine, stemmte sich gegen den Baumstamm und starrte zu ihr empor. In der schwarzen leeren Augenhöhle wirkte das funkelnde gelbe Auge noch blutrünstiger, und Centaine schauderte.

Der Löwe schlug beide Vorderpranken in den Baumstamm und brach von neuem in dieses schreckliche markerschütternde Gebrüll aus. Er riß lange Streifen Rinde vom Stamm und hinterließ tiefe feuchte Wunden, aus denen der Saft tropfte.

»Geh weg!« schrie Centaine, doch der Löwe setzte sich auf die Hinterbeine, stieß sich ab und verkrallte die Pranken in dem Baumstamm. Jäh erkannte sie, daß der Löwe zu ihr hinaufkommen würde. »Ich muß dich in Sicherheit bringen, Shasa.«

Sie zog sich hoch, griff nach einem Seitenast und stand in der Astgabel.

»Da!« Sie entdeckte einen abgebrochenen Ast über ihrem Kopf, der wie ein Kleiderrechen aus dem Stamm ragte, und bot ihre letzte Kraft auf, um den Lederbeutel mit Shasa hochzuheben und den Riemen über den abgebrochenen Ast zu legen.

Shasa strampelte und zappelte, so daß der Beutel hin und her schwang. Centaine kauerte sich wieder in die Astgabel und zog den Stock aus ihrem Gürtel.

»Sei still, mein Kleiner, bitte sei still.« Sie schaute nicht zu Shasa auf. Sie beobachtete den Löwen. »Wenn du still bist, sieht er dich wahrscheinlich nicht und läßt dich in Ruhe.«

Der Löwe stemmte sich mit den Vorderbeinen gegen den Stamm und brüllte wieder. Sie roch ihn jetzt, sie roch den Gestank seiner eiternden Wunden und den fauligen Aasgeruch seines Atems. Dann stieß sich die Bestie ab, klammerte sich mit den Pranken fest und schnellte mit ein paar Sprüngen nach oben. Den Kopf zurückgeworfen, heftete er sein funkelndes gelbes Auge auf Centaine und kam schrecklich brüllend direkt auf sie zu.

Centaine schrie und stieß die Spitze ihres Stockes mit aller Kraft in den geöffneten Rachen. Sie spürte, wie sich das spitze Ende in die weiche, rosige Schleimhaut in seiner Kehle bohrte, sah einen Schwall dunkelrotes Blut, dann schlossen sich die Kiefer des Löwen um den Stock, und er entriß ihn ihr mit einem Ruck.

Helles Blut strömte in seinen Rachen, und jedesmal, wenn er brüllte, stieß er eine rosarote Wolke aus. Brüllend faßte er mit der riesigen Pranke hinauf.

Centaine zog die Beine ein und versuchte auszuweichen, aber sie war nicht schnell genug; eine der gebogenen gelben Krallen, so lang und so dick wie der Zeigefinger eines Mannes, bohrte sich oberhalb des Knöchels in ihr Fleisch, und sie wurde brutal nach unten gezerrt.

Sie spürte, wie ihr ganzer Körper sich streckte; der Löwe zog mit unheimlicher Gewalt an ihrem Bein, bis ihre Knie- und Hüftgelenke knackten. Der Schmerz schoß durch ihre Wirbelsäule empor wie eine explodierende Feuerwerksrakete. Dann spürte sie, wie sich die Krallen des Löwen in ihr Fleisch bohrten und wie ihre Arme langsam nachgaben. Zentimeter für Zentimeter wurde sie von dem Baum heruntergezerrt.

»Beschütze mein Baby«, schrie sie. »Bitte, Gott, beschütze mein Kind.«

Garry war überzeugt, daß sie auch diesmal einem Hirngespinst nachjagten, wenn er auch niemals so tollkühn gewesen wäre, es auszusprechen. Schon bei dem Gedanken daran hatte er ein schlechtes Gewissen und warf der Frau, die er liebte, verstohlen einen Blick zu.

Anna hatte in den achtzehn wunderschönen kurzen Monaten, seit sie zusammen waren, englisch gelernt und ein wenig Gewicht verloren. Letzteres war der einzige Umstand in seinem Leben, den er geändert haben würde, wenn es in seiner Macht gestanden hätte, und er drängte ihr das Essen förmlich auf. Gegenüber dem Hotel Kaiserhof in Windhoek, wo Garry eine Suite gemietet hatte, gab es eine deutsche Konditorei. Er ging nie daran vorbei, ohne einen Karton der wunderbaren schwarzen Schokolade oder eine Torte zu kaufen — meist eine Schwarzwälder-Kirsch-Torte —, um sie Anna mitzubringen. Und trotzdem hatte sie abgenommen.

Sie hielten sich viel zu selten in der Hotelsuite auf, überlegte er. Sie verwendeten zu viel Zeit darauf, im Busch herumzuhetzen, wie jetzt gerade.

»Das verrückte alte Paar«, so nannte man sie im ganzen Land, und Garry hatte eine unnatürliche, trotzige Freude daran, daß er sich diesen Titel rechtmäßig erworben hatte. Als er kürzlich die bisherigen Kosten der ausgedehnten Suche zusammengezählt hatte, war er entsetzt gewesen, bis er plötzlich auf den Gedanken kam: Wofür sollte ich es denn sonst ausgeben, wenn nicht für Anna? Und nach einer kurzen Überlegung: Was habe ich denn außer Anna? Und mit dieser Erkenntnis hatte er sich kopfüber in die nächste Tollheit gestürzt.

Garry hatte in Kapstadt fünftausend Plakate drucken lassen und angeordnet, daß sie an alle Polizeistationen, Magistratskanzleien, Postämter und Bahnhöfe in Südafrika verteilt wurden:

5000 Pfund BELOHNUNG 5000 Pfund

Für Informationen, die zur Auffindung von CENTAINE DE THIRY COURTNEY führen, einer Überlebenden des LAZARETTSCHIFFES PROTEA CASTLE, das am 28. August 1917 vor der Küste nörlich von SWAKOPMUND auf barbarische Weise von einem DEUTSCHEN U-BOOT torpediert wurde.

MRS. COURTNEY wurde möglicherweise an Land gespült und könnte sich nun in der Obhut von Wilden oder allein in der Wildnis befinden.

Jede Information über ihren Verbleib ist dem Unterzeichneten im HOTEL KAISERHOF, WINDHOEK, zu übermitteln.

COLONEL G.C. COURTNEY

Fünftausend Pfund waren ein Vermögen, genug, um eine Farm zu kaufen und sie mit Rindern und Schafen auszustatten, genug, um einem Mann ein sorgloses Leben zu sichern, und es gab natürlich viele, die mit vagen Versprechungen, phantasievollen Geschichten und glatten Lügen versuchten, die Belohnung oder einen Teil davon aus Garry herauszuholen.

In der Hotelsuite empfingen er und Anna Leute, die sich noch nie über die Eisenbahnlinie hinausgewagt hatten, aber bereit waren, Expeditionen in die Wüste zu führen, andere, die genau wußten, wo das vermißte Mädchen zu finden sein würde, und wieder andere, die Centaine tatsächlich gesehen haben wollten und nur einen Vorschuß von tausend Pfund brauchten, um eine Expedition auszurüsten und sie zu holen. Es kamen Spiritisten und Hellseher, die vorgaben, mit ihr in Verbindung zu stehen; und es erschien sogar ein Mann, der seine eigene Tochter um einen günstigen Preis zum Verkauf anbot, um das vermißte Mädchen zu ersetzen.

Garry empfing sie alle mit ausgesuchter Höflichkeit. Er hörte sich ihre Geschichten an und verfolgte ihre Theorien und Instruktionen; er wurde mit einer Reihe junger Damen von unterschiedlicher Gestalt und Haarfarbe konfrontiert, die behaupteten, Centaine De Thiry Courtney zu sein, oder bereit waren, alles für ihn zu tun, was sie hätte tun können. Einige von ihnen wurden unangenehm beleidigend, als er sie zurückwies, und Anna warf sie persönlich hinaus.

»Kein Wunder, daß sie dauernd abnimmt«, dachte Garry und beugte sich vor, um Anna, die neben ihm in dem offenen Fiat saß, auf den Oberschenkel zu klopfen. Die Worte eines blasphemischen alten Spruchs kamen ihm in den Sinn:

»Wir danken dem Herrn für das, was wir haben,
aber über etwas mehr wären wir auch nicht böse.«

Er grinste sie liebevoll an und sagte laut: »Wir sollten bald da sein.« Sie nickte und erwiderte: »Ich weiß, daß wir sie diesmal finden werden. Ich habe ein gutes Gefühl!«

»Ja«, stimmte Garry pflichtschuldigst zu. »Diesmal ist alles anders.«

Und das war nicht einmal gelogen. Keine ihrer vielen Expeditionen war auf eine so mysteriöse Art zustande gekommen.

Sie hatten eines ihrer Plakate zurückerhalten, zusammengefaltet und mit Wachs versiegelt; es war vier Tage vorher in Usakos, einer Poststation an der Bahnlinie zwischen Windhoek und der Küste, abgeschickt worden. Das Paket war in einer steilen, aber geübten Handschrift adressiert, die unverkennbar einem Deutschen gehörte. Als Garry das Siegel aufbrach und das Plakat auseinanderfaltete, fand er am unteren Rand des Blattes eine lakonische Aufforderung zu einer Zusammenkunft und eine handgezeichnete Skizze, die ihm den Weg beschrieb. Das Blatt war nicht unterzeichnet.

Garry telegraphierte sofort dem Postmeister in Usakos, überzeugt, daß sich der Postmeister einer so abgelegenen Poststation an jedes Paket, das dort abgegeben wurde, genau erinnern würde. Und tatsächlich. Das Paket, berichtete dieser, war bei Nacht auf der Türschwelle des Postamtes hinterlegt worden, und niemand hatte auch nur eine Ahnung, wer der Absender sein könnte.

Sie hatten fast drei Tage gebraucht, um die verhältnismäßig kurze Strecke zu dem angegebenen Treffpunkt im öden Kamas Hochland zurückzulegen, aber nachdem sie sich mindestens zehnmal verfahren und ungefähr ebenso oft einen geplatzten Reifen gewechselt und drei Nächte neben dem Fiat auf dem harten Boden geschlafen hatten, waren sie nun nicht mehr weit von dem verabredeten Treffpunkt entfernt.

Die Sonne brannte auf sie nieder, und der Wind wehte ihnen den feinen roten Staub ins Gesicht, als sie über die steinigen Pisten holperten. Doch Anna schienen die Hitze und der Staub und all das Ungemach der Wildnis nichts auszumachen, und als Garry sie mit grenzenloser Bewunderung anschaute, wäre er fast von der Straße abgekommen. Der Fiat geriet ins Schleudern, und die rechten Räder schwebten über dem Abgrund. Garry riß das Lenkrad herum, und als sie wieder in die Fahrspur rumpelten, zog er die Handbremse an.

Sie befanden sich am Rand eines tiefen Cañons, der die Hochebene wie ein Axtstreich durchschnitt. Der Weg schlängelte sich in zahllosen Haarnadelkurven in die Tiefe, und der Fluß tief unten war ein schmales Band, das in der Mittagssonne glitzerte.

»Das ist die Stelle«, erklärte Garry, »und sie gefällt mir gar nicht. Da unten sind wir jedem Banditen oder Mörder hilflos ausgeliefert.«

»Mijnheer, wir sind ohnehin schon spät dran —«

»Ich bin nicht sicher, ob wir da je wieder herauskommen, und weiß Gott, wahrscheinlich wird uns hier auch niemand finden. Und wenn, dann vermutlich nur noch unsere blanken Knochen.«

»Komm, Mijnheer, reden können wir später.«

Garry seufzte bekümmert, aber er löste die Handbremse. Die Fahrt war ein Alptraum. Die Straße war so steil, daß die Bremsklötze rauchten, und die Haarnadelkurven so eng, daß

Garry mehrmals wenden mußte, um den Fiat hindurchzubringen.

»Jetzt weiß ich, warum unser Freund diesen Ort gewählt hat. Da unten sind wir in seiner Gewalt.«

Vierzig Minuten später kamen sie am Grund des Cañons an. Die Wände waren so steil, daß kein Sonnenstrahl in die Tiefe dringen konnte. Der Boden des Cañons lag im Schatten, trotzdem war es drückend heiß. Kein Lüftchen regte sich, und die Luft brannte stechend im Rachen.

Zu beiden Seiten des Flußufers gab es einen schmalen Streifen festen Boden, der mit struppigen Dornensträuchern bewachsen war. Garry stellte den Fiat neben der Straße ab, und sie kletterten steifbeinig aus dem Wagen und klopften den roten Staub von ihren Kleidern. Der Fluß, dessen Wasser undurchsichtig und giftig gelb war, strömte träge in seinem steinernen Bett dahin.

»Na«, sagte Garry und ließ seinen Blick über die Ufer und die Felswände schweifen, »anscheinend sind wir ganz allein hier. Unser Freund ist nirgends zu sehen.«

»Wir warten«, erklärte Anna fest.

»Natürlich, Mevrou.« Garry nahm den Hut ab und wischte sich mit seinem baumwollenen Halstuch den Schweiß von der Stirn. »Wie wär's mit einer Tasse Tee?«

Anna nahm den Wasserkessel und ging zum Fluß hinunter. Bevor sie den Kessel füllte, probierte sie argwöhnisch das Wasser. Als sie zurückkam, hatte Garry zwischen zwei Steinen ein prasselndes Holzfeuer gemacht. Während der Teekessel summte, holte er eine Decke aus dem Kofferraum des Fiat und die Schnapsflasche aus dem Handschuhfach. Er goß einen großzügigen Schluck Schnaps in die gefüllten Becher, denn er hatte festgestellt, daß Schnaps dieselbe besänftigende Wirkung auf Anna ausübte wie Schokolade.

Aber bevor Garry die Stelle erreichte, wo Anna saß, stieß er einen spitzen Schrei aus und ließ den Becher fallen, so daß der heiße Tee über seine Stiefel spritzte. Er starrte wie gebannt in das Gebüsch hinter ihr und hob beide Hände hoch über den Kopf. Anna schaute sich um, sprang blitzschnell auf, riß einen brennenden Holzknüppel aus dem Feuer und schwang ihn über dem Kopf. Garry trat schnell an ihre Seite und blieb dicht neben ihrer schützenden Gestalt stehen.

»Kommt ja nicht näher!« brüllte Anna. »Ich warne euch, ich schlage dem ersten den Schädel ein —«

Sie waren umzingelt. Die Bande hatte sich im dichten Gestrüpp an sie herangeschlichen.

»O Gott, ich wußte, es war eine Falle!« murmelte Garry. Das war bestimmt die gefährlichste Räuberbande, die er jemals gesehen hatte.

»Wir haben kein Geld, keine Wertsachen —« Wie viele waren es wohl? fragte er sich verzweifelt. Drei — nein, hinter diesen dreien stand noch einer — vier blutdürstige Schurken. Der Anführer war offensichtlich der schwarze Riese mit den gekreuzten Patronengurten über der Brust und dem Mausergewehr unter dem Arm. Ein dichter, gekräuselter Bart umrahmte die breiten afrikanischen Gesichtszüge wie die Mähne eines menschenfressenden Löwen.

Die anderen waren ebenfalls bewaffnet, eine gemischte Schar von Hottentotten und Owambos, die in einer wunderlichen Zusammenstellung Teile von Uniformen und Zivilkleidung trugen, alle abgenutzt und ausgebleicht, geflickt und zerschlissen. Einige waren barfuß, die anderen hatten schäbige Stiefel an, die von weiten Märschen arg mitgenommen waren. Nur ihre Waffen waren frisch geölt und gut instand gehalten.

Garry dachte flüchtig an die Dienstpistole, die in einem Halfter unter dem Armaturenbrett steckte, ließ diesen verwegenen Gedanken aber gleich wieder fallen.

»Tut uns nichts«, flehte er und verkroch sich hinter Anna. Allerdings mußte er gleich tief erschüttert feststellen, daß sie ihn im Stich ließ, um einen Angriff zu starten.

Sie schwang den brennenden Ast wie ein Wikingerbeil über dem Kopf und stürzte geradewegs auf den riesengroßen schwarzen Anführer zu.

»Zurück, du Schwein!« brüllte sie in Flämisch. »Hau ab, du Hurensohn der Hölle!«

Die Bande stob verblüfft auseinander und versuchte dem

rauchenden Ast auszuweichen, der an ihren Köpfen vorbeizischte.

»Wie kannst du es wagen, du stinkender Bastard einer verlausten Hure.«

Sie traf einen der Hottentotten mit ungeheurer Wucht zwischen den Schulterblättern, so daß er in einen Dornbusch geschleudert wurde und schrie wie ein verwundetes Warzenschwein. Weitere zwei zogen es vor, Annas schäumender Wut auszuweichen, sprangen über die Uferböschung und verschwanden plätschernd im gelben Wasser. So blieb nur der große schwarze Owambo übrig. Er war schnell und behende für seine Größe, wich den wilden Stockhieben aus und brachte sich hinter dem nächsten Kameldornbaum in Sicherheit. Durch geschickte Beinarbeit hielt er den Baumstamm zwischen sich und Anna, bis sie schließlich keuchend und rotgesichtig stehenblieb und wütend hervorstieß: »Komm raus, du gelbbäuchiges, schwarzgesichtiges Abziehbild von einem blauschwänzigen Pavian! Komm raus, damit ich dich umbringen kann!«

Der Owambo wich zurück und zog sich vorsichtshalber aus ihrer Reichweite zurück. »Nein! Nein! Wir sind nicht gekommen, um Sie zu überfallen, wir sind gekommen, um Sie zu holen —«, antwortete er in Afrikaans. Langsam ließ Anna den Prügel sinken.

»Haben Sie den Brief geschrieben?« fragte sie, und der Owambo schüttelte den Kopf. »Ich bin gekommen, um Sie zu dem Mann zu bringen, der den Brief geschrieben hat.«

Der Owambo ließ zwei seiner Männer als Wachen bei dem Wagen zurück. Dann führte er Anna und Garry flußabwärts, über freie Flächen am Flußufer und durch enge Schluchten, in denen der Fluß zu einem Wildbach anschwoll und der Pfad schmal und steil wurde. Diese Schluchten wurden von Guerillas bewacht. Garry sah nur ihre Köpfe und das Glitzern der Gewehrläufe zwischen den Felsen und bemerkte, wie klug der Treffpunkt gewählt worden war. Niemand konnte ihnen unbemerkt folgen. Nicht einmal eine Armee wäre in der Lage gewesen, sie zu befreien. Sie waren völlig schutzlos, diesen rauhen

Burschen auf Gedeih und Verderb ausgeliefert. Garry schauderte trotz der drückenden Hitze.

»Wir können von Glück reden, wenn wir hier wieder lebend herauskommen«, murmelte er und sagte dann laut: »Mein Bein schmerzt. Können wir nicht rasten?« Aber keiner sah sich auch nur nach ihm um, und er stolperte weiter, um so dicht wie möglich bei Anna zu bleiben.

Nachdem Garry schon jede Hoffnung aufgegeben hatte, führte sie der Owambo endlich um einen gelben Sandsteinfelsen herum, und sie befanden sich plötzlich in einem Lager unter einer überhängenden Felswand am Flußufer. Hinter dem Lager führte ein steiler Pfad durch die Felsen hinauf — ein Fluchtweg im Fall eines Überraschungsangriffs.

»Sie haben wirklich an alles gedacht.« Garry berührte Annas Arm und wies auf den Pfad, aber ihre ganze Aufmerksamkeit war auf den Mann gerichtet, der in diesem Augenblick aus dem Schatten der Felswand trat.

Er war noch jung, etwa halb so alt wie Garry, aber Garry kam sich in den ersten Sekunden ihres Zusammentreffens lächerlich und albern vor. Der Mann blieb im Sonnenlicht stehen und schaute Garry mit einer katzenhaften Ruhe an, und Garry sah in ihm all das verkörpert, was er nicht war.

Das goldblonde Haar, das von sonnengebleichten, fast weißen Streifen durchzogen war, fiel bis auf die bloßen Schultern herab und bildete einen eigentümlichen Kontrast zu den tief gebräunten Gesichtszügen. Dieses Gesicht war früher einmal vielleicht so schön gewesen wie das eines Mädchens, aber die sengenden Flammen des Lebens hatten jede Weichheit herausgebrannt. Der Mann war groß und schlank und hatte harte, flache Muskeln. Er trug nur eine Reiterhose und Stiefel, und das Haar auf seiner Brust schimmerte wie feiner Kupferdraht. Um den Hals hatte er eine Goldkette, mit einem kleinen, goldenen Medaillon, etwas, das kein englischer Gentleman jemals tragen würde. Garry versuchte, sich überlegen zu fühlen, aber dieser offene, direkte Blick machte das nicht gerade einfach.

»Colonel Courtney«, sagte der Mann, und Garry war abermals fassungslos. Er sprach, wenn auch leicht akzentuiert, mit der Stimme eines gebildeten und kultivierten Mannes, und als er lächelte, verschwand der harte und grausame Zug um seinen Mund.

»Erschrecken Sie bitte nicht. Sie sind doch Colonel Courtney, nicht wahr?«

»Ja.« Das Sprechen bereitete Garry Mühe. »Ich bin Colonel Courtney — haben Sie diesen Brief geschrieben?«

Er nahm das Plakat aus seiner Brusttasche und versuchte es auseinanderzufalten, aber seine Hände zitterten so sehr, daß das Papier in seinen Fingern knisterte. Das Lächeln des Mannes war leicht spöttisch, als er nickte: »Ja, ich habe Sie herbestellt.«

»Sie wissen, wo das vermißte Mädchen zu finden ist?« fragte Anna und trat in ihrer Ungeduld einen Schritt näher.

»Vielleicht«, erwiderte er achselzuckend.

»Sie haben Sie gesehen?« fragte Anna drängend.

»Alles der Reihe nach.«

»Sie wollen Geld —« Garrys Stimme klang unnatürlich laut. »Nun, ich habe keinen Penny bei mir. Da können Sie ganz sicher sein. Falls Sie die Absicht haben, uns auszurauben, ich habe nichts Wertvolles dabei.«

»Aber, lieber Colonel«, der blonde Mann lächelte ihn an, und dieses Lächeln war so bezaubernd, so offen und jungenhaft, daß Garry fühlte, wie Annas steife und feindselige Haltung dahinschmolz, »meine Nase sagt mir, daß das nicht stimmt.« Er schnupperte theatralisch. »Sie haben etwas ungeheuer Wertvolles dabei — Havannazigarren!« sagte er und schnupperte wieder. »Kein Zweifel, das ist eine Havanna! Colonel, ich muß Sie darauf hinweisen, daß ich für eine Havannazigarre zum Mörder werden könnte.«

Garry wich unwillkürlich einen Schritt zurück, bevor ihm klar wurde, daß das ein Scherz war.

Er grinste matt und griff nach der Zigarrenkiste in seiner Hüfttasche.

Der blonde Mann betrachtete die lange schwarze Zigarre liebevoll. »Eine Romeo y Julieta!« murmelte er ehrfurchtsvoll und schnupperte zärtlich an der Zigarre. »Ein Hauch vom Paradies.« Er biß die Spitze ab und entzündete ein Streichholz an seiner Stiefelsohle. Dann sog er die Flamme in die Zigarre und schloß verzückt die Augen. Als er sie wieder öffnete, verbeugte er sich leicht vor Anna.

»Entschuldigen Sie bitte, Madame, aber es ist lange her, länger als zwei Jahre, daß ich eine gute Zigarre geraucht habe.«

»Schön«, sagte Garry nun schon etwas mutiger. »Sie kennen meinen Namen und rauchen meine Zigarre — das mindeste, was Sie tun können, ist, sich vorzustellen.«

»Verzeihen Sie.« Er nahm Haltung an und schlug die Hacken zusammen. »Ich bin Lothar De La Rey, zu Ihren Diensten.«

»O mein Gott«, stöhnte Garry und all sein neugewonnener Mut verließ ihn wieder. »Ich weiß alles über Sie. Auf Ihren Kopf ist ein Preis ausgesetzt — man wird Sie hängen, wenn man Sie schnappt. Sie sind ein gesuchter Verbrecher und ein berüchtigter Bandit, Sir.«

»Ich ziehe es vor, als Soldat und Patriot zu gelten, lieber Colonel.«

»Soldaten setzen den Kampf nach einer formellen Kapitulation nicht fort und zerstören nicht fremdes Eigentum. Oberst Franke hat vor gut vier Jahren kapituliert —«

»Oberst Franke hatte meiner Ansicht nach kein Recht zu kapitulieren«, warf Lothar verächtlich ein. »Ich war ein Soldat des Kaisers und des Römisch-deutschen Reiches.«

»Auch Deutschland hat vor drei Monaten kapituliert.«

»Ja«, gab Lothar zu. »Und seither habe ich auch keine kriegerischen Handlungen mehr begangen.«

»Aber Sie sind noch immer im Felde«, erklärte Garry entrüstet. »Sie tragen noch Waffen und —«

»Ich habe mich nur noch nicht ergeben und freiwillig gestellt, weil ich, wie Sie bereits ganz richtig bemerkt haben, von Ihren Leuten aufgehängt werde, wenn ich es tue.«

Unter Garrys forschendem Blick schien ihm plötzlich bewußt zu werden, daß er bis zur Taille nackt war, und er griff nach seinem Uniformrock. Der Rock hing frisch gewaschen über einem Dornbusch neben dem Höhleneingang. Als er hineinschlüpfte, funkelten die Messingknöpfe im Sonnenlicht.

»Verdammt, Sir, Ihre Unverschämtheit ist wirklich unerträglich. Das ist ein britischer Waffenrock — Sie tragen eine unserer Uniformen. Das allein wäre schon Grund genug, Sie unverzüglich zu erschießen!«

»Würden Sie es vorziehen, mich nackt zu sehen, Colonel? Selbst Ihnen kann es nicht verborgen geblieben sein, daß wir sehr heruntergekommen sind. Es macht mir keinen Spaß, einen britischen Waffenrock zu tragen. Leider habe ich keine andere Wahl.«

»Sie beleidigen die Uniform, in der mein Sohn gefallen ist.«

»Ich habe am Tod Ihres Sohnes ebensowenig Freude wie an diesen Lumpen.«

»Himmel, Mann, Sie haben die Frechheit —« Garry blähte sich auf, um eine vernichtende Schimpfkanonade loszulassen, aber Anna schnitt ihm ungeduldig das Wort ab.

»Mijnheer De La Rey, haben Sie mein kleines Mädchen gesehen?« Garrys Wut legte sich, als Lothar sich ihr zuwandte und sein Gesicht einen mitfühlenden Ausdruck annahm.

»Ich habe ein Mädchen gesehen — ja, ich habe ein junges Mädchen in der Wildnis gesehen, aber ich weiß nicht, ob es die ist, die Sie suchen.«

»Könnten Sie uns zu ihr führen?« fragte Garry, und als Lothar sich ihm zuwandte, wurden seine Züge wieder hart.

»Unter gewissen Bedingungen würde ich versuchen, sie wiederzufinden.«

»Geld«, murmelte Garry.

»Warum glauben reiche Männer immer, daß Geld alles ist?« Lothar sog an der Zigarre und ließ den Rauch genüßlich über seine Zunge rollen. »Ja, Colonel, etwas Geld würde ich brauchen«, nickte er. »Aber nicht fünftausend Pfund. Ich brauche tausend Pfund für die Ausrüstung einer Expedition in die verlassene Gegend, wo ich sie das erstemal gesehen habe. Ich brauche gute Pferde — unsere sind schon etwas zu ausgemergelt —, Lastwagen, um Wasser mitnehmen zu können, und Geld, um meine Männer zu bezahlen. Tausend Pfund würden genügen.«

»Was noch?« fragte Garry. »Das ist doch nicht alles, oder?«

»Nein«, gab Lothar zu. »Da ist noch etwas. Ich bin es leid, mich mein Leben lang verstecken zu müssen.«

»Sie wollen einen Straferlaß für Ihre Verbrechen!« Garry starrte ihn ungläubig an. »Wie kommen Sie darauf, daß so etwas in meiner Macht stünde?«

»Sie sind ein mächtiger Mann, Colonel. Ein persönlicher Freund von Smuts und Botha, und Ihr Bruder ist General und Kabinettsminister in der Regierung Botha —«

»Ich würde mich niemals dem Gang der Gerechtigkeit in den Weg stellen.«

»Ich habe einen ehrenhaften Kampf gekämpft, Colonel. Bis zum bitteren Ende, wie damals auch Ihre Freunde Smuts und Botha. Ich bin kein Verbrecher, ich bin kein Mörder. Ich habe einen Vater, eine Mutter, eine Frau und einen Sohn verloren — ich habe die Niederlage mit harter Münze bezahlt. Jetzt will ich das Recht haben, das Leben eines gewöhnlichen Menschen zu führen — und Sie wollen das Mädchen.«

»Dem kann ich nicht zustimmen. Sie sind ein Feind«, polterte Garry.

»Finden Sie das Mädchen«, sagte Anna weich, »und Sie sind ein freier Mann. Colonel Courtney wird das in Ordnung bringen. Darauf gebe ich Ihnen mein Wort.«

Lothar schaute sie an und dann wieder Garry und lächelte, als er die wahren Machtverhältnisse erkannte.

»Nun, Colonel, sind wir uns einig?«

»Woher soll ich wissen, wer dieses Mädchen ist? Woher soll ich wissen, ob es tatsächlich meine Schwiegertochter ist?« wich Garry betreten aus. »Sind Sie bereit, sich einem kleinen Test zu unterziehen?«

Lothar zuckte die Schultern. »Wenn Sie es wünschen.« Und Garry wandte sich an Anna.

»Zeig sie ihm«, sagte er. »Laß ihn auswählen.«

Garry und Anna hatten sich diesen Test ausgedacht, um den Gaunern und Betrügern, die das Plakat anzog, einen Strich durch die Rechnung zu machen. Anna öffnete den Verschluß ihrer gewaltigen Reisetasche, die sie an einem Riemen über der

Schulter trug, und nahm einen dicken braungelben Umschlag heraus. Er enthielt einen Stoß postkartengroßer Fotografien, die sie Lothar reichte.

Er studierte das oberste Foto. Es war die Studioaufnahme eines jungen Mädchens, eines hübschen Mädchens, in Samtkleid und Federhut. Dunkle Locken fielen ihr auf die Schultern. Lothar schüttelte den Kopf und legte das Foto beiseite. Rasch blätterte er auch die anderen Fotografien von jungen Frauen durch und gab sie Anna zurück.

»Nein«, sagte er. »Es tut mir leid, daß Sie den weiten Weg vergeblich gemacht haben. Das Mädchen, das ich gesehen habe, ist nicht dabei.« Er rief den großen Owambo. »In Ordnung, Hendrick, du kannst sie zum Quergang zurückbringen.«

»Warten Sie, Mijnheer.« Anna steckte den Umschlag mit den Fotografien in die Tasche und nahm einen kleineren Stoß heraus. »Hier sind noch welche.«

»Sie sind vorsichtig«, sagte Lothar und lächelte anerkennend.

»Viele haben versucht, uns zu betrügen — fünftausend Pfund sind eine Menge Geld«, erklärte Garry, aber Lothar hatte sich bereits in die Fotos vertieft.

Zwei legte er weg, aber beim dritten hielt er inne.

»Das ist sie.«

Es war Centaine de Thiry in ihrem weißen Firmungskleid, selbstbewußt lächelnd.

»Sie ist älter, und ihr Haar —« Lothar beschrieb mit einer Handbewegung einen dichten wilden Haarschopf. »Aber diese Augen. Ja, das ist sie.«

Weder Garry noch Anna brachten ein Wort heraus. Eineinhalb Jahre hatten sie auf diesen Augenblick gewartet, und nun, da er endlich gekommen war, konnten sie es gar nicht fassen.

»Ich muß mich setzen!« sagte Anna leise, und Garry führte sie zu dem Baumstamm neben dem Höhleneingang. Während er sich um sie kümmerte, zog Lothar das goldene Medaillon hervor und ließ den Deckel aufspringen. Er nahm eine dunkle Haarlocke heraus und hielt sie Anna hin. Sie nahm sie ihm fast ängstlich aus der Hand und drückte sie dann tiefbewegt an die

Lippen. Sie schloß die Augen, aber unter ihren fest zusammengepreßten Lidern zwängten sich zwei dicke Tränen hervor und liefen ihr langsam über die roten Wangen.

»Das ist doch nur eine Haarsträhne. Sie könnte von irgendeiner Frau sein. Woher weißt du, daß sie von Centaine stammt?« fragte Garry bestürzt.

»Oh, du dummer Mann«, flüsterte Anna heiser. »Mindestens tausendmal habe ich ihr das Haar gebürstet. Glaubst du wirklich, ich würde es nicht wiedererkennen?«

»Wie lange werden Sie brauchen?« fragte Garry abermals, und Lothar runzelte ärgerlich die Stirn.

»Um Gottes willen, wie oft muß ich Ihnen denn noch sagen, daß ich es nicht weiß?«

Sie saßen am Lagerfeuer neben dem Höhleneingang. Sie hatten stundenlang geredet, und auf dem schmalen Streifen Himmel, den die Cañonwände freiließen, zeigten sich bereits die Sterne.

»Ich habe erklärt, wo und unter welchen Umständen ich das Mädchen gesehen habe. Begreifen Sie denn immer noch nicht, muß ich es noch einmal wiederholen?«

Anna hob die Hand, um ihn zu beschwichtigen. »Wir sind sehr besorgt. Wir stellen gewiß auch dumme Fragen. Verzeihen Sie.«

»Schon gut.« Lothar zündete seinen Zigarrenstummel wieder an. »Das Mädchen wird von wilden San gefangengehalten. Sie sind verschlagen und grausam wie Tiere. Sie wußten, daß ich ihnen folgte und haben mich mühelos überlistet. Das könnte wieder passieren, auch wenn ich ihre Spur wiederfinde. Das Gebiet, das ich absuchen muß, ist ungeheuer groß, so groß wie Belgien. Es ist über ein Jahr her, daß ich das Mädchen gesehen habe, inzwischen könnte sie längst umgekommen sein — durch Krankheit, wilde Tiere oder diese blutdürstigen kleinen gelben Affen.«

»Sagen Sie das bitte nicht, Mijnheer«, flehte Anna, und Lothar hob die Hände.

»Ich weiß es nicht«, sagte er. »Ein paar Monate, ein Jahr? Woher soll ich wissen, wie lange ich brauchen werde?«

»Wir sollten mitkommen«, murmelte Garry. »Wir sollten an der Suche teilnehmen oder wenigstens wissen, in welchem Teil des Landes Sie sie gesehen haben.«

»Colonel, erst haben Sie mir nicht getraut. Ihr gutes Recht. Jetzt traue ich Ihnen nicht. Sobald Sie das Mädchen haben, bin ich nicht mehr nützlich für Sie.« Lothar nahm den Zigarrenstummel aus dem Mund und betrachtete ihn wehmütig.

»Nein, Colonel, wenn ich das Mädchen finde, machen wir einen formellen Tausch — Straferlaß für mich, Ihre Tochter für Sie.«

»Wir sind einverstanden, Mijnheer.« Anna stieß Garry an. »Wir werden Ihnen so bald wie möglich die Summe von tausend Pfund aushändigen. Wenn Sie Centaine gefunden haben, schicken Sie uns den Namen Ihres weißen Hengstes. Den kann nur sie Ihnen sagen, und auf diese Weise wissen wir, daß Sie uns nicht betrügen. Ihren Straferlaß halten wir unterzeichnet bereit.«

Lothar hielt Garry die Hand hin.

»Abgemacht, Colonel?«

Garry zögerte einen Augenblick, aber Anna stieß ihn so heftig in die Rippen, daß er vor Schmerz aufstöhnte und die angebotene Hand nahm.

»Abgemacht..«

»Ich muß Sie noch um einen letzten Gefallen bitten, Mijnheer De La Rey. Ich mache ein Paket für Centaine fertig. Sie wird ordentliche Kleider und verschiedene andere Dinge benötigen. Ich bringe Ihnen das Paket zusammen mit dem Geld. Würden Sie es ihr geben, wenn Sie sie finden?« fragte Anna.

»Falls ich Sie finde«, nickte Lothar.

»Wenn Sie sie finden«, erwiderte Anna.

Lothar brauchte fast fünf Wochen, um seine Vorbereitungen zu treffen und zu der abgelegenen Wasserstelle südlich des Cunene-Flusses zu gelangen, wo er die Spur gefunden hatte.

In der Mulde war noch immer Wasser — es war erstaunlich, wie lange sich das Wasser in diesen seichten, ungeschützten Teichen in der sengenden Sonne der Wüste hielt, und Lothar fragte sich wieder einmal, ob die Wasserstellen nicht durch Grundwasser gespeist wurden, das von den Flüssen im Norden kam. Auf jeden Fall würden sie dadurch gute Chancen haben, weiter nach Osten vorzudringen, in jene Richtung, in die die Spur verlaufen war.

Während Lothars Männer die Wasserkanister nachfüllten, schlenderte er am Ufer des runden Teiches entlang und fand unglaublicherweise den Fußabdruck des Mädchens wieder — genauso, wie er ihn zuletzt gesehen hatte.

Er kniete nieder und zeichnete mit dem Finger die Form des schmalen, zierlichen Fußes nach. Der Abdruck war von der Sonne in den Lehmboden gebrannt worden und so hart wie Stein. Rings herum war der Boden von Büffeln, Nilpferden und Elefanten zertrampelt, nur dieser Fußabdruck war erhalten geblieben.

»Das ist ein gutes Omen«, murmelte er, um gleich darauf zynisch aufzulachen. »Ich hab' noch nie an so was geglaubt!« Doch seine Stimmung war heiter und optimistisch, als er seine Leute am Abend um das Lagerfeuer versammelte.

Abgesehen von den Dienern hatte er vier Männer mitgenommen, die ihm bei der eigentlichen Suche helfen sollten. Alle vier waren seit den Tagen der Revolte bei ihm, und obwohl er ihnen nicht ganz traute, mochte er sie. Da waren Swart Hendrick oder Black Henry, der große schwarze Owambo, und Klein Boy oder Little Boy, sein unehelicher Sohn. Da war Vark Jan oder Pig John, der runzelige gelbe Hottentotte. In seinen Adern floß das Blut der Nama und Bergdama und sogar ein wenig echtes San-Blut. Und da war noch Vuil Lippe, Dirty Lips, der Bondelswart-Hottentotte, dessen Lippen wie frisch geschnittene Leber aussahen.

Lothar studierte ihre Gesichter im Schein des Feuers. Wie halb gezähmte Wölfe, dachte er. Beim ersten Anzeichen von Schwäche würden sie alles vergessen und über mich herfallen.

»Also dann, ihr Söhne der großen Hyäne, hört mir zu. Wir

suchen die San, kleine, gelbe Mörder.« Ihre Augen funkelten. »Wir suchen nach dem weißen Mädchen, das sie in ihrer Gewalt haben. Auf den Mann, der ihre Spur findet, warten hundert Goldmünzen. Nun seht her, wir werden folgendermaßen vorgehen —« Lothar glättete den Sand zwischen seinen Füßen und zeichnete mit einem Zweig seinen Plan auf.

»Die Wagen folgen der Linie der Wasserstellen hier und hier, und wir schwärmen aus. Auf diese Weise können wir ein Gebiet von achtzig Kilometern Breite durchstreifen.«

Sie ritten also nach Osten und fanden schon nach zehn Tagen die Spuren einer kleinen Gruppe wilder San. Lothar rief seine Vorarbeiter herbei, und dann folgten sie den kleinen kindlichen Fußabdrücken.

Sie gingen äußerst vorsichtig vor, suchten mit Lothars Fernrohr das Terrain ab und umgingen jede Stelle, die für einen Hinterhalt geeignet war. Schon der Gedanke an die vergifteten Pfeilspitzen ließ Lothar schaudern. Gewehrkugeln und Bajonette waren ihm vertraut, aber das scheußliche Gift, das diese Pygmäen zusammenbrauten, zermürbte ihn, und mit jedem nervenaufreibenden, mühselig zurückgelegten Kilometer haßte er sie mehr.

Aus den Spuren konnte Lothar ablesen, daß die Sippe, die sie verfolgten, aus acht San bestand: aus zwei erwachsenen Männern und zwei Frauen, wahrscheinlich Paaren. Außerdem waren da vier kleine Kinder, von denen zwei noch Säuglinge waren und zwei bereits laufen konnten.

»Die Kinder halten sie auf«, freute sich Vark Jan hämisch, »sie werden das Tempo nicht lange durchhalten.«

»Einen von ihnen will ich lebend«, befahl Lothar. »Vielleicht kann ich etwas über das Mädchen erfahren.«

Vark Jan beherrschte die San-Sprache gut genug, um einen Gefangenen zu verhören, und er erwiderte grinsend: »Wenn wir einen von ihnen erwischen, dann bringe ich ihn zum Reden, da kannst du ganz sicher sein.«

Die San suchten nach Nahrung und jagten, so daß Lothars Truppe rasch aufholte. Sie waren nur noch eine Stunde von ihnen entfernt, als die San ihre Gegenwart spürten.

Lothar fand die Stelle, wo sie die Verfolger bemerkt hatten, die Stelle, wo die Spur zu verschwinden schien.

»Sie verwischen ihre Spuren«, knurrte er. »Absitzen und suchen«, befahl er.

»Sie tragen die Kinder«, sagte Vark Jan und bückte sich, um den Boden zu untersuchen, »die Kinder sind noch zu klein, um ihre Spur zu verwischen. Die Frauen tragen sie, aber unter der Last werden sie rasch ermüden.«

Nach vier Stunden nickte Swart Hendrick und verkündete grinsend: »Die Frauen werden schon müde. Sie hinterlassen deutlichere Spuren und kommen nur langsam vorwärts. Wir holen auf.«

Ein paar Kilometer weiter arbeiteten sich die San-Frauen unter dem Gewicht der Kinder mühselig vorwärts, schauten zurück und wimmerten leise. Sie sahen die Pferde der Verfolger auf der Ebene, durch die Luftspiegelungen verzerrt, so daß sie wie Ungeheuer wirkten, aber selbst dieser Anblick konnte die Frauen nicht mehr antreiben.

»Dann muß ich den Regenpfeifer spielen«, sagte der ältere der beiden Buschmänner. Der Regenpfeifer täuscht eine Verletzung vor, um ein Raubtier von seinem Nest fortzulocken. »Wenn ich sie dazu bringen kann, mir zu folgen, werde ich ihre Pferde durstig machen«, erklärte er seiner Sippe. »Wenn ihr an die nächste Wasserstelle kommt, dann trinkt und füllt die Wassereimer nach und dann —« Er gab seiner Frau ein verschlossenes Horn und sprach die verhängnisvollen Worte nicht aus. Eine Wasserstelle zu vergiften war eine Verzweiflungstat, über die keiner von ihnen gerne sprach. »Wenn ihr die Pferde töten könnt, seid ihr gerettet«, erklärte der Jäger. »Ich werde versuchen Zeit zu gewinnen, damit es euch gelingt.«

Als der alte San seine Kleider abstreifte und seinen Lederbeutel von der Schulter nahm, flüsterte er dem jüngeren Mann zu: »Sei meinen Söhnen ein Vater.« Er reichte ihm den Beutel und trat einen Schritt zurück. »Geht jetzt!«

Während der alte Mann seiner Sippe nachblickte, spannte er seinen Bogen nach und löste vorsichtig die Lederstreifen von den Spitzen der Pfeile. Als seine Familie am Horizont verschwunden war, drehte er sich um und ging seinen Verfolgern entgegen.

Das langsame Tempo machte Lothar nervös. Er wußte zwar, daß seine Beute nur eine Stunde Vorsprung hatte, aber sie hatten abermals die Spur verloren und mußten die ganze Gegend durchstreifen, um sie wiederzufinden. Sie befanden sich in einer flachen Ebene, die sich bis zum Horizont erstreckte. Die Pferde waren der Erschöpfung nahe, sie würden bald Wasser brauchen. Noch eine Stunde, dann würde er die Verfolgung abbrechen müssen, um zum Wasserwagen zurückzukehren. Er wollte gerade das Fernrohr neu einstellen, als ein wilder Schrei ertönte, und er fuhr herum. Swart Hendrick deutete nach links. Der Mann an der äußeren linken Flanke, Vuil Lippe, versuchte, sein Pferd im Zaum zu halten. Es bockte, bäumte sich auf und tänzelte auf den Hinterbeinen, so daß Pferd und Reiter von einer dichten Staubwolke eingehüllt waren.

Lothar hatte gehört, daß ein Pferd auf den Geruch eines wilden Buschmannes genauso reagiert wie auf den Geruch eines Löwen, aber er hatte daran gezweifelt. Vuil Lippe war hilflos, er mußte mit beiden Händen die Zügel halten, und das Gewehr steckte am Sattel. Lothar sah, wie das Pferd über einen der vereinzelten Sträucher sprang und seinen Reiter abwarf.

Dann sah er eine zweite menschliche Gestalt, die, wie aus dem Erdboden gewachsen, plötzlich da war. Das kleine nackte koboldhafte Wesen stand nur zwanzig Schritt hinter dem Reiter. Es mußte verdeckt hinter einem Strauch gestanden haben, hinter dem sich nicht einmal ein Hase verbergen konnte.

Lothar mußte hilflos und entsetzt zusehen, wie der Buschmann den Bogen spannte und den Pfeil abschoß. Die Flugfedern schwirrten wie eine Motte durch die Luft, und der nackte Buschmann wirbelte herum und trabte davon.

Lothars Männer brüllten wild durcheinander und versuchten aufzusteigen, aber die Pferde schienen panische Angst zu haben und tänzelten verstört im Kreis. Lothar war als erster auf dem Pferd. Er riß den Kopf des Tieres herum und galoppierte los.

Der Buschmann verschwand bereits zwischen den niedrigen Sträuchern. Der Mann, auf den er gezielt hatte, war wieder auf die Beine gekommen. Er stand breitbeinig da und schwankte ein wenig.

»Alles in Ordnung?« rief Lothar, als er heranritt, und dann sah er den Pfeil.

Er baumelte auf Vuil Lippes Brust herab, aber die Pfeilspitze steckte in seiner Wange, und er blickte entsetzt zu Lothar auf. Lothar sprang vom Pferd und packte ihn an den Schultern.

»Ich bin ein toter Mann«, sagte Lippe leise, und Lothar griff nach dem Pfeil und versuchte ihn herauszuziehen. Lippe schrie und taumelte. Lothar biß die Zähne zusammen und zog noch einmal, aber diesmal brach das dünne Schilfrohr ab, und die beinerne Pfeilspitze blieb im Fleisch. Lothar packte eine Strähne des schmierigen Haares und bog ihm den Kopf zurück, um die Wunde zu untersuchen. »Halt still, verdammt noch mal.« Ein kurzes Stück Knochen ragte aus der Wunde. Es war mit einer schwarzen, gummiartigen Schicht überzogen.

»Wolfsmilchsaft.« Noch während Lothar die Wunde untersuchte, sah er, wie sich das Gift unter der Haut ausbreitete, ähnlich den Kristallen von Kaliumpermanganat im Wasser, und in die Blutgefäße eindrang, so daß sich die Haut blaurot verfärbte.

»Wie lang?« fragte Lippe, und mit entsetzt geweiteten Augen schaute er Lothar hilfesuchend an.

Die Wolfsmilch schien noch sehr frisch zu sein und nichts von ihrer Giftigkeit eingebüßt zu haben, aber Vuil Lippe war groß, stark und gesund, sein Körper würde sich gegen den Giftstoff wehren. Das bedeutete, daß es länger dauern würde — ein paar schreckliche Stunden, die ihm wie eine Ewigkeit vorkommen würden.

»Kannst du's nicht herausschneiden?« flehte Lippe.

»Es ist schon zu tief eingedrungen, du würdest sicher verbluten.«

»Dann brenn es heraus!«

»Der Schmerz würde dich umbringen.«

Lothar half ihm, sich zu setzen. Hendrick kam mit den anderen herbei.

»Zwei Männer bleiben hier und kümmern sich um ihn«, befahl Lothar. »Hendrick, wir beide kaufen uns das kleine gelbe Schwein.«

Sie trieben ihre erschöpften Pferde an und sahen den Buschmann schon nach zwanzig Minuten vor sich. Infolge der Luftspiegelungen schien er zu tanzen und zu zucken, und Lothar wurde von rasender Wut gepackt.

»Nach rechts!« rief Lothar Hendrick zu. »Dränge ihn ab, wenn er versucht auszubrechen.« Sie gaben den Pferden die Sporen und kamen der fliehenden Gestalt rasch näher.

»Für den Toten wirst du mir bezahlen«, versprach Lothar grimmig, als er seine Deckenrolle vom Sattelknopf losmachte. Das Schaffell, das er sonst als Schlafmatte benutzte, würde ihn vor den kleinen, zerbrechlichen Pfeilen schützen. Er wikkelte sich das Fell um den Oberkörper und zog das Ende über Mund und Nase. Dann schob er den breitkrempigen Hut so tief in die Stirn, daß nur noch ein schmaler Sehschlitz frei blieb.

Der fliehende Buschmann war noch zweihundert Meter entfernt. Er war völlig nackt. Sein Körper, der die Farbe von hellem Bernstein hatte und in der Sonne fast durchsichtig wirkte, glänzte vor Schweiß. Er lief leichtfüßig wie eine Gazelle, und seine kleinen zierlichen Füße schienen den Boden kaum zu berühren.

Ein Gewehrschuß krachte, und eine Kugel wirbelte direkt hinter dem laufenden Buschmann eine kleine Staubfontäne auf. Der San zuckte zusammen und rannte dann so schnell, daß er sich von den galoppierenden Reitern entfernte. Lothar warf Hendrick einen flüchtigen Blick zu; er ritt mit verhängten Zügeln und gebrauchte beide Hände, um das Gewehr nachzuladen.

»Nicht schießen!« brüllte Lothar wütend. »Ich will ihn lebend.« Hendrick senkte das Gewehr.

Der Buschmann hielt dieses ungeheure Tempo noch zwei Kilometer durch, dann begann er zu taumeln. Sie holten auf.

Der erschöpfte Buschmann blieb fünfzig Meter vor Lothars Pferd stehen und wirbelte herum. Seine Brust pumpte wie ein Blasebalg, und von seinem kleinen, spatenförmigen Bart tropfte der Schweiß. Seine Augen waren trotzig, wild und grimmig, als er einen Pfeil in den Bogen spannte.

»Na los, du kleines Ungeheuer!« brüllte Lothar, um den Buschmann abzulenken, damit er nicht auf das Pferd, sondern auf ihn zielte, und der Trick gelang.

Der San riß den Bogen hoch, spannte und schoß mit einer einzigen Bewegung, und der Pfeil flog wie ein Lichtstrahl heran. Er traf Lothar in Höhe der Kehle, konnte die dicke Wolle des Schaffells aber nicht durchbohren. Er glitt ab, streifte Lothars Reitstiefel und fiel zu Boden.

Der Buschmann versuchte verzweifelt, einen zweiten Pfeil anzulegen, als sich Lothar wie ein Polospieler aus dem Sattel lehnte und mit dem Gewehr ausholte. Der Gewehrlauf traf den Buschmann über dem Ohr an der Schläfe, und er brach zusammen.

Lothar zügelte sein Pferd und sprang aus dem Sattel, aber Hendrick war vor ihm da und holte mit dem Gewehrkolben aus. Lothar packte ihn an der Schulter und stieß ihn mit solcher Wucht zur Seite, daß er stolperte und fast hingefallen wäre.

»Lebend, habe ich gesagt!« fauchte Lothar und ließ sich neben dem reglosen Körper auf die Knie nieder.

Aus dem Ohr des Buschmannes lief ein dünner Faden Blut, und Lothar fühlte den Puls an der Halsschlagader. Dann seufzte er erleichtert. Er nahm den kleinen Bogen, zerbrach ihn und warf ihn fort, dann zerschnitt er mit seinem Jagdmesser das lederne Stirnband des San, brach vorsichtig die vergifteten Pfeilspitzen von den Schäften und schleuderte sie so weit fort wie möglich.

Er rollte den Buschmann auf den Bauch und befahl Hendrick, die Lederriemen aus seiner Satteltasche zu holen. Als er den Gefangenen zusammenschnürte, staunte er über dessen perfekt ausgebildete Muskeln und die anmutigen kleinen Füße und Hände. Er schlang die Lederriemen um Handgelenk und

Ellbogen und um Kniekehlen und Knöchel und zog die Knoten so fest, daß die Riemen tief in die helle, bernsteinfarbene Haut einschnitten. Dann hob er den Buschmann wie eine Puppe mit einer Hand hoch und warf ihn über den Sattel. Der San kam wieder zu Bewußtsein, hob den Kopf und öffnete die Augen. Sie hatten die Farbe von frischem Honig, und das Weiße war rauchiggelb. Lothar hatte das Gefühl, in die Augen eines gefangenen Leoparden zu blicken — sie waren so wild, daß er unwillkürlich zurückwich.

»Es sind Tiere«, sagte er, und Hendrick nickte.

»Schlimmer als Tiere, denn sie haben die Intelligenz eines Menschen, ohne menschlich zu sein.«

Lothar nahm die Zügel und führte sein erschöpftes Pferd zurück zu der Stelle, wo sie den verwundeten Vuil Lippe zurückgelassen hatten.

Die anderen hatten ihn in eine graue Wolldecke gewickelt und auf ein Schaffell gelegt. Offensichtlich erwarteten sie von Lothar, daß er etwas unternehme, aber Lothar wußte, daß es für Vuil Lippe keine Rettung mehr gab. Er zerrte den gefesselten Buschmann aus dem Sattel und ließ ihn in den Sand fallen. Der kleine Körper rollte sich sofort zusammen, und Lothar fesselte die Vorderbeine seines Pferdes, bevor er zu seinen Männern trat, die Vuil Lippe umstanden.

Er sah sofort, daß das Gift schnell wirkte. Eine Seite von Lippes Gesicht war grotesk angeschwollen und mit hellroten Linien durchzogen. Ein Auge war geschlossen, und das Augenlid sah aus wie eine überreife Weintraube, schwarz und glänzend. Das andere Auge stand weit offen, aber die Pupille war zu Stecknadelgröße zusammengeschrumpft. Er rührte sich nicht, als Lothar sich über ihn beugte; vermutlich war er bereits blind. Er atmete schwer und kämpfte um jeden Atemzug, als das Gift die Lungen zu lähmen begann. Lothar berührte seine Stirn — die Haut war kalt und klebrig wie die Haut eines Reptils.

Lothar wußte, daß Hendrick und die anderen ihn beobachteten. Sie hatten gesehen, wie er Schußwunden verbunden, gebrochene Beine geschient, einen faulen schmerzenden Zahn gezogen und alle möglichen kleineren Eingriffe vorgenommen hatte. Sie erwarteten von ihm, daß er etwas für den Sterbenden tat, und ihre Erwartungen sowie seine eigene Hilflosigkeit machten Lothar rasend.

Plötzlich stieß Lippe einen erstickten Schrei aus und begann wie ein Epileptiker zu zucken. Er verdrehte das offene Auge, so daß nur noch das gelbe, blutunterlaufene Weiße zu sehen war, und sein Körper unter der Decke krümmte sich.

»Krämpfe«, sagte Lothar, »wie bei einem Schlangenbiß. Jetzt ist es bald zu Ende.«

Der Sterbende biß sich auf die geschwollene Zunge und knirschte mit den Zähnen. Das Blut lief ihm durch die Kehle in die halbgelähmten Lungen, so daß er stöhnend zu würgen begann. Er krümmte sich im Krampf, und sein gepeinigter Körper entleerte sich. Die heiße Luft war erfüllt vom ekelhaft süßlichen Gestank der Exkremente. Es war ein langes und entsetzliches Sterben, und selbst diese hartgesottenen Männer waren erschüttert und mitgenommen, als es schließlich vorbei war.

Sie hoben ein flaches Grab aus und rollten Vuil Lippes Leiche, eingehüllt in die beschmutzte graue Decke, hinein. Dann schütteten sie das Grab hastig zu, als könnten sie damit ihren Abscheu und ihr Grauen loswerden.

Einer von ihnen machte mit trockenen Zweigen ein kleines Feuer und braute eine Kanne Kaffee. Lothar nahm die halbvolle Flasche Branntwein aus seiner Satteltasche. Sie ließen die Flasche im Kreis herumgehen und vermieden es, den Buschmann anzusehen, der nackt und zusammengerollt im Sand lag. Dann schüttete der Hottentotte Vark Jan, der die San-Sprache beherrschte, den Rest seines Kaffees ins Feuer und stand auf. Er trat zu dem Buschmann und hob ihn an den gefesselten Handgelenken hoch, so daß die zurückgebogenen Arme sein ganzes Gewicht zu tragen hatten. Er trug ihn zum Feuer und nahm einen brennenden Zweig heraus. Ohne den San loszulassen, berührte er die Eichel seines Gliedes mit der glühenden Spitze des Zweiges. Der San rang nach Luft und krümmte sich zusammen. Auf der Haut seines Geschlechtsteiles bildete sich eine Blase, die aussah wie eine weiche silberne Schnecke.

Die Männer am Feuer lachten, und in ihrem Lachen lagen das Grauen und die Angst vor dem Gifttod, der Kummer um ihren Gefährten, das Verlangen nach Rache und das sadistische Bedürfnis, dem Buschmann die schlimmsten Schmerzen zuzufügen, die sie nur ersinnen konnten.

Lothar zuckte unter dem Klang dieses Lachens zusammen und fühlte, wie die unsicheren Fundamente seiner Menschlichkeit schwankten und die gleichen animalischen Gefühlle in ihm wach wurden. Er unterdrückte sie mühsam und stand auf. Er wußte, daß er das, was nun kommen würde, nicht verhindern konnte, ebensowenig wie man ein hungriges Löwenrudel von seiner Jagdbeute vertreiben kann. Sie würden über ihn herfallen, wenn er es versuchte.

Er wandte den Blick vom Gesicht des Buschmannes ab. In diesen wilden gehetzten Augen war deutlich zu lesen, daß er wußte, was ihm bevorstand.

Lothar blickte in die Gesichter seiner Leute, und Abscheu und Ekel erfüllten ihn. Ihre Gesichtszüge waren verzerrt vor Lüsternheit.

Er dachte, daß der Buschmann den Tod wahrscheinlich begrüßen würde, nachdem er von allen bestiegen und wie eine Frau geschändet und vergewaltigt worden war.

»So.« Lothar versuchte, gleichgültig dreinzusehen, aber seine Stimme war heiser vor Abscheu. »Ich reite jetzt zu den Wagen zurück. Der San gehört euch, aber ich muß wissen, ob er etwas von dem weißen Mädchen gesehen oder gehört hat. Diese Frage muß er beantworten. Das ist alles.«

Lothar ging zu seinem Pferd und stieg auf. Er ritt fort, ohne sich noch einmal umzudrehen. Nur einmal hörte er einen so gräßlichen und markerschütternden Schmerzensschrei, daß er eine Gänsehaut bekam. Aber der Schrei verstummte und verlor sich im Ächzen des Windes.

Als die Männer zurückkehrten, lag Lothar unter der Markise seines Wohnwagens und las beim Licht einer Sturmlaterne in seinem abgegriffenen, fleckigen alten Exemplar von Goethes Gesammelten Werken — es hatte ihm schon oft geholfen, wenn ihm das Wesentliche seines Daseins zu entgleiten drohte.

Das Lachen der Männer, als sie von den Pferden stiegen und absattelten, hatte einen fetten, befriedigten Klang wie das Lachen von Männern, die gut gegessen und getrunken hatten und satt waren. Swart Hendrick kam torkelnd, als wäre er von Wein berauscht, auf ihn zu, und seine Reithose war mit schwarzem getrocknetem Blut befleckt.

»Der San hat keine weiße Frau gesehen, aber es gab da etwas Rätselhaftes und Unerklärliches, wovon er am Lagerfeuer flüstern gehört hatte, als er in der Wüste mit anderen San zusammentraf; die Sage von einer Frau und einem Kind aus einem fremden Land, in dem die Sonne niemals scheint. Die Frau soll mit zwei alten San zusammenleben.«

Lothar richtete sich auf. Er erinnerte sich an die beiden kleinen Buschmänner, die er bei dem Mädchen gesehen hatte.

»Wo? Hat er auch gesagt, wo?« fragte er ungeduldig.

»Es gibt einen Ort, tief in der Kalahari, der allen San heilig ist. Er hat uns die Richtung verraten —«

»Wo, Hendrick? Verdammt noch mal, wo?«

»Es ist eine lange Reise, fünfzehn Tagesmärsche.«

»Wo ist dieser Ort? Woran können wir ihn erkennen?«

»Das«, gab Hendrick traurig zu, »hat er nicht gesagt. Sein Lebenswille war doch nicht so stark, wie wir gedacht haben. Er ist gestorben, bevor er es uns sagen konnte.«

»Wir reiten morgen in diese Richtung«, befahl Lothar.

»Und die anderen San, die uns heute entwischt sind? Mit frischen Pferden könnten wir sie vor Sonnenuntergang einholen. Sie haben Frauen dabei —«

»Nein!« fauchte Lothar. »Wir reiten zu diesem heiligen Ort in der Wüste.«

Als der große kahle Berg jäh aus der Ebene auftauchte, glaubte Lothar zuerst, daß es sich um ein Gaukelbild des trügerischen Lichtes handelte. Keine der Sagen oder Überlieferungen der Wüstenstämme beschreibt einen solchen Ort. Auch die wenigen weißen Männer, die diese Gegend bereist hatten — Livingstone und Oswell auf ihrer Forschungsreise zum Ngamisee, und Anderson und Galton auf ihren Jagdzügen —, erwähnten in ihren Aufzeichnungen nichts von einem solchen Berg.

Als Lothar jedoch in der Morgendämmerung des nächsten Tages Ausschau hielt, war der Berg immer noch da. Seine Umrisse hoben sich dunkel und deutlich vom Himmel ab, dem die beginnende Morgendämmerung einen perlmuttfarbenen Schimmer gab. Lothar ritt auf den Berg zu. Als Lothar schließlich unter den hohen Felswänden ankam, stand für ihn außer Zweifel, daß dies der heilige Ort war, von dem der sterbende San gesprochen hatte, und seine Überzeugung wurde zur Gewißheit, als er über die Geröllhalden hinaufkletterte und die wunderbaren Malereien an den glatten Felswänden entdeckte.

»Das ist der Ort«, bemerkte Lothar, »aber wenn das Mädchen hier ist, finden wir sie vermutlich nie. So viele Höhlen und Täler und Verstecke — da können wir ewig suchen.«

Er schickte seine Männer einzeln zu Fuß los; sie sollten Abhänge des Berges erforschen und absuchen. Dann ließ er die Lastwagen unter der Aufsicht von Swart Hendrick, dem er am ehesten vertraute, in einem Wäldchen zurück und brach mit einem Ersatzpferd auf, um den Berg zu umrunden.

Nach zwei Tagen, in denen er sich Notizen gemacht und mit Hilfe seines Taschenkompasses eine skizzenhafte Karte entworfen hatte, konnte er mit einiger Sicherheit abschätzen, daß der Berg ungefähr fünfzig Kilometer lang und sechs bis acht Kilometer breit war — eine langgestreckte Bergkette aus Gneis und Sandstein. Immer, wenn ihm an den Felswänden etwas auffiel, wie zum Beispiel eine Spalte oder ein Höhlenkomplex, band er die Pferde fest und kletterte hinauf, um die Stelle näher zu untersuchen.

Einmal entdeckte er eine kleine Quelle, deren klares Wasser aus dem Fels hervorsprudelte und in ein natürliches Steinbecken strömte. Er füllte seine Wasserflaschen und zog sich aus, um seine Kleider zu waschen. Dann badete er, prustend vor Vergnügen, und ritt erfrischt weiter. Er fand jedoch keinerlei Anzeichen dafür, daß kürzlich Menschen hier gewesen waren.

Auf der Ebene und im Wald unter den Felswänden war reichlich Wild vorhanden, und er hatte keine Schwierigkeiten, eine unbeholfene junge Gazelle oder Antilope zu schießen und sich jeden Tag mit frischem Fleisch zu versorgen.

Doch der Geruch des Fleisches lockte unwillkommene Besucher an, und er mußte mit dem Gewehr in der Hand die ganze Nacht bei den Pferden Wache halten, während in der Dunkelheit außerhalb des Feuerscheines knurrend ein hungriger Löwe herumstrich. Als er am nächsten Morgen die Spuren dieses Raubtieres untersuchte, stellte er fest, daß es sich um einen erwachsenen männlichen Löwen handelte, der die Blüte seines Lebens hinter sich hatte und stark hinkte.

»Ein gefährliches Tier«, murmelte er und hoffte, daß sich der Löwe entfernen würde. Doch seine Hoffnungen wurden enttäuscht, denn am Abend, als die Sonne unterging, wurden die Pferde unruhig und schnaubten. Der Löwe mußte ihm in einiger Entfernung gefolgt sein. Bei zunehmender Dunkelheit kam er heran und umkreiste wieder das Lagerfeuer.

»Noch eine schlaflose Nacht.« Lothar fand sich damit ab und legte Holz aufs Feuer. Als er sich auf die Nachtwache vorbereitete, zog er seinen Mantel an und entdeckte ein weiteres kleines Mißgeschick. Einer der Messingknöpfe fehlte.

Es versprach eine lange ungemütliche Nacht zu werden, aber kurz nach Mitternacht schien der Löwe die Aussichtslosigkeit seines Unterfangens einzusehen und entfernte sich. Lothar hörte ihn noch ein letztesmal einen halben Kilometer entfernt am Ende der grasbedeckten Niederung knurren, dann blieb es still. Innerhalb von wenigen Minuten fiel er in einen tiefen, traumlosen Schlaf.

Er wurde jäh aus dem Schlaf gerissen und sprang, das markerschütternde Brüllen eines wütenden Löwen in den Ohren, mit dem Gewehr in der Hand auf.

Das Feuer war erloschen, aber die Baumwipfel hoben sich schwarz vom dämmrigen Morgenhimmel ab. Die Pferde waren wie gelähmt vor Angst und starrten mit aufgerichteten Ohren zu der offenen Lichtung hin, deren silbriges Gras durch die Stämme der Mopanibäume schimmerte.

Der Löwe brüllte wieder; Lothar hatte noch nie gehört, daß sich eines dieser Tiere so sonderbar verhielt und mit solcher Wut brülte. Plötzlich zuckte er wie unter einem schweren Schlag zusammen. In der kurzen Stille zwischen dem letzten Gebrüll und dem nächsten vernahm er einen unverkennbaren Laut — den Schrei eines Menschen in höchster Not.

Lothar reagierte ohne zu überlegen. Er packte den Halfter seines Lieblingspferdes und sprang auf dessen ungesattelten Rücken. Er stieß ihm die Hacken in die Seiten, trieb es zum Galopp an und lenkte es mit den Knien auf die Lichtung zu. Er schmiegte sich an den Hals des Pferdes, um den niedrigsten Ästen auszuweichen, und als er auf die Lichtung hinausstürmte, richtete er sich auf und sah sich um.

In den wenigen Minuten, seit er aufgewacht war, hatte sich der Himmel im Osten dunkelorange gefärbt. Am gegenüberliegenden Rand der Lichtung stand ein einzelner hoher Mopanibaum inmitten des niedrigen, trockenen Grases der Lichtung. Hoch oben in der Baumkrone ging etwas vor: eine unbestimmbare, aber heftige Bewegung brachte die Äste des Baumes zum Schwanken.

Lothar lenkte sein Pferd auf den Baum zu. Endlich konnte er erkennen, was im Wipfel des Mopanibaumes vorging, und er traute seinen Augen nicht.

»Großer Gott!« stieß er verblüfft hervor, denn er hatte noch nie von einem Löwen gehört, der auf Bäume kletterte. Das riesige, gelbbraune Raubtier saß hoch oben im schaukelnden Geäst, klammerte sich mit den Hinterbeinen an den Baumstamm und schlug mit fürchterlichen Hieben der Vorderpranken nach der menschlichen Gestalt über ihm.

»Yeh! Yeh!« trieb Lothar sein Pferd an und bearbeitete es mit den Ellbogen und den Fersen. Als er den Mopanibaum erreichte, sprang er ab, riß das Gewehr hoch und versuchte, auf das Tier hoch über ihm zu zielen.

Der Löwe und sein Opfer hoben sich verschwommen, undeutlich, vom Himmel ab, so daß ein Schuß beide treffen konnte, und die dicken Äste des Mopanibaumes bildeten ein weiteres Hindernis.

Lothar sprang um den Baum herum, bis er eine Lücke in den Ästen fand, legte das Gewehr an und beugte sich nach hinten, um aufwärts zu zielen, zögerte aber noch, den gefährlichen Schuß abzufeuern. Dann riß der Löwe die menschliche Gestalt halb von ihrem unsicheren Sitz und zerrte sie herunter — und die Schreie wurden verzweifelt, daß Lothar nicht mehr länger warten konnte.

Er zielte auf das Rückgrat des Löwen knapp über dem Schwanzansatz, eine Stelle, die am weitesten vom zappelnden Körper des Opfers entfernt war, das sich mit der Kraft der Verzweiflung an einem Ast festhielt. Lothar feuerte, und die großkalibrige Kugel schlug im unteren Teil zwischen den gespannten muskulösen Schenkeln in die Wirbelsäule des Löwen ein, drang eine Handbreit vor und zerschmetterte die untersten Wirbelknochen, bevor sie in der Mitte des Rückens wieder austrat.

Die Hinterbeine des Löwen zuckten, die langen gelben Krallen zogen sich unwillkürlich in die ledernen Ballen zurück und konnten sich nicht mehr an der Rinde des Mopanibaumes festhalten. Die große gelbbraune Katze rutschte zappelnd und brüllend aus dem Baum, krachte im Fallen gegen die unteren Äste, krümmte sich und schnappte vor Schmerz mit seinen weitgeöffneten rosa Kiefern.

Das Raubtier riß sein Opfer mit. Die Krallen der Vorderpranken hatten sich tief in das weiche Fleisch des schlanken Körpers gebohrt. Der Löwe und seine Beute schlugen mit solcher Wucht auf dem Boden auf, daß die Erde unter Lothars Füßen bebte. Er war zur Seite gesprungen, stürmte aber sofort wieder vorwärts.

Die Hinterbeine des Löwen waren gespreizt wie die Beine einer Kröte, und er lag halb über dem Körper seines Opfers. Nun schleppte er sich auf den Vorderbeinen, die Hinterläufe nachschleifend, auf Lothar zu. Gleichzeitig riß er den Rachen auf und brüllte. Sein Atem stank nach Fäulnis und Verwesung, und heißer stinkender Schaum spritzte Lothar ins Gesicht und auf die Arme.

Er schob den Gewehrlauf fast direkt in das schreckliche

Maul und feuerte, ohne zu zielen. Die Kugel drang in den weichen Gaumen, durchstieß die Schädeldecke und trat in einer Fontäne von hellrotem Blut und Hirnmasse am Hinterkopf wieder aus. Für einen Augenblick hielt sich der Löwe noch aufrecht, dann entwich mit einem tiefen Seufzer die Luft aus seinen Lungen, und er wälzte sich langsam auf die Seite.

Lothar ließ das Gewehr fallen, warf sich neben den riesigen zuckenden gelben Körper auf die Knie und versuchte, den menschlichen Körper darunter zu packen. Aber unter dem Rumpf des Löwen ragten nur zwei schlanke, braune nackte Beine und knabenhafte schmale Hüften hervor, die in einen kurzen Rock aus zerfetztem Segeltuch gehüllt waren.

Lothar sprang auf und faßte den Schwanz des Löwen; er zog mit aller Kraft, der zottige Rumpf rollte langsam auf den Rücken, und der Körper darunter wurde frei. Es war eine Frau, und Lothar bückte sich, um sie hochzuheben. Der Kopf mit dem dichten dunklen Haarschopf baumelte leblos hin und her. Lothar legte eine Hand unter ihren Hinterkopf und schaute ihr ins Gesicht.

Es war das Mädchen von dem Foto, das Gesicht, das er vor so langer Zeit flüchtig durch das Fernrohr gesehen hatte, das Gesicht, das ihn seither verfolgt und gequält hatte. Doch in diesem Gesicht war kein Leben.

Die langen dunklen Wimpern waren fest geschlossen, die glatten, tiefgebräunten Gesichtszüge waren ausdruckslos, der kräftige breite Mund war schlaff; die vollen weichen Lippen öffneten sich und ließen die ebenmäßigen Zähne sichtbar werden. Aus dem Mundwinkel tropfte ein dünner Speichelfaden.

»Nein!« Lothar schüttelte heftig den Kopf. »Du darfst nicht tot sein — nein, das ist unmöglich, nach alldem. Ich würde —« Er brach ab. Aus der dichten dunklen Haarmähne kroch eine Schlange über die Stirn auf das Auge zu — eine träge dunkelrote Schlange aus frischem Blut.

Lothar nahm sein Halstuch und wischte es ab, aber die Blutung hörte nicht auf. Er schob die dunklen Locken zurück und fand die Wunde; es war eine kurze aber tiefe Schnittwunde von einem der Äste des Mopanibaumes. Lothar sah den Schädelknochen durchschimmern. Er preßte die Wundränder zusammen, drückte sein Taschentuch auf die Wunde und band es mit dem Halstuch fest. Dann bettete er den Kopf an seine Schulter und richtete den schlaffen Körper in eine sitzende Stellung auf. Eine der Brüste schob sich unter dem knappen Fellumhang hervor, und Lothar spürte eine heftige Erregung. Die Brust war so zart, weich und verwundbar. Schuldbewußt bedeckte er sie rasch wieder, dann wandte er seine Aufmerksamkeit dem verletzten Bein zu.

Die Wunden waren erschreckend; parallele tiefe Risse in der Wade, die bis zur Ferse des linken Fußes verliefen. Lothar legte das Mädchen vorsichtig zurück, kniete nieder und hob das Bein an, weil er befürchtete, daß die Schlagader verletzt war. Doch aus den Wunden sickerte nur dunkles venöses Blut, und er atmete erleichtert auf.

»Gott sei Dank.« Er zog den schweren Militärmantel aus und legte das Bein darauf, damit kein Schmutz in die Wunden kam, dann zog er sein Hemd über den Kopf. Er hatte es seit zwei Tagen getragen, seit dem Bad in der Quellle, und es roch muffig nach Schweiß.

»Ich habe nichts anderes.« Er riß das Hemd in Streifen und verband das Bein.

»Wir müssen dich zum Lager schaffen, Centaine.« Als er zum erstenmal ihren Namen aussprach, empfand er eine kurze, helle Freude, die aber sogleich wieder verschwand, als er ihre Haut berührte und die erschreckende Kälte spürte.

Hastig griff er nach ihrem Handgelenk. Der Puls war schwach und unregelmäßig. Er hob sie an den Schultern hoch und wickelte sie in den dicken Mantel, dann schaute er sich nach seinem Pferd um. Es stand am Rand der Lichtung und graste. Nackt bis zur Taille und in der Kälte zitternd, lief er hin und führte es zu dem Mopanibaum.

Als er sich bückte, um das bewußtlose Mädchen hochzuheben, erstarrte er vor Schreck.

Über ihm ertönte ein Laut, der seine Nerven erzittern ließ und einen Sturm von Gefühlen auslöste. Es war das laute Geschrei eines hungrigen Säuglings. Er richtete sich auf und starrte hinauf. In den obersten Ästen des Baumes hing ein Bündel, das aufgeregt zappelte und schaukelte.

»Eine Frau und ein Kind.« Die Worte des sterbenden Buschmannes fielen ihm wieder ein.

Er bettete den Kopf des bewußtlosen Mädchens auf den noch warmen Körper des Löwen, sprang auf und kletterte rasch zu dem Bündel in der Baumkrone hinauf. Er sah, daß es ein Beutel aus ungegerbtem Leder war. Er streckte sich, um den Beutel von dem Ast zu nehmen und spähte hinein.

Ein kleines empörtes Gesicht schaute ihm entgegen und begann entrüstet zu schreien.

Das Baby erinnerte Lothar so jäh und schmerzlich an seinen eigenen Sohn, daß er zusammenzuckte und fast das Gleichgewicht verloren hätte. Er drückte das strampelnde, schreiende Baby fester an die Brust und verzog den Mund zu einem gequälten, schiefen Lächeln.

»Eine große Stimme für einen kleinen Mann«, flüsterte er heiser. Es wäre ihm gar nicht in den Sinn gekommen, daß es auch ein Mädchen hätte sein können — solche Schreie hochmütiger Entrüstung konnte nur ein männliches Wesen ausstoßen.

Es stellte sich heraus, daß es einfacher war, sein Lager unter den Mopanibaum zu verlegen, als Centaine von dort wegzubringen. Er mußte das Kind mitnehmen, schaffte es aber in kaum zwanzig Minuten. Er war sehr besorgt um die Mutter, die er allein zurücklassen mußte, und unendlich erleichtert, als er mit dem Packpferd wieder zu der Stelle kam, wo Centaine lag. Sie war noch immer bewußtlos; und das Baby auf seinem Arm hatte sich naß gemacht und brüllte vor Hunger.

Er wischte den kleinen rosigen Hintern des Jungen mit einem Büschel trockenen Grases ab. Dann legte er das Kind so unter den Mantel, mit dem er Centaine zugedeckt hatte, daß es die Brust seiner bewußtlosen Mutter erreichen konnte.

Er machte Feuer, setzte einen Topf Wasser auf und legte eine Nähnadel und ein Knäuel Baumwollgarn aus seiner Nähzeugtasche in das kochende Wasser, um sie zu sterilisieren. Dann wusch er sich die Hände mit Karbolseife und begann, die tiefen Wunden an der Wade des Mädchens zu reinigen.

Centaine stöhnte und warf sich matt hin und her, aber Lothar hielt sie fest und reinigte mit grimmiger Miene die gefährlichen Fleischwunden. Als er endlich fertig war, ging er zu seinem Pferd und holte aus der Satteltasche eine Whiskyflasche; sie stammte von dem deutschen Missionsarzt, der ihn behandelt hatte, als er während der Kämpfe gegen Smuts und Botha verwundet wurde. »Das Zeug könnte Ihnen eines Tages das Leben retten«, hatte der Arzt gesagt. Das handgeschriebene Etikett war mittlerweile unleserlich geworden. Nur mit Mühe konnte er sich an den Namen erinnern: *Trypaflavin.* Die dunkle gelbbraune Flüssigkeit war bereits zur Hälfte verdampft.

Er goß die Flüssigkeit in die offenen Wunden und verrieb sie mit dem Zeigefinger. Mit den letzten Tropfen aus der Flasche behandelte er Centaines Kopfwunde. Dann fischte er die Nadel und das Garn aus dem kochenden Wasser. Er legte das verletzte Bein des Mädchens über seine Knie und holte tief Luft. »Gott sei Dank ist sie bewußtlos.« Er drückte die Wundränder zusammen und begann die Wunden an der Wade zusammenzunähen, und seine Stiche waren grob, aber ordentlich. Die Nähte sahen eher aus wie die Arbeit eines Segelmachers als wie die eines Chirurgen. Er riß eines seiner sauberen Hemden in Streifen und verband das Bein. Er wußte, daß es trotz seiner Bemühungen zu einer Infektion kommen würde. Dann wandte er sich der Kopfwunde zu. Drei Stiche genügten, um die Wunde zu schließen. Die Nervenanspannung der letzten Stunden blieb nicht ohne Wirkung, er fühlte sich plötzlich ausgepumpt und leer.

Es kostete ihn Mühe, mit der Arbeit an der Tragbahre zu beginnen. Er zog dem Löwen das Fell ab und spannte die feuchte Haut mit dem Fell nach oben auf zwei lange, biegsame Mopaniäste. Durch den widerwärtigen Geruch des Löwenkadavers wurden die Pferde unruhig und scheuten, aber Lothar konnte sie beruhigen und befestigte die Stangen der Tragbahre am Packsattel des Tragtieres. Dann hob er Centaines schlaffen

Körper vorsichtig auf die Bahre, hüllte sie in den Mantel und band sie mit Streifen aus Mopanirinde fest.

Er schlang sich den Beutel mit dem schlafenden Kind um die Schultern, nahm die Zügel des Packpferdes, das die Tragbahre hinter sich herzog, und machte sich auf den Rückweg zu den Wagen. Er rechnete sich aus, daß er für den Rückmarsch einen ganzen Tag brauchen würde, und es war schon spät am Nachmittag, aber er konnte das Tempo nicht beschleunigen, ohne zu riskieren, daß das Mädchen auf der Tragbahre verletzt wurde.

Kurz vor Sonnenuntergang wachte Shasa auf und heulte wie ein hungriger Wolf. Lothar legte das Baby an die Brust seiner Mutter. Doch Shasa begann schon nach wenigen Minuten enttäuscht zu brüllen und zu strampeln. Lothar stand vor einer schweren Entscheidung.

»Es ist für den Kleinen, und sie wird es nie erfahren«, entschied er.

Er hob den Mantel hoch und zögerte noch einmal, bevor er sie so intim berührte.

»Verzeih mir bitte«, entschuldigte er sich bei dem bewußtlosen Mädchen und nahm ihre entblößte Brust in die Hand. Sie fühlte sich so warm und glatt an, daß er ein Ziehen in den Lenden verspürte, aber er versuchte, es zu ignorieren. Er drückte und knetete, während Shasa wütend brüllte, und als keine Milch kam, deckte er Centaine wieder zu.

»Was, zum Teufel, machen wir denn jetzt, mein Lieber? Deine Mutter hat keine Milch mehr.« Er nahm Shasa auf den Arm. »Nein, bei mir brauchst du es gar nicht zu versuchen, mein Freund, das ist leider auch ein Trockenhaus. Wir werden hier unser Lager aufschlagen müssen, damit ich einkaufen gehen kann.«

Er schnitt eine Menge Dornensträucher ab und steckte sie im Kreis in die Erde, zum Schutz vor Hyänen und anderen Raubtieren, dann machte er in der Mitte ein großes Feuer.

»Du wirst mitkommen müssen«, sagte er zu dem greinenden Säugling, hängte sich den Beutel um und ritt auf seinem Pferd davon.

An einem steilen Abhang des Berges stieß er auf eine Zebraherde. Er stieg ab und schob sich, das Pferd als Deckung benützend, auf Schußweite an die Herde heran. Er wählte eine Stute mit einem Fohlen aus und traf sie so sauber in den Kopf, daß sie auf der Stelle zusammenbrach. Als er auf das tote Zebra zuging, lief das Fohlen davon, kehrte aber schon nach wenigen Metern wieder um.

»Tut mir leid, alter Junge«, sagte Lothar. Das verwaiste Fohlen hatte keine Überlebenschance, und die Kugel, die Lothar ihm in den Kopf schoß, war eine Erlösung.

Lothar kniete neben der toten Stute nieder und hob ihr Hinterbein hoch, um an die geschwollenen schwarzen Zitzen heranzukommen, aus denen er einen halben Topf warme Milch herausmolk. Die Milch war mit einer dicken gelben Sahneschicht bedeckt. Er verdünnte sie mit warmem Wasser und tauchte ein zusammengefaltetes Stück Baumwollstoff von seinem Hemd in die Flüssigkeit.

Shasa spuckte und strampelte und drehte den Kopf weg, aber Lothar blieb fest. »Das ist das einzige Gericht auf der Speisekarte.«

Plötzlich hatte Shasa erkannt, worum es ging. Die Milch tröpfelte ihm über das Kinn, aber ein Teil gelangte in seine Kehle und er brüllte jedesmal ungeduldig, wenn Lothar das Stoffknäuel aus seinem Mund zog, um es in die Milch zu tauchen.

Lothar schlief in dieser Nacht mit Shasa im Arm und erwachte in der Dämmerung, als das Kind sein Frühstück verlangte. Es war noch Zebramilch übrig. Als Lothar den Jungen gefüttert und im warmen Wasser gebadet hatte, war die Sonne schon aufgegangen. Lothar setzte das Kind auf die Erde, und Shasa kroch, vergnügt vor sich hinplappernd, auf die Pferde zu.

Lothar spürte den sehnsüchtigen Schmerz in der Brust, den er seit dem Tod seines Sohnes nicht mehr gefühlt hatte, und hob das Kind auf den Rücken des Pferdes. Shasa zappelte und gluckste vor Wonne, und das Pferd bog den Hals zurück und beschnupperte ihn mit aufgestellten Ohren.

»Wir machen einen Reiter aus dir, bevor du noch laufen kannst«, lachte Lothar.

Doch als er an die Tragbahre trat und Centaine sanft aufzuwecken versuchte, wurde er sofort wieder ernst. Sie war noch immer bewußtlos und rollte stöhnend den Kopf hin und her, als er das Bein berührte. Es war verschwollen und blau, und an den Nähten klebte geronnenes Blut.

»Mein Gott, das sieht ja hübsch aus«, flüsterte er, aber an ihrem Oberschenkel waren keinerlei hellrote Linien zu sehen, die Anzeichen von Blutvergiftung.

Er hüllte Centaine wieder in den Mantel und kauerte sich neben ihr nieder, um sie zu betrachten.

Wie ihr muskulöser, schlanker Körper entsprachen auch ihre Züge eigentlich nicht seiner Auffassung von weiblicher Schönheit. Das dicke, dunkle Kraushaar mutete fast afrikanisch an, die schwarzen Augenbrauen waren zu breit, das Kinn zu energisch und eigensinnig, und insgesamt war dieses Gesicht viel zu markant. Obgleich Centaine im Augenblick völlig entspannt dalag, konnte Lothar in ihrem Gesicht noch immer die Spuren von großer Not und Mühsal lesen. Vielleicht hatte sie ebensoviel gelitten wie er. Als er ihre glatte braune Wange berührte, fühlte er sich so zu ihr hingezogen, als wäre das vom ersten Augenblick an bereits vorbestimmt gewesen. Doch dann schüttelte er ärgerlich den Kopf über seine lächerliche Sentimentalität.

»Ich weiß nichts von dir, und du nichts von mir.« Er richtete sich hastig auf und bemerkte erschrocken, daß das Kind zu den Pferden gekrochen war. Fröhlich glucksend griff Shasa nach ihren neugierig schnaubenden Nüstern, als sie die Hälse reckten, um ihn zu beschnuppern.

Das Packpferd am Zügel führend, das Kind auf dem Arm, traf Lothar am späten Nachmittag bei den Wagen ein.

Swart Hendrick und die Lagergehilfen liefen ihm neugierig entgegen, und Lothar erteilte seine Befehle.

»Stellt für die Frau ein eigenes Zelt auf, neben meinem.

Deckt das Dach gut ab, damit es kühl bleibt, und nehmt für die Seitenwände Segeltuchplanen, die man hochheben kann, um die Luft einzulassen — bei Einbruch der Nacht muß es fertig sein.«

Er brachte Centaine in seine eigene Hütte und wusch sie noch einmal, bevor er ihr eines der langen Nachthemden überstreifte, die Anna Stok eingepackt hatte.

Sie war noch immer nicht bei Bewußtsein, obwohl sie einmal kurz die Augen öffnete. Ihr Blick war trüb und verschwommen, und sie murmelte etwas in französisch, das er nicht verstand.

»Sie sind in Sicherheit. Sie sind bei Freunden«, sagte er.

Die Pupillen ihrer Augen reagierten auf das Licht, was er als gutes Anzeichen wertete, aber ihre Lider schlossen sich gleich wieder und sie fiel in die Bewußtlosigkeit zurück, oder in den Schlaf, und Lothar hütete sich, sie zu wecken.

Da er nun seinen Verbandskasten zur Verfügung hatte, konnte er ihre Wunden mit einer Salbe behandeln; danach legte er einen frischen Verband an. Mittlerweile war das Kind wieder hungrig geworden; unter dem Vieh, das Lothar mitführte, war auch eine Milchziege, die er nun melken ließ. Er hielt Shasa auf dem Schoß und fütterte ihn mit der verdünnten Ziegenmilch. Dann versuchte er, Centaine ein wenig warme Suppe einzuflößen, aber sie wehrte sich schwach und erstickte fast daran. Also trug er sie in das Zelt, das seine Diener inzwischen aufgestellt hatten, und legte sie auf das Feldbett aus geflochtenen Lederriemen, das mit einem Schaffell als Matratze und frischen Decken versehen war. Er legte das Kind neben sie und stand mehrmals in der Nacht auf, um nach den beiden zu sehen.

Erst in der Morgendämmerung fiel er in tiefen Schlaf, wurde aber fast im selben Augenblick wieder geweckt.

»Was ist los?« Er griff instinktiv nach dem Gewehr neben seinem Feldbett.

»Komm schnell!« flüsterte Swart Hendrick heiser an seinem Ohr. »Das Vieh war unruhig. Und ich dachte, es wäre ein Löwe.«

»Was war es denn, Mann?« fragte Lothar gereizt. »Mach schon, spuck es aus.«

»Es war kein Löwe — viel schlimmer! Es waren wilde San. Sie sind die ganze Nacht um das Lager herumgeschlichen. Ich glaube, sie sind hinter dem Vieh her.«

Lothar schwang sich aus dem Feldbett und griff nach seinen Stiefeln.

»Sind Vark Jan und Klein Boy schon zurück?« Mit einem größeren Trupp wäre die Jagd leichter.

»Noch nicht.« Hendrick schüttelte den Kopf.

»Schön, dann jagen wir eben allein. Sattle die Pferde. Wir dürfen den kleinen gelben Teufeln keinen zu großen Vorsprung lassen.«

Er stand auf, überprüfte das Magazin des Gewehres, zog das Schaffell von seinem Bett und verließ die Hütte. Er eilte zu Swart Hendrick, der mit den Pferden bereit stand.

O'wa konnte sich nicht überwinden, näher als zweihundert Schritte an das Lager der Fremden heranzuschleichen. Selbst aus dieser Entfernung verwirrten ihn die fremdartigen Laute und Gerüche, die zu ihm herdrangen. Der Klang einer Axt auf Holz, das Klappern eines Eimers und das Meckern einer Ziege erschreckten ihn; der Geruch von Paraffin und Seife, von Kaffee und Wollkleidung beunruhigten ihn, während der ungewohnte Rhythmus und die harten Zischlaute der Sprache, in der sich die Männer verständigten, in seinen Ohren ebenso beängstigend klangen wie das Zischen einer Schlange.

Er lag mit schmerzhaft klopfendem Herzen flach auf dem Boden und flüsterte H'ani zu: »Nam-Kind ist wieder bei ihrem Volk. Für uns ist sie verloren, alte Großmutter. Es ist verrückt, ihr zu folgen. Wir wissen beide, daß uns die anderen töten werden, wenn sie entdecken, daß wir hier sind.«

»Nam-Kind ist verletzt. Du hast die Spuren unter dem Mopanibaum, wo der nackte Kadaver des Löwen liegt, doch gelesen«, flüsterte H'ani zurück. »Du hast ihr Blut auf dem Boden gesehen.«

»Sie ist bei ihren Leuten«, wiederholte O'wa störrisch. »Sie werden für sie sorgen. Sie braucht uns nicht mehr. Sie ist bei Nacht gegangen, ohne ein Abschiedswort.«

»Oh, alter Großvater, ich weiß, daß alles wahr ist, was du sagst, aber wie könnte ich jemals wieder lächeln, wenn ich nicht weiß, wie schlimm sie verletzt ist? Wie könnte ich jemals wieder schlafen, wenn ich Klein-Shasa nicht sicher an ihrer Brust liegen sehe?«

»Du riskierst unser beider Leben für einen flüchtigen Blick auf jemanden, der fortgegangen ist. Sie sind für uns verloren, laß sie gehen.«

»Ich riskiere nur mein eigenes Leben, lieber Mann. Ich bitte dich, nicht mitzukommen.«

H'ani erhob sich und verschwand in der Dunkelheit, bevor er noch einmal protestieren konnte. Sie lief auf den schwachen Schein des halberloschenen Feuers zu, das durch die Bäume schimmerte. O'wa richtete sich auf, aber der Mut verließ ihn wieder. Er legte sich hin und bedeckte den Kopf mit dem Arm.

»Oh, du dumme alte Frau«, jammerte er. »Weißt du denn nicht, daß mein Herz ohne dich eine Wüste ist? Wenn sie dich töten, werde ich hundert Tode für dich sterben.«

H'ani kroch gegen den Wind auf das Lager zu und behielt den Rauch des Feuers im Auge, denn sie wußte, wenn sie das Vieh oder die Pferde witterten, würden sie stampfen und schnauben und im Nu das ganze Lager aufwecken. Alle paar Schritte ließ sie sich fallen und lauschte angestrengt. Sie spähte in die Schatten neben den Wagen und den primitiven Hütten und beobachtete diese großen, schwarzen Männer, die fremdartige Kleider trugen und glitzernde metallene Waffen umhängen hatten.

Sie schliefen alle. H'ani erkannte ihre Umrisse neben dem Feuer. Sie war sicher, daß Nam-Kind in einer der Hütten lag, aber wenn sie die falsche auswählte, war sie verloren. Sie entschied sich für die Hütte, die in nächster Nähe stand und kroch auf allen vieren zum Eingang. Ihre Augen waren in der Dunkelheit fast so gut wie die Augen einer Katze, aber alles, was sie sah, war ein undeutliches dickes Bündel auf einem hohen Gebilde an der gegenüberliegenden Wand der primitiven Hütte, eine menschliche Gestalt, vielleicht, aber sie war sich dessen nicht sicher.

Die Gestalt regte sich, grunzte und hustete.

Ein Mann! H'anis Herz pochte so laut, daß sie fürchtete, er würde davon aufwachen. Sie wich zurück und kroch zur nächsten Hütte.

Hier lag eine andere schlafende Gestalt. H'ani kroch zaghaft näher, und als sie nur noch eine Armlänge davon entfernt war, bebten ihre Nasenlöcher. Sie erkannte den milchigen Geruch von Shasa und den Duft von Nam-Kinds Haut, die für die alte Frau wie wilde Melonen duftete.

Sie kniete neben dem Bett nieder, und Shasa spürte ihre Anwesenheit und wimmerte. H'ani berührte seine Stirn und steckte die Spitze ihres kleinen Fingers in seinen Mund. Sie hatte ihn gut erzogen. Alle Buschmannkinder lernten still zu sein, denn von ihrem Stillschweigen konnte die Sicherheit der ganzen Sippe abhängen. Shasa entspannte sich unter der vertrauten Berührung und dem vertrauten Geruch der alten Frau.

H'ani befühlte Nam-Kinds Gesicht. Die Hitze ihrer Wangen sagte ihr, daß Nam-Kind leichtes Fieber hatte. Sie beugte sich vor und schnupperte an ihrem Atem. Er war säuerlich vor Schmerz und Schwäche, hatte aber nicht den scharfen widerlichen Geruch der tödlichen Infektion.

H'ani sehnte sich danach, ihre Wunden zu untersuchen und zu verbinden, wußte aber, daß das unmöglich war.

Statt dessen legte sie ihre Lippen an das Ohr des Mädchens und flüsterte: »Mein Herz, mein kleiner Vogel, ich rufe alle Geister der Sippe an, um dich zu beschützen. Dein alter Großvater und ich werden für dich tanzen, damit sie dich stärken und heilen.«

Die Stimme der alten Frau drang in das Unterbewußtsein des besinnungslosen Mädchens vor. Bilder formten sich in ihrer Seele.

»Alte Großmutter«, murmelte sie und lächelte den Traumbildern zu. »Alte Großmutter —«

»Ich bin bei dir«, erwiderte H'ani. »Ich werde immer bei dir sein, immer —« Mehr konnte sie nicht sagen, denn ein Schluchzen drohte aus ihrer Kehle zu dringen. Sie berührte beide, das Kind und die Mutter, noch einmal an den Lippen und den geschlossenen Augen, dann stand sie auf und floh aus der Hütte.

Die Tränen machten sie blind, und der Kummer trübte ihre Sinne, so daß sie dicht an dem Pferch vorbeischlich, in dem die Pferde standen.

Eines der Pferde schnaubte und stampfte und warf den Kopf hoch, als es den scharfen, ungewohnten Geruch witterte. Als H'ani in der Dunkelheit verschwand, richtete sich einer der Männer neben dem Feuer auf und schälte sich aus seiner Dekke, um zu den unruhigen Pferden zu gehen. Auf halbem Weg blieb er stehen und bückte sich über den kleinen Fußabdruck im Staub.

Es war eigenartig, wie matt H'ani sich fühlte, als sie und O'wa um den Fuß des Berges herum auf das geheime Tal zumarschierten. Nun, da Nam-Kind ihnen für immer den Rücken zugekehrt hatte, fühlte sie die ganze Last des Alters, die sie so niederdrückte, daß ihr sonst so flinker, munterer Gang schleppend wurde. Beine und Rücken schmerzten vor Müdigkeit.

O'wa, der wie immer vor ihr ging, bewegte sich genauso schwerfällig, und sie spürte, wieviel Mühe ihn jeder Schritt kostete. Er blieb stehen und sank auf die Knie. H'ani hatte ihn in all den langen Jahren noch nie so erschöpft gesehen, und als sie sich neben ihn kauerte, drehte er sich langsam zu ihr um. »Alte Großmutter, ich bin müde«, flüsterte er. »Ich möchte schlafen. Die Sonne tut meinen Augen weh.« Er hob die Hand, um die Augen zu beschatten.

»Es war ein langer harter Weg, alter Großvater, aber jetzt haben wir Frieden mit den Geistern unserer Sippe, und Nam-Kind ist bei ihrem eigenen Volk in Sicherheit. Jetzt können wir eine Weile ausruhen.« Plötzlich fühlte sie den Kummer, aber sie hatte keine Tränen mehr. Das Bedürfnis zu weinen schmerzte wie ein Pfeil in ihrer Brust, daher wiegte sie sich hin und her und begann kehlig zu summen, um ihren Schmerz zu lindern. So überhörte sie die Pferde.

O'wa ließ die Hand sinken und neigte den Kopf seitlich, um dem Zittern in der stillen Morgenluft zu lauschen. Als H'ani das Entsetzen in seinen Augen sah, erstarrte sie und hörte es auch.

»Wir sind entdeckt«, sagte O'wa, und H'ani hatte für einen Augenblick nicht einmal den Willen, davonzulaufen und sich zu verstecken.

»Sie sind schon sehr nahe.« In O'was Augen las H'ani die gleiche Resignation, und das spornte die alte Frau wieder an. Sie zog ihn hoch.

»Auf dem offenen Land holen sie uns so leicht ein wie ein Gepard eine lahme Gazelle.« Sie drehte sich um und schaute den Berg hinauf.

Sie standen am Fuß einer Geröllhalde, die sich, mit verkrüppeltem Strauchwerk spärlich bewachsen, bis zum felsigen Rumpf des Berges hinaufzog.

»Wenn«, flüsterte H'ani, »wenn wir den Gipfel erreichen, kann uns kein Pferd folgen.«

»Es ist zu hoch und zu steil«, protestierte O'wa.

»Da ist ein Weg.« H'ani wies mit ihrem knochigen Finger auf einen kaum sichtbaren Pfad, der im Zickzack über die kahle, steile Felsflanke des Berges hinaufführte.

»Schnell, alter Großvater, schau, die Geister des Berges zeigen uns den Weg.«

»Das sind Klippspringer«, murmelte O'wa. Zwei kleine gemsenähnliche Antilopen flüchteten, erschreckt durch die herannahenden Reiter im Wald, leichtfüßig über den kaum erkennbaren Pfad hinauf.

»Ich sage, das sind Geister in der Gestalt von Antilopen. Schnell, du dummer und streitsüchtiger alter Mann, es gibt keinen anderen Weg.«

Sie hüpften und sprangen gemeinsam von Steinblock zu Steinblock und kletterten mit der ungeschickten Behendigkeit alter Paviane die Geröllhalde hinauf.

Doch knapp unterhalb der Felswand konnte O'wa nicht

mehr weiter. Er keuchte vor Schmerz und taumelte vor Schwäche, als H'ani ihn an der Hand weiterziehen wollte.

»Meine Brust«, jammerte er und schwankte. »In meiner Brust nagt ein Tier an meinem Fleisch, ich kann seine scharfen Zähne fühlen —« Und dann fiel er schwer zwischen die Steinblöcke.

»Wir können nicht stehenbleiben«, flehte H'ani, als sie sich über ihn beugte. »Wir müssen weiter.« Sie versuchte ihn hochzuziehen.

»Es tut so weh«, stieß er keuchend hervor. »Ich spüre, wie das Tier mein Herz zerfleischt.«

Sie richtete ihn mühsam in eine sitzende Stellung auf, und in diesem Augenblick ertönte am Fuß der Geröllhalde ein schwacher Ruf.

»Sie haben uns gesehen«, sagte H'ani, als sie die beiden Reiter aus dem Wald kommen sah. »Sie folgen uns.«

Sie sah, wie die Männer von ihren Pferden sprangen, die Tiere festbanden und dann auf den Hang zuliefen. Als sie die Geröllhalde hinaufkletterten, brüllten sie wieder. Es war ein wilder, jubelnder Laut — wie das Gebell von Jagdhunden, die Witterung aufgenommen haben.

Dieser Laut scheuchte O'wa auf. Seine Lippen waren blaß, und seine Augen blickten wie die Augen einer tödlich getroffenen Gazelle; dieser Blick erschreckte H'ani genauso wie die Schreie der Männer am Fuß des Berges.

»Wir müssen weiter.« Sie schleppte ihn mühsam bis zum Fuß der Felswand.

»Ich kann nicht.« Seine Stimme war so schwach, daß sie ihr Ohr an seine Lippen legen mußte. »Ich kann da nicht hinaufklettern.«

»Du kannst«, erklärte sie bestimmt. »Ich werde dich führen, stell deine Füße da hin, wo ich auftrete.« Und dann stieg sie in den Felsen ein, auf dem steilen Pfad, den die Klippspringer mit ihren scharfen Hufen markiert hatten, und der alte Mann kletterte unsicher hinter ihr her.

Nach dreißig Metern kamen sie zu einem schmalen Felsband, das sie vor den Männern unten verbarg. Sie arbeiteten sich mühsam vorwärts, klammerten sich mit den Fingerspitzen an den rauhen, scharfkantigen Fels.

»Nur noch ein kleines Stück«, sagte H'ani zu O'wa. »Schau, da ist der Kamm, noch ein kleines Stück und wir sind in Sicherheit. Hier, gib mir deine Hand.« Sie streckte die Hand aus und half ihm über eine schwierige Stelle, wo sich der Abgrund unter ihnen auftat und sie über eine Spalte springen mußten.

H'ani schaute hinunter und sah die Verfolger wieder, winzig klein durch die Entfernung, unförmig und verkürzt in der ungewohnten Perspektive. Die Jäger standen direkt unter ihr am Fuß der Felswand und blickten zu ihr hinauf. Das Gesicht des weißen Mannes sah aus wie ein Wolke, so merkwürdig blaß und doch so heimtückisch, dachte sie. Er hob die Arme und richtete den langen Stock auf sie, den er in den Händen hielt. H'ani hatte noch nie ein Gewehr gesehen und gab sich keine Mühe, in Deckung zu gehen. Sie wußte, sie war längst außerhalb der Schußweite eines Pfeiles, und beugte sich sorglos vor, um ihre Feinde besser sehen zu können.

Der ausgestreckte Arm des weißen Mannes zuckte, und von der Spitze des schimmernden Stockes flog eine kleine weiße Rauchfeder fort.

Den Gewehrschuß hörte sie nicht mehr, denn die Kugel war schneller als der Schall. Sie schlug tief unten in ihren Unterleib ein, zerriß Gedärme und Magen, bohrte sich durch den Lungenflügel und trat ein paar Zentimeter neben der Wirbelsäule wieder aus. Die Wucht des Einschlages schleuderte sie rückwärts gegen die Felswand, und dann fiel ihr lebloser Körper schlaff nach vorn und kippte über den Gesimsrand in die Tiefe.

O'wa schrie auf und wollte nach ihr greifen. Er berührte sie mit den Fingerspitzen, bevor sie in die Tiefe fiel, und er balancierte am Rand des Abgrunds.

»Mein Leben!« rief er ihr nach. »Mein kleines Herz!« Der Schmerz und der Kummer waren unerträglich. Er neigte sich vor, und dann rief er leise: »Ich komme mit dir, alte Großmutter, zum allerletzten Ziel der Reise. »Er ließ sich in die Tiefe fallen, und der Wind zerrte an seinen Kleidern, aber er gab keinen Laut mehr von sich.

Lothar De La Rey mußte sechs Meter zu der Leiche des einen Buschmannes, der in einer Felsspalte hängengeblieben war, hinaufklettern.

Es war die Leiche eines alten Mannes. Der zerschmetterte Körper war runzelig und spindeldürr. Am Kopf waren die Haut und das Fleisch weggerissen, so daß der Schädelknochen durchschimmerte. Lothar sah nur sehr wenig Blut, fast so, als hätte die Sonne und der Wind den kleinen Körper schon zu Lebzeiten ausgetrocknet. Um die schmale Taille waren ein kurzes Lendentuch aus dunklem, ungegerbtem Leder gewickelt und merkwürdigerweise eine Schnur, an der ein Taschenmesser hing. Es war ein Marinemesser mit einem Horngriff, wie es die britischen Matrosen hatten. Lothar war überrascht, ein solches Werkzeug bei einem Buschmann der Kalahari zu finden. Er machte die Schnur los und steckte das Messer in die Tasche. Sonst hatte der Tote nichts Interessantes oder Wertvolles bei sich, und Lothar würde sich gewiß nicht die Mühe machen, ihn zu begraben. Er ließ den alten Mann in der Felsspalte hängen und kletterte wieder hinunter, wo Hendrick auf ihn wartete.

»Was hast du gefunden?« fragte Hendrick.

»Nur einen alten Mann, aber er hatte das hier bei sich.« Lothar zeigte ihm das Messer, und Swart Hendrick nickte ohne besonderes Interesse.

»Ja. Sie sind eben Diebe, wie Affen. Deshalb sind sie auch um unser Lager herumgeschlichen.«

»Wo ist der andere hingefallen?«

»In die Schlucht dort hinten. Es ist gefährlich, da hinunterzuklettern. Ich würde es bleiben lassen.«

»Dann bleib hier«, erwiderte Lothar und trat an den Rand der tiefen Schlucht, um hinunterzuschauen. Der Boden war dicht mit Dornensträuchern bewachsen, und der Abstieg sah tatsächlich gefährlich aus, aber eine eigensinnige Laune trieb Lothar dazu, doch hinunterzuklettern.

Er brauchte zwanzig Minuten, bis er unten angekommen war, und noch einmal so lang, um die Leiche des Buschmannes zu finden. Erst das Summen großer, blauglänzender Fliegen führte ihn zu der Stelle, wo eine Hand, die rosige Innenfläche nach oben, aus dem Gebüsch ragte. Er zerrte die Leiche aus dem Dornenbusch und sah, daß es eine Frau war, ein häßliches altes Weib mit einer unglaublich runzeligen Haut und Hängebrüsten, die aussahen wie zwei leere Tabaksbeutel.

Er knurrte zufrieden, als er sah, daß das Einschußloch genau dort war, wo er hingezielt hatte. Doch seine Aufmerksamkeit wurde augenblicklich von einem außergewöhnlichen Schmuck angezogen, den die alte Frau um den Hals trug. Lothar hatte in Südafrika noch nie etwas Derartiges gesehen. Die bunten Steine waren äußerst geschickt zu einer Brustplatte verarbeitet, die ebenso stark wie dekorativ war. Er erkannte, daß die Halskette Seltenheitswert hatte, und rollte die alte Frau auf den Bauch, um die Schnur aufzuknoten. Blut aus der großen Austrittswunde hatte die Schnur durchnäßt und klebte auf einigen der Steine. Er wischte es sorgfältig ab.

Lothar hielt die Kette ins Licht und lächelte vor Freude über das Gefunkel. Er wickelte sie in sein Halstuch und steckte sie vorsichtig in die Brusttasche.

Mit einem letzten Blick auf die tote Buschmannsfrau überzeugte sich Lothar davon, daß sie sonst nichts Interessantes bei sich hatte, und ließ sie liegen. Dann machte er sich an den schwierigen Aufstieg.

Centaine spürte undeutlich, daß sie gewebten Stoff am Körper trug, und dieses Gefühl war so ungewohnt, daß es allmählich in ihr Bewußtsein vordrang. Sie lag auf etwas Weichem, wußte aber, daß das nicht möglich war, ebensowenig wie das gedämpfte Licht, das durch grünes Segeltuch zu schimmern schien. Sie war zu müde, um darüber nachzudenken. Sie versuchte, die Augen offenzuhalten, aber sie fielen ihr trotz größter Anstrengung wieder zu, und sie spürte, wie schwach sie war.

Was sie als nächstes wahrnahm, war der Klang einer leisen singenden Stimme. Sie blieb mit geschlossenen Augen liegen und stellte fest, daß sie die Worte verstand. Es war ein Liebeslied, die Klage um ein Mädchen, das der Sänger gekannt hatte, bevor der Krieg begann.

Die Stimme gehörte einem Mann, und es war die erregendste Stimme, die sie je gehört hatte. Sie hätte dieser Stimme ewig lauschen können, aber plötzlich brach das Lied ab, und der Mann lachte.

»So, das gefällt dir wohl?« sagte er in Afrikaans, und ein Kind antwortete: »Da! Da!« so laut und so deutlich, daß Centaine die Augen aufschlug. Es war Shasas Stimme, und sie weckte die Erinnerung an die Nacht, den Löwen und den Mopanibaum. Centaine wollte schreien.

»Mein Baby, rette mein Baby!« Sie drehte ihren Kopf hin und her und stellte fest, daß sie allein in einer Hütte mit einem Strohdach und Zeltplanen an den Seiten war. Sie lag auf einem Feldbett und trug ein langes, kühles Baumwollnachthemd.

»Shasa!« rief sie und versuchte sich aufzurichten. Sie brachte nur ein krampfhaftes Zucken zustande, und ihre Stimme war ein tonloses, heiseres Flüstern.

»Shasa!« Diesmal bot sie ihre ganze Kraft auf. »Shasa!« krächzte sie.

Sie hörte einen überraschten Ausruf und das Klappern eines umfallenden Stuhles. Die Hütte verdunkelte sich, als jemand eintrat, und sie wandte den Kopf dem Eingang zu.

Dort stand ein Mann. Er hielt Shasa auf dem Arm.

Er war groß und hatte breite Schultern, aber das Licht war hinter ihm, so daß sie sein Gesicht nicht sehen konnte.

»Nun ist die schlafende Prinzessin aufgewacht —« Diese tiefe, erregende Stimme, »— endlich.«

Mit ihrem Sohn auf dem Arm trat er neben ihr Bett und beugte sich über sie.

»Wir haben uns Sorgen gemacht«, sagte er sanft, und sie blickte in das Gesicht des schönsten Mannes, den sie jemals gesehen hatte — er hatte goldenes Haar und goldene Leopardenaugen in dem goldbraun getönten Gesicht.

Shasa hopste auf und nieder und streckte die Arme nach ihr aus.

»Mama!«

»Mein Liebling!« Sie hob die Hand, und der Fremde setzte Shasa neben sie auf das Bett.

Dann hob er Centaine an den Schultern hoch und stopfte ein Kissen hinter ihren Rücken, so daß sie sitzen konnte. Seine Hände waren kräftig und braun, doch die Finger waren so schmal und feingliedrig wie die eines Pianisten.

»Wer sind Sie?« Ihre Stimme klang belegt und heiser.

»Mein Name ist Lothar De La Rey«, erklärte er. Shasa ballte die Fäuste und trommelte in überschäumender Liebe gegen die Schultern seiner Mutter.

»Sachte!« sagte Lothar und faßte ihn am Handgelenk, um ihn zurückzuhalten. »Deine Mama ist noch nicht aufnahmefähig für so viel Liebe.« Sie sah, wie Lothars Gesicht weich wurde, als er das Kind anblickte.

»Was ist geschehen?« fragte Centaine. »Wo bin ich?«

»Sie sind von einem Löwen angegriffen und übel zugerichtet worden. Als ich die Bestie erschoß, sind Sie vom Baum gefallen.«

Sie nickte. »Ja, jetzt erinnere ich mich wieder, aber dann —«

»Sie haben eine Gehirnerschütterung davongetragen und dann wurden die Wunden von den Löwenkrallen brandig.«

»Wie lange?« hauchte sie.

»Sechs Tage, aber das Schlimmste ist überstanden. Ihr Bein ist allerdings noch stark geschwollen und entzündet, Mevrou Courtney.«

Sie stutzte. »Dieser Name. Woher haben Sie diesen Namen?«

»Ich weiß, daß Sie Centaine Courtney heißen und eine Überlebende des Lazarettschiffes *Protea Castle* sind.«

»Wieso?« Woher wissen Sie das?«

»Ich bekam von Ihrem Schwiegervater den Auftrag, nach Ihnen zu suchen.«

»Mein Schwiegervater?«

»Von Colonel Courtney und dieser Frau, Anna Stok.«

»Anna? Anna lebt also noch?« Centaine streckte aufgeregt die Hand aus und umklammerte sein Handgelenk.

»Das kann man wohl sagen!« Lothar lachte. »Sie ist sogar sehr lebendig.«

»Das ist eine wundervolle Nachricht! Ich dachte, sie wäre ertrunken —« Centaine brach ab, als sie bemerkte, daß sie noch immer sein Handgelenk umklammerte. Sie ließ die Hand sinken und lehnte sich zurück.

»Erzählen Sie«, flüsterte sie, »erzählen Sie mir alles. Wie geht es ihr? Woher wußten Sie, wo Sie mich finden würden? Wo ist Anna jetzt? Wann werde ich sie wiedersehen?«

Lothar lachte abermals. Seine Zähne waren sehr weiß. »So viele Fragen auf einmal!« Er zog einen Stuhl an ihr Bett. »Wo soll ich anfangen?«

»Fangen Sie mit Anna an, erzählen Sie mir alles über sie.«

Er erzählte, und sie hörte gespannt zu, beobachtete sein Gesicht, stellte immer neue Fragen und kämpfte gegen die Müdigkeit an, um dem Klang seiner Stimme zu lauschen. Sie genoß es, endlich wieder Neuigkeiten aus dem wirklichen Leben zu hören, von dem sie so lange ausgeschlossen gewesen war. Sie genoß es, endlich wieder mit einem Menschen ihrer Rasse zu sprechen und in ein weißes Gesicht zu blicken.

Der Tag war fast vorüber, die Abenddämmerung brach herein, als Shasa gebieterisch zu schreien begann, und Lothar brach ab.

»Er hat Hunger.«

»Ich füttere ihn — wenn Sie uns bitte eine Weile allein lassen würden, Mijnheer.«

»Nein«, Lothar schüttelte den Kopf. »Sie haben keine Milch mehr.«

Centaine zuckte zusammen. Sie starrte ihn an, während sich die Gedanken in ihrem Kopf überschlugen. Bis zu diesem Augenblick hatte sie das Fragen und Zuhören so in Anspruch genommen, daß ihr nicht aufgefallen war, daß keine andere Frau im Lager war, daß sie sechs Tage lang völlig hilflos gewesen war und daß sie jemand gepflegt, gewaschen, umgezogen und gefüttert hatte. Sie spürte, wie sie vor Scham errötete. Ihre

Wangen glühten — diese langen braunen Finger mußten sie berührt haben, wo sie vorher nur ein einziger Mann berührt hatte. Sie schaute ihn forschend an, als ihr klar wurde, was diese gelben Augen alles gesehen haben mußten.

Lothar schien ihre Verlegenheit nicht zu bemerken. »Los, junger Mann, zeigen wir deiner Mama unseren neuesten Trick.« Er nahm Shasa auf den Schoß und fütterte ihn mit einem Löffel. Shasa hopste auf und nieder, sagte: »Ham! Ham!«, wenn er den Löffel kommen sah, und sperrte den Mund auf.

»Er mag Sie«, sagte Centaine.

»Wir sind Freunde«, gab Lothar zu, als er mit einem feuchten Tuch die Mehlsuppe von Shasas Ohren, Stirn und Kinn wischte.

»Sie können gut mit Kindern umgehen«, flüsterte Centaine und sah den Schatten eines tiefen Schmerzes in den goldenen Augen aufflackern.

»Ich hatte auch einmal einen Sohn«, sagte er und legte Shasa neben Centaine, dann nahm er den Löffel und den leeren Teller und ging zur Tür.

»Wo ist Ihr Sohn?« rief sie leise hinter ihm her, und er blieb in der Tür stehen und drehte sich langsam um.

»Mein Sohn ist tot«, sagte er ruhig.

Centaine war ausgehungert nach Liebe. Nach der langen Einsamkeit sehnte sie sich so nach menschlicher Gesellschaft, daß sie nicht genug davon bekommen konnte, nicht einmal durch diese langen schleppenden Gespräche unter dem Sonnendach des Zeltes, mit denen sie die heißesten Stunden der träg dahinfließenden afrikanischen Tage zubrachten.

Meist sprachen sie über Dinge, die ihr am meisten am Herzen lagen, Musik und Bücher. Lothar bevorzugte zwar Goethe und Wagner, während sie Victor Hugo und Verdi liebte, aber diese Unterschiede gaben ihnen ausreichend Stoff für amüsante Gespräche. Im Lauf der Diskussion stellte sie fest, daß er sie in Bildung und Belesenheit weit übertraf, aber merkwürdigerweise störte sie das nicht. Sie hörte ihm nur um so aufmerksamer zu. Er hatte eine wunderbare Stimme; nach den Schnalz- und Klicklauten der San-Sprache klangen ihre Modulationen und Kadenzen wie Musik in ihren Ohren.

»Singen Sie für mich!« befahl sie, als sie ein besonders heikles Thema erschöpfend behandelt hatten. »Shasa und ich befehlen es Ihnen.«

»Ihr ergebener Diener, meine Herrschaften!« sagte er lächelnd und machte eine kleine spöttische Verbeugung, dann begann er völlig unbefangen zu singen.

»Nimm das Küken, und die Henne wird dir folgen.« Dieses alte Sprichwort hatte Centaine oft von Anna gehört, aber wieviel Weisheit dahintersteckte, begriff sie erst jetzt, als sie sah, wie Shasa auf Lothars Schultern um das Lager ritt, denn ihre Augen und ihr Herz folgten beiden. Anfangs war sie ein wenig ärgerlich gewesen, wenn Shasa Lothar mit lauten »Da! Da!«-Rufen begrüßte. Dieser Name sollte allein Michael vorbehalten bleiben. Doch dann wurde ihr schmerzlich bewußt, daß Michael auf dem Friedhof von Mort Homme lag.

Später fiel ihr das Lächeln nicht mehr schwer, wenn Shasa bei seinen ersten Gehversuchen sofort auf dem Boden landete, nach Lothar rief und, Trost suchend, auf ihn zukrabbelte. Es waren Lothars Zärtlichkeit und Güte ihrem Sohn gegenüber, die ihre Zuneigung und ihre Sehnsucht nach ihm auslösten, denn sie hatte sehr wohl erkannt, daß der Mann unter dieser schönen Schale hart war und grausam. Sie sah den Respekt und die Ehrfurcht, mit der ihm seine Männer begegneten.

Einmal wurde sie unfreiwillig Zeugin eines unheimlich kalten, mörderischen Wutanfalls, der sie fast ebenso erschreckte wie den Mann, gegen den er sich richtete. Vark Jan, der krausköpfige gelbe Hottentotte, hatte unwissentlich und unabsichtlich Lothars Lieblingspferd mit einem schlecht sitzenden Sattel geritten und den Rücken des Tieres fast bis zum Knochen wundgerieben. Lothar hatte Vark Jan mit einem Faustschlag niedergestreckt und dann so lange mit der Nilpferdpeitsche auf ihn eingeschlagen, bis der Mann keinen Fetzen Stoff mehr am Rücken hatte und bewußtlos in einer Blutlache liegen blieb.

Lothars Gewalttätigkeit hatte Centaine entsetzt und erschreckt, denn sie hatte jede Einzelheit von ihrem Feldbett unter dem Sonnendach mit angesehen. Doch später, als sie allein in ihrer Hütte lag, verschwand ihr Abscheu. Statt dessen fühlte sie eine unbestimmte Erregung und ein dumpfes Brennen in der Magengrube. Sie lag auf ihrem Feldbett, lauschte seinen Atemzügen in der Hütte nebenan und stellte sich vor, wie er sie ausgezogen und berührt haben mußte, als sie bewußtlos gewesen war. In der Erinnerung daran bekam sie eine Gänsehaut und errötete.

In erstaunlichem Gegensatz zu seinem Wüten gegen Vark Jan war er am nächsten Tag sehr besorgt und sanft, als er ihr verletztes Bein auf die Knie nahm, um die Baumwollfäden aus dem geschwollenen, geröteten Fleisch zu ziehen. Die Fäden hinterließen dunkle Löcher in ihrer Haut, und er beugte sich über ihr Bein und beschnupperte die Wunde.

»Es ist alles gut verheilt. Die Rötungen werden schnell verschwinden; Ihr Körper versucht bloß, die Fäden abzustoßen.«

Lothar hatte recht. Schon nach zwei Tagen konnte sie mit der Krücke, die er ihr geschnitzt hatte, ihren ersten Spaziergang machen.

»Meine Beine schlottern«, erklärte sie, »und ich bin so schwach wie Shasa.«

»Sie werden bald wieder kräftig sein.« Er legte ihr einen Arm um die Schultern, um sie zu stützen, und sie bebte unter seiner Berührung und hoffte, daß er es nicht merkte und den Arm nicht zurückzog.

Sie spazierten zu den Pferden, und Centaine tätschelte die Tiere und streichelte ihre seidigen Nüstern, während sie sehnsüchtig den guten Pferdegeruch einatmete.

»Ich möchte gern wieder reiten«, sagte sie.

»Anna Stok hat mir erzählt, daß Sie eine gute Reiterin sind — sie erzählte mir, daß Sie einen Hengst hatten, einen weißen Hengst.«

»Nuage.« Tränen traten in Centaines Augen, als sie an den weißen Hengst dachte, und sie drückte ihr Gesicht an den Hals von Lothars Lieblingspferd, um ihre Tränen zu verbergen.

»Meine weiße Wolke, er war so schön, so schnell und so stark.«

»Nuage«, sagte Lothar und nahm ihren Arm, »ein hübscher Name.« Dann fuhr er fort: »Ja, Sie werden sogar bald wieder reiten. Wir haben eine lange Reise vor uns, zurück zu dem Ort, wo Ihr Schwiegervater und Anna Stok auf Sie warten.«

Centaine wurde zum erstenmal bewußt, daß dieses zauberische Intermezzo einmal enden würde. Sie starrte Lothar über den Rücken des Pferdes hinweg an. Sie wollte nicht, daß es zu Ende ging, sie wollte nicht, daß er sie verließ. »Ich bin müde«, sagte sie. »Ich glaube nicht, daß ich jetzt schon reiten könnte.«

Am Abend saß sie mit einem Buch auf dem Schoß unter dem Sonnendach und gab vor zu lesen, während sie Lothar mit gesenkten Lidern beobachtete. Plötzlich schaute er auf und lächelte mit einem so wissenden Glitzern in den Augen, daß sie errötete und sich verwirrt abwandte.

»Ich schreibe gerade an Colonel Courtney«, erklärte er. Er saß mit der Feder in der Hand an seinem zusammenklappbaren Schreibtisch und lächelte sie an. »Ich schicke morgen einen Reiter nach Windhoek, aber er wird für den Hin- und Rückweg mehr als zwei Wochen brauchen. Ich muß Colonel Courtney mitteilen, wann und wo wir uns treffen können, und ich habe den Neunzehnten des nächsten Monats vorgeschlagen.«

»Am liebsten hätte sie gesagt: »So bald schon?« aber statt dessen nickte sie nur stumm.

»Ich bin sicher, daß Ihnen sehr viel daran liegt, so schnell wie möglich wieder mit Ihrer Familie vereint zu sein, aber ich glaube nicht, daß wir den Treffpunkt vor diesem Datum erreichen werden.«

»Ich verstehe.«

»Aber wenn Sie Briefe schreiben wollen — ich gebe sie dem Boten gern mit.«

»Oh, das wäre wundervoll — Anna, meine geliebte Anna wird bestimmt aufgeregt sein wie eine alte Henne.«

Lothar stand auf. »Bitte setzen Sie sich hier an den Schreibtisch, und nehmen Sie die Feder und so viel Papier, wie Sie brauchen, Mrs. Courtney. Während Sie schreiben, werden Master Shasa und ich das Abendessen besorgen.«

Überraschenderweise wußte Centaine nicht mehr weiter, nachdem sie die Einleitung: »Meine liebe, geliebte Anna«, geschrieben hatte — bloße Wort erschienen ihr so armselig. »Ich danke Gott, daß du diese schreckliche Nacht überlebt hast, ich habe jeden Tag an dich gedacht —« Der Bann war gebrochen, und die Worte strömten nur so auf das Papier.

»Für diese Epistel brauchen wir ja ein eigenes Packpferd.« Lothar stand hinter ihr, und sie erschrak, als sie sah, daß sie fünfzehn Seiten vollgeschrieben hatte.

»Es gäbe noch viel zu erzählen, aber der Rest wird warten müssen.« Centaine faltete den Brief zusammen und versiegelt ihn mit einem Wachsplättchen aus dem silbernen Kästchen, das in die Schreibtischplatte eingelassen war; Lothar hielt ihr die Kerze.

»Es war ganz eigenartig«, flüsterte sie. »Ich hatte fast vergessen, wie man eine Feder hält. Es ist so lange her.«

»Sie haben mir nie erzählt, wie es Ihnen ergangen ist, nachdem Sie von dem sinkenden Schiff gesprungen sind, wie sie so lange überleben konnten und wie Sie von der Küste, wo Sie an Land gespült wurden, die vielen hundert Kilometer bis hierher ins Landesinnere —«

»Ich möchte nicht darüber sprechen«, unterbrach sie ihn rasch. Für einen Augenblick sah sie die kleinen herzförmigen, runzeligen bernsteinfarbenen Gesichter vor sich und unterdrückte ihr quälendes Schuldgefühl, daß sie sie so grausam im Stich gelassen hatte. »Ich möchte nicht einmal daran erinnert werden. Tun Sie mir den Gefallen, und erwähnen Sie es nie wieder, Sir«, sagte sie in einem verletzend scharfen Ton.

»Natürlich, Mrs. Courtney.« Er nahm die beiden versiegelten Briefe. »Wenn Sie mich jetzt entschuldigen, ich bringe die Briefe Vark Jan. Er kann gleich morgen früh aufbrechen.« Seine Miene war verschlossen. Er ärgerte sich über die Abfuhr.

Sie sah ihm nach, als er ans Lagerfeuer trat und Vark Jan seine Befehle gab. Als er zurückkehrte, tat sie so, als wäre sie in ihr Buch vertieft, und hoffte, er würde sie unterbrechen, aber er setzte sich an den Schreibtisch und schlug sein Tagebuch auf. Sie lauschte dem Kratzen der Feder und ärgerte sich, daß sie im Augenblick nicht im Mittelpunkt seiner Aufmerksamkeit stand.

Es bleibt uns nur noch wenig Zeit, dachte sie, und er vergeudet sie so. Sie schlug geräuschvoll ihr Buch zu, aber er schaute nicht auf.

»Was schreiben Sie?« fragte sie.

»Da wir schon einmal darüber gesprochen haben, wissen Sie ja, was ich schreibe, Mrs. Courtney.«

»Schreiben Sie alles in Ihr Tagebuch?«

»Fast alles.«

»Schreiben Sie auch über mich?«

Er legte die Feder hin und starrte sie an. Der direkte Blick dieser ernsten gelben Augen irritierte sie, aber sie brachte es nicht fertig, sich zu entschuldigen.

»Sie haben sich in Dinge eingemischt, die Sie nichts angehen«, erklärte sie.

»Ja«, stimmte er ihr zu, und um ihr Unbehagen zu verbergen, fragte sie: »Was haben Sie in Ihrem berühmten Tagebuch über mich geschrieben?«

»Jetzt, Madame, sind Sie es, die zu neugierig ist«, erwiderte er, schloß das Tagebuch, legte es in die Schublade und stand auf. »Wenn Sie mich jetzt entschuldigen, ich muß meinen Rundgang machen.«

Auf diese Weise erfuhr sie, daß sie ihn nicht so behandeln konnte, wie sie ihren Vater oder auch Michael Courtney behandelt hatte.

Lothar war stolz, er würde es nicht zulassen, daß sie seine Würde verletzte, ein Mann, der sein ganzes Leben lang darum gekämpft hatte, sein eigener Herr zu sein. Er würde es nicht dulden, daß sie sein ritterliches Verhalten ihr und Klein Shasa gegenüber ausnützte. Sie lernte, daß sie ihn nicht tyrannisieren konnte.

Sie war verzweifelt über seine förmliche und reservierte Haltung am nächsten Morgen, aber im Laufe des Tages wurde sie allmählich wütend. So eine kleine Meinungsverschiedenheit, und er schmollt wie ein verzogenes Kind, dachte sie. Also gut, mal sehen, wer länger durchhält.

Am zweiten Tag war ihre Wut einem entsetzlichen Gefühl der Einsamkeit und Verlassenheit gewichen. Sie sehnte sich nach seinem Lächeln, nach den langen, angeregten Gesprächen, nach dem Klang seines Lachens und nach seiner Stimme, wenn er sang.

Sie mußte zusehen, wie Shasa an Lothars Hand im Lager herumtrippelte und ihn in ein munteres Geplapper verwickelte, das nur sie beide verstehen konnten, und war entsetzt, als sie merkte, daß sie auf ihr eigenes Kind eifersüchtig war.

»Ich füttere Shasa selbst«, erklärte sie ihm am Abend kalt. »Es wird Zeit, daß ich wieder meinen Pflichten nachkomme. Sie brauchen sich nicht darum zu kümmern, Sir.«

»Wie Sie wünschen, Mrs. Courtney.«

Am liebsten hätte sie ihm nachgerufen: »Bitte, es tut mir so leid«, aber ihr Stolz stand wie ein Berg zwischen ihnen.

Sie wartete den ganzen Nachmittag darauf, daß er von der Jagd zurückkehrte. Aber es war schon dunkel, als Lothar in das Lager ritt. Sie lag im Dunkeln und lauschte den Stimmen und den Geräuschen, als die Kadaver der Antilopen, die Lothar geschossen hatte, von seinem Packpferd abgeladen und auf das Schlachtergerüst gehängt wurden. Lothar blieb bis spät in die Nacht bei seinen Männern am Feuer sitzen, und ihr übermütiges Gelächter schallte zu ihr her. Sie versuchte einzuschlafen.

Schließlich hörte sie, daß er die Hütte nebenan betrat, und lauschte dem Plätschern des Wassers, als er sich in der Schüssel neben dem Eingang wusch, dem Rascheln seiner Kleider, als er sich auszug, und schließlich dem Quietschen des Feldbettes, als er sich hinlegte.

Shasas Geschrei weckte sie wieder auf. Sie erkannte sofort, daß er Schmerzen hatte. Schlaftrunken tappte sie im Dunkeln zu ihm. In Lothars Zelt flammte ein Streichholz auf, eine Laterne wurde angezündet.

»Schsch! Ruhig, mein Kleiner.« Centaine nahm Shasa auf den Arm. Sein kleiner Körper war heiß.

»Darf ich eintreten?« fragte Lothar vom Eingang her.

»O ja.«

Er trat gebückt in das Zelt und stellte die Laterne nieder.

»Shasa ist krank.«

Lothar nahm ihr das Kind aus den Armen. Er trug nur eine Reithose, Oberkörper und Füße waren nackt, sein Haar war zerzaust.

Er befühlte Shasas heiße Wange und steckte den Finger in seinen Mund. Shasa brach sein Gebrüll ab und biß wie ein Hai in den Finger.

»Ein neuer Zahn«, sagte Lothar lächelnd, »ich hab' ihn schon heute früh gespürt.«

Er reichte ihr Sasha zurück, und das Kind protestierte lautstark.

»Bin gleich wieder zurück, alter Junge«, sagte Lothar im Hinausgehen, und Centaine hörte ihn in dem Arzneikasten kramen, der auf dem Boden seines Wohnwagens befestigt war.

Er brachte eine kleine Flasche, und Centaine rümpfte die Nase über den scharfen Geruch von Gewürznelkenöl, als er den Korken herauszog.

»Wir werden's diesem bösen Zahn schon zeigen.« Lothar massierte das Zahnfleisch des Kindes, während Shasa an seinem Finger saugte. Er legte Shasa ins Bett, und innerhalb von wenigen Minuten war der Kleine wieder eingeschlafen.

Lothar griff nach der Laterne. »Gute Nacht, Mrs. Courtney«, sagte er ruhig und ging zum Eingang.

»Lothar!« Sein Name aus ihrem Mund erschreckte sie ebensosehr wie ihn.

»Bitte«, flüsterte sie, »ich war so lang allein. Bitte, sei nicht so grausam zu mir.«

Sie streckte die Arme nach ihm aus, und er war mit zwei Schritten bei ihr und ließ sich auf die Bettkante nieder.

»Oh, Lothar —« flüsterte sie mit erstickter, heiserer Stimme und schlang ihm die Arme um den Hals. »Liebe mich«, flehte sie, »oh, bitte liebe mich.« Sein Mund brannte wie Feuer auf ihren Lippen, und er zog sie so stürmisch in seine Arme, daß sie nach Luft rang, weil er sie zu erdrücken drohte.

»Ja, ich war grausam zu dir«, sagte er leise mit zitternder Stimme, »aber nur, weil ich mich so verzweifelt nach dir gesehnt habe, weil meine Liebe zu dir in mir brannte —«

»Oh, Lothar, halt mich fest und liebe mich — und laß mich nie wieder allein.«

In den folgenden Tagen wurde sie für all die Monate und Jahre der Einsamkeit und Not entschädigt. Es war, als hätten die Schicksalsmächte beschlossen, Centaine mit all den Freuden zu überschütten, die sie so lange hatte entbehren müssen.

Jeden Morgen, wenn sie in dem schmalen Bett aufwachte, streckte sie, gequält von der Angst, er könnte nicht mehr da sein, die Hand nach ihm aus — aber er war immer da. Manchmal stellte er sich schlafend, und sie mußte mit den Fingerspitzen versuchen, eines seiner Augenlider zu öffnen, und wenn es ihr gelang, verdrehte er den Augapfel, bis nur noch das Weiße zu sehen war, und sie kicherte und steckte ihre Zunge tief in sein Ohr, etwas, von dem sie wußte, daß er es nicht lange aushalten würde, und auf seinen nackten Armen erschien auch gleich eine Gänsehaut. Er packte sie wie ein Löwe, und aus ihrem Gekicher wurde bald Keuchen und Stöhnen.

In der kühlen Morgenluft ritten sie zusammen aus, und Shasa saß vor Lothar im Sattel. In den ersten paar Tagen ließen sie die Pferde im Schritt gehen und entfernten sich nicht sehr weit vom Lager. Doch als Centaine wieder zu Kräften kam, wagten sie sich weiter hinaus und legten den letzten Kilometer auf dem Rückweg in rasendem Galopp zurück. Shasa, den Lothar sicher in den Armen hielt, kreischte vor Vergnügen, wenn sie heißhungrig und erhitzt in das Lager preschten.

Die langen, drückendheißen Mittagsstunden verbrachten sie unter dem Sonnendach, saßen auf ihren Stühlen und berührten einander nur flüchtig, wenn er ihr ein Buch reichte oder Shasa aus ihrem Arm nahm, liebkosten einander aber mit den Augen und Stimmen, bis die Spannung zu einer Art Folter wurde.

Sobald die größte Hitze vorüber war und die Sonne milder wurde, rief Lothar wieder nach den Pferden, und sie ritten zum Fuß der Geröllhalde unter den Felswänden. Sie kletterten, Shasa auf Lothars Schultern, zu einem der engen, von steilen Felswänden umgebenen Täler hinauf. Hier hatte Lothar am Fuß einer der mit Malereien geschmückten Felswand eine Thermalquelle entdeckt, die von dichtem Gebüsch umgeben war. Die Quelle sprudelte aus dem Fels und floß in ein kleines, rundes Steinbecken.

Bei ihrem ersten Besuch mußte Centaine Lothar dazu überreden, sich auszuziehen, während sie, glücklich, endlich wieder die langen Röcke und Unterröcke loszuwerden, das wunderbar freie Gefühl der Nacktheit genoß, an das sie sich durch ihr Leben in der Wüste gewöhnt hatte. Sie bespritzte ihn mit Wasser und neckte und hänselte ihn, bis er schließlich fast trotzig die Hose fallen ließ und hastig in den Teich sprang.

»Du bist schamlos«, erklärte er halb im Scherz.

In Shasas Gegenwart berührten sie einander nur leicht, in der Verborgenheit des grünen Wassers, bis Lothar es vor Erregung nicht aushalten konnte und, den entschlossenen Zug um den Mund, der ihr nun schon so vertraut war, nach ihr griff. Dann entzog sie sich mit einem tugendhaften schrillen Schrei und einem Satz aus dem Teich seinen gierigen Händen und zog ihre Röcke über die langen, naßglänzenden Beine.

»Wer als letzter zu Hause ist, bekommt nichts zu essen!«

Erst nachdem sie Shasa zu Bett gebracht und das Licht gelöscht hatte, schlich Centaine atemlos in Lothars Zelt. Und er wartete schon auf sie, erregt durch all die Berührungen und Neckereien und geschickten Ausweichmanöver des Tages. Dann umklammerten sie einander in höchster Anspannung, fast wie zwei Gegner in einem tödlichen Zweikampf.

Viel später, wenn sie sich im Dunkeln aneinanderschmiegten, sprachen sie sehr leise, um Shasa nicht aufzuwecken, von ihren Plänen und ihren Hoffnungen für die Zukunft, die sich wie das Paradies vor ihnen ausbreitete.

Es schien, als wäre Vark Jan nur ein paar Tage unterwegs gewesen, als er an einem brütendheißen Nachmittag auf seinem mit Schaum bedeckten Pferd wieder ins Lager ritt.

Er brachte ein Paket Briefe mit, die in Segeltuch eingenäht und mit Teer versiegelt waren. Ein Brief für Lothar, nur eine Seite, die er rasch überflog:

Ich habe die Ehre, Ihnen mitzuteilen, daß ich im Besitz einer Amnestieurkunde zu Ihren Gunsten bin, unterzeichnet vom Ersten Kronanwalt am Kap der Guten Hoffnung und vom Justizminister der Südafrikanischen Union. Ich beglückwünsche Sie zum Erfolg Ihrer Bemühungen und sehe unserem Treffen zum genannten Zeitpunkt erwartungsvoll entgegen, wo ich das Vergnügen haben werde, Ihnen das Dokument auszuhändigen.

Hochachtungsvoll
Oberst Garrick Courtney

Die anderen beiden Briefe waren für Centaine. Einer stammte ebenfalls von Garry Courtney, der sie und Shasa in der Familie willkommen hieß und sie all der Liebe, all der Achtung und all der Privilegien versicherte, die diese Aufnahme mit sich brachte:

Sie haben mich, den unglücklichsten Menschen der Welt, versunken in unerträglichen Kummer, mit einem Schlag zum glücklichsten und fröhlichsten Vater und Großvater gemacht.

Ich sehne mich danach, Euch beide in die Arme zu schließen. In der Erwartung dieses Tages verbleibe ich mit herzlichen Grüßen

Ihr sehr ergebener Schwiegervater
Garrick Courtney.

Der dritte Brief, viel dicker als die anderen beiden zusammen, war in Anna Stoks schwerfälliger Handschrift geschrieben. Centaine las ihn, glühend vor Aufregung und abwechselnd lachend oder mit Tränen in den Augen, um Lothars willen laut vor.

»Ich sehne mich nach Ihnen«, sagte sie, »und lasse die Außenwelt gleichzeitig nur ungern in unser Glück eindringen. Ich möchte einerseits zurück und andererseits für immer mit dir zusammen hier bleiben. Ist das verrückt?«

»Ja«, sagte er lachend. »Das ist es bestimmt. Wir brechen bei Sonnenuntergang auf.«

Sie reisten bei Nacht, um der Hitze des Tages zu entgehen. Jeden Morgen vor Sonnenaufgang schlugen sie das Lager auf. Wenn sie nicht an einer Wasserstelle haltmachten, tränkten sie das Vieh und die Pferde mit Eimern, bevor sie sich in den Schatten der Sonnendächer zurückzogen, um die Hitze des Tages abzuwarten.

Am späten Nachmittag, während die Diener alles für die nächtliche Fahrt vorbereiteten, ritt Lothar auf die Jagd. Anfangs war Centaine mitgeritten, denn sie konnte es nicht ertragen, auch nur eine Stunde ohne ihn zu sein. Doch eines Abends gab Lothar im Zwielicht einen Fehlschuß ab — die Gewehrkugel tötete nicht gleich, sondern schlitzte einer wunderschönen kleinen Antilope den Bauch auf.

Das Tier lief mit erstaunlicher Ausdauer vor den Pferden her. Als es schließlich zusammenbrach, hob es den Kopf und beobachtete Lothar, der vom Pferd stieg und sein Jagdmesser aus der Scheide zog. Nach diesem Vorfall blieb Centaine im Lager, wenn Lothar auf die Jagd ging.

Sie war auch allein, als eines Abends plötzlich ein kalter, schneidender Nordwind aufkam. Centaine kletterte in den Wohnwagen, um eine warme Jacke für Sasha zu holen.

Das Innere des Wagens war vollgestopft mit Ausrüstungsgegenständen. Die Reisetasche mit der Kleidung, die Anna besorgt hatte, war so weit hinten verstaut, daß Centaine über eine gelbe Holzkiste klettern mußte, um sie zu erreichen. Die langen Röcke behinderten sie, und sie streckte die Hand aus, um sich irgendwo festzuhalten. Der einzige Halt, den sie fand, war der Messinggriff an Lothars Reiseschreibtisch. Der Griff gab ein wenig nach, und die Schublade rutschte einen Zentimeter heraus.

Er hat vergessen sie abzuschließen, dachte sie, ich muß ihn daran erinnern. Sie schob die Schublade zu und kletterte über die Kiste, holte Shasas Jacke aus der Reisetasche und kroch zurück, als ihr Blick wieder auf die Schreibtischschublade fiel — plötzlich hielt sie inne und starrte die Schublade an.

Die Versuchung war groß. In dieser Schublade lag Lothars Tagebuch.

»Das tut man nicht«, murmelte sie, doch sie streckte die Hand aus und berührte den Messinggriff. Langsam zog sie die Schublade auf und starrte auf das dicke, ledergebundene Buch. Möchte ich das wirklich wissen? fragte sie sich. Ich lese nur das, was er über mich geschrieben hat, gelobte sie sich.

Rasch kroch sie zur Wagenklappe und spähte hinaus. Swart Hendrick führte gerade die Zugochsen heran, um sie vor den Wagen zu spannen

»Ist der Master noch nicht zurück?« rief sie ihm zu.

»Nein, Missis, wir haben auch keine Schüsse gehört. Er ist spät dran heute abend.«

»Ruf mich, wenn du ihn kommen siehst«, befahl sie und kroch zum Schreibtisch zurück.

Sie setzte sich mit dem schweren Tagebuch im Schoß auf den Boden und war erleichtert, als sie sah, daß bis auf ein paar deutsche Stellen fast alles in Afrikaans geschrieben war. Sie blätterte die Seiten durch, bis sie zu dem Datum kam, an dem er sie gerettet hatte. Die Eintragung war vier Seiten lang, die längste Eintragung im ganzen Tagebuch.

Lothar hatte einen lückenlosen Bericht über den Angriff des Löwen und ihre Rettung geschrieben, über ihre Rückkehr zu den Wagen, während sie bewußtlos war, und über Shasa.

Sie lächelte, als sie las: »Ein kräftiger kleiner Bursche im gleichen Alter wie Manfred, als ich ihn das letzte Mal sah, und ich war sehr bewegt.«

Lächelnd überflog sie die Seite auf der Suche nach einer Beschreibung von sich, und ihr Blick blieb an einem Absatz hängen:

»Ich bin überzeugt, daß sie tatsächlich die gesuchte Frau ist, wenn sie auch nicht ganz so aussieht wie auf dem Foto und wie in meiner Erinnerung. Ihr Haar ist dicht und kraus wie das eines Nama-Mädchens, ihr Gesicht mager und braun wie das eines Äffchens —« Centaine schnappte empört nach Luft, »— doch als sie für einen Augenblick die Augen öffnete, dachte ich, mein Herz müßte zerspringen, ihre Augen waren so groß und sanft.«

Centaine war ein wenig besänftigt und blätterte rasch weiter. »In der Nacht schlichen Buschmänner ins Lager. Hendrick entdeckte ihre Spur in der Nähe der Pferdekoppel. Wir folgten ihnen bei Tagesanbruch. Eine schwierige Jagd —« Das Wort »Jagd« machte Centaine stutzig. Das war ein Wort, das gewöhnlich nur für die Jagd auf Tiere verwendet wurde, und sie las hastig weiter.

»Wir holten die beiden Buschmänner ein, aber sie wären uns beinahe entkommen, als sie mit der Behendigkeit von Pavianen die Felswand hinaufkletterten. Wir konnten ihnen nicht folgen und hätten sie wahrscheinlich verloren, aber ihre Neugier war zu groß. Einer blieb oben stehen und schaute zu uns herunter. Es war ein schwieriger Schuß. Die extreme Seitenabweichung bei dieser Entfernung.«

Centaine wurde blaß. Sie konnte nicht glauben, was sie las.

»Doch ich zielte gut und holte den Buschmann herunter. Dann wurde ich Zeuge eines bemerkenswerten Vorfalles. Ich brauchte nicht noch einmal zu schießen, denn der zweite Buschmann fiel von selbst herunter. Von unten sah es fast so aus, als hätte er sich hinuntergestürzt. Es ist jedoch wahrscheinlicher, daß er in seiner Angst und Panik den Halt verloren hat. Beide Leichen befanden sich an schwer zugänglichen Stellen. Aber ich war entschlossen, sie zu untersuchen. Die Kletterei war gefährlich und unangenehm, aber die Anstrengung lohnte sich. Die erste Leiche war die des Buschmannes, der ausgerutscht war, die Leiche eines sehr alten Mannes. Bis auf ein Taschenmesser der Firma ›Joseph Rodgers‹ aus Sheffield, das er an einer Schnur um die Taille trug, war nichts Ungewöhnliches an ihm.«

Centaine schüttelte langsam den Kopf. »Nein!« flüsterte sie. »Nein!«

»Ich vermute, daß er es gestohlen hat. Wahrscheinlich ist der alte Schurke in der Hoffnung auf eine ähnliche Beute auch in unser Lager gekommen.« Centaine sah O'wa vor sich, wie er mit dem Messer in der Hand nackt in der Sonne auf dem Boden kauerte und ihm die Freudentränen über die runzligen Wangen liefen.

»Die zweite Leiche brachte allerdings die größte Trophäe ein. Es war eine Frau. Sie sah noch etwas älter aus als der Mann, aber um den Hals trug sie einen sehr ungewöhnlichen Schmuck —« Das Buch glitt von Centaines Schoß, und sie bedeckte das Gesicht mit beiden Händen.

»H'ani!« stieß sie in der San-Sprache hervor. »Meine alte Großmutter, meine alte und verehrte Großmutter, du bist zu uns gekommen. Und er hat dich niedergeschossen!«

Sie wiegte sich hin und her und gab einen kehligen Laut von sich — die Trauergebärde der San.

Plötzlich warf sie sich auf den Schreibtisch. Sie riß die Schublade heraus und warf Schreibpapier, Federn und Wachsplättchen auf den Wagenboden.

»Die Halskette«, schluchzte sie. »Die Halskette. Ich muß Gewißheit haben!«

Sie packte den Griff eines kleineren Faches und zog daran. Es war verschlossen. Sie riß den Wagenheber aus seiner Halterung, zertrümmerte mit der Stahlspitze das Schloß und zerrte das Fach heraus. Es enthielt die Fotografie einer drallen blonden Frau mit einem Kind auf dem Schoß und ein Bündel Briefe, die mit einem seidenen Band verschürt waren.

Centaine kippte alles auf den Boden und riß das nächste Fach auf. Darin lagen eine Luger und eine Packung Munition. Sie warf beides zu den Briefen und fand auf dem Boden des Faches eine Zigarrenkiste.

Centaine öffnete den Deckel. In der Kiste lag etwas, das in ein gemustertes Halstuch eingewickelt war. Mit zitternden Händen wickelte sie H'anis Halskette aus dem Stoff. Leise schluchzte sie: »H'ani — oh, meine alte Großmutter. Er hat dich umgebracht«, flüsterte sie und würgte, als sie die schwarzen Blutflecken auf den glänzenden Steinen entdeckte.

»Er hat dich niedergeschossen wie ein Tier.«

Sie drückte die Halskette an die Brust und schloß die Augen. So saß sie auch noch da, als sie den Hufschlag vernahm und die Rufe der Männer, die Lothar begrüßten.

Sie stand auf und taumelte. Ihr Kummer war wie ein körperlicher Schmerz, aber dann hörte sie Lothars Stimme: »Hier, Hendrick, nimm mein Pferd! Wo ist die Missis?« Und ihr Kummer wandelte sich in Zorn. Ihre Hände zitterten noch, aber sie hob das Kinn, und in ihren Augen funkelten keine Tränen, sondern unheimliche, rasende Wut.

Sie griff nach der Luger und zog sie aus dem Halfter. Sie riß den Schieber zurück und führte eine schimmernde Messingpatrone in den Lauf ein. Dann steckte sie die Pistole in ihre Rocktasche und kroch zur Wagenklappe.

Als sie vom Wagen sprang, kam Lothar auf sie zu, und sein Gesicht erhellte sich bei ihrem Anblick. »Centaine —« Er hielt inne, als er ihren Gesichtsausdruck sah. »Centaine, was hast du?«

Sie hielt ihm die Halskette hin, und der Schmuck funkelte und glitzerte in ihren zitternden Fingern. Sie konnte nicht sprechen. Sein Gesicht verdunkelte sich, und seine Augen wurden hart und zornig.

»Du hast meinen Schreibtisch aufgebrochen!«

»Du hast sie umgebracht!«

»Wen?« Für einen Augenblick wußte er wirklich nicht, was sie meinte. »Oh, die Buschmannfrau —«

»H'ani!«

»Ich verstehe nicht.«

»Meine kleine alte Großmutter.«

Nun war er wirklich beunruhigt. »Was ist nur los mit dir, laß mich —«

Er machte einen Schritt auf sie zu, aber sie wich zurück und schrie: »Bleib stehen — rühr mich nicht an! Rühr mich nie wieder an!« Sie griff nach der großkalibrigen Pistole in ihrer Tasche.

»Centaine, so beruhige dich doch.« Er erstarrte, als er die Luger in ihren Händen sah.

»Bist du wahnsinnig?« Bestürzt starrte er sie an. »Los, gib mir das.« Wieder machte er einen Schritt auf sie zu.

»Du Mörder, du kaltblütiges Scheusal — du hast sie umgebracht.« Die Pistole mit beiden Händen umklammernd, zielte sie auf ihn, und der Lauf zitterte. »Du hast meine kleine H'ani umgebracht. Dafür hasse ich dich!«

»Centaine!« Er streckte die Hand aus, um ihr die Pistole wegzunehmen.

Da blitzte das Mündungsfeuer auf, und die Luger zuckte hoch. Der Schuß peitschte durch die abendliche Stille. Lothar wurde zurückgeschleudert und drehte sich um die eigene Achse. Seine langen goldenen Locken flatterten im Wind, als er in die Knie sank und vornüber auf das Gesicht fiel. Centaine ließ die Luger sinken und taumelte rückwärts gegen den Wagen. Hendrick stürzte auf sie zu und entriß ihr die Pistole.

»Ich hasse dich«, stieß sie hervor. »Stirb, du verdammter Mörder. Stirb und fahr zur Hölle!«

Centaine ritt mit verhängtem Zügel und ließ das Pferd seinen Weg selbst suchen. Shasa lag in einer Schlinge an ihrer Hüfte. Sie hielt seinen Kopf in der Armbeuge, und er schlief ruhig.

Der Wind wehte nun ohne Unterlaß seit fünf Tagen und wirbelte pfeifend und heulend den Sand über den Boden wie Gischt über einen Strand. Die in kleinen Herden ziehenden Antilopen drehten dem eisigen Wind den Rücken zu und klemmten die Schwänze zwischen die Beine.

Centaine trug einen Schal wie einen Turban um den Kopf geschlungen und hatte sich eine Decke um die Schultern gelegt, um sich und Shasa zu schützen. Sie duckte sich im Sattel, und der kalte Wind zerrte an den Zipfeln der Decke und zerraufte die lange Mähne des Pferdes. Mit zusammengekniffenen Augen hielt Centaine Ausschau, und dann sah sie den »Finger Gottes«.

Er war noch etwa acht Kilometer entfernt, und durch die stauberfüllte Luft nur undeutlich zu erkennen, aber selbst bei diesen schlechten Sichtverhältnissen nicht zu übersehen. Das war der Grund, warum ihn Lothar De La Rey als Treffpunkt gewählt hatte. Er war einzigartig und unverwechselbar. Es war eine schlanke Felssäule, die sechzig Meter emporragte und in der Form eines Kobrakopfes endete.

Am Fuß des großen Steinmonuments blitzte etwas auf. Ein Lichtstrahl wurde von einem Metallgegenstand zurückgeworfen und blendete Centaine. Sie beschattete die Augen mit der Decke und starrte gebannt nach vorn.

»Shasa«, flüsterte sie. »Sie sind da! Sie warten schon auf uns.« Sie trieb das müde Pferd zu einem leichten Galopp an und richtete sich in den Steigbügeln auf.

Im Schatten der Felssäule standen ein Auto und daneben ein kleines grünes Zelt. Vor dem Zelt brannte ein Lagerfeuer, und der Wind wehte eine blaßblaue Rauchfahne über die Ebene.

Centaine riß den Turban vom Kopf und schwenkte ihn wie ein Banner.

»Hier!« schrie sie. »Hallo! Hier bin ich!«

Zwei dunkle Gestalten erhoben sich vom Feuer und spähten in ihre Richtung.

Sie winkte und schrie und raste dann in vollem Galopp auf die beiden Gestalten zu. Plötzlich begann eine von ihnen auf sie zuzulaufen. Es war eine Frau, eine hochgewachsene Frau in langen Röcken. Sie hob die Röcke hoch und stürmte durch den weißen Sand vorwärts. Ihr Gesicht war hochrot vor Anstrengung und Aufregung.

»Anna!« rief Centaine. »Oh, Anna!«

Tränen strömten über das breite rote Gesicht, und Anna ließ die Röcke los und blieb mit ausgebreiteten Armen stehen.

»Meine Kleine!« schluchzte sie. Centaine schwang sich aus dem Sattel und warf sich ihr, Shasa an die Brust drückend, in die Arme. Schluchzend hielten sie einander umklammert, redeten völlig zusammenhanglos, lachten und weinten abwechselnd, bis Shasa, den sie fast erdrückten, ein Protestgeheul ausstieß.

Anna griff nach dem Kind und drückte es an sich.

»Ein Junge — es ist ein Junge.«

»Michel«, schluchzte Centaine glücklich. »Ich habe ihn Michel Shasa genannt.« Und Shasa krähte fröhlich und tappte mit beiden Händen tollpatschig nach diesem wunderbaren Gesicht, das so groß und rot wie eine reife Frucht war, die man essen konnte.

»Michel!« Anna küßte ihn schluchzend. Mit Shasa auf dem Arm zog sie Centaine zu dem Zelt und dem Lagerfeuer.

Ein großer, hagerer Mann kam ihnen schüchtern entgegen. Das schüttere gelbgraue Haar war aus der hohen Gelehrtenstirn zurückgestrichen, und die gütigen, ein wenig kurzsichtigen Augen waren eine Spur matter, als Michaels strahlendblaue Augen gewesen waren.

»Ich bin Michaels Vater«, sagte er schüchtern, und Centaine hatte das Gefühl, als blickte sie auf eine verblaßte und verschmierte Fotografie ihres Michel. Gewissensbisse befielen sie, denn sie hatte ihr Gelübde gebrochen und Michaels Andenken verraten. Es war, als trete ihr Michael selbst entgegen. Für einen Augenblick sah sie wieder seinen entstellten Körper im Cockpit des brennenden Flugzeuges vor sich, und in ihrem Schmerz lief sie auf Garry zu und schlang ihm die Arme um den Hals.

»Papa!« sagte sie, und dieses Wort durchbrach Garrys Zurückhaltung, und er zog sie schluchzend in die Arme.

»Ich hatte die Hoffnung schon aufgegeben —« Weiter kam er nicht. Der Anblick seiner Tränen brachte Anna wieder zum Weinen, und da wurde es auch Shasa zuviel. Er begann verdrossen zu wimmern, und alle vier standen zusammen unter dem »Finger Gottes« und weinten.

Die Wagen rollten über den unebenen Boden auf die Stelle zu, wo sie sie erwarteten. »Wir müssen diesem Mann ewig dankbar sein —« murmelte Anna. Sie saß, Shasa auf dem Schoß, neben Centaine auf dem Rücksitz des Fiat.

»Er wird gut bezahlt.« Garry stand mit einem Fuß auf dem Trittbrett des Fiat. In der Hand hielt er ein zusammengerolltes Dokument, das von einem roten Band gehalten wurde. Er klopfte mit der Rolle gegen seine Beinprothese.

»Was er für uns getan hat, ist unbezahlbar«, bekräftigte Anna und drückte Sasha an sich.

»Er ist ein Verräter und ein Bandit«, murrte Garry. »Es geht mir gegen den Strich —«

»Bitte gib ihm, was wir ihm schulden, Papa«, sagte Centaine leise, »und dann laß ihn gehen. Ich will ihn nie wieder sehen.«

Der kleine halbnackte Nama-Junge, der die Ochsen führte, brachte das Gespann zum Stehen, und Lothar De La Rey kletterte langsam und schwerfällig vom Wagen.

Als er auf dem Boden stand, hielt er einen Augenblick inne und stemmte sich mit der freien Hand gegen den Wagenkasten. Den anderen Arm trug er in der Schlinge. Sein Gesicht war gelblich grau unter der gleichmäßig gebräunten Haut. Er hatte dunkle Ringe unter den Augen, und die ausgeprägten Schmerzlinien an seinen Mundwinkeln traten deutlich hervor. Ein dichter heller Stoppelbart bedeckt sein Kinn.

»Er ist verletzt«, murmelte Anna. »Was ist mit ihm geschehen?« Centaine wandte stumm den Kopf ab.

Lothar raffte sich auf und ging Garry entgegen. Auf halbem Weg zwischen dem Fiat und dem Ochsenwagen begrüßten sie einander, und Lothar reichte Garry verlegen die unverletzte Linke.

Sie sprachen so leise, daß Centaine nichts verstehen konnte. Garry reichte ihm die Pergamentrolle, und Lothar löste das Band mit den Zähnen, rollte das Dokument mit der unverletzten Hand auf seinem Oberschenkel aus und beugte sich vor, um es zu lesen.

Nach einer Minute richtete er sich wieder auf, nickte Garry zu und sagte etwas. Sein Gesicht blieb ausdruckslos. Dann blickte er hinüber zu Centaine, schob sich an Garry vorbei und ging langsam auf sie zu. Sofort nahm Centaine Shasa von Annas Schoß, kauerte sich in die entfernteste Ecke, hielt Shasa schützend an ihre Brust gedrückt und funkelte Lothar an. Lothar blieb stehen, hob mit einer flehenden Geste die unverletzte Hand und ließ sie wieder sinken, als Centaine ihre feindselige Haltung beibehielt.

Verwirrt schaute Garry von einem zum anderen.

»Können wir fahren, Papa?« fragte Centaine mit klarer, scharfer Stimme.

»Natürlich, meine Liebe.« Garry eilte um den Fiat herum und beugte sich über die Kurbel. Als der Motor ansprang, trat er neben den Fahrersitz und stellte die Zündung ein.

»Möchtest du dem Mann noch etwas sagen?« fragte er, und als sie den Kopf schüttelte, setzte er sich hinter das Lenkrad, und der Fiat machte einen Satz vorwärts.

Nachdem sie schon über einen Kilometer gefahren waren, schaute Centaine zurück. Lothar De La Rey stand noch immer unter dem riesigen Steinmonument und blickte ihnen nach, eine einsame Gestalt in der Wüste.

Die grünen Hügel von Zululand waren so verschieden von der Einöde der Wüste Kalahari oder den ungeheuren Dünen der Wüste Namib, daß Centaine das Gefühl hatte, auf einem anderen Kontinent zu sein.

Garry Courtney hielt den Fiat auf einer Hügelkuppe hoch über dem Baboonstroom an, stellte den Motor ab und half den beiden Frauen aus dem Wagen.

Er nahm Shasa auf den Arm und führte sie zu einer Aussichtsstelle.

»Dort«, sagte er und deutete nach unten. »Das ist Theuniskraal, wo Sean und ich — und auch Michael — geboren sind.«

Das Haus stand am Fuß des Hügels und war von weitläufigen Gärten umgeben. Selbst aus dieser Entfernung sah Centaine, daß die Gärten verwahrlost und überwuchert waren wie ein tropischer Dschungel. Dunkelrote Bougainvilleen rankten sich an hohen Palmen und blühenden Spathodeabäumen empor, und die Zierfischteiche waren mit giftgrünen Algen bewachsen.

»Natürlich wurde das Haus nach dem Feuer wieder aufgebaut«, Garry zögerte, und ein Schatten huschte über sein Gesicht, denn in diesem Feuer war Michaels Mutter umgekommen, dann fuhr er rasch fort: »Ich habe im Lauf der Jahre einiges zugebaut.«

Centaine lächelte, denn das Haus erinnerte sie an eine alte Frau, die Kleidungsstücke zehn verschiedener Moden angezogen hatte, von denen ihr kein einziges paßte. Da gab es griechische Säulen und georgianisches Backsteinmauerwerk und die verschnörkelten weißen Giebel im kapholländischen Stil. Hinter dem Herrenhaus erstreckten sich bis zum Horizont weite Felder mit grünem Zuckerrohr, das im Wind wogte wie die Oberfläche des Meeres.

»Und dort drüben ist Lion Kop.« Garry wies nach Westen, wo sich der dichtbewaldete Hügel wie ein Amphitheater um die Stadt Ladyburg schmiegte. »Das ist Seans Land — alles, von meiner Grundstücksgrenze an, soweit das Auge reicht. Uns beiden gehört der ganze Hügelrücken. Da unten ist das Herrenhaus von Lion Kop, das Dach schimmert durch die Bäume.«

»Wie schön es hier ist«, hauchte Centaine. »Oh, schau nur, da hinten sind Berge, mit Schnee auf den Gipfeln!«

»Die Drakensberge, hundert Meilen entfernt.«

»Und das?« Centaine deutete über die Dächer der Stadt, über die Gebäude der Zuckerraffinerie und der Sägemühlen auf eine elegante weiße Villa an der gegenüberliegenden Talseite. »Gehört das auch den Courtneys?«

»Ja.« Garrys Gesicht verdunkelte sich. »Dirk Courtney, Seans Sohn.«

»Ich wußte gar nicht, daß General Courtney einen Sohn hat.«

»Manchmal wäre es ihm auch lieber, er hätte keinen«, murmelte Garry. »Kommt, wir müssen los, es ist fast Mittag, und wenn wir Glück haben und der Postbote mein Telegramm abgeliefert hat, dann erwarten uns die Dienstboten bereits.«

»Oh, schaut nur!« Centaine sprang impulsiv auf, stützte sich auf den Vordersitz und hielt mit der anderen Hand ihren Hut fest. Auf der anderen Seite des weiß gestrichenen Zaunes, der an der Auffahrt nach Theuniskraal entlanglief, graste eine Gruppe einjähriger Fohlen. Als sich der knatternde Fiat näherte, flohen sie mit fliegenden Hufen und wehenden Mähnen über das üppig grüne Kikuyugras.

»Es wird zu deinen Pflichten gehören, dich darum zu kümmern, daß die Pferde Bewegung haben, meine Liebe.« Garry drehte sich um und lächelte ihr zu. »Und für Klein Michel müssen wir ein Pony aussuchen.«

»Er ist noch keine zwei Jahre alt«, warf Anna ein.

»Zum Anfangen ist man nie zu jung, Mevrou.« Garry wandte sich ihr zu, und sein Lächeln verwandelte sich in einen lüsternen Seitenblick. »Oder zu alt!«

Obgleich Anna noch immer die Stirn runzelte, konnte sie nicht verhindern, daß ihre Augen zärtlich aufleuchteten, bevor sie sich von ihm abwandte.

»Ah, sehr gut! Die Dienstboten erwarten uns tatsächlich schon!« rief Garry aus und hielt den Fiat vor der schweren Eingangstür an. Die Dienstboten traten der Reihe nach an, um vorgestellt zu werden. Alle klatschten respektvoll in die Hände und entblößten strahlend ihre weißen Zähne. Shasa krähte fröhlich.

»Ah, Bayete«, lachte der Zulu-Küchenchef, als er sich tief vor Shasa verneigte, »sei gegrüßt, kleiner Häuptling, mögest du so stark und groß werden wie dein Vater!«

Sie traten ins Haus, und Garry führte die beiden Frauen stolz durch die verwinkelten, gemütlich unordentlichen Räume. Anna strich über jedes Möbelstück und betrachtete stirnrunzelnd den Staub, der überall lag. Doch in dem ganzen Herrenhaus, angefangen von dem prunkvollen Speisezimmer mit den Jagdtrophäen an den Wänden bis zu der Bibliothek, herrschte eine angenehme freundliche Atmosphäre. Centaine fühlte sich fast augenblicklich heimisch.

»Oh, es tut so gut, endlich wieder junges Volk hier zu haben und hübsche Mädchen und einen kleinen Jungen«, meinte Garry glücklich. »Das alte Haus braucht so dringend neues Leben.«

»Ein Putztag würde ihm auch nicht schaden«, brummte Anna.

»Komm mit, ich möchte euch eure Zimmer zeigen.«

Das Zimmer, das er Anna zugedacht hatte, lag neben seiner eigenen Suite und war durch eine diskrete Tür mit seinem Ankleidezimmer verbunden, eine Tatsache, deren Bedeutung Centaine entging, während Anna errötend die Augen senkte.

»Da drüben ist dein Zimmer, mein Liebe.« Garry führte Centaine durch die obere Galerie in einen riesigen, sonnigen Raum mit Glastüren, die sich auf eine große Terrasse und den Garten öffneten.

»Oh, wie schön!« Centaine klatschte glücklich in die Hände und lief auf die Terrasse hinaus.

Dann führt Garry sie in Michaels Zimmer, das Shasa bewohnen sollte, und ihre Stimmung änderte sich schlagartig. In diesem Zimmer war Michael allgegenwärtig. Er lächelte von allen Bildern, die an den Wänden hingen, auf sie herab: Michael im Rugbydreß mit verschränkten Armen zwischen vierzehn anderen grinsenden jungen Männern, Michael in weißen Krickethosen mit einem Schläger in der Hand, Michael mit Gewehr und einem Bündel Fasane — Centaine wurde blaß.

Sie ließ ihren Blick langsam über die Gewehre in den Ständern gleiten, über die Angelruten und Kricketschläger in der Ecke, die Bücher in den Regalen über dem Schreibtisch und das Ölzeug und die Tweedjacken an den Haken.

»Ja«, nickte sie. »Das wird Shasas Zimmer.«

»Oh, fein!« Garry nickte glücklich. »Ich bin so froh, daß du einverstanden bist.« Dann eilte er auf die Galerie hinaus und rief den Dienstboten in Zulu etwas zu.

Bald kam er mit zwei Zulu-Dienstboten zurück, die unter dem Gewicht eines Kinderbettes schwankten. Auf dem massiven Mahagonibettgestell hinter den hohen Schiebegittern hätte man einen ausgewachsenen Löwen gefangenhalten können. »Das war Michaels Kinderbett — ich denke, sein Sohn sollte auch darin schlafen, was meinst du, meine Liebe?« Bevor Centaine antworten konnte, begann in der Halle unten das Telefon zu klingeln.

»Sag ihnen, wo sie es hinstellen sollen, meine Liebe«, rief Garry im Hinauseilen. Er blieb fast eine halbe Stunde fort, und Centaine hörte das Telefon in unregelmäßigen Abständen immer wieder schrillen. Als Garry wieder hereinstürzte, sprudelte er los:

»Das verdammte Telefon geht ununterbrochen. Alle wollen dich kennenlernen, meine Liebe. Du bist eine Berühmtheit. Da ist schon wieder so ein verflixter Journalist, der ein Interview von dir will.«

»Ich hoffe, du hast nein gesagt, Papa.« In den letzten zwei Monaten schien sie jeder Journalist in Südafrika um ein Interview gebeten zu haben. Die Geschichte der vermißten Frau, die mit ihrem Kind aus der afrikanischen Wildnis gerettet worden war, bewegte die Weltpresse von Johannisburg bis Sydney und von London bis New York.

»Ich hab' ihn hinausgeworfen«, versicherte Garry. »Aber da ist noch jemand sehr erpicht darauf, dich wiederzusehen.«

»Wer?«

»Mein Bruder, General Courtney — er und seine Frau sind von Durban für ein paar Wochen hierher nach Lion Kop gekommen. Sie möchten, daß wir morgen den Tag mit ihnen verbringen. Ich habe in deinem Namen zugesagt. Ich hoffe, das war richtig?«

»O ja — ja, natürlich!«

Anna weigerte sich, sie zum Mittagessen nach Lion Kop zu begleiten.

»Hier gibt es noch so viel zu tun!« erklärte sie. Die Dienstboten von Theuniskraal hatten ihr bereits den Namen »Checha« — »Beeilt euch!« gegeben, das erste Wort, das Anna in der Zulu-Sprache gelernt hatte.

Also fuhren Garry und Centaine mit Shasa zwischen sich den Hügel hinauf. Als sie vor dem großen Herrenhaus von Lion Kop mit seinem entzückenden Strohdach anhielten, kam die vertraute stattliche Gestalt von General Courtney eilig die Vordertreppe heruntergehinkt und nahm Centaines Hände.

»Es ist, als wärst du vom Tod wieder auferstanden«, sagte Sean Courtney leise. »Worte können nicht ausdrücken, was ich empfinde.« Dann wandte er sich ab und nahm Shasa aus Garrys Arm. »Das ist also Michaels Sohn!« Shasa krähte vergnügt und griff mit beiden Händen in den Bart des Generals.

Ruth Courtney, Seans Frau, in jenem Alter zwischen vierzig und fünfzig, in dem eine schöne Frau den Höhepunkt ihrer Schönheit und Eleganz erreicht, küßte Centaine auf die Wange und sagte gütig: »Michael war uns sehr teuer, und du wirst seinen Platz in unseren Herzen einnehmen.«

Hinter ihr stand die junge Frau, die Centaine von der Fotografie kannte, die der General in Frankreich auf seinem Schreibtisch stehen hatte. Storm Courtney war noch schöner als auf dem Bild. Sie hatte eine Haut wie Rosenblüten und die strahlenden jüdischen Augen ihrer Mutter, aber um ihren hübschen Mund lag ein mürrischer Zug, und ihr Gesicht trug den verdrießlichen Ausdruck eines verwöhnten, höchst unzufriedenen Kindes. Sie begrüßte Centaine auf französisch.

»Comment vas-tu, chérie?« Ihre Aussprache war miserabel. Die beiden sahen einander an, und beiden wurde sofort ihre starke, gegenseitige Abneigung bewußt.

Neben Storm stand ein großer, schlanker junger Mann mit ernster Miene und sanften Augen.

Mark Anders war der Privatsekretär des Generals, und Centaine fand ihn, ebenso instinktiv wie sie das Mädchen abgelehnt hatte, sehr sympathisch.

General Sean Courtney reichte Centaine den Arm und führte sie ins Haus.

Obwohl die beiden Häuser nur ein paar Kilometer voneinander entfernt waren, lagen Welten dazwischen. Der gelbe Holzboden von Lion Kop glänzte frisch gewachst, die Malereien waren in hellen, freundlichen Farben gehalten, und überall standen große Schalen mit frischen Blumen.

»Wenn ihr Garry und mich für ein paar Minuten entschuldigen würdet, meine Damen, Mark wird euch inzwischen unterhalten.« Sean führte seinen Bruder in sein Arbeitszimmer, während der Sekretär den Damen Likör aufwartete.

»Ich war mit dem General in Frankreich«, erklärte Mark, als er Centaine das Glas reichte, »und ich kenne Ihr Heimatdorf Mort Homme sehr gut. Wir waren dort einquartiert, als wir an die Front gingen.«

»Oh, wie schön, etwas aus meiner Heimat zu hören!« rief

Centaine aus und legte impulsiv ihre Hand auf seinen Arm. Storm Courtney, die sich mit gelangweilter Miene auf einem seidenbezogenen Sofa räkelte, warf Centaine einen giftigen Blick zu.

»Können Sie sich vielleicht an das Gut hinter der Kirche im Norden des Dorfes erinnern?« fragte Centaine und ließ die Frage wie eine Einladung zu verbotenen Genüssen klingen, aber Ruth Courtney spürte intuitiv die spannungsgeladene Atmosphäre und griff sanft ein.

»Komm, Centaine, setz dich zu mir«, bat sie. »Ich möchte alles über deine unglaublichen Abenteuer hören.«

Centaine wiederholte also zum fünfzigstenmal seit ihrer Rettung ihre sorgfältig entschärfte Version vom U-Boot-Angriff und von ihrer Wanderung durch die Wüste.

»Unglaublich!« warf Mark Anders einmal dazwischen. »Ich habe die Wandmalereien der Buschmänner in den Höhlen der Drakensberge oft bewundert, aber ich hatte keine Ahnung, daß es noch wilde Buschmänner gibt. Sie wurden vor sechzig Jahren aus diesen Bergen vertrieben — nach allem, was man hört, waren es gefährliche und tückische kleine Quälgeister — und ich dachte, sie wären ausgerottet.«

Storm Courtney auf ihrem Sofa schauderte theatralisch. »Ich kann mir einfach nicht vorstellen, wie du es ertragen konntest, daß dich eines dieser kleinen gelben Scheusale berührte, chérie. Ich wäre ganz sicher gestorben!«

»Bien sur, chérie, du hättest wohl auch keinen Gefallen daran gefunden, lebende Eidechsen und Heuschrecken zu essen?« erwiderte Centaine honigsüß, und Storm erbleichte.

Sean Courtney kam zurück. »Na, das ist ja wunderbar, ich sehe, du gehörst schon ganz zur Familie, Centaine. Du und Storm, ihr werdet wohl dicke Freundinnen, was?«

»Gewiß, Vater«, murmelte Storm, und Centaine lachte.

»Sie ist so süß, deine Storm, ich hab' sie schon richtig liebgewonnen.«

Centaine wählte mit »süß« unfehlbar ein Adjektiv, das Storms makellose Wangen vor Wut rot färbte.

»Sehr gut! Sehr gut! Können wir zu Tisch gehen, meine Liebe?« Und Ruth erhob sich, um Seans Arm zu nehmen und die ganze Gesellschaft auf den Patio hinauszuführen, wo unter den überhängenden Zweigen eines Jakarandabaumes der Tisch einladend gedeckt war. Das Sonnenlicht, das durch die blütenbeladenen Äste sickerte, schien die Luft purpurrot und grün zu färben.

Die Zulu-Diener, die sich bereits erwartungsvoll in der Nähe herumgetrieben hatten, trugen Shasa auf Seans Wink wie einen kleinen Prinzen in die Küche. Sein Entzücken über ihre lachenden schwarzen Gesichter war ebenso augenscheinlich wie ihre Freude an ihm.

»Sie werden ihn hoffnungslos verwöhnen, wenn du nicht aufpaßt«, warnte Ruth Centaine. »Es gibt nur eines, was ein Zulu mehr liebt als seine Rinder, und das ist ein kleiner Junge. Und nun, meine Liebe, nimm bitte hier neben dem General Platz.«

Während des Essens machte Sean Centaine zum absoluten Mittelpunkt der Aufmerksamkeit, während Storm am anderen Ende der Tafel reserviert und gelangweilt dreinzusehen versuchte.

Garry war während des ganzen Essens ungewöhnlich schweigsam und stand nach dem Kaffee sofort auf, als Sean sagte: »So, meine Lieben, ihr müßt uns für ein paar Minuten entschuldigen. Garry und ich haben mit Centaine etwas zu besprechen.«

Das Arbeitszimmer des Generals war mit Mahagoni getäfelt, die Bücher in den Regalen waren in kastanienbraunes Kalbsleder gebunden und die Sessel mit braunem Leder gepolstert. Auf dem Boden lagen Orientteppiche.

»Ich habe mit Garry gesprochen«, eröffnete Sean das Gespräch ohne jede Einleitung. »Ich habe ihm erzählt, unter welchen Umständen Michael kurz vor der Hochzeit gestorben ist.« Er ließ sich hinter seinem Schreibtisch nieder und drehte nachdenklich an dem goldenen Ehering an seinem Finger. »Wir alle wissen, daß Michael außer im juristischen Sinn in jeder Hinsicht dein Ehemann war und der leibliche Vater von Michel. Doch vom juristischen Standpunkt aus ist Michel«, er zögerte, »ist Michel unehelich. In den Augen des Gesetzes ist er ein Bastard.«

Das Wort schockierte Centaine. Sie starrte Sean durch den Rauch seiner Zigarre an.

»Wir können das nicht dulden«, brach Garry das Schweigen. »Er ist mein Enkelsohn. Wir können das nicht dulden.«

»Nein«, stimmte Sean zu. »Wir können das nicht dulden.«

»Wenn du einverstanden bist, meine Liebe«, Garry flüsterte fast, »würde ich den Jungen gern adoptieren.« Centaine wandte sich ihm langsam zu, und er fuhr hastig fort: »Es wäre nur eine Formalität, eine juristische Maßnahme, um seinen Rechtsstatus zu gewährleisten. Es könnte äußerst diskret gemacht werden und würde die Beziehung zwischen euch in keiner Weise beeinträchtigen. Du bleibst seine Mutter und Erziehungsberechtigte, während ich die Ehre hätte, sein Vormund zu werden und all die Dinge für ihn zu tun, die sein Vater nicht mehr tun kann.« Centaine zuckte zusammen, und Garry fügte rasch hinzu: »Verzeih, meine Liebe, aber wir müssen darüber reden. Wie Sean schon gesagt hat, akzeptieren wir alle, daß du Michaels Witwe bist, wir möchten, daß du den Familiennamen trägst, und werden dich so behandeln, als hätte die Hochzeit an jenem Tag tatsächlich stattgefunden«, er brach ab und hustete verlegen. »Niemand außer uns dreien und Anna wird davon wissen. Willst du, dem Kind zuliebe, deine Einwilligung geben?«

Centaine stand auf und eilte auf Garry zu. Sie sank vor ihm auf die Knie und legte ihren Kopf in seinen Schoß.

»Danke«, flüsterte sie. »Du bist der gütigste Mann, den ich kenne. Ich liebe dich wie meinen eigenen Vater.«

In den folgenden Monaten war Centaine zufriedener, als sie es je zuvor gewesen war.

Ihr Leben war sorgenfrei, heiter und ausgefüllt. Jeden Morgen vor dem Frühstück und dann wieder in der kühlen Abendluft ritt sie aus, und oft begleitete Garry sie und erzählte ihr Geschichten aus Michaels Kindheit oder aus der Familie, während sie auf Waldwegen den Hügel hinaufsprengten oder Rast machten, um die Pferde an dem Teich unter dem Wasserfall zu tränken, wo das Wasser weiß und schäumend aus dreißig Meter Höhe über den nassen, schwarzen Fels stürzte.

Den Rest des Tages verbrachte sie damit, Tapeten und Vorhänge auszusuchen, die Handwerker zu beaufsichtigen, die das Haus renovierten, mit Anna häusliche Angelegenheiten zu beratschlagen, mit Shasa umherzutollen und zu verhindern, daß ihn die Zulu-Dienstboten völlig verwöhnten, bei Garry Courtney Unterricht im Autofahren zu nehmen und die gedruckten Einladungen zu sortieren, die jeden Tag mit der Post ankamen. Sie bemühte sich, die Führung und Verwaltung von Theuniskraal zu übernehmen, wie sie es auch in Mort Homme getan hatte.

Jeden Nachmittag tranken sie und Shasa mit Garry in der Bibliothek Tee, wo er den Großteil des Tages zubrachte, und dann las er ihr mit der Goldrandbrille auf der Nase jedesmal vor, was er während des Tages geschrieben hatte.

»Ach, es muß wunderbar sein, so eine Gabe zu besitzen!« rief sie aus, und Garry ließ das Manuskript sinken.

»Du bewunderst jene von uns, die schreiben?« fragte er.

»Ja, ihr seid eine Rasse für sich.«

»Unsinn, meine Liebe, wir sind ganz gewöhnliche Menschen, außer, daß wir eitel genug sind zu glauben, daß andere Leute lesen möchten, was wir zu sagen haben.«

»Ich wünschte, ich könnte schreiben.«

»Du kannst, dein Stil ist vorzüglich.«

»Ich meine, wirklich schreiben.«

»Du kannst. Besorg dir Papier und fang an.«

»Aber«, sie starrte ihn entgeistert an, »worüber könnte ich denn schreiben?«

»Schreib doch über das, was du in der Wildnis erlebt hast. Das wäre für den Anfang genau das richtige, würde ich sagen.«

Es dauerte drei Tage, bis sie sich an den Gedanken gewöhnt hatte, dann nahm sie ihren ganzen Mut zusammen. Sie ließ die Dienstboten einen Tisch in die Laube am Ende des Rasens stellen, setzte sich vor einen Stoß von Garrys leerem Schreibpapier und machte sich an die Arbeit.

Schon nach ein paar Tagen erkannte Centaine, daß sie das, was sie zu Papier brachte, niemals einem anderen Menschen zeigen konnte. Sie merkte, daß sie nichts zurückhalten konnte, daß sie mit einer rücksichtslosen Offenheit schrieb, die keine Ausflüchte oder Einschränkungen zuließ. Ob es nun die Liebesnächte mit Michael waren oder die Beschreibung des Geschmackes von verfaultem Fisch, als sie halbtot an der Küste des Atlantischen Ozeans lag — sie wußte, daß niemand das lesen konnte, ohne schockiert und entsetzt zu sein.

»Ich schreibe es nur für mich«, entschied sie. Am Ende jeder Sitzung, wenn sie die handgeschriebenen Seiten in ihre Schmuckkassette legte, war sie sehr zufrieden und von dem Gefühl durchdrungen, etwas Nützliches geleistet zu haben.

Trotzdem gab es in dieser Symphonie der Zufriedenheit ein paar Mißtöne.

Nachts wachte sie manchmal auf und griff instinktiv nach dem geschmeidigen goldenen Körper, der neben ihr hätte liegen sollen, und sie sehnte sich nach der Berührung harter glatter Muskeln und nach dem langen seidigen Haar, das wie das süße Gras der Wüste duftete. Kaum war sie aber ganz wach, haßte sie sich für ihre treulosen Sehnsüchte und errötete vor Scham über ihren Verrat an Michaels, O'was und H'anis Andenken.

Eines Morgens rief Garry Courtney Centaine zu sich und überreichte ihr ein Paket.

»Das ist mit einem Begleitschreiben für mich aus Paris gekommen. Es ist von einem Rechtsanwalt.«

»Was steht in dem Schreiben, Papa?«

»Im wesentlichen besagt es, daß die Güter deines Vaters in Mort Homme verkauft wurden, um seine Schulden zu dekken.«

»Oh, armer Papa.«

»Man glaubte, du seist tot, meine Liebe, und der Verkauf wurde von einem französischen Gericht angeordnet.«

»Ich verstehe.«

»Der Rechtsanwalt las in einer Pariser Zeitung von deiner Rettung und schrieb mir. Unglücklicherweise hatte Graf de Thiry beträchtliche Schulden, und wie du ja weißt, ist das Gutshaus bis auf die Grundmauern niedergebrannt. Es wurde eine Versteigerung veranlaßt, und nachdem alle Schulden bezahlt und die Gerichtskosten einschließlich des nicht unbeträchtlichen Honorars des Anwalts abgezogen waren, ist für dich nicht viel übrig geblieben.«

Centaines angeborener Sinn für Geld war erwacht. »Wieviel, Papa?« fragte sie scharf.

»Nicht ganz zweitausend Pfund Sterling, leider. Er schickt einen Scheck, sobald er eine unterzeichnete und notariell beglaubigte Bestätigung von uns erhalten hat. Glücklicherweise bin ich Friedensrichter, so können wir die Angelegenheit in aller Stille regeln.«

Als der Scheck schließlich eintraf, legte Centaine den Großteil des Geldes in der Bank von Ladyburg an, einen Teil investierte sie in ihre neue Leidenschaft, das Autofahren. Sie gab hundertzwanzig Pfund aus, um einen Ford zu kaufen, dessen Messingrahmen und schwarzer Lack in der Sonne funkelten. Als sie das erstemal mit fünfzig Stundenkilometern die Auffahrt von Theuniskraal hinaufraste, stürzten alle aus dem Haus, um das Fahrzeug zu bewundern. Sogar Garry Courtney kam aus der Bibliothek herbeigeeilt, die Goldrandbrille auf die Stirn geschoben. Und dann tadelte er sie zum erstenmal.

»Du mußt mich zu Rate ziehen, meine Liebe, bevor du so etwas tust — ich will nicht, daß du deine Ersparnisse verschwendest! Ich bin dein Ernährer, und außerdem —« sagte er traurig, »— habe ich mich schon so darauf gefreut, dich an deinem nächsten Geburtstag mit einem Automobil zu überraschen. Und da gehst du hin und wirfst alle meine Pläne über den Haufen.«

»Oh, Papa, verzeih mir bitte. Du hast uns schon so viel gegeben, und dafür lieben wir dich.«

Das stimmte. Centaine liebte diesen gütigen Mann in vieler Hinsicht wie ihren eigenen Vater, in mancher Hinsicht aber sogar noch mehr, denn ihre Gefühle für ihn wurden verstärkt durch eine wachsende Hochachtung vor seinen verborgenen Talenten und Qualitäten.

Garry behandelte Centaine wie die Hausherrin. An diesem Abend besprach er mit ihr die Gästeliste für die Dinnerparty, die er plante.

»Vor diesem Robinson muß ich dich warnen. Ich habe lange gezögert, bevor ich ihn einlud, das kann ich dir sagen!«

Doch ihre Gedanken waren ganz woanders als bei der Gästeliste, und sie schrak hoch.

»Oh, es tut mir leid, Papa«, entschuldigte sie sich, »ich hab' nicht gehört, was du eben sagtest. Ich fürchte, ich habe geträumt.«

»Ach, du lieber Himmel«, sagte Garry lächelnd. »Und ich dachte, ich wäre der einzige Träumer in der Familie. Ich wollte dich vor unserem Ehrengast warnen.«

Garry empfing zweimal im Monat Gäste, nicht öfter, und lud immer zehn Gäste zum Dinner ein, nicht mehr.

Er hatte einen feinen Gaumen, besaß einen der erlesensten Weinkeller im ganzen Land, und den Küchenchef hatte er dem Country Club in Durban abgeworben, und seine Einladungen waren sehr gefragt.

»Dieser Joseph Robinson mag zwar den Rang eines Baronets haben, was in vielen Fällen nur das charakteristische Merkmal eines gewissenlosen Lumpen ist, der schlau genug ist, sich nicht erwischen zu lassen, er mag auch mehr Geld haben, als der gute alte Cecil John je zusammenraffen konnte — die Robinson-Diamantenmine und die Robinson-Goldmine gehören ihm ebenso wie die Robinson-Bank —, aber er ist so ziemlich der niederträchtigste Kerl, den ich je kennengelernt habe. Er gibt zehntausend Pfund für ein Gemälde aus und mißgönnt einem Hungernden den letzten Penny. Außerdem ist er ein Tyrann und der herzloseste Mann, den ich je gesehen habe.«

»Warum laden wir ihn ein, wenn er so schrecklich ist, Papa?«

Garry seufzte. »Das ist der Preis, den ich für meine Arbeit bezahlen muß, meine Liebe. Ich versuche gerade, diesem Kerl ein paar Informationen zu entlocken, die ich für mein nächstes

Buch brauche. Er ist die einzige lebende Person, die mir diese Informationen geben kann.«

»Möchtest du, daß ich ihn für dich becirce?«

»O nein, nein! Das ginge nun doch ein wenig zu weit, aber wie wär's, wenn du ein hübsches Kleid anziehst?«

Centaine wählte das gelbe Taftkleid mit dem perlenbestickten Oberteil, das ihre Schultern freiließ. Anna frisierte sie und half ihr beim Ankleiden. Sie hatte Haken und Öse am Rücken des Kleides nachgenäht, biß den Faden ab, spuckte ihn aus und murmelte: »Ich habe es ganze drei Zentimeter weiter gemacht. Das kommt von diesen vielen, üppigen Dinnerpartys, junge Dame.« Sie breitete das Kleid sorgsam auf dem Bett aus und trat hinter Centaine.

»Ich wünschte, du würdest mit uns bei Tisch sitzen«, murrte Centaine. »Du gehörst hier nicht zu den Dienstboten.« Centaine hätte blind sein müssen, um die Beziehung zwischen Garry und Anna nicht zu bemerken. Doch bisher hatte sie keine Gelegenheit gefunden, mit Anna darüber zu reden.

Anna griff nach der silbernen Bürste und bearbeitete Centaines Haar.

»Du willst, daß ich meine Zeit damit vergeude, mir das alberne Geschnatter dieser verrückten Leute anzuhören?« Sie imitierte die Zischlaute der englischen Sprache so geschickt, daß Centaine kichern mußte.

»Papa Garry möchte dich so gern dabeihaben, das hat er mir oft versichert. Ich glaube, er ist verliebt in dich.«

Anna spitzte den Mund und rümpfte die Nase. »Schluß mit dem Unsinn, junge Dame«, sagte sie streng, legte die Bürste weg und drapierte das feine gelbe Netz über Centaines Haar. »Wart mal!« Sie trat einen Schritt zurück und nickte zufrieden. »Jetzt das Kleid. Die Narbe an deinem Bein verheilt gut, aber du bist noch immer viel zu braun«, jammerte Anna und hielt plötzlich inne. Sie blieb mit dem gelben Kleid in der Hand stehen, runzelte nachdenklich die Stirn und starrte Centaine an.

»Centaine!« Ihre Stimme klang schrill. »Wann hast du das letzte Mal die Regel gehabt?« fragte sie.

»Ich war krank, Anna. Die Gehirnerschütterung — und die Infektion.«

»Seit wann ist die Regel ausgeblieben?« fragte Anna hartnäckig.

»Verstehst du denn nicht, ich war krank. Du erinnerst dich doch, als ich damals Lungenentzündung hatte, blieb sie auch aus —«

»Keine Regel seit deiner Rückkehr!« beantwortete Anna ihre Frage selbst. »Du hattest keine Regel mehr, seit du mit diesem Deutschen aus der Wüste gekommen bist.« Sie warf das Kleid auf das Bett und riß das Badetuch von Centaines Körper.

»Nein, Anna, ich war krank.« Centaine zitterte. Bis zu dieser Minute hatte sie die Augen verschlossen vor der schrecklichen Möglichkeit, die Anna nun erwog.

Anna legte ihre große schwielige Hand auf Centaines Bauch. »Ich hab' ihm nie getraut, diesem Kerl mit seinen Katzenaugen, dem gelben Haar und diesem großen Ding in der Hose«, murmelte Anna wütend. »Jetzt verstehe ich auch, warum du nicht mit ihm sprechen wolltest, als er ging, warum du ihn wie einen Feind und nicht wie einen Retter behandelt hast.«

»Anna, meine Regel ist schon öfter ausgeblieben. Es könnte sein —«

»Er hat dich vergewaltigt, armes Kind! Er hat dir Gewalt angetan! Du konntest dich nicht wehren. War es so?«

Centaine begriff, daß Anna ihr einen Ausweg anbot, und hätte gern danach gegriffen.

»Nein, Anna. Er hat mich nicht dazu gezwungen.«

»Du hast ihm erlaubt — du hast ihn gelassen?« Annas Gesichtsausdruck war fürchterlich.

»Ich war so einsam.« Centaine sank auf den Stuhl und schlug die Hände vors Gesicht. »Ich hatte fast zwei Jahre keinen Weißen mehr gesehen, und er war so schön und freundlich, und ich verdanke ihm doch mein Leben. Verstehst du das denn nicht, Anna? Bitte sag, daß du es verstehst!«

Anna nahm sie in ihre kräftigen, sicheren Arme, und Centaine drückte ihr Gesicht an ihren weichen, warmen Busen. Beide schwiegen.

»Du kannst es nicht austragen«, sagte Anna schließlich. »Wir müssen es loswerden.«

Ihre Worte trafen Centaine wie ein Schlag, sie begann neuerlich zu zittern und versuchte, diesen schrecklichen Gedanken beiseite zu schieben.

»Wir können den Courtneys nicht noch einen Bastard zumuten. Diese Schande wäre zuviel. Uns allen zuliebe, Michaels Familie zuliebe und Shasa zuliebe, all jenen zuliebe, die ich liebe, mußt du es tun. Du mußt es loswerden.«

»Oh, Anna, das kann ich nicht.«

»Liebst du den Mann, der dir dieses Kind gemacht hat?«

»Nicht mehr. Nie mehr. Ich hasse ihn«, flüsterte sie. »Oh, Gott, wie ich ihn hasse!«

Das Dinner war ein Alptraum. Centaine saß am Ende der langen Tafel und lächelte strahlend, obwohl ihr die Augen brannten vor Scham, und der Bastard wie eine Giftschlange in ihrem Bauch lag, bereit, zuzustoßen.

Der hochgewachsene ältliche Mann neben ihr sprach in einem schnarrenden und besonders aufreizenden Tonfall fast ausschließlich mit ihr. Er war kahlköpfig, und seine Augen waren so leblos wie die Augen einer Marmorstatue. Centaine konnte sich nicht auf das konzentrieren, was er sagte; es war ihr, als spreche er in einer fremden Sprache. Ihre Gedanken schweiften ab und kreisten unablässig um diese neue Bedrohung, die so plötzlich aufgetaucht und ihre Existenz und die Existenz ihres Sohnes in Frage stellte.

Sie wußte, daß Anna recht hatte. Weder der General noch Garry Courtney konnten einen zweiten Bastard in Theuniskraal dulden. Sie brachte Schmach und Schande über Michaels Andenken und über die ganze Familie. Es war unmöglich — Annas Vorschlag war der einzige Ausweg, der ihr blieb.

Sie sprang von ihrem Stuhl auf und hätte fast laut geschrien. Der Mann neben ihr hatte unter der Tischplatte seine Hand auf ihren Oberschenkel gelegt.

»Entschuldige mich, Papa.« Sie schob hastig den Stuhl zurück, und Garry sah besorgt zu ihr her. »Ich muß für einen Augenblick hinaus«, stieß sie hervor und floh in die Küche zu Anna.

»Halt mich fest, Anna, bitte, ich bin so durcheinander — und dieser schreckliche Mann —« Sie schauderte.

Anna beruhigte sie, und nach einer Weile flüsterte Centaine: »Du hast recht, Anna. Wir müssen es loswerden.«

»Wir reden morgen darüber«, sagte Anna sanft. »Spül dir jetzt die Augen mit kaltem Wasser aus und geh zurück ins Eßzimmer.«

Centaines Abfuhr hatte ihren Zweck erfüllt, der glatzköpfige Bergbaumagnat würdigte sie keines Blickes, als sie wieder neben ihm Platz nahm. Er sprach mit der Frau zu seiner Rechten, aber die ganze Gesellschaft hörte ihm mit der Aufmerksamkeit zu, die einem der reichsten Männer der Welt gebührte.

»Das waren noch Zeiten«, sagte er gerade. »Das Land sperrangelweit offen und unter jedem Stein ein Vermögen, bei Gott. Barnato hat seinen Handel mit einer Kiste Zigarren angefangen, verdammt schlechte Zigarren noch dazu!«

»Und wie haben Sie angefangen, Sir Joseph?«

»Mit fünf Pfund in der Tasche und dem richtigen Riecher, um einen echten Diamanten von einem unechten zu unterscheiden — so habe ich angefangen.«

»Und wie machen Sie das, Sir Joseph? Wie können Sie einen echten Diamanten erkennen?«

»Die schnellste Methode ist, den Stein in ein Glas Wasser zu tauchen, meine Liebe. Kommt er naß raus, dann ist er unecht. Kommt er trocken raus, dann ist es ein Diamant.«

Bei Centaine hinterließen seine Reden scheinbar keinen tieferen Eindruck, denn sie war mit den Gedanken weit weg. Garry gab ihr vom anderen Ende der Tafel den Wink, daß es Zeit sei, die Damen in den Salon zu führen.

Robinsons Worte mußten aber doch in ihr Unterbewußtsein eingedrungen sein, denn als sie am nächsten Nachmittag in der Laube saß und mit leerem Blick auf den sonnenbeschienenen Rasen starrte, unglücklich mit H'anis Halskette spielte und die Steine durch ihre Finger gleiten ließ, beugte sie sich plötzlich vor und goß aus der Kristallkaraffe frisches Wasser in ein Glas.

Dann hob sie die Halskette über das Glas und ließ sie langsam in das Wasser sinken. Nach einigen Sekunden nahm sie die Kette wieder heraus und betrachtete sie zerstreut. Die bunten Steine glänzten vor Nässe, doch dann begann ihr Herz zu hämmern. Der farblose Stein, der große Kristall in der Mitte der Kette, war trocken.

Unsicher schaute sie sich um, aber Shasa lag mit dem Daumen im Mund in seinem Bettchen und schlief fest, und der Rasen lag verlassen da in der mittäglichen Hitze. Centaine tauchte die Halskette noch einmal in das Glas, und als der farblose Stein wieder trockenblieb, flüsterte sie leise:

»H'ani, meine geliebte alte Großmutter, willst du uns etwa noch einmal retten? Ist es möglich, daß du noch immer über mich wachst?«

Den Arzt der Familie Courtney in Ladyburg konnte Centaine nicht aufsuchen, daher planten sie und Anna, in die Hauptstadt der Provinz Natal, die Hafenstadt Durban, zu reisen. Als Vorwand für die Reise mußte die ewige weibliche Ausrede herhalten, daß Einkäufe zu tätigen waren. Sie hatten gehofft, auf diese Weise allein von Theuniskraal fortzukommen, aber Garry wollte nichts davon hören.

»Mich zurücklassen, fürwahr! Ihr beide liegt mir schon so lange in den Ohren, daß ich mir einen neuen Anzug machen lassen soll.«

So wurde die Fahrt in die Stadt zu einem Familienausflug, und sie mußten den Fiat und den Ford nehmen, um auch Shasa und seine beiden Zulu-Kindermädchen auf der staubigen, gewundenen Straße die zweihundertfünfzig Kilometer bis zur Küste zu befördern. Sie stiegen im Hotel Majestic ab.

Centaine und Anna mußten ihre ganze Erfindungsgabe aufwenden, Garry für ein paar Stunden zu entwischen, aber sie schafften es. Anna hatte diskret Erkundigungen eingezogen und den Namen eines Arztes erfahren, dessen Praxis in der

Point Road lag. Sie besuchten ihn unter falschem Namen, und er bestätigte, was sie bereits wußten.

»Meine Nichte ist seit zwei Jahren Witwe«, erklärte Anna vorsichtig. »Sie kann sich keinen Skandal leisten.«

»Es tut mir leid, Madame. Ich kann leider nichts für Sie tun«, erklärte der Arzt förmlich, aber als ihm Centaine eine Guinee bezahlte, murmelte er: »Ich gebe Ihnen eine Quittung«, und kritzelte einen Namen und eine Adresse auf ein Stück Papier.

Auf der Straße faßte Anna Centaine am Arm. »Wir haben noch eine Stunde, bis uns Mijnheer im Hotel zurückerwartet. Wir gehen sofort hin — um einen Termin zu vereinbaren.«

»Nein, Anna«, sagte Centaine und blieb stehen. »Ich muß erst darüber nachdenken. Ich möchte eine Weile allein sein.«

»Da gibt es nichts mehr zu überlegen«, sagte Anna barsch.

»Laß mich, Anna, ich bin vor dem Abendessen wieder zurück. Wir gehen morgen hin.« Anna kannte diesen Ton und diesen Gesichtsausdruck. Sie hob resignierend die Hände und kletterte in die wartende Rikscha. Im Wegfahren rief sie: »Denk nach, soviel du willst, Kind, aber morgen wird getan, was ich sage.«

Centaine winkte ihr nach und lächelte, bis die Rikscha in die West Street einbog, dann drehte sie sich um und eilte zurück zum Hafen. Sie hatte das Geschäft entdeckt, als sie zuvor vorbeigegangen waren: *M. Naidoo, Juwelier.*

Der Laden war klein, aber sauber und ordentlich. In den Vitrinen waren billige Schmuckstücke ausgestellt. Als Centaine eintrat, kam ein rundlicher, dunkelhäutiger Hindu in einem weißen Tropenanzug durch den Perlenvorhang aus dem Hinterzimmer.

»Guten Tag, Madame, ich bin Mr. Moonsamy Naidoo, zu Ihren Diensten, Madame.« Er hatte ein gütiges Gesicht und dichtes gewelltes Haar, das so ausgiebig mit Kokosöl behandelt worden war, daß es wie frische Kohle glänzte.

»Ich würde mir gern Ihren Schmuck ansehen.« Centaine beugte sich über eine der Vitrinen und betrachtete die silbernen Armreifen.

»Diese Armreifen sind zu hundert Prozent aus echtem Silber und von den besten Handwerkern des Landes angefertigt worden.«

Centaine antwortete nicht. Sie wußte, was für ein Risiko sie einging, und versuchte, sich eine Meinung über den Mann zu bilden. Er tat das gleiche. Er musterte unauffällig ihre Handschuhe und Schuhe, die unfehlbar verrieten, wen man vor sich hatte.

»Diese Schmucksacken sind natürlich nur Kleinigkeiten. Wenn Madame vielleicht etwas Prächtigeres zu sehen wünschen?«

»Handeln Sie mit — Diamanten«

»Diamanten, hochverehrte Madame?« Das gütige, rundliche Gesicht verzog sich zu einem Lächeln. »Ich kann Ihnen einen Diamanten zeigen, der einem König angemessen wäre — oder einer Königin.«

»Das kann ich auch«, sagte Centaine gelassen und legte den riesigen farblosen Stein auf die Glasplatte.

Der Juwelier rang vor Schreck nach Luft. »Liebste Madame!« hauchte er. »Decken Sie ihn zu, ich flehe Sie an. Verbergen Sie ihn vor meinem Blick!«

Centaine legte den Stein in ihre Geldbörse zurück und wandte sich zur Tür, aber der Juwelier kam ihr zuvor.

»Noch einen Augenblick, verehrte Madame.«

Er zog die Jalousien an den Fenstern und der Glastür herunter und versperrte die Tür, bevor er zurückkam.

»Darauf stehen strenge Strafen«, sagte er unsicher, »zehn Jahre Haft — und ich bin kein gesunder Mann. Die Gefängnisaufseher sind äußerst unfreundlich und gemein, gute Madame, das Risiko ist ungeheuer —«

»Ich will Sie nicht länger behelligen. Schließen Sie die Tür auf.«

»Bitte, liebe Madame, wenn Sie mir folgen wollen.« Er ging rückwärts auf den Perlenvorhang zu, verbeugte sich tief und machte eine überschwenglich einladende Geste.

Das Büro war winzig, und der Schreibtisch füllte es fast aus, so daß kaum noch Platz für sie beide war. Der Raum hatte nur ein schmales hohes Fenster, und die Luft war erstickend heiß und roch stark nach Curry.

»Darf ich das Objekt noch einmal sehen, verehrte Madame?«

Centaine legte den Stein mitten auf den Schreibtisch, und der Hindu klemmte sich eine Lupe ins Auge, bevor er den Stein in die Hand nahm und gegen das Licht hielt.

»Ist es gestattet zu fragen, woher dieser Stein stammt, geschätzte Madame?«

»Nein.«

Er betrachtete ihn bedächtig unter der Lupe und legte ihn dann auf den kleinen Messingteller der Goldwaage, die am Rand des Schreibtisches stand. Während er ihn abwog, murmelte er: »Verbotener Ankauf von Diamanten, Madame — oh, die Polizei ist sehr streng und unnachsichtig.«

Zufrieden mit dem Gewicht öffnete er die Schreibtischschublade und brachte einen billigen Glasschneider zum Vorschein, der wie ein Bleistift geformt war und dessen Spitze aus einem schwarzen Industriediamanten bestand.

»Was tun Sie denn da?« fragte Centaine argwöhnisch.

»Das ist der einzige Echtheitstest, Madame«, erklärte der Juwelier. »Ein Diamant zerkratzt jede andere Substanz auf Erden, außer einen anderen Diamenten.« Um seine Behauptung zu veranschaulichen, zog er den Griffel über die Glasplatte des Schreibtisches. Es quietschte, daß Centaines Haut kribbelte, und die Diamantenspitze hinterließ einen tiefen weißen Kratzer in der Glasplatte. Er blickte fragend zu Centaine auf, und als sie nickte, drückte er den farblosen Stein fest gegen die Schreibtischplatte und zog die Spitze des Griffels darüber.

Der Industriediamant glitt über die ebene Fläche des Steins, als wäre sie eingeölt, und hinterließ nicht den geringsten Kratzer.

Der Juwelier versuchte es noch einmal, diesmal mit der ganzen Kraft seines Armes und seiner Schultern. Der hölzerne Stil des Griffels brach in der Mitte auseinander, aber der weiße Kristall blieb glatt. Schweigend starrte er den Stein an, bis Centaine leise fragte: »Wieviel?«

»Tausend Pfund«, flüsterte er.

»Fünf«, sagte Centaine.

»Madame, liebe hochverehrte Madame, ich bin ein Mann mit absolut einwandfreiem Ruf. Wenn man mich für den verbotenen Ankauf von Diamanten festnehmen würde —«

»Fünf«, wiederholte sie.

»Zwei«, krächzte er, und Centaine griff wortlos nach dem Stein.

»Drei«, sagte er hastig, und Centaine hielt inne.

»Vier«, sagte sie entschlossen.

»Dreieinhalb, liebe Madame, das ist mein allerletztes Angebot. Dreieinhalbtausend Pfund.«

»Einverstanden«, sagte sie. »Wo ist das Geld?«

»Aber, Madame, so ungeheure Summen habe ich doch nicht bei mir.«

»Ich komme morgen um die gleiche Zeit wieder, mit dem Diamanten. Halten Sie das Geld bereit.«

»Ich verstehe dich nicht«, sagte Garry Courtney und rang unglücklich die Hände. »Wir könnten dich doch sicherlich begleiten?«

»Nein, Papa. Es ist etwas, das ich allein tun muß.«

»Dann wenigstens einer von uns, Anna oder ich? Ich kann dich doch nicht einfach gehen lassen.«

»Anna muß hierbleiben und sich um Shasa kümmern.«

»Dann komme eben ich mit. Du brauchst einen Mann —«

»Nein, Papa. Ich bitte dich um Nachsicht und Verständnis. Ich muß das allein tun. Ganz allein.«

Garry stand von seinem Schreibtisch auf, trat an das hohe Fenster, verschränkte die Hände hinter dem Rücken und schaute auf den Garten hinaus.

»Wie lange wirst du fortbleiben?«

»Ich bin nicht sicher«, erwiderte sie ruhig. »Ich weiß nicht, wie lange es dauern wird — ein paar Monate mindestens, vielleicht aber auch viel länger.«

Er senkte den Kopf und seufzte. Als er an seinen Schreibtisch zurückkehrte, war er traurig, aber er hatte sich damit abgefunden.

»Was kann ich tun, um dir zu helfen?« fragte er.

»Nichts, Papa, außer während meiner Abwesenheit auf Shasa achtzugeben und mir zu verzeihen, daß ich mich dir nicht anvertrauen kann.«

»Geld?«

»Du weißt ja, ich habe Geld, meine Erbschaft.«

»Empfehlungsschreiben? Das läßt du mich doch wenigstens für dich tun?«

»O ja, Empfehlungsschreiben sind von unschätzbarem Vortei, danke.«

Mit Anna war es nicht so einfach. Sie ahnte zum Teil, was Centaine vorhatte, und war ärgerlich und störrisch.

»Ich kann dich nicht gehen lassen. Du wirst dich und uns alle ins Unglück stürzen. Schluß mit diesem Unsinn. Schaff es aus dem Weg, wie ich es gesagt habe, das ist eine schnelle und endgültige Lösung.«

»Nein, Anna, ich kann mein Kind nicht umbringen, das kannst du nicht von mir verlangen —«

»Ich verbiete dir zu gehen.«

»Nein.« Centaine trat vor sie hin und küßte sie. »Du weißt, daß du das nicht kannst. Halt mich nur eine Weile fest — und gibt auf Shasa acht, während ich fort bin.«

»Sag deiner alten Anna wenigstens, wo du hingehst.«

»Keine weiteren Fragen, liebste Anna. Versprich mir nur, daß du nicht versuchen wirst, mir zu folgen, und daß du auch Garry daran hindern wirst, denn du weißt ja, was er vorfinden würde, wenn er es tut.«

»Oh, du schlimmes, eigensinniges Kind!« Anna drückte sie an sich. »Wenn du nicht zurückkommst, brichst du deiner alten Anna das Herz.«

»So etwas darfst du nicht einmal sagen, du dumme alte Frau.«

Centaine saß in der Ecke des kleinen Abteils auf dem grünen Ledersitz und schaute durch das Fenster hinaus. Die flache gelbe Ebene erstreckte sich bis zum Horizont, wo sich die schwachen Umrisse von blauen Bergen abzeichneten. Kleine Herden von Antilopen grasten auf der Ebene, und jedesmal, wenn die Dampfpfeife der Lokomotive schrillte, lösten sie sich in eine helle, zimtfarbene Staubwolke auf und verschwanden am Horizont. Sie lächelte, als sie auf die Ebene hinausschaute. Die weite, von der Sonne versengte Landschaft schien ihre Seele anzuziehen wie das Magnet ein Stück Eisen, und allmählich wurde sie sich einer wachsenden Vorfreude bewußt, jener eigenartigen Erregung, die ein Reisender auf den letzten Kilometern der Heimreise empfindet.

Als die abendlichen Schatten die Ebene bläulich-violett färbten und die Bodenwellen und kleinen Hügel aus dem gleißenden Sonnenlicht und den flimmernden Schleiern der Luftspiegelungen auftauchten, empfand sie ein tiefes Glücksgefühl. Rauchig und verschwommen rot und orange ging die Sonne unter, und die Sterne erschienen am dunklen Nachthimmel. Centaine schaute auf und suchte nach ihrem und Michaels Stern.

Ich habe nie mehr zum Himmel aufgeschaut, seit ich dieses wilde Land verließ, dachte sie, und plötzlich waren die grünen Wiesen ihres Heimatlandes Frankreich und die üppig bewaldeten Hügel von Zululand nur noch eine schale, kraftlose Erinnerung. Hier gehöre ich her, sagte sie sich, die Wüste ist meine Heimat.

Garry Courtneys Rechtsanwalt holte sie in Windhoek vom Bahnhof ab. Sie hatte ihm telegraphiert, bevor der Zug von Kapstadt abgefahren war. Er hieß Abraham Abrahams und war ein lebhafter kleiner Mann. Mit seinen großen spitzen Ohren und scharfen, wachsamen Augen erinnerte er sehr an die kleinen, spitzohrigen Wüstenfüchse. Er winkte ab, als ihm Centaine Garrys Empfehlungsschreiben geben wollte.

»Meine liebe Mrs. Courtney, jedermann in diesem Land

weiß, wer Sie sind. Die Geschichte Ihrer unglaublichen Abenteuer hat uns alle gefesselt. Ich kann wahrheitsgemäß behaupten, daß Sie eine lebende Legende sind und daß es mir eine Ehre ist, Ihnen behilflich zu sein.«

Er fuhr sie zum Hotel Kaiserhof, und nachdem er sich davon überzeugt hatte, daß sie gut untergebracht und versorgt war, ließ er sie für ein paar Stunden allein, damit sie ein Bad nehmen und sich ausruhen konnte. Als sie dann bei einer Tasse Tee in der Hotelhalle saßen, fragte er: »Nun, Mrs. Courtney, was kann ich für Sie tun?«

»Ich habe eine Liste, eine lange Liste.« Centaine reichte sie ihm. »Und wie Sie sehen, sollen Sie als erstes einen Mann für mich suchen.«

»Das dürfte nicht allzu schwierig sein.« Er studierte die Liste. »Der Mann ist wohlbekannt, fast so bekannt wie Sie.«

Die Straße war holprig, die Oberfläche bestand aus kürzlich gesprengtem Fels. Lange Reihen schwarzer Arbeiter mit nackten, schweißglänzenden Oberkörpern bearbeiteten den Fels mit Vorschlaghämmern, um die scharfen Kanten loszubrechen und den Fahrdamm zu ebnen. Sie traten zur Seite und blieben, auf ihre Hämmer gestützt, stehen, als Centaine in Abrahams staubigem Ford langsam und vorsichtig über die Paßstraße hinauffuhr. Sie deuteten grinsend nach oben, als sie ihnen eine Frage zuwarf.

Schließlich wurde die Steigung so stark, daß Centaine den Ford wenden und im Rückwärtsgang hinauffahren mußte. Und dann ging es überhaupt nicht mehr weiter. Ein schwarzer Vorarbeiter kam ihr, eine rote Flagge über dem Kopf schwenkend, auf der unebenen Straße entgegen.

»Pasop, Missis! Vorsicht, Madame! Gleich wird gesprengt.«

Centaine parkte am Rand der halbfertigen Straße unter einem Firmenschild, auf dem zu lesen stand:

DE LA REY BAUGESELLSCHAFT
STRASSENBAU UND TIEFBAU

Sie kletterte aus dem Wagen und streckte ihre langen Beine. Sie trug eine Reithose, Stiefel und ein Männerhemd. Der schwarze Vorarbeiter starrte ihre Beine an, bis sie ihn anfuhr: »Jetzt reicht's aber. Gehen Sie an Ihre Arbeit, Mann, oder Ihr Boß wird davon erfahren.«

Sie nahm den Schal vom Kopf und schüttelte ihr Haar. Dann wischte sie sich den Staub vom Gesicht. Es waren achtzig Kilometer von Windhoek bis zu dieser Stelle, und sie hatte sich vor Tagesanbruch auf den Weg gemacht. Sie nahm den Weidenkorb vom Rücksitz, setzte sich auf das Trittbrett des Wagens und stellte den Korb neben sich. Der Küchenchef des Hotels hatte ihr Schinken und Sandwiches eingepackt und eine Flasche kalten, süßen Tee. Centaine merkte erst jetzt, wie hungrig sie war.

Während sie bedächtig aß, schaute sie über die weite Ebene unter ihr. Sie hatte vergessen, wie schön das Gras im Sonnenlicht schimmerte, wie gesponnene Silberfäden — und plötzlich mußte sie an das lange blonde Haar denken, das genauso schimmerte. Unwillkürlich spürte sie einen ziehenden Schmerz im Unterleib, und ihre Brustwarzen wurden hart und richteten sich auf.

Beschämt und wütend dachte sie: »Ich hasse ihn — und ich hasse das Kind, das er mir gemacht hat!«

Als hätte der Gedanke die Bewegung ausgelöst, regte sich das Ungeborene in ihr, und ihr Haß flackerte auf wie eine Kerzenflamme im Luftzug.

»Ich muß stark sein«, sagte sie. »Ich muß standhaft bleiben, Shasa zuliebe.«

Hinter ihr auf der Paßhöhe schrillte eine Signalpfeife. Centaine stand auf und beschattete die Augen, unwillkürlich gespannt.

Dann erbebte die Erde unter ihren Füßen, und die Druckwelle der Explosion schlug gegen ihr Trommelfell. Eine Staubsäule schoß in die klare Wüstenluft empor, und der Berg klaffte auseinander wie unter einem ungeheuren Axthieb. Graublaue Schieferplatten lösten sich und rutschten in einer trägen Lawine zu Tal. Das Echo der Detonation sprang von Felswand zu Felswand, wurde allmählich schwächer, und die Staubsäule verschwand.

Centaine blieb stehen und starrte zur Paßhöhe hinauf. Nach einer Weile erschien ein Reiter. Er kam langsam den gewundenen Pfad herunter, und das Pferd suchte sich behutsam einen Weg durch das lose, trügerische Geröll. Der Reiter saß sehr aufrecht im Sattel, biegsam und geschmeidig wie ein Grashalm im Wind.

»Wenn er nur nicht so schön wäre«, flüsterte Centaine.

Er nahm den breitkrempigen Hut mit den Straußenfedern vom Kopf und klopfte den Staub von der Reithose. Sein goldenes Haar glühte wie ein Leuchtfeuer, und Centaine erfaßte ein leichter Schwindel. Am Fuß des Abhangs, hundert Schritt von Centaine entfernt, schwang er sich aus dem Sattel, sprang zu Boden und warf dem schwarzen Vorarbeiter die Zügel hin.

Der Hottentotte redete aufgeregt auf ihn ein und deutete auf Centaine. Lothar nickte und kam mit großen Schritten auf sie zu. Auf halbem Weg blieb er plötzlich stehen und starrte sie an. Selbst aus dieser Entfernung konnte sie erkennen, wie seine Augen aufleuchteten. Er begann zu laufen.

Centaine rührte sich nicht von der Stelle und sah ihm entgegen. Zehn Schritt von ihr entfernt sah er ihren Gesichtsausdruck und hielt wieder an.

»Centaine. Ich hätte nicht gedacht, daß ich dich jemals wiedersehe, meine Liebste.« Er stürmte auf sie zu.

»Rühr mich nicht an«, sagte sie kalt und bekämpfte die Panik, die sie zu überwältigen drohte. »Ich hab' dich schon einmal gewarnt — rühr mich nie wieder an.«

»Warum bist du dann hergekommen?« fragte er schroff. »Ist es nicht genug, daß mich in den langen Monaten seit unserer Trennung die Erinnerung an dich gequält hat? Mußt du auch noch persönlich kommen, um mich zu peinigen?«

»Ich bin gekommen, um ein Geschäft mit dir zu machen.« Ihre Stimme war eisig, sie hatte sich wieder in der Gewalt. »Ich komme, um dir einen Handel anzubieten.«

»Was für einen Handel? Wenn du ein Teil davon bist, dann nehme ich an, bevor du deine Bedingungen stellst.«

»Nein«, sie schüttelte den Kopf. »Eher würde ich mich umbringen.«

»Du bist grausam.«

»Das muß ich von dir gelernt haben!«

»Sag, was du von mir willst.«

»Du wirst mich zu dem Ort in der Wüste zurückbringen, wo du mich gefunden hast. Du wirst für den Transport, für Begleitung und Ausrüstung sorgen, die notwendig sind, um den Berg zu erreichen und ein Jahr dort zu leben.«

»Was willst du dort?«

»Das geht dich nichts an.«

»Das ist nicht wahr, es geht mich etwas an. Warum brauchst du mich dazu?«

»Ich könnte jahrelang suchen und sterben, ohne den Berg zu finden.«

Er nickte. »Da hast du allerdings recht, aber was du verlangst, kostet eine Menge Geld. Alles, was ich besitze, steckt in dieser Gesellschaft, ich habe keinen Groschen Geld in der Tasche.«

»Ich will nur deine Dienste«, erklärte sie. »Ich werde die Fahrzeuge, die Ausrüstung und den Lohn für die Männer bezahlen.«

»Dann ist es möglich — aber was springt für mich dabei heraus?«

»Ich werde dir dafür«, sie legte die rechte Hand auf ihren Unterleib, »den Bastard überlassen, den du mir gemacht hast.«

Er starrte sie fassungslos an. »Centaine —« Ganz langsam breitete sich eine tiefe Freude auf seinem Gesicht aus. »Ein Kind! Du wirst unser Kind zur Welt bringen!« Instinktiv machte er wieder einen Schritt auf sie zu.

»Halt!« warnte sie ihn. »Nicht unser Kind. Es ist allein dein Kind. Sobald es auf der Welt ist, will ich nichts mehr damit zu tun haben. Ich will es nicht einmal sehen. Du nimmst es sofort nach der Geburt zu dir und machst mit ihm, was du willst. Ich will es nicht. Ich hasse es — und ich hasse den Mann, der es mir gemacht hat.«

Mit dem Planwagen hatte die Reise vom »Ort des Lebens« zum Treffpunkt mit Garry Courtney am »Finger Gottes« ein paar Wochen gedauert. Für die Rückkehr zu dem Bergmassiv brauchten sie nur acht Tage, und das, obwohl sie durch einige Täler und zahllose trockene Flußläufe erst eine Straße für die Lastwagen bauen mußten. Zweimal nahm Lothar Dynamit zu Hilfe, um einen Weg durch den Fels zu sprengen.

Der Konvoi bestand aus zwei Lastautos, die Centaine in Windhoek erstanden hatte, und dem Ford. Lothar hatte sechs Boys angeworben, zwei schwarze Fahrer für die Lastautos und als Lageraufseher und Leibwache für Centaine seinen Owambodiener Swart Hendrick abkommandiert.

»Ich traue ihm nicht«, hatte Centaine protestiert. »Er ist wie ein menschenfressender Löwe.«

»Du kannst ihm ruhig trauen«, versicherte Lothar, »er weiß nämlich, daß ich ihn ganz, ganz langsam umbringen werde, wenn er dich auch nur im geringsten Maße enttäuscht.« Das sagte er in Swart Hendricks Gegenwart, und der Owambo grinste über das ganze Gesicht.

»Das stimmt, Missis, bei anderen hat er es schon gemacht.«

Lothar fuhr zusammen mit Swart Hendrick und dem Bautrupp im ersten Lastwagen. Dahinter folgte der zweite Laster, schwer beladen mit Proviant und Ausrüstungsgegenständen, und Centaine bildete mit dem Ford den Schluß.

Jeden Abend ließ sie abseits vom Hauptlager ihr Zelt aufstellen. Sie nahm ihre Mahlzeiten allein ein und schlief mit einem geladenen Gewehr neben dem Bett. Lothar schien ihre Vertragsbedingungen akzeptiert zu haben; er benahm sich großartig, wurde aber zunehmend schweigsamer und sprach sie nur an, wenn es die Führung der Expedition erforderte.

Als sie einmal am späten Vormittag unerwartet anhielten, kletterte Centaine aus dem Wagen und eilte wütend an die Spitze des Convois. Das führende Lastauto war in das Erdloch eines Springhasen geraten; eine Halbachse war gebrochen. Lothar und der Fahrer waren gerade dabei, den Schaden zu reparieren. Lothar hatte das Hemd ausgezogen; er stand mit dem Rücken zu ihr und hörte sie nicht kommen.

Er pumpte gerade am Griff des Wagenhebers. Sie blieb jäh stehen, als sie seine kräftigen Rückenmuskeln spielen sah, und starrte wie gebannt auf die häßliche dunkelrote Narbe, wo die Pistolenkugel wieder ausgetreten war.

Wie knapp ich seine Lunge verfehlt haben muß, dachte sie. Sie empfand flüchtig bittere Reue und wandte sich ab, die zornigen Worte, die ihr auf der Zunge lagen, blieben unausgesprochen, und sie ging still zu ihrem Wagen am Ende der Kolonne zurück.

Als der Berg schließlich vor ihnen auftauchte und wie eine Arche aus orangefarbenem Fels auf seiner flimmernden Spiegelung in der Luft schwebte, hielt Centaine an und kletterte auf die Motorhaube ihres Wagens. Zahllose Erinnerungen und widerstreitende Gefühle stürmten auf sie ein. Sie fühlte sich von der Freude über die Heimkehr emporgehoben und gleichzeitig von der bleiernen Last ihrer Zweifel und ihres Kummers niedergeworfen.

Lothar riß sie aus ihren Träumereien; er war von der Spitze der Kolonne herangekommen, ohne daß sie ihn bemerkt hatte.

»Du hast mir nicht genau gesagt, wo ich dich hinbringen soll.«

»Zum Löwenbaum«, erklärte sie. »Zu der Stelle, wo du mich gefunden hast.«

Die Krallenspuren der Bestie am Stamm des Mopanibaumes waren immer noch sichtbar, und die Gebeine des Löwen lagen verstreut im Gras darunter — weiß glänzten die Knochen in der Sonne.

Lothar arbeitete zwei Tage mit seinem Bautrupp, um ein Standlager für Centaine zu errichten. Er ließ rund um den Mopanibaum eine geschlossene Palisade aus Mopanistämmen bauen und an den Außenwänden des Pfahlwerkes Äste von Dornensträuchern schichten, um das Lager zu befestigen und gegen Raubtiere abzusichern; außerhalb ließ er eine Latrine ausheben, die durch einen Tunnel aus Pfählen und Dornensträuchern mit dem Gehege verbunden war. Dann stellte er

Centaines Zelt in der Mitte im Schatten des Mopanibaumes auf und baute davor eine Feuerstelle für ihr Lagerfeuer. Den Eingang des Lagers sicherte er mit einem schweren Holztor und einem Wachhäuschen.

»Swart Hendrick wird hier schlafen, damit er immer in Rufweite ist«, erklärte er Centaine.

Am Waldrand, etwa zweihundert Schritt vom Lager entfernt, errichtete er einen zweiten größeren Rundverbau für die Arbeiter und die Boys, und als er damit fertig war, kam er wieder zu Centaine.

»Ich habe alle notwendigen Maßnahmen getroffen.«

Sie nickte. »Ja, du hast deinen Teil unserer Abmachung erfüllt«, stimmte sie zu. »Komm in drei Monaten zurück, dann werde ich meinen Teil erfüllen.«

Er fuhr noch in derselben Stunde ab. Als Centaine den Laster im Wald verschwinden sah, sagte sie zu Swart Hendrick: »Ich werde Sie morgen um drei Uhr früh wecken. Ich will, daß vier Männer vom Bautrupp mitkommen. Sie sollen Decken und Kochtöpfe mitnehmen und Proviant für zehn Tage.«

Der Mond leuchtete, als Centaine die Männer durch das enge Tal zur Höhle der Bienen führte. Vor dem dunklen Eingang erklärte sie, was sie erwartete, und Swart Hendrick übersetzte ihre Worte für jene, die nicht Afrikaans verstanden.

»Es besteht keinerlei Gefahr, wenn ihr ruhig bleibt und nicht rennt.« Aber als die Arbeiter das tiefe Summen in der Höhle hörten, liefen sie verstört zurück, legten ihr Gepäck nieder und drängten sich mit finsteren und trotzigen Gesichtern zusammen.

»Swart Hendrick, sagen Sie ihnen, sie können sich entscheiden«, befahl Centaine, »entweder sie gehen mit mir durch die Höhle, oder Sie werden sie erschießen, einen nach dem anderen.«

Hendrick wiederholte ihre Worte genüßlich und nahm das Gewehr so kunstgerecht von der Schulter, daß sie hastig ihre Sachen packten und hinter Centaine herdrängten. Das Durchschreiten der Höhle war wie immer nervenaufreibend, aber kurz, und als sie in das geheime Tal hinaustraten, tauchte der Mond das Mongongowäldchen in ein silbriges Licht und ließ die hohen Felswände schimmern.

»Wir haben viel Arbeit. Wir werden hier in diesem Tal leben, bis die Arbeit beendet ist, damit ihr nur noch einmal durch diese Höhle der Bienen müßt — wenn wir das Tal wieder verlassen.«

Abraham Abrahams hatte Centaine genau erklärt, wie man den Rechtsanspruch auf eine Mine erhob. Er hatte ein Musterbeispiel ausgearbeitet und ihr gezeigt, wie man eine Schürfeinheit absteckt. Mit einem Maßband hatte er ihr vorgeführt, wie man die Schürfeinheiten anlegte, damit keine Lücken entstanden, die Ansatzpunkte für fremde Ansprüche dargestellt hätten.

Jedenfalls war es eine eintönige, schweißtreibende, ermüdende Arbeit. Die vier Arbeiter und Swart Hendrick halfen ihr zwar, aber Centaine mußte jede Messung selbst vornehmen, jeden Anspruchsvermerk ausschreiben und selbst an die Pfähle aus Mongongoholz heften, die die Männer nach ihren Anweisungen aufstellten.

Jeden Tag bei Anbruch der Dämmerung schleppte sich Centaine erschöpft in die unterirdische Grotte mit der Thermalquelle und badete ihre schmerzenden Glieder in dem dampfenden Wasser. Sie spürte bereits die ersten Beschwerden der fortgeschrittenen Schwangerschaft. Sie war diesmal dicker, und die Schwangerschaft erschien ihr härter und zermürbender als beim erstenmal, fast so, als reagiere das Ungeborene rachsüchtig auf ihre Gefühle. Ihr Rücken schmerzte besonders stark, und am Ende des neunten Tages wußte sie, daß sie nicht mehr lange ohne Ruhepause durchhalten würde.

Doch der Talboden war mit kreuzweise angeordneten Reihen von Pflöcken abgesteckt, von denen jeder aus einem kleinen Steinhügel ragte. Die Männer hatten sich mittlerweile an die Arbeit gewöhnt, die viel schneller voranging.

Nur noch einen Tag, gelobte sich Centaine, und dann ruhe ich mich aus.

Am Abend des zehnten Tages war die Arbeit getan. Jeder Meter Boden in dem Tal war vermessen und abgesteckt.

»Packen Sie zusammen«, befahl sie Swart Hendrick. »Wir gehen heute nacht zurück.« Und als er sich abwandte: »Gut gemacht, Hendrick, Sie sind ein Löwe, und Sie können sicher sein, daß ich am Zahltag daran denken werde.«

Die gemeinsame harte Arbeit hatte sie zu Kameraden gemacht.

Er grinste ihr zu. »Wenn ich zwanzig Frauen hätte, Missis, die so stark wären wie Sie und so arbeiten wie Sie, könnte ich mich in den Schatten setzen und den ganzen Tag Bier trinken.«

»Das ist das netteste Kompliment, das ich je bekommen habe«, erwiderte sie auf französisch und hatte kaum noch die Kraft für ein kurzes, müdes Lachen.

Wieder im Hauptlager, ruhte sich Centaine einen Tag lang aus und setzte sich am Morgen des nächsten Tages im Schatten des Mopanibaumes an ihren Klapptisch, um sich mit den Formularen zu befassen. Auch das war eine eintönige und anspruchsvolle Arbeit, denn sie mußte Formulare für vierhundertsechzehn Schürfeinheiten ausfüllen, jede Ziffer aus ihrem Notizbuch übertragen und dann in ihre Planskizze einzeichnen. Abraham Abrahams hatte ihr erklärt, wie wichtig gerade diese Arbeit war, denn jede Schürfeinheit würde vom Bergbauinspektor der Regierung und von seinem Geometer genau überprüft werden, und ein kleiner Fahrlässigkeitsfehler konnte ihre gesamten Ansprüche ungültig machen.

Es vergingen weitere fünf Tage, bevor sie mit dieser Arbeit fertig war. Sie packte den Stoß Formulare in braunes Packpapier und versiegelte das Paket mit Wachs.

»Lieber Mr. Abrahams«, schrieb sie, »bitte reichen Sie die beiliegenden Unterlagen für die Schürfrechte in meinem Namen beim Bergbauamt ein und deponieren Sie die Dokumente im Tresor der Standard Bank in Windhoek.

Ich wäre Ihnen sehr dankbar, wenn Sie sich dann mit dem

besten unabhängigen Bergbaugutachter, der im Augenblick verfügbar ist, in Verbindung setzen könnten. Verpflichten Sie ihn vertraglich dazu, das Land, das Gegenstand dieser Schürfrechte ist, zu untersuchen und zu bewerten, und schicken Sie ihn umgehend mit dem Fahrzeug, das Ihnen diesen Brief bringt, hierher.

Bitte kümmern Sie sich auch darum, daß der Lastwagen auf dem Rückweg mit den Waren beladen wird, die ich unten aufgeschrieben habe, und bezahlen Sie die Waren von meinem Konto.

Ich bitte Sie noch um einen letzten Gefallen. »Bitte telegraphieren Sie ohne Angabe meines Aufenthaltsortes an Oberst Garrick Courtney in Theuniskraal und erkundigen Sie sich nach meinem Sohn Michel und nach meiner Freundin Anna Stok. Übermitteln Sie allen dreien meine herzlichsten Grüße und meine besten Wünsche, und versichern Sie ihnen, daß es mir gutgeht und daß ich mich danach sehne, sie wiederzusehen.

Ihnen, lieber Mr. Abrahams, vielen Dank im voraus und alles Gute

Centaine de Thiry Courtney.«

Sie gab den Brief und das Paket dem Fahrer des Lastwagens und schickte ihn nach Windhoek. Da die Straße nun gut befahrbar und alle schwierigen Stellen entschärft waren, kehrte der Lastwagen schon nach acht Tagen zurück. Neben dem Fahrer saß ein großer, älterer Mann.

»Darf ich mich vorstellen, Mrs. Courtney? Mein Name ist Rupert Twentyman-Jones.«

Er sah eher nach einem Leichenbestatter aus als nach einem Bergbauingenieur. Dieser Eindruck wurde durch das schwarze Alpakajackett mit Stehkragen und die schwarze Krawatte noch verstärkt. Er hatte glatt zurückgekämmtes schwarzes Haar, während sein Backenbart lockig und weiß war wie Baumwolle. Die Nase und die Spitze seiner Ohren waren von Geschwüren zerfressen, die die Tropensonne verursacht hatte; sie sahen aus, als wären sie von Mäusen angenagt worden. Seine Tränensäcke und die kummervolle Miene erinnerten an einen Basset.

»Sehr erfreut, Mr. Jones.«

»Dr. Twentyman-Jones«, korrigierte er traurig. »Doppelläufig, wie ein Gewehr. Ich habe einen Brief für Sie von Mr. Abrahams.« Er überreichte ihr den Brief wie einen Exekutionsbescheid.

»Danke, Dr. Twentyman-Jones. Wie wär's mit einer Tasse Tee, während ich den Brief lese?«

»Bitte lassen Sie sich nicht von der traurigen Miene des Mannes täuschen«, versichert ihr Abraham Abrahams in dem Brief. »Er war Assistent bei Dr. Merensky, der die Diamantenterrassen von Spieregebied entdeckte, und wird jetzt regelmäßig von den Direktoren der De Beers Consolidated Mines konsultiert. Falls Sie noch einen weiteren Beweis für seinen Rang benötigen, dann halten Sie sich die Tatsache vor Augen, daß sein Honorar für diesen Vertrag tausendzweihundert Guineen beträgt.

Oberst Courtney hat mir versichert, daß Mevrou Anna Stok und Ihr Sohn bei bester Gesundheit sind, und alle drei lassen Sie herzlichst grüßen und hoffen auf Ihre rasche Rückkehr.

Ich habe Ihnen die bestellten Waren mitgeschickt und muß Ihnen mitteilen, daß Ihr Kontostand nach Abzug des im voraus zu bezahlenden Honorars von Dr. Twentyman-Jones und nach Bezahlung der Waren exakt 6 Pfund, 11 Schilling und 6 Pence beträgt. Die Dokumente über Ihre Schürfrechte sind sicher im Tresorraum der Bank verwahrt.«

Centaine faltete den Brief sorgfältig zusammen. Von ihrer Erbschaft und dem Erlös aus dem Verkauf von H'anis Diamanten waren etwas mehr als sechs Pfund übriggeblieben — sie besaß nicht einmal mehr das Geld für die Rückfahrkarte nach Theuniskraal, es sei denn, sie würde die Lastautos verkaufen.

Doch Twentyman-Jones war bezahlt, und die Vorräte, die sie im Lager hatte, reichten noch für drei Monate.

Sie nahm einen kleinen Schluck heißen Tee und schaute zu ihm auf.

»Zwölfhundert Guineen, Sir — Sie müssen gut sein!«

»Nein, Madame«, erwiderte er und schüttelte traurig den Kopf. »Ich bin ganz einfach der Beste.«

Centaine führte Twentyman-Jones bei Nacht durch die Höhle der Bienen, und als sie in das geheime Tal hinaustraten, setzte er sich auf einen Stein und wischte sich mit einem Taschentuch das Gesicht ab.

»Das gefällt mir überhaupt nicht, Madame. Mit diesen schrecklichen Insekten muß irgend etwas geschehen. Wir müssen sie irgendwie loswerden, fürchte ich.«

»Nein«, erwiderte Centaine entschieden. »Ich möchte diesem Ort und seinen Lebewesen möglichst wenig Schaden zufügen, bis —«

»Bis, Madame?«

»Bis wir wissen, ob es notwendig ist.«

»Ich mag Bienen nicht. Ich bekomme von ihren Stichen fürchterliche Schwellungen. Ich werde Ihnen mein Honorar zurückerstatten, und Sie können sich einen anderen Gutachter suchen.« Er wollte aufstehen.

»Warten Sie!« Centaine hielt ihn zurück. »Ich habe die Felswände dort oben untersucht. Es gibt einen Weg, um über den Bergkamm in dieses Tal zu kommen. Das heißt, man müßte einen Flaschenzug mit einem Förderkorb auf dem Grat montieren.«

»Das wird meine Arbeit überaus erschweren.«

»Bitte, Dr. Twentyman-Jones, ohne Ihre Hilfe —« Er gab ein paar zurückhaltende, mürrische Laute von sich und stapfte, die Laterne hochhaltend, in die Dunkelheit.

Als es etwas heller wurde, begann er mit seiner Untersuchung. Centaine saß den ganzen Tag im Schatten eines Mongongobaumes und sah seine lange dünne Gestalt nur ab und zu flüchtig zwischen den Bäumen auftauchen. Er schritt durch das Tal, blieb alle paar Minuten stehen, um einen Stein oder eine Handvoll Erde aufzuheben, und verschwand dann wieder zwischen Bäumen oder Felsen.

Es war spät am Nachmittag, als er zu ihr zurückkehrte.

»Nun?« fragte sie.

»Falls Sie ein Gutachten von mir erwarten, Madame, dann sind Sie ein wenig voreilig. Ich brauche ein paar Monate, bevor —«

»Monate?« rief Centaine erschrocken aus.

»Gewiß —« Dann sah er ihr Gesicht und senkte die Stimme. »Sie haben mir das viele Geld nicht für eine Vermutung bezahlt. Ich muß das Tal erschließen und nachsehen, was darunter liegt. Das kostet Zeit und Arbeit. Ich werde alle Arbeiter brauchen, die Sie verfügbar haben, und jene, die ich mitgebracht habe, ebenfalls.«

»Davon hatte ich keine Ahnung.«

»Sagen Sie, Mrs. Courtney«, fragte er liebenswürdig, »was hoffen Sie eigentlich hier zu finden?«

Sie holte tief Atem. »Diamanten«, sagte sie und hatte augenblicklich das schreckliche Gefühl, als würde sie das bloße Aussprechen dieses Wortes ins Unglück stürzen.

»Diamanten!« echote Twentyman-Jones, als wäre es die Nachricht vom Tod seines Vaters. »Na, wir werden sehen.« Er machte ein kummervolles Gesicht. »Wir werden sehen!«

»Wann fangen wir an?«

»Wir, Mrs. Courtney? Sie werden sich von diesem Tal fernhalten. Wenn ich arbeite, dulde ich niemanden in meiner Nähe.«

»Aber«, protestierte sie, »darf ich denn nicht einmal zuschauen?«

»Das, Mrs. Gourtney, ist ein Grundsatz, von dem ich niemals abweiche — Sie werden sich leider gedulden müssen.«

Centaine war also aus dem Tal verbannt, und die Tage im Hauptlager vergingen unendlich langsam. Von ihrem Zelt aus sah sie Twentyman-Jones' Arbeitstrupp schwerbeladen mit Ausrüstungsgegenständen zum Grat aufsteigen und hinter dem Kamm verschwinden.

Nachdem sie fast einen Monat gewartet hatte, stieg sie selbst hinauf. Es war eine beschwerliche und anstrengende Kletterei, und sie spürte bei jedem Schritt die schwere Last in ihrem Leib. Doch auf dem Gipfel bot sich ihr eine wunderbare Aussicht über die Ebene, die sich bis ans Ende der Welt zu erstrecken schien. Als sie in das geheime Tal hinunterblickte, hatte sie das Gefühl, direkt in das Erdinnere zu schauen.

Der Flaschenzug an der Kante der Felswand wirkte so zerbrechlich wie ein Spinngewebe, und sie schauderte bei dem Gedanken, in den Förderkorb steigen zu müssen und in die Tiefe gelassen zu werden. Sie schickte eine Botschaft an Twentyman-Jones hinunter: »Sir, haben Sie etwas gefunden?«

Und eine Stunde später kam die Antwort: »Geduld, Madam, ist eine der höchsten Tugenden.«

Das war das einzige Mal, daß sie auf den Berg kletterte, denn das Kind in ihr schien wie ein bösartiger Tumor zu wachsen.

Als der Sommer Ende November seinen Höhepunkt erreichte, wurde die Hitze immer drückender, und Centaine konnte nicht schlafen. Sie lag schwitzend auf ihrem Feldbett und wartete auf die Morgendämmerung, und wenn sie bei Tagesanbruch wieder aufstand, fühlte sie sich deprimiert, ausgelaugt und verlassen. Sie aß viel zuviel, denn Essen war ihr einziges Betäubungsmittel gegen die Langeweile dieser endlosen schwülen Tage. Ihr Bauch wurde immer dicker, so daß sie beim Sitzen die Knie spreizen mußte. Das Ungeborene trat nach ihr, strampelte und zappelte wie ein großer Fisch am Ende der Angelschnur, und manchmal stöhnte sie: »Sei friedlich, du kleines Ungeheuer — o Gott, wie werde ich froh sein, wenn ich dich endlich los bin.«

Und eines Nachmittags, als sie die Hoffnung schon fast aufgegeben hatte, kam Twentyman-Jones zurück. Swart Hendrick sah ihn auf dem Bergpfad und eilte zu Centaine, um sie zu verständigen, so daß sie Zeit hatte, sich das Gesicht zu waschen und ihre schweißnassen Kleider zu wechseln.

»So, Madam, hier ist Ihr Gutachten.« Er legte eine dicke Mappe auf den Tisch, hinter dem sie saß.

Sie löste die Bänder und schlug sie auf. Seite um Seite war in sauberer Handschrift mit Buchstaben und Zahlen und Worten vollgeschrieben, von denen sie noch nie gehört hatte. Sie blätterte langsam weiter, und Twentyman-Jones beobachtete sie traurig. Einmal schüttelte er den Kopf und sah so aus, als wollte er etwas sagen, statt dessen zog er ein Taschentuch aus der Brusttasche und putzte sich geräuschvoll die Nase.

Schließlich blickte sie zu ihm auf.

»Es tut mir leid«, flüsterte sie, »aber ich verstehe nichts davon. Erklären Sie es mir.«

»Ich mach' es kurz, Madam. Ich hab' sechsundvierzig Bohrlöcher ausheben lassen, alle mit einer Tiefe von fünfzehn Metern und in Abständen von zwei Metern.«

»Ja«, nickte sie. »Aber was haben Sie gefunden?«

»Ich fand heraus, daß eine Schicht gelbes Gestein das ganze Tal bis zu einer durchschnittlichen Tiefe von zehn Metern überlagert.«

Centaine wurde plötzlich schwindlig. Twentyman-Jones hielt inne und schneuzte sich abermals. Centaine war klar, daß er die verhängnisvollen Worte, die ihre Hoffnungen und Träume für immer zunichte machen würden, nicht aussprechen wollte.

»Bitte, fahren Sie fort«, flüsterte sie.

»Unter dieser Formation stießen wir auf —«, seine Stimme wurde immer leiser, und er sah aus, als hätte er Mitleid mit ihr »— stießen wir auf blaues Gestein.«

Alles umsonst, dachte sie und hörte kaum mehr zu, als er fortfuhr.

»Das ist natürlich die klassische Schlotformation, das zersetzende Brecciengemisch oben und die härtere undurchlässigere Schieferformation unten.«

»Demnach gibt es keine Diamanten dort«, sagte sie leise, und er starrte sie an.

»Diamanten? Nun, Madam, ich habe einen Durchschnittswert von sechsundzwanzig Karat auf hundert Loads errechnet.«

»Ich verstehe noch immer nicht«, sagte sie und schüttelte den Kopf.

»Was heißt das, Sir? Was ist hundert Loads?«

»Hundert Loads sind ungefähr achtzig Tonnen Erde.«

»Und was bedeutet sechsundzwanzig Karat?«

»Nun, Madam, die Jagersfontein-Mine enthält elf Karat auf hundert Loads, sogar die Wesselton kommt über sechzehn Karat auf hundert Loads nicht hinaus — und das sind die reichsten Diamantenminen der Welt. Ihr Boden ist fast doppelt so reich.«

»Demnach gibt es also doch Diamanten?« Sie starrte ihn an, und er zog ein paar kleine braungelbe Umschläge, die mit einer Schnur zusammengebunden waren, aus der Seitentasche seines Alpakajacketts und legte sie oben auf das Gutachten.

»Bitte bringen Sie sie nicht durcheinander, Mrs. Courtney, die Steine aus jedem Bohrloch sind in getrennten Umschlägen und sorgfältig bezeichnet.«

Mit zitternden Fingern löste Centaine die Schnur und öffnete ungeschickt den obersten Umschlag. Sie schüttelte den Inhalt in ihre Handfläche. Einige der Steine waren kaum größer als Zuckerkörner, und einer hatte die Größe einer reifen Erbse.

»Diamanten?« fragte sie noch einmal, um ganz sicher zu gehen.

»Ja, Madam, und im Durchschnitt von besonders guter Qualität.«

Sie starrte stumm auf das kleine Häufchen Steine in ihrer Hand. Sie sahen so trüb, so klein und unbedeutend aus.

»Verzeihen Sie mir, Madam, wenn ich mir die Freiheit nehme, Sie etwas zu fragen? Es bleibt Ihnen natürlich unbenommen, meine Frage nicht zu beantworten.«

Sie nickte.

»Sind Sie Mitglied eines Konsortiums — haben Sie Teilhaber bei diesem Unternehmen?«

Sie schüttelte den Kopf.

»Das heißt, Sie sind die alleinige Inhaberin und Besitzerin dieses Tales? Sie haben dieses Diamantenvorkommen entdeckt und die Schürfeinheiten auf eigenes Risiko abgesteckt?«

Sie nickte abermals.

»Dann, Mrs. Courtney«, sagte er und schüttelte traurig den

Kopf, »sind Sie im Augenblick wahrscheinlich eine der reichsten Frauen der Welt.«

Twentyman-Jones blieb noch drei Tage.

Er ging jede Zeile des Gutachtens mit ihr durch und erklärte ihr jeden Ausdruck, den sie nicht verstand. Er öffnete alle Umschläge mit den Mustersteinen, nahm mit einer Pinzette ungewöhnliche oder typische Diamanten heraus, legte sie auf ihre Handfläche und zeigte ihr die besonderen Merkmale.

»Einige von diesen Steinen sind so klein — haben die denn überhaupt einen Wert?« Sie hielt die zuckerkorngroßen Splitter zwischen Daumen und Zeigefinger.

»Diese Industriediamanten, Madam, sind Ihr Butterbrot. Sie werden Ihren Lebensunterhalt abdecken. Und die großen Steine mit Juwelenqualität, wie dieser hier, sind die Marmelade auf das Brot. Erdbeermarmelade, Madam, von der allerbesten Qualität — Crosse & Blackwell, wenn Sie wollen!«

Der letzte Abschnitt seines Gutachtens umfaßte einundzwanzig Seiten mit Empfehlungen für den Abbau der Diamanten.

»Sie haben den ungeheuren Vorteil, Madam, daß Sie die Diamanten systematisch abbauen können. Alle anderen großen Diamentenfelder, von Kimberley bis Wesselton, wurden von Hunderten Einzelschürfern abgesteckt, und jeder begann unabhängig von den Bemühungen des Nachbarn zu arbeiten. Das Ergebnis war ein völliges Chaos.« Er schüttelte den Kopf und zog traurig an seinem lockigen weißen Backenbart.

»Während Sie, Madam, die Möglichkeit haben, nach einem Plan vorzugehen. Und dieses Gutachten«, er legte die Hand auf die Mappe, »erläutert genau, wie Sie vorgehen sollten. Ich habe sogar den Boden vermessen und numerierte Pfähle einschlagen lassen, um es Ihnen zu erleichtern. Ich habe für jeden Abschnitt das Erdvolumen ausgerechnet. Ich habe Ihren ersten Schacht entworfen und erläutert, wie Sie jede Abbauphase planen sollten.«

Centaine unterbrach seinen Vortrag: »Dr. Twentyman-Jones, Sie sagen dauernd ›Sie‹. Sie erwarten doch nicht etwa, daß ich persönlich all diese komplizierten Dinge tue, oder?«

»Meine Güte, nein! Sie werden einen Ingenieur brauchen, einen Fachmann. Letzten Endes werden Sie wahrscheinlich ein paar Ingenieure beschäftigen, und viele hundert, möglicherweise sogar Tausende Männer werden hier in der —« Er zögerte »— haben Sie schon einen Namen für das Unternehmen? Die Courtney-Mine vielleicht?«

Centaine schüttelte den Kopf. »Die H'ani-Mine«, erklärte sie.

»Sehr ungewöhnlich. Was bedeutet das Wort?«

»Es ist der Name der San-Frau, die mich hierhergeführt hat.«

»Sehr passend. Nun, wie ich schon sagte, werden Sie einen guten Ingenieur brauchen, um die ersten Aufschließungen, die ich kurz umrissen habe, vorzunehmen.«

»Können Sie mir einen Mann empfehlen, Sir?«

»Schwierig«, meinte er nachdenklich. »Die meisten guten Ingenieure sind ständig bei De Beers beschäftigt; einer, der in Frage käme, ist kürzlich bei einem Sprengunfall zum Krüppel geworden.« Er dachte einen Augenblick nach. »Ach ja, ich habe in letzter Zeit häufig Gutes von einem jungen Afrikander gehört. Hab' nie selbst mit ihm gearbeitet — zum Kuckuck, wie war noch gleich sein Name. O ja, ich hab's. De La Rey!«

»Nein!« stieß Centaine heftig hervor.

»Verzeihung, Madam. Kennen Sie ihn?«

»Ja. Ich will ihn nicht.«

»Wie Sie wünschen — ich werde nachdenken, ob ich sonst noch jemanden weiß.«

In dieser Nacht fand Centaine keinen Schlaf und wälzte sich hin und her, um das erdrückende Gewicht des Kindes zu verlagern, dann fiel ihr Twentyman-Jones' Vorschlag ein, und sie richtete sich langsam auf.

»Warum eigentlich nicht?« sagte sie laut in die Dunkelheit. »Er muß ohnehin hierher zurückkommen. Und ein Fremder könnte im Augenblick mehr sehen, als mir lieb wäre.« Sie verschränkte beide Hände über dem Bauch. »Ich brauche ihn ja nur für die erste Aufschließung. Ich werde Abraham Abrahams jetzt gleich schreiben, daß er mir Lothar schicken soll!« Sie zündete die Laterne an und watschelte durch das Zelt zu ihrem Tisch.

Am nächsten Morgen war Twentyman-Jones bereit zur Abfahrt. Seine Ausrüstung war auf der Ladefläche des Lastwagens verstaut, und seine schwarzen Arbeiter saßen ebenfalls auf dem Laster.

Centaine reichte ihm das Gutachten zurück.

»Wären Sie so nett, das Gutachten zusammen mit diesem Brief meinem Rechtsanwalt in Windhoek zu übergeben, Sir?«

»Selbstverständlich, Madam.«

»Danke. In diesem Brief habe ich Mr. Abrahams beauftragt, Ihnen von dem Darlehen eine Summe in der Höhe ihres ursprünglichen Honorars auszuzahlen.«

»Das ist nicht nötig, Madam, aber sehr großzügig.«

»Ach, wissen Sie, Dr. Twentyman-Jones, ich könnte in Zukunft irgendwann einmal Ihre Dienste als ständiger Gutachter der H'ani-Mine in Anspruch nehmen wollen. Und daher möchte ich, daß Sie eine gute Meinung von mir haben.«

»Das erfordert kein Extrahonorar, Mrs. Courtney, ich finde, Sie sind eine außergewöhnlich mutige, intelligente und hübsche junge Dame. Es wäre mir eine Ehre, wieder für Sie zu arbeiten.«

»Dann möchte ich Sie noch um einen letzten Gefallen bitten.«

»Alles, Madam.«

»Bitte bewahren sie Stillschweigen über meine persönlichen Umstände, die Sie vielleicht bemerkt haben.«

Sein Blick streifte für einen Augenblick über ihren Leib.

»Diskretion, Madam, ist eine der wichtigsten Voraussetzungen in meinem Beruf. Außerdem würde ich niemals etwas tun, was einem Freund schaden könnte.«

»Einem guten Freund, Dr. Twentyman-Jones«, versicherte sie, als sie ihm die Hand hinstreckte.

»Einem sehr guten Freund, Mrs. Courtney«, stimmte er zu, als er ihre Hand nahm, und für einen winzigen Augenblick dachte sie, er würde lächeln. Aber er wandte sich ab und kletterte in den wartenden Lastwagen.

Auch diesmal brauchten die Lastwagen für die Fahrt nach Windhoek und zurück nur acht Tage, und Centaine fragte sich während dieser Zeit mehr als einmal, ob sie ihn nicht zu spät losgeschickt hatte. Das Kind hatte es plötzlich sehr eilig, so daß Centaine außerordentlich erleichtert war, als sie die Lastwagen zurückkommen hörte.

Sie beobachtete die Ankunft von ihrem Zelt aus. Lothar De La Rey saß im vorderen Lastwagen, und obwohl sie versuchte, es zu ignorieren, fühlte sie, wie ihr Herz schneller schlug, als sie ihn elegant und geschmeidig aus dem Wagen springen sah.

Der Passagier, dem Lothar dann aus dem Wagen half, versetzte Centaine in Erstaunen. Es war eine Nonne im Habit des Benediktinerordens.

»Ich wollte ein Kindermädchen, eine Schwester habe ich nicht erwartet«, murmelte sie ärgerlich. Auf der Ladefläche des Lastwagens saßen zwei junge Nama-Mädchen. Sie hatten goldbraune Haut und hübsche kleine Mopsgesichter, beide Säuglinge im Arm und volle Brüste unter den bedruckten Baumwollkleidern. Nach ihrer Ähnlichkeit zu schließen, waren sie Schwestern.

Die Ammen, dachte Centaine. Bei dem Gedanken, daß diese braunen Fremden ihr Kind stillen würden, fühlte sie das erstemal einen Anflug des Bedauerns über das, was sie tun mußte.

Lothar kam zu ihrem Zelt, sehr zurückhaltend und reserviert, und gab ihr ein paar Briefe, bevor er ihr die Nonne vorstellte.

»Das ist Schwester Ameliana vom St.Anna Hospital«, sagte er. »Eine Cousine meiner Mutter. Sie ist ausgebildete Hebamme, spricht aber nur deutsch. Wir können uns ganz auf sie verlassen.«

Schwester Ameliana war eine blasse, hagere Frau und roch nach getrockneten Rosenblättern. Ihr Blick war mißbilligend und frostig, als sie Centaine anschaute und etwas zu Lothar sagte.

»Sie möchte dich untersuchen«, übersetzte Lothar. »Ich komme später zurück, um die Arbeit zu besprechen, die du für meine Gesellschaft hast.«

»Sie mag mich nicht.« Centaine erwiderte Schwester Amelianas gleichgültigen feindseligen Blick, und Lothar zögerte mit der Antwort.

»Sie billigt unseren Handel nicht. Sie hat ihr ganzes Leben der Geburt und Pflege von Kindern geweiht. Sie versteht nicht, wie du dein eigenes Baby weggeben kannst — ich übrigens auch nicht.«

»Sag ihr, daß ich sie auch nicht mag und daß sie das tun soll, weswegen sie hergekommen ist, anstatt sich zum Richter über mich aufzuwerfen.«

»Centaine —« protestierte er.

»Sag es ihr«, beharrte Centaine, und sie wechselten schnell ein paar Worte auf deutsch, bevor er sich wieder an Centaine wandte.

»Sie sagt, daß ihr einander versteht. Das ist gut. Sie ist nur des Kindes wegen gekommen. Was das Richten betrifft, das überläßt sie unserem Himmelvater.«

»Sag ihr, daß sie mich jetzt untersuchen kann.«

Nachdem Schwester Amelia ihre Untersuchung beendet hatte und gegangen war, las Centaine die Briefe. Einer war von Garry Courtney, der ihr von allen Neuigkeiten in Theuniskraal berichtete, und unter seiner Unterschrift hatte er mit der Bemerkung: »Michel Courtney, sein Zeichen«, den Abdruck von Shasas tintenbeschmiertem Daumen hinzugefügt.

Annas dicker Brief in der großen, unbeholfenen und schwer zu entziffernden Handschrift hinterließ ein warmes Gefühl der Freude.

Dann brach sie das Siegel von Abraham Abrahams Brief auf.

»Meine liebe Mrs. Courtney,

Ihr Brief und Dr. Twentyman-Jones' Bericht haben mich überwältigt. Ich finde keine Worte, um Ihnen meine Bewunderung für Ihre Leistung auszudrücken und um Ihnen zu sagen, wie sehr ich mich für Sie über Ihr Glück freue. Doch ich will Sie nicht mit meinen Glückwünschen langweilen und komme unverzüglich zum Geschäft.

Dr. Twentyman-Jones und ich haben umfassende Verhandlungen mit den Direktoren und Managern der Standard-Bank geführt, die das Gutachten und die Proben studiert und geprüft haben. Die Bank hat sich bereit erklärt, Ihnen ein Darlehen von hunderttausend Pfund zu fünfeinhalb Prozent Zinsen per annum zur Verfügung zu stellen. Sie können ganz nach Belieben über diese Summe verfügen. In Zukunft werden Ihnen selbstverständlich weitere Mittel zur Verfügung gestellt. Die Dokumente über die Schürfrechte der H'ani-Mine gelten als Sicherheit für das Darlehen.

Dr. Twentyman-Jones hat sich mit Mr. Lothar De La Rey in Verbindung gesetzt und mit ihm die Erfordernisse für Phase 1 der Aufschließung des Diamantenvorkommens in allen Einzelheiten besprochen.

Mr. De La Rey hat einen Fixpreis von fünftausend Pfund für die Durchführung dieser Arbeit festgesetzt. Kraft Ihrer Vollmacht habe ich sein Angebot angenommen und eine Anzahlung von tausend Pfund geleistet, die er mir quittiert hat.«

Centaine überflog den Rest des Briefes und mußte über Abrahams' Anmerkung lächeln:

»Ich schicke Ihnen die Waren, die Sie bestellt haben. Aber ich bin verblüfft über die zwei Dutzend Moskitonetze, die in Ihrer Bestellung aufscheinen. Vielleicht erklären Sie mir eines Tages, was Sie mit diesen Netzen vorhaben, und stillen meine brennende Neugier.«

Dann ließ sie Lothar rufen.

Er kam sofort. »Schwester Ameliana hat mir versichert, daß

alles in Ordnung ist, daß die Schwangerschaft ganz normal und ohne Komplikationen verläuft und daß es bald soweit ist.«

Centaine nickte und wies auf den Klappstuhl ihr gegenüber.

»Ich habe dir noch nicht zu deiner Entdeckung gratuliert«, sagte er, als er sich setzte. »Dr. Twentyman-Jones veranschlagt den Wert deiner Mine bei vorsichtiger Schätzung auf drei Millionen Pfund Sterling. Das ist fast unvorstellbar, Centaine.«

Sie neigte den Kopf und erklärte ihm mit ruhiger, fester Stimme: »In Anbetracht der besonderen Umstände unserer persönlichen Beziehung und der Tatsache, daß Sie nun für mich arbeiten, halte ich es für besser, wenn Sie mich in Zukunft mit Mrs. Courtney ansprechen. Der Gebrauch meines Vornamens läßt auf eine Vertraulichkeit schließen, die nicht mehr existiert zwischen uns.«

Sein Lächeln erstarb. Er schwieg.

»Nun zu der Aufgabe, die Sie übernommen haben. Lassen Sie uns die Einzelheiten besprechen.«

»Sie wünschen, daß ich sofort anfange, nicht erst nach der Entbindung?«

»Sofort, Sir«, sagte sie schroff, »und ich will persönlich die Säuberung des Tunnels überwachen, der in das Tal führt. Das ist der erste Schritt. Wir fangen morgen nacht an.«

In der Dämmerung war es soweit. Der Pfad durch das enge Tal zum Eingang der Höhle der Bienen war freigemacht und verbreitert worden. Lothars Arbeiter hatten Brennholz hinaufgeschleppt und neben dem Höhleneingang aufgestapelt.

Es war fast so, als hätten die Bienen gemerkt, daß ihnen Unheil drohte, denn als die Sonne unterging, tummelten sich die blitzschnellen, goldenen Insekten in ihren Strahlen, und die drückend schwüle Luft zwischen den Felswänden vibrierte vom Geschwirr ihrer Flügel, als sie zu Hunderten über den Köpfen der schwitzenden Arbeiter surrten. Ohne die schützenden Moskitonetze wären alle sicher mehr als einmal gestochen worden.

Als die Dunkelheit hereinbrach, zogen sich die aufgescheuchten Bienenschwärme in das Innere der Höhle zurück. Centaine wartete eine Stunde, um sicher zu sein, daß sich die Insekten beruhigt und in den Stöcken niedergelassen hatten. Dann wies sie Lothar an: »Sie können die Räuchertöpfe anzünden lassen.«

Vier von Lothars zuverlässigsten Männern beugten sich über die Räuchertöpfe. Diese Töpfe waren leere, an den Seiten durchlöcherte Rindfleischdosen, die sie mit Holzkohle und Kräutern gefüllt hatten, die Centaine vorher hatte sammeln lassen. Das Geheimnis dieser Kräuter war ein Vermächtnis von O'wa, und nun, als der beißende Geruch der brennenden Kräuter in ihre Nase stieg, dachte sie an den alten Buschmann. Lothars Männer schwenkten die Räuchertöpfe an kurzen Drähten. Als alle vier Töpfe gleichmäßig glühten, gab Lothar seinen Männern leise einen Befehl, und sie näherten sich dem Höhleneingang. Im Licht der Laternen sahen sie aus wie Gespenster. Sie trugen schwere Kalbslederstiefel und Lederhosen, und ihre Köpfe und Oberkörper waren in die weißen Moskitonetze gehüllt. Einer nach dem anderen verschwand im Inneren der Höhle, und aus den Räuchertöpfen wirbelte dicker blauer Rauch.

Centaine ließ eine weitere Stunde verstreichen, bevor sie und Lothar den Männern in die Höhle folgten.

Der beißende Rauch bildete einen so dichten Nebel, daß sie nur ein paar Schritte weit sehen konnte. Die wallenden blauen Wolken erregten Übelkeit und machten schwindlig. Doch das tiefe Summen der Bienen war verstummt. Scharen glitzernder Insekten hingen betäubt in Trauben von der Decke und den Honigwaben.

Centaine trat hastig aus der Höhle und nahm das Netz von ihrem schweißnassen Gesicht, atmete gierig die kühle frische Nachtluft ein, um ihre Übelkeit zu bekämpfen, und als sie wieder sprechen konnte, befahl sie Lothar: »Sie können jetzt das Brennholz hineinbringen, aber sagen Sie ihnen, daß sie vorsichtig sein sollen. Die Honigwaben hängen sehr weit herunter.«

Sie betrat die dunkle Höhle nicht mehr, sondern setzte sich

abseits auf einen Stein, während Lothars Leute das Brennholz in die Höhle schafften.

Es war schon nach Mitternacht, als er wieder zu ihr trat.

»Alles ist bereit.«

»Ich möchte, daß Sie sich mit Ihren Männern ins Tal zurückziehen. Bleiben Sie zwei Stunden dort, und kommen Sie dann zurück.«

»Ich verstehe nicht.«

»Ich möchte eine Weile allein sein.«

Sie blieb auf dem Stein sitzen und lauschte den Stimmen der Männer, die sich langsam entfernten. Als alles still war, schaute sie zum Himmel auf und suchte O'was Stern.

»Geist des großen Löwensternes«, flüsterte sie, »wirst du mir das jemals verzeihen?«

Sie stand auf und schleppte sich mühsam zu der Felswand. Am Fuß der Felswand hielt sie die Laterne hoch und starrte zu den Malereien der Buschmänner hinauf, die in dem gelben Laternenlicht aufleuchteten. Die Schatten schwankten, so daß die riesigen Bilder von Eland und Mantis lebendig zu werden schienen.

»Ihr Geister verzeiht mir! All ihr Wächter des ›Ortes des Lebens‹ verzeiht mir dieses Gemetzel. Ich tue es nicht für mich, sondern um das Kind, das an eurem geheimen Ort geboren wurde, mit gutem Wasser zu versorgen.«

Sie ging zum Eingang der Höhle zurück, Schuldgefühle und Reue bedrückten sie.

»Ihr Geister von O'wa und H'ani, hört ihr mich? Werdet ihr mir nun euren Schutz versagen? Werdet Ihr Nam-Kind und Shasa nach diesem schrecklichen Verrat noch lieben und beschützen?«

Sie sank auf die Knie und betete stumm zu allen Geistern der San und bemerkte gar nicht, daß die zwei Stunden vergangen waren, bis sie die Stimmen der zurückkehrenden Männer aufschreckten.

Lothar De La Rey trat mit zwei Benzinkanistern zu ihr.

»Fangen Sie an!« sagte sie, und er trat in die Höhle der Bienen.

Sie hörte das Knirschen der Messerklinge, als er Löcher in das dünne Blech der Kanister bohrte, und dann das Plätschern der Flüssigkeit. Ätzender Benzingestank strömte aus der dunklen schmalen Spalte im Fels, und Centaine hörte das beunruhigte Summen der Millionen Bienen, die durch den Gestank aus ihrer Betäubung erwachten.

Lothar kam rückwärts aus der Höhle, spritzte den Rest Benzin auf den Felsboden, ließ den leeren Kanister fallen und rannte auf sie zu.

»Schnell!« keuchte er. »Bevor die Bienen herauskommen!«

Die Bienen strömten bereits aus der Höhle und setzten sich auf das Netz, das Centaines Gesicht verhüllte. Immer mehr schwirrten aus den Öffnungen in der Felswand. Centaine wich zurück, schwang die Laterne über ihrem Kopf und schleuderte sie in den Eingang der Höhle. Die Laterne krachte gegen den Fels, und das Glas zerbrach. Die kleine gelbe Flamme flackerte und verlöschte fast, doch dann entzündete sich das verschüttete Benzin. Mit einem dumpfen Laut schossen die Flammen in den Rachen des Felsens. Die Höhle sah plötzlich aus wie ein Hochofen, die Flammen saugten wütend die Luft an und loderten aus den Öffnungen in der Felswand wie Fackeln, die das ganze Tal beleuchteten. Das geqälte Summen der eingeschlossenen Bienen verstummte rasch, und schon nach wenigen Sekunden war nur noch das Getöse der Flammen zu hören.

Als das Brennholz knisternd Feuer fing, schlug Centaine eine ungeheure Hitzewelle ins Gesicht, und sie wich zurück und starrte wie gebannt in das Inferno. Die riesigen Honigwaben, das Werk von Myriaden von Bienen, wurden in der Hitze weich und fielen zentnerschwer von der Decke in die Flammen. Das Rinnsal aus geschmolzenem Honig und Wachs wurde allmählich zu einem Bächlein und dann zu einem kochenden, dampfenden Strom, der im Schein des Feuers brodelte. Der heiße süße Geruch schien die Luft zu verdicken..

»O Gott«, flüsterte Centaine, »o Gott, verzeih mir, was ich getan habe.«

Centaine sah die ganze Nacht hindurch zu, wie die Flammen

ihr Vernichtungswerk vollendeten. Bei Tagesanbruch waren die Felswände rauchgeschwärzt, die Höhle ein kaffender schwarzer Rachen, und der Talboden war mit einer dicken Schicht aus erstarrtem schwarzen Zucker überzogen.

Als Centaine völlig erschöpft in das Lager schwankte, erwartete sie Schwester Ameliana, um ihr beim Ausziehen zu helfen und ihr den süßlich riechenden Ruß abzuwaschen.

Am frühen Nachmittag setzten die Wehen ein.

Es war eher ein erbitterter Zweikampf als eine Geburt.

Centaine und das Kind kämpften den ganzen Nachmittag bis tief in die Nacht hinein.

»Ich werde nicht schreien«, murmelte Centaine und biß die Zähne zusammen, »hol dich der Teufel, du wirst mich nicht zum Schreien bringen.«

Jedesmal, wenn der Schmerz seinen Höhepunkt erreichte, versuchte sie, sich aufzurichten und die Geburtshaltung einzunehmen, die H'ani ihr gezeigt hatte, aber Schwester Ameliana stieß sie zurück, und das Kind war in ihr eingeschlossen.

»Ich hasse dich«, fauchte sie die Nonne an. Der Schweiß brannte in ihren Augen und trübte ihren Blick. »Ich hasse dich — und ich hasse diese Kreatur in mir.« Das Kind fühlte den Haß und wand sich und strampelte.

»Raus!« zischte sie. »Raus mit dir!« Und sie sehnte sich nach H'anis dünnen kraftvollen Armen, die sich um ihren Leib geschlungen und ihr beim Pressen geholfen hätten.

Einmal fragte Lothar vor dem Zelt: »Wie geht es, Schwester?«

Und die Nonne erwiderte: »Es ist schrecklich — sie kämpft wie ein Krieger, nicht wie eine Mutter!«

Zwei Stunden vor Anbruch der Dämmerung preßte Centaine in einem letzten Krampf, der ihre Wirbelsäule zu spalten und die Hüftgelenke vom Becken abzutrennen schien, den Kopf des Kindes heraus, der groß und rund war wie eine Kanonenkugel, und eine Minute später gellte sein erster Schrei durch die Nacht.

»Du hast geschrien«, flüsterte Centaine triumphierend, »nicht ich!«

Als sie sich auf das Bett zurücksinken ließ, strömten Haß, Kraft und Entschlossenheit aus ihr heraus, und zurück blieb eine leere, schmerzende Hülle.

Als Centaine erwachte, stand Lothar am Fußende ihres Bettes. Das Licht der Morgendämmerung drang durch die dünnen Segeltuchwände in das Zelt, so daß sie nur seine dunkle Gestalt sah.

»Es ist ein Junge«, sagte er. »Du hast einen Sohn.«

»Nein«, krächzte sie. »Er ist nicht mein Sohn. Er gehört dir.«

Ein Sohn, dachte sie, ein Junge, ein Teil von mir, mein eigen Fleisch und Blut.

»Er hat blondes Haar«, sagte Lothar.

»Ich will es nicht wissen — das war abgemacht.«

Sein Haar wird also im Sonnenlicht funkeln, dachte sie, ob er auch so schön wird wie sein Vater?

»Er heißt Manfred, nach meinem Erstgeborenen.«

»Nenne ihn, wie du willst«, flüsterte sie, »und bringe ihn weit weg von mir.«

Manfred, mein Sohn, dachte sie und fühlte, wie ihr Herz zerriß.

»Die Amme stillt ihn gerade — sie kann ihn bringen, wenn du ihn sehen möchtest.«

»Niemals. Ich will ihn niemals sehen. Das war abgemacht. Bring ihn fort.« Und ihre schweren, geschwollenen Brüste verlangten schmerzlich danach, ihren goldhaarigen Sohn zu stillen.

»Na schön.« Er wartete einen Augenblick, ob sie noch etwas sagen wollte, aber sie wandte sich ab. »Schwester Ameliana wird ihn mitnehmen. Sie können sofort nach Windhoek abreisen.«

»Sag ihr, sie soll gehen und deinen Bastard mitnehmen.«

Das Licht kam von hinten, so daß sie sein Gesicht nicht erkennen konnte. Er drehte sich wortlos um und verließ das Zelt. Ein paar Minuten später heulte der Motor des Lastwagens auf, dann wurde er allmählich leiser, als der Wagen in die Wüste davonfuhr.

Centaine lag auf ihrem Bett und sah durch das grüne Segeltuch der Zeltwand die Sonne aufgehen. Sie atmete die trockene Wüstenluft, die sie so liebte, tief ein, aber in die frische Morgenluft mischte sich der süßliche Geruch von Blut, das Geburtsblut ihres Sohnes, oder war es das Blut einer kleinen alten San-Frau, das in der heißen Sonne der Kalahari gerann und erstarrte?

H'anis Blut veränderte sich und wurde zu einem brodelnden, kochenden Honigstrom, der wie Wasser aus dem Heiligtum der San hervorsprudelte, und der erstickte süßliche Dampf löschte den Blutgeruch aus.

Durch den Dampf sah sie H'anis kleines herzförmiges Gesicht traurig auf sie herabblicken.

»Für das Kind«, flüsterte sie, »für Shasa.« Das Gesicht verschwand langsam, und an seine Stelle trat ihr erstgeborener Sohn.

»Shasa, mein Liebling, mögest du immer gutes Wasser finden.« Aber sein Bild verblaßte ebenfalls, und sein dunkles Haar verwandelte sich in Gold. »Du auch, mein Kleiner, auch dir wünsche ich gutes Wasser.«

Aber nun war es Lothars Gesicht, oder war es Michael? — Centaine war sich nicht mehr sicher.

Ich bin so allein! schrie es in den Tiefen ihrer Seele. Und ich will doch nicht allein sein.

Dann erinnerte sie sich an die Worte: »In diesem Augenblick, Mrs. Courtney, sind Sie wahrscheinlich eine der reichsten Frauen der Welt.«

»Ich würde alles dafür geben«, sagte sie, »alle Diamanten der H'ani-Mine würde ich dafür geben, einen Mann lieben zu dürfen und von ihm geliebt zu werden — und dafür, meine beiden Kinder, meine beiden Söhne für immer bei mir zu haben.«

Dann unterdrückte sie wütend diesen Wunsch. »Das sind

die sentimentalen, wirren Gedanken eines schwachen, erbärmlichen Weibes. Du bist müde und krank. Du wirst jetzt schlafen«, murmelte sie vor sich hin. »Und morgen —«, sie schloß die Augen, »— wirst du wieder tapfer sein, morgen.«

ANMERKUNG DES AUTORS

Ich hoffe, daß mir der Leser einige kleine Freiheiten im historischen Ablauf verzeihen wird, die ich mir im Interesse der Handlung herausgenommen habe.

So habe ich vor allem den Einsatz des Albatros-Aufklärers durch die Deutsche Luftwaffe auf einen Zeitpunkt ein paar Monate später verschoben und den Ausbruch der Influenza-Epidemie von 1918 um fast ein Jahr vorverlegt.

Pressestimmen

„Mit wahrer Meisterschaft und sorgfältiger Recherche entwirft Wilbur Smith packende und erschütternde Szenen... Er steht irgendwo zwischen Alistair McLean und Nicholas Monsarrat."

Sunday Times

„Wilbur Smith ist ein begnadeter Erzähler!"

The Scotsman

Als Leseprobe stellen wir Ihnen die ersten Seiten aus Wilbur Smiths Afrika-Roman *Wer aber Gewalt sät* (9913) vor.

Inhalt

Südafrika in der ersten Hälfte des 20. Jahrhunderts. Die Halbbrüder Sasha Courtney und Manfred De La Rey wachsen getrennt voneinander auf. Der eine, Sasha, bei seiner Mutter Centaine de Thiry Courtney und der andere, Manfred, bei seinem Vater Lothar De La Rey. Centaine, eine reiche Frau, hat nur ein Ziel: Sie will ihren ehemaligen Geliebten Lothar De La Rey geschäftlich ruinieren. Als sie es geschafft hat, Lothar um seine Fischfabrik und all seine Schiffe zu bringen, sinnt auch dieser auf Rache. Er will Centaines wertvollsten Besitz: die Diamanten aus ihrer Mine.

Die Söhne werden in die Fehde der Eltern hineingezogen. Sie hassen sich seit ihrer ersten Begegnung, und dieser Haß überdauert die Zeit der großen Depression wie auch die Schreckensjahre des Zweiten Weltkrieges. Und nach dem Krieg stehen sich die beiden Todfeinde ein letztes Mal gegenüber. Als Kandidaten der beiden größten Parteien Südafrikas kämpfen sie um die Macht im Land...

Dichter Nebel lag über dem Wasser und dämpfte jeden Laut, jede Farbe. Es wogte und wallte mit den ersten Böen des Morgenwindes, die auf das Land zustrichen. Der Trawler lag drei Meilen vor der Küste am Rand der Benguela-Meeresströmung – dort, wo die gewaltigen, planktonreichen, aus den Tiefen des Ozeans aufsteigenden Fluten sich längs einer dunkelgrünen Linie mit dem sanften Küstengewässer vereinigten.

Lothar De La Rey stand im Ruderhaus an das hölzerne Ruderrad gelehnt und starrte in den Nebel hinaus. Er spürte, wie sich allmählich prickelnde Spannung in ihm ausbreitete.

Er hatte Hunderte solcher Morgendämmerungen erlebt, als er noch Jagd auf großes Wild machte – auf rauhmähnige Kalaharilöwen, räudige alte Büffel mit gewaltigem Gehörn, weise Grauelefanten mit runzeliger Haut und kostbarem, langem Gezähn aus Elfenbein –, aber jetzt war das Wild kleiner und doch in seiner großen Zahl ebenso gewaltig wie der Ozean, aus dem es stammte.

Sein Gedankengang wurde unterbrochen, denn sein Sohn kam von der Kombüse über das offene Deck heran. Er hatte lange, braungebrannte kräftige Beine und ging barfuß. Er war fast so groß wie ein erwachsener Mann und mußte sich bücken, als er, in jeder Hand einen dampfenden Becher Kaffee balancierend, ins Ruderhaus trat.

»Gezuckert?« fragte Lothar.

»Vier Löffel, Pa«, sagte der Junge grinsend.

Sein blonder Schopf war von der Sonne platinfarben gebleicht, aber seine dichten Wimpern und Augenbrauen waren schwarz und seine Augen bernsteinfarben.

»Wahnsinnsfang heute.« Lothar kreuzte abergläubisch die Finger seiner rechten Hand. »Wir brauchen ihn«, dachte er. »Um zu überleben, brauchen wir ihn unbedingt.«

Vor fünf Jahren war er noch einmal dem Ruf des Jagdhorns, den Lockungen der Jagd und der Wildnis erlegen. Er hatte die gutgehende Straßen- und Eisenbahnbaugesellschaft, die er unter Mühen aufgebaut hatte, verkauft, Kredite genommen, wo er sie kriegte, und alles aufs Spiel gesetzt.

Er wußte von den unermeßlichen Schätzen, die das kalte grüne Wasser des Benguelastroms barg. Zum ersten Mal zu sehen bekommen hatte er sie in jenen chaotischen letzten Tagen des Ersten Weltkrieges, als er ein letztes Kommandounternehmen gegen die verhaßten Engländer und deren verräterische Marionette Jan Smuts, der an der Spitze der südafrikanischen Truppen stand, führte

Aus einem geheimen Vorratslager zwischen den hohen Dünen längs der südatlantischen Küste hatte er die deutschen U-Boote mit Treibstoff und Munition versorgt, und während er an diesem Küstenstrich tagelang auf die U-Boote wartete, sah er, wie die riesigen Fischschwärme den Ozean aufwühlten. In den Jahren, die dem unwürdigen Frieden von Versailles folgten und in denen er sich in Staub und Hitze mit Dynamit und schweren Maschinen durch die Berge fraß oder Straßen durch flimmernde Wüsten legte, war der Plan in ihm gereift. Er hatte gespart und Pläne geschmiedet.

Die Boote, klapprige alte Sardinentrawler, hatte er in Portugal aufgetrieben. Dort war er auch auf Da Silva gestoßen, einen alten und erfahrenen Seebären. Gemeinsam hatten sie die vier Trawler repariert und neu ausgerüstet und waren dann mit wenig Besatzung den afrikanischen Kontinent entlang nach Süden geschippert.

Die Konservenfabrik hatte er in Kalifornien entdeckt, wo sie zur Thunfischverwertung errichtet worden war, allerdings von einer Gesellschaft, die die Thunfischvorkommen über- und die Fangkosten dieses unzuverlässigen, unberechenbaren »Hühnchen des Meeres« unterschätzte. Lothar kaufte die Fabrik um einen Bruchteil der Gestehungskosten und verschiffte sie komplett nach Afrika. Hier ließ er sie auf dem gewalzten Sandboden neben der aufgelassenen und verfallenen Walfangstation, der diese trostlose Bucht den Namen Walvis Bay verdankte, wieder aufbauen.

In den ersten drei Fangjahren hatten Lothar und der alte Da Silva gute Ausbeute gemacht und die riesigen Fischschwärme abgeerntet, bis die Darlehen, die Lothar bedrückten, abbezahlt waren. Um die altersschwachen portugiesischen Trawler zu ersetzen, hatte er umgehend neue Boote bestellt und sich auf diese Weise tiefer in Schulden gestürzt als zu Beginn des riskanten Unternehmens.

Und dann gab's keine Fische mehr. Aus unerklärlichen Gründen waren die riesigen Pilchardschwärme bis auf kleine Pulks da und dort verschwunden. Sie suchten vergeblich nach ihnen, liefen hundert Meilen und mehr auf die offene See hinaus, entfernten sich weit über die wirtschaftlich vertretbare Grenze von der Konservenfabrik, durchstöberten die lange öde Küste, und dabei vergingen unaufhaltsam die Monate. An jedem Monatsersten traf eine Mitteilung über die abgelaufenen Zinsen ein, die Lothar nicht begleichen konnte, außerdem sammelten sich die Betriebskosten für die Fabrik und die Fischerboote an, so daß er schließlich um weitere Kredite betteln mußte.

Zwei Jahre vergingen ohne ergiebigen Fang. Doch dann, gerade als Lothar sich geschlagen geben wollte, kam es zu einer unmerklichen Veränderung der Meeresströmung oder der herrschenden Windverhältnisse, und die Schwärme waren wieder da, riesig, unübersehbar, in der Morgendämmerung nach oben strebend wie frisches Gras.

»Laß es so bleiben«, betete Lothar im stillen. »Bitte, Herr, laß es so bleiben.« Noch drei Monate, nur noch drei kurze Monate, und er würde alles abzahlen können und wieder schuldenfrei sein.

»Es klart auf«, sagte der Junge, und Lothar schüttelte leicht den Kopf, um seine Gedanken zu verscheuchen.

Der Nebel hob sich wie ein Bühnenvorhang, und die Szenerie, die dahinter zum Vorschein kam, wirkte theatralisch und unwirklich. Der Dunst glühte und kochte wie der Widerschein eines Feuerwerks, und das orange-goldene Licht färbte die wabernden Nebelschwaden blutrot und rosa.

Dann brach mit einem Strahl hellen goldenen Lichts die Sonne durch die Nebelbank. Das Licht spielte auf der Wasseroberfläche, so daß die Strömungslinie deutlich sichtbar wurde. Das Küstenwasser war wolkig blau und ruhig und glatt wie Öl, die Linie, wo es auf die Tiefenströmung traf, scharf wie die Schneide einer Messerklinge.

»*Daar spring hy*!" schrie Da Silva am Vorderdeck und deutete auf die dunkle Linie im Wasser. »Da springt er!"

Als der erste Sonnenstrahl auf das Wasser auftraf, sprang ein einzelner Fisch. Er war kaum länger als eine Männerhand – ein kleiner Span aus poliertem Silber.

»Motor anlassen!« Lothars Stimme war heiser vor Erregung. Der Junge stellte seinen Becher so heftig auf den Kartentisch, daß die letzten Tropfen Kaffee herausspritzten, und verschwand im Niedergang zum Maschinenraum.

Lothar drehte mit fliegender Hast an den Schaltern und packte den Gashebel, als sich der Junge unter ihm zum Griff der Anlaßkurbel bückte.

»Los!« brüllte Lothar. Der Junge nahm seine ganze Kraft zusammen und stemmte sich gegen den Druck der vier Zylinder.

»Jetzt!« Lothar schloß die Vordrossel, und die Maschine, noch warm von der Fahrt aus dem Hafen, sprang augenblicklich an. Öligschwarzer Rauch brach aus dem Auspuffkanal an der Seite des Schiffsrumpfes, dann lief die Maschine rund und gleichmäßig.

Der Junge kletterte die Leiter herauf und stürmte hinaus aufs Vordeck zu Da Silva.

Lothar wendete und steuerte das Boot an die Strömungslinie heran. Der Nebel zog ab, und sie sahen die anderen Boote. Diese hatten ebenfalls still in der Nebelbank gelegen und auf die ersten Sonnenstrahlen gewartet und hielten jetzt ungeduldig auf die Strömungslinie zu. Die Mannschaften drängten sich an die Relings und reckten die Hälse.

Vom verglasten Ruderhaus aus kontrollierte Lothar ein letztes Mal die Vorbereitungen. Das lange Netz war entlang der Steuerbordreling ausgelegt, die Obersimm fein säuberlich schneckenförmig aufgerollt. Trocken wog das Netz siebeneinhalb Tonnen, naß um ein Vielfaches mehr. Es war hundertfünfzig Meter lang und reichte im Wasser, wie ein Gazevorhang an den Korkschwimmern hängend, einundzwanzig Meter in die Tiefe. Das Netz hatte Lothar über fünftausend Pfund gekostet, mehr Geld, als ein gewöhnlicher Fischer in zwanzig Jahren unermüdlicher Arbeit verdienen konnte. Und die anderen drei Boote waren genauso ausgerüstet. Jeder Trawler hatte sein »Bucky« im Schlepptau, ein fünf Meter langes Dingi in Klinkerbauart, das mit einer schweren Fangleine am Heck befestigt war.

Gerade als Lothar wieder nach vorne blickte, sprang der nächste Fisch, diesmal so nahe, daß er die dunkle Linienzeichnung an seiner glänzenden Flanke erkennen konnte. Dann plumpste der Fisch zurück und hinterließ dunkle Wellenringe auf der Wasseroberfläche.

Wie auf ein Signal wurde das Meer plötzlich lebendig, verdunkelte sich wie im Schatten einer mächtigen Wolke, aber diese Wolke kam von unten, stieg aus den Tiefen empor, und das Wasser begann zu brodeln, als würde es von einem Ungeheuer aufgewühlt.

Vor ihnen lag ein einziger dunkler Fischschwarm, eine Meile breit und so lang, daß sein anderes Ende in der zurückweichenden Nebelbank verschwand. Lothar hatte in all den Jahren als Jäger noch nie eine solche Anhäufung von Lebewesen, eine so große Menge von Exemplaren einer einzelnen Spezies gesehen. Neben diesen Massen waren die Wanderheuschrecken, die die afrikanische Mittagssonne verhüllen und verdunkeln konnten, und die Scharen winziger Queleavögel, unter deren Gewicht die Äste großer Bäume abbrachen, vergleichsweise unbedeutend.

Der erste, der aktiv wurde, war Da Silva. Er drehte sich um und lief, beweglich und flink wie ein Jüngling, über das Deck nach achtern. Nur an der Tür zum Ruderhaus blieb er kurz stehen. »Gäbe die Jungfrau Maria, daß wir das Netz noch haben, wenn dieser Tag zu Ende ist.«

Nach dieser unmißverständlichen Warnung rannte der alte Mann zum Heck und kletterte über das Schandeck in das Beiboot, während die anderen Männer ebenfalls lebendig wurden und rasch ihre Posten einnahmen.

»Manfred!« rief Lothar, und sein Sohn, der wie hypnotisiert am Bug gestanden hatte, hob den Kopf und kam gehorsam angerannt.

»Übernimm das Ruder.« Für ein Kind war das eine ungeheure Verantwortung, aber Manfred hatte sich schon so oft bewährt, daß Lothar bedenkenlos das Ruderhaus verlassen konnte. Ohne zurückzublicken, gab er vom Bug aus seine Signale und fühlte, wie sich das Deck unter seinen Füßen neigte, als Manfred das Ruder herumwarf und, dem Befehl seines Vaters folend, den Schwarm in einem großen Bogen zu umfahren begann.

»So viel Fisch«, flüsterte Lothar. Als er Entfernung, Windgeschwindigkeit und Strömung abschätzte, stand die Warnung des alten Da Silva an erster Stelle seiner Überlegungen: Hundertfünfzig Tonnen Fisch konnten der Trawler und das Netz bewältigen. Mit etwas Glück und Geschick vielleicht zweihundert.

Vor ihm lag ein Schwarm von einigen Millionen Tonnen. Brachte man das Netz im falschen Augenblick aus, würde es sich mit zehn- oder zwanzigtausend Tonnen füllen, und dann konnte es geschehen, daß Gewicht und Kraft der Fischmasse das Maschenwerk zerfetzten oder gar das Netz losrissen, daß die Obersimm brach oder die Poller vom Deck in die Tiefe gezerrt wurden. Schlimmer noch, wenn Leinen und Poller hielten, denn dann bestand die Gefahr, daß der Trawler durch das Gewicht krängte und kenterte.

Manfred grinste ihm durch das Fenster des Ruderhauses zu. Mit seinen strahlenden bernsteinfarbenen Augen und den blitzenden weißen Zähnen war er seiner Mutter ähnlich. Lothar wurde es schmerzlich bewußt, und er wandte sich rasch wieder seiner Arbeit zu.

Die wenigen Augenblicke der Unaufmerksamkeit wären Lothar

beinahe zum Verhängnis geworden. Der Trawler fuhr direkt auf den Schwarm zu, würde innerhalb von Sekunden über ihm sein, und die Fische würden wegtauchen. Der ganze Schwarm, der sich so harmonisch bewegte, als wäre er ein einziger riesiger Organismus, würde wieder in den Tiefen des Ozeans verschwinden. Rasch gab Lothar das Zeichen zum Abdrehen, und der Junge reagierte sofort. Der Trawler machte eine Drehung um sein Heck, und sie liefen in einer Entfernung von fünfzehn Metern am Rand des Schwarmes entlang und warteten auf eine günstige Gelegenheit.

Ein rascher Blick in die Runde zeigte Lothar, daß seine Kapitäne auf den anderen Booten ebenfalls vorsichtig Abstand hielten. Swart Hendrick, ein riesiger Bulle von Mann, dessen Kahlkopf wie eine Kanonenkugel in der Morgensonne glänzte, starrte zu ihm herüber. Wie Lothar selbst hatte sein langjähriger Kampfgefährte und Begleiter ohne Mühe den Wechsel vom Land zum Wasser geschafft und war als Fischer ebenso geschickt wie einst als Elfenbein- und Menschenjäger.

Der Fischschwarm behielt seine geschlossene Formation bei, und Lothar begann allmählich zu verzagen. Die Fische waren nun schon über eine Stunde an der Oberfläche, viel länger als gewöhnlich. Jeden Augenblick konnten sie wegtauchen oder verschwinden, und keines seiner Boote hatte das Netz ausgebracht. Durch den Überfluß waren ihnen die Hände gebunden, und Lothar spürte, wie ihn eine wilde Verwegenheit überkam. Er hatte schon zu lange gewartet.

»Zum Teufel damit, wirf das Netz aus!« dachte er und bedeutete Manfred, näher an den Schwarm zu steuern.

Bevor er sich zu dieser Wahnsinnstat entschließen konnte, hörte er Da Silva pfeifen und blickte zurück. Der Portugiese stand auf der Ruderbank des Beibootes und gestikulierte wild. Der Fischschwarm begann sich hinter ihnen auszubauchen. Die feste runde Masse veränderte ihre Form. Ein Fühler wuchs aus ihr hervor, nein, es sah eher aus wie ein Kopf an einem dünnen Hals, als ein Teil des Schwarmes sich von der Hauptmasse löste. Das war es, worauf sie gewartet hatten.

»Manfred!« brüllte Lothar und bewegte seinen rechten Arm wie eine Windmühle. Der Junge riß das Ruder herum, das Boot drehte sich, sie fuhren mit voller Geschwindigkeit zurück, und der Bug des Trawlers zielte wie das Blatt eines Henkerbeiles auf den Hals des Schwarmes.

»Geschwindigkeit drosseln!« Lothar gab das entsprechende Handzeichen, und der Trawler wurde langsamer.

Mit viel Gefühl manövrierten Lothar und Manfred den Bug des Trawlers in die lebendige Masse. Sie fuhren mit kleinster Kraft, damit die Fische nicht unruhig wurden und wegtauchten. Der schmale Hals teilte sich vor dem Bug, und der kleinere Schwarm löste sich von der Hauptmasse.

»Noch immer zuviel!« murmelte Lothar. Es waren nach Lothars Schätzung noch immer weit über tausend Tonnen.

Es war riskant, äußerst riskant. Aus dem Augenwinkel sah Lothar, daß Da Silva mit heftigen Gesten zur Vorsicht mahnte. Dann pfiff er auch noch, schrill vor Aufregung. Dem alten Mann machte diese Menge Fisch Angst, und Lothar mußte grinsen, als er dem alten Mann demonstrativ den Rücken zukehrte und Manfred das Zeichen zum Beschleunigen gab.

Er ließ Manfred die Geschwindigkeit bei fünf Knoten halten und in engem Bogen beidrehen, so daß der Fischschwarm in der Mitte des Kreises zusammengetrieben wurde. Als der Trawler die zweite Runde gemacht hatte und im Wind an dem Schwarm vorbeitrieb, drehte sich Lothar zum Heck herum und legte die Hände trichterförmig an den Mund.

»*Los!*« brüllte er. »Beiboot losmachen!«

Der schwarze Herero am Heck löste mit einem Griff den Knoten, mit dem die Fangleine des Beibootes befestigt war, und warf die Leine über Bord. Das kleine hölzerne Dingi mit Da Silva an Bord fiel rasch vom Trawler ab und zog das Ende des schweren braunen Netzes mit sich.

Der Trawler umkreiste den Fischschwarm, und das grobe braune Maschengeflecht lief kratzend und knirschend über die hölzerne Reling. Die Obersimm, Nabelschnur zwischen Trawler und Dingi, wikkelte sich los und glitt wie ein Python über Bord. Als der Trawler vor dem Wind zurückstampfte, bildeten die Korkschwimmer der Obersimm, gleichmäßig aufgereiht wie die Perlen einer Kette, einen Kreis um den geschlossenen dunklen Fischschwarm, und das Dingi, in dem Da Silva mit hängenden Schultern saß, lag direkt vor ihnen.

Manfred glich mit dem Ruder den Widerstand des großen Netzes aus und brachte den Trawler längsseits an das schaukelnde Dingi. Als sich die beiden Boote berührten, hielt er die Maschine an. Nun war das Netz geschlossen und der Schwarm gefangen. Da Silva kletterte, die Enden der schweren dreizölligen Hanftaue über der Schulter, an Bord.

»Du wirst das Netz verlieren«, rief er Lothar zu. »Nur ein Verrückter macht das Netz um diesen Schwarm zu – sie werden mitsamt dem Netz abhauen. Der heilige Antonius und der heilige Markus sind meine Zeugen –« Aber die Mannschaft machte sich bereits davon, unter Lothars knappen Anweisungen das Netz einzuholen. Zwei der Hereromänner hoben das Haupttau von Da Silvas Schultern und zurrten es fest, während ein anderer mit Lothar die Sacknetzleine zur Hauptwinde zog.

»Es ist mein Netz, und mein Fang«, brummte Lothar, als er die Winde in Gang setzte. »Häng das Bucky fest!«

Das Netz hing zwanzig Meter tief ins klare grüne Wasser, aber es war unten offen. Die erste und vordringlichste Arbeit bestand darin, das Netz zu schließen, bevor der Schwarm diesen Fluchtweg entdeckte. Lothar beugte sich über die Winde und zog mit rhythmischen Bewegungen der Arme und Schultern die Sacknetzleine ein, so daß sie sich um die rotierende Seiltrommel legte. Die Sacknetzleine lief durch Stahlringe am unteren Ende des Netzes und schloß wie das Zugband eines riesigen Tabaksbeutels die Öffnung.

Manfred hatte im Ruderhaus alle Hände voll zu tun, das Heck des Trawlers vom Netz fernzuhalten und zu verhindern, daß dieses sich um die Schraube wickelte. Inzwischen hatte Da Silva das Ding ans andere Ende der Obersimm gerudert und es dort eingehakt, um für den kritischen Augenblick, wenn der übergroße Schwarm bemerkte, daß er gefangen war, und zu rasen begann, zusätzlichen Auftrieb zu schaffen. Lothar holte die schwere Sacknetzleine ein, bis schließlich das Bündel Stahlringe an der Reling auftauchte. Das Netz war geschlossen, sie hatten den Schwarm im Sack.

Schweißnaß und so außer Atem, daß er nicht sprechen konnte, lehnte sich Lothar gegen das Schandeck.

Die Korkschwimmer der Obersimm lagen säuberlich auf dem sanft bewegten Wasser. Doch während Lothar noch nach Luft rang, veränderte der Kranz von Korkschwimmern plötzlich seine Form und zog sich in die Länge. Der Schwarm hatte das Netz bemerkt und drückte in plötzlicher Vorwärtsbewegung dagegen. Dann drehte der Schwarm um, und der Ansturm erfolgte in entgegengesetzter Richtung. Das Dingi wurde wie eine Nußschale hin und her geworfen. Der Schwarm besaß eine ungeheure Kraft.

»Himmel, das ist ja noch mehr, als ich gedacht habe«, keuchte Lothar. Dann raffte er sich auf, warf mit einem Ruck die nassen blonden Strähnen zurück und stürzte zum Ruderhaus.

»Da Silva hatte recht. Sie spielen verrückt«, flüsterte er und langte nach dem Griff des Nebelhorns. Er ließ drei kurze schrille Signale ertönen – die Bitte um Unterstützung. Als er wieder an Deck stürmte, sah er, daß die anderen drei Trawler wendeten und mit Höchstgeschwindigkeit herankamen. Auf keinem von ihnen hatte man bisher den Mut aufgebracht, das Netz auszubringen.

»Schnell, verdammt noch mal! Schnell!« rief Lothar ihnen zu. Und an seine eigene Mannschaft gewandt: »Alle Mann zum Hieven!«

Die Mannschaft zögerte, wollte nicht so recht, wagte sich nur ungern an dieses Netz.

»Bewegt euch, ihr schwarzen Bastarde!« schrie Lothar sie an und sprang zum Schandeck, um mit gutem Beispiel voranzugehen. Sie mußten den Schwarm zusammendrücken, die kleinen Fische so fest gegeneinanderdrängen, daß sie keine Kraft mehr hatten.

Das Netz war rauh und scharf wie Stacheldraht, aber sie stellten sich in einer Reihe auf und bückten sich, um das Netz im Rhythmus der sanften Dünung mit der Hand einzuholen. Mit jedem gemeinsamen Zug schafften sie ein paar Zentimeter.

Dann wurde der Schwarm wieder wild, und das Stück Netz, das sie gewonnen hatten, wurde ihnen aus den Händen gerissen. Einer der Hereromänner ließ nicht schnell genug los, und die Finger seiner rechten Hand verfingen sich im groben Geflecht. Wie einen Handschuh riß es ihm die Haut von den Fingern, so daß die blanken weißen Knochen und das rohe Fleisch zum Vorschein kamen. Er schrie und preßte die verstümmelte Hand gegen seine Brust. Das Blut spritzte ihm ins Gesicht, lief über die schweißglänzende schwarze Haut seines Oberkörpers und durchtränkte seine Hose.

»Manfred!« rief Lothar. »Kümmere dich um ihn!« Dann wandte er seine ganze Aufmerksamkeit wieder dem Netz zu. Der Schwarm versuchte wegzutauchen, zog ein Ende der Obersimm unter die Wasseroberfläche. Ein kleiner Teil des Schwarmes entwischte an dieser Stelle.

»Gott sei Dank sind wir euch los«, murmelte Lothar. Aber der Großteil des Schwarmes war noch gefangen, und die Korkschwimmer kamen wieder an die Oberfläche. Der Schwarm drängte abermals nach unten, und diesmal krängte der schwere, fünfzehn Meter lange Trawler so gefährlich, daß die Männer mit aschgrauen Gesichtern nach einem Halt suchten.

Das Dingi auf der anderen Seite des Korkschwimmerkranzes wurde mitgezogen. Es hatte nicht genug Tragvermögen, dem standzuhalten. Wasser strömte über das Schandeck ins Innere und brachte das Boot zum Sinken.

»Spring!« brüllte Lothar dem alten Mann zu. »Weg vom Netz!« Sie wußten beide um die Gefahr.

In der vorangegangenen Saison war einer aus ihrer Mannschaft in das Netz gefallen. Die Fische waren sofort auf ihn eingedrungen, hatten ihn unter die Oberfläche gedrückt und in dem Versuch zu entkommen gegen den Widerstand seines Körpers angekämpft.

Als sie die Leiche schließlich nach Stunden vom Netzboden bergen konnten, sahen sie, daß die Fische durch den ungeheuren Druck, der in Tiefe des gefangenen Schwarmes herrschte, durch Mund, Augenhöhlen und Anus in den Körper des Mannes eingedrungen waren. Der Leichnam war vollgestopft mit Fischen, zum Ballon gebläht – ein Anblick, den keiner von ihnen je vergessen würde.

»Weg vom Netz!« brüllte Lothar noch einmal, und Da Silva warf sich auf der anderen Seite aus dem sinkenden Dingi, unmittelbar bevor es unter Wasser gezogen wurde.

Swart Hendrick war schon zur Stelle, um ihn herauszuholen. Er schob seinen Trawler längsseits an die Obersimm heran, und zwei seiner Männer halfen Da Silva an Bord, während die anderen sich über die Reling beugten und unter Swart Hendricks Anleitung das Netz einhakten.

»Wenn bloß das Netz hält«, brummte Lothar, als sich die anderen beiden Trawler an der Obersimm einhakten. Nun bildeten die vier großen Boote einen Kreis um den gefangenen Schwarm, und die Männer begannen das Netz einzuholen.

Sie standen an der Reling und holten das Netz Zug um Zug ein – zwölf Mann auf jedem Trawler, selbst Manfred arbeitete an der Seite seines Vaters. Sie keuchten und schwitzten, das Blut lief ihnen über die zerschundenen Hände, der Schmerz brannte ihnen in Rücken und Schultern, aber sie hoben den riesigen Schwarm langsam, Zentimeter für Zentimeter aus dem Wasser, bis er schließlich »trocken hing«.

»Ausschöpfen!« brüllte Lothar, und auf allen Booten nahmen die drei Schöpfmänner die langstieligen Schöpfnetze von den Halterungen über dem Ruderhaus und schleppten sie zur Reling.

Die Schöpfnetze hatten die selbe Form wie Schmetterlingsnetze oder die kleinen Handkescher, mit denen Kinder am Strand Garnelen und Krabben fangen. Allerdings waren die Stiele dieser übergroßen Kescher fast zehn Meter lang, und die Netzsäcke faßten über eine Tonne Fisch. Von drei Punkten des Stahlringes, der die Öffnung des Netzes bildete, gingen Hanftaue ab, die in der Mitte über dem Netz zu dem schweren Windentau zusammengesplißt waren, mit dem das Schöpfnetz gehoben und gesenkt wurde. Der Boden des Netzes konnte ebenso wie das große Hauptnetz mit einer Sacknetzleine, die durch eine Reihe kleiner Stahlringe lief, geöffnet und geschlossen werden.

Während das Schöpfnetz in Position gebracht wurde, öffneten Lothar und Manfred die Lukendeckel zum Laderaum unter Deck. Dann nahmen sie eilig ihre Posten ein – Lothar an der Winde, Manfred am Ende der Sacknetzleine des Schöpfnetzes. Ratternd und quietschend kurbelte Lothar das Schöpfnetz am Ladebaum über ihren Köpfen hoch, während die drei Schöpfmänner das Netz am Stiel hinausschwenkten. Manfred zog an der Sacknetzleine, so daß sich der Boden des Schöpfnetzes schloß.

Lothar warf den Hebel der Winde herum, und das schwere Schöpfnetz bohrte sich unter neuerlichem schrillen Quietschen des Rollkolbens in die silbrige Fischmasse. Die drei Schöpfmänner verlagerten ihr ganzes Gewicht auf den Stiel und trieben das Netz tief in den lebenden Brei von Pilchards.

»Hieven!« brüllte Lothar und setzte die Winde wieder in Bewegung. Das Netz wurde durch den Schwarm hochgezogen und kam mit einer Tonne zappelnder, zuckender Pilchards zum Vorschein. Das volle Netz wurde bordeinwärts über die Laderaumluke geschwenkt. Manfred hing mit seinem ganzen Gewicht an der Sacknetzleine.

»Aufmachen!« rief Lothar seinem Sohn zu, und Manfred ließ die Sacknetzleine los. Der Netzboden öffnete sich, und eine Tonne Pilchards prasselte durch die offene Luke unter Deck.

Sobald das Netz leer war, zog Manfred die Sacknetzleine zu, und die Schöpfmänner schwenkten den Stiel außenbords, quietschend rastete die Winde ein, das Netz fiel in den Schwarm, und die ganze Prozedur begann von vorn. Auf den anderen Trawlern wurde in derselben Art und Weise gearbeitet, und alle paar Sekunden ergoß sich eine Tonnenladung Fisch in die Laderäume.

Es war eine mühsame, eintönige Arbeit, und sooft das Netz über die Köpfe der Männer hinwegschwang, ergoß sich eine Flut von eisigem Salzwasser und Fischschuppen über sie. Wenn die Männer an den Netzstielen vor Erschöpfung zusammenzubrechen drohten, wurden sie, ohne daß der Arbeitsrhythmus gestört wurde, von den Bootsführern gegen die Männer am Hauptnetz ausgetauscht. Lothar hielt die Stellung an der Winde, unerschütterlich, wachsam, unermüdlich.

Silberne Dreipencestücke, dachte er schmunzelnd, als auf allen seinen Booten die Pilchards in die Laderäume prasselten. Glänzende Dreipencestücke, keine Fische. Heute laden wir Bargeld.

»Volle Deckladung!« rief er Swart Hendricks über den kleiner werdenden Ring des Hauptnetzes zu.

»Volle Deckladung!« bestätigte dieser laut, genüßlich seine ungeheuren Kräfte vor den Augen der Mannschaft einsetzend. Die Laderäume der Trawler, von denen jeder über hundertfünfzig Tonnen Fisch aufnehmen konnte, waren bereits randvoll, also würden sie auf Deck weiterladen

Das war riskant. Einmal voll beladen, wurden die Boote erst wieder leichter, wenn sie im Hafen lagen und der Fisch in die Fabrik gepumpt wurde. Bei voller Deckladung kam ein Gewicht von hundert Tonnen hinzu, wodurch das Sicherheitslimit weit überschritten war. Falls das Wetter umschlug und der Wind nach Nordwest drehte, würde die rasch hochgehende See die überladenen Trawler in die kalten grünen Tiefen hineinhämmern.

»Das Wetter muß halten«, dachte Lothar, während er an der Winde schuftete. Er saß auf dem Kamm der Woge, und nichts konnte ihn mehr aufhalten. Er hatte ein hohes Risiko in Kauf genommen und dadurch einen Fang von nahezu tausend Tonnen Fisch gemacht, der ihm einen Gewinn von fünfzig Pfund je Tonne einbringen würde. Fünfzigtausend Pfund mit einer einzigen Fangfahrt. Die dickste Glückssträhne seines Lebens. Er hätte sein Netz, sein Boot und auch sein Leben verlieren können – statt dessen zahlte er mit einem einzigen Fang seine gesamten Schulden ab.

Sie leerten den Inhalt der Schöpfnetze auf die Laufplanken der Trawler, füllten die Boote bis an die Kanten der Schandecks mit der silbrigen Fischmasse, in der die Mannschaft hüfttief versank.

Die Rümpfe der Trawler sanken immer tiefer ins Wasser, bis kurz nach Mittag auch Lothar einsehen mußte, daß es genug war.

Lothar stellte die Winde ab. Im Hauptnetz trieben noch ungefähr hundert Tonnen Fisch. »Entleert das Netz«, befahl er. »Laßt sie raus und holt das Netz ein.«

Dann machten sich die vier Trawler mit Lothars Boot an der Spitze auf den Heimweg in Richtung Küste. Die Boote lagen so tief im Wasser, daß bei jeder Welle Seewasser durch die Speigatts flutete.

Eine Fläche von fast einer halben Quadratmeile, bedeckt mit toten

Fischen, die, dick wie Herbstlaub auf dem Waldboden, mit dem Bauch nach oben auf dem Wasser trieben, blieb hinter ihnen zurück. Darüber kreisten tausende übersatter Seemöven, darunter wimmelte es von schlemmenden Haien.

Die erschöpften Männer arbeiteten sich durch die Berge zappelnder Fische an Deck zum Niedergang am Vorderdeck. Unter Deck warfen sie sich, durchnäßt und von Fischschleim überzogen, in ihre engen Kojen.

Lothar stand im Ruderhaus und trank zwei Becher heißen Kaffee. Dann blickte er auf den Chronometer über der Instrumententafel.

»Vier Stunden Fahrt zur Fabrik«, sagte er. »Zeit genug für unseren Unterricht.«

»Oh, Pa!« protestierte der Junge. »Nicht heute, heute ist ein besonderer Tag. Müssen wir heute unbedingt lernen?«

In Walvis Bay gab es keine Schule. Die nächste befand sich in Swakopmund, dreißig Kilometer entfernt. Lothar war für den Jungen von Anfang an Vater und Mutter zugleich gewesen. Er hatte ihn noch naß und blutig aus dem Kindbett fortgenommen. Seine Mutter hätte ihn nicht einmal sehen wollen. Das war Teil ihrer abnormen Abmachung gewesen. Mit Ausnahme der Ammen, die den Jungen in den ersten Monaten stillten, hatte er ihn allein und ohne fremde Hilfe aufgezogen. Dadurch standen sie einander so nahe, daß Lothar es nicht ertragen hätte, auch nur einen Tag von ihm getrennt zu sein. Um ihn nicht fortschicken zu müssen, hatte er sogar seine Erziehung und Ausbildung selbst übernommen.

»So besonders kann gar kein Tag sein«, erklärte er Manfred. Er tippte ihm an die Stirn. »Das hier ist es, was einen Mann stark macht. Hol die Bücher!«

Manfred warf Da Silva einen mitleidheischenden Blick zu, aber er wußte sehr wohl, daß jeder weitere Widerspruch zwecklos war.

»Übernimm das Ruder.« Lothar übergab an den alten Seemann und setzte sich neben seinen Sohn an den Kartentisch. »Nicht Rechnen.« Er schüttelte den Kopf. »Heute ist Englisch an der Reihe.«

»Ich hasse Englisch!« begehrte Manfred auf. »Ich hasse Englisch und ich hasse die Engländer.«

Lothar nickte. »Ja«, stimmte er zu. »Die Engländer sind unsere Feinde. Sie waren immer unsere Feinde und werden es bleiben. Deshalb müssen wir uns ihre Waffen aneignen. Deshalb lernen wir ihre Sprache.«

Er sprach das erste Mal an diesem Tag Englisch. Manfred antwortete ihm in Afrikaans, der südafrikanischen Mundart des Holländischen, die erst im Jahre 1918, ein Jahr vor Manfreds Geburt, als eigene Sprache anerkannt und als offizielle Sprache der Südafrikanischen Union eingeführt worden war. Lothar unterbrach ihn.

»Englisch«, ermahnte er ihn. »Jetzt wird nur Englisch gesprochen.«

Eine Stunde lang arbeiteten sie. Lothar ließ seinen Sohn laut aus der Bibel und aus einer zwei Monate alten Ausgabe der »Cape Times« vorlesen und diktierte ihm einen englischen Text. Der Umgang mit der ungewohnten Sprache kostete Manfred einige Mühe. Schließlich konnte er nicht länger an sich halten.

»Erzähl mir doch von Großpapa und dem Schwur!«

Lothar grinste. Du bist ein gerissener kleiner Schlingel, mein Junge.«

»Bitte, Pa –«

»Die Geschichte habe ich dir schon hunderte Male erzählt.«

»Erzähl sie mir noch einmal. Heute ist ein besonderer Tag.«

Lothar warf einen flüchtigen Blick auf die kostbare silberne Fracht an Deck. Der Junge hatte recht, es war ein ganz besonderer Tag.

»Also gut.« Er nickte. »Ich erzähle sie dir noch einmal, aber in englisch.« Manfred klappte erfreut sein Übungsbuch zu und stützte die Ellbogen auf den Tisch. Er hatte die Geschichte vom großen Aufstand schon so oft gehört, daß er sie auswendig konnte und jede Abweichung vom Original korrigierte.

»Also«, begann Lothar. »Als der verräterische englische König Georg V. dem deutschen Kaiser Wilhelm 1914 den Krieg erklärte, wußten dein Großpapa und ich, was wir zu tun hatten. Wir nahmen Abschied von deiner Großmutter und ritten aus, um uns am Ufer des Oranje dem alten General Maritz und seinen sechshundert Kriegern anzuschließen, die gegen den alten ›*Slim*‹ Jannie Smuts ins Feld ziehen wollten.« ›*Slim*‹ war im Afrikaans das Wort für verschlagen oder verräterisch.

»Weiter, Pa, weiter!«

Als Lothar zur Schilderung der ersten Schlacht kam, in der Jannie Smuts' Truppen den Aufstand mit Maschinengewehren und Artillerie niederwarfen, wurde der Blick des Jungen bekümmert.

»Aber ihr habt gekämpft wie die Teufel, nicht wahr?«

»Wir kämpften wie besessen, aber sie waren uns zahlenmäßig überlegen und außerdem mit schwerer Artillerie und Maschinengewehren ausgerüstet. Dann bekam dein Großpapa einen Bauchschuß, und ich trug ihn vom Schlachtfeld.«

In den Augen des Jungen glänzten dicke Tränen, als Lothar zum Ende kam.

»Als es mit deinem Großvater schließlich zu Ende ging, nahm er die alte schwarze Bibel aus der Satteltasche, auf die sein Kopf gebettet war, und ließ mich einen Eid schwören.«

»Ich kann den Schwur auswendig«, unterbrach ihn Manfred. »Laß mich ihn aufsagen!«

»Nun, wie ging der Schwur?« ermutigte ihn Lothar.

»Großpapa sagte: ›Schwöre mir, mein Sohn, schwöre mir auf die Bibel, daß der Krieg gegen die Engländer niemals enden wird.‹«